Miranda Dickinson

Der Tag, als ich die Welt umarmte

Roman

Aus dem Englischen von
Anita Sprungk

mtb

MIRA® TASCHENBUCH
Band 25940
1. Auflage: August 2016

MIRA® TASCHENBÜCHER
erscheinen in der HarperCollins Germany GmbH,
Valentinskamp 24, 20354 Hamburg
Geschäftsführer: Thomas Beckmann

Titel der englischen Originalausgabe:
Welcome to My World

erschienen bei: Avon Books, New York

An Imprint of HarperCollinsPublishers, LLC

Konzeption/Reihengestaltung: fredebold&partner GmbH, Köln
Umschlaggestaltung: büropecher, Köln
Redaktion: Christiane Branscheid
Titelabbildung: Shutterstock; iStock / beastfromeast
Satz: GGP Media GmbH, Pößneck
Druck und Bindearbeiten: GGP Media GmbH, Pößneck
Printed in Germany
Dieses Buch wurde auf FSC®-zertifiziertem Papier gedruckt.
ISBN 978-3-95649-581-6

www.mira-taschenbuch.de

1. KAPITEL

Wie alles seinen Anfang nahm

Zu Beginn der Geschichte sollte man zwei Dinge über Harri wissen: Erstens: Normalerweise schließt sie sich auf Partys nicht auf der Toilette ein. Und zweitens: Normalerweise gehört sie zu den vernünftigsten und gelassensten Menschen, die man sich nur vorstellen kann.

Aber an diesem Abend ist alles anders.

Denn an diesem Abend – um genau 22:37 Uhr – ging die Welt, die Harri kannte, unter, und zwar in einer Katastrophe. In nur dreieinhalb Minuten gingen sich alle Menschen, die sie liebte, in einem verbalen Armageddon gegenseitig an die Kehle. Das hatte ein wahres Gemetzel zur Folge: schluchzende Frauen, Männer, die sich gegenseitig anschrien, und zermatschte Blätterteigpastetchen, so weit das Auge reichte. Da sie gegen die Verwüstung nichts ausrichten konnte, beschritt sie den einzig sinnvollen Ausweg, der ihr geblieben war: Sie rettete sich in den ergrauten Zufluchtsort aus Vinyl – die mittlere Kabine der Damentoilette im Gemeindezentrum von Stone Yardley.

Hier ist sie nun also. Sitzt auf dem wackeligen schwarzen Kunststoffdeckel der Toilettenschüssel, den Kopf in die Hände gestützt. Ihr Leben ist ganz offiziell vorbei. Und sie hat nicht die geringste Ahnung, was sie jetzt tun soll.

Ursprünglich war das Ganze Vivs Idee gewesen. Harri hätte sofort Nein sagen sollen, aber Harri ist nun mal Harri. Also entschied sie, den Vorschlag ihrer ersten Sonntagsschullehrerin trotz ihrer Zweifel nicht von vornherein abzulehnen, sondern darüber nachzudenken.

„Du weißt doch, wie ungeschickt Alex darin ist, eine passende Freundin zu finden“, erklärte Viv. Nebenher holte sie einen dampfenden Apfelkuchen aus dem Backofen und bot dabei ungewollt ein friedlich-heiteres Bild wie aus der Zeitschrift *Country Life*. „Er ist ein hoffnungsloser Fall! Allein im letzten Jahr zwölf Freundinnen und insgesamt keine zwei Gehirnzellen. Danielle, Renée, Georgia, Saffron, zwei Marys, drei Kirstys, eine India – man muss sich das nur mal vorstellen! –, und an die Namen der letzten beiden kann ich mich nicht mal erinnern …"

Harri lächelte, den Blick auf ihre Teetasse gesenkt. „Wetterfee Lucy und Bumerang Sadie."

Viv blickte verdutzt von ihrem mehlbestäubten Backbuch auf. „Bumerang?"

„Ja, du weißt doch: die Dinger, die immer zu dir zurückkommen, egal, wie oft du sie fortwirfst", gab Harri grinsend zurück.

„Harriet Langton, für einen allgemein unglaublich netten Menschen kannst du furchtbar spitze Bemerkungen machen."

Harri verneigte sich spöttisch. „Danke, Viv."

„Egal. Zurück zu Alex …" Viv lächelte, und dann erzählte sie, was ihr Großartiges eingefallen war. Zuerst einmal hörte es sich nach einer völlig unverfänglichen Idee an. Niemand hätte vorhersagen können, was für eine Katastrophe daraus erwachsen würde.

Es begann mit einer neuen Kolumne in *Juste Moi*, Vivs Lieblings-Frauenzeitschrift. Zwischen Artikeln über den neuesten Modetrend bei Hollywoods Sternchen und erschreckend betitelten Aufmachern wie „Der Horror vor der Fünfzig plus" versteckte sich eine kleine Kolumne mit der Überschrift: „Gutes Zuhause gesucht".

„Die Leute schreiben an die Redaktion", erläuterte Viv, „und nominieren einen Mann, den sie kennen, damit er recycelt wird."

„Recycelt?", fragte Harri ungläubig zurück. „Zu *was*? Das klingt ja grauenvoll."

„Das ist was ganz anderes als der Altglascontainer, Harri. Man stellt einen Mann, der Pech in der Liebe hatte – du weißt schon: geschieden, kürzlich getrennt oder einfach nur unfähig, die richtige Frau zu finden –, einem ganz neuen Publikum vor."

„Ich kann mir nicht vorstellen, dass das funktioniert", meinte Harri kichernd. „Ich meine, wer schreibt schon an eine Zeitschrift, um sich mit einem Wildfremden zu verabreden?"

Viv warf ihr einen strengen Blick zu. „Offensichtlich sehr viele. Du würdest dich wundern, wie viele Antworten auf diese Kolumne eingehen. Hör dir das mal an: ‚Unser Februar-Kandidat Joshua hat über zweitausend Zuschriften von Frauen aus ganz Großbritannien erhalten, die alle scharf darauf sind, ihm zu beweisen, dass es auch heute noch die wahre Liebe gibt. Josh lässt allen danken, die ihm geschrieben haben, und ist gerade dabei, die Briefe zu sichten und die zehn Zuschriften herauszufiltern, dic ihm am besten gefallen. Er wird sich schon bald bei den Betreffenden melden, um sich mit ihnen zu verabreden. Viel Glück, Ladies!' Na, was sagst du dazu? Was schließt du daraus, Harri?"

Harri rümpfte die Nase. „Ich schließe daraus, dass es da draußen zu viele verzweifelte Frauen gibt. Zweitausend traurige, einsame Individuen voller Illusionen, die ihre Träume im Namen des Journalismus missbrauchen lassen."

Vivs Enthusiasmus war dadurch nicht zu dämpfen. „Ganz und gar nicht. Es zeigt, dass besorgte Freunde und Mütter – wie zum Beispiel ich – Gelegenheit bekommen, eine Frau zu finden, die der Männer, die ihnen am Herzen liegen, auch würdig ist. Immerhin kennen wir Mütter unsere Söhne besser als jeder andere. Wer sollte also besser auswählen können, wer die perfekte Freundin für sie ist?"

„Also ich finde das eher ziemlich gruselig. Und was ist mit den Frauen, die an die Zeitschrift schreiben? Woher wollen sie wissen, ob der Typ, auf den sie ihre ganze Hoffnung setzen, nicht ein trauriger Loser ist, der aus gutem Grund allein lebt – zum Beispiel weil er Mundgeruch hat, merkwürdigen Hobbys nachgeht oder eine ungesunde Abneigung gegen Körperhygiene hegt?“

„Du hast leicht reden, Harriet; du hast einen netten Freund. Und du hast Rob schon so lange, dass du längst vergessen hast, wie sehr es wehtut, allein zu sein. Darf ich dich daran erinnern, dass das bei Alex ganz anders aussieht? Ich handele also nur zu seinem Besten.“

„Du denkst doch nicht etwa daran, Alex zu nominieren, oder?“ Harri spürte, wie ihre Augenbrauen so hochschnellten, dass sie fast über ihrem Kopf hingen – ähnlich wie bei Cartoon-Figuren. „Viv, das kannst du nicht machen! Was glaubst du, wie er sich fühlen würde, wenn er wüsste, dass seine eigene Mutter ihn auf diesem Fleischmarkt zur Auktion stellt?“

„*Ich* will ihn doch gar nicht nominieren, Süße“, gab Viv mit ebenso vorwurfsvollem wie mütterlichem Lächeln zurück.

„Freut mich, das zu hören.“

„Ich möchte, dass *du* ihn nominierst.“

Der Vorschlag hing zwischen ihnen in der Luft, funkensprühend in seiner Kühnheit. Harri brauchte einen Augenblick, um ihn zu realisieren.

„*Wie bitte?*“

„Na ja, ich selbst kann das nicht machen, oder? Al würde die Idee sofort verwerfen, weil er meint, da sollte eine Mutter sich nicht einmischen.“

„Und wenn seine beste Freundin sich einmischt, würde er das anders sehen?“

Mit betretener Miene rang Viv zerknirscht ihre Hände. „Harri, ganz ehrlich: Ich würde dich nicht darum bitten, wenn das nicht die einzige Möglichkeit wäre, meinem Sohn zu helfen. Ich mache mir Sorgen um ihn – auch wenn er mich für eine neugierige alte Wichtigtuerin hält.“

„Es ist wirklich keine gute Idee. So etwas wäre ihm sehr, sehr peinlich. Jedenfalls wäre es das mir."

„Aber er braucht doch nichts von der Sache mit der Zeitschrift zu erfahren. Und wir könnten alle Zuschriften, die er bekommt, auf Herz und Nieren prüfen." Sie deutete auf das Foto des letzten erfolgreichen Kandidaten. „Über zweitausend Zuschriften für ihn – und, jetzt mal ehrlich, er ist nicht gerade ein Supermodel. Jetzt stell dir mal vor, welche Auswahl wir für Alex bekommen könnten!"

In dem Punkt musste Harri ihr recht geben: Kandidat Joshua hatte ein Gesicht, das nur eine Mutter lieben konnte. Alex dagegen wirkte auf das andere Geschlecht durchaus sehr attraktiv. Bei ihm lag das Problem eher darin, dass nicht unbedingt die Richtigen auf ihn flogen.

„Ich weiß, dass er Hilfe braucht, Viv, aber ist das wirklich der beste Weg?"

„Du weißt besser als fast jeder andere, wie furchtbar unfähig mein Sohn ist, erfüllende Beziehungen einzugehen. Du hattest das Vergnügen, jede einzelne Katastrophe mit ihm zu durchleben. Ich weiß, dass er dir vertraut."

„Trotzdem. Ich halte das für eine hirnrissige Idee."

„Nun, mein Sohn scheint öfter hirnrissigen Ideen zu folgen. Man lässt doch nicht einfach einen absolut sicheren Job sausen und tingelt zehn Jahre lang kreuz und quer durch die Welt, wenn man einigermaßen bei Verstand ist, oder? Harri, Tatsache ist, dass Alex ein netter, aufrichtiger, gut aussehender junger Mann ist und für die richtige junge Frau ein fantastischer Fang wäre. Außerdem sagst du doch selbst immer wieder, dass er sich ständig in die falschen Mädchen verguckt. Hier bietet sich dir die perfekte Gelegenheit, das *richtige* Mädchen für ihn zu suchen. Meinst du nicht?"

Viv hat definitiv ihre wahre Berufung verfehlt, ging es Harri durch den Kopf. Sie hätte eine tolle Premierministerin abgegeben. Oder eine Unterhändlerin der UNO. Oder eine durchgeknallte Terroristin … Aber trotzdem hatte Viv natürlich recht: Alex hatte einen geradezu legendär schlechten Geschmack, wenn es um Frauen ging. Außerdem hegte Harri schon lange den Verdacht, dass Alex sich absichtlich mit Frauen abgab, mit denen er nicht wirklich eine dauerhafte Beziehung eingehen wollte.

Hätte sie natürlich einen Blick in die Zukunft tun können, dann hätte sie rundheraus abgelehnt. Hätte darüber gelacht und das Thema gewechselt. Oder hätte sich ihren Mantel geschnappt und wäre gegangen. Aber in diesem Moment entschied sie anders. Sie kam zu dem Schluss, dass es besser wäre, mitzumachen und Viv im Zaum zu halten, als zu riskieren, dass Alex' Mutter die Sache allein in Angriff nahm.

Also sagte Harri Ja. Und damit begann der Ärger.

2. KAPITEL

Beste Freundinnen

„Harri? Bist du da drin?“

Hinter der verschlossenen Kabinentür bleibt Harri still. Unbehagliches Schweigen auf der anderen Seite. Dann das Geräusch niedriger Absätze, die nervös über den Boden klackern, während die Frau an den Waschbecken offenbar darüber nachdenkt, was sie als Nächstes sagen soll.

„Äh … hör mal, Harri, wahrscheinlich ist das Ganze nicht so schlimm, wie es jetzt aussieht. Ich meine … äh … na gut, es sieht wirklich *sehr* schlimm aus. Aber wenn du einfach rauskommst, können wir ganz bestimmt in Ruhe und vernünftig mit allen darüber reden … äh … na ja, zumindest mit den Leuten, die noch nicht gegangen sind oder … äh … ins Krankenhaus gefahren …“

Wieder Stille. Dann ein tiefer Seufzer.

„Nun ja, in Ordnung, ich … ich lasse dich allein, damit du darüber nachdenken kannst, Liebes.“

Die Tür der Damentoilette wird geöffnet, und die niedrigen Absätze treten hastig den Rückzug an.

Harri schüttelt den Kopf.

Stella Smith war Harris älteste und beste Freundin.

Sie hatten sich an Harris erstem Schultag kennengelernt, auf dem kleinen Schulhof vor der Grundschule von Stone Yardley. Harri war fünfeinhalb und kam sechs Monate später als die meisten ihrer Mitschüler auf diese Schule, weil ihre Familie erst kurz vorher von ihrem Geburtsort in Yorkshire hierhergezogen war.

Ihre erste Erinnerung an Stella war die an ein hochgewachsenes dunkelblondes Mädchen in einem roten Polopulli – der sowohl ihre langen Finger als auch ihren langen Hals betonte und sie wie eine Massai aussehen ließ –, das, mit einer großen Tüte Chips in der Hand, selbstbewusst auf sie zusteuerte.

„Wollen wir Freundinnen sein?“, fragte Stella. Allerdings klang diese Frage eher wie ein Befehl.

„Ja“, erwiderte Harri.

Stella lächelte ihre neue Freundin an. „Gut. Nimm dir ein paar Chips.“

Und damit war die Sache entschieden.

Zweiundzwanzig Jahre später hatte ihr Geschmack sich deutlich weiterentwickelt. Statt Irn-Bru – eine Art schottische Cola – zu Doppelkeksen bevorzugten sie jetzt Latte macchiato mit Pfirsich-Himbeer-Muffins bei Starbucks. Aber die Freundschaft zwischen Stella und Harri war so eng wie eh und je.

Einem zufälligen Beobachter mochte die Freundschaft zwischen den beiden recht merkwürdig vorkommen. Stella war bekannt dafür, dass sie überall, wo sie ging und stand, Aufmerksamkeit auf sich zog. Kein Wunder, denn inzwischen war sie fast einen Meter achtzig groß, hatte lange, blond gefärbte Haare, ungeheuer attraktive Wangenknochen und de facto keine Hemmungen. Harri dagegen war auf stille Weise selbstbewusst und selbstsicher; sie maß kaum einen Meter sechzig, hatte rote Locken, große blaue Augen und verfügte über eine gehörige Portion gesunden Menschenverstand. Aber wenn die beiden zusammen waren, geschah etwas Magisches. Harri stellte fest, dass sie in Stellas Gesellschaft sie selbst sein konnte, während Stella sich bei ihr sicher, angenommen und geliebt fühlte. Und so bildeten sie in vielerlei Hinsicht ein vollkommenes Paar.

Harri wählte einen ihrer vielen Besuche im Coffeeshop, um Stella von Vivs toller Idee zu berichten.

„Sie möchte, dass du *was* tust?“, stieß Stella hervor und verschluckte sich fast an ihrem Latte macchiato.

„Hm, ungefähr genauso habe ich auch reagiert“, meinte Harri.

„Kommt überhaupt nicht infrage!“ Stellas Schultern zuckten heftig, als sie in schallendes Gelächter ausbrach. Es war eine allgemein anerkannte Wahrheit, dass Stellas Lachen den Straßenverkehr zum Erliegen bringen konnte.

„Du. Lieber. Himmel! Du hast doch hoffentlich Nein gesagt?“

Harri senkte ihren Blick auf den Milchschaum ihres Cappuccinos. „Ich hätte Nein sagen sollen … Aber in einem hatte sie recht.“

„Und das wäre?“

Harri seufzte. „Wenn es um Dates geht, ist Alex ein totaler Versager. Nein, halt, das stimmt nicht. Es fällt ihm leicht, sich zu einem Date zu verabreden, aber er ist ein totaler Versager, wenn es darum geht, sich mit der richtigen Sorte von Frauen zu verabreden.“

„Oder ein Genie, wenn es darum geht, durchgeknallte Zimtzicken aufzureißen“, meinte Stella.

„Ja, genau das.“

„Dafür hat er wirklich ein außerordentliches Talent. Vielleicht sollte er das vermarkten und für andere die seltsamen Typen aussortieren. Damit könnte er ein Vermögen verdienen!“

Harri grinste. „Ganz ehrlich, Stel, ich mag Al sehr, aber ich habe schon so oft erlebt, wie er am Boden zerstört war, weil sein Liebesleben ein immer wiederkehrender Albtraum ist …“

„Normalerweise um drei Uhr morgens, soweit ich mitbekommen habe.“

„Keine Sorge. Nach dem letzten Mal habe ich ihm deutlich zu verstehen gegeben, dass mein Notdienst für gebrochene Herzen ihm nur bei Tag zur Verfügung steht.“

„Trotzdem, Harri, die meisten hätten ihm längst klargemacht, dass das so nicht geht.“

„Wahrscheinlich. Aber es bleibt das Problem, dass er anscheinend nie aus seinen Fehlern lernt. Von daher ist diese verrückte Idee vielleicht einen Versuch wert. Zumindest können Viv und ich, wenn wir die Kandidatinnen auf Herz und Nieren prüfen, alle komischen Vögel von vornherein aussortieren."

Stella schnaubte verächtlich. „Oh, Viv hat versprochen, dir dabei zu helfen, stimmt's? Das glaube ich erst, wenn ich es sehe."

„Nein, sie wird es wirklich. Es ist alles abgesprochen."

„Ja, natürlich. Und ich bin der Kaiser von China ..."

Harri kicherte. „Du bist gemein. Diesmal glaube ich ihr."

„Schön für dich. Aber was, wenn Alex – dein ganz offiziell bester Freund auf der ganzen weiten Welt – nichts mehr von dir wissen will, weil du ihn nominiert hast? Ich wäre jedenfalls stinksauer, wenn ich jemals erfahren sollte, dass meine beste Freundin mich auf einer Zeitschriften-Liebesauktion feilbieten lässt."

„Ich weiß. Du hast ja recht. Aber so wie ich Viv kenne, heckt sie einen noch dämlicheren Plan als diesen aus, wenn ich sie nicht daran hindere. Und wenn ich da bin, um sie ein wenig zu lenken, kann ich Alex wenigstens ein bisschen vor den verrückten Einfällen seiner Mutter schützen."

Im Lauf der folgenden Woche ließ Harri sich die tolle Idee immer wieder durch den Kopf gehen, während sie bei Sun Lovers International Travel an ihrem Schreibtisch saß.

Auf dem zerschrammten Namensschild aus Metall auf ihrem Schreibtisch stand „Reiseberaterin". Zutreffender, wenn auch unverhältnismäßig lang, wäre die folgende Bezeichnung gewesen: „Reiseberaterin, die vergeblich versucht, Bewohner von Stone Yardley dazu zu überreden, fantastische Orte zu besuchen, die sie am liebsten selbst bereisen würde".

Sun Lovers International Travel war als Firma weder so groß noch so kommerziell erfolgreich, wie der Name suggerierte. Tatsächlich bestand SLIT (so nannte der Firmeneigner sein Reisebüro liebevoll, während seine Belegschaft die Abkürzung zwar auch benutzte, sie aber mit ganz anderen, wesentlich unfreundlicheren Assoziationen verknüpfte) aus einem winzigen Laden in der High Street von Stone Yardley. In seinem einzigen Schaufenster warben sorgsam platzierte Poster mit exotischen Abenteuern in aller Welt: Australien, Thailand, Indien, die USA, natürlich Luxusflugreisen. Die handgeschriebenen Sonderangebote, die mit Klebeband im Fenster befestigt waren, schlugen allerdings allesamt näher liegende Ziele vor: Blackpool, Weston-Super-Mare und Rhyl. Und es waren üblicherweise Busreisen.

Das Geschäft lief schon die ganze Woche schleppend, und am Freitagmorgen, als Harri all ihre Aufgaben erledigt hatte, nahm sie die Gelegenheit wahr und vertiefte sich in eine Hochglanzbroschüre über Venedig.

Venedig. Der Ort, mit dem alles begonnen hatte ... Als ihr Blick auf die vertrauten Fotos der Stadt fiel, die sie schon seit vielen Jahren aus der Ferne anbetete, lächelte sie. Prachtvolle Palazzi, elegante Gebäude, die sich in den tief blaugrünen Kanälen spiegelten, farbenfroh kostümierte Karnevalsbesucher, die sich inmitten von Touristen und Stadtbewohnern bewegten, als wäre von Kopf bis Fuß in üppigen Samt gekleidet zu sein so alltäglich wie Kaffee kaufen ... Fast konnte sie die Geräusche der Stadt hören, wie sie aus den Seiten der Broschüre aufstiegen, fast die köstlichen Cicchetti oder den herben Limoncello schmecken ... Eines Tages, so schwor sie sich, wie schon Millionen Male zuvor, eines Tages werde ich selbst dort stehen ...

Es war Tom, Auszubildender bei SLIT und von der beeindruckendsten Akne geplagt, die man je in Stone Yardley gesehen hatte, der sie mit einem mächtigen Seufzer in die Realität zurückholte, als er sich auf den Stuhl vor Harris Schreibtisch plumpsen ließ.

„Mir ist langweilig, langweilig, langweilig", gab er im Singsang eines buddhistischen Mönches zu verstehen und schaute dabei mit großen Augen durch die fettigen blonden Locken, die ihm ins Gesicht hingen.

Rasch schlug Harri ihre Broschüre zu und lächelte ihn an. „Na, liebst du wieder mal deine Arbeit, Tom?"

„Oh, und wie! ‚Komm herein und arbeite im Reisebüro, Tom; dann kriegst du was von der Welt zu sehen!' Klar doch …"

„Willkommen bei Sun Lovers International Travel", gab Harri lächelnd zurück, beugte sich vor und tätschelte ihm die Hand. „Sag schon, mit welchen aufregenden Reisezielen hast du dich heute befasst?"

Tom stöhnte. „Barmouth. Isle of Wight. Und fast hätte ich einen Flug nach Dublin verkauft."

„Dublin? Wow! Woran ist der Verkauf gescheitert?"

„Mrs. Wetten war nicht klar gewesen, dass Dublin außerhalb von England liegt. Sie hält nichts von Auslandsreisen."

Harri lachte. „Hmm, na ja, Dublin, das liegt ja schon fast in einer anderen Zeitzone. Außerdem haben sie anderes Geld, und überhaupt."

Tom rutschte unbehaglich auf dem Stuhl herum, der nicht für seine schlaksige Gestalt gebaut war. Mit einem Meter neunzig war er fast dreißig Zentimeter größer als alle anderen Angestellten. Dementsprechend wirkte er, wo er stand und saß, immer so, als wäre er über seine Umgebung hinausgewachsen – so wie Alice in ihrem Wunderland.

„Warum tust du das, Harri? Ich meine, du arbeitest hier seit – wie lange schon?"

„Fast acht Jahre." Sie konnte es selbst kaum glauben.

„Ja, genau. Und was war das ausgefallenste Reiseziel, das du in all dieser Zeit verkaufen konntest?"

Das Traurige an dieser Frage war, dass Harri nicht einmal überlegen musste, um sie zu beantworten: „Marokko. Und den Harpers hat es nicht gefallen, weil es dort zu ‚ausländisch' war."

„Was stimmt mit den Leuten in dieser Stadt nicht? Wenn es keine Busreise ist, haben sie kein Interesse."

„Luxus-Busreise, wenn ich bitten darf", korrigierte Harri ihn mit gespielter Entrüstung.

„Oh ja, Luxus-Busreisen. Du sprichst nicht zufällig von Somers Travels Direct Coaches?", meinte Tom feixend. „STD – diese nette Abkürzung für sexuell übertragbare Krankheiten. Daran haben sie bei der Namensgebung nicht gedacht, oder?"

Harri lachte. Sie war sicher, dass Albert Somers, ein ortsansässiger Geschäftsmann, noch nie über die unglücklich gewählten Initialen nachgedacht hatte. Und doch löste es bei den Mitarbeitern immer wieder Heiterkeit aus, wenn ältere Einwohner von Stone Yardley, die immer etepetete waren, Äußerungen von sich gaben wie: „Wir lieben STD" oder „Ich weiß nicht, was wir all die Jahre ohne STD getan hätten!" oder „Ich könnte mir einfach keinen Urlaub ohne STD vorstellen."

„Ich schätze, wir haben einfach nur das Pech, es mit den fantasielosesten Reisenden der ganzen Welt zu tun zu haben", seufzte Tom, streckte seine unglaublich langen Beine und stieß dabei einen Stapel Reiseprospekte am Nachbarschreibtisch um. „Ach, verflixt!"

Harri stand auf und half ihm, die Prospekte wieder aufzusammeln. Dabei ließ sie ihren Blick flüchtig über jeden Hochglanzeinband schweifen, den sie in die Hand nahm: Indien, Fernost, Karibik, Hawaii ... Eine Broschüre über Trinidad und Tobago öffnete sich auf einer Seite, in der Häuser im Kolonialstil von sattgrünen Palmen und azurblauem Wasser eingerahmt wurden. Harri und Tom hielten beinah andächtig inne und teilten einen stillschweigenden Moment wehmütiger Ehrfurcht.

„Ich begreife einfach nicht, warum die Leute immer in England bleiben wollen, wo doch da draußen diese große, fantastische Welt auf sie wartet", meinte Tom kopfschüttelnd. „Ich möchte einfach überallhin reisen, solange es nicht hier ist. Bisher habe ich es nur bis Spanien, Italien und Frankreich geschafft, aber auf meiner Liste stehen noch so viel mehr Länder, die ich bereisen möchte, bevor ich fünfundzwanzig bin. Und ich bin froh, dass du verstehst, Kumpel. Ich meine – das Thema, über das wir reden. Du verstehst was vom Reisen, stimmt's? Also, was war der exotischste Ort, den du je bereist hast?"

Harri wand sich innerlich. Sie hasste diese Frage, und das Herz rutschte ihr in die Hose. Denn obwohl sie sich so fürs Reisen begeistern konnte, obwohl sie unglaublich viel über Reiseziele in aller Welt wusste, hatte Harri ihr Heimatland erst ein Mal verlassen: auf einem Tagesausflug nach Calais mit ihrer Schulklasse. Ja, sie hatte sogar nur ein einziges Mal in einem Flugzeug gesessen: einem kleinen Doppeldecker, der sie zu ihrem neunten Geburtstag für einen halbstündigen Rundflug um den örtlichen Flugplatz in die Lüfte entführt hatte.

Tom sackte die Kinnlade herunter. „Im Ernst?"

„Im Ernst. Meine Eltern hatten Angst vorm Fliegen, also verbrachten wir die Ferien in Yorkshire, Wales oder im Lake District. Versteh mich nicht falsch – ich finde es schön dort, aber ich habe immer vom Reisen geträumt."

„Und warum hast du es nie einfach getan?"

Diese Frage verabscheute Harri ganz genauso. Und wie immer nahm sie ihre altbekannten Ausflüchte: „Das Leben hat sich einfach nicht so entwickelt, wie ich es mir vorgestellt habe. Das ist alles. Erst hatte ich alle Hände voll mit dem College zu tun. Dann wurde Dad krank, und weil er gepflegt werden musste, gab es nur noch Verwandtenbesuche in Yorkshire und Cumbria."

Tom bekam rote Flecken. „Ach ja, und dann ist deine Mutter gestorben ..."

Harri schluckte und senkte den Blick auf den Stapel Prospekte auf dem Fußboden. „Ja. Als das alles vorbei war, habe ich mir das Haus gekauft, den Job hier bekommen, Rob kennengelernt und angefangen, mit ihm zum Camping zu fahren."

„Camping?" Tom lachte. „Junge, Junge, dein Typ weiß, wie

er dir das Leben versüßen kann, was?“ Als Harri mit dem letzten Prospekt nach ihm schlug, duckte er sich geschickt zur Seite.

„Frechdachs. Nur dass du's weißt: Ich gehe gern campen. Außerdem schafft Rob es, jeden Urlaub zum Vergnügen zu machen. Ich kann dir gar nicht sagen, wie schön es ist, ihn in meinem Leben zu haben, nachdem ich mich nach dem Tod meiner Eltern so verlassen gefühlt hatte. Ja, ich würde sehr gern reisen, aber im Moment – mit Robs derzeitiger Arbeitssituation, der Rezession und allem – können wir uns Auslandsreisen einfach nicht leisten. Aber eines Tages werden wir das können, und dann bin ich weg.“

„Wem sagst du das! Wenn ich nicht bald anfange, Geld zu sparen, werde ich niemals aus diesem Loch herauskommen“, vertraute Tom ihr an. Er senkte die Stimme, damit ihr Boss sie nicht in seinem Büro belauschen konnte. „Ich meine, Georgie Porgie da drin gibt uns wohl kaum eine Gehaltserhöhung, solange er die Wirtschaftsflaute als Ausrede anbringen kann.“ Seine braunen Augen funkelten, und er boxte Harri spielerisch mit dem Ellenbogen in die Seite. „Fährst du wirklich mit Rob zum Camping?“

Harri lächelte. „Ja. Jedes Jahr.“

„Thomas! Für den unwahrscheinlichen Fall, dass du ernsthaft beschließt, heute noch irgendetwas zu tun, das man als Arbeiten bezeichnen könnte: Die Schaufensterauslage müsste irgendwann vor dem Ende des einundzwanzigsten Jahrhunderts umgestaltet werden.“

„Ja, Boss.“ Tom zwinkerte Harri zu. „Schon mal den Verdacht gehegt, dass George beim Überwachungstrupp des MI5 ausgebildet wurde?“

„Thomas, ich kann deinen Sarkasmus von hier hören!“

„Schon gut, schon gut. Tut mir leid, Harri, ich geh jetzt besser, bevor George eine Ader platzt oder er uns an den KGB verkauft.“

Harri winkte ihm zu. „Viel Spaß!“

„Danke, gleichfalls. Also – Rob fährt mit dir auf verschiedene Campingplätze, oder?“

„Natürlich! Wir waren schon überall – meistens im Lake District, aber manchmal auch in Snowdonia oder Pembrokeshire. Wir fahren einfach herum, bis wir einen Campingplatz finden, und dann erkunden wir ein paar Tage die Gegend, bevor wir weiterfahren. Es ist schön, nicht an feste Pläne gebunden zu sein, weißt du? Und Rob ist gut darin, uns kleine Überraschungen zu bereiten. Einmal, als wir auf einem Platz in der Nähe von Troutbeck standen, hat Rob uns ein Dinner bei Kerzenlicht arrangiert. Wir saßen in Reisedecken gehüllt da und schauten uns die Sternschnuppen am Himmel über den Bergen an. In der Nacht hätte ich wirklich nirgendwo sonst auf der Welt glücklicher sein können.“

Toms pickeliges Gesicht bot einen Anblick für Götter, als er sich abwandte. „Bäh. Hat mal jemand eine Kotztüte für mich, bitte …?“

Von Stella wurden Harris Erzählungen von Robs spontanen romantischen Gesten viel besser aufgenommen – trotz der Tatsache, dass, was Stella anging, öffentliche Liebesbekundungen nicht zählten, wenn sie nicht mit Luxus, Schwelgerei und dem großzügigen Einsatz einer Kreditkarte verbunden waren.

„Ich weiß, dass dein Rob ein Schatz ist. Aber warum, um alles in der Welt, ist er mit dir noch nie ins Ausland gereist?“, fragte sie an einem Mittwochabend, als Harri auf einen Schwatz nach der Arbeit bei ihr vorbeischaute. „Harri, seit sieben Jahren ist er jetzt Teil deines Lebens. Da sollte man doch meinen, er hätte dich wenigstens schon mal nach Paris oder so entführt.“

Harri tunkte einen Schokoladen-Vollkornkeks in ihren Tee. „Er sagt, in einem Land, in dem er die Sprache nicht versteht, fühlt er sich einfach nicht wohl. Ich vermute aber, dass er nicht gern fliegt. Das hat seine Mum mir vor ein paar Jahren erzählt.

Eigentlich soll ich das nicht wissen, aber bei genauerer Überlegung ergibt das einen Sinn."

„Schon möglich. Hey, vielleicht spendiert er ja eine große Auslandsreise, wenn er dir die Frage stellt."

Harri hob ihre Tasse. „Darauf trinke ich!"

Jedes Jahr versprach Stella ihrer Freundin, mit ihr ins Ausland zu reisen. Immer im Januar oder Februar bat sie Harri, die neuesten Reiseprospekte von der Arbeit mit nach Hause zu bringen, und sie verbrachten glückliche Abende damit, sich mit den tollsten Reisezielen zu befassen. Endlos viele Flaschen Wein, Essen vom Lieferservice und Coffeeshop-Besuche wurden darauf verwandt, ihr großes Abenteuer zu planen. „Wie Thelma und Louise, aber ohne Tote und Schießeisen", witzelte Stella. Aber irgendwie fand sie, immer wenn der Sommer näher rückte, einen neuen Typen und verlor sich so in ihrer Romanze, dass Harri unweigerlich zu einem „netten Essen auswärts" eingeladen wurde. Spätestens beim Dessert wurde sie immer mit einem tränenreichen Geständnis konfrontiert, und das klang dann so: „Ich weiß, ich habe dir versprochen, dieses Jahr mit dir zu verreisen. Aber bevor ich noch Nein sagen konnte, hatte ich auch schon [Nichtzutreffendes streichen] Joe/Mark/Matt/Juan zugesagt, ihn zu begleiten. Aber ich verspreche dir hoch und heilig: Nächstes Jahr verreisen wir zwei gemeinsam ..."

Trotz der alljährlichen Enttäuschungen waren nicht einmal Stellas ungelegene Liebschaften das Problem. Genauso wenig waren es die Wirtschaftsflaute, das schwache Pfund oder die steigenden Flughafengebühren. Und egal, was Stella und Viv sagten, war auch Rob nicht das Problem. Am Ende lag es an ihr selbst.

Jedes Jahr zog Harri in Erwägung, sich ein Reiseziel in einem der Reiseprospekte von SLIT auszusuchen, ihre Koffer zu packen und allein irgendwohin zu reisen. Aber wenn sie darüber nachdachte, warf die Realität, zwei Wochen allein zu verbringen, einen Schatten über ihren Traum. Was hatte sie davon, wunderbare Orte zu besuchen, wenn sie dieses Erlebnis mit niemandem teilen konnte? Anders als Vivs Sohn Alex, der sich in seiner eigenen Gesellschaft absolut wohlzufühlen schien, konnte diese Aussicht Harri absolut nicht reizen. Seit ihre Eltern gestorben waren, war ihr das Gefühl von Einsamkeit nur zu vertraut. Warum sollte sie dieses Gefühl in ein anderes Land mitnehmen? Sie wusste: Eines Tages würde sie das können, und es würde ihr gefallen. Aber solange sie ihre Furcht vor dem Unbekannten nicht überwinden konnte, war sie zufrieden damit, zu bleiben, wo sie war. Ganz bestimmt machten Urlaube mit Rob in England mehr Spaß als ein Auslandsaufenthalt allein.

In Harris Welt gab es zwei Ausgaben ihrer selbst: die selbstbewusste, spontane in ihrem Kopf, die alle Bedenken über Bord warf und reiste, wohin es sie zog; und die echte Harri, die sich über alles zu viele Gedanken machte und in der Sicherheit ihres kleinen Cottages am Rand von Stone Yardley imaginäre Reisen plante.

Eines Tages, sagte sie sich immer wieder selbst, eines Tages werde ich nicht mehr darüber nachdenken, sondern einfach abreisen.

Und so kaufte sie sich ein neues Reisebuch und verbrachte Stunden damit, sich in die kleinsten Einzelheiten der Abenteuer anderer Leute in aller Welt zu vertiefen. Sie wurde zur Lehnstuhl-Reisenden – beherrschte fließend drei Sprachen und war Expertin bei jedem Pub-Quiz, in dem es um Reisefragen ging. Die Welt in ihrem Kopf war sicher, ständig zugänglich und vor allem nur ihre eigene. Ein geheimer Ort, an dem sie Zuflucht suchen konnte, ohne dass jemand davon wusste. Jahrelang war das ihre einsame Beschäftigung gewesen. Bis sie Alex kennenlernte. Von da an war sie plötzlich nicht mehr allein.

3. KAPITEL

Alles über Alex

Die kalte Brise, die durch das zugige und verdreckte Dachfenster über Harris Kopf hereinkommt, wird stärker, und die ersten Regentropfen treffen auf das gehärtete Glas. Harri erschauert und zieht ihren dünnen Cardigan enger um sich. Ihre Schultern überläuft eine Gänsehaut.

Um sich von der Kälte abzulenken, schaut sie sich in der Toilettenkabine um und liest zerstreut die kunterbunte Graffitisammlung. Neben einer beachtlichen Anzahl von Enthüllungen („Debbie ist ein Hund“, „Kanye Jones liebt deine Mudda“ oder „Sonia mag's von hinten“, um nur einige zu nennen) finden sich sogar ein paar erstaunlich kreative Kunstwerke (ein Witzbold hat „Fluchtweg“ geschrieben und dazu einen Pfeil gezeichnet, der auf ein Schraubloch mit Dübel zeigt – das Einzige, was von einem Toilettenpapierhalter übrig geblieben ist). In einer Ecke der Kabine, neben einem der rostigen Türscharniere, fällt ihr Blick auf eine kleine Botschaft:

ALex woz eRe

Harri schnappt nach Luft und schließt fest die Augen.

Als Alex Brannan nach Stone Yardley zurückkehrte, wurde Harris Welt plötzlich immens viel größer.

Vivs einziger Sohn war in Harris Kindheit und Jugend eigentlich immer da gewesen, aber sie hatte nie viel mit ihm zu tun; nur selten kreuzten sich ihre Wege. Erst als er nach einer zehnjährigen Weltreise heimkam, entwickelte sich zwischen ihnen eine echte Freundschaft.

Es begann vor drei Jahren mit der Schließung des traditionellen Teehauses von Stone Yardley.

Als die *Welcome Tea Rooms* schlossen, erklärten viele Einheimische, dies sei ein trauriger Tag für die Stadt, und beklagten den Verlust einer Institution. In Wirklichkeit hatten jedoch die meisten, die die Schließung beklagten, schon seit Jahren keinen Fuß mehr in ebendiese Institution gesetzt. Das lag daran, dass sie alles andere als einladend war. Die Inhaberin, Miss Dulcie Danvers, war ein drahtiges, furchteinflößendes älteres Fräulein, das den Laden von ihrer unverheirateten Tante geerbt hatte. Weder der kochend heiße Tee noch die schwer verdaulichen hausgebackenen Scones, die die Zähne zum Quietschen brachten, konnten gegen die frostige Atmosphäre des Teehauses ankommen. Also bestellte man (in entschuldigendem Tonfall), verzehrte seine Bestellung in unbehaglichem Schweigen und sah zu, dass man so schnell wie möglich wieder rauskam. Schließlich, im Alter von dreiundsiebzig Jahren, gab Miss Danvers sich geschlagen und zog sich in ein Heim für betreutes Wohnen in den Cotswolds zurück.

Etliche Monate lang blieb das ehemalige Café an Stone Yardleys High Street leer stehen, als klaffende Wunde im geschäftigen Stadtzentrum. Aber dann verschwand Ende Oktober das Schild „Zu verkaufen" aus dem Fenster, und im Laden entfaltete sich neue Aktivität. Passanten stellten fest, dass drinnen Licht brannte und schemenhafte Gestalten bis spät in die Nacht hinein werkelten. Drei Wochen später verkündete ein Plakat an der Tür: „Demnächst geöffnet: Hier entsteht eine neue Coffee Lounge."

Eine Woche später fragte Viv, ob Harri Lust hätte, zur Eröffnungsfeier des neuen Unternehmens ihres Sohnes zu kommen.

„Du erinnerst dich doch an Alex, oder?"

Harri nickte höflich, obwohl ihre Erinnerungen in Wirklichkeit äußerst vage waren. „Er ist in London, oder?"

Viv zog eine Grimasse. „Nun, das war er, aber breiten wir den Mantel des Schweigens über diese spezielle Episode. Jetzt wohnt er jedenfalls wieder in Stone Yardley und eröffnet sein eigenes Geschäft."

„Was macht er?", fragte Harri.

Viv lächelte, wie Eltern, die ihrem Kind beim Krippenspiel zusahen (auch wenn es grauenvoll war). „Er hat die alten *Welcome Tea Rooms* übernommen. Aber sein Laden wird ganz anders, und ich glaube, er fürchtet, dass niemand kommen wird. Würde es dir etwas ausmachen?"

„Aber nein, überhaupt nicht. Rob ist an diesem Wochenende mal wieder beruflich unterwegs. Also habe ich am Freitagabend Zeit."

Im selben Moment, in dem Harri das *Wātea* betrat, fühlte sie sich auch schon wie zu Hause. Alex hatte das düstere Café in eine entspannende, warme und einladende Coffee Lounge verwandelt. Große bequeme Ledersessel standen auf einem Boden aus grünen Schieferplatten, während eine Bar am Fenster – anscheinend aus einem mächtigen Treibholzbalken erbaut – einen großartigen Blick auf die Hauptstraße bot. In Weidenkörben neben den Sesseln steckten Reisebücher und -magazine, an den Wänden hingen Sammelstücke, die Alex von seinen Reisen mitgebracht hatte: Gemälde aus Südamerika, eine afrikanische Maske, Maorifiguren und indianische Decken.

Was Harri jedoch besonders ins Auge fiel und ihren Atem zum Stocken brachte, waren die Fotos: Strände und Regenwälder, Wüsten und Inseln, schneebedeckte Berggipfel und azurblaues Meer. Und der Star jedes Bildes, in verschiedenen, übertrieben dramatischen Posen und immer mit einem gewaltigen Grinsen im Gesicht, war Alex.

Während die anderen Gäste verschiedene Kaffeesorten probierten, von winzigen Cocktail-Quesadillas, würziger Chorizo sowie Olivenspießchen naschten und intensiv gewürzten Gazpacho kosteten, bewegte Harri sich schweigend durch den Raum. Mit den Fingern strich sie leicht über die prächtigen Webstoffe und ethnischen Skulpturen. Dabei schaute sie sich die Fotos an. Gerade betrachtete sie eingehend ein Bild von einer Inkasiedlung, als eine tiefe Stimme hinter ihr sie zusammenzucken ließ.

„Machu Picchu. Dort hat es mir sehr gefallen. Allerdings ist die Höhe atemberaubend im wahrsten Sinne des Wortes. Man muss sich sehr langsam bewegen, sonst kriegt man Probleme."

Harri fuhr herum. Und sah sich einer von Maori handgeschnitzten Holzperlenkette gegenüber. Als sie ihren Blick hob, entdeckte sie auch deren Träger: den breit grinsenden Star der Fotos. Rasch streckte Alex ihr seine Hand entgegen und strich sich, plötzlich verlegen, mit der anderen Hand durch sein sandbraunes Haar. „Hi. Entschuldige, dass ich dich erschreckt habe. Ich bin Alex."

Harri lächelte und ergriff seine große, warme Hand. „Hi, ich bin Harri. Dieser Laden ist wirklich erstaunlich …"

„Oooh, wie schön! Ihr habt euch schon getroffen?", rief Viv und tauchte wie von Zauberhand zwischen ihnen auf. „Al, Liebling, du erinnerst dich doch noch an Harriet Langton, oder?"

Alex' große braune Augen weiteten sich überrascht. Er trat einen Schritt zurück und musterte Harri von oben bis unten, als könnte er nicht glauben, was er sah. „Nie und nimmer! Pummelchen Harri mit den Zöpfen?"

„Ja!", gab Viv strahlend zurück. „Das kleine Pummelchen Harriet!"

„Aber … aber als ich sie das letzte Mal gesehen habe, war sie, warte mal, so groß?" Alex deutete auf etwas über Hüfthöhe.

„Ich weiß!", meinte Viv. „Sie hat sich ganz schön verändert, hm?"

„Das hat sie allerdings", gab Alex zurück und musterte Harri so aufmerksam, dass sie spürte, wie ihr eine Hitzewelle im Nacken hochkroch.

Vivs Blick verschleierte sich. „Ihre Mutter wäre so stolz auf sie. So erwachsen, und jetzt steht sie in deiner neuen Coffee Lounge!"

Harri hob eine Hand und wedelte damit schwach vor ihren Gesichtern herum. „Hallo? Ich stehe hier. Und darf ich euch beide daran erinnern, dass man mir diesen blöden Spitznamen verpasst hat, als ich *vier Jahre alt* war?"

„Oooh, tut mir leid, meine Liebe." Damit zog Viv sie in eine herzliche Umarmung, die ihr beinah alle Luft aus den Lungen quetschte. „Al, Harri arbeitet im Reisebüro, nur ein paar Läden weiter. Sie weiß so gut wie alles über, nun ja, so gut wie jeden Ort auf der ganzen Welt. Du solltest sie mal zu dir einladen und ihr all deine seltsamen Mitbringsel von deinen Reisen zeigen. Ach, und natürlich auch deine Fotos! Wäre das nicht eine tolle Idee, Harri?"

Jetzt war es an Alex, peinlich berührt zu reagieren. „Mum …", wehrte er ab, rieb sich den Nacken und starrte zu Boden. „Ich bin sicher, dass sie gar keine Lust hat, sich den Kram anzusehen …"

„Nein, nein, das würde ich gern. Wirklich. Ich würde mich freuen", warf Harri hastig ein.

Alex schaute sie mit einer seltsamen Mischung aus Belustigung und ehrlicher Überraschung an. „Im Ernst? Mich hat noch nie jemand gebeten, sich mein Zeug ansehen zu dürfen. Normalerweise langweile ich die Leute damit zu Tode, ob sie wollen oder nicht."

Harri lächelte. „Glaub mir, ich würde wirklich gern hören, wo du überall warst und was du erlebt hast. Mein Freund sagt, ich sei ein Lehnstuhlreisejunkie. Du hilfst mir also, meine Sucht zu befriedigen."

Alex' Augen funkelten, und wieder breitete sich das Grinsen von seinen Fotos auf seinem Gesicht aus. „Nun, in dem Fall helfe ich natürlich gern. Lass uns gleich einen Termin ausmachen."

Harri erzählte Rob am folgenden Montagabend von Alex und seiner Einladung zum Essen. Am Wochenende waren ihr plötzlich Bedenken gekommen, ob Rob womöglich nicht gerade begeistert über das Interesse dieses mehr oder weniger Fremden an seiner Freundin sein würde, aber ihre Furcht erwies sich als unbegründet.

„Das halte ich für eine tolle Idee", meinte Rob und lächelte ihr über den Rand der *Survival Monthly* zu.

„Es stört dich also nicht, dass er mich zum Essen eingeladen hat?"

„Nein, überhaupt nicht." Er schüttelte den Kopf, ließ die Zeitschrift sinken und beugte sich vor, um Harri über die Wange zu streichen. „Du hast dir doch hoffentlich deshalb keine Sorgen gemacht?"

„Doch, ein bisschen."

„Nun, das musst du nicht. Einen Abend in Reiseerinnerungen zu schwelgen klingt so, als wäre es genau dein Ding. Und es wird dir guttun, dich mit jemandem zu unterhalten, der deine Reisebegeisterung teilt. Seien wir doch ehrlich: Was das angeht, bin ich nicht gerade der beste Gesprächspartner, richtig?" Er zeigte dieses für ihn so typische schiefe Lächeln, das es immer schaffte, ihr Herz zum Schmelzen zu bringen. „Also bekommst du einen Reisethemenabend, und ich muss nicht daran teilnehmen. So gewinnen alle Seiten."

Ermutigt durch das, was ihr Freund gesagt hatte, begann Harri, sich auf den Abend mit Alex zu freuen. Aber im Laufe der Woche kamen ihr neue Bedenken: Würden sie wirklich genug Gesprächsstoff für einen ganzen Abend finden? Schließlich konnte sie sich kaum noch an Alex erinnern. So wenig, wie sie über ihn wusste, war er im Grunde genommen ein Wildfremder für sie. Außerdem: Wie würde sie sich in der Gesellschaft eines erfahrenen Weltreisenden schlagen, wo doch all ihre Kenntnisse auf den Erlebnissen anderer Leute beruhten? Würde sie sich, verglichen mit ihm, nicht wie eine Hochstaplerin vorkommen?

Diese Frage ging ihr immer noch durch den Kopf, als sie am Donnerstag um die Mittagszeit den Laden ihrer Tante betrat. *Eadern Blooms* war seit fünfunddreißig Jahren das Blumengeschäft von Stone Yardley, und der Laden hatte sich kein bisschen verändert, abgesehen von einem neuen Schild über der Tür und einem Aufsteller für den Bürgersteig (eine Investition, zu der Harri ihre Tante Rosemary im Jahr zuvor überredet hatte). Die sonnengelben Fußbodenfliesen und die weiß gestrichenen Wände waren schlicht und damit der perfekte Hintergrund, um die Blumen zur Geltung zu bringen. Schließlich waren sie die Stars der Show, jedenfalls in Rosemarys Augen. Als Harri eintrat, grüßte sie Mrs. Gilbert vom Konditor, die gerade mit einem in Papier gewickelten Strauß tiefvioletter Eustoma den Laden verließ.

„Hallo, Harriet! Wie geht's, wie steht's?“, fragte Mrs. Gilbert lächelnd.

„Alles bestens“, gab Harri zurück und hielt ihr die Tür auf. „Wie ist Ihre Woche?“

„Irre! Dora hat diese Woche ihren neuen Irish Coffee Cheesecake eingeführt, und man hat uns die Bude eingerannt. So einen Ansturm hat *Sugarbuds* seit Weihnachten nicht mehr erlebt.“

Tante Rosemary war im Arbeitsraum im hinteren Teil des Ladens, als sich Harri dem Verkaufstresen näherte. Also benutzte sie die Messingglocke, um ihre Tante auf sich aufmerksam zu machen. Das tat sie schon, seit sie ein Kind war. Damals hatte sie das aufregende Gefühl, die Glocke zu läuten, genossen, wenn ihre Eltern sie mit in das Geschäft nahmen. „Kundschaft!", rief sie, genau wie ihr Dad es immer getan hatte.

Rosemary lugte nervös durch die Tür, die den Arbeits- vom Verkaufsbereich trennte. „Hallo, du. Ich wickle nur eben diesen Strauß ein, dann bin ich gleich bei dir."

Geistesabwesend drehte Harri an dem Drehständer auf dem Tresen, in dem verschiedene Grußkarten für Blumenarrangements steckten. Die meisten wirkten so alt wie der Laden: verblasste gemalte rosa und gelbe Rosen, Störche, die Babys in einem Tragetuch in ihrem Schnabel trugen, weiße Lilien mit anteilnehmend gesenkten Blüten und ineinandergehakte Hufeisen im Konfettiregen. Harri fragte sich, ob sich wirklich jemals jemand für eine dieser Grußkarten entschied oder ob sie, genau wie die Messingglocke und die sonnengelben Linoleumfliesen, schlicht unersetzliche Kernelemente des Ladens waren.

Fünf Minuten später eilte Tante Rosemary herbei, mit fliegenden silbergrauen Haarsträhnen, die sich aus dem nachlässig zusammengesteckten Knoten an ihrem Hinterkopf gelöst hatten, und einer Rolle Bindedraht, die sie wie ein postmodernes Armband um ihr rechtes Handgelenk trug. „Bin schon da, bin schon da", rief sie, legte ihre kühlen Hände an Harris Wangen und küsste sie auf die Stirn. „Und du bist auch da. Der Teekessel ist schon aufgesetzt, und ich habe Sandwiches von *Lavender's* geholt. Erzähl mir, was es Neues gibt."

Sie setzten sich auf die Holzstühle hinterm Tresen und aßen ihre knusprigen Sandwiches aus der Bäckerei von Stone Yardley, während Harri ihre Tante über die neuesten Ereignisse informierte.

Als sie äußerte, dass sie Bedenken wegen des Essens mit Alex hatte, zog Tante Rosemary die Stirn kraus und nahm einen großen Schluck Tee.

„Harriet, ich glaube nicht, dass du dir Sorgen machen musst. Ich bin sicher, ihr werdet jede Menge Gesprächsstoff finden."

„Aber er hat es wirklich getan. Er ist gereist. Ich habe nur davon gelesen. Ich glaube, ich habe einfach nur Angst, dass er mich auslachen wird."

„Sei nicht albern, Schätzchen. Nach meiner bescheidenen Erfahrung mit Männern kann ich dir sagen, dass sie alle eins ganz besonders mögen: wenn ihnen jemand zuhört. Und wenn die Person, die ihnen zuhört, weniger über eine Sache weiß als sie selbst, umso besser. Ich wage zu vermuten, dass da auch Alex nicht anders ist. Du bist eine fantastische Zuhörerin, und du interessierst dich für all seine Reiseerlebnisse. Was mehr kann er sich von einem Abendessensgast wünschen?"

„Wahrscheinlich hast du recht. Tut mir leid, Tante Ro. Du kennst mich ja. Ich denke immer die nächsten drei Schritte voraus."

Rosemary lächelte und fegte Krümel von ihrem flauschigen grauen Cardigan. „In der Hinsicht kommst du hundertprozentig nach deiner Mutter. Sie war die geborene Organisatorin – genau wie du. Sich im Voraus über alles Mögliche Sorgen zu machen gehört vermutlich einfach dazu."

„Du glaubst also, ich brauche mir keine Gedanken zu machen? Alles wird gut gehen?"

Ihre Tante stand auf und zerzauste ihr liebevoll das Haar. „Ich glaube, du wirst eine Menge Spaß haben."

Am Ende war es Stella – auf klassische Stella-Smith-Weise –, die ihre Ängste zerstreute, indem sie die Situation in wenigen Worten zusammenfasste: „Er scheint ein netter Kerl zu sein, du kriegst was zu essen und eine Überdosis Reisegeschichten. Das ist ein Selbstgänger. Hör auf, dir Sorgen zu machen. Geh einfach hin."

Also kam Harri in der nächsten Woche zum Essen ins *Wātea*. Alex war gerade dabei, den Laden nach Geschäftsschluss aufzuräumen, und sah ziemlich fertig aus. Sie wartete, während er die Beleuchtung ausschaltete und überprüfte, ob alles für den nächsten Morgen vorbereitet war.

„Anstrengender Tag?", fragte sie, als er zu ihr an den Tresen trat.

Alex rieb sich die Stirn. „Ja. Es ist einfach irrwitzig, schon seit dem Eröffnungstag. Und ich habe mir Sorgen gemacht, dass die Kundschaft ausbleiben würde, weil alles so anders ist als im alten Café."

Harri lachte. „Hast du das alte Café jemals besucht?" Alex schüttelte den Kopf. „Dann weißt du nicht, was du verpasst hast! Ich meine, sieh dich hier doch mal um. Der Laden ist viel zu einladend. Du solltest jedem Furcht und Schrecken einjagen, der es wagt, seinen Fuß ins Café zu setzen! Und dann diese Sofas! Viel zu bequem! Was versuchst du hier zu erreichen? Willst du etwa, dass die Leute sich gern hier aufhalten?"

„Du liebe Güte, war es wirklich so schlimm?"

„Oh ja. Glaub mir, Stone Yardley hat dieses Café dringend gebraucht."

„Danke."

„Bitte sehr."

Sie lächelten einander an.

Dann schob Alex verlegen seine Hände in die Hosentaschen. „Also – wenn du mir folgen möchtest, mache ich uns was zu essen."

In seiner Wohnung über der Coffee Lounge bereitete Alex Singapur-Nudeln zu. Harri sah sich um und betrachtete die Fotos, die an den Wänden hingen. Nach dem Essen ließ sie sich im Schneidersitz auf dem Fußboden nieder, wärmte ihre Hände an einem Becher dampfendem Jasmintee und versuchte, ihre Aufregung zu zügeln, wie ein Kind kurz vor der Weihnachtsbescherung, während Alex jede Menge Schachteln voller Schätze anschleppte. Postkarten, Stoffe, Skulpturen, Muschelschalen, Schneckenhäuser und unzählige Fotoalben kramte er hervor und verteilte sie auf dem Fußboden. Dabei erzählte er von seinen Reisen, und Harri hörte mit großen Augen zu. Die Bilder, die vor ihrem inneren Auge aufstiegen und sie ganz schwindelig machten, waren fast unerträglich schön.

„Diese Muschel habe ich von Phillip Island, Australien. Du solltest die Pinguine dort sehen, Harri. Am Strand mitten unter ihnen – der reinste Wahnsinn! … Ein alter Priester in Weißrussland hat mir diese Ikone geschenkt. Er meinte, sie würde mich auf meiner Reise beschützen. Dann betete er für den Bus, in dem wir unterwegs waren. Allerdings musste er dafür ein Segensgebet für Pferd und Wagen verwenden, weil es das einzige in seinem Gebetbuch war, das auf eine Reise passte."

Harri griff nach einem Foto, auf dem Alex neben einem Maori stand, der etwa zwanzig Zentimeter größer und fast doppelt so breit war wie er und so breit lächelte, dass daneben selbst Alex' Grinsen verblasste. Der lächelnde Maori hatte ihm einen Arm um die Schultern gelegt, und sie sahen beide so aus, als hätten sie gerade einen urkomischen Witz gehört.

„Wer ist das?", fragte sie und hielt Alex das Foto hin.

„Oh, wow, das ist Tem – ein ganz toller Kerl, den ich auf der Südinsel von Neuseeland kennengelernt habe. Ihm gehört die Bar im Ort, und er hat mir für drei Wochen einen Job gegeben, als ich knapp bei Kasse war. Außerdem hat er mir ein bisschen Maori beigebracht. Daher kommt übrigens der Name der Coffee Lounge. *Wātea* bedeutet ‚offen sein', ‚frei sein'. Er meinte, ich sei ein freier Geist und müsse unbedingt so bleiben, wohin es mich auch verschlägt. Ich habe sehr viel von ihm gelernt."

Harri ließ den Blick über die Sammlung von Erinnerungsstücken schweifen, die vor ihr ausgebreitet lag, und schüttelte den Kopf. „Al, diese Sachen sind einfach unglaublich. Warum stellst du sie nicht alle aus?"

Alex zuckte die Achseln. „Ehrlich gesagt, weil niemand sie ansehen wollte. Ich meine, bevor ich dich getroffen habe."

„Das ist verrückt. Diese Sachen sind ...“ Einen Moment suchte sie vergeblich nach den richtigen Worten, weil alle Superlative, die ihr einfielen, plötzlich so unzureichend wirkten. „Ich finde das hier wunderbar, Alex. Du ahnst ja nicht, wie glücklich du dich schätzen kannst, all diese Erinnerungen zu haben.“

Alex lächelte, und in seinen dunkelbraunen Augen spiegelte sich das Licht der Kerzen auf dem Couchtisch. „Ich glaube, wir werden gute Freunde werden, du und ich“, sagte er. „Seelenverwandte Reisende, das sind wir.“

Harri war sich nicht sicher, was ein seelenverwandter Reisender war, aber sie freute sich dennoch, so genannt zu werden. Das, so sollte sie feststellen, zählte zu den Dingen, die Alex von den anderen Bewohnern Stone Yardleys unterschieden: Er verfügte über Wörter für seine Welt, die weit über den Horizont aller anderen hinausging. Durch seine Augen sah Harri die Welt um sich herum in einem neuen, insgesamt ansprechenderen Licht. Alex war der Träumer schlechthin – ein hoffnungsloser Optimist in Bezug auf alles, was er sah. Selbst die alltäglichsten Dinge wurden zu einer magischen Entdeckungsreise, wenn er dabei war – wie zum Beispiel, als er den simplen Akt, den Fußboden zu wischen, in ein Curling-Spiel verwandelte: Zwei Zinkeimer fungierten als Curlingsteine, und die Feudel übernahmen die Rolle der Besen. Zwar war seine unrealistische Lebensauffassung schuld an vielen Problemen in seinem Liebesleben, und oft wurde ihm deshalb das Herz gebrochen, aber zumindest war das Leben niemals langweilig, solange Alex dabei war.

Im Laufe des nächsten Jahres entwickelte sich ihre Freundschaft mit jedem gemeinsamen Essen am Mittwochabend weiter. Alex kochte nach Rezepten, die er auf seiner zehnjährigen Weltreise zusammengetragen hatte, und Harri lauschte seinen Geschichten, während Gewürze, Fleisch, Fisch und Obst die

Wohnung über der Coffee Lounge mit verlockenden Düften erfüllten.

„Pad Thai", verkündete er eines Abends, als Harri der Duft nach würzigem Zimt, Chili und Piment in die Nase stieg. „Das kochen sie überall in Thailand. An fast jeder Straßenecke findet man kleine Stände, an denen man das bekommen kann. Das Rezept habe ich von Kito, einer Japanerin, die zwanzig Jahre zuvor nach Phuket gezogen war, als sie einen Einheimischen heiratete. Ihr gehörte die Herberge, in der ich untergekommen war. Ihre thailändische Schwiegermutter hatte darauf bestanden, dass Kito lernen müsse, dieses Essen zuzubereiten, bevor sie ihren Sohn heiraten dürfe. ‚Damit ich weiß, dass mein Sohn nicht verhungern muss', lautete ihre Begründung. Und von da an brachte Kito regelmäßig Pad Thai auf den Tisch."

Treffen mit Alex waren so erfrischend wie die Bergluft von Wales. Sein Sinn für Humor, seine ironische Sicht der Welt um ihn herum und sein intensives Interesse an anderen Menschen machten ihn zu einem unwiderstehlichen Gesellschafter.

Aus Wochen wurden Monate, und Harri bemerkte, dass sie sich ihm immer mehr öffnete – sogar mehr, als sie sich Stella, Viv und selbst Tante Rosemary geöffnet hatte. Im Gegenzug gewann Alex immer mehr Vertrauen zu Harri, was schließlich eines Dienstagabends zum Thema seines nicht gar so tollen Liebeslebens führte. Gerade als sie schlafen gehen wollte, bekam sie eine SMS.

Hey H, bist du noch wach? Können wir reden? Al ;)

Harri hätte die Textnachricht fast ignoriert, weil das warme Bett und ihr Lieblingsbuch über Venedig gar zu sehr lockten. Aber Alex hatte sie noch nie so spät angemorst, und das allein reichte schon, um ihn anzurufen.

Als er sich meldete, klang er müde, und jeder Funken Leben

in seiner Stimme schien erloschen. „Hey, Partner. Tut mir leid, dass ich so spät noch störe."

„Alles in Ordnung, Al?"

Ein langer Seufzer. „Mir geht es gut, echt. Ich habe mich nur gerade zum letzten Mal mit Claudia getroffen. Du weißt schon, die Buchhalterin, mit der ich seit ein paar Wochen gehe?"

„Oh nein. Was ist passiert?"

„Mann, ich weiß es nicht. Sie ist einfach nicht die Frau, für die ich sie gehalten habe. Es hat sich rausgestellt, dass sie sich nur aus einem Grund mit mir verabredet hat: Sie wollte ihren Ex eifersüchtig machen."

„Ah."

„Und offensichtlich ist ihr Plan aufgegangen. Deshalb war das unser letztes Treffen. Danach musste ich einfach mal mit einem normalen Menschen reden, verstehst du?"

Harri lachte. „Lass mich raten: Der normale Mensch ist nicht ans Telefon gegangen. Deshalb musstest du mich anrufen?"

„Ja, so was in der Art. Nein, ehrlich gesagt schätze ich deine Meinung sehr."

Dieses unerwartete Kompliment brachte sie ziemlich aus dem Konzept. Harri brauchte ein paar Sekunden, bevor sie antworten konnte. „Oh ... verstehe. Äh. Danke, Al."

Nachdem auf diese Weise das Eis gebrochen war, begannen Diskussionen über Alex' Liebesleben ihre Mittwochabendtreffen zu würzen. Harri machte das nicht wirklich etwas aus. Angesichts der Lehnstuhlabenteuer rund um den Globus, die ihr zum Ausgleich geboten wurden, nahm sie das gern in Kauf.

Etwa um dieselbe Zeit wagte Alex den mutigen Schritt und schnitt das dornige Thema an, dass Harri selbst nie verreiste.

„Okay", sagte er eines Mittwochabends, als er ihr die Schüssel mit dem würzigen, rauchigen ungarischen Gulasch reichte. „Stell dir vor, ich würde dir jetzt ein Flugticket schenken, mit dem du irgendwohin fliegen könntest."

Harri riss ein Stück von dem noch ofenwarmen Walnussbrot ab und tunkte es in die Paprikasauce. „Dann wärst du Millionär, und ich bezweifle, dass wir dann in einer winzigen Bude über einem Café zu Abend essen würden."

Alex schnitt eine Grimasse. „Jetzt mal im Ernst, H, denk nach: Wenn du jetzt einfach eine Reisetasche packen und verreisen könntest, wohin du willst, wohin würdest du reisen?"

„Hm, das kommt drauf an."

„Worauf? Komm schon, H, du musst keine komplette Reiseplanung aufstellen, bevor du abreist. Wir tun nur so, als ob. In Ordnung?"

Harri tunkte ihren Löffel in das Gulasch, hob ihn an die Lippen und pustete darauf, um es abzukühlen. Sie fühlte sich in die Enge getrieben. „Al, ich weiß nicht, wie ich einfach so ein Ziel aussuchen soll. So funktioniert das nicht."

„Doch, das tut es, Harri! Ich rede davon, dass du zum Flughafen fährst – Geld spielt keine Rolle – und dir irgendein Ziel auf der weiten Welt aussuchst. Einfach so."

Harri ließ den Löffel auf den Tisch fallen. „Schau mal, für dich ist das so leicht. Einfach die Koffer packen und abreisen, ohne dass du darüber nachdenken musst, wen oder was du zurücklässt. Weißt du, ich trage Verantwortung: meinen Job, meinen Kater, Rob …"

Alex hob abwehrend beide Hände. „Hoppla, Harri, meine gute Freundin, wir reden hier von Fantasie, nicht von der Realität." Er musterte sie aufmerksam. „Na schön, ich sehe, dass du so etwas einfach nicht kannst. Pass auf, ich helfe dir. Lass uns für den Anfang ein Ziel wählen, das nicht allzu weit entfernt ist, wie … zum Beispiel Italien." Harri spürte, wie ihr Herz einen kleinen Hüpfer machte, und ihr Gesichtsausdruck musste sie verraten haben, denn Alex' Lächeln wurde breiter. „Ah, gut, also Italien. Wie wäre es mit Rom?"

„Vielleicht …"

„Florenz?“

„Ich würde mir lieber erst Rom ansehen, dann Florenz.“

Alex klatschte in die Hände, sichtlich begeistert von ihrem neuen Spiel. „Okay, gut. Jetzt kommen wir der Sache langsam näher. Mailand?“

Harri dachte nach. „Lieber erst Rom, dann Florenz und dann Mailand.“

„Ausgezeichnet.“ Er trommelte mit den Fingern auf dem Tisch. „Also müssen wir jetzt ein Ziel finden, das Rom vom Spitzenplatz verdrängt.“ Er verdrehte die Augen, riss sie dann weit auf und schnippte mit den Fingern. „Aha, ich hab's! Venedig.“

Harri zuckte zurück. „Nein. Nicht Venedig.“

Überrascht ließ Alex sich auf seinem Stuhl zurücksinken. „Oh? Warum nicht?“

Sie wollte sich wirklich nicht auf eine Diskussion darüber einlassen, zumal Alex nichts von ihrer heimlichen Sehnsucht, die Stadt zu besuchen, wusste. „Will ich nicht, das ist alles.“

„Aber es soll dort sehr schön sein, H.“

„Ich weiß, aber …“

Seine Augen wurden schmal. „Was hat Venedig dir getan, hm?“

Sie rutschte unbehaglich auf ihrem Stuhl herum. „Nichts. Das wird mir jetzt zu dumm. Können wir bitte das Thema wechseln?“

Doch sie protestierte vergeblich. Alex spürte, dass etwas hinter ihrer Weigerung steckte, und war nicht bereit, klein beizugeben. „Nee, nee, ich will wissen, warum nicht Venedig. Lass mich raten: Du magst Kanäle nicht?“

„Nein.“

„Findest du es zu touristisch?“

„Natürlich nicht.“

„Du hast eine irrationale Angst vor Gondolieri?“

Darüber musste Harri lachen. „Du bist unmöglich."

Alex lächelte frech und nahm einen Löffel Gulasch. „Jetzt sag schon: Warum nicht Venedig?"

Es hatte keinen Sinn, mit ihm zu diskutieren, wenn er in so einer Stimmung war. Also holte Harri tief Luft und sagte die Wahrheit: „Weil ich nicht allein dorthin reisen möchte."

„Dann bitte Rob, mit dir dorthin zu reisen."

Das wies sie von sich. „Al, es würde ihm keinen Spaß machen. Das weißt du doch."

Er beugte sich vor. „Also, du möchtest nach Venedig?"

„Natürlich möchte ich das! Ich habe so viele Bücher über die Stadt, dass ich wahrscheinlich selbst einen Reiseführer schreiben könnte, ohne je einen Fuß hineingesetzt zu haben."

Er beugte sich noch weiter vor. „Tatsächlich? Was würdest du dir also zuerst ansehen, wenn du dort ankommst?"

Ihr stockte das Herz. Sie schloss die Augen und war plötzlich mitten in der Stadt, die sie so sehr liebte. „Die Kirche Santa Maria della Salute. Den Dorsoduro, wo die Maskenbauer ihre Läden haben", hauchte sie. „Ach, einfach alles. Ich würde einfach aus dem Vaporetto auf die Fondamenta treten und in irgendeine Richtung gehen, damit ich mich verlaufen kann – und dann meinen Spaß dabei haben, den Weg zurückzufinden."

„Du liebes bisschen, du hast das wirklich geplant, oder? Also das verstehe ich immer noch nicht: Wenn du diesen Ort so liebst, warum willst du nicht als Erstes dorthin reisen?"

Harri seufzte. „Es ist einfach so: Wenn ich, wie du sagst, irgendwohin reisen und alle meine Verpflichtungen hinter mir lassen würde, dann würde das auch bedeuten, dass ich allein reise. Richtig?"

Seine Miene verdüsterte sich. „Äh, ja, aber …"

Sie starrte ihn an. „Warum sollte ich also eine der romantischsten Städte der Welt allein besuchen wollen? Venedig sollte ein Ort sein, an den man entführt wird. Von einem Menschen, der einen liebt."

„Verstehe. Und wenn der Mensch, den du liebst, nicht mit dir dorthin will?"

Entmutigt zuckte sie mit den Schultern. „Können wir jetzt bitte das Thema wechseln?"

Alex fügte sich, aber als er sie beim Essen beobachtete, lag Traurigkeit in seinen Augen.

Zwei Jahre nach ihrem ersten Mittwochabend – und unzählige stürmische Liebschaften, bittere Trennungen und mitternächtliches Herzausschütten später – kannte sich Harri mit Alex Brannans Achterbahnfahrt durchs Leben bestens aus.

Eine Woche nach der tollen Idee seiner Mutter wurde sie jäh aus dem Schlaf gerissen, weil anscheinend eine Herde Büffel ihre Haustür einrannte. Sie versuchte, klar zu sehen, griff nach ihrem Wecker und hielt ihn sich dicht vor die Augen, bis die tanzenden roten Zahlen endlich einen Sinn ergaben: 02.47 Uhr.

Sie fluchte wütend vor sich hin, schaltete die Nachttischlampe an (dabei wurde sie heftig geblendet), kämpfte sich unter der Bettdecke hervor und stolperte die Treppe hinunter, dem unablässigen Hämmern an der Haustür entgegen.

„Okay, okay, ich bin ja schon da", murrte sie, während sie an der Sicherheitskette herumzerrte und schließlich die Tür aufriss. „Was willst du?"

Der Anblick der durchnässten, bedauernswerten Gestalt auf ihrer Türschwelle ließ ihren Zorn augenblicklich verrauchen. Dabei wurde strömender Regen in den Flur geweht und peitschte ihr um die Beine. „Alex? Um Himmels willen, es ist drei Uhr morgens!"

„Es tut mir leid. Ich ... ich wusste einfach nicht, wohin sonst ..."

„Egal. Komm rein."

Harri drehte sich um und ging voran durch ihr winziges Wohnzimmer, schaltete dabei die Lampen ein und fluchte, als sie im Dämmerlicht über einen Bücherstapel stolperte und sich einen Zeh anstieß. Al folgte ihr. Seine tropfnasse Kleidung hinterließ eine Spur von schmutzigem Wasser auf dem Boden. Als die Küchenbeleuchtung anging, zuckte sie zusammen. Harri füllte den Wasserkessel, kramte unter ziemlichem Getöse zwei Becher aus dem Hängeschrank und gab aufs Geratewohl mehrere Teelöffel Instantkaffee in jeden Becher. Dann seufzte sie und rieb sich ungeschickt die Augen, um den Schlaf zu vertreiben. Einen Moment lang waren in der Küche nur das tiefe Summen der Leuchtstoffröhre und das Zischen des Wasserkessels zu hören. Dann sprach Alex von der Tür aus.

„Kollegin, es tut mir leid."

„Al – hör mal, es ist schon in Ordnung, aber – aber gib mir erst mal eine Minute, damit ich wach werde, okay?"

Er schniefte, schlurfte tropfend zum Waschbecken hinüber und wrang dort einen Ärmel seines Sweaters aus. Bei diesem erbarmungswürdigen Anblick musste Harri lachen. Und dann lachte auch Alex und schüttelte den Kopf, während ihm Regentropfen aus den Haaren über die Stirn liefen und zu Boden fielen.

„Loser", spottete sie und warf ihm ein Geschirrtuch zu.

„Danke", gab er grinsend zurück, fing das Tuch auf und rieb sich die Haare damit.

Als der Kaffee fertig war, gingen sie ins Wohnzimmer. Harri trieb ein altes T-Shirt von Rob auf (etliche Nummern zu klein für Alex) und breitete ein Handtuch auf dem Sofa aus, damit Alex sich setzen konnte. Unter Protest zog der Sweater und T-Shirt aus, damit sie beides in den Trockner werfen konnte, streifte sich die Socken ab, um sie über den Heizkörper zu hängen, und rollte die Beine seiner Jeans hoch, bevor er das zu kleine T-Shirt anzog.

„Ich sehe aus wie ein Tänzer in einem Elton-John-Video“, jammerte er und ließ sich aufs Sofa fallen. „Mein Liebesleben nimmt gerade eine traumatische Wendung, und du setzt noch einen drauf, indem du mir so was zum Anziehen gibst.“

„Betrachte das als gerechte Strafe dafür, dass du mich um diese gottlose Zeit geweckt hast.“

„Na schön.“

Harri nippte an ihrem Kaffee. „Also, was ist passiert?“

Seine Miene verdüsterte sich, und er starrte auf seine nackten Füße hinab. „Ellie.“

„Wer?“

„Du kennst sie nicht. Sie arbeitet für eins dieser Internetbewertungsportale und schreibt Restaurantkritiken.“

Harri starrte ihn verständnislos an. „Aha …“

Alex rubbelte mit dem Geschirrtuch an seinen Haaren herum und mied Harris Blick. „Sie wollte über das *Wātea* schreiben – du weißt schon, einen Artikel darüber verfassen. Ich war einverstanden. Wir haben uns in den letzten zwei Wochen etliche Male getroffen, und es war … umwerfend. Wenn man mit jemandem gleich auf so vielen Ebenen auf gleicher Wellenlänge ist, verstehst du?“

„Hm.“

„Harri, bitte mach mit. Ich versuche zu erklären.“

„Al, es grenzt an ein Wunder, dass ich um diese Zeit wach bin. Erwarte keine emotionale Empathie von mir, bevor die Vögel erwachen.“

„Verstanden. Na, jedenfalls hat sie mich letzten Donnerstag besucht, und wir haben zusammen gegessen. Dann hat sie mir erzählt, dass die Sache mit dem Interview nur vorgetäuscht war. Ein Trick, um mir näherzukommen. Sie sagt, sie beobachte mich schon ewig und wolle einfach nur mit mir zusammen sein.“

Harri schüttelte den Kopf. „Oh, Al …“

„Im Ernst, was hätte ich denn tun sollen? Ich meine, hier steht diese – diese umwerfend schöne Frau vor mir und erklärt mir ihre Liebe … Na ja, jedenfalls führte eins zum anderen und – lass dir das gesagt sein – der Sex war …“

„Danke, das reicht mir.“

Alex’ Grinsen war der personifizierte Schalk. „Tut mir leid, Kollegin. Aber jedenfalls verdammt gut.“

„Und was ist schiefgelaufen?“

Erneut verfinsterte sich seine Miene, und er senkte den Blick zu Boden. „Gestern Abend rief sie mich an und sagte, wir könnten uns nicht mehr treffen. Einfach so. Dabei waren wir die ganze Woche jede Nacht zusammen, und ich hatte nicht bemerkt, dass es Probleme gegeben hätte. Jede Nacht, in meinem Bett. Und dann …“

In einem heroischen Versuch, das unerwünschte Bild, das sich vor ihrem inneren Auge auftat, auszulöschen, beugte Harri sich vor und drückte ihm den Arm. „Ich schätze, du bist zu ihr gegangen.“

Er nickte. „Ich musste einfach. Ich meine, ich musste einfach wissen, was los war. Ich kam bei ihr zu Hause an. Unten brannte Licht, also bin ich zur Tür gegangen. Aber gerade als ich sie erreicht habe, habe ich sie durchs Fenster gesehen. Sie und irgendeinen Typen …“ Er brach ab, strich sich mit der Hand durchs feuchte Haar und starrte an die Decke.

„Oh, Al …“

„Es würde mir weniger ausmachen, wenn sie einfach ehrlich gewesen wäre, weißt du? Wenn sie einfach nur den alten Spruch ‚Hat großen Spaß gemacht, aber das war’s jetzt‘ abgelassen hätte. Aber das, was sie mir gesagt hatte – erst vor wenigen Tagen –, dass ich der eine wäre, nach dem sie gesucht hätte, über all die Orte, die wir gemeinsam bereisen könnten … Warum sagt sie so was, wenn sie gar nicht die Absicht hat, es zu verwirklichen?“

„Mein Lieber, manche Leute sagen einfach bestimmte Dinge, um zu kriegen, was sie wollen."

„Ja, ich weiß. Aber ich dachte, sie wäre anders."

„Was sie offensichtlich nicht ist."

Alex hob den Kopf und schaute Harri direkt in die Augen. „Es ist immer dasselbe Spiel. Warum kann ich nicht einfach die Richtige finden?"

Beim Anblick ihres Freundes, der so unter Liebeskummer litt, dankte Harri ihrem Schicksal, dass sie so glücklich mit Rob war. Als sie sich kennenlernten, war sie gar nicht unbedingt auf der Suche gewesen. Genau genommen hatte es sie sogar überrascht, dass sie sich in ihn verliebte. Wie viel besser war es doch, wenn es so lief, als wenn man einer ständigen Achterbahnfahrt zwischen Hoffnung und Enttäuschung ausgesetzt war! Zu wissen, dass Rob sie liebte, und die Wärme zu spüren, die sein völliges Vertrauen in sie ihr vermittelte, war wunderbar. Um nichts auf der Welt hätte sie mit Alex tauschen mögen.

„Verbuch es als nützliche Erfahrung und sei beim nächsten Mal vorsichtiger", meinte sie lächelnd. Und als seine Miene sich wieder jämmerlich verzog, nahm sie ihn tröstend in die Arme.

„Ich kann einfach nicht mehr so weitermachen", klagte er an ihrer Schulter. „Hilf mir, Harri. Bitte hilf mir, jemanden zu finden. Ich habe keine Lust mehr, nach einer zu suchen. Es ist offiziell: Darin bin ich ein Totalversager. Und ich brauche Hilfe."

Funkelnd wie eine Neonreklame in Las Vegas trat Harri Vivs tolle Idee vor Augen. Sie wusste, dass sie das, was sie als Nächstes sagte, bereuen würde, aber sie konnte nicht zulassen, dass Alex so etwas noch einmal durchmachte. Also drückte sie ihm die Schultern und sagte: „Okay, Al. Ich werde dir helfen."

4. KAPITEL

Recycle deinen Mann

Harri kann nicht logisch denken: In ihrem erschöpften Verstand schreien zu viele Stimmen nach Aufmerksamkeit. Ihr Blick fällt auf ihre Schuhe. Sie sind neu, wahrscheinlich zu teuer für sie und wurden extra für diesen Abend gekauft – obwohl sie bis zum letzten Moment geschwankt hatte, ob sie überhaupt zu der Feier gehen sollte. Wunderschön sind sie. Sie sollten ihr das Gefühl geben, etwas Besonderes zu sein. Das funktioniert auch. Beziehungsweise hat zumindest bis vor einer Stunde funktioniert. Sechzig Steine für ein Paar dunkelrote, hochhackige Schuhe, mehr, als sie je zuvor für Schuhe ausgegeben hat. Wie sich die Zeiten doch ändern …

„Dieser Fotograf, auf den du so stehst, hat endlich sein neues Buch rausgebracht“, meinte Rob an einem Samstagmorgen, während sie die Bücherregale in Bennetts Antiquariat in Innersley durchstöberten. Der Marktflecken lag etwa fünf Meilen von Stone Yardley entfernt, und Rob und Harri hatten die meisten Wochenenden ihrer Beziehung hier verbracht: ein Bummel über den Bauernmarkt, ein Kaffee im Harlequin Café, Stippvisiten in den verschiedenen Antiquitätenläden entlang der Hauptstraße. Aber seit Rob im letzten Jahr zum Verkaufsleiter der Hydraulikfirma befördert worden war, in der er seinen Job hatte, arbeitete er an den meisten Wochenenden auswärts. Die heutige Gelegenheit, durch Innersley zu bummeln, war also zu einer bemerkenswerten Ausnahme geworden.

„Ich weiß, aber es kostet vierzig Pfund“, sagte Harri seufzend. „So viel Geld für ein Buch auszugeben, das geht einfach nicht. Selbst wenn es von Dan Beagle stammt.“

Rob legte ihr seinen Arm um die Schultern. „Ich weiß, im

Moment ist es hart. Aber wenn ich den Preston-Job gut mache, wird alles gleich viel besser aussehen."

Harri schlang ihren Arm um seine Hüfte und lehnte ihren Kopf an seine Schulter. „Meinst du, wir können genug Kleingeld zusammenkratzen, um einen Kaffee zu trinken?"

Rob küsste sie auf den Scheitel. „Ich glaube, das kriegen wir gerade noch hin. Besetze schon mal einen Tisch, ich bestelle uns den Kaffee."

Harri ging an die Seitenwand des Bücherladens hinüber, an der sich ein paar kleine Tische zwischen den Regalen drängten. Sie wählte einen in der Nähe des großen Fensters mit Blick auf Innersleys Sheep Street und setzte sich. Das Antiquariat hatte seinen ganz eigenen Geruch – nach Staub, altem Leder, Druckerschwärze und Kaffee –, und ganz gleich, wie oft sie es besuchte, es überwältigte sie immer wieder. Sie beobachtete, wie der Staub in den Sonnenstrahlen tanzte und flirrte, die durchs Fenster hereinfielen, und überließ sich ganz dem Augenblick. Solche Tage liebte sie am meisten – nur sie und Rob, die gemeinsam ein paar ruhige Stunden miteinander vertrödelten.

Als hätte er ihre Gedanken gelesen, tauchte Rob wieder auf. Ein Tablett in den Händen, schob er sich durch die Sonnenstrahlen auf sie zu.

„Nigel hatte Mitleid mit uns", meinte er grinsend und setzte sich. „Er hat gesagt, er braucht Hilfe beim Vernichten dieser Muffins. Also habe ich ihm unsere Dienste angeboten."

„Großartig. Der gute alte Nigel." Während Harri einen ersten Bissen von einem Erdbeer-Muffin mit weißer Schokolade nahm, schob Rob ihr eine grün-weiß gestreifte Papiertüte zu.

„Und das ist für dich."

Überrascht starrte Harri darauf. „Du hast doch nicht schon wieder Geld für mich ausgegeben, oder?"

Robs Augen funkelten spitzbübisch. „Vielleicht. Mach's auf und sieh nach."

Harri griff in die Tüte und schnappte nach Luft. „Dans Buch! Aber – Liebling, das kostet so viel Geld. Das kannst du dir doch gar nicht leisten.“

„Doch, kann ich. Du schwärmst schon seit Monaten von diesem Buch, also sollst du es haben. Keine Widerrede, verstanden? Wenn Tierney, Gratton und Parr schon von mir verlangen, dass ich rund um die Uhr arbeite, um ihren kostbaren Vertrag in Preston unter Dach und Fach zu bringen, dann ist es meiner Meinung nach das Mindeste, dass ich ein bisschen zu deiner Reisebuch-Sammlung beitrage.“

Harri drückte das Buch an ihre Brust. „Vielen, vielen, vielen Dank!“

„Ah, hier seid ihr ja!“, ließ sich eine tiefe Stimme vernehmen, und Nigel Bennett, der Eigentümer des Antiquariats, trat an ihren Tisch. Obwohl er schon seit vielen Jahren nicht mehr zur Royal Shakespeare Company gehörte, beeindruckte er immer noch durch seine Bühnensprache: Jedes Wort war korrekt artikuliert, jedes R wurde gerollt. „Unser im Antiquariat semiansässiges junges Liebespaar! Schön, euch beide mal wieder zu sehen. Lucien und ich dachten schon fast, ihr wärt verschollen.“ Damit beugte er sich vor und tätschelte liebevoll den rehäugigen, schokoladenbraunen Labrador an seiner Seite. „Harriet, sollen wir den jungen Robert hier einkerkern, um ihn aus den Klauen von Preston zu befreien?“

Harri lächelte. „Vielleicht sollten wir das wirklich. Danke für die Muffins – sie schmecken fantastisch.“

Nigel errötete vor Stolz und verneigte sich schwungvoll. „Es ist mir ein Vergnügen, liebe Dame. Und jetzt lasse ich euch Turteltäubchen allein, damit ihr euren Samstag genießen könnt. Adieu!“

Rob sah ihm nach. „Man muss Nigel einfach mögen.“

„Oh ja. Aber es ist wirklich schön, dich das ganze Wochenende für mich zu haben“, gab Harri zu.

„Ja, finde ich auch. Hey, du weißt aber hoffentlich, dass ich nicht gern rund um die Uhr arbeite."

„Das weiß ich."

„Aber ich tue das für uns, Rotschopf. Ganz ehrlich. Wenn ich den Preston-Vertrag an Land ziehe, dann heißt das, wir können anfangen, uns Gedanken über – du weißt schon – die Zukunft und so zu machen."

Der Staub tanzte und flirrte in den Sonnenstrahlen, als Harri sich an ihren Freund kuschelte. Nach Tagen wie diesen sehnte sie sich. Tage, an denen alles möglich war und sie zusammen waren. Wenn Robs Firma ihm doch nur mehr freie Wochenenden ließe …

In den letzten Monaten hatte Rob immer häufiger Bemerkungen bezüglich der „Zukunft" gemacht. Das beflügelte Harris Hoffnungen, dass er allmählich ernstlich darüber nachdachte, ihre Beziehung amtlich zu besiegeln. Dass sie zusammenziehen könnten, hatte er schon mehrfach erwähnt, aber das war es nicht, was Harri wollte. Sie wollte heiraten.

Um der Wahrheit die Ehre zu geben, trug zwar Harris regelmäßiger Gottesdienstbesuch in der Gemeindekirche von Stone Yardley zu dieser Entscheidung bei. Der Hauptgrund für ihren Widerstand dagegen, zusammenzuziehen, war jedoch, dass sie einen Heiratsantrag bekommen wollte. So altmodisch das auch sein mochte: Harri hegte die Hoffnung, dass Rob sie wirklich würde heiraten wollen. Und obwohl sie nun schon seit sieben Jahren zusammen waren, ohne dass etwas Einschneidendes passiert war, hielt sie an dieser Hoffnung fest. Schließlich liebte Rob sie, und er arbeitete hart, um ihre Zukunft zu sichern. Es war also nur eine Frage der Zeit, dass er ihr einen Antrag machte. Oder etwa nicht?

Als Harri ihm zum ersten Mal begegnete – bei einem Wohltätigkeitsfußballspiel, das Merv, Vivs Hin-und-Wieder-Freund, organisiert hatte –, hatte sie sich Hals über Kopf in Rob verliebt.

Und so, wie es aussah, beruhte dieses Gefühl auf Gegenseitigkeit.

Rob war von seinem Chef dazu überredet worden, der Fußballmannschaft beizutreten, und er hatte sich dafür entschieden, weil er auf eine Beförderung hoffte. Dass er sich auf dem Spielfeld sehr gut schlug und drei geradezu lehrbuchwürdige Tore gegen eine Mannschaft schmächtiger Rechtsanwälte aus mehreren lokalen Rechtsanwaltskanzleien erzielte, war seinen Chancen nicht gerade hinderlich. Da er ein athletisch gebauter, schneller Läufer war, war es für ihn kein Problem, die gegnerische Abwehr auszuschalten, und Harri konnte den Blick nicht von ihm wenden. Er war vollkommen: mit seinem kastanienbraunen Haar, den haselnussbraunen Augen, dem leicht oliv getönten Teint und einem Lächeln, das Schokolade zum Schmelzen brachte – alles in allem eine Killerkombination. Harri dachte unwillkürlich, dass er aussah wie Frank Lampard – der Mann, der der Grund dafür war, dass sie sich im Fernsehen immer wieder Fußballspiele ansah, obwohl sie eigentlich kein Interesse am Spielablauf hatte. Als Merv ihn herüberrief, um ihn Harri vorzustellen, sah Rob Southwood sie an, als stünde er der Geburtstagsüberraschung seines Lebens gegenüber.

„Ein Rotschopf, hm?", meinte er lächelnd. „Ich habe mir sagen lassen, die machten nur Ärger."

„Tja, man sollte nicht alles glauben, was gesagt wird."

„Oh, wirklich? Dann hätte ich nichts dagegen, bei Gelegenheit dieses Gerücht mit dir zu widerlegen."

„Klingt, als könnte es Spaß machen", entgegnete Harri.

„Wie wäre es heute Abend? Bei einem Drink?"

„Gern."

Und so verabredeten sie sich. Harri konnte ihr Glück kaum fassen: eine Verabredung mit einem gut aussehenden Fremden – einfach so. Aus dem Treffen auf einen Drink wurde schnell ein gemeinsames Essen, das sich zu einer lebhaften, angeregten Unterhaltung bei ihm zu Hause und bis spät in die Nacht entwickelte. Als Harri schließlich gehen wollte, brachte Rob sie zur Tür, öffnete diese, und dann kam die Überraschung: Er versperrte ihr mit dem Arm den Weg.

„Harri, du bist fantastisch. Ich muss dich wiedersehen."

„Das fände ich sehr schön, Rob."

Dann zog er sie in seine Arme und küsste sie so, dass es ihr bis in die Zehen kribbelte.

In den Wochen und Monaten danach wurden Harri und Rob praktisch unzertrennlich. Sie verbrachten jedes Wochenende zusammen, erkundeten die nähere Umgebung, machten Tagesausflüge nach Cheltenham, Worcester und Oxford, gingen gemeinsam spazieren, fuhren mit dem Fahrrad umher oder saßen einfach in Cafés und redeten stundenlang. Rob faszinierte sie – mit seinem Wissen über die Natur und damit, dass er praktisch zu allem eine Meinung hatte. Für Harri entwickelte sich daraus eine Art nie endendes Spiel: Sie brachte neue Themen auf, um zu sehen, wie schnell er dazu eine Ansicht entwickeln konnte. Rob gefiel es, dass ihr das Spaß machte; er antwortete mit schiefem Lächeln, und seine Wangen überzog, in Anbetracht ihres rückhaltlosen Interesses an dem, was er sagte, ein leichtes Rot. Auch heute noch liebte sie ihre Diskussionen, aber sein Arbeitspensum hatte die Gelegenheiten dafür drastisch reduziert. Und obwohl sie immer noch von Liebe für Rob entbrannt war, spürte sie eine dunkle Wolke aufziehen: Sie entwickelte eine tiefe Abneigung gegen seinen steigenden Arbeitseifer. Seitdem der Preston-Vertrag eine so wichtige Rolle in ihrem Leben spielte, schien ihre gemeinsame Zeit von seinem Arbeitgeber diktiert zu werden, denn sein Job vereinnahmte Rob immer mehr.

Unter allen Freunden von Harri sagte Viv ihre Meinung über Rob am deutlichsten.

„Oh, dieser Mann", stöhnte sie finster, als Harri sie ein paar Tage später besuchte. Um ihrer Abscheu Nachdruck zu verleihen, knallte sie eine große Teekanne aus Porzellan auf das schmiedeeiserne Stövchen mitten auf dem großen Kiefernholztisch in ihrer Küche. „Wenn er nur halb so viel Zeit, wie er auf seine Arbeit verwendet, damit verbringen würde, auch mal an dich zu denken, wärt ihr schon längst verheiratet."

Aus Angst um die Teekanne langte Harri über den Tisch und befreite sie sanft aus Vivs stahlhartem Griff. „Ich schenke ein. Einverstanden?" Allmählich wünschte sie sich, sie hätte nie erwähnt, wie sehr sie sich über Robs ständige Abwesenheit ärgerte.

Viv schnitt eine Grimasse. Sie war sichtlich außer Fassung. „Tut mir leid. Die arme Teekanne – ein Wunder, dass sie heil geblieben ist."

„Vielleicht sollten wir ihr eine Therapie zukommen lassen", meinte Harri und füllte zwei Porzellantassen mit Tee.

„Gibt es Therapien für unbelebte Objekte?"

„Vielleicht sollte es das."

„Wenn es das gibt, können wir dafür sorgen, dass dein Freund eine erhält", gab Viv boshaft zurück. „Er ist so unbelebt, wie man nur sein kann, wenn es darum geht, dir einen Heiratsantrag zu machen."

„Viv, das ist unfair. Rob ist ein fantastischer Freund, und er arbeitet wirklich hart für uns beide. Es ist doch nicht seine Schuld, dass er so oft fortmuss. Ich vermisse ihn einfach nur. Das ist alles. Und was seinen Heiratsantrag angeht … Na ja, ich denke, der steht womöglich schon kurz bevor. Er hat mir neulich Dans Buch gekauft – das dritte Geschenk innerhalb von vierzehn Tagen –, und er redet immer wieder von der ‚Zukunft'. Ich glaube wirklich, dass er etwas sagen könnte, wenn dieser grässliche Preston-Vertrag erst mal unter Dach und Fach ist. Außerdem kann er, so wie die Dinge zurzeit stehen, von Glück sagen, dass er überhaupt Arbeit hat. Ich sollte mich also wirklich nicht beklagen."

Vivs Miene erhellte sich ein wenig, und sie tätschelte Harri die Hand. „Ach, mein liebes Mädchen. Ich mache mir doch nur Sorgen, weil ich möchte, dass du glücklich wirst. Deine Mum hätte das auch gewollt …“

Es wurde höchste Zeit, das Thema zu wechseln, denn Harri wurde immer mulmiger. „Also – ich habe den Brief abgeschickt.“

„Welchen Brief?“

„An *Juste Moi*. Wegen Alex.“

Vivs Augen leuchteten auf. „Und?“

„Ich habe noch keine Antwort.“

„Weiß Alex davon?“

Hm, interessante Frage. Alex wusste, dass Harri ihm helfen wollte, jemanden zu finden. Er wusste nur nicht, *wie* sie das anzustellen gedachte. „Ich sag's ihm, wenn sie sich entschließen, ihn vorzustellen.“

„Sehr gut“, meinte Viv händereibend, als wäre sie ein silberhaariger, in Laura Ashley gekleideter Bond-Bösewicht Mitte fünfzig. Fehlte nur noch die große weiße Perserkatze … „Dann wird unser Plan also offiziell in die Tat umgesetzt.“

„Nun, ja, aber nur wenn sie sich für ihn entscheiden“, warnte Harri.

„Natürlich werden sie das tun! Er sieht fantastisch aus – ganz anders als die Typen, die sie bisher hatten. Ich meine, du solltest mal diese traurigen Gestalten sehen, die sie Monat für Monat hervorkramen.“

„Nun lass uns einfach abwarten, ob sie die traurige Gestalt, die wir vorgeschlagen haben, in ihre Kolumne aufnehmen, okay?“

Alex war wieder ganz der Alte und quietschvergnügt, als Harri an diesem Tag das *Wātea* betrat – eine bemerkenswerte Leistung, wenn man bedachte, dass der Mittwoch der Tag der durchgeknallten Mütter war. Da fiel nämlich die örtliche Gruppe junger Mütter in das Café ein. Vorsichtig bahnte sich Harri ihren Weg durch das Minenfeld aus Kinderwagen bis zum Tresen, an dem Alex heißes Wasser in Krüge goss und vorsichtig Milchfläschchen zum Aufwärmen hineinstellte.

„Tu mir bitte den Gefallen und reiche die an den Tisch hinter dir weiter, ja? Die Lady mit dem schreienden Baby."

Diese Beschreibung engte die Auswahl nicht gerade ein, da anscheinend jede Frau an dem großen Tisch sich mit einem lauten Bündel aus Feindseligkeit abmühte. Aus purer Verzweiflung hielt Harri die Krüge einzeln nacheinander in die Höhe.

„Rote Streifen?"

„Hier."

„Tommee Tippee?"

„Danke, das ist meins."

„Mothercare?"

„Welches?"

„Äh – rosa Häschen und gelber Teddybär."

„Das Häschen zu mir, den Teddy dorthin."

Alex wirkte durchaus dankbar, als sie sich wieder ihm zuwandte. „Kollegin, du hast ein Naturtalent dafür. Bist du sicher, dass du nicht eine neue Karriere einschlagen und für mich arbeiten willst?"

„Und meinen aufregenden Jetset-Lebensstil bei SLIT dafür aufgeben? Nie im Leben!"

Alex wandte sich wieder der Espressomaschine zu, löste einen der Siebträger, klopfte ihn aus, spülte ihn, gab frisch gemahlenes Espressopulver hinein, drückte es mit dem Stempel zusammen, klemmte den Siebträger wieder an die Maschine, stellte einen Kaffeebecher darunter und ließ die dicke braune Flüssigkeit hineinlaufen. Ganz egal, wie oft Harri ihm bei dieser Arbeit zusah, es faszinierte sie jedes Mal aufs Neue. Sie fand es immer unglaublich beeindruckend, anderen bei der Arbeit zuzusehen: Stella, wenn sie schnell einen Brief tippte, ohne auch nur ein einziges Mal auf die Tastatur zu schauen; Viv, wenn sie kochte; Tante Rosemary, wenn sie durch ihren Laden glitt und dabei in einer Hand einen Blumenstrauß zusammenstellte; selbst ihrem total verrückten Großvater Jim, wenn er in seiner kleinen Werkstatt in seinem Garten in Devon irgendein verrücktes Gerät zusammenbastelte.

Alex schüttete Milch in einen langstieligen Edelstahlmilchtopf und betätigte einen Hebel an der Maschine, um die Milch mit Dampf aufzuschäumen. Das Geräusch, das dabei erklang, war mit einer ganzen Reihe von Assoziationen verknüpft: sprudelnd, knuspernd und metallisch zugleich. Die aufgeschäumte Milch ließ er einen Moment stehen, bevor er mit dem Milchtopf blitzschnell auf die hölzerne Arbeitsplatte klopfte und dann den Inhalt in einen Becher goss. Dabei hielt er den Schaum mit einem Löffel zurück. Erst zum Schluss setzte er schneeweiße Milchschaumflocken auf den Cappuccino.

„Hier, für dich. Ich glaube, den hast du dir heute verdient", sagte er lächelnd, während er Schokoladenpulver über das Getränk stäubte und ihr den Becher hinschob.

„Danke. Und wie läuft der Tag der durchgeknallten Mütter?"

„Total verrückt. Ich schwöre, es werden jede Woche mehr. Ich glaube, sie klonen sich selbst. Ganz ehrlich, vorhin sah es hier drin aus wie in einer Szene von Ben Hur – überall geparkte Kinderwagen. Ein paar von meinen älteren Kunden kamen nicht mal mehr durch die Tür. Ehrlich gesagt war ich ein bisschen unfreundlich zu ihnen."

„Ah. Du hast also kaum noch eine Chance, dich demnächst mit einer alleinstehenden Mutter zu verabreden?"

„Eher nicht. Ich glaube, ich habe alle Brücken, die dorthin führen, verbrannt."

Harri gab sich enttäuscht. „Oh! Nun denn, bleibt nur noch Plan B."

Belustigung ließ Alex' Augen funkeln. „Ganz ausgezeichnet, Maestro. Und wie sieht dein Plan aus?"

Harri sah sich verstohlen um wie ein zwielichtiger Informant in einem Gangsterfilm aus den Dreißigerjahren, beugte sich zu Alex hinüber und tippte sich mit dem Zeigefinger an den Nasenflügel. „Noch kann ich meine Quellen nicht preisgeben. Ich kann dir nur so viel sagen: Dein Name kursiert in den richtigen – äh – Kreisen. Schon bald werden wir mehr erfahren. Bis dahin gibt es Dinge, die nur ich weiß und du erst erfahren darfst, wenn die Zeit dafür reif ist. Verstehst du?"

Alex hob beide Hände. „Alles glasklar. Glaubst du denn, du bist dieser Mission gewachsen?"

„Du zweifelst an einer Frau mit meinen offensichtlichen geheimen Fähigkeiten?", fragte Harri gespielt erstaunt. „Ich bin eine Frau von unendlichen Fähigkeiten. Lass dir das gesagt sein. Eine Frau in wichtiger Mission."

„Mit einem ungewöhnlichen Talent für Nasenschmuck aus Molkereiprodukten." Damit beugte er sich zu ihr hinüber, wischte ihr einen großen Klecks Milchschaum von der Nase, und sie bekamen beide einen Lachanfall.

„Er bringt dich um, wenn er dahinterkommt", meinte Stella mit gerunzelter Stirn und nahm ein seltsames Kleidungsstück in die Hand, das wohl ein T-Shirt darstellen sollte. „Wie soll man das denn anziehen?"

„Keine Ahnung", erwiderte Harri. „Ich glaube, das ist ein Ärmel."

„Oh, natürlich", gab Stella geistesabwesend zurück, legte das ungewöhnliche Teil auf den Stapel Kleidungsstücke, die sie über ihrem Arm trug, und wandte ihre Aufmerksamkeit bereits dem nächsten Sonderangebot zu.

Es war Samstagmorgen, und da Rob wieder einmal beruflich unterwegs war, kam Harri die Einladung, Stella zum Shoppingcenter außerhalb der Stadt zu begleiten, sehr gelegen. Es hatte auch Spaß gemacht, bis Stella im TK Maxx hängen blieb. Harri liebte Shoppen, aber verglichen mit ihrer besten Freundin war sie einfach eine Amateurin. Wenn Stella nach Sonderangeboten jagte, konnte nur höhere Gewalt sie von ihrem Weg abbringen. Zwei Stunden nachdem sie den Laden betreten hatten – und einem Kauf keinen Zentimeter nähergekommen –, tasteten Stella und Harri sich immer noch langsam zwischen den scheinbar endlosen Reihen von Kleiderständern vorwärts.

„Weißt du, die wirst du nicht alle mit in die Umkleidekabine nehmen können."

„Einen Teil davon gebe ich der Verkäuferin zum Aufbewahren und lasse sie mir nach und nach reinreichen", wehrte Stella ab und hängte sich noch zwei Teile über den Arm. „Außerdem kommst du natürlich mit rein. Also kannst du ein paar Stücke für mich mit hineinnehmen."

Und Harri folgte ihrer besten Freundin pflichtschuldig in die enge Umkleidekabine, gab in den jeweils richtigen Momenten das passende Oooh oder Aaah von sich und hoffte, dass sie Stella damit zu einer Entscheidung ermuntern konnte. Während sie wartete, tröstete sie sich mit dem Gedanken an den großen Karamell-Macchiato, der auf sie wartete, wenn sie endlich diesen Laden verlassen konnten. *Nur noch neununddreißig Kleidungsstücke, und ich habe es geschafft …*

„Hörst du mir eigentlich zu?", blaffte Stella. Der wunderschöne Tagtraum löste sich auf wie ein Zuckerwürfel in einem heißen Espresso, und mit einem harten Ruck landete Harri wieder in der Realität. „Ich habe dich gefragt, wie du das findest."

Es war die dritte Jeans, in der Stella eine vollkommene Figur machte, und Harri sah ehrlich keinen Unterschied. „Wie viel soll die noch mal kosten?"

Stella seufzte ärgerlich. „Habe ich dir doch gesagt: zweiundfünfzig Pfund. Ich wusste doch, dass du nicht zuhörst."

„Tut mir leid, Liebes. Sie sieht gut aus, aber mir hat die erste am besten gefallen."

„Wirklich? Du findest also nicht, dass mein Hintern darin fett aussieht?"

„Stella, du hast keinen Hintern."

„Doch, habe ich. Deshalb gibt es diese Woche keine Kohlenhydrate."

„Du hast einen Knall. Süße, du siehst toll aus. Und diese Jeans – jede einzelne – stehen dir einfach fantastisch. Aber brauchst du wirklich noch mehr Jeans? Du hast doch ungefähr fünfzehn Stück zu Hause."

„Jetzt übertreibst du aber gewaltig, Harri! Es sind nur neun, und außerdem sind diese hier von Fornarina."

Innerlich stöhnte Harri, während Stella sich langsam vor dem Spiegel drehte und dabei jeden Zentimeter ihres Spiegelbildes aus jedem nur möglichen Blickwinkel begutachtete. Das würde ein langer Tag werden. Harri schloss die Augen und malte sich aus, wie sie aus einem gedrängt vollen Vaporetto, einem der Wassertaxis von Venedig, auf einen geschäftigen Kai hinaustrat. Anschließend schlenderte sie in ihrer Fantasie durch die Straßen, suchte sich ein Straßencafé und nippte dort in aller Ruhe an einem aromatischen Espresso, während sie die bunte Menschenmenge beobachtete, die an ihr vorbeiflanierte …

„Und was glaubst du, wann du etwas von *Juste Moi* hören wirst?"

Schon wieder ein Tagtraum zerplatzt. Harri schauderte. „Weiß ich nicht. Wahrscheinlich in ein paar Monaten oder so. Natürlich nur, wenn sie ihn nehmen."

„Natürlich nehmen sie ihn", erwiderte Stella und wiederholte damit, was auch Viv schon gesagt hatte. „Er sieht fantastisch aus. Eine grässliche Nervensäge, aber umwerfend gut aussehend. Wart's nur ab."

Lange brauchte Harri nicht zu warten.

5. KAPITEL

Kein Zurück mehr

Das leichte Brummen der Leuchtstoffröhre über der Toilettenkabine scheint lauter zu werden, während der Regen immer heftiger auf das Dachfenster prasselt. Daneben ist nur noch ein Geräusch zu hören: Harris Herzschlag, der in ihren Ohren dröhnt. Seit ihrer Flucht aufs Damenklo vor immerhin dreißig Minuten hat sich ihr Puls ein wenig beruhigt. Sie fragt sich, ob die Überlebenden des Armageddon von Stone Yardley noch im Saal sind oder ob Viv den Rest hinauskomplimentiert hat, so wie ein Polizeibeamter die Schaulustigen barsch vom Tatort fortscheucht: In Ordnung, Leute, tretet bitte zurück. Hier gibt es nichts zu sehen …

Eins jedenfalls steht fest: Alex ist nicht mehr da. Nicht nach diesem Blick. Als sie daran denkt, durchfährt sie ein schmerzhafter Stich. *Er hasst mich. Ich habe meinen besten Freund verloren.* Seit sie sich kennen, hat sie ihn noch nie so verletzt und so wütend gesehen. Und jedes noch so kleine Atom seiner Wut richtet sich direkt gegen sie. Nein, Alex wird inzwischen längst fort sein. Hätte sie doch nur auf ihr Gewissen gehört, als der Brief von *Juste Moi* ankam …

Liebe Ms. Langton,

vielen Dank für Ihre Nominierung für unsere Kolumne „Gutes Zuhause gesucht“.

Wir alle hier bei Juste Moi *fanden Ihren Brief einfach großartig – Ihr Freund Alex ist genau der Typ Kandidat, den wir in unserem Magazin vorstellen möchten.*

Wenn Sie uns in das beiliegende Formular noch ein paar

Einzelheiten eintragen könnten, setzen wir alle Hebel in Bewegung, um ihm die Frau seiner Träume zu suchen.
Wir freuen uns auf Ihre baldige Antwort.

Chloë Sahou
Kulturredaktion

„Was ist das?", fragte Tom und spähte Harri über die Schulter, als sie den Brief las. Es war Mittagspause, und Harri hatte endlich den Mut aufgebracht, den Umschlag von *Juste Moi* zu öffnen, den ihr freundlicher Briefausträger Freddie Mills ihr an diesem Morgen überreicht hatte.

„Sieht interessant aus", meinte Freddie und tippte mit einer nikotinverfärbten Fingerspitze auf die Briefmarke. „Londoner Poststempel. Eins dieser noblen Magazine, schätze ich. Wissen Sie, die sitzen alle dort. Jeder Verlag, in dem die Leute ihr Handwerk verstehen, hat seinen Sitz in London."

Für Freddie Mills, anderthalb Jahre vor der Rente und unumstrittener Pub-Quiz-Champion des *Star and Highwayman* – des kleinen gemütlichen Pubs am anderen Ende von Stone Yardley –, verdiente alles, was aus Englands grandioser Hauptstadt kam, Aufmerksamkeit und Respekt. Er war jetzt dreiundsechzig und hatte dennoch nur ein einziges Mal die Reise nach London angetreten: zu einem Auswärtsspiel des Stone Yardley Darts Clubs, für das sein Bruder ihm einen Sitzplatz ermogelt hatte.

Obwohl er selbst kein Dartspieler war, schaffte Freddie es, Big Bruce McKendrick, den allseits gefürchteten Mannschaftstrainer und Eigentümer von *Long and Winding Road Motorcycles,* davon zu überzeugen, dass er dieses Platzes würdig war: Er lieferte ihm eine mustergültige Erklärung der Feinheiten des Spieles. Die Mannschaft genoss den Nachmittag mit einer Stadtbesichtigung und traf schließlich am Austragungsort des

Spieles in Fulham ein, nur um haushoch zu verlieren. Aber so bekam Freddie wenigstens ein Mal die Gelegenheit, die Schönheiten der Großstadt zu bewundern, von der er seit Kindertagen träumte.

Für einen Mittwoch lief das Geschäft bei Sun Lovers International Travel ungewöhnlich gut. Tom, Harri und Nusrin, das neue Mädchen, hatten kaum Zeit für eine Atempause zwischen den Kunden und wechselten ungläubige Blicke, wenn sie sich mit Prospekten in den Händen begegneten oder Kunden zu ihrem Schreibtisch geleiteten. Der Grund für diese unerwartete Belebung des Geschäfts blieb ihnen ein Rätsel, bis der Eigentümer von SLIT, George Duffield, reichlich verspätet kurz vor Mittag im Reisebüro aufkreuzte.

„Ah, die unverkennbare Macht der Werbung", ließ er seinen dröhnenden Bass ertönen, sodass sein ausgeprägter Wolverhampton-Akzent von den schäbigen, mit Reisepostern bedeckten Wänden zurückgeworfen wurde. „Wisst ihr, es ist wirklich erstaunlich, was ein bisschen Lokalwerbung für ein achtbares Unternehmen wie SLIT bewirken kann. Das waren die lohnendsten fünfundzwanzig Pfund, die ich dieses Jahr ausgegeben habe."

Seine verwirrten Angestellten reagierten auf seinen Enthusiasmus mit unterschiedlich ausgeprägter Verständnislosigkeit in ihren Mienen.

„Sie haben die Leute dafür *bezahlt*, das Reisebüro aufzusuchen?", hakte Tom vorsichtig nach.

„Sei nicht albern, Thomas. Ein erfolgreiches Unternehmen wie SLIT muss nicht zu Bestechung greifen. Und allein schon diese Unterstellung finde ich wirklich ärgerlich. Nein. Ich habe der gestrigen *Edgevale Gazette* zweihundertfünfzig Handzettel beilegen lassen. Zwanzig Prozent Rabatt auf jede Buchung in dieser Woche."

„Handzettel im Anzeigenblatt?", fragte Nusrin.

„Ganz genau“, erwiderte George grinsend und errötete hochzufrieden. „Genial, oder?“

„Ich hätte nicht gedacht, dass jemand die *Gazette* liest“, meinte Harri. „Meine landet immer sofort im Altpapiercontainer.“

„Tja, ganz offensichtlich gibt es Leute in Stone Yardley, die deinem bedauerlichen Beispiel nicht folgen, Harriet“, erwiderte George und entschwebte in sein Büro. „Ich glaube, das geschäftige Treiben in diesem Reisebüro spricht für sich. Findest du nicht?“

Als er die Tür hinter sich geschlossen hatte, kicherte Tom in sich hinein. „Nur schade, dass heute niemand eine Reise gebucht hat, stimmt's?“

„Außer den Wilkinsons, die ihre alljährliche Busreise nach Rhyl gebucht haben“, sagte Nusrin.

„Aber wir sind jede Menge Prospekte losgeworden“, meinte Harri lächelnd.

Eine halbe Stunde später war der beeindruckende Kundenstrom fast völlig verebbt, sodass Harri, Tom und Nusrin sich eine wohlverdiente Mittagspause gönnen konnten. Nusrin nutzte die Gelegenheit, den Laden zu verlassen. Ihr Handy hatte sie, wie immer, in der Hand, und ein Päckchen Zigaretten steckte sie hastig in die Jackentasche. So konnten Tom und Harri also ihr Mittagessen in relativer Ruhe genießen. Und Harri hatte endlich die Möglichkeit, den Brief zu lesen. Tom, der versuchte mitzulesen, nickte wissend. „Streng geheime Kommunikation, hm?“

„Nichts Wichtiges“, widersprach sie und faltete das Blatt Papier rasch zusammen, um den Inhalt vor den Blicken ihres neugierigen Kollegen zu verbergen.

„Deinem Gesichtsausdruck nach zu urteilen, ist das nicht wahr.“

„Ganz im Ernst, Tom, es ist nichts Wichtiges.“

„Lügnerin."

„Also hör mal!"

„Wenn es nichts Wichtiges ist, kannst du mir doch sagen, worum es geht. Richtig?", meinte Tom höhnisch, mit einem Mayonnaiseklecks am Kinn, und deutete mit seinem angebissenen Brötchen auf Harri. „Ha, bin gespannt, wie du dich jetzt rausredest!"

Harri seufzte ergeben. „Es geht um einen Gefallen für einen Freund."

Seine Brauen schossen in die Höhe, und er senkte die Stimme. „Mafia?"

„Wie bitte?"

„Sie haben dich als Auftragskillerin angeheuert, und in dem Brief geht es um Einzelheiten zu deinem Opfer."

„Du siehst eindeutig zu viele Gangsterfilme", lachte Harri.

„Mein Onkel Jez sagt, die Mafia hat einen Stützpunkt in Birmingham", gab Tom zurück. „Das weiß jeder."

„Oh, und dein Onkel Jez ist eine vertrauenswürdige Autorität, wenn es um solche Informationen geht, richtig? Ich meine, war es nicht Onkel Jez, der letzten Sommer steif und fest behauptet hat, der Ku-Klux-Klan halte geheime Treffen in Ellingsgate ab?"

Tom wandte den Blick ab. „Er hat gesehen, wie sie sich auf dem Feld getroffen haben."

„Ja, ja, und als er die Polizei gerufen hat – was haben die gefunden?"

Röte schoss in Toms fettige Wangen. „Imker", murmelte er.

„Genau. Den Imkereiverein von Ellingsgate. Also müssen wir nicht unbedingt auf deinen Onkel Jez hören, oder?"

„Und was tust du nun deinem Freund für einen Gefallen?", hakte Tom mürrisch nach.

Harri verzog das Gesicht. „Einen, für den er mir womöglich nicht danken wird."

„Okay – Interessen. Hm, Reisen, Fotografieren, Essengehen, Kino … Habe ich noch was vergessen?“

„Leuten auf die Nerven gehen. Das macht Alex ganz besonders gern“, erwiderte Stella und leerte zwei Zuckertütchen in ihren Coffee to go.

Harri blickte von dem Formular auf, das sie vor sich auf dem wettergegerbten hölzernen Picknicktisch ausgebreitet hatte, an dem sie beide saßen. „Ernst gemeinte Vorschläge, Stel.“

Stella griff nach dem dünnen Plastikstäbchen und rührte damit wütend ihren Kaffee um. „Ich meine es ernst. Das ist eine ganz schlechte Idee. Alex wird dich umbringen“, erklärte sie zum x-ten Mal, seit Harri ihr gegenüber das erste Mal Vivs tolle Idee erwähnt hatte. Dieser Satz war zu ihrem Mantra geworden, das sie in jede Unterhaltung einfließen ließ.

„Stel, du bist mir keine Hilfe.“

„Das will ich auch gar nicht sein. Können wir bitte über was anderes reden?“

Harri stöhnte auf und steckte das Formular wieder in ihren Rucksack. „Na schön. Dann fülle ich es eben später aus, wenn ich niemandem damit auf die Nerven gehe.“ Sie ließ ihren Blick über den Park schweifen, in dem viele Familien den für die Jahreszeit ungewöhnlich milden Märzsamstag genossen. Vale Edge Park gehörte zu ihren Lieblingsplätzen: ein großes bewaldetes Gebiet rund um einen hohen Hügel aus Sandstein nur etwa zwanzig Autominuten von Stone Yardley entfernt. Als sie noch ein Kind war, hatte sie im Sommer die meisten Sonntagnachmittage hier mit ihren Eltern verbracht. Hier waren sie mit dem Rad umhergefahren, hatten gepicknickt und Spiele gespielt. Der Park war als Ausflugsziel beliebt bei Familien, Mountainbikern und Leuten, die ihre Hunde ausführten. Die Wanderwege hatten für jeden etwas zu bieten. Viele ihrer ersten romantischen Verabredungen hatten hier stattgefunden. Hier am See hatte sie schüchtern Händchen gehalten, hier hatten sie sich auf den Waldwegen zwischen Glockenblumen und Farn verstohlen geküsst. In den Anfangstagen hatten Rob und sie hier unzählige Spaziergänge gemacht, Stunden voller Lachen und Freude, in denen Harri auf Wildblumen oder Vögel zeigte und Rob sie mit seinem selbstbewussten und umwerfenden Lächeln für sie identifizierte.

In abenteuerlustigeren Momenten kamen Stella und Harri hierher, um auf den Vale Edge hinaufzuwandern und dann in der winzigen Blockhütte einzukehren, die als Getränkekiosk diente. An diesem Nachmittag war an eine anstrengende Wandertour jedoch nicht zu denken, weil Stella einen Heißhunger auf Koffein und Kuchen hatte.

„Harri, dieser Schokoladenkuchen ist einfach köstlich. Bist du sicher, dass du ihn nicht probieren willst?"

„Ich denke gar nicht daran, dich von ihm zu trennen", gab Harri zurück und schob ein Stück butterigen Pfannkuchen in ihren Mund.

„Weißt du, ich habe gehofft, dass du das sagen würdest."

„Das dachte ich mir." Sie lächelten beide. „Schau, Stel, ich weiß, dass diese Kolumne eine bescheuerte Idee ist. Trotzdem könnte sie vielleicht funktionieren. Es sind schon viel merkwürdigere Dinge geschehen."

„Du glaubst also allen Ernstes, dass Alex auf diesem Weg seine Traumfrau finden könnte?"

Harri gab sich alle Mühe, überzeugend zu wirken. „Es wäre möglich ..."

„Ich verstehe nicht, warum du das tust, wenn du dir nicht vollkommen sicher bist", sagte Stella und nahm einen großen Schluck von ihrem Kaffee.

„Weil Viv womöglich recht hat mit ihrer Einschätzung, dass Alex Hilfe braucht." Harri strich sich eine rote Haarsträhne aus dem Gesicht, die der Wind aus ihrem Pferdeschwanz gelöst hatte. „Ich würde ihn doch so gern glücklich sehen."

Zwei laute Kinder rannten an ihrem Tisch vorbei, gefolgt von einem großen Hund, dessen Fell tropfnass war. Offenbar hatte er gerade ein Bad im See genommen. Stella zog angewidert ihre Nase kraus. „Es könnte schlimmer sein, Harri. Du könntest eins von denen da haben."

„Hund oder Kind?"

Stella verzog das Gesicht. „Egal, ist beides gleich übel. Ich werde jedenfalls nie Kinder oder Hunde haben. Stell dir nur vor, du vergeudest dein Leben damit, hinter ihnen herzurennen. Grässliche Geschöpfe, die nur für Unordnung sorgen. Wie kann man sich nur so ein Chaos für sein Leben wünschen? Ich begreife es einfach nicht."

Eine müde wirkende Frau tauchte neben ihnen auf, blieb an ihrem Tisch stehen und umklammerte die Tischplatte mit beiden Händen, als käme sie direkt aus dem Irrenhaus. „Haben Sie sie gesehen?", fragte sie. Die weit aufgerissenen Augen verrieten, dass sie in letzter Zeit viele zu kurze Nächte und hektische Tage gehabt hatte.

„Zwei kreischende Gören und einen räudigen Straßenköter? Die sind da lang", erklärte Stella, und die Frau eilte davon.

„Stella, du bist grässlich. Die arme Frau."

„Zwei Wörter, Harri: Verhütung und Tierarzt."

Harri schüttelte den Kopf. „Du bist wirklich unglaublich. Und ich weiß, dass du es nicht so meinst."

Stella begutachtete ihre Fingernägel. „Oh doch, das tue ich. Mich und Stefan würdest du nie dabei erwischen, dass wir uns auf dieses Albtraumszenario einlassen."

„Ah, Stefan. Wie ist denn deine neueste Flamme?"

Stellas Augen leuchteten auf. „Harri, er sieht fantastisch aus. Natürlich nicht so wie Jase oder Andy. Aber bei Stefan passt einfach alles. Verstehst du, was ich meine?"

„Ich glaube, ich kann es mir denken."

„Er ist liebevoll und aufmerksam – und sein Haus ist einfach eine Wucht!"

Hm. Was hat dich an dem Millionär Stefan angezogen, Stella?
„Ah ja, verstehe."

Harris Sarkasmus blieb von Stella nicht unbemerkt. „Was immer du denkst, sein Geld ist nicht das Entscheidende. Ganz ehrlich."

„Gott bewahre."

„Sei nicht so zynisch. Für mich könnte das die große Liebe sein, und du machst dich über mich lustig. Nur weil du deine Liebe schon gefunden hast, hast du doch nicht das Monopol auf ein immerwährendes Happy End."

„Entschuldige."

Stella nippte noch einmal an ihrem Kaffee und verzog das Gesicht. „Der wird auch nicht mehr besser, hm?"

Harri lächelte. „Pst. Lass das Ralph nicht hören." Verstohlen blickte sie sich um, ob der kleine weißhaarige Inhaber des Vale Edge Café in Hörweite war. Glücklicherweise war er in eine sehr angeregte Unterhaltung mit dem Führer einer Wandergruppe vertieft, die die meisten Picknicktische rings um Harris und Stellas Tisch mit Beschlag belegt hatte.

„Und wenn schon. Es wird höchste Zeit, dass unser Ralphy erfährt, wie ein guter Espresso sein sollte." Dann fiel ihr etwas ein, und sie wedelte mit den Händen. „Fast hätte ich's vergessen. Ich wollte dir doch sagen, dass Stefan endlich die Antwort darauf gefunden hat, an wen du mich erinnerst."

Harri hatte keine Ahnung gehabt, dass diese Frage überhaupt im Raum stand. „Oh?"

Stella klatschte in die Hände und lächelte siegesgewiss. „Amy Adams."

„Ich seh doch nicht aus wie Amy Adams!"

„Doch, tust du. Nimm nur deine nervig umwerfenden roten Haare und deine erstaunlich blauen Augen – du ähnelst ihr wie ein Ei dem anderen."

Harri schüttelte den Kopf. „Nur weil ich rote Haare und

blaue Augen habe, sehe ich noch lange nicht aus wie Amy Adams. Außerdem hast du erst letzten Monat behauptet, ich sähe aus wie Debra Messing, und vor einem Jahr war es Julianne Moore. Arbeitest du nicht einfach nur alle rothaarigen Schauspielerinnen ab?"

„Nein. Diesmal nicht. Stefan und ich haben uns *Verwünscht* angesehen. Und da meinte er: ‚Sie sieht aus wie deine Freundin Harri.'"

„Moment mal. Du hast dir mit Stefan einen Disney-Film angesehen?"

Stella schob trotzig ihr Kinn vor. „Zufällig mag er Animationsfilme sehr. Daran ist nichts auszusetzen."

Harri hob beschwichtigend die Hände. „Hör mal, wenn dein sagenhaft reicher Freund *Micky Maus Wunderhaus* anbeten möchte, ist das natürlich ganz allein seine Sache. Ich habe nichts gesagt."

„Genau. So, und wann musst du dieses komische Formular an die Redaktion zurückschicken?", wechselte Stella geschickt das Thema.

„So bald wie möglich. Stel, sie finden ihn wirklich toll."

„Hab ich dir doch gesagt. Allerdings könntest du natürlich einfach vergessen, es zurückzuschicken ..."

Der Gedanke war Harri auch schon gekommen. Aber jetzt, wo man bei der Zeitschrift von ihm wusste, würden sie wahrscheinlich nachhaken. Mit anderen Worten: Für einen Rückzieher war es zu spät. „Das wird nicht funktionieren. Jetzt muss ich da durch."

Etwas gründlich und vernünftig zu durchdenken hat durchaus seine Vorteile. Seitdem sie ihre Eltern verloren hatte, hatte Harri sich auf ihren Verstand verlassen, wenn sie Entscheidungen treffen musste. Soweit es sie anging, war das bei Weitem die bessere Option, als auf ihr Bauchgefühl oder ihr Herz zu hören, die sie beide oft in eine ganz andere Richtung gelenkt hätten. Unglücklicherweise war sie umgeben von einer ganzen Armee von Leuten, die lieber auf ihr Gefühl vertrauten – Viv, Alex, Stella und sogar ihr Arbeitskollege Tom –, und anscheinend konnte keiner von ihnen ihrer Vorsicht viel Gutes abgewinnen.

„Wie willst du eigentlich je etwas Aufregendes tun, wenn du deine Zeit damit verplemperst, nur darüber nachzudenken?", hatte Stella schon oft gefragt.

Insgeheim hätte Harri sich gewünscht, anders zu sein. Alle Bedenken über Bord zu werfen und sich einfach treiben zu lassen. So wie Alex. Was man sich über seine Spontaneität erzählte, war geradezu legendär. So hatte er zum Beispiel an einem Montagnachmittag vor dreizehn Jahren, als er an seinem Schreibtisch in der großen Versicherungsfirma saß, in der er arbeitete, kurzerhand beschlossen, zu kündigen und sich die Welt anzusehen. Also schrieb er seine Kündigung, ging damit direkt ins Büro seines Chefs, räumte fünf Minuten später seinen Schreibtisch aus und verließ das Gebäude für immer. Vier Wochen später saß er in einem Flugzeug nach Australien und hatte gerade mal vier Monate im Voraus geplant. Dort traf er einen Freund, der nach Neuseeland wollte, also ging er als Nächstes dorthin und suchte sich für ein halbes Jahr einen Job in einem Hostel. Zuerst machte er dort alles Mögliche, später arbeitete er in der Küche. Eins der Mädchen, die in der Herberge abstiegen, war die Tochter eines Hotelbesitzers in Singapur, der zufällig gerade einen stellvertretenden Küchenchef für sein beliebtes Restaurant suchte. Also packte Alex wieder seine Sachen und nahm die Stelle dort an. Und so ging es weiter, Jahr für Jahr. Eine spontane Entscheidung nach der anderen führte Alex durch die ganze Welt.

„Wie machst du das nur?", fragte Harri ihn eines Mittwochabends, als er in seiner Wohnung über dem Café geschickt mit Töpfen und Pfannen hantierte. An diesem Abend standen malaysische Ingwergarnelen auf dem Speiseplan, mit frischem Ingwer angebraten, der auf der Zunge kribbelte, und süßem Honig, der die Schärfe ausglich, serviert auf einem Bett aus duftendem Jasminreis. Als Harri sich gegen die Frühstückstheke lehnte, ließ der Duft der Speisen Bilder von schwimmenden Märkten, Bambushäusern und Haufen leuchtend bunter Gewürze vor ihrem inneren Auge aufsteigen.

„Wie mache ich was?", fragte Alex durch die Wolke ingwerduftenden Dampfes, die aufstieg, als er den Deckel vom Wok nahm.

„All die spontanen Entscheidungen."

Alex brach in schallendes Lachen aus. „Was ist das denn für eine Frage?"

„Ich bin nur neugierig."

„Denkst du etwa darüber nach, dich selbst zur Spontaneität zu bekehren?"

„Das habe ich nicht gesagt. Ich habe nur das Gefühl, dass ich der einzige Mensch auf der Welt bin, der nicht einfach etwas *tun* kann."

Seine Brauen hoben sich ein wenig. „Und das beunruhigt dich?"

Harri fühlte sich leicht in die Defensive gedrängt. „Nein, eigentlich nicht. Es ist nur – ich habe nur darüber nachgedacht, das ist alles."

Alex grinste schelmisch, aber nicht unfreundlich. „Ah, verstehe. Siehst du, genau da liegt das Problem, Harri: Wenn du darüber nachdenkst, spontan zu sein, hast du irgendwie nicht ganz verstanden, worum es dabei geht."

Harri schüttelte den Kopf. „Sehr witzig, Mr. Aus-dem-Bauch-Heraus. Vergiss einfach, was ich gesagt habe, okay?"

„Ach, Kollegin, es tut mir leid. Du machst es mir aber auch einfach zu leicht ... Schau, ich kann dir nicht erklären, wie man spontan handelt. Das ist etwas, was du tust – nicht analysierst.

Frag nicht, mach dir keine Sorgen und denk schon gar nicht gründlich darüber nach. Wenn es sich richtig anfühlt, tu's einfach."

„Aber machst du dir denn nie Sorgen, dass alles schiefgehen könnte?"

„Verdammt noch mal, Harri, du kennst mich doch. Manchmal geht es schief. Wie du sicher erinnerst, ein paarmal auch schon ganz gewaltig schief. Aber darüber mache ich mir nie Sorgen: Wenn ich mit etwas gründlich Schiffbruch erleide, dann beschäftige ich mich mit den Folgen. Nicht vorher. Wenn du zu viel über etwas nachdenkst, wirst du nie etwas tun. Oder irgendwohin reisen."

Beinahe konnte sich Harri vorstellen, wie eine andere Version ihrer selbst fröhlich ins Unbekannte aufbrach – aber ganz schnell drängten sich ihr wieder Fragen und Ungewissheiten auf und versperrten ihr den Blick auf die verlockenden Möglichkeiten. „Nun ja, und wer sagt, dass mein Weg nicht der beste ist?"

Alex dachte einen Moment nach. Dann senkte er die Stimme, als wolle er den Schlag dämpfen, den das, was er als Nächstes sagen wollte, ihr verpassen würde. „Niemand, schätze ich. Womöglich bewahrst du dich selbst mit deiner Vorsicht vor einer Menge Reinfälle. Aber sieh's auch mal so, Kollegin: Würdest du lieber irgendwo einen wunderschönen palmengesäumten Strand entlanggehen oder davon lesen?"

Das tat natürlich weh, aber er hatte recht.

Am folgenden Sonntagabend, als sie gemütlich im Wohnzimmer ihres Cottages saß, starrte Harri auf das ausgefüllte Formular von *Juste Moi* vor ihr. Obwohl ihr bewusst war, dass Eigenlob stinkt, wusste sie auch, dass sie tolle Arbeit geleistet hatte: Sie hatte Alex auf einem einzigen DIN-A4-Blatt gut, umfassend und wahrheitsgetreu beschrieben. Den bedauernswerten alleinstehenden Leserinnen der Zeitschrift würde bei seinem bloßen Anblick ein prickelnder Schauder den Rücken hinunterlaufen. Ja, beim Durchlesen ihrer eigenen Beschreibung war sogar Harri beeindruckt.

Gerade wollte sie das Formular sicher hinter der Uhr auf ihrem Kaminsims deponieren (nur damit sie noch eine Nacht darüber schlafen und sichergehen konnte, dass sie auch wirklich das Richtige tat), als ein Gedanke sie durchzuckte. Wenn jemals der richtige Augenblick für praktizierte Spontaneität war, dann jetzt. Sie würde das Formular nicht morgen früh abschicken, nein. Sie würde es jetzt sofort in den Briefkasten stecken. Zwar war nicht anzunehmen, dass ein Postbote mit auch nur einem Hauch von Selbstachtung den Postkasten um die Ecke um 23:30 Uhr noch leeren würde, aber immerhin läge das Formular dann schon darin, sodass sie es sich nicht noch einmal anders überlegen könnte. Genau das würde nämlich garantiert geschehen, wenn sie es bis zum nächsten Morgen hinter der Uhr liegen ließ. Also streifte sie ihre Hausschuhe ab, schnappte sich den Briefumschlag, leckte entschlossen über den Klebestreifen und verschloss ihn mit einem Selbstvertrauen, das sie geradezu schockierte. Dann stieg sie in ihre Gummistiefel (die standen gerade günstig, und spontaner ging wohl kaum, oder?), zog sich einen Mantel über ihren Schlafanzug, nahm ihre Schlüssel an sich, rannte den Steinweg zum kleinen weißen Holztor hinunter, das in den Angeln quietschte, riss es auf und ging die fünf Schritte, die sie brauchte, um den kleinen roten Postkasten zu erreichen, der in die Trockenmauer auf der anderen Straßenseite eingelassen war.

Fünf kleine Schritte für einen anderen, fünf Riesensprünge für Menschen wie Harri, dachte sie siegesbewusst, als sie den kleinen weißen Umschlag entschlossen in den schwarzen Schlund des Postkastens fallen ließ …

… und ihre Tat sofort bereute.

Harri starrte auf ihre leere Hand, die immer noch über der

tintigen Schwärze der Einwurföffnung des Briefkastens hing, und spürte, wie ihr das Herz in die Hose rutschte. Was hast du getan? fragte eine kleine Stimme anklagend in ihrem Kopf. Harri fühlte, wie ihr Puls sich beschleunigte und es ihr eiskalt den Rücken hinunterlief. Plötzlich schien ihr Spontaneität gar keine so tolle Idee mehr zu sein wie noch wenige Augenblicke zuvor.

Vielleicht, so durchzuckte es sie in ihrer Verzweiflung, musste sie nur die Einwurfklappe des Briefkastens intensiv genug anstarren, damit der Brief wie von Zauberhand wieder aus seiner Tiefe emporstieg und alles wieder in Ordnung wäre. Vielleicht würde der Postbote den Brief auch aus unerfindlichen Gründen nicht entdecken, und er bliebe jahrelang im Briefkasten liegen. Oder vielleicht würde sie jeden Moment aufwachen und feststellen, dass sie diese schreckliche Geschichte nur geträumt hatte …

Harris Grübelei wurde abrupt beendet, als der Himmel über ihr seine Schleusen öffnete. Dicke Regentropfen begannen, auf ihren Kopf und ihre Schultern zu trommeln. Im Licht der Straßenlaterne blitzte ein Schauer aus schimmernden Kristallen auf, der um sie herum niederging, während sie wie angewurzelt dastand. *Getan ist getan; es gibt kein Zurück mehr.* Und als wollte es das Gefühl drohenden Unheils unterstreichen, das sich in ihr breitmachte, ließ sich lautes Donnergrollen vernehmen. Langsam und niedergeschlagen drehte Harri sich um und ging zurück nach Hause.

6. KAPITEL

Versteckspiel

Die Tür zum Damenklo öffnet sich mit unwilligem Quietschen.

„Ist sie da drin?“, fragt eine Frauenstimme.

„Nein, ich glaube nicht“, antwortet ein junger Mann aus dem Gang. Seine Stimme klingt unsicher. „Vielleicht ist sie nach Hause gegangen.“

„Nun, ich habe sie nicht weggehen sehen, Thomas, und mir entgeht so schnell nichts.“

„Das kann man wohl sagen – autsch!“

„Sei nicht so frech, Sonnenschein, wenn ich bitten darf.“ Die Tür wird ein wenig weiter geöffnet, und Harri kann Schritte auf den stumpfen braunen Bodenfliesen hören. „Harriet? Bist du hier drin, Mädchen?“

Harri hält den Atem an. Sie kann jetzt mit niemandem reden; noch nicht.

„Sie ist nicht da, Eth… Mrs. Bincham“, flüstert Tom. Seine Verlegenheit ist so offensichtlich wie die Aknepickel an seinem Kinn.

„Hm, vielleicht hast du recht, Thomas. Vielleicht ist sie wirklich gegangen. Wir sollten trotzdem noch mal im Saal nachschauen, oder?“

Harri stößt einen Seufzer der Erleichterung aus, als die Stimmen sich entfernen und die Tür wieder geschlossen wird.

Ethel Bincham war Reinigungskraft bei Sun Lovers International Travel. Zumindest stand das so in ihrem Vertrag. Da sie jedoch sehr schlechte Augen hatte, obendrein furchtbar gern ausgiebige Schwätzchen mit den Angestellten pflegte und George nicht bereit war, sie nach so vielen Jahren mehr oder weniger treuer Dienste zu entlassen, gehörte Reinigen nicht unbedingt zu ihren Prioritäten. Sie war stolz darauf, dass sie gut zuhören konnte, und bildete sich ein, den Angestellten jeden Montag, Mittwoch und Freitag von sieben bis neun fast so etwas wie eine Ersatzmutter zu sein. Sie stand ihnen mit ihrer unverfälschten Black-Country-Weisheit sowie als Wahrsagerin zur Seite. In alten Zeiten hatte jedes Dorf seine eigene weise Frau gehabt: Quelle mystischer Weisheit, Heilkundige gegen alle Übel, verständnisvolle Zuhörerin in Zeiten der Not. Heute hatten die glücklichen Bewohner von Stone Yardley Mrs. Bincham.

„Würdest du heute Abend staubsaugen, bevor Mrs. B kommt?“ Diese Bitte an Harri äußerte George ziemlich oft am Dienstagabend, denn er wusste genau, dass sie das Büro als Letzte verlassen und wahrscheinlich am nächsten Morgen als Erste da sein würde.

Die Ironie des Ganzen löste bei Tom immer dieselbe Reaktion aus: „Wenn sie das macht, wozu haben wir dann eine Reinigungskraft?“

Dagegen konnte George schlecht etwas sagen, aber er wusste: Nachdem er zunächst nicht den Mut aufgebracht hatte, Ethel zu entlassen, als ihm klar wurde, dass sie kaum noch das Büro sehen konnte, geschweige denn den Staub, konnte er seine Entscheidung jetzt nicht mehr revidieren.

Am Morgen nach ihrem nächtlichen Anflug unbedachter Spontaneität traf Harri im Reisebüro auf Ethel, die versuchte, die künstliche Schusterpalme im Fenster zu gießen.

„Sie sieht ein bisschen kränklich aus“, meinte Ethel fröhlich. „Kein Wunder. Die Erde in ihrem Topf ist staubtrocken.“

„Das ist eine Kunst…“, begann Harri, aber Mrs. Bincham wollte das nicht hören.

„Nein, Harriet, das ist eine Schusterpalme“, korrigierte sie kopfschüttelnd. „Ihr jungen Leute heutzutage habt aber auch gar keine Ahnung von Pflanzen.“

Harri gab sich geschlagen und zog sich an ihren Schreibtisch zurück. Sie startete ihren Rechner und begann, die Morgenpost durchzusehen. Sie bestand hauptsächlich aus Katalogen für Büromaterial, die niemand angefordert haben wollte, und aus Kreditangeboten von Banken, von denen sie noch nie gehört hatte. Sie war sich dessen vollkommen bewusst, dass sie aufmerksam von Mrs. Bincham beobachtet wurde, während sie ihre Arbeit tat – unklar war ihr dabei allerdings, wie viel genau Ethel noch sehen konnte.

Harri nahm sich einen Stapel neuer Prospekte und ging zu den Prospektständern hinüber. Sehnsüchtig schaute sie jedes einzelne Titelblatt an, während sie die Fächer auffüllte: azurblaue Häfen mit strahlend weißen Jachten, jadegrüne Wellen vor weißen Sandstränden, auf denen selbstzufriedene Paare dahinstolzierten. Sehnsucht fuhr ihr wie ein Messerstich durchs Herz, als sie die glücklichen Gesichter betrachtete. Wenn sie doch nur in diese Fotos hineintreten und alles weit hinter sich lassen könnte …

„Ich dachte, das könntest du vielleicht brauchen", erklang plötzlich Ethels raue Stimme direkt neben ihrem Ohr und riss sie damit abrupt in die Realität zurück. Harri zuckte zusammen und hätte dabei Mrs. Bincham fast den Becher mit extra starkem Tee aus der Hand geschlagen.

„Oh! Tut mir leid, Mrs. B. Ich war meilenweit weg."

„Das habe ich gesehen", meinte Ethel und reichte ihr den Becher. „Wo warst du denn diesmal, hm?"

„Grenada", gab Harri verlegen zurück.

„Spielt dort nicht die Serie *Coronation Street*?"

Harri unterdrückte ein Kichern. „Äh, nein, das …"

„Egal", unterbrach Ethel sie, kramte in ihrem Einkaufskorb herum und holte eine große, ehemals weiße Tupperdose heraus, die so aussah, als wäre sie mindestens hundert Jahre alt. „Ich habe wieder mal gebacken."

„Oh … das wäre wirklich nicht nötig …"

„Ts, ts, was für ein Unsinn. Ich mache das gern. Mein Geoff sagt, ich hätte meine Berufung verfehlt. Er meint, ich hätte Bäckerin werden sollen. Immerhin fand er auch Margaret Thatcher gut, und was sagt dir das? Hier, hau rein."

Zweifelnd spähte Harri in die Tiefe der Dose. Es roch muffig und nach Plastik. Sie wählte ein zu stark gebräuntes, knuspriges Etwas. „Danke", sagte sie und hoffte im Stillen, dass es überzeugend klang.

Ethels Miene drückte freudige Erwartung aus. „Na, nun probier schon!"

Harri nahm einen Bissen. „Es schmeckt – hm – interessant", brachte sie schließlich hervor, unsicher, ob ihr die merkwürdige Geschmackszusammenstellung gefiel oder nicht. „Was ist das?"

In Ethels runzlige Wangen kroch die Röte des Stolzes, und sie fuhr sich verlegen durch die frischen blau gefärbten Dauerwellen. „Mein eigenes Rezept", erwiderte sie grinsend. „Weißt du, ich liebe Bakewell Tart, und Geoff ist für Chocolate Crispy Cake – er ist und bleibt ein großer Junge –, also dachte ich, warum soll ich nicht einfach beides kombinieren?"

Harri schluckte und griff nach ihrem Tee. „Also ist das …?"

„Chocolate Crispy Bakewells!", verkündete Ethel strahlend. „Außergewöhnlich, nicht wahr?"

Das konnte Harri nicht bestreiten. „Unbedingt."

„Fein." Ethels Lächeln wich einer ernsten Miene. „Und erzählst du mir jetzt, was los ist?"

„Mir geht es gut, Mrs. B. Ich bin einfach nur ein bisschen müde, das ist alles."

Ethels Augen mochten nicht mehr die besten sein, aber ihr Wahrnehmungsvermögen funktionierte so ausgezeichnet wie eh und je. „Erzähl mir doch nichts, Harri. Einfach nur müde – dass ich nicht lache. Ich sehe doch, dass dich etwas bedrückt." Damit pflanzte sie ihren ausladenden Hintern auf die Kante von

Harris Schreibtisch und bedeutete ihr, sie solle sich setzen. „So, und jetzt erzähl Tante Eth einfach, was los ist, okay?"

Tatsächlich wusste Harri gar nicht recht, was sie sagen sollte. Sie war wirklich müde: Ihr ganzer Körper schmerzte, weil sie in der Nacht zuvor nur etwa eine Stunde geschlafen hatte. Ihre Augen fühlten sich an, als hätte ein verrückter Boxer etliche Male auf ihr Gesicht eingedroschen. Dazu kam ein verräterisches Frösteln, ein Zeichen dafür, dass ihr nächtlicher Ausflug zum Briefkasten, bei dem sie vollständig durchnässt worden war, nicht ohne Folgen bleiben würde: Eine ganz und gar nicht willkommene Erkältung kündigte sich an.

Die ganze Nacht hatte sie sich mit Grübeleien gequält. Ihr Geist war vor lauter Sorge nicht zur Ruhe gekommen, und sie verfluchte ihre Spontaneität. Schließlich hatte sie der Schlaf doch noch übermannt – zusammengerollt auf dem Sofa, in eine Reisedecke gekuschelt (die wie ihre Eigentümerin nie wesentlich weiter gereist war als bis auf den Sessel).

Harri war sich nicht sicher, ob Mrs. Bincham sie verstehen würde. Schließlich glaubte diese Frau, ein Aphrodisiakum sei eine Blume und die mächtigen ägyptischen Statuen auf dem Weg zum Tal der Könige würden Sphinkter genannt. Dennoch versuchte sie, sich zu erklären. Ethel hörte ruhig zu, nickte hin und wieder weise und kaute dabei auf ihren Chocolate Crispy Bakewells herum. Ihr Gebiss klackerte rhythmisch, während Harri von den Ereignissen der letzten paar Wochen berichtete.

„Ich weiß nicht recht, Mrs. B. Ein Teil von mir glaubt immer noch, dass diese Aktion Alex helfen könnte, aber seitdem ich den Brief tatsächlich eingeworfen habe, kann ich an nichts anderes mehr denken als daran, was passieren mag, wenn die Sache schiefgeht. So oder so kann ich jetzt nichts mehr ändern. Ich schätze, jetzt muss ich der Sache einfach ihren Lauf lassen."

„Kindchen, ich versteh dich so gut. Dabei ist es doch ganz einfach: Hier ist das große S am Wirken."

Da ihr Verstand durch Schlafentzug stark beeinträchtigt war, schob Harri all die möglichen Bedeutungen, die ihr durch den Kopf schossen, beiseite und stellte die offensichtliche Frage: „Das große S?"

Vorsichtig warf Mrs. Bincham Blicke über ihre Schultern, als müsse sie sich vergewissern, dass niemand sie belauschte. „Das Schicksal, Harriet. Du hast die Angelegenheit in die Hände des Schicksals gelegt und damit die Kontrolle abgegeben. Es ist also völlig natürlich, dass du nervös bist, während du darauf wartest, was das Schicksal für dich bereithält. Ich meine, alles ist möglich – Gutes wie Schlechtes."

„Glaubst du?"

„Ich weiß es, Kindchen. Ich habe ein Gespür dafür. Weißt du, meine Mutter hat immer behauptet, ich sei ein Psycho. Hat bis zu ihrem Tod Stein und Bein geschworen, dass es so ist. ‚Deine Granny war ein Psycho, deine Tante Lav war ein Psycho, und jetzt hast du diese Gabe geerbt, Eth', hat sie immer zu mir gesagt."

„Psycho? Sie meinte ein Medium, oder?"

„Also, ich habe ja, ehrlich gesagt, nie viel von diesem Hokuspokus gehalten. Aber manchmal habe ich so meine Vorahnungen, und was soll ich sagen: Es passiert etwas. Irgendwie."

Obwohl Mrs. Bincham lächelte, fand Harri das Ganze nicht besonders beruhigend. „Und was soll ich jetzt tun?"

Mrs. Binchams Grinsen wurde noch breiter. „Gar nichts kannst du tun, Kindchen. Halt die Füße still und warte ab. Und nimm dir noch ein Stückchen Chocolate Crispy Bakewell, während du wartest. Das wird dich bestimmt auf andere Gedanken bringen."

Harri ergab sich in das Unvermeidliche und griff in die Tupperdose.

Inzwischen hätte sie an das große S gewöhnt sein sollen – obwohl sie die Sache noch nie von dieser Warte betrachtet hatte.

Sie hatte sich an die seltsame Mischung aus Freud und Leid gewöhnt, die ihrem Lebensweg immer neue, oft überraschende Wendungen gab. So war das Leben.

Ihr fiel wieder ein, was ihre Großmutter einmal zu ihr gesagt hatte: „Das Leben ist ein Wildpony. Du kannst es nicht zähmen. Aber wenn du es an der Mähne packst und dich eisern daran festhältst, wird dieser Ritt zum aufregendsten, den du je hattest." Grandma Langton hatte in einem winzigen Cottage am Rand von Dartmoor gelebt. In den Sommerferien besuchten Harri und ihre Eltern sie oft dort. Als kleines Mädchen liebte Harri nichts mehr, als fest an Grandmas Hand geklammert den Elementen zu trotzen und den Hügel hinter dem Cottage zu erklimmen, um den Blick über die windgepeitschte Heide schweifen zu lassen und den Wildponys beim Grasen zuzusehen. Schon als kleines Kind bewunderte sie die schönen Geschöpfe, die ganz nach Belieben umherstreiften, für ihre Freiheit und beneidete sie. Der Gedanke, einem davon auf den Rücken zu springen und über die wilde hügelige Heide davonzujagen, war unglaublich aufregend und furchteinflößend zugleich, aber Harri sehnte sich danach, so sorglos zu leben, wie diese Tiere es anscheinend taten. Was Grandma anging: Ihr eigener aufregender Ritt fand sein abruptes Ende, als Harri elf war – und das Leben sie ein letztes Mal abwarf.

Das Leben oder das Schicksal – wie man es auch nennen mochte – hatte für Harri in den achtundzwanzig Jahren, die sie inzwischen zählte, jedenfalls mehr als einen atemberaubenden Ritt bereitgehalten. Die meisten waren jedoch leider eher brutal beängstigend gewesen als beglückend. Ein Elternteil an Krebs zu verlieren war schon schlimm genug. Sie beide auf diese Weise zu verlieren war extrem grausam, nicht zuletzt, weil der bösartige Tumor ihrer Mutter diagnostiziert wurde, als ihr Vater gerade seine letzten Lebenswochen durchlitt. Während Dad daheim auf dem Sofa lag, zu schwach, um sich zu bewegen, aber trotzdem immer noch irgendwie in der Lage zu lächeln und zu scherzen (was ihm mit Bravour gelang bis zu dem Augenblick, in dem er endgültig das Bewusstsein verlor), bereitete Mum gleich zwei Beerdigungen vor: die eine für ihn, die andere für sich. Sie saß am Küchentisch und fertigte umfangreiche Listen an – für Harri, „wenn es so weit war".

Dads Krebs hatte ihn langsam dahinsiechen lassen. Der Prozess zog sich über fast sechs Jahre dahin und verwandelte den einst so kräftigen und vitalen, einen Meter fünfundneunzig großen Rugbyspieler in ein bedauernswertes Gestell aus Haut und Knochen, das unter Schmerzen auf dem alten Sofa im Wohnzimmer ruhte. Im Gegensatz dazu raffte Mums Krankheit sie blitzschnell dahin: Nur fünfeinhalb Monate lagen zwischen der Diagnose und der Trauerfeier in St. Mary, der Gemeindekirche von Stone Yardley. Fünf Monate nachdem sie ihren Mann zu Grabe getragen hatte, gesellte Mum sich zu ihm, und Harri blieb allein auf der Welt zurück. Natürlich hatte sie Freunde. Viv und Stella taten sich zusammen, kochten für sie (Viv) und sorgten mit Shoppingtouren und Spaziergängen dafür, dass sie aus dem Haus kam (Stella). Tante Rosemary quartierte sich für drei Monate ein, half Harri dabei, ihr Elternhaus zu verkaufen und ein neues Zuhause zu suchen, bis sie das winzige, efeuberankte Cottage fand, das sie sich von ihrem Erbe kaufte.

Die Krankheit ihres Vaters hatte dafür gesorgt, dass Urlaube nicht weit von zu Hause oder wenigstens in der Nähe eines größeren Krankenhauses verbracht wurden. Aus Furcht vor einem Notfall wagten sie nicht, weiter zu reisen als bis zum Lake District, und das auch nur, weil in Kendal Verwandte lebten. Als das Ende nahte, wurden die Familienurlaube der Langtons mehr und mehr zu einem Sofawechsel: Dad wurde vorsichtig in ihrem alten roten Volvo von zu Hause zu einem anderen Wohnzimmer, drei Stunden Autofahrt entfernt, transportiert. Der einzige Unterschied zwischen beiden war die Aussicht, die man vom Fenster auf die Berge hatte.

Als Harri etwa ein Jahr später Rob kennenlernte, verbrachte sie ihren Sommerurlaub wieder im Lake District. Rob betrachtete Camping als reinste Form der Urlaubserholung. Rob zu lieben bedeutete für Harri auch, seine tief verwurzelte Begeisterung für die freie Natur zu verstehen. Sein Vater war jahrelang Leiter und Betreuer einer Pfadfindergruppe gewesen, und so hatten Rob und sein Bruder Mark schon von klein auf ihre Wochenenden und Ferien im Zelt verbracht. Als sein Vater vor fünf Jahren starb, nahm alles, was Rob von ihm gelernt hatte, für ihn eine ganz neue Bedeutung an. Es war fast so, als würde jeder Aufenthalt in freier Natur ihn seinem Vater näherbringen und die Erinnerung an ihn aufrechterhalten. Ihm zuzusehen, wie er ein Zelt aufbaute, die Abspannseile verankerte und ein Feuer entzündete, hatte für Harri etwas seltsam Tröstliches. Robs Fertigkeiten und sein Beschützerdrang gaben ihr ein Gefühl von Sicherheit.

„Wenn er so unheimlich gern zeltet, warum fahrt ihr dann nicht zu einem dieser neuen Luxuscampingplätze mit Jurten und Holzöfen?“, fragte Stella bei einem ihrer gemeinsamen Besuche eines Coffeeshops. „Oder zeltet wenigstens irgendwo, wo es warm ist. Zum Beispiel in Frankreich?“

„Das wäre einfach nicht sein Ding“, gab Harri zurück und rührte in ihrem Cappuccino. „Und ich finde das auch in Ordnung so. Das gehört eben zu seiner Natur. So wie mein Reisebuchfimmel zu mir gehört. Ich finde nicht, dass ich alles mögen muss, was er mag, und umgekehrt sieht er es genauso. Wir kommen so wunderbar miteinander aus, dass unterschiedliche Interessen kein Problem sind. Ich glaube, wenn wir gemeinsam zelten, gibt ihm das das Gefühl, dass er für uns sorgen kann. Das hat was mit dem Beschützerinstinkt zu tun, der noch aus unserer Höhlenmenschenvergangenheit stammt.“

Stellas Augen leuchteten auf. „Ich muss ja zugeben, dass ich es total sexy finde, wenn Männer sich so verhalten – wild und stark.“

„Oh ja, in dieser Hinsicht kann ich mich wirklich nicht beklagen“, stimmte Harri zu, und sie stießen mit ihren Kaffeetassen darauf an.

„Also, ich wette, dein Schatz verehrt diesen Ray Mears, oder?“

Oh ja. Zu behaupten, Rob bete seine abgewetzten Survival Boots von Ray Mears an, war noch eine Untertreibung. Als sein Vater noch lebte, hatte Ray ihn zu etlichen Survivaltrainings-Wochenenden mitgenommen, die Mr. Mears geleitet hatte – und Harri war gottfroh, dass er sie nicht dazu eingeladen hatte. Unter freiem Himmel zu zelten war eine Sache; Käfer zu essen und sich aus Zweigen und Zeltplane einen Unterschlupf zu bauen ging ihr aber ganz entschieden zu weit.

Und so wusste Harri: Wenn Rob sich in seine *Survival Monthly* vertiefte oder DVDs aus seiner umfangreichen Ray-Mears-Sammlung anschaute, konnte sie sich immer in die einladenden Seiten von *Condé Nast Traveller* und *Lonely Planet* flüchten. Und natürlich in ihre Lieblingsbücher über Venedig und das Veneto.

Solange sie denken konnte, war Harris Vorstellungskraft ihre Zuflucht gewesen. Wann immer sie einfach mal rauswollte, konnte sie in die endlosen Möglichkeiten ihrer Fantasie entfliehen. Schon als kleines Mädchen träumte sie davon, in Holland an Tulpenfeldern entlangzuradeln oder in einem prunkvollen Ballsaal in Venedig in einem schönen Abendkleid zu den Melodien von Strauss zu tanzen; als Teenager davon, mit Inlinern auf der Promenade von Miami Beach unterwegs zu sein oder im brasilianischen Regenwald bunte Papageien zu entdecken; und als sie die zwanzig überschritten hatte, handelten ihre Tagträume von Rucksacktouren durch Australien, Flussüberquerungen auf Seilbrücken auf der Südinsel von Neuseeland oder wilden Ritten am Meeressaum entlang über die Strände von Mexiko.

Aber Venedig hatte immer alle anderen Tagträume in den Schatten gestellt. Die Farben, die Pracht, die Einzigartigkeit dieser Stadt hatten ihr Herz für sie entflammt und ihre Vorstellungskraft beflügelt – wobei die romantische Schwärmerei, die schon ihre Eltern gepflegt hatten, auch ihr zu eigen war und ihre Fantasie befeuerte.

Wenn ihre Eltern ruhten oder sie mal fünf Minuten für sich brauchte, konnte sie sich ganz leicht in ihre Traumwelt flüchten. Sie brauchte nur ihre Augen zu schließen oder ein Reisemagazin aufzuschlagen. In wenigen Augenblicken konnte sie sich an jeden Ort versetzen, an den es sie zog. Es spielte keine Rolle, dass sie nicht wirklich an Bord eines Flugzeugs gehen und den betreffenden Ort besuchen konnte. Es reichte ihr, sich vorzustellen, sie wäre dort. Während andere sich in Liebesromane, Krimis oder historische Dramen vertieften, zog Harri Reiseliteratur vor. Egal, um welche Gegend der Welt es ging, solange sie nur etwas Neues daraus lernen konnte, verschlang Harri gierig Seite um Seite, und jedes funkelnde Stückchen Information wurde in die stetig wachsende Reisebibliothek in ihrem Kopf aufgenommen.

Angeheizt durch ihre Tagträume, wurde Harris Fernweh im Laufe der Jahre immer ausgeprägter. Wie gewaltig sie sich danach sehnte, die Welt zu sehen, gestand sie niemandem außer Ron Howard, dem großen rot-weiß getigerten Kater, der eines Dezembermorgens in ihrem Vorgarten aufgetaucht war – damals noch als kleines frierendes Katzenbaby – und seitdem bei Harri lebte. Harri hatte sich nie für einen Katzenliebhaber gehalten, aber dennoch gab es etwas, was sie sofort in dem kleinen Streuner erkannte, der sich unter die Vogeltränke duckte, um den dichten Schneeflocken zu entgehen. Er war wie sie: hilflos und verlassen an einem unbekannten, unvertrauten Ort, auf der Suche nach Schutz vor der winterlichen Kälte. Harri lebte noch nicht lange in ihrem Cottage und fühlte sich dort immer noch fremd, umgeben von anderer Leute Vorhängen, Teppichen und Bildern. Von dem Moment an, als er sich so spontan in Harris Leben drängte, war Ron Howard ihr ein Seelenverwandter. Anders als Rob, Stella oder jedem anderen, den sie kannte, machte es ihm nichts aus, sich grässliche ausländische Seifenopern wie *Santa Barbara* oder endlose Reisereportagen anzusehen. Er mochte nichts mehr, als sich auf Harris Schoß zusammenzurollen und stundenlang zu schnurren oder laut zu schnarchen, während anderer Leute Erlebnisse über den Bildschirm flimmerten. Ein Lebewesen, das nichts weiter verlangte als Nahrung und Zuwendung, hatte etwas einzigartig Tröstendes an sich; keine Erwartungen, keine Bedingungen, keine Auseinandersetzungen, einfach nur: Füttere mich und hab mich lieb.

In vielerlei Hinsicht war Ron Howard ausgesprochen unkatzenhaft. Er spielte gern Fangen und Apportieren mit seinen Spielzeugen oder zusammengeknülltem Papier; er rannte zur Haustür, wenn jemand klingelte; er ließ sich unglaublich gern den Bauch kraulen und dachte nie auch nur im Entferntesten daran, seine mächtigen Krallen in den Unterarm des nichts ahnenden Menschen zu schlagen; und er zog nie seinen Schwanz ein – was dazu führte, dass ziemlich oft jemand aus Versehen über ihn stolperte oder auf ihn trat. Auch das Putzen war etwas, das er sich erst in einem langen Lernprozess aneignen musste: Sehr oft wischte Harri ihm nach dem Fressen Nase und Stirn ab, weil es ihm anscheinend nie in den Sinn kam, sie selbst zu putzen. Tante Rosemary meinte einmal, dass er wohl seine Mutter verloren haben müsse, bevor sie ihm diese grundlegenden katzenartigen Fertigkeiten beibringen konnte. Harri aber war schlicht dankbar, dass er aufgekreuzt war – seine Eigenheiten machten ihn einfach zu dem, was er war, und gehörten zu seiner

Persönlichkeit. Am wichtigsten war, dass er ein guter Zuhörer war. Na ja, jedenfalls ein so guter Zuhörer, wie ein Kater es sein konnte: schnarchend, schnurrend und ab und zu zufrieden furzend, während Harri ihm ihr Herz ausschüttete. Verstand Ron Howard, was sie sagte? Es spielte keine Rolle. Entscheidend war nur, dass er da war, wenn sie ihn brauchte.

Nachdem sie den ganzen Tag lang versucht hatte, sich davon abzulenken, dass sie Alex' Profil an *Juste Moi* geschickt hatte, zog Harri sich in die Geborgenheit ihres Cottages zurück. Mit einer Schale selbst gekochter Tomaten-Basilikum-Chorizo-Suppe (das Rezept stammte aus der neuesten Ausgabe von *Food & Travel*) sowie einem Stück Gruyère-Ciabatta aus *Lavender's* Bäckerei machten Harri und Ron Howard es sich gemütlich, um den Abend vor dem Fernseher zu verbringen. Eben hatte sie den ersten Löffel Suppe geschluckt, als das Telefon im Bücherregal klingelte. Es stand gerade eben außer Reichweite, und sie musste sich, sehr zum Missfallen von Ron Howard, von seiner pelzigen Last auf ihrem Schoß befreien, damit sie das Gespräch annehmen konnte.

„Hallo, könnte ich bitte Harriet Langton sprechen?", meldete sich eine kultivierte Frauenstimme.

„Am Apparat."

„Ah, Ms. Langton, hallo. Tut mir leid, dass ich so spät noch störe. Ich bin Chloë von *Juste Moi*. Ich rufe nur kurz an, um nachzufragen, ob Sie uns schon das Formular für Ihren Freund Alex zurückgeschickt haben."

Harri spürte, wie der einzelne Löffel Suppe in ihrem Magen gerann. „Ja, äh, ja. Ich habe es gestern Abend abgeschickt."

Die Erleichterung am anderen Ende der Leitung war förmlich mit Händen zu greifen. „Großartig. Vielen, vielen Dank!"

„Wissen Sie, ich bin mir nicht sicher, ob er Ihren Vorstellungen wirklich entspricht", fuhr Harri fort, in der Hoffnung, Chloë würde zum Beispiel antworten: „Oh, verstehe. Dann sollten wir das Ganze am besten einfach vergessen", und das Gespräch beenden.

Natürlich tat sie das nicht. „Da bin ich ganz sicher, Ms. Langton. Schließlich müssen Sie ihn doch für einen würdigen Kandidaten halten. Immerhin haben Sie ihn nominiert."

Touché. „Ja, richtig, das habe ich wohl."

„Glauben Sie mir, Ms. Langton, jeder überlegt es sich noch mal anders. Das weiß ich nur zu gut. Seit diese Kolumne gestartet hat, habe ich schon mehr Gespräche mit unentschlossenen besten Freunden, Schwestern und Müttern geführt, als Sie sich vorstellen können."

Das überzeugte Harri nicht. „Ich mache mir nur Sorgen, dass Alex womöglich überhaupt nicht begeistert sein könnte. Das ist alles."

Chloë stieß einen langen Seufzer aus und senkte die Stimme. „Schauen Sie, ich will ehrlich zu Ihnen sein, okay? Die Kolumne steht ganz kurz vor dem Aus – mein Redakteur sagt, wenn ich es nicht schaffe, das Steuer in den nächsten zwei Monaten herumzureißen, muss ich mich wieder mit der Promiklatschspalte befassen. Können Sie sich vorstellen, wie grässlich das ist? Glauben Sie mir, das ist der Todesstoß für jede Karriere. Ich bin jetzt seit vier Jahren dabei, und niemand, wirklich niemand, ist je zurückgegangen. Verstehen Sie, was ich sage?"

„Ich ... äh ... ich glaube schon ...", stotterte Harri. Die Journalistin hatte sie mit ihrem plötzlichen Strategiewechsel ziemlich aus dem Konzept gebracht. „Aber ich dachte, der letzte Kandidat hätte Tausende von Zuschriften bekommen?"

„Dass ich nicht lache." Wieder ein lang gezogener Seufzer. „Es tut mir leid, Ms. Langton, verzeihen Sie. Ich habe wirklich einen anstrengenden Tag hinter mir."

„Wem sagen Sie das."

„Okay, ich will wirklich ganz offen sein: Ihr Freund Alex ist der erste brauchbare Kandidat seit zwei Jahren. Die meisten

Idioten, die nominiert werden, wissen bei einer Frau nicht mal, wo vorn und hinten ist. Es hat schon seinen Grund, warum die alle noch Singles sind …"

Harri unterdrückte ein Lächeln, als ihr die letzte Unterhaltung mit Viv zu diesem Thema einfiel.

„… aber Alex ist – na ja, ich meine, einmal ist er einfach nur scharf. Dann seine Reisen, sein erfolgreiches Unternehmen … Glauben Sie mir, bei ihm passt einfach alles. Er könnte mir glatt die Karriere retten."

Trotz ihres inneren Konflikts zwischen Panik und Heiterkeit konnte Harri nicht anders: Sie empfand Mitleid mit der gestressten Journalistin am Telefon. „Verstehe. Okay, dann geht das in Ordnung."

„Sie werden es ganz sicher nicht bereuen, das verspreche ich Ihnen! Ihr Brief trifft also morgen hier ein, und dann können wir loslegen, ja?"

„Gut."

„Einen ganz tollen Abend wünsche ich Ihnen! Tschüs!"

Harri stellte das Telefon zurück in die Ladestation und ließ sich wieder aufs Sofa fallen, worauf Ron Howard sich erneut auf ihrem Schoß niederließ. Die Schale mit der Suppe auf dem Couchtisch blieb stehen, wo sie stand, und der Inhalt wurde allmählich kalt. Harri hatte schlagartig keinen Appetit mehr.

„Sieht ganz so aus, als würde es passieren, Ron", flüsterte sie und streichelte seinen vibrierenden Rücken. „Worauf in aller Welt habe ich mich da nur eingelassen?"

Ron Howard streckte sich genüsslich und ließ laut einen fahren. Genug gesagt.

7. KAPITEL

Eine Frage der Prioritäten

Über all der Aufregung des Abends war Harri das Buffet komplett entgangen. Das heißt, eigentlich war eher sie dem Buffet entgangen, denn die meisten Speisen darauf wurden als Wurfgeschosse benutzt, als sie aus dem Saal floh. Da sie sich erst im letzten Moment entschieden hatte, die Feier überhaupt zu besuchen, hatte sie vorher keine Zeit gefunden, etwas zu essen. Es dauerte einfach zu lange, ein Kleid zu finden, das ihr nicht zu weit war. Den Blick auf ihre Arme gesenkt, stellt Harri überrascht fest, wie stark sie in den letzten vierzehn Tagen abgenommen hat. Ihre Rettung war ein türkisgrünes Neckholder-Kleid, das Stella ihr vor zwei Jahren geschenkt hatte. Damals zu eng für sie, hatte sie es in den hintersten und dunkelsten Winkel ihres Kleiderschranks verbannt. Aber jetzt bildet es zusammen mit den viel zu teuren violetten Schuhen aus der Boutique in Innersley, einem dünnen violetten Cardigan aus den Tiefen der Sitztruhe am Fußende ihres Bettes und ihren langen roten Haaren ein beeindruckendes Ensemble, auch wenn es eher kühl wirkt.

Plötzlich wird Harri bewusst, wie hungrig sie ist. Sie greift nach ihrer Handtasche und durchwühlt das Sammelsurium aus ihrem Alltag, das sich darin befindet – Geldbeutel, Handy, Schlüssel, Kassenzettel, alte Einkaufslisten –, bis sie einen kleinen Marsriegel findet. Wie lange er schon darin liegt, weiß sie nicht, aber der Hunger entscheidet. Sie reißt die Hülle auf, beißt ein Stück von dem Riegel ab und lehnt sich gegen den kalten Porzellanspülkasten in ihrem Rücken.

„Was hast du heute Abend vor?", fragte Viv ohne jede Einleitung, als Harri das Telefon abnahm.

„Äh, ich weiß noch nicht recht …", setzte sie an.

„Großartig!", fiel Viv ihr ins Wort. „Halb acht, essen bei mir. In Ordnung? Gut. Bis nachher!"

Harri öffnete erneut den Mund, um etwas zu sagen, aber es war zu spät. Viv war schon nicht mehr in der Leitung; im Hörer summte es nur noch. Kopfschüttelnd legte Harri das Telefon wieder weg und schaute zu Ron Howard hinüber, der in einer unmöglichen Position direkt am Rand des Sofakissens lag.

„Halb acht? Lass mich kurz auf dem Kalender nachsehen … Ah ja, das sollte gehen. Herzlichen Dank für deine Einladung … Ganz ehrlich, Ron, nur gut, dass ich kaum ein Sozialleben habe. Was würde sie tun, wenn ich jemals Nein sagte?"

Zögernd griff sie nach ihrer Handtasche und hängte sie sich über die Schulter.

„Na schön, dann gehe ich jetzt besser und schaue, was sie will. Oder hast du was dagegen, Ron?"

Der Kater schnurrte laut, rekelte sich – und plumpste vom Sofa.

Nicht dass es Harri etwas ausmachte, Dinge für Viv zu tun. Sie kannte sie inzwischen lange und gut genug, um zu wissen: Trotz ihrer hektischen und polterigen Fassade hegte sie tiefe Anteilnahme an Harris Wohlergehen. Was Harri jedoch störte, war der Umstand, dass Viv offenbar der Meinung war, sie habe nichts Besseres zu tun, als ständig nach ihrer Pfeife zu tanzen. Auch heute Abend war bestimmt keine Ausnahme: Was auch immer der Grund für die dringliche Essenseinladung war, Harri konnte sicher sein, dass sie sich am Ende genötigt sah, etwas zu tun, was sie von sich aus nie getan hätte. Trotzdem empfand sie es als seltsam tröstlich, dass Viv Teil ihres Lebens war. Mochten ihre Einfälle auch noch so seltsam sein, an ihrer Zuneigung für Harri gab es keine Zweifel. In vieler Hinsicht war sie ihr eine Ersatzmutter – und sie genoss diese Rolle von ganzem Herzen. Dafür liebte Harri sie. Also ging sie schnellen Schrittes durch die Dämmerung, auf direktem Weg zur nächsten aufregenden Episode von Vivienne Brannans Vorstellungswelt.

Viv als aufgeregt zu bezeichnen wäre so untertrieben gewesen, wie wenn man den Mount Everest als netten kleinen Hügel beschrieben hätte. Als Harri sich auf der langen gewundenen Kieseinfahrt, die steil vom weißen Tor an der Straße hinunterführte, Vivs Farmhaus näherte, konnte sie ihre Freundin schon auf der Veranda stehen sehen. Die Arme vor der Brust verschränkt wie eine frierende Lehrerin, die im Winter die Pausenaufsicht auf dem Schulhof führen musste, spähte sie ungeduldig in die zunehmende Dunkelheit. Als sie Harri entdeckte, erhellte sich ihre Miene schlagartig, und sie rannte ihr entgegen.

„Oh, ist das alles aufregend!“, rief sie und umarmte Harri so ungestüm, dass der die Luft wegblieb. „Komm rein! Komm rein! Das musst du dir ansehen!“

Atemlos dank der überschwänglichen Begrüßung, rang Harri nach Luft und folgte Viv langsam ins Haus. Als sie über die Türschwelle trat, stieg ihr ein wunderbarer Duft nach geröstetem Fleisch, frisch gebackenem Brot und dampfendem Gemüse in die Nase. Auf eines konnte man sich bei Viv immer verlassen: Sie schaffte es, aus jeder Mahlzeit ein Meisterwerk zu machen. Selbst ein Snack oder ein improvisiertes Mittagessen geriet immer zu einem umwerfenden kulinarischen Ereignis. Einfach nur ein Sandwich? Das gab es bei Viv nicht. So gesehen, war es kein Wunder, dass auch ihr Sohn über bemerkenswerte gastronomische Fertigkeiten verfügte.

„Ich hatte ja keine Ahnung, dass ich heute Abend zu einem Bankett geladen bin“, meinte Harri grinsend, als sie die Küche betrat.

Viv fegte ihren Kommentar mit einer lässigen Handbewegung beiseite. „Oh, das? Das ist nichts Besonderes. Außerdem kennst du mich doch. Mittelmaß ist nicht mein Ding.“

„Besser hätte ich es auch nicht sagen können."

„Du machst dich doch hoffentlich nicht über mich lustig, Harriet Langton?"

Beschwichtigend hob Harri beide Hände. „Viv, das würde ich niemals wagen."

Ihre Freundin musterte sie misstrauisch. „Hm. Egal, völlig unwichtig. Viel wichtiger ist, was heute Morgen auf meiner Fußmatte gelandet ist." Sie zog eine Schublade der großen Kochinsel mitten in ihrer Küche auf und nahm eine Zeitschrift heraus. Mit dieser in der Hand legte sie einen erschreckend dynamischen Siegestanz auf das terrakottageflieste Parkett der Küche.

Harri sah, dass es sich um *Juste Moi* handelte, und holte tief Luft. „Ah ja, dann schauen wir mal rein."

Völlig außer Atem ließ Viv sich elegant auf einen Stuhl neben Harri am Küchentisch sinken. „Ach was – viel, viel besser!"

Harri musterte sie vorsichtig. „Wie meinst du das?"

Triumphierend streckte Viv ihr die Zeitschrift hin. „Unser lieber Junge hat es *nur* bis auf die Titelseite geschafft!"

„Was? Wie das? Ich meine, es ist doch nur eine kleine Kolumne im Mittelteil ..."

„Nicht mehr!" Viv schien ernstlich in Gefahr, in einem überwältigenden Sternenregen zu explodieren. „Sie haben ihn zum Titelthema gemacht!"

Mit leicht zittrigen Händen löste Harri die Zeitschrift aus Vivs Klammergriff und las die Hauptüberschrift: „Gutes Zuhause gesucht – Special: Unser bisher heißester Kandidat!"

„Aber ... aber das kann nicht sein ...", stammelte sie. „Als ich mit Chloë gesprochen habe, sagte sie, die Kolumne laufe gar nicht gut ... Ich ... ich glaube das einfach nicht ..."

„Ob du's glaubst oder nicht", meinte Viv, riss ihr ungeduldig das Heft aus den Händen und blätterte es durch, bis sie die richtige Seite gefunden hatte. „Sieh dir das an!"

Aus der einst so harmlosen Kolumne war ein doppelseitiger

Hochglanz-Aufmacher geworden; ein Foto von Alex nahm fast die Hälfte der Doppelseite ein. Schlimm genug, aber was dem Ganzen die Krone aufsetzte, war ein Zitat von Harri, das ihr in grellroten Buchstaben anklagend entgegenleuchtete:

> *Alex sieht toll aus, ist begabt und einfühlsam. Jedes Mädchen kann sich glücklich schätzen, wenn sie ihn für sich gewinnt ...*
> Harri Langton, beste Freundin von Alex

„Das hast du so nett gesagt, meine Liebe", sprudelte Viv hervor und packte Harris Arm mit einer Hand. „Al wird sich sehr geschmeichelt fühlen."

Panik drohte Harri zu überwältigen und ihr die Fähigkeit zu nehmen, klar zu denken oder sich zu bewegen. „Aber das habe ich nicht gesagt", protestierte sie unsicher. „Jedenfalls glaube ich nicht, dass ich das gesagt habe ..."

„Nun, Schätzchen, offenbar hast du es aber gesagt. Warum sollten sie es sonst drucken?"

Vivs blindes Vertrauen in die journalistische Integrität war rührend, wenn auch völlig unbegründet, vor allem im Rückblick auf Harris Unterhaltung mit Chloë über die Kolumne. *Die Kolumne steht ganz kurz vor dem Aus ... Ihr Freund Alex ist der erste brauchbare Kandidat seit zwei Jahren ...* Angesichts des beachtlichen Aufstiegs der Kolumne zur Titelstory war Chloë wohl zumindest fürs Erste außer Gefahr, zur Promiklatschspalte zurückversetzt zu werden.

„Er wird mich umbringen", stöhnte Harri und stellte sich vor, was für ein Gesicht Alex machen würde, wenn ihm der Artikel und der vernichtende Beweis ihrer Mitwirkung daran in grellroten Buchstaben in die Hände fielen.

„Ach was! Jetzt sei mal nicht so melodramatisch, Harriet! Er wird dich nicht umbringen. Im Gegenteil: Wenn all die netten

Mädels anfangen, ihm zu schreiben, wird er dir dankbar sein. Vertrau mir, ich bin seine Mutter. Niemand versteht Alex so gut wie ich."

Im Geiste kreuzte Harri alles, was sich nur irgend kreuzen ließ, und hoffte inständig, dass Viv wenigstens dieses eine Mal recht behielt.

Die folgenden Tage erlebte Harri wie in dichtem Nebel, während sie sich abmühte, den neuen Status der Zuhause-gesucht-Kolumne mit Alex zu begreifen. Nach dem ersten Schock über die Titelstory gewann sie allmählich ihre Zuversicht zurück. Was konnte schließlich schlimmstenfalls passieren? Selbst wenn Alex dahinterkam und sich erst einmal darüber ärgerte, würde er ihr letztlich doch vergeben, wenn Harri ihm damit half, seine Traumfrau zu finden. Außerdem verdrängte gegen Ende der Woche etwas anderes das Thema aus ihren Gedanken. Am Freitagabend kam es nämlich unerwartet zu einem Streit mit Rob.

Da sie wusste, dass er an diesem Abend kaum vor sieben nach Hause kommen würde, beschloss Harri, ihren Freund zu überraschen und ein Essen für sie beide vorzubereiten. In letzter Zeit arbeitete er so viel, dass sie der Meinung war, er habe einen Ausgleich verdient. Sie verbrachte eine gute Stunde damit, die Küche zu putzen und das Mahl vorzubereiten: eine Auswahl spanischer Tapas als Vorspeise, gebratenes Thymian-Knoblauch-Hühnchen mit Butternusskürbis-Spalten und geröstetem mediterranem Gemüse als Hauptgang. Das war ein bisschen ausgefallener, als Rob normalerweise aß (er bevorzugte die englische Küche und betrachtete alles Ausländische mit Misstrauen), aber nicht so fremdländisch, dass er keinen Bissen riskieren würde.

Gegen halb acht, als Harri schon begann, sich zu fragen, was ihn wohl aufgehalten hatte, klingelte ihr Handy.

„He, Rotschopf." Robs Stimme klang müde und erschöpft.

„He, du. Wann wirst du zu Hause sein?“

Langes Schweigen. Dann: „Gar nicht. Nicht vor Montagabend.“

Harris Blick glitt über den Esstisch mit den beiden perfekten Gedecken, den Kerzen und der schon geöffneten Weinflasche. „Oh.“

„Deshalb rufe ich dich an. Kingston Corp hat einen Fehler in unserem Angebot gefunden, und wir mussten sofort hindüsen, um den Vertrag vielleicht doch noch zu retten. Ich weiß, ich hätte dich früher anrufen sollen, aber hier ist der Teufel los.“

Harri spürte, wie ihre gute Laune verflog. „Rob, ich wünschte, du hättest dich rechtzeitig gemeldet. Ich habe ein Essen für uns vorbereitet.“

Ein lang gezogener Seufzer am anderen Ende der Leitung. „Oh nein, Rotschopf! Ach, Baby, es tut mir leid. Ich hatte ja keine Ahnung.“

„Schon gut. Ich verstehe.“

„Nein, du hast allen Grund, verärgert zu sein. Aber ich hatte ehrlich keine andere Wahl, als hinzufahren.“

Harri ging zum Esstisch hinüber und begann, das Besteck abzuräumen. Sie spürte, wie ihr Tränen des Zorns in die Augen schossen, aber sie wollte auf keinen Fall anfangen zu weinen. „Ich weiß. Trotzdem werde ich einfach nur froh sein, wenn du endlich diesen Preston-Vertrag unter Dach und Fach hast und wieder ein normales Leben führen kannst. Mir kommt es ein wenig unfair vor, dass immer du derjenige bist, der die M6 hochdüsen muss, wenn deine Firma ein Problem kriegt.“

Seine Stimme klang jetzt noch müder, aber immer noch sanft und freundlich. „Darüber haben wir schon öfter diskutiert, und es bringt uns nicht weiter, stimmt's? Es tut mir wirklich leid, dass ich nicht früher angerufen habe, und ich habe ein schlechtes Gewissen, weil du dir wegen mir so viel Mühe gemacht hast. Aber jetzt bin ich hier, und ich kann es nicht ändern.“

Harri hasste es, wenn es zwischen Rob und ihr zu solchen Spannungen kam. Früher hatten sie kaum mal gestritten, aber seit dem Preston-Vertrag lag eigentlich ständig eine Spannung in der Luft, wenn sie sich unterhielten. Natürlich gab sie nicht Rob die Schuld daran. Er tat nur, was seine Vorgesetzten von ihm verlangten. Aber Harri spürte, dass sie die Firma, die ihn so oft von ihr fernhielt, immer stärker verabscheute.

„Na ja, wenn du einen anderen Job hättest …", begann sie – und hätte sich am liebsten sofort dafür auf die Zunge gebissen.

Zu spät. Sie konnte Robs Ärger deutlich hören. „Oh natürlich. Als ob das in der momentanen Wirtschaftslage so einfach wäre. Du weißt, wie wichtig dieser Job ist, Rotschopf – nicht nur für mich, sondern für uns beide."

„So habe ich das nicht gemeint. Ich glaube nur, dass du mehr verdienst, als du von TGP bekommst. Das ist alles."

„Ah! So viel, wie du von SLIT bekommst, nicht wahr?"

Harri spürte, wie sich ihre Stacheln aufstellten. „Das ist etwas ganz anderes, und das weißt du auch."

„Ach ja? Inwiefern ist das denn etwas anderes? George lässt dich seit deinem Eintritt in die Firma mehr oder weniger ständig das Gleiche tun. Ich habe mich bei TGP hochgearbeitet und leite jetzt eine Vertriebsgruppe von vier Leuten. Das bringt Verantwortung mit sich. Und Dienstreisen, wenn sie nötig werden."

„Und was ist, wenn ich dich brauche, Rob?" Tränen brannten in ihren Augen, als sich der aufgestaute Frust der letzten Monate Bahn brach. „Ich weiß, dass du arbeiten musst, aber seitdem es um diesen Preston-Vertrag geht, habe ich das Gefühl, nur noch an zweiter Stelle zu stehen. Und ich bin es leid, dass du an den Wochenenden ständig beruflich unterwegs bist. Es tut mir leid, aber so ist es nun mal …"

Rob stöhnte. „Komm schon, Rotschopf, bitte …"

„Nein. Ich werde mich nicht für das entschuldigen, was ich

empfinde. Ich wollte dieses Wochenende mit meinem Freund verbringen und nicht allein zu Hause hocken und Däumchen drehen. Und ja, du hättest mich anrufen sollen. Denn dann hätte ich heute Abend vielleicht nicht meine Zeit verschwendet."

„Und was soll ich deiner Meinung nach jetzt tun? Kündigen? Nach Hause kommen? Ich habe schon gesagt, dass es mir leidtut. Und ja, ich würde auch viel lieber das Wochenende mit meiner Freundin verbringen statt in irgendeinem dämlichen Büro in Preston. Aber ehrlich gesagt kann ich es nun mal nicht ändern. Und ich möchte auch nicht darüber streiten. Wir sollten das Gespräch jetzt lieber beenden."

„Fein." Harri unterbrach die Leitung und warf ihr Handy mit einem Wutschrei auf den Tisch.

Eine Stunde später, auf dem Sofa zusammengerollt und Ron Howard als großen Schoßwärmer auf ihr ausgebreitet, hatte Harri sich weit genug beruhigt, um einen Waffenstillstand anzubieten. Sie griff nach ihrem Handy und schickte Rob eine SMS.

Es tut mir leid. Ruf mich an, wenn du das hier liest. H. xx

Nachdem sie eine ganze Weile auf das Display ihres Handys gestarrt hatte, kam sie zu dem deprimierenden Schluss, dass Ron noch nicht bereit war, ihre Entschuldigung zu akzeptieren. Na schön, sollte er eben noch ein bisschen schmoren. Aber so lange musste sie irgendetwas tun. Irgendwohin gehen – wohin auch immer –, um nicht länger über den Streit nachzugrübeln. Aber wer stand am Freitagabend um zehn Uhr zur Verfügung? Sie scrollte sich durch die Namen ihrer Kontakte auf dem Handy und überlegte, wer infrage kam:

Tante Rosemary? Nein. Sie traf sich in ihrer Strick- und Klöngruppe mit Freundinnen, die sie während der Geburtsvorbereitungskurse kennengelernt hatte, als sie mit Rosie und

James schwanger war, und zu denen sie bis heute Kontakt hielt. Sie trafen sich reihum bei sich zu Hause und redeten bei trockenem Sherry, alten Spielfilmen und fröhlich bunten Strickarbeiten über Gott und die Welt, ohne auch nur ein einziges Mal auf die eifrig klappernden Nadeln zu gucken.

Stella – ja, das war eine Idee. Sie hatte erwähnt, dass Stefan am Wochenende in Mailand war und sie damit allein zu Hause. Harri wählte ihre Nummer und wartete.

„Hallo?“

„He, Stel, ich bin’s. Es ist so – äh – Rob arbeitet, und ich habe Zeit. Hast du Lust, was zu unternehmen?“

Im Hintergrund erklang ein gedämpfter Laut, der bemerkenswerte Ähnlichkeit mit einem Männerlachen hatte, und Stella murmelte etwas in die andere Richtung. „Hallo, Süße, tut mir leid, ich … Es hat sich was ergeben …“ Wieder ein unterdrücktes Lachen, diesmal von Stellas eigenem Lachen begleitet. „Ich ruf dich morgen an, okay?“

Bevor Harri reagieren konnte, war die Leitung tot. *Fantastisch.* Sie wandte sich wieder ihrer Kontaktliste zu und suchte weiter.

Viv? Harri starrte die Nummer an und atmete durch. Viv würde wissen wollen, warum Harri an diesem Abend nicht mit Rob zusammen war. Was zweifellos dazu führen würde, dass sie wieder einmal Vivs endlose Kommentare zu Robs Job würde ertragen müssen. War sie nach dem Streit von heute Abend wirklich willens und in der Lage, sich in Vivienne Brannans Schusslinie zu begeben? Sie schüttelte den Kopf und schaute zu Ron Howard hinüber, der die Fernbedienung des Fernsehers in Besitz genommen und sich darauf niedergelassen hatte.

„Was meinst du, Ron, hm? Soll ich mich Vivs Zorn aussetzen oder hier hocken und über Rob grübeln?“

Ron Howard ließ sich einfach nur auf seinen Rücken rollen und forderte sie dazu auf, ihm den Bauch zu kraulen. Harri kam seiner Bitte nach und wuschelte ihm das dicke weiße Fell an seinem Bauch durch, während in ihrem Kopf alles drunter und drüber ging.

Jetzt blieb ihr nur noch eine Option: Alex. Immerhin hatte er sie schon mehr als oft genug bei Liebeskummer angerufen, sodass er auch einmal für sie da sein konnte.

„Hal-lo."

„Hi, Al, ich bin's, Harri."

„Hey."

„Hättest du Lust, heute Abend was mit mir zu unternehmen?"

„Prima."

„Fein … Ich dachte vielleicht an einen Film. Oder wir lassen uns Pizza kommen. Oder …"

„Verstehe."

Was für ein Spiel sollte das werden? „Al, alles in Ordnung bei dir?"

„Ha! Richtig, du hast meinen Anrufbeantworter erwischt. Und du hast gedacht, ich wäre selbst dran! Reingelegt! Also, hinterlasse mir eine Nachricht, und ich rufe so schnell wie möglich zurück. Vielleicht." Ein lauter Piepton, gefolgt von Harris eigenem frustriertem Seufzer.

„He, Al, ich bin's. Ich wollte nur wissen, ob du beschäftigt bist, was ganz offensichtlich der Fall ist. Sehr amüsanter Text auf deinem AB. Wirklich lustig. Bis später, du Depp."

Stöhnend warf sie ihr Telefon aufs Sofa und ging in die Küche, um sich einen Tee aufzubrühen. Dann ging sie zurück ins Wohnzimmer und schaute sich den Stapel DVDs in der Ecke an. Die romantischen Komödien – *E-Mail für dich, Schlaflos in Seattle, Von Frau zu Frau* usw. – kamen nicht infrage. Blieben die Reisefilme. Sie musste sich ablenken, ihren Geist ein paar Stunden von Stone Yardley loseisen, damit sie wieder klar denken konnte. Als sie mit der Hand über die glänzenden Rücken der DVD-Hüllen strich, war ihr die Welt wortwörtlich zum Greifen nah: Thailand, Fidschi, Neuengland, Norwegen, Venedig … Sie hielt inne, ließ die Hand einen Moment über dem Titel schweben, während ihr das Blut in den Ohren rauschte. Nein, nicht Venedig. Nicht heute Abend. Diese Stadt war ihr zu wertvoll, um von Nachgedanken an den Streit mit Rob besudelt zu werden. Schließlich entschied sie sich für Dan Beagles *Reiseführer Indien*, kuschelte sich mit einer Decke aufs Sofa und drückte auf „Play". Als das Gesicht des berühmten Abenteurers, Fotografen und Fernsehmoderators auf dem Bildschirm erschien, rollte sich Ron Howard auf ihren Füßen zusammen.

„Hi, ich bin Dan Beagle. In den nächsten zwei Stunden möchte ich Sie auf eine Entdeckungsreise durch dieses einzigartig schöne Land entführen. Willkommen zu meiner indischen Odyssee …"

Obwohl sie sich schmerzlich verlassen fühlte, lächelte Harri zu ihrem Helden hinüber.

„Danke, Dan."

8. KAPITEL

Post für dich

Die Tür geht auf, und Stellas niedrige Absätze klicken über die schmuddeligen Fliesen der Toilette. Harri hält den Atem an und versucht ihren Herzschlag, der in ihren Ohren hämmert, zum Schweigen zu bringen. Sie fürchtet, er sei so laut, dass Stella ihn hören muss.

„Hör mal, Harri. Weißt du, ich habe mir bei dem, was ich gesagt habe, nichts Böses gedacht. Ich wollte einfach nur ehrlich sein. Sehen wir der Wahrheit doch mal ins Gesicht: Eine Menge Leute waren bis heute Abend in ihrer Unaufrichtigkeit gefangen ... Hör mal, ich weiß, dass du sauer bist, okay? Ich wollte dich wirklich nie verletzen. Dan und ich – nun ja, wir wollen hierherziehen, sobald das Honorar für sein neuestes Buch gezahlt ist. Ich werde also wieder in der Gegend sein. Genau wie in alten Zeiten, hm? Komm raus, okay? Harri, *bitte!*"

Stella, geh weg.

„Wir können alles wieder in Ordnung bringen. Ich weiß, dass wir das können, wenn du jetzt bitte endlich rauskommst?"

Harri schüttelt schweigend den Kopf.

„Na ja, wenn du mich fragst: Ich weiß, dass ich das Richtige getan habe. Siehst du, jetzt habe ich es gesagt. Ich wollte dich nie verletzen oder in Verlegenheit bringen. Das tut mir aufrichtig leid. Aber ich werde mich nicht dafür entschuldigen, dass ich die Wahrheit gesagt habe. Das kann ich nicht, verstehst du. Die reine Wahrheit ist das einzige wirklich Reine, das wir in diesem Leben haben; sie zu leugnen wäre, als wollte man das Leben selbst leugnen. Das hat mich Lama Rhabten gelehrt ... Aber ich schätze, das willst du jetzt nicht unbedingt hören. Schau, hier hast du meine neue Handynummer ..."

Ein weißer Umschlag wird vorsichtig unter der Tür hindurch

in Harris Kabine geschoben. „Ruf mich einfach an, wenn du bereit bist, mit mir zu reden, ja?“

Harri wartet, bis Stella gegangen ist. Erst dann bückt sie sich nach dem Umschlag.

Als Harri sich breitschlagen ließ, Vivs tolle Idee in die Tat umzusetzen, dachte sie nicht wirklich darüber nach, wie sie Alex die Sache beibringen sollte. Aber jetzt, wo *Gutes Zuhause gesucht* einen Platz auf der Titelseite von *Juste Moi* erobert hatte, wurde die Frage „Wie sag ich's meinem Kinde?“ plötzlich eine sehr heikle. Am einfachsten wäre es gewesen, es ihm einfach offen zu erzählen, seine wie auch immer geartete erste Reaktion über sich ergehen zu lassen und die Sache dann durchzuziehen. Aber je mehr Harri darüber nachdachte, desto schwieriger schien ihr das Ganze. Vielleicht erfuhr Alex ja nie von der Geschichte, und Harri konnte die Treffen mit den Frauen, die auf den Artikel hin schrieben, für ihn arrangieren. Vielleicht ging dann ja alles gut. Andererseits war Stone Yardley ein Dorf und damit eine Klatsch-Hochburg. Wie wahrscheinlich war es denn, dass niemand den Artikel entdeckte und Alex die Zeitschrift zeigte?

Eine ganze Woche lang wartete Harri gespannt auf den Augenblick, in dem Alex hinter die Geschichte kam. Aber nichts geschah: Alex war wie immer, wenn er sie anrief oder ihr eine SMS schickte.

Nach etwa vierzehn Tagen begann sie, sich allmählich ein wenig zu entspannen. Vielleicht war Viv ja die einzige Leserin von *Juste Moi* in Stone Yardley. Immerhin hatte sie die Zeitschrift abonnieren müssen, um sie überhaupt zu bekommen. Oder vielleicht hatten sich auch Chloës schlimmste Befürchtungen bewahrheitet, und sie war wegen unerwarteten Mangels an Zuspruch aus der Leserschaft wieder in das Gefängnis namens Promiklatschspalte verbannt worden …

Etwa eine Woche nach ihrem Streit schickte Rob ihr schließlich eine SMS:

Ich hasse es, wenn wir uns streiten. Wie wäre es mit einem Essen bei mir, heute Abend, gegen sieben? R. xx

Sobald Harri an diesem Abend bei Rob eintraf, war klar, dass der Streit begraben und vergessen war. Alles an ihrem Freund wirkte wieder wie immer, und sie freute sich, den Rob wiederzusehen, den sie so sehr liebte.

„Schon bald wird alles besser, das verspreche ich", murmelte er in ihr Haar, als sie sich an ihn kuschelte. „Wenn der Preston-Job erst mal erledigt ist, gibt es wieder nur dich und mich."

Am folgenden Samstagmorgen stand Harri früh auf, um ihr Cottage auf Vordermann zu bringen. Das war schon lange fällig gewesen. Gerade schrubbte sie das Bad (und träumte sich dabei in die Straßen von Venedig), als aufgeregtes Klopfen an der Haustür sie aus ihren Träumen riss. Als sie öffnete, stand Freddie Mills vor ihr und strahlte, als hätte er gerade einen Hauptgewinn im Lotto gewonnen. Er schwenkte einen großen grauen Postsack. „London! Sendung aus!", rief er und klang dabei, als wäre er ein Yoda aus dem Black Country.

Harri schaute erst ihren Briefträger an, dann den Sack. „Bist du sicher?"

Freddie nickte eifrig. Dabei löste sich eine aufmüpfige Strähne seines sorgfältig quer über die Glatze gekämmten Haares und wehte hoch über seinem Kopf im Wind, als wäre sie eine Antenne. „Ich habe einen offiziellen Lieferschein und alles! Sendungen aus London in unser kleines Dorf …" Er schüttelte seinen Kopf in ehrfürchtiger Verwunderung und reichte ihr Klemmbrett und Stift. „Unterschreib hier, Mädchen."

Harri nahm das Klemmbrett behutsam entgegen, als wäre es eine Brandbombe, und prüfte, was auf dem Formular stand:

AN: Harriet Langton, Two Trees Cottage, Waterfall Lane, Stone Yardley, West Midlands
VON: *Juste Moi*, Redaktion, London W4

Verblüfft angesichts dieser unerwarteten Postsendung unterschrieb Harri das Formular und reichte es an Freddie zurück, der den Postsack packte und in den Flur wuchtete.

„Danke. Bis zum nächsten Mal, Freddie."

„Gern geschehen, Miss Langton. Warte einfach hier, und ich hole die anderen aus dem Wagen."

Der Schock ließ Harri auf der Türschwelle erstarren. „Die *anderen*?"

Aber Freddie war schon den Pfad zu seinem roten Royal-Mail-Lieferwagen hinuntergelaufen und riss enthusiastisch die Türen auf. Als er wieder zum Vorschein kam, schob er stolz eine rote Sackkarre über den unebenen Weg zurück bis an Harris Tür. Darauf lagen drei weitere Säcke. Harri sah stumm zu, wie er vorsichtig die Sackkarre über die Türschwelle in ihren Flur bugsierte, woraufhin sich Ron Howard erschrocken unter den Couchtisch flüchtete.

„Ich stell sie einfach hier ab, in Ordnung?", fragte Freddie und schüttelte Harri die Hand, bevor er das Haus wieder verließ. „So viel Post aus London – ich werd' nicht wieder. Danke, dass du mir armem altem Trottel diese Freude gemacht hast, Miss Langton. Ta-raa!" Und damit war er auch schon fort.

Harri stolperte zurück in ihr Wohnzimmer, wo Ron Howard sich vorsichtig wieder aus seinem Versteck wagte. Als sie den ersten Sack öffnete, mochte sie kaum hinschauen. Dabei fiel er um, und sein Inhalt ergoss sich über den Teppich. Ron Howard rettete sich mit einem Satz auf das Sofa, um nicht von der Flutwelle an Briefen überrollt zu werden. Harri bückte sich nach einer Handvoll Umschläge und sah mit wachsendem Entsetzen, dass jeder davon dieselben drei schrecklichen Wörter trug: „Gutes Zuhause gesucht."

Das Ganze war ein Albtraum: Offenbar hatte Alex bei den verzweifelten Leserinnen von *Juste Moi* eingeschlagen wie eine Bombe – und nun musste Harri den zweiten Teil ihrer Abmachung mit Viv einhalten und aus der Riesenauswahl von Kandidatinnen die passende für Alex finden.

Das würde die Hölle werden …

Sich allzu sehr aufzuregen ist wahrscheinlich nicht die beste Idee, wenn man schon in den Fünfzigern ist, unter viel zu hohem Blutdruck leidet und vom Arzt den dringenden Rat erhalten hat, Stress zu meiden. Aber Viv würde sich nicht so schnell von der Meinung eines arroganten Vertretungsarztes beeindrucken lassen, jedenfalls nicht bei so einer Gelegenheit. Besorgt beobachtete Harri ihre Freundin, die durchs Wohnzimmer tanzte wie ein dreijähriges Kind, das zu viel Haribo gegessen hatte.

„So … viele … Briefe!", keuchte sie, griff mit beiden Händen in den nächstbesten Postsack und warf die Umschläge in die Luft wie ein Lottogewinner, der sein Glück kaum fassen kann und deshalb Geldscheine flattern lässt.

„Viv, beruhige dich!"

„Beruhigen? Wie um Himmels willen stellst du dir das vor, Harri? Ich meine, schau dir das doch an! All diese schönen, intelligenten jungen Frauen, die darauf brennen, meinen lieben Jungen kennenzulernen! Das ist großartig!" Sie klatschte in die Hände. „Harri, schau doch nur, was du da ins Rollen gebracht hast!"

Harri ignorierte die Befürchtungen, die in ihr aufstiegen. „Sollte das nicht eher ‚wir' heißen?"

Mit einer lässigen Handbewegung fegte Viv die Frage beiseite. „Unwichtige Details, sonst nichts."

Harri beäugte sie misstrauisch. „Du hast aber schon vor, mir beim Sichten zu helfen, oder?"

Viv hob einen blassrosa Umschlag vom Boden auf und betrachtete die Handschrift. „Aber natürlich, meine Liebe! Diese Woche habe ich ein bisschen viel um die Ohren, aber anschließend stehe ich dir voll und ganz zur Verfügung."

„Na schön, dann warte ich, bis du Zeit hast, und dann legen wir los."

Viv starrte sie ungläubig an und ließ den Umschlag zurück in den Postsack gleiten. „Harri, es geht hier um das zukünftige Glück meines Sohnes. Wir können das nicht aufschieben. Er hat schon lange genug gewartet, findest du nicht? Also mach einfach den Anfang, und sobald ich meine Arbeit im Planungskomitee für den Sommerjahrmarkt getan habe, helfe ich dir."

Harri verschränkte die Arme vor der Brust. „Viv, ich werde nicht die ganze Arbeit allein tun. Schließlich war das Ganze deine geniale Idee. Es macht mir nichts aus, schon mal allein anzufangen, aber du wirst schon beim Löwenanteil helfen müssen – Planungskomitee hin oder her. Hast du mich verstanden?"

„Aber natürlich, meine Liebe. Ich gebe dir mein Wort. Nur diese eine Woche kann ich nicht, aber danach arbeiten wir beide nur noch im Team. Bis dahin stehe ich dir mit moralischer Unterstützung zur Seite. Und versorge dich mit so viel Apfelkuchen, wie du essen kannst."

Am Dienstagabend, als Tante Rosemary auf einen Besuch vorbeikam, standen die Postsäcke immer noch ungeöffnet unter dem Fenster. Ron Howard, der sich von ihnen massiv gestört fühlte, hatte sich beleidigt verzogen und schlief nun zusammengerollt im Wäschekorb in der Küche. Harri musste einsehen, dass es keinen Sinn hatte, die Säcke zu verstecken, bevor ihre

Tante das Haus betrat. Das Cottage war schon fast zu klein für die Möbel darin, und es gab einfach keine Möglichkeit, die vier gewaltigen Säcke unsichtbar zu verstauen.

„Was ist das denn, um Himmels willen?“, fragte Rosemary.

Stöhnend schloss Harri die Haustür und folgte ihrer Tante ins Wohnzimmer. „Lange Geschichte. Möchtest du eine Tasse Tee?“

Rosemary beugte sich vor, um die Säcke zu begutachten, während Harri in die Küche ging. „Gutes Zuhause gesucht? Worum in aller Welt geht es hier?“

„Nichts weiter, ehrlich. Ich habe mich nur bereit erklärt, bei einer Sache zu helfen“, gab Harri zurück und hoffte inständig, dass ihr lockerer Ton die Neugier ihrer Tante beschwichtigen würde.

Natürlich war das nicht der Fall. „Moment mal – *Juste Moi*? Ich kenne hier nur einen Menschen, von dem ich weiß, dass er diesen Schund liest ...“

Harri verzog das Gesicht und hängte zwei Teebeutel in die Kanne. „Kekse?“, fragte sie schwach. „Ich glaube, ich habe noch ein paar Vanillekekse im Schrank.“

Rosemary tauchte auf der Türschwelle zur Küche auf, mit strenger Miene und vor der Brust verschränkten Armen. „Wo hat Vivienne Brannan dich diesmal wieder hineingezogen?“

Im selben Moment begann das Wasser im Kessel zu kochen, was von einem schrillen Pfeifton angekündigt wurde. Harri war nur zu froh, dass sie dadurch einen Augenblick Zeit gewonnen hatte, um ihre Antwort zu formulieren. „Einfach nur eins ihrer Projekte. Ehrlich gesagt, eine blöde Idee. Ich habe nur versprochen zu helfen, damit sie mir nicht ständig damit in den Ohren liegt.“ Sie stellte die Teekanne, zwei Becher und das Milchkännchen auf ein altes Tablett mit Rosendruck, das ihrer Mum gehört hatte. „Holst du bitte die Keksdose aus dem Schrank?“

Rosemary folgte ihrer Nichte ins Wohnzimmer. „Hm. So wie

ich Viv kenne, bleibt die ganze Arbeit an dir hängen, und sie ist fein raus."

Harri goss den Tee ein. „Ehrlich gesagt wünschte ich, ich hätte mich von vornherein nicht auf diese dämliche Idee eingelassen. Ich hätte wissen müssen, dass Viv versuchen würde, sich darum zu drücken, mitzuhelfen. Aber diesmal hat sie mir ihr Wort gegeben, dass sie ihren Teil tut, und ich gedenke, sie darauf festzunageln."

„Nun ja, du wirst hoffentlich wissen, was du tust." Besorgt legte Tante Rosemary Harri eine Hand auf den Arm. „Aber sei bitte vorsichtig, ja? Vivs Ideen führen normalerweise zu einer Katastrophe, und ich möchte nicht, dass du schon wieder in so etwas hineingerätst."

Harri lächelte ihre Tante an. „Wird schon gut gehen, ehrlich. Sie denkt dabei nur an Al, das ist alles."

„Was hat das alles mit Alex zu tun?"

Es war ein sinnloses Unterfangen, Tante Rosemary die Wahrheit vorzuenthalten. Also holte Harri tief Luft und erzählte ihrer Tante von Vivs toller Idee. Rosemary hörte geduldig zu, und ihre unbewegte Miene ließ keine Rückschlüsse auf ihre tatsächliche Meinung zu, obwohl Harri sich natürlich denken konnte, wie diese aussah. Als Harri fertig war, zuckte Rosemary mit den Schultern.

„Ich dachte, diese Frau könnte mich mit nichts mehr überraschen, aber ich habe mich geirrt. Das muss die lächerlichste Idee sein, von der ich jemals gehört habe. Ganz ehrlich, ich bin der festen Überzeugung, dass sie nie über das Teenagerstadium hinausgekommen ist. Schon deine arme Mutter hat ihr immer wieder aus der Patsche helfen müssen. Nun ja, egal. Was mir mehr Sorgen macht, bist du, Harriet. Ich möchte einfach nicht, dass du wegen dieser Sache einen Freund verlierst."

Ich auch nicht, dachte Harri. „Ich werde vorsichtig sein, Tante Ro, versprochen. Mit etwas Glück stammen die Briefe alle von vollständig Durchgeknallten, und Viv lässt ihre Idee fallen."

Rosemarys nussbraune Augen wurden schmal. „Daran glaubst du genauso wenig wie ich", stellte sie fest. „Du manövrierst dich womöglich in eine sehr riskante Lage. Mehr sage ich dazu nicht."

„Also hat die Polizei gesagt, die unerklärlichen Lichter über Innersley würden nicht weiter untersucht, weil es keine Beweise gebe", erläuterte Tom, als Harri am nächsten Tag im Büro erschien.

Nus und George hörten alles andere als gebannt zu, obwohl er sich das offensichtlich erhofft hatte, aber er gab sich unbeeindruckt.

„Ich meine, jetzt mal im Ernst, was sagt euch das?"

Nus betrachtete gelangweilt ihre perfekt manikürten Nägel. „Dass du dringend erwachsen werden solltest?"

Tom stöhnte auf und wandte sich seinem Chef zu. „Ach, komm schon. George?"

George unterdrückte ein Gähnen und bequemte seinen ausladenden Hintern von Harris Schreibtisch. Dabei zog er den rutschenden Bund seiner Hose hoch. Harri verkniff sich gerade so ein Kichern, weil ihr dazu ein Kommentar einfiel, den Stella in der Woche davor abgegeben hatte. *Dreiundvierzig, mit einem unwiderstehlichen Bierbauch und trotzdem immer noch Single! Wahnsinn!*

„Thomas, ein rühriger Reisebüroinhaber wie ich hat keine Zeit, sich mit Klatsch und Tratsch abzugeben. Ich schlage vor, du verwendest deine allzu lebhafte Fantasie auf deine Aufgabe, unwiderstehliche Angebote für unser Sommerbusreisen-Spezial zu erarbeiten. In Ordnung?"

Tom sackte resigniert in sich zusammen. „Ich kann einfach nicht glauben, dass direkt vor unserer Nase eine offensichtliche

Regierungsverschwörung vertuscht wird und sich keiner von euch auch nur im Entferntesten dafür interessiert." Damit griff er nach einem leeren Prospektkarton und trottete ins Lager.

Harri wandte sich lächelnd an Nus. „Worum geht es eigentlich?"

Nus beugte sich vor und zog ihr Handy aus der Tasche. „Offenbar um Ufos am Himmel über Innersley." Sie begann, eine SMS zu schreiben. Dabei quietschten ihre Kunstnägel auf dem Display.

Georges rot angelaufenes Gesicht tauchte im Türspalt zu seinem Büro auf. „Harriet, hast du einen Moment Zeit?"

„Natürlich", sagte sie und stand auf.

„Und bring uns einen Kaffee mit, wenn du schon auf den Beinen bist, ja?"

„Oh, für mich bitte Tee", meldete sich Nus, ohne den Blick von ihrem Handy zu heben.

„Und heiße Schokolade für mich", erklang Toms Stimme aus den Tiefen des Lagerraums.

Stöhnend sammelte Harri alle Becher ein und machte sich auf den Weg in die lächerlich kleine Teeküche des Reisebüros. In Wirklichkeit war der Begriff Küche unglaublich schmeichelhaft für diesen Raum. Viel treffender hätte man ihn als Wandschrank mit Edelstahlspüle in der Ecke bezeichnen können. Der Fußbodenbelag aus grünem PVC sah aus, als wäre er seit Jahren nicht mehr gereinigt worden, und klebte unter den Sohlen ihrer Schuhe, als Harri sich an den Kartons voller Prospekte vorbeiquetschte, die nachlässig an der Tür aufgestapelt waren. Ein paar besonders mutige Lichtstrahlen schafften es, die graue Schmutzschicht auf der Sicherheitsglasscheibe des winzigen Fensters zu durchdringen, während der uralte Wasserkocher rüttelnd und klopfend zum Leben erwachte. Bemüht, den starken Geruch nach muffigem Plastik nicht einzuatmen, füllte Harri die Becher mit heißem Wasser und balancierte sie – zusammen mit Teebeuteln, Kaffeedose, Trinkschokoladenbüchse, einer etwas feuchten Zuckertüte und Kaffeelöffeln auf einem Tablett (ursprünglich in Holzlook Mahagoni, ähnelte es inzwischen einer graubraunen, aufgequollenen und abblätternden Spanplatte) – vorsichtig an dem Kartonstapel vorbei ins Büro. Da sie schon recht lange bei SLIT arbeitete, wusste sie längst, dass es sicherer war, die Getränke auf ihrem Schreibtisch zuzubereiten statt in der drangvollen Enge der Teeküche.

Nachdem sie Nus und Tom versorgt hatte, nahm sie ihren eigenen und Georges Becher mit in sein vollgestopftes Büro im hinteren Teil des Geschäfts.

„Ah, Harriet. Mach bitte die Tür zu, ja?"

Harri tat, wie gebeten, und setzte sich dann auf den braunen Tweedstuhl, der, wie der Inhaber des Büros, schon bessere Tage gesehen hatte.

„Gut. Also, ich habe da ein ... äh ... kleines Problem, das ein wenig, nun ja, heikel ist, und ich brauche deine Hilfe, um es zu lösen."

Diverse albtraumhafte Vorstellungen schossen Harri durch den Kopf. „Oh?"

„Ja, siehst du, die Sache ist die: Ich stecke sozusagen bis zum Hals im Schlamassel. All die Planungen, die nötig sind, um sicherzustellen, dass unsere Angebote unseren Kunden das Beste bieten, was an Inlandsreisen möglich ist, und – um ganz ehrlich zu sein – ich habe haufenweise Arbeit, wirklich hau-fen-weise ... Und alles in dieser Woche. Da kommt so viel zusammen."

„Aha. Worum geht es denn genau?"

„Na ja, weißt du, da ist diese Frau. Und sie lässt mich einfach nicht in Ruhe."

„Oh, George, machst du wieder mal die Weiber verrückt?"

„Nein, tue ich nicht. Zumindest nicht diese Frau. Tatsache ist: Sie bombardiert mich seit zwei Wochen mit Anrufen wegen irgendeiner verrückten Geschäftsidee, und ich habe das Gefühl, dass sie sich vielleicht ein bisschen … äh …“ Er beugte sich vertraulich vor. „Ein bisschen verrannt hat, wenn du verstehst, was ich meine.“

Harri unterdrückte ein Lächeln. „Verstehe. Und wobei soll ich nun helfen?“

George schob ihr eine zerknitterte Haftnotiz über den Tisch zu. „Fahr hin und rede mit ihr, ja? Hier hast du ihre Telefonnummer.“

„Aber ich dachte, du hättest gerade gesagt, wir hätten unheimlich viel zu tun, George?“

„Ich sagte, *ich* hätte viel zu tun“, raunzte er, raffte eine Handvoll Unterlagen von seinem Tisch zusammen und versuchte, sie ungeschickt zu ordnen, um seine Aussage zu unterstreichen. „Aber ich kann eine Weile ohne dich auskommen. Ich habe ihr gesagt, meine Assistenzmanagerin werde sie anrufen.“

Harri musterte ihn misstrauisch. „Assistenzmanagerin? Seit wann?“

„Du bist schon fast so lange hier wie ich“, gab George beleidigt zurück. „Das war nur noch eine Frage der Zeit.“ Damit nahm er einen großen Schluck von seinem Kaffee.

Harri ergriff die Gelegenheit beim Schopf und schüttelte den Kopf. „Nichts da, tut mir leid, George. Nicht ohne entsprechende Gehaltserhöhung.“

George verschluckte sich und wischte sich die Lippen ab. „Wie bitte?“

Harri lächelte freundlich. „George, du weißt doch, was eine Gehaltserhöhung ist? Ganz offensichtlich wäre es für mich ein großer Schritt auf der Karriereleiter, wenn ich diese Aufgabe übernähme. Dafür müsste ich schon mehr Geld bekommen. Schließlich ist die Rolle der Assistenzmanagerin mit größerer Verantwortung verbunden. Betrachte das als Beweis für dein gesteigertes Vertrauen in mich.“

Dabei sah sie ihrem Chef, dessen Gesicht inzwischen eine interessante Rotfärbung angenommen hatte, fest in die Augen.

„Nun, ich … ich …“

Harri warf einen Blick auf ihre Armbanduhr. „Ich muss leider zur Eile drängen. Weißt du, da draußen wartet eine Menge Arbeit auf mich.“

„Na schön! Du kriegst eine Gehaltserhöhung …“

„Wie viel?“

„Hä?“

„Na ja, George, da draußen gibt es eine Menge Konkurrenz. Vielleicht nehme ich das Angebot nicht an.“

George begann, einem schlampig gekleideten Vulkan kurz vor dem Ausbruch zu ähneln. „Machst du dich etwa über mich *lustig*? Na schön. Sag, was du willst.“

„Fünfzehn Prozent. Ab sofort.“

„Wie bitte?“

„Oder wir belassen alles beim Alten. Ich bin sicher, dass die Dame sich beruhigen wird, wenn du erst einmal eine *nette lange Unterredung* mit ihr geführt hast …“

George umklammerte die Schreibtischkante mit beiden Händen, Panik in den Augen. „In Ordnung! Fünfzehn Prozent.“

Harri erhob sich feierlich und öffnete die Tür. „George, das ist so aufmerksam von dir! Danke.“

Als sie das Büro verließ, rief er ihr mit erstickter Stimme nach: „Aber wahrscheinlich wird es jetzt sehr viel mehr Arbeit für dich geben.“

„Etwas anderes habe ich auch nicht erwartet“, rief Harri über die Schulter zurück und setzte sich wieder an ihren Tisch. Sie konnte noch kaum glauben, dass sie tatsächlich diesen Mut aufgebracht hatte.

„Worum ging es da gerade?“, fragte Nus, und auch Tom tauchte neben ihr auf. Beide schauten Harri an, als wären sie kleine Nachtaffen.

Harri griff nach dem Telefon und begann, die Nummer zu wählen, die George in seiner schlecht leserlichen Handschrift auf den Haftnotizzettel gekritzelt hatte. „Nichts. George hat Ärger mit einer Frau, das ist alles .... Hallo? Spreche ich mit Emily Williams? Hi, ich bin Harri Langton, Assistenzmanagerin bei Sun Lovers International Travel ..."

Der Gesichtsausdruck von Nus und Tom war ein Bild für Götter.

„Ich rufe nur an wegen ... äh, ja, natürlich würde ich Sie gern aufsuchen ... äh, großartig. Also, wann würde es Ihnen ... Oh, richtig, in einer halben Stunde geht in Ordnung. Gut ..."

In der Leitung klickte es, und Harri starrte entgeistert auf den Hörer in ihrer Hand. „Auf Wiederhören."

Tom verschränkte die Arme, und Nus erhob sich von ihrem Stuhl. „Assistenzmanagerin? Seit wann?"

Harri schnappte sich ihre Handtasche und machte sich grinsend auf den Weg aus dem Büro. „Keine Zeit für Erklärungen. Ich muss los. Bis später!"

Wollte man die Dame am anderen Ende der Leitung als enthusiastisch bezeichnen, konnte man auch von Nurejew behaupten, er sei kein schlechter Tänzer. Harri musste unwillkürlich grinsen, während sie den Straßen zu Emilys Haus folgte, die von hohen Hecken gesäumt waren. Armer George. Nachdem er jahrelang von den guten Damen in Stone Yardley ignoriert worden war – wahrscheinlich mit Ausnahme seiner Mutter –, musste ihn eine Frau, die so geradeheraus war wie Emily, zu Tode erschreckt haben.

„Meine Adresse ist ein bisschen schwer zu finden", hatte sie während des Telefonats hervorgesprudelt. „Fahren Sie Richtung Little Swinford. Kurz bevor Sie an das Grasdreieck kommen, an dem sich die Straße nach Greenwell verzweigt, biegen Sie links auf den Feldweg ab. Er ist ein bisschen uneben, aber es sollte gehen."

Harris betagter Fiat Punto holperte über den unbefestigten Schotterweg. Dann führte er zwischen zwei Hecken hindurch steil den Hang hinunter. Eine kleine Ansammlung von landwirtschaftlichen Gebäuden rings um zwei rundliche Hügel kam in Sicht. Harri hielt den Atem an: Der Anblick war überwältigend. Ein alter Zehntspeicher, der krumm und schief neben ein paar gekalkten Wirtschaftsgebäuden stand, und auf der rechten Seite das Haupthaus, ein elegantes rotes Backsteingebäude. Darum herum ein üppig blühender Bauerngarten mit Rittersporn, Mohn, Bartnelken und Lavendel sowie blassrosa Kletterrosen, die ungezügelt die grüne Haustür umrankten. Harri stellte den Wagen ab und stieg aus. Im selben Moment wäre sie fast von einem großen schwarz-weißen Collie umgeworfen worden, der ihr aus dem Haus entgegenstürzte, um sie zu begrüßen. Ihm auf den Fersen folgte eine groß gewachsene dunkelhaarige Frau in einem blassrosa Pulli, die verwaschene Jeans eilig in Gummistiefel gestopft, auf denen Narzissen prangten.

„Fly! Fly, komm her, du verrückter Köter!“, rief sie lachend, während sie näher kam. „Er ist ein ganz Lieber, aber leider ein bisschen zu gastfreundlich. Sie haben doch kein Problem mit Hunden, oder?“

Harri hatte inzwischen ihr Gleichgewicht wiedergefunden und tätschelte den aufgeregten Hund, der ihr immer wieder die Stirn gegen die Knie rammte. „Aber natürlich. Was für ein freundlicher Hund.“

„Der Schwächste aus dem Wurf. Kaum zu glauben, nicht wahr?“ Emily schüttelte den Kopf und streckte Harri die Hand hin. „Sie müssen Harri sein. Ich bin Emily, falls Sie das nicht schon erraten haben.“

Harri schüttelte ihr die Hand. „Freut mich, Sie kennenzulernen. Umwerfend schön haben Sie's hier.“

Emily strahlte. „Willkommen auf der Greenwell Hill Farm. Die meisten Gebäude stammen aus dem sechzehnten Jahrhundert. Bis irgendein grässlicher Viktorianer beim Wohnhaus ein bisschen über die Stränge geschlagen hat – schauen Sie sich nur die lächerlichen Schornsteine an."

Harri sah hoch und entdeckte vier sehr stark verzierte gedrehte Schornsteine, die sich vom Dach des Hauses aus in den Himmel reckten. „Wow!"

„Nun ja, ich weiß. Ich wollte sie längst abreißen lassen, aber mein Mann findet die Dinger großartig. Spricht nicht gerade für seinen Geschmack, so viel steht fest. Egal. Kommen Sie rein, ich setze gleich den Kessel auf."

Die Wärme in der Küche legte sich wie eine kuschelige Decke um sie, als Harri und Emily eintraten. Die Einrichtung war ein Musterbeispiel für Shabby-Chic: Ausgebleichte Vorhänge mit rosa Karomuster umrahmten das große Schiebefenster, das einen herrlichen Ausblick auf die Felder bot; blau-weiß gestreiftes Geschirr stapelte sich unordentlich neben der großen weißen Keramikspüle; Bündel von getrocknetem Lavendel, Rosmarin und Salbei hingen von den Ecken der alten, weiß getünchten Holzschränke über der abgewetzten Eichenarbeitsplatte; ein frisch gebackenes Brot ruhte einladend auf einem Schneidbrett, daneben eine glasierte Steingutbutterdose und ein halb leeres Glas mit selbst gemachter Konfitüre. In einem alten Emaillekrug auf dem ebenfalls alten Küchentisch aus Kiefernholz stand ein locker arrangierter Strauß aus frisch gepflückten Blumen.

Fly tappte in die Küche. Seine Krallen klickten auf den Bodenfliesen. Er wedelte wild mit dem Schwanz, ging zu Harri hinüber und ließ sich auf ihre Füße fallen.

„Fly! Harri, es tut mir leid. Ich fürchte, er hat eine Vorliebe dafür, Besuchern die Füße zu wärmen." Emily lächelte ein wenig reumütig, füllte einen Teekessel mit Wasser und stellte ihn auf den Herd. „Ich glaube, so sorgt er dafür, dass die Leute bleiben."

Harri beugte sich vor und kraulte dem Hund das weiche Bauchfell. „Das macht mir wirklich nichts aus. Ich habe eine Katze. Von daher bin ich nicht an einen so enthusiastischen Empfang gewöhnt."

„Von denen haben wir auch drei", meinte Emily lächelnd, „aber sie verbringen die meiste Zeit in der Scheune."

Nachdem der Kessel mit schrillem Pfeifen verkündet hatte, dass das Wasser kochte, die Teekanne gefüllt und mit einem handgestrickten Kannenwärmer in Pudelmützenform bedeckt worden war, setzte Emily sich zu Harri an den Tisch.

Harri legte sich ihr Notizbuch und einen Stift bereit. „Also, erzählen Sie mir von Ihrer Geschäftsidee."

Emily blühte regelrecht auf und griff mit beiden Händen nach ihrem blau gestreiften Teebecher. „Also, ich habe da diese Idee, und ich muss zugeben, dass sie vollkommen verrückt ist, aber sie will mir einfach nicht aus dem Kopf, auch wenn ich mich noch so sehr bemühe. Verstehen Sie?"

„Atmen, Emily!" Harri lachte. „Ich bleibe eine Weile hier."

Emily errötete und schüttelte den Kopf. „Tut mir leid. Es ist nur so, dass mir all dieses … Zeugs … im Kopf herumgeht und ich bisher außer mit meinem Mann noch mit niemandem wirklich darüber gesprochen habe." Sie holte tief Luft und lehnte sich in ihrem Stuhl zurück. „Gut. Also, es ist so: Ich arbeite in der Bank in Stone Yardley, in der Market Street. Sie wissen, welche ich meine? Die zwischen Chilterns Eisenwarenhandlung und dem Friseur? Also, ich arbeite dort seit zehn Jahren, seit ich von der Universität abgegangen bin. Und das ist in Ordnung. Ich meine, es hilft, unsere Rechnungen zu bezahlen. Aber wissen Sie, der Job – er fühlt sich ein bisschen wie eine Zwangsjacke an. Die Sache ist jedenfalls die: Vor einiger Zeit ist mir eine Idee gekommen, wie ich mich selbstständig machen kann. Mit der Farm als Grundlage. Und diese Idee hat sich festgesetzt. Ich kann an nichts anderes mehr denken. Und ich weiß, dass es ein verrückter Plan ist. Ich meine, Stu und ich, wir arbeiten beide und schaffen es gerade mal eben so, uns über Wasser zu halten. Der Gedanke daran, mich selbstständig zu machen und damit all das hier zu riskieren, jagt mir Angst ein. Noch ist es ja auch nur eine Idee. Noch weiß niemand davon, weder auf Arbeit noch sonst wer. Ich lote nur die Möglichkeiten aus."

„An was haben Sie denn gedacht?", fragte Harri und nippte an dem starken Tee.

„Hobby-Wochenenden, Schreibseminare, Kunsturlaube, solche Dinge", meinte Emily strahlend. „Ich habe Kunst und Töpferei studiert, und ich habe Künstler im Freundeskreis. Meine Schwester ist Schriftstellerin. Sie hat schon gesagt, dass sie gern helfen würde. Stu fotografiert leidenschaftlich gern und kennt etliche Rundgänge hier in der Gegend, auf die er Leute mitnehmen könnte. Also, alles in allem könnten wir unserer Meinung nach ein recht abwechslungsreiches Programm auf die Beine stellen."

„Würden Sie hier auch Unterkunft bieten?"

„Ich bin mir nicht sicher. Ich meine, ich schätze, wir könnten die Scheune zu einem Schlafsaal umbauen oder vielleicht mit Pubs und Pensionen in den Dörfern ringsum zusammenarbeiten. Auf längere Sicht würden wir gern ein paar der Wirtschaftsgebäude umwandeln, aber das ist noch Zukunftsmusik. Ich glaube einfach, für den Anfang wäre es ein schönes Angebot für Leute aus Birmingham oder Worcester. Sie wissen schon, für einen Kurzurlaub nicht weit von zu Hause. Irgendwann kann ich mir vorstellen, Gäste aus ganz England zu haben. Wir liegen schließlich nicht weit von der M6, und es gibt so viele schöne Ecken in der Nähe, zu denen wir Ausflüge anbieten könnten."

„Das ist eine großartige Idee. Und welche Rolle soll unser Reisebüro dabei spielen?"

Emily griff nach der Teekanne und füllte die Becher erneut. „Zunächst einfach nur helfen, Werbung für den Einstieg zu machen. Dann vielleicht irgendwann die Buchungen übernehmen und für jeden Verkauf Kommission erhalten."

Harri kaute auf ihrem Stift, während sie die Notizen überflog, die sie sich gemacht hatte. Sie spürte, wie sich Aufregung in ihr breitmachte: Emilys Enthusiasmus war ansteckend, und obwohl sie wusste, dass es sehr viel Arbeit kosten würde, das Unternehmen zum Laufen zu bringen, bewunderte Harri die Dame, die sie vom anderen Ende des Tisches aus erwartungsvoll ansah. „Ich sehe keinen Grund, warum das nicht funktionieren sollte. Ganz ehrlich", meinte sie schließlich. „Ich glaube, Ihre Idee könnte sich zu einem lukrativen Geschäft entwickeln."

Die Erleichterung, die sich in Emilys Miene zeigte, war immens.

„Wirklich? Ich meine, Sie müssen sich nicht gezwungen fühlen, das zu sagen, nur weil Sie hier sind. Wenn das ganz und gar nicht funktionieren kann, möchte ich das lieber jetzt wissen, bevor ich unser Geld in die Sache stecke."

„Keine Sorge, ich fühle mich nicht unter Druck. Außerdem habe das letztlich nicht ich zu entscheiden. Bevor wir loslegen können, muss George sein Einverständnis geben."

Emilys Lächeln erlosch. „Oh. Ich glaube nicht, dass ich einen guten Eindruck auf Ihren Chef gemacht habe. Heute Morgen am Telefon hat er mich sehr schnell abgefertigt."

Harri kicherte. „Er fertigt alle Leute schnell ab."

„Tatsächlich?"

„Ja, und zwar ungefähr einen Meter dreiundsechzig. Entschuldigen Sie, aber das ist so eine Art Insider-Witz bei SLIT. Wir glauben, dass er sich jedem beweisen möchte, weil er – nun ja – überkompensiert?"

Emilys Miene hellte sich auf. „Oh, verstehe."

„Er ist harmlos. Ganz ehrlich. Er kann nur einfach nicht mit Frauen umgehen, die tatsächlich mit ihm reden wollen. Jedenfalls glaube ich nicht, dass er sich gegen Ihre Pläne stellen wird.

Vor allem nicht, wenn ich ihm sage, dass ich die Verantwortung dafür übernehme. Alles, was Geld bringt, ohne dass er dafür arbeiten muss, kommt gut bei ihm an."

„Wären Sie wirklich bereit, das zu tun?"

Harri lächelte. „Aber ja doch. Ich halte es für eine wundervolle Idee. Außerdem bin ich sogar ein bisschen neidisch."

„Wie das?"

„Nun ja, Sie sind bereit, Ihren sicheren Job aufzugeben und mit diesem Unternehmen alles zu riskieren. Ich finde das inspirierend. Und deshalb möchte ich gern helfen."

Ein seltsames Lächeln huschte über Emilys Gesicht. „Ich freue mich so, Sie kennengelernt zu haben, Harri. Ich glaube, wir werden sehr gut miteinander auskommen. Schauen Sie, ich habe einen Victoria Sponge Cake in der Speisekammer. Hätten Sie Lust, mir dabei zu helfen, ihn zu vernichten? Das heißt, natürlich nur, wenn Sie nichts Wichtigeres zu tun haben."

Harri dachte an die vier Säcke mit Briefen an *Juste Moi*, die daheim drohend auf sie warteten, und lächelte zurück. „Nichts, was nicht warten kann. Kuchen klingt großartig."

Es gibt Menschen, bei denen man ein ganzes Leben braucht, um sie kennenzulernen, und andere, die man auf Anhieb versteht. Für Harri fiel Emily auf jeden Fall in die zweite Kategorie. Was als kurze geschäftliche Unterhaltung geplant gewesen war, wurde zu einem sechsstündigen Geplauder, das sich fröhlich vom Nachmittagstee bis zu einem deftigen Abendessen – einem Eintopf aus Schweinefleisch und Lauch – hinzog. Umgeben von den Farmtieren – den Katzen Freeman, Hardy und Willis, dem Collie Fly und Jemima, einer geretteten Ente, die sich am liebsten in eine Ecke des Hundekörbchens in der Küche kuschelte. Emilys Mann Stu kam gegen sieben nach Hause, sehr zur Freude von Fly, der ihm um die Knöchel wirbelte, bis sein Herrchen sich endlich zu ihm hinabbeugte und ihn streichelte.

Harri beobachtete den Aufruhr über den Rand ihres Bechers hinweg und genoss den inneren Frieden, den ihr das Ganze schenkte. Es war lange her, dass sie sich als Teil eines quirligen Haushalts empfunden hatte, sanft umfangen von Wärme und Alltagsgeräuschen, und sich dem Luxus ganz normalen Alltagslebens hingeben konnte. Die letzten Jahre mit ihren Eltern hatten diese sorglose Atmosphäre grausam vermissen lassen – jede leise Unterhaltung war ein Balanceakt, darauf ausgerichtet, die unvermeidlichen Fragen zu umgehen. Jede Entscheidung wurde bestimmt von der Krankheit, die ihre Familie allmählich zerstörte, und den Bedingungen, die sie ihnen diktierte. Obwohl der Humor nie zu kurz kam – ihre Eltern bestanden darauf, dass auch eine tödliche Krankheit nichts daran änderte, dass man nicht ohne Lachen auskam –, hing ein bleiernes Bewusstsein der Realität schwer in den Räumen und erinnerte die Familie immerzu schweigend daran, was sie erwartete. Harri verlor nicht einfach nur ihre Eltern. Sie verlor all die alltäglichen, belanglosen Dinge, die die meisten Familien erleben, ohne es überhaupt zu bemerken: Gespräche an der Küchenspüle, Kabbeleien darüber, wer an der Reihe war, den Müll nach draußen zu bringen, oder welches Fernsehprogramm eingeschaltet wurde. Unbedeutende Unterhaltungen, die dennoch das Schmieröl für jeden Tag waren und das Leben weitergehen ließen.

Während Harri zuhörte, wie Emily und Stu sich unterhielten, fragte sie sich, ob sie jemals wieder Teil einer so ungezwungenen Beziehung sein würde. Es gab Augenblicke mit Rob, in denen man einen Blick auf Derartiges erhaschen konnte. Aber wenn sie ständig zusammen waren, würden dann diese Momente ganz natürlich zum Dauerzustand eines gemeinsamen Lebens werden? Sie schob den Gedanken beiseite, warf einen Blick auf ihre Uhr und lächelte das glückliche Paar an.

„Ich sollte jetzt wirklich gehen. Mir war gar nicht klar, wie spät es schon ist."

„Ach herrje, das tut uns leid. Wir haben Sie wirklich lange aufgehalten, nicht wahr?“ Stu legte seiner Frau den Arm um die Schultern. „Wir bekommen nicht oft Besuch, und es tut gut, unsere Geschäftsidee mal mit jemand anderem zu besprechen als unter uns oder mit den Tieren. Wir und unsere verrückten Träume, hm?“

„Sie sind nicht verrückt“, widersprach Harri. „Ich glaube wirklich, dass großes Geschäftspotenzial drinsteckt. Es ist nur wichtig, alle Details zu klären, bevor Sie sich beide an die Verwirklichung machen. Ich stelle Ihnen eine Liste aller örtlichen B&Bs zusammen und spreche mit den Leuten darüber, was sie von Blockreservierungen halten. Vielleicht sind sie bereit, Rabatt zu gewähren, wenn Sie ihnen jeweils eine bestimmte Zahl von Gästen garantieren können. Außerdem müssen Sie über die Logistik nachdenken – zum Beispiel, wie viele Teilnehmer pro Kurs sinnvoll sind, wie Sie die Leute verpflegen und die Transfers vornehmen wollen, was das alles kostet und wie man das in einen Preis umrechnet, der alle Kosten deckt, ohne dass Sie daran pleitegehen oder die Gäste wegen viel zu hoher Preise ausbleiben.“

„Sie dürfen wiederkommen“, sagte Stu und wechselte einen Blick mit Emily. „Und nicht nur als Geschäftsberaterin.“

„Freut mich, dass ich helfen kann“, meinte Harri lächelnd und erhob sich, um zu gehen. „Außerdem ist das Essen hier so gut, dass es mir ein Vergnügen sein wird.“

Als Harri sich an diesem Abend ihrer Haustür näherte, hatten die Wolken sich verzogen, und der Vollmond erleuchtete den Pfad so hell wie eine Straßenlaterne. Sie schob den Schlüssel ins Schloss und hielt einen Moment inne, um am Giebel aus blauen Ziegeln vorbei zu den Sternen hochzuschauen, die am Nachthimmel hingen. Eine Erinnerung an ihre Mum durchzuckte sie – an die Zeit, als Harri noch ein kleines Mädchen war und ihre Familie so sorglos lebte wie alle anderen auch. Eines Abends, als es Zeit war, ins Bett zu gehen, hatten Harri und ihre Mutter die Vorhänge in ihrem Schlafzimmer beiseitegezogen, um dem Mond gute Nacht zu sagen (das war Familientradition, solange sie denken konnte), und Harri fielen die funkelnden Sterne am blauschwarzen Himmel auf.

„Mummy, ich liebe die Sterne."

„Und weißt du auch, was sie sind, Liebling? Das sind die Nachtlichter der Engel. Sie hängen sie nachts auf, um uns daran zu erinnern, dass sie da sind. All die Menschen, die wir lieben und die gestorben sind, sie vergessen uns nie. Sie hängen einfach Nachtlichter auf, um uns zu zeigen, dass sie uns zusehen und auf uns warten. Auch wenn wir uns allein fühlen oder Angst haben, können wir also zu den funkelnden Lichtern am Himmel hinaufsehen und wissen: Wir sind gar nicht allein."

Es war eine dumme Vorstellung, typisch für die Geschichten, die ihre Mum sich so gern ausdachte: Jeder Sonnenstrahl war ein Zeichen dafür, dass jemand im Himmel ein Fenster öffnete; Regenbogen gab es dann, wenn die Engel im Kunstunterricht aus Versehen ihre Farbtöpfe umwarfen; wenn es donnerte, verrückte Gott sein Klavier, damit er die himmlischen Teppiche absaugen konnte. Und doch hatten all diese dummen Geschichten etwas so Tröstliches an sich, dass Harri sie nie wieder vergaß.

Sie stieß einen langen Seufzer aus und sah ihrem Atem nach, der, vom Mondlicht beschienen, in die Nachtluft aufstieg.

„Danke für die Nachtlichter, Mum. Grüß Dad und Gran von mir. Ich vermisse euch alle …"

Die Kühle der Nacht ließ sie erschauern, und plötzlich verunsichert öffnete sie rasch die Tür zu ihrem Cottage und ging hinein.

9. KAPITEL

Das große S

Die flackernde Leuchtstoffröhre gibt schließlich ihren Geist auf, sodass ein Drittel des Raumes in schäbiges Dämmerlicht getaucht wird. Harri schnieft und sieht sich nach Toilettenpapier um, um sich die Nase zu putzen. Wie könnte es anders sein: Die Rolle, die auf dem Wasserkasten steht, enthält nur noch ein halbes Blatt. Bei näherem Hinsehen stellt Harri fest, dass dieser winzige Rest aus der dünnen und alles andere als reißfesten Sorte Papier besteht, die sich schon vor dem eigentlichen Gebrauch auflöst.

Obwohl die Panik sie immer noch im Griff hat, muss sie unwillkürlich lächeln.

„… Und eins, zwei, drei, vier … Na los, Leute, weitermachen!"

Stella beugte sich zu Harri hinüber. „*Wie viele* Säcke sagtest du noch gleich?"

Harri verzog das Gesicht. „Vier. Riesige."

„Du machst Witze!"

„… Gut so, Leute! Und jetzt, seitliche Ausfallschritte, ganz weit strecken …"

„Ich mache keine Witze."

„Und, hast du sie schon alle gelesen?"

„… zwei, drei, vier … noch mehr strecken, wenn ihr könnt …"

„Nein, hab ich nicht."

Stella starrte sie fassungslos an. „Aber meinst du nicht, du solltest vielleicht wenigstens damit *anfangen*?"

„… Und jetzt volle Konzentration auf die Bauchmuskeln, Kinn nach oben …"

„Ich schätze, ich sollte bald damit anfangen – allein schon, damit ich mein Wohnzimmer wieder benutzen kann. Ich fürchte, wenn diese Säcke noch länger da stehen bleiben, wird Ron mir davonlaufen. Ich habe darauf gewartet, dass Viv mir hilft. Schließlich war es *ihre* Idee, und es geht um *ihren* Sohn."

„... Bauchmuskeln angespannt halten, immer dran denken. Konzentriert euch auf euren Core ..."

„Natürlich darfst du mir gern helfen, wenn du magst. Ganz bestimmt sind ein paar total Verrückte dabei ..."

„... Großartig! Ein Mal noch, Leute, und *fest* anspannen ..."

„Äh, nein, danke. Das ist ganz allein dein Problem, Süße."

„... Und jetzt die andere Seite. Ganz weit strecken ..."

„Danke für deine Hilfe, Stel."

„Gern geschehen. Du liebes bisschen, was tut sie denn jetzt?"

„... Das Bein heben, im 90-Grad-Winkel zum Körper. Und halten ..."

„Das geht doch einfach nicht, oder?"

Stella verzog das Gesicht. „Schluss damit ... Magst du noch ein bisschen Eis?" Sie drückte auf die Fernbedienung, und das Bild fror ein, sodass die Fitnesstrainerin auf dem Bildschirm ihre unmögliche Haltung wesentlich länger beibehielt, als selbst sie empfohlen hätte.

Harri kicherte. „Das schaffst auch nur du: eine Fitness-DVD ansehen und dabei Eis löffeln."

Stella gab drei großzügige Löffel Schokoladeneis in Harris Schüssel und reichte sie ihr. „Glaub mir, wir verbrennen dabei jede Menge Kalorien."

„Tatsächlich."

„Aber ja doch. Das habe ich in einer Zeitschrift gelesen. Wenn wir uns eine Fitness-DVD ansehen und uns dabei richtig darauf konzentrieren, verbrennen wir am Ende genauso viele Kalorien, wie wenn wir die Übungen tatsächlich machen würden. Das ist wissenschaftlich erwiesen."

„Und wenn wir beim Zusehen unglaublich kalorienreichen Naschkram zu uns nehmen?"

Stella grinste. „Wir füllen nur unsere Glykogenspeicher. Alle besseren Athleten tun das. Wir müssen doch sicherstellen, dass wir auch durchhalten, oder?"

„Stel, du bist unmöglich!"

„Kann sein", gab sie mit vollem Mund zurück, „aber du musst doch zugeben, dass es Spaß macht, den Donnerstagabend so zu verbringen. Also, wann fängst du an, die Briefe zu lesen?"

„Morgen Abend. Gleich nach der Arbeit."

Stella runzelte die Stirn. „Triffst du dich morgen Abend nicht mit Rob?"

„Er ist das ganze Wochenende in Preston."

„Schon wieder? Verdammt, Harri, der Typ ist ja schwerer zu fassen als Scarlet Pimpernel aus *Das scharlachrote Siegel.* Selbst Lord Lucan würdest du wohl öfter zu sehen kriegen, wenn du mit ihm verbandelt wärst – zumindest bevor er für tot erklärt wurde."

„Ach, das liegt nur an diesem blöden Preston-Vertrag, den seine Firma unbedingt haben will. Rob hat sich wirklich darüber geärgert, dass er auch an diesem Wochenende wegmuss. Er hat mich heute Mittag aus dem Büro angerufen, und ich brauchte fast zwanzig Minuten, um ihn zu beruhigen. Dabei stellte sich heraus, dass er ein Wochenende für uns zwei in den Cotswolds geplant hatte und mich morgen Abend nach der Arbeit damit überraschen wollte. Und dann hat sein Chef ihm erklärt, er werde in Preston gebraucht." Harri seufzte und stocherte in ihrem Eis herum. „Ich hasse es, ihn so in Arbeit ertrinken zu sehen, und das Schlimmste ist: Ich kann nichts daran ändern."

Stella lächelte mitfühlend. „Das muss für euch beide hart sein. Aber immerhin versucht er anscheinend, dich mit all den Geschenken und Überraschungen zu entschädigen, mit denen er dich überhäuft. Für mich ist so ein Mann ein guter Mann! Also …" Damit stieß sie Harri spielerisch den Ellenbogen in die Rippen. „Du hast also das ganze Wochenende für dich und die Säcke der Verzweiflung, hm?"

Gequält verzog Harri das Gesicht. „Was für ein Glückspilz ich doch bin."

„Ganz im Ernst, Harri. Ich finde, du solltest sie einfach zu Al bringen und ihm sagen, sie seien ein Geschenk der Götter der ominösen Verabredungen."

Harri lachte. „Vielleicht sollte ich das wirklich tun." Ihre Gedanken wandten sich einem Thema zu, über das sie schon den ganzen Tag nachgedacht hatte. „Aber mal im Ernst, Stel: Es gibt da etwas, worum ich dich bitten wollte."

Über Stellas ebenmäßige Züge huschte ein dunkler Schatten, und sie verschränkte abwehrend die Arme vor der Brust.

„Ach ja?"

Harri holte tief Luft. Es war nicht so, dass ihre beste Freundin nie etwas für sie tat. Aber Tatsache war, dass Stella einen klaren Vorteil für sich selbst erkennen musste, bevor sie in etwas einwilligte. „Nun ja", begann sie so heiter, wie sie konnte, „du kennst doch diesen Reiseschriftsteller, den ich mag. Dan Beagle?"

„Den süßen Typen mit dem bescheuerten Namen? Ja, den kenne ich."

„Anlässlich des Erscheinens seines neuesten Buches veranstaltet er ein Seminar in Oxford. Es findet an einem Samstagabend statt, und ich weiß, dass Rob nicht hingehen möchte. Die Sache ist die: Nachdem ich so einen Aufstand gemacht habe, weil wir zu wenig Zeit miteinander verbringen, möchte ich nicht als komplette Heuchlerin dastehen. Ich weiß, dass es ihm nichts ausmacht, wenn ich an einem Samstag etwas ohne ihn unternehme, aber ich würde mich wohler dabei fühlen, wenn ich nicht allein hinginge."

„Du möchtest also, dass ich mitkomme?"

„Würdest du das tun? Wir könnten uns den ganzen Tag nehmen – ein Mädelsausflug –, vielleicht ein bisschen shoppen, dann zusammen essen und danach zu der Dan-Beagle-Veranstaltung gehen. Vielleicht kann ich Rob dazu überreden, sich mit seinen Freunden vom Fußballverein zu treffen, weil er sie in letzter Zeit kaum gesehen hat."

Stella überlegte einen Moment und klatschte dann in die Hände. „Ich habe eine viel bessere Idee. Warum nehmen wir uns nicht das ganze Wochenende frei?"

Harri strahlte. „Das ist wirklich eine fantastische Idee. An was denkst du dabei?"

Stella konnte ihre wachsende Aufregung unmöglich verbergen. „In Oxford gibt es eine ganz tolle Schönheitsfarm. Erst diesen Monat wurde sie in der Zeitschrift *Red* ausführlich vorgestellt. Sieht umwerfend aus, und ich möchte sie unbedingt mal ausprobieren. Also, warum reisen wir nicht schon am Freitagabend an, übernachten in einem Hotel und verbringen den Samstag in der Schönheitsfarm, bevor wir zu sexy Dans Vortrag gehen? Shoppen könnten wir dann am Sonntag, bevor wir zurückfahren. Ich bezahle alles, einverstanden?"

„Stel, das klingt fantastisch! Aber ich kann nicht annehmen, dass du alles allein bezahlst."

Stella zuckte die Achseln. „Na ja, ich habe ein schlechtes Gewissen, weil ich es immer noch nicht geschafft habe, mit dir ins Ausland zu reisen, wie ich schon so oft versprochen habe. Betrachte das als meine Wiedergutmachung an dir. Außerdem interessiert mich wirklich, ob Mr. Beagle auch in der Realität so sexy ist wie auf den Fotos in deinen Büchern."

Dan Beagle stand für alles, was Harri so gern gewesen wäre: Abenteurer, Reisender, Fotograf, Draufgänger. Anscheinend dachte er sich nichts dabei, monatelang unerforschte Gegenden der Welt zu bereisen, bloß von seiner Kamera begleitet. In nur wenigen Jahren hatte der junge Entdecker den Beifall der Weltpresse errungen und sich Respekt bei seinen Kollegen verschafft. Außerdem hatte er die Reiseliteratur mit seinen vielfach preisgekrönten Büchern neu definiert. Was Harri an seiner Arbeit am meisten gefiel, war der Umstand, dass er sich sein Staunen bewahrte, ganz gleich welche neue Umgebung er erkundete: jungfräulichen Regenwald, lebensfeindliche Sand- und Stein- oder trügerische Eiswüste. Anders als die blassen Nachahmer, die versuchten, es ihm gleichzutun, konnte Dan anscheinend neue Weltgegenden mit Kinderaugen betrachten und bewahrte sich den Nervenkitzel der Entdeckung.

In ihren wildesten Träumen glaubte Harri fest daran, dass sie selbst so reisen konnte – nie einen Schritt als selbstverständlich zu betrachten, wenn sie tollkühn ins Unbekannte aufbrach. Aus der gemütlichen Wärme ihres Cottages heraus versenkte sie sich in Dans Worten, ließ sich von ihm an die Hand nehmen und an unzählige magische Orte führen. Während sie jedes Detail begierig in sich aufnahm, kam es ihr so vor, als verstünde er die Reisende, die in ihr gefangen war, den freien Geist, der gegen ihre Vorsicht ankämpfte, und forderte sie auf auszubrechen: Willkommen in meiner Welt, Harri. Komm mit mir …

Obwohl sie es Stella gegenüber nie zugegeben hätte, hegte Harri die Hoffnung, dass vielleicht, nur vielleicht, Dan seinen Blick über das Publikum schweifen lassen und sie dort sitzen sehen würde. Und dann würde er sofort aufhören zu reden, seine Notizen aufs Pult legen, von der Bühne abgehen und auf sie zukommen, eingehüllt in das silbrige Leuchten eines Scheinwerferlichts, das seinem Weg durch die Halle folgte. Am Ende ihrer Sitzreihe angelangt, würde er mit dem Finger auf sie zeigen.

„Du."

Harri würde sich umschauen, klopfenden Herzens, bevor sie ihren staunenden Blick wieder ihm zuwandte. Er würde lächeln und ihr seine Hand entgegenstrecken. „Ja, du, Harri. Ich möchte, dass du mit mir kommst."

„Wann?"

„Jetzt."

Und sie würde aufstehen, alle Blicke im Saal auf sie gerichtet. Seine große warme Hand würde die ihre sanft umfassen, und dann würden sie entschlossen aus der Halle in die große weite Welt hinausmarschieren …

Mit Liebe hatte das nichts zu tun; jedenfalls nicht unbedingt. Ja, Dan sah unbestreitbar gut aus: markante Gesichtszüge, sonnengebleichtes Haar, meergrüne Augen. Aber das war für Harri nicht das Entscheidende. Sie sehnte sich danach, die Welt mit jemandem zu bereisen, der sie vollständig verstand.

„Jeder braucht einen Seelenverwandten", stellte Mrs. Bincham am nächsten Tag fest und nickte weise dazu, während sie Quadrate, die anscheinend Haferkekse mit Baiserhaube sein sollten, an die staunende Belegschaft von SLIT verteilte. „Ich meine, nehmen wir nur mal mich und meinen Geoff. Ich arbeitete nachmittags in der Kantine von Land Oak Steelworks, und für ihn war es der erste Arbeitstag. Er machte mir Komplimente für mein Teegebäck, und das war's – ich wusste einfach, dass wir füreinander bestimmt waren. Dreiundvierzig Jahre ist das her, und wir lieben uns immer noch wie am ersten Tag. ‚Eth', sagt er zu mir, ‚als ich dich getroffen habe, habe ich die Frau meines Lebens getroffen. Mein Schatz, es gibt keine Zweite wie dich.' Und er hat recht. Wie schon mal gesagt, Harriet – wenn das große S dich erst mal im Auge hat, kannst du nichts weiter tun, als dich treiben lassen, wenn du verstehst, was ich meine. *Ts!* Nun iss schon, Thomas, daran wirst du nicht sterben."

Tom wurde blass und schluckte erschrocken. „Ja, Mrs. B. Äh, danke." Misstrauisch beäugte er den Haferkeks, bevor er einen großen Bissen davon nahm.

„Na also, geht doch. War nicht halb so schlimm, wie du gedacht hast, hm?"

„Mmmmwwwfffhhh …", erwiderte Tom, während sein Gesichtsausdruck zwischen zufrieden, verwirrt und angewidert hin und her schwankte.

Harri sah kichernd Mrs. Bincham nach, die mit ihrer berüchtigten Tupperdose abzog. „Na, Tom, genießt du deinen Haferkeks mit Zitronenbaiser?"

Er schluckte und erschauerte. „Das war eine Geschmackssensation. Ich glaube, ich muss mich hinlegen."

George kam hereingestürzt, kreidebleich und sichtlich zitternd. „Würdet ihr bitte diese Frau und ihre scheußlichen Erfindungen von mir fernhalten? Das letzte Mal, als ich etwas aus dieser verdammten Dose gegessen habe, musste ich danach eine ganze Woche lang Tabletten gegen Sodbrennen schlucken."

„Sie meint es gut, George", sagte Harri lächelnd. Im gleichen Moment wurde die Ladentür geöffnet, und Nusrin erschien.

„Ist sie noch da?", flüsterte sie. George, Tom und Harri nickten, Nusrin verzog das Gesicht. „Na gut. Wenn sie fragt: Ich kann nichts essen, was aus einer Tupperdose kommt. Klar?"

George runzelte die Stirn. „Warum nicht?"

Feixend ließ Nus sich an ihrem Schreibtisch nieder. „Meine Religion verbietet es mir."

„Warum ist das nicht *mir* eingefallen?", stöhnte Tom.

„Ich glaube nicht, dass es zählt, wenn du erzählst, deine Großmutter sei Methodistin", erwiderte Harri und warf einen Blick auf ihre Uhr. „Na schön, wenn's recht ist, gehe ich jetzt zum Essen."

George entließ sie mit einer Handbewegung, die er wohl für gebieterisch hielt. „Fort mit dir, Harriet." Und dann ruinierte er die Illusion seiner Überlegenheit, indem er hinzufügte: „Du kannst nicht zufällig Mrs. B mitnehmen?"

Harri schnappte sich ihre Handtasche und eilte zur Tür. „Oh, tut mir leid, George. Ich glaube, sie ist noch nicht mit dem Putzen fertig. Bin in einer Stunde zurück."

Georges Stöhnen verfolgte sie bis aus der Tür hinaus.

Stone Yardley war rein formal eine Stadt, und doch nannten fast alle Einwohner es immer nur „das Dorf". Im Kern bestand es aus zwei langen Straßen, die sich kreuzten, und das Haupteinkaufsviertel hatte es geschafft, die Atmosphäre eines freundlichen Marktfleckens zu bewahren. Allerdings hatten die Neubauten, die vor nicht allzu langer Zeit entstanden waren, die Stadt weit über die Grenzen der ursprünglichen Siedlung aus dem sechzehnten Jahrhundert hinaus wachsen lassen. Trotz der nur fünf Meilen entfernt neu erbauten Berryhall – einem der größten Einkaufszentren Europas außerhalb der Stadtgrenzen – florierten die meisten Geschäfte in der High Street und der Market Street auch dreißig oder vierzig Jahre nach ihrer Gründung immer noch. Die Ortsansässigen hüteten ihr Städtchen eifersüchtig, und es war hauptsächlich ihnen zu verdanken, dass Stone Yardley immer noch ein beliebter Einkaufsort war.

Harri hing, wie so viele Einwohner der Stadt, ganz besonders an ihrem Heimatort. Obwohl es zweifellos schönere Orte in der Nähe gab – zum Beispiel gleich in den angrenzenden Grafschaften Shropshire und Staffordshire –, hatten Stone Yardleys Straßen etwas Anheimelndes und Einladendes an sich, das sie wohltuend von gesichtslosen Einkaufszentren wie Berryhall abhob. Es gab einen starken Gemeinschaftsgeist, und deshalb konnte man nicht durch Stone Yardleys Straßen schlendern, ohne etlichen Bekannten zu begegnen.

So war es auch heute. Als Harri das Reisebüro verließ, traf sie Lucy Allan, eine alte Schulfreundin, Dave Simpson, der mit ihrem Vater Cricket gespielt hatte, und Mrs. Gertrude Walker, die weit über achtzigjährige unbeugsame Vorsitzende des

Women's Institute, kurz WI genannt, eines Vereins zur Förderung der Rechte von Frauen.

„Ah, Harriet", rief sie und packte Harris Arm mit einer Kraft, die bei einer Frau ihres hohen Alters überraschte. „Hast du dich denn schon dazu entschieden, unserer Einladung zu folgen und zu den Damen zu sprechen?"

„Das würde ich gern tun", erwiderte Harri vorsichtig, „aber ich bin mir nicht sicher, was für Reisen die Mitglieder des Vereins interessieren könnten." Ihr kam der schreckliche Gedanke, dass ihr Vortrag zu einer glorifizierenden Werbeveranstaltung für STD-Busreisen entarten könnte.

Gertrude verengte leicht die Augen, und um ihre dünnen Lippen spielte ein ironisches Lächeln. „Was glaubst du denn, wofür die Damen sich am ehesten interessieren könnten?"

Harri spürte, wie ihr langsam Röte in die Wangen stieg. Manchmal war es entschieden von Nachteil, rothaarig mit porzellanheller Haut zu sein ... „Hm, nun ja, Reisen in England ... äh ... vielleicht mit dem Bus?"

Gertrude warf den Kopf in den Nacken und brach in so schallendes Gelächter aus, dass Leute, die zufällig vorbeieilten, verdutzt stehen blieben. „Du hast wirklich eine sehr klischierte Vorstellung davon, worum es in Stone Yardleys WI geht, meine Liebe! Glaub mir, das Letzte, worüber unsere Mitglieder etwas hören wollen, sind Reisen, bei denen man in Luxus-Viehwagen gepfercht und wie eine Meute von Greisen durchs Land kutschiert wird. Einige von uns mögen alt und gebrechlich wirken, aber – das kannst du mir glauben – viele unserer Mitglieder haben seit ihrem Eintritt ins Rentenalter mehr Zeit im Ausland verbracht als in diesem Dorf. Ich zum Beispiel habe in meinem letzten Urlaub Malaysia besucht, und Isobel Hannigan ist gerade erst von einer vierwöchigen Safari durch die Masai Mara in Kenia zurückgekommen."

Harri war sich dessen bewusst, dass ihr die Kinnlade heruntergefallen war, aber diese Eröffnung hatte sie förmlich gelähmt. „Oh …“

„Also, ich dachte, du könntest uns vielleicht etwas über die neuesten Trends bei Abenteuerreisen erzählen“, fuhr Gertrude fort. „Natürlich nur, wenn du glaubst, dass wir die Aufregung auch überstehen!“

„Ich … äh … ja, natürlich …“

„Großartig! Schön, dann liste ich mal alle möglichen Termine auf und sende sie dir zu. Du hast doch E-Mail, oder?“

Harri unterdrückte ein Grinsen und wühlte in ihrer Handtasche herum. „Ja, habe ich. Hier ist meine Karte.“

„Wunderbar. Wobei mir gerade einfällt: Du bist nicht zufällig auch bei Facebook?“

„Ja, bin ich.“

„Fantastisch! Heute Abend suche ich dich dort. E-Mail ist ja so was von überholt, meinst du nicht auch?“

Als Harri Stone Yardleys Bäckerei *Lavender's* betrat, kicherte sie immer noch in sich hinein. Wie immer zog sich die Schlange von denen, die sich zu Mittag etwas Essbares holen wollten, bis fast vor die Tür. Also stellte sie sich geduldig hinten an und genoss die warme Junisonne auf ihrem Rücken, während sie guckte, ob sie neue SMS hatte.

Drei SMS warteten darauf, von ihr gelesen zu werden. Die erste stammte von Tante Rosemary, die es immer noch nicht schaffte, von Groß- auf Kleinbuchstaben umzuschalten – mit dem Ergebnis, dass all ihre SMS so aussahen, als würde sie Harriet wütend anschreien.

HI HARRIET KOMMST DU MIT DEN BRIEFEN VORAN ICH HOFFE DOCH SEHR. TEE JEDERZEIT BEI MIR WENN DU EINE PAUSE BRAUCHST. DENK AN GRANDMA DILLONS GEBURTSTAG AM MONTAG. HAB DICH LIEB TANTE R

Die SMS sah so aus, als wäre Tante Rosemary allergisch gegen jedes Satzzeichen außer dem Punkt. „Oh, ich habe dich auch lieb, Tante Ro“, murmelte Harri und rief die nächste SMS auf, die sich als Nachricht von Rob entpuppte.

Hey, Rotschopf ☺
Ich vermisse dich diese Woche entsetzlich. Preston ist wie immer ein Albtraum. Aber Montagabend gehöre ich dir ganz allein. Kann es kaum erwarten, Baby.
Küsschen R

In Harri machte sich Aufregung breit. Die Vorstellung, den Montagabend mit Rob zu verbringen, war wunderschön, zumal er in letzter Zeit so oft fort gewesen war.

Die letzte Nachricht kam von einer Nummer, die sie nicht kannte. Erst als sie sie öffnete, traf sie die Realität mit der Wucht einer Keule und verdarb ihr die gute Laune:

Hi Harri, ich hoffe, es macht Ihnen nichts aus, eine SMS von mir zu erhalten, aber ich dachte, so geht es schneller als per Post oder E-Mail. Darf ich fragen, wie Sie mit den Briefen an Alex vorankommen? Ich weiß natürlich, dass es eine Menge sind, und will nicht drängen, aber es ist schon eine Woche um, und mein Redakteur wird ein bisschen ungeduldig. Gibt es eine Chance, dass Sie so bald wie möglich das erste Treffen vereinbaren und uns wissen lassen, wie es gelaufen ist? Muss nichts Dauerhaftes sein, sollte aber besser früher als später geschehen. Hoffe, es geht Ihnen gut. Chloë

Stöhnend löschte Harri die SMS und pfefferte ihr Handy in ihre Handtasche zurück. Das hatte ihr gerade noch gefehlt. Vielleicht war sie ja naiv gewesen, aber sie war davon ausgegangen, dass nach dem Aufmacher in *Juste Moi* und dem Empfang der Berge von Briefen das Schlimmste vorbei war, soweit es Chloë und ihren übereifrigen Redakteur anging.

Am Tresen angekommen, musterte Harri die goldbraunen Backwaren, Blätterteigrollen mit Wurstfüllung, Pasteten und Käse-Schinken-Sandwiches auf den heißen Glasregalen und stellte plötzlich fest, dass sie keinen Appetit mehr hatte. Also kaufte sie ein paar Blätterteigrollen mit Wurstfüllung, obwohl sie wusste, dass sie schließlich doch bei Tom landen würden, der damit seine Magenschmerzen linderte, die Mrs. Binchams Backkünste ihm beschert hatten, zahlte und trat wieder in den hellen Sonnenschein der High Street hinaus. Dann eilte sie raschen Schrittes am *Wātea* vorbei und huschte in die schmale Gasse, die zum Reindeer Court führte, einem kleinen Innenhof voller Boutiquen. Anders als die unerschütterlichen Geschäfte in der High Street und der Market Street wechselten die Läden im Reindeer Court regelmäßig den Besitzer. Fast machte es den Eindruck, als geschähe dies im Schutz der Dunkelheit, unbemerkt von den Einwohnern Stone Yardleys.

Das sich ständig wandelnde Gesicht des kleinen Hofes faszinierte Harri.

Zurzeit gab es hier zwei Boutiquen. Die eine bot billige, aber fröhliche Kopien von Designerkleidung an, die von aktuellen Promis getragen wurde. Die andere war ein verrückter Secondhandshop, der alle damit überrascht hatte, dass er schon seit drei Jahren durchhielt und damit zum ältesten Geschäft im Hof avanciert war. Dann war da noch *Beadazzled*, ein Perlenladen, der erst vor sechs Monaten geöffnet hatte, von Stone Yardleys Goth-Jugend (zahlenmäßig sehr viel größer, als Harri vermutet hätte) aber bereits innig geliebt wurde. Außerdem ein Laden, der altes Porzellan, abgenutzte Möbel und eine beeindruckende Sammlung wertgeschätzter, aber etwas schmuddeliger Schuhe in seinem Schaufenster stehen hatte – alles Waren, deren Erlös einem Hospiz zukam. Und, zu guter Letzt, am äußersten Rand des Hofes ein winziger, aber makellos sauberer Laden, der alles für die Küche bot.

Harri stieß die grün gestrichene Tür von *Somethin's Cookin'* auf, und eine altmodische Messingglocke verkündete ihren Eintritt. Wie jedes Mal erstaunte es sie auch diesmal, wie viele verrückte und wunderbare Küchengeräte hier auf engstem Raum untergebracht waren. Kräuterbündel hingen von Topfgestellen, die an der Decke befestigt waren. Auf dem Boden standen Weidenkörbe, in denen sich so ziemlich alles nur Erdenkliche von Porzellanfiltern und -trichtern über Apfelentkerner aus Edelstahl bis hin zu aufziehbaren Eieruhren befand; daneben hingen, an den Stirnseiten der Kiefernholzregale voll unbeschreiblicher Schätze, die jede Küche aussehen ließen, als gehörte sie Nigella, jede Menge Haken mit Küchenschürzen im Shakerstil und leuchtend bunte Topfhandschuhe.

Als Harri sich dem Tresen aus Buchenholz näherte, tauchte Viv aus dem winzigen Lager auf, das zugleich als Aufenthaltsraum, Garderobe und Küche diente.

„Harri, Schätzchen! Was für eine Überraschung! Machst du gerade Mittagspause? Wie viel Zeit hast du? Es reicht doch bestimmt für eine Tasse Tee, oder? Ich stelle den Kessel auf … Sekunde!"

Damit verschwand sie wieder, bevor Harri antworten konnte. Nach wenigen Augenblicken hörte Harri, dass ein Kessel kochte. Ein Dampfstoß entwich in den Laden, gefolgt von Viv, die ein gestreiftes Tablett mit zwei Bechern, einer Zuckerdose, einer großen handbemalten Teekanne und einer Keksschale trug.

Ganz egal, wo sie war und was sie tat, Viv wirkte immer wie frisch der *Country Life* entstiegen – als gehörte dazu die Bildunterschrift: „Viv liebt nichts so sehr, wie nach einem erfolgreichen Tag in ihrem Küchenartikelgeschäft in ihrem grünen Kleingarten zu werkeln …"

„Ich habe etwa eine halbe Stunde", sagte Harri. Es war ein tapferer Versuch, wenigstens eine der Fragen zu beantworten, die man auf sie abgefeuert hatte, aber natürlich hörte Viv sowieso nicht zu.

„Nimm dir einen Keks – nur zu! Sie sind heute Morgen frisch aus dem Ofen gekommen."

Harri nahm einen Bissen von dem köstlich süßen Keks und schüttelte den Kopf. „Die hast du heute Morgen gebacken?"

Viv zuckte die Achseln. „Die Hühner waren früh munter, also bin ich auch aufgestanden. Außerdem konnte ich nicht wieder einschlafen, nachdem ich sie gefüttert hatte. Also dachte ich: Warum nicht eine Partie backen? Schau nicht so verdutzt, Harri. Golden-Syrup-Haferkekse zu backen ist nun wirklich nicht so schwierig."

„Auf die Idee, schon am frühen Morgen zu backen, kannst auch nur du kommen, Viv."

Viv goss Tee in die beiden Denby-Becher. „Bauerntochter, schon vergessen? Das liegt einem im Blut."

„Und wie läuft das Geschäft heute?", fragte Harri, nahm sich einen der Becher und sog den einladenden Duft tief ein.

„Schleppend. Aber das ist freitags eigentlich immer so. Ich glaube, das liegt immer noch daran, dass früher die Geschäfte am Freitagmittag geschlossen wurden. Die Leute von Stone Yardley gehen nicht so mit der Zeit."

Harri nippte an ihrem Tee. „Da sagst du was. Ich würde darauf wetten, dass einige unserer Kunden bei SLIT es vorziehen würden, wenn wir noch Reisen per Pferdedroschke anbieten würden. Andererseits habe ich gerade eine Mittachtzigerin getroffen, die Abenteuerreisen liebt."

„Wer um alles in der Welt war das?"

„Mrs. Walker vom WI."

„Harri, die Frau ist unerschütterlich. Behalt sie im Auge. Also, wie kommst du mit all den netten Briefen an *Gutes Zuhause gesucht* voran, hm?“

Harri spürte, wie ihr der Mut sank, und sie nahm einen großen Schluck Tee. „Ich habe noch nicht angefangen. Ich warte auf dich, schon vergessen?“

Vivs Becher knallte auf den Holztresen, und Ungläubigkeit stand ihr ins Gesicht geschrieben. „Wie meinst du das – ich habe noch nicht angefangen? Harri, diese Sache ist wichtig. Nein, mehr als das. Sie ist absolut notwendig für das künftige Glück meines wunderbaren Sohnes und, wenn ich dich erinnern darf, deines absolut besten Freundes in der ganzen Welt. Harri, dies ist eine Notlage! Die Zeit drängt! Wann fängst du an, die Briefe durchzugehen?“

Da ihr klar wurde, dass Viv ihr höchstwahrscheinlich in nächster Zeit keine Hilfe anbieten würde – und in Erinnerung an Chloës kaum verhüllte Panik in ihrer SMS –, ergab Harri sich in das Unvermeidliche. „Ich fange heute Abend damit an.“

Ungewöhnlich für einen Freitagnachmittag in der heilsamen Atmosphäre von SLIT, verging die Zeit wie im Fluge. Harri gab sich Mühe, jeden Augenblick festzuhalten, nur um die unausweichliche Aufgabe, die vor ihr lag, noch ein bisschen aufzuschieben, aber all ihren Bemühungen zum Trotz raste der Feierabend heran wie ein aufgebrachter Kunde, der sofort bedient werden wollte.

„Hast du heute Abend was Nettes vor?“, fragte sie Tom in der Hoffnung, er würde sie mit seinen üblichen weitschweifigen Beschreibungen von Kneipentouren aufhalten, die er und seine ebenso pickeligen Freunde geplant hatten.

Stattdessen aber lief er rot an, murmelte etwas von einer Verabredung und stürzte zur Tür hinaus.

Harri lächelte hoffnungsvoll Nusrin an, aber sie schrieb an

einer SMS, hob nur elegant die Hand zum Abschiedsgruß und folgte Tom.

George kam aus seinem Büro, die Krawatte gelockert, den mittleren Hemdenknopf offen, sodass Harri unbefugt einen Blick auf sein ergrautes Unterhemd werfen konnte. „Dann mach mal Feierabend, Harriet."

„Willst du denn nicht, dass ich abschließe, George?" Panik machte sich in ihr breit. Was war heute Abend nur mit den anderen los? Warum mussten sie ausgerechnet an diesem Freitag mit lebenslangen Gewohnheiten brechen? George war normalerweise um diese Zeit längst weg, nachdem er etwas wenig Überzeugendes von Bergen von Papierkram von sich gegeben hatte, die angeblich zu Hause auf ihn warteten (was übersetzt so viel hieß wie: „Ich gehe auf ein Bier ins Fleece", den lautesten der drei Pubs von Stone Yardley).

„Nein, du hast Feierabend. Um sieben kommen Dave und die Jungs vorbei. Hat also keinen Sinn, erst nach Hause zu gehen. Wir stürzen uns heute ins Nachtleben von Birmingham, auf der Jagd nach netten Mädchen!" Er zeigte ihr eine blau-weiß gestreifte Plastiktüte, die nur von Jackson's Chippie stammen konnte, der Fish-and-Chips-Kette. „Siehst du, hab meinen Fummel dabei." Damit tippte er sich an den Nasenflügel und nickte weise. „Vorbereitet sein, Harriet. Das können Geschäftsführer wie ich ganz besonders gut."

Resigniert griff Harri nach ihrer Tasche. „Na schön, gut, dann gehe ich mal. Ein schönes Wochenende wünsche ich."

„Hoffentlich kann ich mich Montag noch daran erinnern", rief George ihr nach und schwang seine Hüften in einer alarmierend dynamischen Darbietung eines rundlichen Mittvierzigers, der allmählich kahl wird, auf einer Tanzfläche. „Wenn George Duffield Party macht, dann wie ein Profi."

Harri lächelte schwach und verließ das Reisebüro. Sie hoffte inständig, dass die netten Mädchen der West Midlands sich noch einmal überlegten, ob sie heute Abend ausgehen wollten …

In der Hoffnung, dass wenigstens der winzige Supermarkt von Stone Yardley seinem Ruf treu blieb und am Freitagabend nur eine von vier Kassen geöffnet haben würde, um die lange Schlange an Kunden zu bedienen, die sich in den engen Gängen drängten, machte sie einen Umweg zum Co-op. Natürlich sah sie sich enttäuscht. Der Laden war fast leer, und gleich zwei Kassiererinnen warteten geduldig darauf, sie abzufertigen. Ganz offensichtlich hatte der Supermarkt dasselbe Memo vom Schreibtisch des großen S erhalten wie jeder andere Bewohner von Stone Yardley.

An alle, die es betrifft:
Sie sind dringend dazu aufgefordert, auf höchst unwahrscheinliche Weise zu handeln, um es Ms. Harriet Langton zu ermöglichen, ohne Verzug nach Hause zu gelangen. Alle üblichen zeitverschwendenden Gewohnheiten sind strengstens verboten. Jeder Versuch, diese Aufforderung zu missachten, wird als Vertragsbruch angesehen und strengstens geahndet.
Beachten Sie bitte, dass das große S am Wirken ist. Danke.

Ron Howard begrüßte Harri wie eine lang vermisste Freundin und spielte das arme, verhungernde Tier nicht besonders überzeugend, als er ihr ins Haus folgte und kläglich maunzte. Harri stellte ihre Einkaufstüten auf die Küchenarbeitsfläche und holte eine Dose Katzenfutter aus dem Schrank.

„Sehr gut, Ron. Häng deinen Beruf nicht an den Nagel, Dicker."

Da anscheinend niemand in Stone Yardley bereit war, ihr dabei zu helfen, das Unausweichliche noch länger aufzuschieben, musste sie es also selbst tun. Sie bereitete sich einen großen Becher Tee und nahm ihn mit nach oben. Dort ließ sie sich ein warmes Schaumbad ein und stellte Kerzen auf. Dann holte sie den kleinen CD-Player aus ihrem Schlafzimmer und stellte ihn so weit auf den Flur hinaus, wie das Spiralkabel es zuließ, und hielt die knarrende hölzerne Badezimmertür mit einem Reisebuch offen, damit sie die besänftigenden Klänge der Musik von Newton Faulkner hören konnte, während sie sich in das Schaumbad gleiten ließ, das nach Rosen duftete.

Erst fast eine Stunde später kletterte sie zögernd aus der Wanne. Sie zog ihre Flanell-Pyjamahose an, eins von Robs verwaschenen T-Shirts (das wunderbarerweise auch nach der Wäsche immer noch ein wenig nach seinem Aftershave roch) und ihren übergroßen weißen Bademantel, dazu ein Paar leuchtend rosa und weiße Bettsocken (die Grandma Dillon liebevoll mit zittrigen Händen für sie gestrickt und ihr letzte Weihnachten geschenkt hatte), und ging wieder nach unten.

Kaum hatte sie die Wohnzimmertür erreicht, fielen ihr die Postsäcke ins Auge – wie zwei lauernde Revolverhelden, die sich ihr in den Weg stellten. Komm schon, du Schlampe, versüß uns den Tag …

„Okay, jetzt ist es so weit“, sagte sie laut und überraschte damit Ron Howard, der sichtlich zusammenzuckte. „Packen wir's an!“

10. KAPITEL

So etwas tue ich sonst nie, aber …

Harri wünscht, sie hätte an diesem Abend eine Armbanduhr getragen. Da sie sich in aller Eile in letzter Minute fertig gemacht hat, hat sie vergessen, die Uhr nach dem Duschen wieder anzulegen. Vage erinnert sie sich daran, sie auf der Bettdecke liegen gesehen zu haben, zusammen mit dem hastig abgestreiften T-Shirt und ihrer Jeans, während sie sich das Kleid und die hochhackigen Schuhe anzog. Beim Blick auf den hellen Streifen an ihrem linken Handgelenk fällt ihr auf, wie viel Sonne sie in den letzten zwei Wochen abbekommen hat. Ein leichtes Lächeln huscht über ihr Gesicht. Stella hat immer behauptet, Rothaarige würden nicht braun. Sie muss also ziemlich überrascht gewesen sein, als sie Harri an diesem Abend sah. Allerdings bei Weitem nicht so überrascht wie alle anderen …

Sie beginnt sich zu fragen, wie lange sie schon in der graugrünen Enge ihres selbst gewählten Zufluchtsortes hockt. Gefühlt sind es Stunden, aber da sie in der Ferne immer noch Stimmen in der Halle hören kann, kann es noch nicht so spät sein. Allerdings wohl definitiv zu spät, um die eine Freundschaft zu retten, an der ihr am meisten liegt. Viel zu spät, um das jemals wieder in Ordnung zu bringen. Idiotin, tadelt sie sich selbst, reibt an dem hellen Streifen um ihr Handgelenk, wo ihre Uhr hätte sitzen müssen, und spürt, wie sie erneut von Emotionen überwältigt zu werden droht.

Hi!
Zunächst möchte ich sagen: So etwas tue ich sonst nie. Aber ich habe dein Foto gesehen und konnte einfach nicht anders …

Harri stöhnte und schaute aus trüben Augen zur Uhr auf dem Kaminsims. Es war halb zehn am Morgen, und sie hatte den größten Teil der letzten Nacht damit zugebracht, Briefe hoffnungsvoller Schreiberinnen an *Juste Moi* zu öffnen. Gegen vier Uhr morgens war sie auf dem Sofa eingedöst und hatte wenige Stunden geschlafen, bevor sie um sieben wieder aufwachte und ihre bleischweren Glieder in dem halbherzigen Versuch, ganz wach zu werden, nach oben unter die Dusche schleppte. Jetzt stand eine große Cafetière mit extrastarkem Kaffee auf dem Tisch zwischen den verschiedenen Haufen von Briefen: vielversprechende Kandidatinnen, brauchbare, eventuell gerade eben noch infrage kommende und ausgeschlossene. Bisher war der letzte Stapel der bei Weitem höchste. Er bestand zurzeit aus etwa hundert Briefen und einem etwas moppeligen roten Kater. Kopfschüttelnd betrachtete Harri Ron Howard, der mitten zwischen den Verworfenen zufrieden schnarchte. Wenigstens einer, der froh war, auf diesem Stapel zu liegen.

„Bei solchen Zuschriften gibt es offenbar keine Kreativität", sagte sie zu sich selbst. „Ich meine, fast jeder Brief, den ich bisher durchgesehen habe, fängt so an wie dieser." Damit präsentierte sie den beleidigenden Schrieb, wie ein Staatsanwalt dem Gericht ein belastendes Beweisstück vorhält. Ron Howard öffnete ein Auge und ließ sein linkes Ohr zucken. „‚So etwas tue ich sonst nie …' – na klar doch – ‚Ich konnte nicht anders …' – natürlich nicht – ‚Als ich dich gesehen habe, wusste ich sofort: Du bist der Mann, nach dem ich gesucht habe …' – ich *bitte* dich! – ‚Ich habe ein Foto beigelegt, damit du siehst: Ich bin keine verzweifelte Frau …'" Sie drehte das handgeschriebene Blatt um, um sich das Foto anzusehen, das auf der Rückseite angeheftet war, und verzog angewidert das Gesicht. „Oh Gott – so einen Schock kann ich nicht brauchen, wenn ich kaum geschlafen habe."

Sie gähnte und reckte die Arme über den Kopf, um ihre verspannte Nackenmuskulatur zu lockern. So hatte sie sich ihr

Wochenende wirklich nicht vorgestellt. Sehnsüchtig schaute sie zu dem dicken braunen Polsterumschlag hinüber, der ungeöffnet neben einer Vase mit gelben Rosen lag, die Tante Rosemary ihr Anfang der Woche geschenkt hatte. Darin lag ein neuer Reiseführer, den sie im Internet bestellt hatte: „Venedigs verborgene Seiten". Es war der neueste Insider-Reiseführer für die Stadt, die zu besuchen sie sich sehnlicher wünschte als jeden anderen Ort in der Welt. Geduldig wartete er darauf, dass sie seinen vielfältigen Inhalt erkundete. *Das* hatte sie an diesem Wochenende vorgehabt, und es musste hinter den Briefstapeln zurückstehen, die noch ungeöffnet auf sie warteten.

Sie stand vom papierübersäten Sofa auf, ging zum Fenster hinüber und nahm behutsam den Umschlag von seinem Platz neben den Rosen. Als sie das Kuvert vorsichtig öffnete und hineingriff, um das Buch in seinem Hochglanzschutzumschlag aus seiner Verpackung zu befreien, beschleunigte sich ihr Puls. Als ihr Blick auf das Titelbild fiel – Venedig bei Nacht –, stockte ihr der Atem. Sie hatte dieses Bild im Laufe der Jahre schon Tausende Male gesehen, und dennoch jagte es ihr jedes Mal eine Gänsehaut über den Rücken. Dorsoduro – schon der Name genügte, um sie an den Ort zu versetzen, nach dem sie sich am meisten sehnte ... Lichter von den Gondelpiers und den säulengeschmückten Balkonen eleganter Palazzi spiegelten sich in der Schwärze des Canal Grande, und von den sanft beleuchteten Kuppeln der Kirche Santa Maria della Salute liefen rotgolden glitzernde, wellengemusterte Streifen übers Wasser. Ein Anblick, der Harri vertraut und merkwürdig fremd zugleich war. Ihre Mutter hatte ihr eine Postkarte mit genau diesem Motiv gekauft, als sie in der Grundschule an einem Klassenprojekt arbeitete, und Harri hatte die Karte in der Unterwäscheschublade ihrer Kommode verstaut. Erst als ihre Mutter längst vergessen hatte, dass es sie gab, holte Harri die Ansichtskarte wieder ans Tageslicht. Und von diesem Moment an erhielt sie einen

Ehrenplatz neben ihrem Bett. Zunächst mit Reißzwecken an die Mohnblümchentapete ihres Kinderzimmers geheftet und später in einem vergoldeten Bilderrahmen, den ihre Großmutter ihr geschenkt hatte, als Harri ein Teenager war. „Hier, steck deine zerknitterte Ansichtskarte von Venedig da hinein, Süße", hatte Grandma lächelnd gesagt. Die sonnengebräunte Haut um ihre eisblauen Augen legte sich in fröhliche Falten, als Harri ihr dafür um den Hals fiel.

Auch jetzt noch hing die mit Klebestreifen geflickte Ansichtskarte in dem vergoldeten Rahmen neben ihrem Bett. Sie war das Letzte, was sie abends anschaute, bevor sie die Augen schloss, und das Erste, was sie morgens erblickte, wenn sie sie wieder aufschlug.

Venedig nahm bei Weitem den größten Raum in Harris Reisebuchsammlung ein und umfasste alles von Reiseführern und Karten über Berichte über das Leben in der Stadt bis hin zu Rezeptbüchern der venezianischen Küche und Romanen, deren Handlung sich zwischen den beeindruckenden Gebäuden und Kanälen abspielte. Wann immer im Fernsehen irgendetwas über Venedig lief, sah Harri es sich begeistert an. Wann immer Freunde die Stadt besuchten, war Harri bei ihrer Rückkehr als Erste zur Stelle und wollte alles ganz genau wissen und jedes geschossene Foto sehen.

Im Laufe der Zeit erfuhren immer mehr Leute von Harris Fernliebesbeziehung zu dieser Stadt. Also brachten sie ihr Souvenirs mit, wenn sie Venedig besuchten. Inzwischen besaß sie einen geheimen Schatz venezianischer Mitbringsel – darin lag alles Mögliche von kitschigen Schneekugeln mit venezianischen Sehenswürdigkeiten darin und winzigen Plastikgondeln über lokale Tageszeitungen bis hin zu einer venezianischen Maske und Reiseführern zur Basilica San Marco, dem Palazzo Ducale und dem Museo Diocesano d'Arte Sacra. Der ramponierte Karton, der früher einmal Druckerpapier enthalten hatte und jetzt ihre Schätze verwahrte, lag sorgsam versteckt unter ihrem Bett, denn diese Dinge gehörten Harri allein. Nicht einmal Rob wusste davon.

Stella war etliche Male in der Stadt gewesen, jedes Mal in Begleitung von jemandem, der ein bisschen wohlhabender und ein bisschen weniger in sie verliebt war als sein Vorgänger. Einmal hatte sie die Stadt sogar für ein Mädelswochenende mit einem Haufen alkoholisierter Freundinnen besucht und auch schon mal gesagt, sie könne sich vorstellen, dort für ein Wochenende allein aufzuschlagen. Harri hingegen konnte sich nichts Schlimmeres vorstellen. Für sie war Venedig die Stadt der Liebe schlechthin. Dort zu sein mit jemandem, der sie nicht liebte, oder, schlimmer noch, ganz allein – für sie war das eine schrecklich traurige Vorstellung. Wenn sie irgendwann einmal Venedig besuchte, das hatte sie sich geschworen, dann nur Hand in Hand mit der Liebe ihres Lebens.

Seufzend strich sie über den Einband des Buches und schaute zu den Postsäcken und den Briefen, die überall herumlagen, hinüber. Schweren Herzens legte sie das Buch zur Seite und machte sich wieder an die Arbeit.

Zwei Stunden später legte sie eine Pause ein. Gerade wollte sie sich ein Sandwich machen, als es an der Haustür klopfte. *Was, wenn das Alex ist?* In Panik raffte sie die Briefe zusammen, stopfte sie hinter die Sofakissen und in den Weidenkorb neben dem Sessel. Dann zerrte sie die Säcke in die Küche, öffnete den Besenschrank und wuchtete sie hinein. Es klopfte noch einmal, so laut, dass es im ganzen Cottage widerhallte, während Harri Ron Howard von seinem Lager Verworfener scheuchte. Und weil sie einfach nicht wusste, wie und wo sie die Briefe verstecken sollte, die sie schon sortiert hatte, riss sie eine blau-weiß karierte Tischdecke vom Bügelbrett, breitete sie über den Tisch und stellte die Vase mit den gelben Rosen mitten darauf. Mit raschem Blick vergewisserte sie sich, dass nirgendwo irgendetwas Verräterisches hervorlugte, strich ihren Pullover glatt und ging zur Haustür.

„Harri, was um Himmels willen hast du da drin getrieben?“, fragte Tante Rosemary strahlend. Mit einer großen gepunkteten Kuchendose in beiden Händen stand sie auf der Eingangstreppe.

„Nichts.“ Harri gab sich größte Mühe, locker zu wirken, aber sie wusste, dass ihre geröteten Wangen sie verrieten.

„Du warst dabei, diese grässlichen Briefe zu sortieren, nicht wahr? Schau mich nicht so an, Harri. Ich kenne dich schon dein ganzes Leben lang, vergiss das nicht. Du warst noch nie eine geschickte Lügnerin. Ich kann in dir lesen wie in einem offenen Buch. Also, darf ich jetzt reinkommen?“

Lächelnd verneigte Harri sich und bedeutete ihr, einzutreten.

Als Rosemary das Wohnzimmer betrat, warf sie einen Blick auf den Couchtisch und begann zu kichern. „Oh, hübsch gemacht, Harriet. Die alte Methode: drunterstopfen und verstecken, hm?“

„Wieso durchschaust du immer gleich alles?“

Rosemary setzte sich aufs Sofa und holte eine Handvoll zerknitterter Briefe hinter einem Kissen hervor. „Du vergisst, dass ich die Mutter deines Cousins James bin. Was er alles unter seinem Bett versteckt hat, wenn er zu Hause war, würde deine Haare dazu bringen, sich noch mehr zu kringeln, als das sowieso schon der Fall ist. Das kannst du mir glauben.“

„Ich setze uns Teewasser auf.“

„Gute Idee. Und wie geht es voran?“

Harri verzog das Gesicht, während sie heißes Wasser in die Teekanne laufen ließ, um sie vorzuwärmen, wie ihre Mum das immer getan hatte. „Langsam. Nur so viel: Der Stapel von denen, die nicht infrage kommen, wird erschreckend schnell immer höher.“

„Armes Mädchen. Na, dann ist es ja gut, dass ich gekommen bin.“

Als Harri mit dem Teetablett ins Wohnzimmer zurückkam, hatte Ron Howard Rosemarys Schoß mit Beschlag belegt. „Ich sehe, du hast einen Freund."

Rosemary tätschelte seinen rot-weiß getigerten Kopf. „Oh ja, ich scheine meine Berufung gefunden zu haben – jedenfalls, was Ron angeht. Jetzt wirf bitte mal einen Blick in die Dose. Ich habe Proviant mitgebracht."

Harri schob das Tablett so auf den Couchtisch, dass es am wenigsten kippelte. Schließlich öffnete sie die große Dose und gab einen hocherfreuten Jauchzer von sich. „Dein berühmter Zitronenkuchen – mit Zierknöpfen aus weißer Schokolade! Oh, Tante Rosemary, du bist wirklich ein Schatz!"

„Freut mich, dass es dir gefällt, Liebling. Und jetzt hol ein Messer und Teller, und dann ans Werk."

„Ans Werk womit?"

Rosemary lächelte. „Du hast doch nicht geglaubt, dass ich dich mit dieser Arbeit alleinlasse, oder? Gott bewahre! Wenn du dein ganzes Wochenende damit verbringen musst, diese …", sie hielt inne und schaute sich eins der zerknitterten Blätter in ihrer Hand näher an, „… grässlich formulierten Briefe zu sortieren, dann brauchst du Gesellschaft. Es sei denn, du hast etwas dagegen."

Harri lächelte zutiefst erleichtert. „Ganz und gar nicht."

Eins musste man den Briefschreiberinnen lassen: Je weiter Harri und Rosemary mit dem ersten Sack kamen, desto einfallsreicher wurden die Zuschriften. Einer von Rosemarys persönlichen Favoriten kam von einer Frau, die sie liebevoll die Katzen-Lady genannt hatten.

… Wie man so schön sagt: Wenn du mich liebst, liebe meine Katzen! Sollten wir uns treffen, wovon ich doch ausgehe, ist es wichtig, dass du meine beiden Babys kennenlernst –

die der felinen Art, wohlgemerkt. Da wäre zunächst Monty – er wird so genannt, weil er es liebt, die Blumenbeete umzugraben, so wie der lockenköpfige Typ, der in Gardener's World *auftritt. Ich muss zugeben, dass unser Monty manchmal ein bisschen aufdringlich ist, aber solange du keine braunen Hosen trägst, sollte dein Bein vor seinen amourösen Anwandlungen sicher sein! Dann wäre da noch Mrs. Snuffles, die am allerliebsten im Korb mit der Schmutzwäsche schläft. Ehrlich, je stinkiger die Sachen, desto besser, ist ihre Devise. Wenn du also gern ins Schwitzen gerätst, wird sie dich anbeten …*

„Ich weiß nicht, was ich schlimmer finden soll – Monty, den scharfen Kater, oder Mrs. Snuffles, die sich in verschwitzte Unterwäsche kuschelt", meinte Rosemary lachend.

Harri war besonders beeindruckt von einer Briefschreiberin, die sie als Job-Bewerberin bezeichnete.

Alex
Re: Aufmacher in Juste Moi

Nachdem ich den Artikel „Gutes Zuhause gesucht" in der Zeitschrift Juste Moi *(Ausgabe 105, Seite 46) gesehen habe, möchte ich mich darum bewerben, in Betracht gezogen zu werden.*

Zusätzlich zu meinem Lebenslauf (anbei) hier ein paar Informationen, die meiner Bewerbung förderlich sein sollten:

Ich biete:

Loyalität
Finanzielle Unabhängigkeit – mir gehört eine erfolgreiche PR-Agentur

Beachtlicher Freundeskreis – darunter viele mit guten Beziehungen
Akzeptanz für Fehler und Schwächen des Partners
Gewinnendes Wesen
Hervorragendes Zeitmanagement
Sinn für Humor und Intelligenz

Ich erwarte:

Einen Partner, der mit den Anforderungen meines Lebensstils zurechtkommt
Ein nicht streitsüchtiges Wesen
Absolute Treue – das kann ich gar nicht genug betonen
Die Bereitschaft, meinen Bedürfnissen, wann immer möglich, Vorrang einzuräumen
Ein Faible für gute Weine wäre von beachtlichem Vorteil …

„Ich hätte nie gedacht, dass die Partnersuche Ähnlichkeit mit der Bewerbung um einen Arbeitsplatz haben könnte“, sagte Rosemary.

Harri lächelte. „Vielleicht liegt genau da Alex’ Fehler. Er sollte einfach ein Angebot im Job Center einstellen und dafür Lebensläufe einsammeln. Ist doch viel zivilisierter als das ganze Brimborium um das Kennenlernen von Leuten.“

„Es wäre ganz sicher besser, als dass du dich mit diesem Mist herumärgern musst. Ganz ehrlich, die meisten dieser Zuschriften sind in diesem grässlichen SMS-Jargon geschrieben. Bringt man den Mädchen heutzutage keine richtige Grammatik mehr bei?“

„Anscheinend nicht. Mensch, ist dir klar, dass wir den ersten Sack geschafft haben?“

Tante Rosemary runzelte die Stirn. „Bist du sicher, dass er leer ist?“

Harri drehte den Sack um und schüttelte ihn aus. Ein einzelner grellrosa Umschlag flatterte heraus und landete vor ihren Füßen auf dem Wollteppich, gefolgt von einer intensiven Wolke eines schweren Parfums. Sowohl Harri als auch ihre Tante zuckten zurück, als der Duft ihnen in die Nase stieg und den Atem verschlug. Das Parfum war eins von denen, die Damen eines gewissen Alters mit Vorliebe ihren nichts ahnenden Großnichten zu Weihnachten schenken. Selbst Ron Howard, der normalerweise jedem noch so abschreckenden Versuch trotzte, ihn von seinem selbst gewählten warmen Plätzchen zu vertreiben, sprang entsetzt von Tante Rosemarys Schoß, rannte aus dem Wohnzimmer und floh die Treppe hinauf.

„Was, um alles in der Welt, ist das denn?"

Harri bückte sich und nahm den anstößigen Gegenstand mit spitzen Fingern auf. „Ich habe das dumpfe Gefühl, dass dieser Brief bei den Verworfenen landet."

Rosemary verzog das Gesicht und stand auf. „Und ich glaube, er landet im Mülleimer. Draußen! Was für ein widerlicher Gestank! Ich gehe in die Küche, um frische Luft zu schnappen. Kaffee?"

„Gern." Harri musterte den rosa Umschlag mit der großen schwungvollen Handschrift darauf und war gegen ihren Willen fasziniert. Sie holte tief Luft, riss ihn auf und zog ein genauso intensiv parfümiertes leuchtend rosa Blatt Papier hervor.

Hey Alex
Was hat ein Mann wie du in diesem Artikel verloren?

Ich habe dich dort entdeckt und dachte, der sieht aus, als könnte er mein Typ sein. Ich meine, du bist erfolgreich, groß und wirklich sexy. Da ist nichts, was man nicht lieben könnte, richtig?

Ich glaube, wir haben eine Menge gemeinsam. Du hast ein eigenes Unternehmen, und ich gebe gern Geld aus. Du bist sexy, und ich weiß, dass ich gut aussehe. Ich mag einen Mann, der mich anständig behandelt, und es klingt, als suchtest du eine Frau, die du versorgen kannst.

Interessen? Nun ja, Reisen, aber nicht dieses Rucksacktouristenzeugs. Das wäre mein schlimmster Albtraum. Es muss schon von vorn bis hinten ein Fünf-Sterne-Urlaub sein, oder ich betrete gar nicht erst den Flughafen. Mein Erscheinungsbild bedeutet mir viel, und deshalb investiere ich viel in mein Aussehen. Ich bin gern sonnengebräunt, und meine Fingernägel sind mein ganzer Stolz. Ich habe mir kürzlich die Brüste machen lassen, und du wirst sehen: Du wirst keinen Grund zur Klage haben. Ich bin blond, einen Meter fünfundsiebzig groß und trage Konfektionsgröße 34. Ich liebe Shopping, teure Schuhe und Parfums. (Dieses hat ein französischer Geschäftsmann in Paris für mich mischen lassen, der mich drei Jahre lang angefleht hat, mit ihm zu gehen – vergebens.) Ich hasse Kochen und liebe Fünf-Sterne-Restaurants. Hasse Filme mit Untertiteln und stehe nicht auf stundenlange Gespräche – nur Action zählt, falls du verstehst, was ich meine.

Ich weiß, du willst mich kennenlernen. Meine Telefonnummer steht oben, mein Foto ist auf der Rückseite. Ruf mich an – bald.
Chelsea Buckden

Mit ironischem Lächeln schaute sich Harri das Foto an, das mit einer silbrig glitzernden Büroklammer am Brief befestigt war, und lachte so schallend los, dass Tante Rosemary in die Tür trat, um nach dem Rechten zu sehen. Der Gedanke daran, wie entsetzt Alex wäre, wenn er mit dieser orangestichigen, platinblonden Plastikpuppe konfrontiert würde, ließ ihr Tränen der Heiterkeit über die Wangen rollen.

Es gab etwas, worüber Alex nur zu gern lästerte: Frauen, die er Plastik-Junkies des Schönheitssalons nannte. „Warum, in aller Welt, entscheidet sich ein Mann, der bei klarem Verstand ist, mit einer unechten Plastikstabheuschrecke zu gehen, die mehr Silikon als Haut hat und intensiver orange ist als ein Oompa Loompa aus *Charlie und die Schokoladenfabrik*? Du kannst dich doch nicht sinnvoll mit jemandem unterhalten, der sein Gesicht nicht bewegen kann. Ehrlich, dann wäre man doch besser damit bedient, mit einer Barbiepuppe zu gehen – die kann man wenigstens im Schrank verschwinden lassen, wenn sie einen langweilt."

Harri tat vor Lachen das Zwerchfell weh, und sie rang nach Atem. „Alex und die fantastische Plastik-Chelsea – das Paar würde ich nur zu gern sehen."

„Harriet Langton, sei nicht so grausam. Vergiss nicht: Du tust das, um deinem Freund zu helfen."

„Ich weiß, ich weiß. Ich mach doch nur Witze, Tante Ro. Schau, ich werfe Chelsea auf den Stapel der Verworfenen."

„Gut. Und sieh zu, dass du sie ganz nach unten verbannst, wenn ich bitten darf. Meine arme Nase kann diesen grässlichen Gestank kaum noch aushalten."

Am Anfang hatte Harri sich nicht vorstellen können, dass das Durchforsten der Fanpost für Alex Spaß machen könnte; aber während die Stunden verflogen, stellte sie fest, dass sie die unerwartete Gelegenheit, Zeit mit ihrer Tante zu verbringen, genoss. Während sie sich stetig durch den zweiten Sack arbeiteten und dem dritten näherten, erlebte sie ein tröstliches Gefühl des inneren Friedens und der Zugehörigkeit, das ihr lange Zeit gefehlt hatte. In Gedanken reiste sie zurück in ein anderes Wohnzimmer, vor zwanzig Jahren, in dem das Lachen, das die Räume erhellte, von ihren Eltern kam – lange, bevor der Krebs zuschlug.

Dad war ein geborener Komödiant – stets Späße auf Lager und umwerfend komische Sprüche in der Hinterhand. Wann immer es im Haus der Langtons etwas zu lachen gab, war er der Auslöser. Mum dagegen bildete den Gegenpol: selbstbeherrscht und ernst. Während die Witzeleien ihres Vaters jeden in Hörweite dazu brachten, sich vor Lachen zu kugeln, blieb das Gesicht ihrer Mutter völlig unbewegt. Dadurch wurde jeder Witz noch witziger. Manchmal knickte sie aber doch ein, schnappte sich ihren Mann, küsste ihm die kahle Stelle auf dem Kopf, während er seine Arme um sie schlang, und gestand: „Ich liebe dich, du verrückter Kerl!"

Wenn ein geliebter Mensch stirbt, überrascht es oft, was man vermisst. In Harris privatesten Augenblicken sehnte sie sich am meisten danach, das Lachen ihrer Eltern noch einmal zu hören. Erinnerungen an alberne Gespräche versetzten ihr scharfe Stiche. Eines davon, das ihr am lebhaftesten vor Augen stand, war ein Running Gag, der auf der Heimfahrt aus einem Sommerurlaub in Looe, Cornwall, entstanden war. Dad hatte beschlossen, einen Abstecher nach Dartmoor zu den Großeltern zu machen, und in Meldon fanden sie sich plötzlich hinter einem Müllwagen, der durch die schmale Hauptstraße fuhr. Da auf beiden Seiten der Straße Autos parkten, kamen sie an dem Müllwagen nicht vorbei, sondern mussten jedes Mal anhalten, wenn ein dicker, sauertöpfisch dreinblickender Müllmann aus dem Wagen sprang, um Müllsäcke in die Presse zu werfen.

Wie immer machte Dad den Anfang. „Wir sitzen hinter einem Müllwagen in Meldon fest."

„Wir sitzen hinter einem Müllwagen mit einem moppeligen Müllmann in Meldon fest."

Dad begann zu kichern. Harri staunte immer wieder, wie so ein zarter, elfengleicher Laut von so einem großen breitschultrigen Mann wie ihrem Dad ausgehen konnte. „Wir sitzen hinter einem Müllwagen mit einem moppeligen Müllmann mit einem monstermäßigen, mausgrauen Müllsack in Meldon fest."

Und so ging es weiter, fast eine ganze Stunde lang. Als sie

schließlich am Cottage von Grandma und Grandpa Langton ankamen, kringelten sie sich vor Lachen. Dad fiel praktisch aus dem Auto, Harri hielt sich die Seiten, und selbst Mum hatte den letzten Rest ihrer berühmten Selbstbeherrschung verloren. Der Ausdruck kompletter Verwirrung auf Grandma Langtons Gesicht beim Anblick ihrer Familie, die sich vor Lachen kaum auf den Beinen halten konnte und nach Luft japste, war etwas, das Harri nie vergessen würde.

Jetzt, wo sie neben ihrer Tante saß, überkam Harri von Neuem ein Anflug dieses Gefühls von Sicherheit, Geborgenheit und Humor. Ein bittersüßer Schauer durchlief sie.

Tante Rosemary schaute sie aufmerksam an. „Alles in Ordnung mit dir?"

Harri schluckte den Kloß in ihrem Hals hinunter und nickte lächelnd. „Alles in Ordnung."

Als es auf acht Uhr abends zuging, war nur noch ein halber Sack durchzuackern. Harri war schon aufgefallen, dass ihre Tante in der letzten Stunde ein paarmal unauffällig zur Uhr auf dem Kaminsims hinübergeschielt hatte, und sie beschloss, ihr die Entscheidung abzunehmen.

„Hör mal, es ist schon spät. Ich lasse dich jetzt besser gehen."

Rosemary gab sich große Mühe, ihre Erleichterung nicht zu zeigen. „Aber du hast immer noch einen Haufen Briefe zu sichten. Ich kann dich nicht einfach damit alleinlassen."

„Doch, das kannst du. Schau, du warst mir eine große Hilfe, und ich weiß wirklich sehr zu schätzen, was du für mich getan hast. Aber auch du brauchst dein Wochenende zum Ausspannen, und mit dem Rest werde ich spielend allein fertig."

„Na ja, wenn du dir sicher bist …"

Harri nahm ihre Tante fest in die Arme. „Absolut sicher. Ganz, ganz herzlichen Dank für deine Hilfe – es war schön, den Tag zusammen mit dir zu verbringen."

„Es hat Spaß gemacht, oder?“ Rosemary wurde rot, und sie legte beide Hände an Harris Wangen. „Nein, viel besser: Es war *wunderschön*. Ich habe ja keine Gelegenheit mehr für Samstagnachmittage mit meinem eigenen kleinen Mädchen – jetzt, wo sie so weit fort ist.“

„Du vermisst Rosie sehr, oder?“

„Oh ja, wirklich sehr. Obwohl sie jetzt ja schon seit sieben Jahren in Amerika lebt. Deshalb ist es so besonders schön, Zeit mit meiner Nichte zu verbringen.“

„Oh, danke, Tante Ro. Auch bei mir liegt es ewig zurück, dass ich einen Familientag erleben konnte. Mum und mir waren nicht viele solche Tage vergönnt.“

In Tante Rosemarys Augen glitzerte es verräterisch feucht. „Niamh wäre so stolz auf dich gewesen, mein Liebling. Weißt du, dass du mich immer mehr an sie erinnerst?“

Langsam gingen sie zusammen zur Haustür, und Tante Rosemary trat hinaus, drehte sich aber noch einmal um. „Versprich mir nur, dass du keinen einzigen Tag verschwendest, Harriet. Für deine Mutter. Für mich?“

Harri lächelte. „Ich werde es versuchen.“ Sie sah ihrer Tante nach und schloss dann die Haustür. Wie von Zauberhand tauchte Ron Howard zu ihren Füßen auf, begann, ihr um die Beine zu streichen, sich an ihren Fußknöcheln zu reiben und liebevoll zu schnurren. „Alter Schmeichler.“ Lächelnd schaute sie zu dem Kater hinunter. „Du liebst mich ja nur, weil ich dich füttere.“

Gegen zehn machte sich der Schlafmangel bemerkbar. Harris Augen brannten, und ihr Magen fühlte sich an, als hätte ihn jemand mit Wackersteinen gefüllt. Sie legte den letzten Brief auf den Stapel der Brauchbaren und ließ sich aufs Sofa zurücksinken. Sofort rollte Ron Howard sich auf den Rücken und forderte sie dazu auf, ihm den Bauch zu kraulen. „Ich bin fertig, Ron.“ Sie verwuschelte das weiße Fell an seinem Bauch und betrachtete dabei die sortierten Briefstapel auf dem Couchtisch.

Zu ihrer Überraschung war der Stapel der vielversprechenden Kandidatinnen gar nicht so klein. Mindestens dreißig Briefe waren dort gelandet. Sie beugte sich vor, nahm den, der zuoberst lag, in die Hand und blinzelte ein paarmal, weil ihre Augen vor Müdigkeit nicht mehr richtig fokussieren wollten.

Hi, Alex,
mein Name ist Annie. Ich bin neunundzwanzig und freue mich schon auf meinen nächsten Geburtstag, so seltsam das auch klingen mag. Ich arbeite als Bürokauffrau im Designstudio eines Freundes und möchte eines Tages gern meinen eigenen Buchladen führen, am liebsten irgendwo am Meer.

Eigentlich wollte ich mir eine Unmenge kluger Bemerkungen einfallen lassen, aber schließlich bin ich zu dem Schluss gekommen, dass es besser ist, einfach ich selbst zu sein. Es hat keinen Sinn, so zu tun, als wäre ich jemand, der ich nicht bin. Das führt nur zu Problemen. Also, so bin ich: Ich bin eine großartige Zuhörerin, lerne gern neue Leute kennen und unterhalte mich gern angeregt. Am liebsten zu einer Tasse ausgezeichnetem Kaffee, aber ich gebe mich auch mit 08/15-Instantkaffee zufrieden, wenn ich in der richtigen Gesellschaft bin. Ich würde gern jemanden kennenlernen, der interessant ist, jemanden, der ein bisschen was von der Welt gesehen hat, jemanden, der über den Tellerrand einer Kleinstadt hinausschauen kann.

Jedenfalls habe ich ein Foto beigelegt. Schau's dir an und entscheide selbst. Ich hoffe, bald von dir zu hören.
Annie Brookes

Harri lächelte angesichts des Fotos einer hübschen Blondine mit blassblauen Augen. „Na dann, herzlichen Glückwunsch, Annie Brookes. Sieht ganz so aus, als würdest du demnächst meinen Freund Alex kennenlernen.“

Am nächsten Morgen wachte Harri früh auf und gönnte sich ein gemütliches Frühstück, bevor sie Ron Howard fütterte, nach Handtasche und Schlüsseln griff und in den warmen Junimorgen hinausging. Als sie die Gartenpforte hinter sich schloss, sah sie Mrs. Littleton, ihre über achtzig Jahre alte Nachbarin, die auf einer hölzernen Trittleiter, die äußerst wackelig wirkte, balancierte und einer hohen Ligusterhecke mit einer rostigen Heckenschere und alarmierender Tatkraft zu Leibe rückte. Selbst auf der obersten Stufe kam sie kaum über einen Meter fünfzig hinaus und bot einen Anblick für die Götter: viel zu weite hellblaue Trainingshose, weiße Sportsocken, schottengemusterte Filzhausschuhe mit Bommeln und ein übergroßes weißes T-Shirt mit dem Aufdruck „Ich bin der Testfahrer The Stig".

„Morgen, Mrs. L!"

„Oh, Morgen, Küken! Ich bitte um Verzeihung, dass ich mich an diesem Sonntag nicht in Schale geworfen habe."

„Macht doch nichts. Kommen Sie zurecht?"

Mrs. Littleton zog ein Taschentuch aus dem Bund ihrer Trainingshose und wischte sich damit über die Stirn. „Bestens! Mich nervt nur dieser verdammte Liguster – er hat mir schon zu lange die Sicht versperrt. Jetzt zeige ich ihm, wer hier die Hosen anhat."

Harri lächelte. Wenn das die Art war, wie ihre Nachbarin mit lästigem Gestrüpp verfuhr, war es kein Wunder, dass ihr siebenundachtzigjähriger Ehemann einen so verhärmten Eindruck machte. Solange Harri nun schon im Two Trees Cottage lebte, hatte sie Stan Littleton nie anders gesehen als blass, nervös und immer ein paar Schritte hinter seiner lebhaften Frau, wenn diese irgendwo einkaufte oder zielstrebig durch Stone Yardleys Straßen eilte. Ihr fiel wieder ein, dass Merv einmal gesagt hatte: „Imelda Littleton mag ja klein und zerbrechlich wirken, aber sie hat ein eisernes Rückgrat."

„Wie geht es Stan?“

Mrs. L zog missbilligend die Luft zwischen ihren falschen Zähnen ein und schüttelte den Kopf. „Er sagt, ihm stecke was in den Knochen. Wahrscheinlich eine Erkältung, die er sich letzten Mittwoch auf dem Markt geholt hat, meint er.“

„Oh, das tut mir leid. Grüßen Sie ihn bitte von mir.“

Mrs. L nickte. „Mach ich. Obwohl es meiner Meinung nach nur ein schwerer Fall von Unlust ist. Wir werden heute Abend bei Ethel Bincham zum Tee erwartet, und er versucht, sich zu drücken. Aber ich habe ihm Bescheid gestoßen: Stan, habe ich gesagt, wir sind eingeladen, also gehen wir auch hin!“ Damit schwang sie ihre Heckenschere und kappte grimmig einen weiteren störenden Ligusterzweig.

Harri verkniff sich ein Kichern. Wenn sie die Wahl hätte, die zweifelhaften kulinarischen Erzeugnisse von Mrs. Bincham ertragen zu müssen oder zu Hause zu bleiben und die Erkältete zu mimen, dann würde sie es definitiv Stan gleichtun. Die Haferkekse mit Zitronenbaiserhaube waren ihr lebhaft in Erinnerung. *Ein* Stück Kuchen war schon schlimm genug; aber der Gedanke an einen ganzen Nachmittagstee konnte einem für Monate den Appetit verderben.

Sie musste immer noch über die missliche Lage des armen Mr. Littleton lächeln, als sie über den Zauntritt auf das Feld gegenüber ihrem Haus kletterte und den Kiesweg zur St.-Mary-Kirche hinaufging. Das unaufdringlich elegante rote Sandsteingebäude war umstanden von Kiefern, und das Licht der Morgensonne fiel auf die großen Buntglasfenster. Der hohe Turm reckte sich majestätisch gen Himmel, und Glockengeläut war zu vernehmen – für Letzteres sorgte aber nicht etwa der Glöckner von Stone Yardley, sondern eine BBC-CD, die in Endlosschleife über Lautsprecher im Glockenturm abgespielt wurde. Das war auf jeden Fall sicherer als jeder Versuch, die Glocken im Turm tatsächlich zu läuten, denn deren

Schwingungen hätten den Turm womöglich zum Einsturz gebracht.

Harri blieb stehen, um den Ausblick zu genießen. Sie schloss die Augen und stellte sich vor, wie sie als kleines Mädchen den Pfad hinaufgerannt war, um ihre Eltern auf dem Weg zur Kirche einzuholen. Beim Klang ihrer Schritte auf dem Kies drehte Dad sich breit lächelnd um, zog sie in seine Arme und wirbelte sie im Kreis um sich herum, bis Mum protestierte: „Setz sie ab, Mick, ihr wird ja schwindelig!“ Also gehorchte Dad und zwinkerte Harri zu, wenn Mum gerade nicht hinsah. Und sie nahmen Harri in die Mitte, hielten sie an den Händen und betraten die Kirche durch die mächtigen hölzernen Türen. Auch jetzt hegte ein winziger Teil von ihr immer noch die Erwartung: Wenn sie sich umdrehte, würden sie hinter ihr stehen und darauf warten, sie in die Kirche zu begleiten. Dabei wusste Harri natürlich ganz genau, dass ihre Gräber nebeneinander auf der Westseite der Kirche lagen, wo die Nachmittagssonne den Boden erwärmte. Harri besuchte die Grabstätte nur selten, eigentlich nur, um frische Blumen dort abzulegen, wenn Tante Rosemary nicht da war. Mum und Dad lagen nicht in der Erde. Sie erinnerte sich noch gut daran, wie ihre Mutter ihr erklärt hatte, von einem Toten bleibe nur eine leere Hülle zurück. Alle guten Teile landeten im Himmel und seien dort lebendiger als jemals auf Erden. Harri gefiel der Gedanke, dass Mum und Dad gerade jetzt, in diesem Augenblick, irgendwo herumhüpften, sich gegenseitig durchkitzelten, wie sie das so oft getan hatten, lächerliche Wortspiele veranstalteten, die sich über Stunden hinzogen, oder einfach nur wie verliebte Teenager kicherten, während sie beobachteten, wie ihre Tochter sich irgendwie durch ihr Leben wurstelte. Hoffentlich gefiel ihnen, was sie sahen …

„Harri, huhu!“ Die geräuschvolle Ankunft von Viv und Merv, die Arm in Arm daherspazierten, riss sie jäh aus ihrer Träumerei.

„Seid gegrüßt, holde Maid“, verkündete Merv und verneigte sich schwungvoll. „Wie geht es Euch an solch einem schönen Sommermorgen?“

„Lass den Quatsch“, mahnte Viv kichernd, boxte ihn spielerisch gegen den Arm und tat ihm damit mehr weh, als sie wollte. „Ignorier ihn einfach, Harri. Er hegt die lächerliche Vorstellung, die Stone Yardley Players würden ihn in ihrer nächsten Shakespeare-im-Park-Inszenierung den Shylock spielen lassen.“

„Du willst also dem großen Dichter mal zeigen, wie's geht?“, fragte Harri.

Merv spielte den Empörten. „Treibt nur euren Spott mit mir, edle Damen, aber ihr sollt dennoch wissen, dass Cynthia Eccles von meinem Vorsprechen am Freitag äußerst angetan war.“

Viv verzog das Gesicht. „Cynthia Eccles ist mehr daran interessiert, dich auf ihrer Couch vorsprechen zu lassen, als an ihren Inszenierungen. Ganz ehrlich, seit sie geschieden ist, benimmt sie sich wie ein brünstiges Karnickel. Nichts, was auch nur ansatzweise als Mann durchgehen könnte, ist vor ihr sicher.“ Drohend bohrte sie einen Finger in Mervs beachtlichen Bauch. „Also sieh dich vor, Mister. Sonst setzt's was.“

Merv erbleichte ein wenig und sah plötzlich Stan Littleton erschreckend ähnlich. „Ja, Schatz.“

Viv hakte sich bei Harri unter. „Setz dich zu uns, Süße, dann kannst du mir gleich erzählen, was es Neues in Bezug auf jene netten Briefe gibt.“

In der Kirche ging es so lebhaft zu wie jeden Sonntagmorgen. Stone Yardleys Bürger plauderten entspannt miteinander. Warmes Sonnenlicht fiel durch die Buntglasfenster und warf farbenfrohe Muster auf den Steinboden. Ein paar Kinder rissen sich von ihren Eltern los, rannten laut kichernd im Mittelgang herum und dabei Pete, den jungen Vikar, fast über den Haufen, als er nach vorn zum Altar ging.

„Du liebes bisschen, man fühlt sich hier ja fast wie in Le

Mans", scherzte er breit lächelnd. Gelächter klang auf, und die Gespräche verstummten. Der Gottesdienst begann.

Harri gab sich große Mühe, Vivs eindringliches Flüstern während der Predigt zu ignorieren, aber das heizte deren Neugier nur noch mehr an. Als die letzte Hymne gesungen und der Abschiedssegen gesprochen war, war Viv so aufgedreht, dass sie Gefahr lief, sich wie ein Black & Decker im Laura-Ashley-Kleid in den Boden zu bohren.

„Also?", fragte sie und packte Harri am Ärmel. „Wie kommst du voran?"

„Alles erledigt."

Vivs pflaumenblau bemalte Lippen öffneten sich verdutzt. „Warte – du bist mit allen Briefen durch? Ich habe dir doch gesagt, dass ich dir dabei helfen will. Also wirklich, meine Liebe, du hättest das nicht alles allein tun sollen."

„Habe ich nicht. Tante Rosemary hat mir geholfen."

Viv machte ein langes Gesicht. „Oh."

„Keine Angst. Ich habe sie gebeten, dir nicht allzu hart zuzusetzen. Übrigens werde ich die erste glückliche Auserwählte heute Nachmittag kontaktieren", setzte Harri leichthin dazu.

Wenn Viv ihre Augen noch weiter aufgerissen hätte, hätten womöglich ihre Augäpfel herausfallen und den Gang hinunterkullern können. „Name? Alter? Einzelheiten?"

Harri stand auf. „Annie Brookes. Sie ist neunundzwanzig und arbeitet als Bürokauffrau. Sie ist blond, hat blassblaue Augen, und ich würde sagen, sie ist recht hübsch."

Vivs Lächeln erhellte die ganze Sitzreihe. „Oh, schön. Das klingt ja *sehr* nett!"

„Viel wichtiger: Sie macht einen relativ normalen Eindruck – und, das kannst du mir glauben, das ist schon mehr, als man von den Schreiberinnen der meisten Briefe sagen kann."

„Aber es gab doch sicher trotzdem eine ganze Menge möglicher Kandidatinnen?"

„Um genau zu sein: zweiunddreißig. Und über dreihundert, die nicht infrage kommen."

„Du machst Witze."

„Jedenfalls scheint mir Annie Brookes von allen die Netteste zu sein", fuhr Harri fort. Im Stillen hoffte sie, dass sie überzeugend klang.

Viv hörte gar nicht zu. Ein wehmütiger Ausdruck huschte über ihr Gesicht, als ihre Gedanken sie in einen Ort namens Unwahrscheinlich entführten. „Annie Brookes ... was für ein hübscher Name. Das klingt, als wäre sie ein sehr nettes Mädchen. Und wie seltsam, dass ihre Initialen denen von Alex entsprechen! Annie und Alex Brannan", kicherte sie, eine Hand auf ihr Herz gedrückt wie eine überspannte Stummfilmheldin. „Perfekt!"

Merv verzog das Gesicht und schüttelte den Kopf. „Jetzt wird man tagelang kein vernünftiges Wort mehr von ihr hören, ist dir das klar?"

„Mhm, ich weiß. Sieht so aus, als stünde dir eine sehr angenehme Woche bevor", meinte Harri lächelnd.

Merv ließ die Schultern hängen und schlich niedergeschlagen aus der Kirche.

„Mit denselben Initialen könnten sie das vollkommene Paar sein. Genau wie ABBA!" Als Harri Viv beim Arm nahm und in den sonnigen Nachmittag hinausführte, holte sie tief Luft.

„Die Paare von ABBA sind alle geschieden."

„Aber das wird Alex und Annie nicht passieren, denn sie werden sich wirklich lieben. Ich *weiß* einfach, dass es so sein wird. Oh, das wird *traumhaft* werden!"

Harri stöhnte auf. Also alles völlig unproblematisch ...

„Hallo?"

„Hi. Könnte ich bitte mit Annie Brookes sprechen?"

„Am Apparat."

„Oh. Hallo. Ich rufe wegen Ihrer Zuschrift auf ‚Gutes Zuhause gesucht‘ in *Juste Moi* an.“

Am anderen Ende der Leitung blieb es einen Moment still. Dann erklang ein hörbar nervöses Seufzen. „Ja …“

„Also, es klingt wahrscheinlich ein bisschen seltsam, aber ich habe die Zuschriften durchgesehen und war von Ihrem Brief sehr beeindruckt.“

Schweigen.

Das war nicht die Reaktion, die Harri erwartet hatte. „Also – äh – ich wüsste gern, ob Sie immer noch daran interessiert sind, Alex Brannan kennenzulernen.“

Annie klang unsicher, als sie antwortete. „Ich dachte eigentlich, ich würde von Alex hören … Arbeiten Sie bei der Zeitschrift?“

Als Harri bewusst wurde, dass sie sich gar nicht vorgestellt hatte, gab sie sich im Geiste einen Fußtritt. „Oh, es tut mir leid, entschuldigen Sie bitte. Ich bin Harri Langton. Ich habe Alex für den Artikel nominiert.“

Die Erleichterung am anderen Ende der Leitung war mit Händen greifbar. „Oh, richtig, das Mädchen aus dem Artikel. Sie haben all diese netten Dinge über ihn gesagt.“

Harri schnitt dem Telefonhörer eine Grimasse. „Ja, richtig, das habe ich. Also, möchten Sie Alex kennenlernen?“

„Ja, auf jeden Fall.“

„In Ordnung. Bevor er Sie kennenlernt, muss ich mich mit Ihnen treffen, wenn Ihnen das recht ist.“

„Äh, ja, natürlich. Wo wohnen Sie?“

„Stone Yardley. Und Sie?“

„Ellingsgate, also nicht weit weg. Ich hätte morgen Zeit. Da arbeite ich nur den halben Tag, könnte also irgendwann ab halb drei.“

Harri schwirrte der Kopf, aber sie schaffte es, sich so weit zu fangen, dass sie antworten konnte. „Wunderbar. Wie wäre es, wenn wir uns um halb vier im *Land Oak* treffen, am Ende der High Street?"

„Klingt gut. Bis dann also."

Harri beendete das Gespräch, stieß einen langen Seufzer aus und ließ sich auf ihr Sofa fallen. Damit erschreckte sie Ron Howard, der mit einem Satz unterm Tisch verschwand und von dort aus gelbgrünen Augen zu ihr hochspähte. „Warum, Ron? Warum lasse ich mich auf so etwas ein?"

Der Kater schaute sie mürrisch an und wandte ihr den Rücken zu.

„Toll. Vielen Dank für deine moralische Unterstützung." Kopfschüttelnd suchte sie auf ihrem Handy eine Nummer heraus und rief sie an.

„Hal-lo." Die so vertraute Begrüßung und Alex' Stimme entlockten ihr ein Lächeln – trotz ihrer üblen Laune.

„Al, ich bin's, Harri."

„Harriet! Schön, von dir zu hören. Ich dachte schon, du hättest endlich auf mich gehört und wärst verreist – oder, realistischer, von Aliens entführt worden. Wo hast du nur die ganze Woche gesteckt?"

Harri rieb sich die Augen und starrte zur Decke hoch. „Tut mir leid, bei mir war einfach Land unter. Ich hatte wirklich vor, bei dir vorbeizuschauen."

Sein Lachen kitzelte ihr im Ohr. „Ja, natürlich, ist auch egal. Ich weiß ja, wie du tickst, du treulose Tomate. Da, wenn du mich brauchst, und nicht da, wenn du mich nicht brauchst." Er tat so, als würde er kläglich schniefen. „Aber das ist – völlig in Ordnung, weißt du. Ich kann mit Zurückweisung leben …"

Ach, Brannan, wenn du wüsstest. „Okay, ich habe verstanden. Ich bin die schlechteste Freundin, die man sich nur vorstellen kann. Wie kann ich das jemals wiedergutmachen?"

„Wie wäre es mit einem Kaffee in, warte mal, einer halben Stunde? Ich kann zu dir kommen …"

„Nein!“ Sofort war Harri klar, dass sie ein bisschen zu laut und viel zu schnell geantwortet hatte. Hastig ruderte sie zurück, versuchte, ihre Reaktion mit einem lässigen Lachen zu überspielen. „Hier sieht es grauenvoll aus. Ich komme zu dir.“

„Von mir aus, Captain Durchgeknallt. Bis gleich.“

Wie es sich für einen britischen Sommertag gehört, war die Sonne, die den ganzen Tag geschienen hatte, hinter düsteren grauen Wolken verschwunden, und urplötzlich war ein kalter Wind aufgekommen. Harri fröstelte, als sie über die Sportplätze zur High Street ging. An einem der Tore waren zwei Jungs damit beschäftigt, abwechselnd den Ball ins Tor zu dreschen und ihn zu halten. Das erinnerte Harri sofort an Rob.

Bis Anfang des Jahres – als sein kostbarer Job alle anderen Interessen unsanft beiseiteschubste – waren Robs samstagnachmittägliche Fußballspiele ein fester Bestandteil von Harris Leben gewesen. Als Spitzenstürmer von Dynamo Stone Yardley (ein ernst zu nehmender Amateurverein in der örtlichen Pub-Liga) gehörte Rob zu den Spielern, die in den meisten Spielen eingesetzt wurden. Und obwohl sie sich nicht für Fußball interessierte, war Harri unglaublich stolz darauf gewesen. Folgerichtig waren ihr die durchweichten Spielfeldränder der King-Edward-VI.-Fußballplätze sehr vertraut. Zusammen mit den Frauen und Freundinnen der anderen Spieler hatte sie unzählige Wettkämpfe verfolgt, darunter sogar ein Lokalcup-Derby, in dem DSY vor zwei Jahren einen Sieg über die bulligen Spieler von Red Lion United errungen hatte.

Obwohl es auf dem Fußballfeld meistens entweder eiskalt, nass oder einfach ungemütlich war, hatte Harri hier einige ihrer glücklichsten Augenblicke verbracht: Sie hatte Rob wegen seiner eleganten Beinarbeit zugejubelt, den Schiedsrichter ausgebuht, wenn er gegen „ihre“ Mannschaft entschied, und sich mit Vereinsmitgliedern und deren Angehörigen über den neuesten

Klatsch ausgetauscht. Genau genommen war ebendieser Klatsch das Schönste an der Sache – nicht zuletzt, weil es Harri das so sehnlich vermisste Gefühl gab, einer Art Familie anzugehören. Auch die Irrungen und Wirrungen im Liebesleben der Vereinsmitglieder waren aufregender als jede Daily Soap. In ihrer Zeit als „Spielerfrau" des DSY war Harri Zeugin einer ganzen Reihe von Affären geworden, hatte mehr als eine rachsüchtige Ex eines Weiberhelden erlebt und einen sehr hässlichen Zwischenfall, der mit einer Auseinandersetzung um eine Frau begann, der ein heftiger Tritt folgte, der wiederum zu einem kurzen Abstecher in die Notaufnahme des Krankenhauses führte. Trotzdem, so kam wenigstens ein wenig Futter für das Lokalblättchen, den *Stone Yardley Chronicle*, zusammen – ein Segen angesichts der Tatsache, dass das Blättchen überwiegend mit Anzeigen für Isolierglasfenster und Gebrauchtwagen gefüllt war.

Obwohl Rob zurzeit stärker daran interessiert war, in Preston einer Beförderung nachzujagen, als Tore für DSY zu schießen, schätzten ihn seine Mannschaftskollegen immer noch sehr, und sie trafen sich so oft wie möglich. Harri ging gern mit und genoss die Gelegenheit, sich mit Robs Kumpeln und ihren Partnerinnen zu unterhalten.

„Ist dir eigentlich klar, dass du und Rob eins unserer erfolgreichsten Paare seid?", hatte Cathy Simpkiss erst letzte Woche gefragt. „Ich meine, ihr beiden seid jetzt schon ein paar Jahre länger zusammen als jeder andere. Dave und ich sind zwar auch schon drei Jahre zusammen, aber das war nicht einfach. Das gebe ich offen zu. Worin liegt euer Geheimnis?"

Stolz, dass man die Beziehung zwischen ihr und Rob so sah, lächelte Harri. „Wir sind einfach nur sehr gern zusammen", sagte sie. „Und obwohl Rob im Augenblick sehr oft beruflich fort ist, gibt er sich doch Mühe, Zeit mit mir zu verbringen, sooft er kann. Ich glaube, wir haben den Punkt erreicht, an dem unsere Beziehung so gefestigt ist, dass wir mit Trennungszeiten zurechtkommen. Ich vertraue ihm absolut, und ich weiß, dass auch er mir vertraut."

Cathy schüttelte bewundernd den Kopf und legte ihre perfekt manikürte Hand auf Harris Arm. „Das ist einfach – der Wahnsinn", hauchte sie. „Jetzt muss er also nur noch, du weißt schon, die große Frage stellen, und du hast deine Schäfchen im Trockenen!"

Harri, die inzwischen das Tor am anderen Ende des Fußballplatzes erreicht hatte, verzog das Gesicht. Es kam ihr nicht richtig vor, so über eine Beziehung zu reden, aber irgendwo hatte Cathy natürlich recht. Was die Spielerfreundinnen des DSY betraf, ging es letztlich nur darum, so schnell wie möglich vor den Altar zu treten, vor allem wegen der finanziellen Sicherheit. Harri war nicht ganz überzeugt, aber sie konnte das Bedürfnis nach einer festen Bindung gut verstehen – zumal nach sieben Jahren.

Andererseits hatte Rob in letzter Zeit ziemlich oft von der Zukunft gesprochen. Vielleicht dauerte es ja wirklich nicht mehr lange, bis er die große Frage stellte … Als sie durch die kleine Häuserreihe in der Park Street ging, fiel ihr seine SMS von Freitag wieder ein, und Hoffnung erfüllte sie. Morgen Abend gibt es nur uns beide, rief sie sich in Erinnerung.

Die letzten Kunden verließen das *Wātea*, als Harri dort ankam. Alex wirkte ziemlich gestresst, als er das Geöffnet-Schild umdrehte, sodass von draußen „Geschlossen" zu lesen war, und die Tür hinter ihr abschloss.

„Ganz ehrlich, H: Was an ‚Wir schließen um vier' ist so schwer zu verstehen? Vor einer halben Stunde habe ich die Jalousie an der Tür heruntergelassen, und zwei Damen sind hereingekommen. Sie wollten einfach nicht gehen, bevor ich ihnen Tee und Kuchen serviert hatte."

„Tja, das ist der Preis, den du für die Beliebtheit deines Cafés zahlst", meinte Harri lächelnd. „Brauchst du Hilfe beim Saubermachen?"

Alex reichte ihr einen Besen. „Langton, du bist ein Engel.“

„Eigentlich nicht so sehr, um ehrlich zu sein. Ich habe gehofft, dass du mich für meine Dienste mit einem großen Becher deiner berühmten Haselnusstrinkschokolade entlohnst.“

„Ah, verstehe. Mit Schlagsahne, nehme ich an?“

Harri nickte. „Und gehackten Nüssen.“

Alex verschränkte die Arme vor der Brust, ein gequältes Lächeln auf den Lippen. „Sonst noch was?“

„Ein paar Tropfen von dem Karamellsirup wären nett.“

„Verdammt noch mal, du verhandelst hart.“

„Natürlich.“ Damit krempelte Harri ihre Ärmel hoch und begann zu fegen.

Eine halbe Stunde später war das Café aufgeräumt, gekehrt und gewischt. Alex gesellte sich zu Harri an den Tisch am Fenster und reichte ihr einen enteneierblauen Becher mit heißer Trinkschokolade und Schlagsahne.

„Zufällig hatte ich noch zwei Stück Apfelkuchen übrig“, meinte er grinsend und schob ihr einen Teller hin. „Ich dachte, du möchtest vielleicht noch ein paar Kalorien zu den tausend, die du schon vor dir stehen hast.“

Harri strahlte. „Du kennst mich ja so gut.“

Alex schüttelte den Kopf. „Ich werde nie aufhören, mich darüber zu wundern, dass du so viel essen kannst, ohne dabei kugelrund zu werden.“

Sie nahm einen großen Bissen von dem Apfelkuchen. „Weißt du, ich habe einen sehr regen Stoffwechsel.“

Draußen auf der High Street wurde es allmählich ruhiger. Stone Yardleys Ladeninhaber schlossen ihre Geschäfte und eilten nach Hause. Aus der kühlen Brise war ein kräftiger Wind geworden, und Regentropfen begannen an die Fensterscheiben zu klatschen.

„So viel zum tollen britischen Sommer, hm?“, meinte Alex und rührte den Berg Schlagsahne auf seiner heißen Schokolade unter. „Hat aber auch seine Vorteile. Diese Woche ist der Umsatz mit heißer Schokolade drastisch gestiegen."

„Großartig." Es wurde Zeit, die Operation *Juste Moi* zu starten. Harri holte tief Luft. „Also. Hast du morgen Abend schon etwas Bestimmtes vor?"

Alex runzelte die Stirn. „Montagabend? Nein, nichts, nachdem ich hier Schluss gemacht habe. Warum?"

Harri lächelte. „Weil ich dir jemanden vorstellen möchte."

„Tatsächlich? Wen denn?"

„Nur eine alte Freundin aus dem College. Wir haben uns vor einiger Zeit wiedergetroffen, und ich glaube, ihr habt viel gemeinsam."

Alex beugte sich vor. „Einzelheiten?"

„Sie heißt Annie, ist neunundzwanzig, blond, blauäugig und sehr nett."

„H, das sind ja wohl kaum Einzelheiten."

„Na ja, ich kann dir doch nicht gleich alles erzählen, oder? Ich meine, ich muss dir doch die Chance geben, das eine oder andere selbst herauszufinden. Ein bisschen Geheimnis muss sein." Harri hoffte inständig, dass Alex ihr das abkaufte. Zu ihrer Überraschung tat er das, und seine Miene hellte sich deutlich auf.

„Hm, du hast recht. Gute Arbeit, meine Freundin."

Harri hob ihren Becher. „Gern geschehen."

„Also, große Kupplerin, wie ist der Plan?"

„Ich treffe sie morgen Nachmittag. Wie wäre es also, wenn ich mit ihr hierherkomme? Dann könnt ihr beide selbst feststellen, wie gut ihr euch versteht."

Seine Augen funkelten, als er sie über den Sahneberg in seinem Becher hinweg anschaute. „Abgemacht."

„Ein freier Nachmittag? An einem Montag?" Dem entsetzten Gesichtsausdruck nach zu urteilen, verlangte Harri Unmögliches, als sie darum bat, einen Teil ihrer Überstunden abfeiern zu dürfen.

„Ja, George. Wir haben heute nicht viel zu tun, und Tom und Nus sind durchaus in der Lage, allein zurechtzukommen, wenn es einen plötzlichen Kundenansturm geben sollte."

George rieb sich die Stirn und lehnte sich in seinem Stuhl zurück, der das mit alarmierendem Quietschen quittierte. „Nun, da bin ich mir nicht so sicher, Harriet. Außerdem kommt das sehr kurzfristig. Und jetzt, wo du Assistenzmanagerin bist, solltest du den anderen Angestellten schon ein besonders gutes Vorbild sein."

Harri verschränkte die Arme vor der Brust und musterte ihren Boss streng. „Du meinst entsprechend dem besonders guten Vorbild, das du deinen Angestellten bist, wenn du früh Feierabend machst, um zu Hause zu arbeiten? Ich wusste bisher gar nicht, dass du im *Fleece* wohnst."

George wurde rot. „Harriet, ich weiß wirklich nicht, wovon du redest."

„Seltsam. Ich habe nämlich letzte Woche Rena Davenport getroffen, und sie sagte mir, ihr zwei würdet oft gemeinsam einen Drink nehmen, wenn sie dort Nachmittagsschicht hat. Das werde ich Nus und Tom erzählen. Soll ich?"

George rutschte unruhig auf seinem Stuhl hin und her. „Weißt du, Harriet", sagte er so gebieterisch, wie er konnte, obwohl seine Stimme recht piepsig klang, „ich finde wirklich, du solltest mehr auf dich achten. Warum nimmst du dir nicht den Nachmittag frei?"

Harri gab sich überrascht. „Wirklich? Oh, George, das ist so lieb von dir! Am liebsten würde ich dich umarmen."

Ihr Chef zuckte zurück wie eine Kakerlake vorm Licht, einen Ausdruck von purem Horror auf dem Gesicht. „Das … das ist nun wirklich nicht nötig. Vielen Dank. Öffentliche Bekundungen von Zuneigung gehören nicht zu deiner Arbeitsbeschreibung, nur, dass du's weißt."

„Gut." Sie trat respektvoll einen Schritt zurück und sah, wie ihr dicklicher Arbeitgeber sich sichtlich entspannte. „Danke, George."

„Gern geschehen. Aber bitte verkneife dir, mich regelmäßig so zu schockieren, okay? Bei meiner Angina pectoris könnte das tödlich enden."

Um halb vier stieß Harri die dunklen Holztüren mit den Buntglasscheiben auf, um das gemütliche Foyer des *Land Oak* zu betreten. Ein rascher Blick in die Runde ergab drei ältere Männer und eine Frau, die vergeblich bemüht war, als Vierzigjährige durchzugehen. Ihre schockierend rot gefärbten Haare bissen sich fürchterlich mit dem fuchsiaroten Lippenstift, den sie deutlich über ihre Lippen hinaus aufgetragen hatte. Da Annie nirgends zu entdecken war, bestellte Harri an der Bar einen Kaffee und suchte sich einen Platz auf einer Polsterbank an einem der Erkerfenster des Pubs. Sie schaute auf die Uhr und versuchte, die wild flatternden Schmetterlinge in ihrem Bauch zu beruhigen. Was tue ich hier? fragte sie sich zum wer weiß wievielten Mal an diesem Nachmittag.

Gerade wollte sie das Ganze als zwecklos aufgeben, da öffnete sich die Tür, und eine hübsche junge Frau trat ein. Harri stand auf und winkte, und glücklicherweise steuerte das Mädchen auf sie zu.

„Annie? Ich bin Harri."

„Hallo. Es tut mir leid, dass ich zu spät komme. Ich musste auf der A449 stundenlang hinter einem Traktor herzuckeln – keine Chance zu überholen."

„Macht doch nichts. Möchten Sie etwas trinken?"

„Danke, gern. Einen Orangensaft bitte."

Als Harri von der Bar zurückkam, zog Annie eine zusammengerollte *Juste Moi* aus ihrer Handtasche und legte sie vorsichtig auf den polierten Tisch aus dunklem Holz.

„Ich habe den Artikel heute Morgen noch einmal gelesen“, erklärte sie, nervös lächelnd. „Sie beschreiben ihn so, dass er wirklich sehr nett wirkt.“

„Das ist er. Er ist ein netter Kerl. Ich glaube, er wird Ihnen gefallen.“

„Machen Sie Witze? Natürlich gefällt er mir! Ich meine, schauen Sie doch nur …“ Damit deutete sie auf das Foto, auf dem Alex aus der Zeitschrift grinste. „Er sieht toll aus!“

„Hm.“ Harri nahm einen großen Schluck Kaffee.

Annie blickte sich um. „Also – äh – wo ist er?“

„Oh, keine Sorge. Sie lernen ihn später kennen.“

„Verstehe. Entschuldigen Sie, ich dachte eigentlich, wir würden uns hier treffen.“

„Nein, Sie werden ihn im *Wātea* kennenlernen, in seinem Café. Ein bisschen später. Ich wollte mich nur zuerst mit Ihnen unterhalten. Das ist alles.“

„Wow. Sie nehmen das Ganze aber sehr ernst, oder?“

Harri seufzte. „Sie ahnen ja gar nicht, wie sehr.“

Als Harri und Annie schließlich im *Wātea* ankamen, war es schon fast fünf. In der High Street staute sich der Berufsverkehr, und Teenager in Schuluniform lungerten um die niedrigen Pflanzgefäße vor dem Reindeer Court herum, wo sie sich größte Mühe gaben, mürrisch und von der Welt um sie herum desillusioniert zu wirken.

Auf Harris Bitte hin hatte Annie das Exemplar der *Juste Moi* in ihrem Auto gelassen und versprochen, nichts über den Artikel zu verraten. „Wahrscheinlich ist es am besten, wenn wir es ihm nicht sagen. Es würde ihn nur in Verlegenheit bringen.“

Alex’ braune Augen leuchteten auf, als sie eintraten. Er wischte sich hastig die Hände an seiner Jeansschürze ab und strich sich beiläufig mit der Hand durch seine zerwühlten hellbraunen Haare. Harri entging nicht, dass er sich mit seinem Äußeren sehr viel mehr Mühe gegeben hatte als normalerweise an einem Montag. Sein dunkelblaues T-Shirt unterstrich die straffe Muskulatur seiner Brust und betonte seine sonnengebräunte Haut noch mehr als sonst. Seine weite Jeans wirkte neu, obwohl die roten Sportschuhe zu seinem üblichen Outfit gehörten, und die Maori-Perlenkette um den Hals, die er immer trug, hatte er durch einen silbernen Heiligen Christophorus ergänzt (ein Geschenk, das ihm eine nicht näher benannte Freundin irgendwo zwischen Thailand und Indonesien gemacht hatte).

„He, Harri", rief er strahlend und kam auf sie zu, um sie zu begrüßen. Als er sie erreichte, stieg Harri der Duft von frisch aufgelegtem Aftershave in die Nase. Oha, er gab sich also wirklich Mühe ...

„He, Al. Darf ich dir Annie vorstellen?"

Annies Augen funkelten, und sie streckte ihm die Hand entgegen. „Schön, dich kennenzulernen. Harri hat mir so viel von dir erzählt."

„Hat sie das?" Alex warf Harri einen Blick zu und errötete kaum merklich. „Leider hat sie mir nicht viel von dir erzählt."

Annie täuschte ein ärgerliches Stirnrunzeln vor und stieß Harri spielerisch den Ellenbogen in die Seite. „Wie furchtbar. Du bist mir vielleicht eine Freundin." Sie zwinkerte, und Harri kam zu dem unangenehmen Schluss, dass sie sich ein wenig zu sehr bemühte, die Rolle der alten Freundin aus Collegezeiten zu spielen, auf die sie sich im Pub geeinigt hatten. „Also", fuhr Annie fort, hakte sich bei Alex unter und führte ihn zum Tresen, „dann wirst du mich wohl selbst befragen müssen."

Alex warf einen Blick zurück über die Schulter und bedeutete Harri ein lautloses „Danke schön!", während die beiden sich entfernten.

„Meine Arbeit hier ist getan", murmelte Harri in sich hinein. Erleichterung durchflutete sie, als sie aus dem *Wātea* in die frische Luft hinaustrat. Sie warf einen Blick auf die Uhr und machte sich eilends auf den Weg nach Hause. Jetzt konnte sie sich auf den bevorstehenden Abend mit Rob freuen. Der Gedanke an sein umwerfendes Lächeln und daran, wie er seine starken Arme um sie legen würde, beflügelte ihre Schritte. Dieser Abend würde ein ganz besonderer werden.

Um halb acht bog Harri in die Straße October Crescent ein und stellte ihren Wagen in der kurzen Einfahrt vor Robs Haus ab. Die Sonne stand schon tief, streifte den Rand der Wolken am Horizont und tauchte alles in sattes goldenes Licht. Selbst Robs Schuhkarton-Reihenhaus aus den Achtzigerjahren sah in diesem Licht fast annehmbar aus – keine geringe Leistung, wenn man die winzigen dunklen Fenster, die grauen Ziegel und die einfallslose Veranda betrachtete, die Harri immer vorkam wie ein halbherziger später Einfall des Architekten, ein Versuch, das Gebäude heimelig wirken zu lassen. Obwohl sie Rob von Herzen liebte, wusste sie mit Sicherheit, dass sie seinem Haus gegenüber nie solche Gefühle entwickeln würde.

Rob öffnete die Tür, bevor sie auf die Klingel drücken konnte. Er hatte sich ein Geschirrtuch lässig über die Schulter geworfen und sah besser aus denn je. „Hallo, Schönste, ich habe schon auf dich gewartet."

Harri schmiegte sich an ihn für einen langsamen, genießerischen Kuss. „Das klingt gut."

„Hm. Wenn du schon von dieser Begrüßung beeindruckt bist, dann wirst du erst recht begeistert sein, wenn du siehst, was drinnen auf dich wartet", meinte er zwinkernd, und in Harris Bauch begannen Schmetterlinge zu tanzen. Er verschränkte seine Finger mit ihren und zog sie ins Haus.

Als Harri das Wohnzimmer betrat, summte Jamie Cullum verführerisch aus den Lautsprecherboxen, und das Haus war erfüllt von köstlichen, aromatischen Düften aus der Küche. Harri stockte der Atem, als sie den Tisch sah – makellos gedeckt mit Kerzen, Robs besten Weingläsern, einem weißen Leinentischtuch und roten Servietten. Die Beleuchtung war gedämpft, der Gesamteindruck umwerfend.

Rob zog sie von hinten in seine Arme und küsste sie zärtlich auf den Nacken, sein Atem streifte heiß ihre Haut. „Gefällt's dir?", flüsterte er ihr ins Ohr.

„Ich – ja, es gefällt mir sehr. Danke." Sie hob die Hand und streichelte seinen Nacken. „Du hast dir heute Abend sehr viel Arbeit für mich gemacht."

„Nun, ich habe dir ja versprochen, dir gegenüber einiges wiedergutzumachen. Und das wollte ich richtig tun. Wow, du riechst umwerfend." Er drehte sie zu sich herum und küsste sie. Es fühlte sich so wunderbar an, wieder in seinen Armen zu liegen, und erst jetzt, wo sie sich seinem Kuss vollkommen hingab, wurde Harri bewusst, wie sehr sie ihn vermisst hatte.

Nach einer Weile löste er sich von ihr, um sie anzuschauen. „Du siehst toll aus, Rotschopf", meinte er lächelnd, während er mit den Augen jedes Detail aufnahm. Harri spürte, wie ihr Herz einen Schlag aussetzte. Endlich hatte sie das jadegrüne Kleid, zu dessen Kauf Stella sie vor ein paar Monaten überredet hatte, aus dem Schrank geholt, und sie musste sich eingestehen, dass es hervorragend zu ihren roten Haaren passte. Zwar kam sie sich ein wenig komisch dabei vor, sich für ein einfaches Essen bei Rob so herauszuputzen, aber jetzt dankte sie dem Himmel dafür, dass sie es getan hatte. Seine Reaktion war die beste Belohnung für ihre Bemühungen.

„Na ja, weißt du, ich dachte, ich gebe mir mal ein bisschen Mühe. Großartig sieht es hier aus, Liebling. Du hättest doch nicht so einen Aufwand für mich treiben müssen."

„Doch, das musste ich. Es war grässlich, in den letzten paar Monaten so häufig getrennt zu sein, und ich wollte dich ganz für mich allein haben. Außerdem haben wir vielleicht etwas zu feiern."

Freudige Erwartung durchzuckte Harri. „Was denn?“

Rob rührte den Inhalt eines Topfes um, legte den Deckel wieder auf und öffnete eine Flasche Wein. „Erzähl ich dir später. Erst einmal müssen wir dieses Festessen genießen, das – ganz unbescheiden gesagt – wirklich fantastisch sein wird.“

Harri folgte ihm ins Wohnzimmer, wo er ihr am Esstisch einen Stuhl zurückzog wie ein Kellner in einem teuren Restaurant und ihr sorgfältig eine Serviette über den Schoß breitete. Dann goss er Wein in ihre Gläser und reichte ihr eins.

„Worauf trinken wir?“, fragte sie, fasziniert von seinem Verhalten.

„Auf die Zukunft“, erwiderte er. „Auf *unsere* Zukunft!“

Das Essen war umwerfend gut, vor allem angesichts der Tatsache, dass Rob immer behauptet hatte, er koche nicht wirklich gern. Der Rinderschmortopf mit Rotwein war perfekt gegart, abgeschmeckt mit Knoblauch und Ingwer. Darauf folgte eine reichhaltige Mousse au Chocolat mit knusprigen Zuckerplätzchen. Harri schaffte alles, obwohl sie immer aufgeregter wurde.

Rob stand auf, um die leeren Teller in die Küche zurückzubringen, und Harri folgte ihm. Nachdem er die Kaffeemaschine angestellt hatte, zog er Harri an sich und küsste sie erneut.

„Du weißt, dass ich dich liebe, nicht wahr?“

„Natürlich weiß ich das.“

„Und ich hasse die ständigen Trennungen von dir.“ Sanft streichelte er ihr das Gesicht. „Wenn ich in Preston allein in meinem Hotelzimmer hocke, kann ich nur daran denken, wie es wäre, bei dir zu sein. Dir nahe zu sein, so wie jetzt …“ Er zog sie noch enger an sich. „Nur der Gedanke daran, dich wieder in die Arme schließen zu können, hält mich aufrecht. Und der Gedanke daran, dass ich dich eines Tages – schon bald – nie wieder allein lassen muss.“

Während Rob ihr tief in die Augen schaute, lag in seinem Blick so viel Liebe, dass Harri erneut von Liebe zu ihm überwältigt wurde. Er wirkte glücklich. Viel entspannter, als sie ihn seit Langem gesehen hatte, und in seiner Miene lag tiefer Friede.

Frag mich, drängte sie ihn schweigend. Jetzt ist der perfekte Augenblick …

Er öffnete den Mund, wurde aber von der schrillen Titelmelodie des A-Teams unterbrochen – sein Handy.

Da sie nicht wollte, dass dieser Augenblick schon endete, drückte Harri ihm den Arm. „Beachte es nicht."

Rob war eindeutig hin und her gerissen, und ein paar Sekunden lang schrillte der Klingelton weiter, ein unhöflicher Störenfried, der sich in ihren privaten Moment drängelte. Dann griff er mit entschuldigendem Lächeln in die Gesäßtasche seiner Jeans und nahm den Anruf entgegen.

Harri wandte den Blick ab, versuchte, die Enttäuschung, die sie durchzuckte, zu ignorieren.

„Hallo, Kumpel. Hör mal, das ist jetzt gerade ganz ungünstig …" Er strich Harri übers Haar, um ihre Aufmerksamkeit zurückzugewinnen, und flüsterte ihr lautlos zu: „Ich liebe dich." Währenddessen drang die undefinierbare Stimme des Anrufers weiter aus dem Handy. „Ja, nun, das wird bis morgen warten müssen, in Ordnung? Warum? Weil ich heute viel wichtigere Dinge zu tun habe, als Ihre Probleme zu lösen. Darum." Er zog Harri an sich, drückte sie an seine Hüften und begann, sich zu wiegen, einen schalkhaften Ausdruck auf seinem Gesicht, und Harri hatte größte Mühe, nicht loszukichern angesichts der Unverfrorenheit der Situation. Was würde Robs Chef wohl denken, wenn er sehen könnte, was für wichtigere Dinge ihn davon abhielten, an diesem Abend über die Arbeit zu reden? „Schön. Ich kann es kaum erwarten." Er beendete den Anruf und begann lachend, Patrick Swayze in „Dirty Dancing" nachzuahmen, vergrub sein Gesicht in ihrer Halsbeuge und murmelte „Oh, Baby", während sie durch die Küche tanzten.

„Ich fasse es nicht, dass du am Telefon so mit deinem Chef

geredet hast“, meinte Harri kichernd, als Rob sie endlich losließ.

„Das war nicht mein Chef“, gab Rob zurück, ging zur Kaffeemaschine hinüber und füllte zwei Becher mit frisch gebrühtem Kaffee. „Das war jemand aus meinem Team. Ich habe sie darum gebeten, mich nicht zu Hause anzurufen, aber irgendwie kommt die Botschaft anscheinend nicht in ihren Dickschädeln an.“ Er reichte ihr einen Becher. „Sie haben an diesem Wochenende auch so schon genug von meiner Zeit in Anspruch genommen. Worum auch immer es geht, morgen früh ist auch noch Zeit dafür. Du dagegen brauchst jetzt meine volle Aufmerksamkeit.“

Zurück im Wohnzimmer, setzten sie sich auf Robs schwarze Ledercouch. Harri holte tief Luft und wandte sich ihm zu. „Also, wegen dem, was du vorhin gesagt hast: Was gibt es heute zu feiern?“

Er zwinkerte ihr zu. „Nur, dass es ganz so aussieht, als hätten wir den Preston-Vertrag schon fast unter Dach und Fach. Du darfst dich also auf mehr Abende wie diesen einstellen, wenn es dir recht ist.“ Irgendetwas an Harris Gesichtsausdruck musste ihre wahren Empfindungen verraten haben, denn Robs Lächeln erlosch. „Das ist dir doch recht, oder, Rotschopf?“

„Ja – natürlich. Das ist wunderbar.“ Sie wandte den Blick ab, peinlich berührt von ihrem Irrtum. Wie hatte sie nur glauben können, Rob werde ihr an diesem Abend einen Antrag machen?

„Was hast du denn sonst gedacht, was ich …“ Robs Stimme verklang, als es ihm dämmerte. „Warte – nein – du hast doch nicht geglaubt …?“

„Es tut mir leid, Schatz. Es war eine dumme Idee.“ Sie hob den Kopf. „Vergiss es einfach.“

Schockiert starrte Rob sie an. Dann schlang er seine Arme um sie. „Nein, nein, nun rede doch keinen Unsinn! Es ist meine Schuld. Was hättest du denn auch sonst denken sollen – nach diesem Essen und allem anderen?“ Er stieß einen tiefen Seufzer aus, der in ihren Haaren verklang. „Rotschopf, ich werde dich fragen – du weißt, dass ich das tun werde. Nur noch nicht jetzt, das ist alles. Und natürlich würde ich dir nicht in meinem Wohnzimmer einen Antrag machen, um Himmels willen. Wenn, dann mache ich es richtig. Und zur richtigen Zeit, verstehst du?“

Harri konnte seinen schnellen Herzschlag an ihrem Ohr hören, und sie fragte sich, ob Leidenschaft oder Panik seinen Puls so beschleunigt hatte. „Ist schon gut“, sagte sie, löste sich von ihm und sah ihn an. „Ich liebe dich.“

Später, als sie sich auf dem Sofa aneinandergekuschelt hatten, lächelte Harri an seiner Brust. Das war der Rob, den sie liebte und an den sie glaubte. Wenn sie so zusammen waren, wenn seine Hände ihr zärtliche Kringel über die Wirbelsäule malten und sein Atem heiß ihre Wange streifte, dann war alles möglich. Rob hob ihr Kinn und küsste sie innig, träge und fordernd zugleich, und Harri ließ sich vom Augenblick verzaubern. Bei diesem Kuss stellte sie sich vor, sie lägen ineinander verschlungen unter einer Decke, während ein Gondoliere sie über dämmrige Kanäle unter prachtvollen Brücken steuerte, während über ihren Köpfen die Lichter von Venedig vorbeizogen und sich im Wasser unter ihnen spiegelten …

„Ich liebe dich, Rob“, wiederholte sie, als der Kuss endete.

Rob schaute ihr tief in die Augen. „Das weiß ich.“

11. KAPITEL

Wenn du wüsstest …

Es ist erstaunlich, was einem alles durch den Kopf geht, wenn man in einem kleinen Raum festsitzt. In der einen Minute ist Harri wieder sieben Jahre alt, sitzt auf dem hohen gelben Stuhl in Grandma Langtons Küche und hilft ihr, Pfefferkuchenmännchen herzustellen; in der nächsten geht sie Hand in Hand mit ihrem Vater durch den Park; dann sitzt sie im Reisebüro und hilft Mr. und Mrs. Carter, für ihre nächste Busreise passende Hotels in Ambleside zu finden.

Ein Blick zum Dachfenster zeigt ihr, dass der Regen eine Pause eingelegt hat. Und sie fragt sich, ob es wohl wieder regnen wird, wenn sie nach Hause geht. Ihr graut vor dem Gedanken, die Damentoilette zu verlassen, um in die Welt zurückzukehren, die draußen wartet, und es überläuft sie eiskalt. Eins steht jedenfalls fest: Noch ist sie nicht so weit, dass sie sich aus ihrer selbst gewählten Zuflucht wagen würde …

In ihrer Kindheit liebte Harri eine Sache mehr als alles andere: Backen mit ihrer Großmutter. Zwar war ihr schon damals klar, dass ihre Kochkünste niemals die Welt entflammen würden (obwohl sie es vor Kurzem fast geschafft hätte, als sie sich mit übergroßer Begeisterung an flambiertem Hühnchen versuchte), aber sie genoss die Stunden in Grandma Langtons Küche. In ihren nachhaltig prägenden Kinderjahren lernte sie, Scones, Kekse, Mürbegebäck, Haferkekse und sogar Christmas Pudding zuzubereiten, und erntete dafür von ihren Eltern große Anerkennung. Aber das Wichtigste an den Backabenteuern war der Rat, den ihre Großmutter nebenbei immer für sie parat hatte – zu allem, angefangen bei Freundschaften über Träume und Ziele, Hausarbeit und Einkäufe bis hin zum Leben im Allgemeinen. Egal, worum es ging, Grandma Langton hielt immer eine Perle Weisheit bereit.

Bei einer Gelegenheit hatte sich eine Schulfreundin gegen Harri gewandt, kurz bevor sie mit ihren Eltern nach Devon gereist war, und der Schmerz war noch sehr frisch. Nachdem Grandma Langton ihre Enkelin mit einem Glas warmer Milch und einem selbst gebackenen Brötchen ein wenig beruhigt hatte, nahm sie sie bei der Hand und führte sie in die Küche. Dort stieg ihr der verlockende Duft von Lammbraten in die Nase und bot ihrem verletzten Herzen Linderung.

„Harriet, ich habe schon sehr viel länger gelebt als du, und eines kann ich dir sagen: Freunde kommen und gehen. Einige Freundschaften halten nur kurz, andere ein Leben lang. Es gibt nur einen Weg herauszufinden, wer unsere wahren Freunde sind: zurückzuschauen, um festzustellen, wer seinen Weg am längsten mit uns gemeinsam gegangen ist. Im Moment kannst du nur eins tun: dafür sorgen, dass du denen die beste Freundin bist, die dir das gestatten. Wenn jemand sich abwendet, lass ihn. Ein anderer wird schneller seine Stelle einnehmen, als du denkst. Es mag mühsam sein und dauern, seine besten Freunde zu finden, aber wenn du sie gefunden hast, halte dich an sie."

In späteren Jahren erwiesen sich für Harri etliche Menschen als die wahren Freunde, von denen Grandma Langton gesprochen hatte. Einer davon war Viv. Immer wenn Stella, Rob und Tante Rosemary Harri vorhielten, dass sie sich wieder einmal wegen einer von Viviennes seltsamen Launen in eine blöde Sache hatte hineinziehen lassen, hielt sie den Mund. Innerlich hatte sie einen sehr guten Grund, Nachsicht mit Alex' Mutter zu zeigen: Viv war die beste Freundin ihrer eigenen Mutter Niamh gewesen. Sie hatten sich in ihren späten Teenagerjahren kennengelernt und sich seitdem immer nahegestanden. Als Alex' Vater die Familie im Stich ließ, eilte Harris Mum ihrer Freundin zu Hilfe. Sie unterstützte sie dabei, sich ein neues Leben aufzubauen und aus dieser Katastrophe stärker hervorzugehen denn je. Und als erst Michael Langton und dann Niamh die Krebsdiagnose erhielten, revanchierte Viv sich für alles. Als Niamh im Krankenhaus lag und sich Wachphasen mit Bewusstlosigkeit abwechselten, versprach Viv ihr, sich um Harri zu kümmern. Und sie hielt Wort. In den folgenden Jahren stellte Harri fest, dass Viv ein Mensch war, dem trotz aller Wunderlichkeiten genauso viel an ihr lag wie an ihrem eigenen Sohn. Und damit waren die Würfel gefallen. Nichts konnte daran etwas ändern.

Eine Woche nachdem Alex nichts ahnend seine erste von *Juste Moi* arrangierte Verabredung hinter sich hatte, war Harri bei Viv zum Essen eingeladen. Viv war noch mit den dampfenden Kupfertöpfen und -pfannen auf dem Herd beschäftigt. Also drückte sie Harri nur ein großes Glas Rotwein in die Hand und scheuchte sie aus der Küche nach draußen, solange das Essen noch in Arbeit war.

„Na los, raus mit dir", befahl sie und schlug mit einem karierten Geschirrtuch nach Harri, als wäre sie eine lästige Fliege. „Ich komme gleich."

„Wie immer du befiehlst, Delia", antwortete Harri grinsend und zog sich in Richtung Wintergarten zurück.

„Hör mal", erwiderte Viv mit gerunzelter Stirn und drohend geschwungenem Kochlöffel, „spotte nicht über Delia Smith. Die Frau ist eine Heilige!"

Lachend entschwand Harri nach draußen und setzte sich auf einen von Vivs teuren Holzgartenstühlen, um den Blick über die Felder hinüber zum Fluss zu genießen. Es war ein wunderschöner Abend – warm und klar, dazu eine leichte Brise, in der die hohen Bambushalme in Vivs Garten sanft raschelten. Harri zog tief die frische Luft ein und machte es sich auf dem Gartenstuhl bequem. Anscheinend kehrte nach all der verrückten

Hektik der letzten paar Wochen wieder so etwas wie Ruhe ein. Alex war auf dem besten Weg, die Liebe seines Lebens zu finden (auch wenn dem heftig nachgeholfen worden war), und mit Rob lief es auch wunderbar entspannt.

„So, das Essen sollte in einer halben Stunde fertig sein“, erklärte Viv, als sie aus dem Wintergarten ins Freie trat. Sie wischte sich die Hände an ihrer Schürze ab, dann griff sie nach ihrem eigenen Weinglas. „Was für ein prachtvoller Abend. Findest du nicht auch, dass dies die schönste Zeit des Jahres ist?“

„Sie ist herrlich“, stimmte Harri zu. „Man hat das Gefühl, dass die ganze Welt in Ordnung ist.“

Viv musterte sie misstrauisch. „Irgendwie bist du heute Abend schrecklich aufgekratzt.“

Gütig lächelnd hob Harri ihr Glas. „Ja, das bin ich.“

„Gibt es etwas, das ich wissen sollte?“

„Nein, nicht wirklich. Im Moment läuft es zwischen mir und Rob besonders gut, und es sieht ganz so aus, als seien die Tage von Preston gezählt.“

Viv hob ihr Glas, um ihr zuzuprosten. „Darauf trinke ich. Vielleicht kommt er dann ja endlich mal in die Puschen und macht eine ehrbare Frau aus dir, hm?“

„Vielleicht. Und dann kannst du aufhören, ständig darauf herumzureiten.“

„Ach, aber du kennst mich doch. Ich finde immer einen Grund, dich zu bemuttern. Also …“ Sie beugte sich gespannt vor. „Nun frag mich schon.“

„Fragen? Wonach?“

„Nach Alex.“

Harri musste sich eingestehen, dass ihr Interesse schlagartig geweckt war. Abgesehen von ein paar vage glücklich klingenden SMS hatte sie weder von ihrem besten Freund gehört noch ihn gesprochen, seit er die süße Annie kennengelernt hatte. „Wie ist das Treffen gelaufen?“

„Reden wir lieber von den Treffen", gab Viv strahlend zurück. „Mehrzahl!"

„Oh, wow. Und? Was sagt er?"

Viv hob den Blick hinauf zu den Wolken, die sich rötlich verfärbten, während sie langsam über sie hinwegtrieben. „Nun, du kennst ja Alex. Ausgesprochen ausweichend, wenn ich etwas wissen will. Ich weiß nur, dass sie sich auf einen Drink verabredet haben und dann zum Essen. Zwei Mal. Davon abgesehen schweigt er sich über Einzelheiten aus. Ich schätze aber, die Wahrscheinlichkeit, dass er mit dir darüber redet, ist größer."

„Vielleicht, aber seit er Annie kennengelernt hat, habe ich ihn nicht mehr gesehen."

„Hm, das ist mir nicht entgangen. Deshalb kommt er heute Abend zum Essen."

„Wie bitte?"

„Na ja, ich dachte, wenn du hier bist, ist er vielleicht eher bereit – du weißt schon –, etwas mehr durchblicken zu lassen."

Verärgert stellte Harri ihr Glas auf dem Tisch ab und starrte Viv an. „*Deshalb* hast du also darauf bestanden, dass ich komme?"

Vivs Versuch, schockiert zu wirken, wirkte alles andere als überzeugend. „Nein! Ganz und gar nicht! Ich habe nur …" Sichtlich kleinlaut hielt sie inne. „… Na gut, es tut mir leid, meine Liebe. Es ist nur so, dass er sich weigert, mit mir darüber zu reden, und das schon die ganze Woche! Ich sitze wie auf Kohlen, und mein Sohn behandelt mich in dieser Angelegenheit einfach gemein. Ich schwöre, ich habe dich zuerst eingeladen, Harri. Ganz ehrlich!"

Harri konnte ihre Belustigung nicht verbergen. „Viv, du bist unmöglich."

Viv seufzte und schaute betreten auf ihre Fußspitzen. „Ich weiß. Und es tut mir leid. Ich dachte nur, wenn du schon hier bist und Alex heute Abend sowieso nichts vorhat … Das war einfach *die* Gelegenheit für ein Gespräch …"

Im selben Moment klingelte es an der Tür, und Vivs Zerknirschtheit war wie weggeblasen. Sie sprang auf und klatschte in die Hände. „Wunderbar. Da ist er schon!"

Harri sah ihr nach, wie sie ins Haus rannte, und schüttelte den Kopf. Nur Viv konnte aus einem netten Essen an einem schönen Sommerabend einen militärisch durchgeplanten Schachzug machen.

Kurz darauf tauchte Viv wieder auf, Alex mit einer Schachtel Pralinen in der Hand im Schlepptau. Er begann, fröhlich zu strahlen, als er Harri entdeckte.

„Hoppla, Harri. Mir war nicht klar, dass Mum dich zur Unterstützung dazubeordert hat." Damit beugte er sich zu ihr hinunter und umarmte sie.

„Tja, mir auch nicht – bis vor ungefähr einer halben Minute", gab Harri lächelnd zurück und erwiderte seine Umarmung.

Viv nahm ihm die Schachtel Pralinen aus der Hand und schubste ihn auf einen Stuhl neben Harri. „In Ordnung. Nimm dir selbst was zu trinken, Al. Ich muss in die Küche und nach dem Essen schauen. Ich bin sicher, ihr habt euch *eine Menge* zu erzählen."

Alex schenkte sich ein Glas Wein ein. „Meine Mutter ist ungefähr so subtil wie eine Abrissbirne."

„Sie ist aufgeregt wegen deinem Liebesleben, das ist alles. Ich finde es süß."

„Schön. Ich bin froh, dass wenigstens einer deswegen aufgeregt ist." Harri fiel sofort auf, dass das Funkeln in seinen Augen verschwand. Sie kannte diesen Ausdruck nur zu gut.

„Oh, Al, was ist passiert?"

Er schnippte eine Blattlaus von der Stuhllehne und lächelte etwas resigniert. „Oh, ich weiß nicht, Harri. Annie ist wirklich sehr nett. Du hattest recht: Wir haben eine Menge gemeinsam, sie ist interessant, wir haben uns glänzend unterhalten …"

„Aber?"

Er seufzte. „Irgendwas hat gefehlt."

Harri runzelte die Stirn. „Und das wäre?"

Er zuckte die Achseln. „Keine Ahnung. Ich glaube, es fehlte irgendwie der Zauber."

„Das hat dich doch noch nie gestört."

Alex lachte und boxte ihr spielerisch gegen den Arm. „Hart, aber wahr. Egal, ich habe meine ‚Danke, aber nein, danke'-Rede abgespult, und das war's. Ehrlich gesagt wirkte sie nicht besonders überrascht."

„Ah." Harri rief sich den vielversprechenden Stapel möglicher Kandidatinnen ins Gedächtnis, der geduldig auf ihrem Couchtisch wartete. „Nun denn, vielleicht habe ich ja noch mehr in petto."

Das Funkeln kehrte in seine Augen zurück. „Wirklich? Wen denn?"

„Hm, Erin zum Beispiel."

„Gut. Einzelheiten?"

Panisch versuchte Harri, sich den Inhalt des zweiten Briefes auf dem Kandidatinnenstapel ins Gedächtnis zu rufen.

Lieber Alex,
ich beginne mit einer völlig unoriginellen Einleitung: Normalerweise tue ich so etwas nicht. Klischeehaft, ich weiß, aber ich möchte trotzdem, dass du das weißt. Und natürlich auch, dass ich keine traurige, verzweifelte Frau bin, die ihre biologische Uhr ticken hört. Mir hat einfach gefallen, wie du auf dem Foto aussiehst, und da dachte ich mir: Zum Teufel noch mal, warum eigentlich nicht?

Nun zu mir. Ich bin dreißig, einen Meter dreiundsiebzig groß und habe eine gute Figur. Ich habe dunkelbraune Haare und grüne Augen (keine Bange, das ist nicht so furchterregend, wie es klingt) und bin Veranstaltungs-Managerin von Hillford Hall. Ich liebe Live-Musik und singe in der Band meines Bruders. Vielleicht hast du uns schon mal gesehen: Loose Covers? Wir haben eine Menge schnulzige Coverversionen von Achtziger- und Neunzigerjahresongs im Repertoire, sind aber ganz gut und werden oft mehrfach gebucht, also schätze ich uns als mäßig erfolgreich ein. Und es macht Spaß, das ist das Wichtigste.

Jedenfalls glaube ich, dass wir vielleicht miteinander zurechtkommen, und ich bin bereit, es zu versuchen, wenn du auch möchtest. Bei Interesse ruf mich an. Meine Telefonnummer steht unten.

Erin Donnelly.

„Sie klingt großartig", meinte Alex und nickte anerkennend. „Wann lerne ich sie kennen?"

Harri lenkte ihren geliebten Wagen auf die lange und breite Kieseinfahrt, die zur Hillford Hall führte, und fühlte sich sofort fehl am Platze zwischen all den Jaguars, Bentleys, Mercedes und Aston Martins, die luxuriös vor den makellos gestutzten Hecken warteten, die den Parkplatz säumten. Sie besuchte das weitläufige georgianische Herrenhaus aus rotem Sandstein nicht zum ersten Mal – jedes Jahr traf Harri sich hier mehrmals mit Philip Lombard, dem charismatischen australischen Manager des Hotels, um Zimmerkontingente für besondere Events zu arrangieren –, aber jedes Mal, wenn sie vorfuhr, wurde sie unweigerlich von der großartigen Pracht der Anlage überwältigt.

Als Harri eintrat, sprach Philip gerade mit einer hübschen jungen Empfangsdame, und er lächelte breit, als er sie sah.

„Harri, was für eine Überraschung! Ich habe dich erst nächsten Monat erwartet." Damit trat er auf sie zu und küsste sie zur Begrüßung auf beide Wangen. Harri tat es ihm gleich, wobei ihr sein teures Aftershave und sein makelloser Anzug auffielen.

Kein Wunder, dass dieser charmante Mittvierziger als einer der begehrtesten Junggesellen in der Gegend galt.

„Keine Sorge, Phil. Ich bin hier, um mich mit Erin zu treffen."

„Ah, großartig. Ich wollte sowieso, dass ihr beiden euch kennenlernt. Erin und ich haben große Pläne für das Veranstaltungsprogramm nächstes Jahr, und wir wollen unbedingt unsere Wochenendpakete ausbauen. Mich interessiert deine Meinung sehr, und ich würde mich freuen, wenn SLIT den Hauptanteil der Buchungen übernehmen könnte."

„Großartig. Also, wenn du mir die Einzelheiten zumailst, nehme ich Kontakt mit Erin auf, und wir stellen etwas auf die Beine."

„Wunderbar." Ein spitzbübisches Lächeln umspielte seine Lippen. „Bist du sicher, dass ich dich George nicht ausspannen kann, damit du hier anfängst? Ich könnte deinen Sachverstand wirklich gut brauchen."

„Das ist verlockend, Phil, und ich behalte es im Hinterkopf. Versprochen. Aber noch bin ich nicht bereit, die Welt hinter mir zu lassen, verstehst du? Nicht einmal für diesen großartigen Arbeitsplatz."

Phil lachte. „Na schön. Nimm's mir nicht übel, dass ich es versucht habe. Erin ist in der Blessenden Suite. Zweiter Stock, einfach den Schildern Richtung Ostflügel folgen."

Alles an Hillford Hall strahlte dezenten Luxus aus. Einst ein Landsitz des Earls von Dudley, stand das umwerfende Herrenhaus mitten in einem Landschaftspark von dreißig Morgen, zu dem auch ein silbrig glitzernder See vor dem Gebäude gehörte. Das ganze Anwesen wirkte ein wenig wie nicht von dieser Welt. Wenn Harri sich hier aufhielt, konnte sie sich problemlos vorstellen, sich auf einem historischen Gut irgendwo in Frankreich, Italien oder Österreich zu befinden.

Die Prunksäle von Hillford Hall hatten einst den Neid so

manches Angehörigen der besseren Gesellschaft erregt. Vor etwa hundertfünfzig Jahren, als der Earl und seine Familie zu immer aufwendigeren gesellschaftlichen Ereignissen luden, um die High Society des Landes zu beeindrucken, fanden hier zahlreiche extravagante Partys und Soireen statt. Heutzutage waren die meisten Gäste reiche Geschäftsleute, Hochzeitsgesellschaften und gelegentlich Prominente, vor allem wenn auf Hillford Hall eines der berühmten Open-Air-Konzerte gegeben wurde.

Harri folgte den Hinweisschildern durch den langen Flur, der mit dicken Teppichen ausgelegt war, bis sie an eine große polierte Doppeltür aus Eiche mit glänzenden Messingklinken kam. Bevor sie eintrat, holte sie tief Luft.

Benannt zu Ehren von Lady Blessenden, Ehefrau eines angesehenen Lords und berüchtigte Salonlöwin, die in den Neunzehnhundertzwanzigerjahren die Gesellschaft mit ihren vielen Affären schockierte, schwelgte die Blessenden Suite in genau jenem Prunk, für den ihre Namensgeberin bekannt gewesen war. Zwei gewaltige funkelnde Kristalllüster hingen von der kunstvoll stuckverzierten Decke, während ein riesiges Himmelbett mit üppigem Schnitzwerk, Goldbrokatvorhängen und blütenweißer Bettwäsche aus ägyptischer Baumwolle den Ehrenplatz einnahm.

Neben dem Bett stand eine hochgewachsene, makellos gekleidete junge Frau mit glänzenden mahagoniroten Haaren, die in ihrer beeindruckenden Umgebung völlig zu Hause schien. Sie schaute von dem Klemmbrett auf, das sie in der Hand hielt, und lächelte Harri freundlich an.

„Hallo. Kann ich Ihnen helfen?“

Harri trat näher und streckte ihr die Hand hin. „Hallo, ich bin Harri. Wir haben vorhin miteinander telefoniert.“

Erin lief ganz leicht rot an und schüttelte Harri rasch die Hand. „Schön, dich kennenzulernen. Und danke, dass du so schnell gekommen bist.“

„Gern geschehen. Phil – äh – ich meine, Mr. Lombard sagte, er möchte, dass wir uns gemeinsam Gedanken über die Konzertpakete von Hillford Hall fürs nächste Jahr machen.“

Erin nickte. „Ja, genau. Wo du schon hier bist: Erinnere mich nachher daran, dass wir dafür einen Termin ausmachen. Aber jetzt …“, sie hakte sich bei Harri unter, „… gehen wir erst einmal in mein Büro, um über deinen umwerfend gut aussehenden Freund zu reden.“

Eins stand fest, was Erin Donnelly anging: Sie war eine sehr selbstsichere Frau. Wo Annie liebenswert schüchtern auftrat, war Erin erfrischend ehrlich, hatte keine Bedenken, ihre eigene Meinung zu äußern, und war dennoch äußerst offen für die Ansichten anderer. Sie war klug, wortgewandt und interessant. Abgesehen davon war ihr Äußeres dazu angetan, bei den Männern in ihrer Umgebung, die bewundernd den Hals nach ihr verdrehten, für Schleudertraumata zu sorgen. Alex würde hin und weg von ihr sein.

„Also, damit ich das richtig verstehe: Ich bin jemand, den du durch deine Arbeit kennengelernt hast?“, wiederholte Erin. Ganz offensichtlich war sie noch lange nicht überzeugt, dass die Tarngeschichte hieb- und stichfest war.

Harri ignorierte die Schmetterlinge in ihrem Bauch und brachte ein Lächeln zustande. „Ja, genau. Und es ist im Grunde keine Lüge; schließlich werden wir wirklich bald zusammenarbeiten.“

„Für mich klingt das so, als müsstest du dich selbst überzeugen“, stellte Erin trocken fest.

Verdammt, ist das so offensichtlich? Harri verdrängte die aufsteigende Panik und versuchte sich an einem entspannten Lächeln. „Aber nein, ganz und gar nicht. Es ist nur so: Ich glaube, Al wird positiver reagieren, wenn er denkt, dass wir uns kennen, verstehst du?“

Erin lächelte. „Schön. Wann treffe ich ihn denn nun?“

Am nächsten Tag ließ sich Stella unerwartet im SLIT blicken. Harri freute sich, sie zu sehen. Bis zu diesem Moment war das so ein Tag gewesen, an dem es ewig bis zur Mittagspause dauert, während diese dann blitzschnell um ist. Die versammelte Belegschaft des Reisebüros brauchte dringend irgendetwas, das die Monotonie des Nachmittags durchbrach. Denn der drohte sich endlos hinzuziehen.

„Toll, dich zu sehen, Stella", begrüßte Nus sie strahlend. „Was gibt's Neues?"

Aus dem Mund der chronisch desinteressierten Nus kam so ein Willkommensgruß einem roten Teppich und einundzwanzig Salutschüssen gleich.

„Danke, Nus", gab Stella verunsichert zurück. „Nicht viel Neues, fürchte ich. Aber am übernächsten Wochenende habe ich für Harri und mich einen Tag auf einer Schönheitsfarm gebucht."

„Stel, das ist ja großartig! Ich habe Rob davon erzählt, und ihm ist es recht. Wir können also fahren."

Stella strich sich eine perfekt geglättete blonde Haarsträhne hinters Ohr und warf Harri einen tadelnden Blick zu. „Wir können auf jeden Fall fahren, ganz egal, was dein Freund davon hält."

Tom stöhnte. „Oh Mann, eine Schönheitsfarm? Ich kann mir nichts Grässlicheres vorstellen."

„Dann ist es ja gut, dass du nicht hinfährst", meinte Nus finster. „Zu welcher Schönheitsfarm fahrt ihr denn?"

„La Mer." Stellas Augen begannen zu leuchten, und sie plapperte aufgeregt drauflos, erzählte von den luxuriösen Behandlungen, ratterte die Liste von Berühmtheiten herunter, die die Einrichtung angeblich besuchten. „… Man stelle sich das vor, Schauspielerinnen, die in *Emmerdale* und *Hollyoaks* auftreten, sind schon im La Mer gewesen. Es muss also eine Topadresse sein! Übrigens habe ich ein Two-for-One-Angebot für uns rausschlagen können und freue mich darüber wie eine Schneekönigin."

„Ihr fahrt ins La Mer? Wahnsinn, das ist eine umwerfende Anlage", erklärte Nus aufgeregter, als Harri sie seit Monaten erlebt hatte. „Sie bieten ungefähr fünfzig verschiedene Behandlungen an, und das ist einfach nur der Hammer! Da gibt es ein Dampfbad mit Blumendüften, eigentlich eine Sauna, aber mit Aromatherapie und ätherischen Ölen. Für die Haut soll das Wunder bewirken. Letzten Monat, als Mrs. Harris die Geburtstagsüberraschung zum Sechzigsten ihrer Mutter gebucht hat, hatten wir den Prospekt hier. Wisst ihr noch?"

Harri überlegte kurz, und ihr fiel wieder ein, für wie viel Aufregung der Prospekt des La Mer gesorgt hatte. Nus hatte zwei Wochen lang jede Mittagspause in den Hochglanzseiten gestöbert und sich fast mit Mrs. Harris geprügelt, als die den Prospekt mit nach Hause nehmen wollte. Selbst George war dabei ertappt worden, sich die exklusiven Wonnen anzuschauen, wenn er glaubte, dass niemand ihn dabei sah.

„Um Himmels willen, Stel, wird das sehr teuer?"

Stella fegte den Einwand beiseite, indem sie ihre Haare schwungvoll zurückwarf. „Jetzt mal keine Panik, Harri. Es ist alles geregelt. Julian bezahlt." Sie warf einen Blick auf die Uhr und wandte sich zur Tür. „Ich sehe, es wird Zeit. Ich muss gehen. Ich ruf dich nachher an, in Ordnung?"

Harri folgte ihr zur Tür. „Moment mal. Wer ist Julian?"

„Oh, nur so ein Typ." Lächelnd trat Stella auf die High Street hinaus, gefolgt von Harri.

„Wie meinst du das, nur so ein Typ? Was ist aus Stefan geworden?"

Stella schüttelte den Kopf. „Vorbei. Kein Grund zur Aufregung."

„Aber ich dachte, er wäre der begehbare Kleiderschrank deiner Träume?"

„Ja, nun, ich habe mich getäuscht."

„Aber Julian ist es?"

Stella verschränkte abwehrend die Arme vor der Brust. „Vielleicht, vielleicht auch nicht. Aber er ist ein großzügiger Mann, der zufällig den Eigentümer vom La Mer kennt. Als ich ihm erzählt habe, dass du und ich einen Aufenthalt in einer Schönheitsfarm brauchen, hat er nur zu gern ausgeholfen. Zufrieden?"

Harri lachte. „Vollkommen. Wir reden später?"

Stellas Handy meldete sich irgendwo in ihrer übergroßen Tasche mit „Lady Marmalade", und bevor sie das Gespräch annahm, starrte sie aufs Display. „Ich muss rangehen, in Ordnung? Wir reden später. Julian! Hallo, *du* …"

Harri sah ihrer Freundin nach. Ein neuer Tag, ein neuer Millionär in Aussicht … Für jemanden wie Stella muss alles so einfach sein, sinnierte sie. Schließlich stand ihr anscheinend ein endloses Angebot an gut situierten Typen zur Verfügung, die jeder ihrer Launen nachgaben. Allein im letzten Jahr musste sie mit fünfzehn verschiedenen Männern gegangen sein, und dennoch hatte Harri nie erlebt, dass sie verletzt oder wütend reagierte, wenn eine Beziehung endete. Anscheinend schüttelte Stella das immer nur einfach ab und angelte sich den nächsten willigen Verehrer. Manchmal wünschte sich Harri, sie wäre ihrer besten Freundin ein bisschen ähnlicher – weniger von der Welt um sie herum beeinflusst, weniger abhängig von der Meinung anderer über sie. Vielleicht hätte sie dann die Chance, ein paar Stempel in ihrem Reisepass zu sammeln …

„Wenn du sowieso schon den ganzen Tag draußen rumstehen willst, kannst du wenigstens die hier verteilen", bellte George ihr ins Ohr, sodass Harri erschrocken zusammenzuckte. Er drückte ihr ein paar schlecht gedruckte Prospekte in die Hand.

„Was ist das?"

In Georges Gesicht stand pure Verachtung. „Prospekte,

Harriet. Du weißt schon: Zettel, die wir an die Leute verteilen, damit sie sehen, was wir anzubieten haben."

Harri seufzte. „George, kann Tom das nicht übernehmen? Ich sollte doch heute Nachmittag an dem Angebot für Hillford Hall arbeiten."

Ihr Chef strich sich mit der Hand durch sein eingebildet dichtes, volles Haar. „Das kann warten." Er stupste mit seinem dicken Zeigefinger gegen die Prospekte. „Aber die hier nicht."

Das war zwar frustrierend, aber immerhin konnte sie mit dieser untergeordneten Tätigkeit eine Stunde oder so totschlagen. „Na schön. Ich frage in den Geschäften ringsum, ob sie ein paar auslegen wollen."

„Großartig!", rief George und schlug Harri so kräftig auf den Rücken, dass sie fast über die belebte Straße geschubst worden wäre. „Dann mal los, *Assistenzmanagerin*."

Als Harri widerwillig begann, ihre Prospekte zu verteilen, war in der High Street einiges los. Vor dem Eingang zum Supermarkt standen ein paar Mütter und plauderten, während ihre Kinder einander aus der Geborgenheit ihrer Kinderwagen heraus misstrauisch beobachteten. Eine der Frauen winkte Harri heran, als sie sich näherte.

„Arbeiten Sie heute gar nicht als Kellnerin?", fragte sie lächelnd.

Harri lachte. „Nein, das ist nur ein Hobby von mir. Heute tue ich meine tatsächliche Arbeit." Damit reichte sie der Frau eins der Flugblätter, und die anderen Mütter drängten sich um sie, um es zu lesen.

„Zwanzig Prozent Nachlass? Das ist richtig gut."

„Ich nerve Will schon ewig wegen einem Urlaub. Vielleicht sollten wir mal vorbeischauen."

„Nur zu", erwiderte Harri, überrascht von der unerwarteten Begeisterung. „Zurzeit haben wir ein paar sehr schöne Familienurlaubsangebote."

Dann wanderte sie weiter die Straße entlang. Ein hechelnder Jack Russell an einer Flexi-Leine rannte an ihr vorbei und zog eine zierliche alte Dame hinter sich her. Harri trat zur Seite, um die beiden durchzulassen, bevor sie den Laden betrat, der das Postamt von Stone Yardley und einen Zeitschriftenhandel beherbergte.

Doreen Perry schaute von einem Stapel Zeitungen auf und lächelte. Solange Harri denken konnte, arbeitete sie schon in diesem Postamt, und bemerkenswerterweise schien ihr die Zeit nichts angehabt zu haben. Vollbusig, aber dennoch klein gewachsen, liebte sie handgestrickte Pullover über alles. Aber noch viel auffälliger war ihre Frisur, die all die Jahre gleich geblieben war: eine beachtliche Hochfrisur, die sie deutlich größer machte, als sie war. Das Einzige, was sich daran änderte, war ihre Haarfarbe: Wasserstoffblond in den Siebzigern, Purpurrot in den Achtzigern, Kohlenschwarz in den Neunzigern und aktuell ein Rotton, den sie selbst liebevoll als Cilla-Rot bezeichnete, nach der Titelfigur ihrer Lieblingsfernsehserie „Cilla".

„Hallo, Missy", grüßte sie lächelnd, stieg von der leicht erhöhten Plattform hinter dem Tresen herunter und wurde dadurch gleich etwa fünfundzwanzig Zentimeter kleiner. „Wie geht's, wie steht's?"

„Danke, gut, Doreen. Leider hat George mich damit beauftragt, Prospekte zu verteilen."

Doreen schüttelte missbilligend den Kopf, wobei ihre Hochfrisur der Bewegung kaum zu folgen vermochte. „Dieser Mann. Glaubt offenbar, er sei Stone Yardleys Antwort auf Donald Trump oder so – natürlich ohne die Haare, hm?", kicherte sie. Dieser Laut erinnerte Harri an ihre vielen Besuche im Postamt, als sie noch ein Kind gewesen war: daran, wie sie vor den Auslagen mit Mäppchen, Radiergummis und Buntstiften mit auswechselbaren Farbminen herumgelungert hatte, während Doreen mit Mum plauderte.

„Na schön. Ich schätze, du möchtest, dass ich einen hier aushänge, hm?“

„Würdest du das tun?“

„Natürlich, gib her“, erwiderte Doreen und nahm ihr einen Prospekt ab. „Ich hänge ihn ins Fenster. Und du richtest deinem Boss aus, dass seine Zeitschriftenrechnung seit fünf Wochen überfällig ist.“

Harri grinste. „Wird gemacht.“

Die Sonne hatte sich aus dem bleigrauen Gefängnis der Wolkendecke befreit, als Harri das Postamt verließ und jemanden ihren Namen rufen hörte. Sie drehte sich um. Emily Williams kam auf sie zugeeilt. Sie trug ihre Bankuniform.

„Harri! Warte! Ich wollte gerade zu dir.“

„Hallo, Emily! Wie läuft alles?“

„Gut“, lautete die atemlose Antwort. „Ehrlich gesagt, sogar ganz ausgezeichnet. Ich habe Kontakt zu den Hotels und Pensionen aufgenommen, die du für mich herausgesucht hast, und sechs von ihnen haben sich bereit erklärt, spezielle Wochenendkonditionen anzubieten.“

„Oh, das ist ja fantastisch! Gut gemacht!“

„Danke. Ich fange allerdings an, mich zu fragen, ob die ganze Sache nicht ein bisschen zu groß für uns ist. Ich meine, Stu und ich haben gerade erst unsere Finanzen geregelt. Wir wollen jetzt auf keinen Fall unsere finanzielle Sicherheit riskieren.“

„Hm, an eurer Stelle würde ich das ganz genauso sehen“, gab Harri zu. Wobei sie, wenn sie ehrlich war, wahrscheinlich gar nicht erst so weit gekommen wäre. Denn sie hätte sich die Sache schon sehr viel früher wieder ausgeredet. „Aber ich glaube, letztlich geht es darum, ob ihr bereit seid, eurer Intuition zu folgen. Wenn ihr beide ernstlich an diese Sache glaubt, dann solltet ihr sie in Angriff nehmen.“

Emilys Miene hellte sich auf und machte dem strahlenden Sonnenschein Konkurrenz. „Meinst du wirklich?“

„Aber ja. Übrigens habe ich mit einem Taxiunternehmen in Ellingsgate gesprochen – vielleicht können sie euch einen Sondertarif für Transfers zwischen der Unterkunft und der Farm anbieten."

„An so etwas habe ich noch gar nicht gedacht. Du bist ein Genie!" Damit schlang Emily ihre Arme um Harri, die davon vollkommen überrascht war. „Oh, ich danke dir. Ich bin so froh, dass ich dich getroffen habe!"

Auf dem Weg zurück ins Reisebüro wurde Harri unerwartet das Herz ziemlich schwer. Vielleicht lag es daran, dass sie jemanden getroffen hatte, der bereit war, seinen Träumen zu folgen. Vielleicht lag es aber auch nur an dem Gedanken, dass noch zweieinhalb Stunden gähnende Langeweile vor ihr lagen. Entschlossen schob sie die erste Vermutung beiseite und beschleunigte ihre Schritte, um an ihren Arbeitsplatz zurückzukehren.

„Komm am Mittwoch zum Essen zu mir", sagte Alex. „Ich muss mir Ideen bei dir holen."

Harri streichelte den schnurrenden Ron Howard und lächelte in ihr Handy. „Da kann ich dir nur viel Glück wünschen. Mehr als – sagen wir – fünf Minuten wirst du dafür nicht brauchen."

„Witzbold. Du solltest mich vorwarnen, wenn du deinen Übermut an mir auslässt. Aber egal, sag Ja."

„Ich weiß noch nicht, was Rob vorhat."

„Bitte, Harri. Ich habe ein fantastisches neues Rezept für Muschelsuppe, und ich kann dir von meiner Zeit in New Orleans während des Mardi Gras erzählen …"

Das war einfach zu verlockend, um Nein zu sagen. „Na gut, in Ordnung. Welche Uhrzeit?"

„Gegen acht. Und bring was zum Dessert mit."

„Mach ich. Dann bis Mittwoch." Harri beendete das Gespräch und kitzelte Ron Howard am Ohr, sodass er es zucken ließ. „Okay. Dann sollte ich jetzt wohl besser Rob anrufen."

Robs Stimme klang warm und ein wenig rau, als er sich meldete. „Hallo, Schönste. Was für eine unerwartete Freude."

„Na ja, ich möchte schließlich nicht allzu berechenbar werden", gab Harri zurück, und ein Wonneschauer durchlief sie.

Sein Lachen klang unglaublich charmant. „Es würde mir im Traum nicht einfallen, dich als berechenbar zu bezeichnen, Rotschopf. Also, was kann ich für dich tun?"

„Alex hat mich am Mittwochabend zum Essen eingeladen. Ich glaube, er macht wieder mal eine Lebenskrise durch, bei der er meine Hilfe braucht."

„Gut, dass er sich darauf verlassen kann, dass du ihm zur Seite stehst, hm?"

„Es macht dir nichts aus, wenn ich hingehe? Ich meine, falls du was anderes vorhast …"

„Überhaupt nicht. Geh und amüsier dich mit deinem Freund. Sieht sowieso ganz danach aus, als müsste ich die ganze Woche Überstunden schieben." Am anderen Ende der Leitung begann ein Telefon zu klingeln. „Und da ist schon der nächste Dummkopf, der meine Hilfe braucht. Dann will ich mal, schöne Dame. Ich ruf dich später an."

Gemütlich in ihrem Cottage eingekuschelt, einen sehr dankbaren Kater dekorativ auf ihrem Schoß drapiert, gönnte Harri sich einen Augenblick der Freude darüber, wie gut ihr Leben im Moment verlief. Sie hatte einen Freund, der sie nicht nur unterstützte, sondern obendrein unglaublich attraktiv war; ihre Karriere im Reisebüro nahm endlich Formen an, jetzt wo sie zur Assistenzmanagerin aufgestiegen war, sich um die Hillford-Hall-Konzertpakete kümmerte und das Beste aus Emilys neuer Geschäftsidee machen konnte; und selbst die Zukunftsaussichten für Alex' Liebesleben schienen rosig.

Harri war froh, dass Rob ihr eigene Freunde zugestand – selbst wenn sein offensichtlicher Respekt vor Alex und seine freundliche Höflichkeit, wann immer sie sich begegneten, sich nicht auf Alex' alte Studienkollegen erstreckten. Schon gar nicht beim Sonntagabend-Pub-Quiz im *Star and Highwayman*. Rob störte sich an der Welt, die Alex' Freunde repräsentierten: Sie gehörten zur Mittelklasse, hatten ein Studium absolviert und waren mäßig erfolgreich. Die jahrelangen Auszeiten, die sie vorm Eintritt ins Arbeitsleben nahmen, und ihr Mangel an Karrierestreben waren Rob fremd. Er verdankte, wie alle seine Freunde, seine derzeitige Stellung harter Arbeit und eigenem Einsatz. Dennoch musste er sich Managern unterordnen, die anscheinend so manche Beförderung allein ihrem Universitätsabschluss zuzuschreiben hatten.

Davon abgesehen war die Rivalität zwischen den beiden Lagern von gutmütigem, typisch männlichem Geplänkel bestimmt, über das beide Seiten sich köstlich amüsierten und das normalerweise dazu führte, dass die Mannschaften im Pub-Quiz einander leicht beleidigende Namen gaben: „Wir sind keine Intellektuellen“, „Toller Abschluss, nichts dahinter“, „Große Klappe, kein Abschluss“, „Zu klug, um zu arbeiten“, „Stumpfsinnige Jobs sind nichts für uns“ und so weiter und so weiter. Harris Meinung nach waren sie alle gleichermaßen blöd, aber dennoch war das heitere Gefrotzel so etwas wie ein Höhepunkt der Sonntagabende im Pub geworden.

Am Mittwochabend, nachdem sie sich beim Essen etwa eine Stunde über alles Mögliche unterhalten hatten, beschloss Harri, auf den Punkt zu kommen. „Also, worüber wolltest du mit mir reden?“

Alex' Lächeln erlosch, und er griff nach den leeren Tellern. „Ich bringe die nur eben in die Küche. Möchtest du noch einen Kaffee?“

„Nein danke, ich möchte nichts mehr. Ist alles in Ordnung?“

Alex' unbeschwertes Lachen wirkte ganz und gar nicht überzeugend. „Natürlich. Setz dich schon mal rüber aufs Sofa. Ich bin gleich wieder bei dir.“

Harri ließ sich auf dem bequemen übergroßen Sofa nieder, schlug die Beine unter und fühlte sich absolut zu Hause. Sie liebte ihre Unterhaltungen: die Gelegenheit, mit jemandem, der sehr genau verstand, wie sehr die Welt sie faszinierte, darüber zu reden. Alex konnte Millionen von Gesprächen beginnen mit: „Als ich in … war." Und damit hob er sich von allen anderen in Stone Yardley ab.

„Als ich in Tokyo war und dort im Hilton gearbeitet habe … Als ich in Vietnam war … Ich erinnere mich an ein ganz erstaunliches Erlebnis, das ich in Ecuador hatte …"

Auch an diesem Abend war das nicht anders gewesen. Über dampfenden Schalen mit cremiger Muschelsuppe und gelbem Maisbrot hatte Alex vom New Orleans Mardi Gras erzählt und ihr lebhaft bunte Bilder vor Augen gemalt: hüpfende Brassbands, Trommeln, Gelächter und Unmengen von grellbunt gekleideten Menschen, die durch die Straßen der Stadt wankten.

„Harri, ich sage dir, es war umwerfend. So laut, dass du es kaum glauben kannst, und es wirkt, als wäre die ganze Stadt auf den Beinen und tanzte. Ich habe in der Küche von diesem Hotel gearbeitet, und Carlos, der Chefkoch, gab mir den Abend frei. Einfach so: ‚Raus mit dir, Junge! Die Musik wartet auf dich!' Es ist irre! Alle sind so freundlich, und man wird von der Parade einfach mitgerissen. Am Ende landete ich in einem winzigen Restaurant mit einem Mädchen, das ich in der Menge kennengelernt hatte. Ich glaube, sie war einfach erleichtert, dass sie inmitten dieses Irrsinns einen Briten getroffen hatte. Sie reiste kreuz und quer durch die Staaten und hatte beschlossen, an ihrem letzten Abend in der Stadt ein Mal feudal essen zu gehen. Die Ärmste. Sie hatte sich unendliche Mühe gegeben, um sich zurechtzumachen – Haar, Make-up, das beste Kleid, das sie im Koffer hatte –, und dann gab man ihr dieses weiße Kunststofflätzchen, das sie beim Essen tragen sollte. Das war ihr so peinlich! Aber trotzdem haben wir zum Schluss darüber gelacht."

„Bist du mit ihr in Kontakt geblieben?"

Alex verzog das Gesicht. „Nee, natürlich nicht. Wenn man reist, ist es besser, sich nicht auf Beziehungen einzulassen. Alle ziehen in unterschiedlichen Richtungen weiter – das ist einfach keine brauchbare Grundlage, verstehst du?"

Harri lächelte. „Und was war so anders an dem Mädchen, für das du nach Hause gekommen bist?"

Eine Traurigkeit, die ihr bereits vertraut war, schlich sich in Alex' Augen. „Sie ist nach Hause gereist. Und so hat es sich ergeben, dass ich das auch gemacht habe."

Harri fragte ihn nicht oft nach Nina. Den größten Teil der Geschichte kannte sie schon. Nicht nur von Alex selbst, sondern auch von Viv, deren Meinung über das Ganze wesentlich weniger mild war als die ihres Sohnes. Nach neuneinhalb Jahren Weltreise lernte Alex das Mädchen Nina in einer Bar in New York kennen – und schlagartig war alles anders. Sie war ein Jahr lang herumgereist und verbrachte ihren letzten Monat in Manhattan. Danach wollte sie nach England zurückkehren, um in Bristol mit ihrem Bruder ein Restaurant zu eröffnen. Für beide war es Liebe auf den ersten Blick. Und nach drei Wochen Untrennbarkeit beschloss Alex, mit ihr nach England zurückzukehren. Sie eröffneten das Restaurant, zogen zusammen, und Alex machte ihr – sehr zur Freude seiner Mutter – einen Heiratsantrag. Einen Monat vor der Hochzeit erwischte er Nina zusammen mit seinem besten Freund Tim im Bett, als er nach Hause kam. Wütend zog er aus der gemeinsamen Wohnung aus und kam schließlich für ein paar Monate bei seinen Freunden Sandie und Brendan in Somerset unter. In dieser Zeit entdeckte Brendan eine Anzeige, dass die *Welcome Tea Rooms* zur Versteigerung standen, und ermunterte Alex dazu, darauf zu bieten. Der Rest war, wie man so schön sagt, Geschichte.

Viele hätten nach einer solchen Erfahrung das Thema Beziehung erst einmal ad acta gelegt, aber Alex reagierte völlig anders. Nach jahrelanger Bindungsverweigerung hatte die neue Erfahrung einer liebevollen, scheinbar stabilen Beziehung seine Einstellung komplett umgekrempelt, und er sehnte sich nach der Sicherheit, die ihm diese Partnerschaft geschenkt hatte. Deshalb war er jetzt seit drei Jahren auf der Suche nach einer Frau, die sein Herz so eroberte, wie Nina das getan hatte – und erlebte dabei einen Schiffbruch nach dem anderen. Außer Harri wusste allerdings niemand davon. Für die Bewohner von Stone Yardley war Alex einfach nur der gut gelaunte, lockere Typ, dem das *Wātea* gehörte, fantastisch aussehend und völlig unbekümmert.

„Rück mal'n Stück!" Alex war aus der Küche zurück, einen Teller Mandelmakronen in der Hand, und ließ sich neben Harri aufs Sofa fallen. „Hier, probier mal."

Harri nahm sich eine der knusprigen Makronen, biss vorsichtig davon ab, und intensiver süßer Mandelgeschmack kitzelte ihren Gaumen. „Wow, das ist fantastisch."

„Das Rezept habe ich von Luca, einem Freund, den ich in Adelaide kennengelernt habe. Ganz gut, oder?"

Sie nickte. „Umwerfend", erwiderte sie mit vollem Mund.

Alex lachte, laut und warm. „Was für ein kultivierter Essensgast du doch bist. Du musst mich unbedingt wieder besuchen. So, aber jetzt muss ich dich etwas fragen."

„Schieß los."

„Okay. Äh …" Er holte tief Luft und ließ seinen Blick durchs Wohnzimmer schweifen. „Es geht um deine Freundinnen."

Harri runzelte die Stirn. „Um welche?"

„Na ja, Annie und Erin. Ehrlich gesagt, hauptsächlich um Erin."

„Aha. Was ist mit ihr?"

Alex fegte ein paar Krümel von seinem Hemd. Dann drehte

er sich leicht, damit er Harri direkt anschauen konnte. „Wie viel weißt du eigentlich wirklich über sie?“

Auf diese Frage war Harri kein bisschen vorbereitet. Sollte sie Alex die Wahrheit über die Verabredungen sagen, die *Juste Moi* arrangiert hatte, oder bei den Geschichten bleiben, die sie ihm schon erzählt hatte? Plötzlich, so direkt von ihrem besten Freund konfrontiert, schien es ihr viel zu kompliziert, ihm die Illusion zu nehmen, die sie so sorgfältig konstruiert hatte. Sicher würde sich dafür später noch eine bessere Gelegenheit ergeben, oder? In diesem Augenblick traf Harri eine Entscheidung: Alex brauchte die Wahrheit nicht zu wissen, bevor er eine Frau kennenlernte, mit der es etwas Dauerhaftes werden könnte. Es würde so viel leichter sein, ihm die Geschichte dann zu beichten. „Wie schon gesagt, wir haben uns durch die Arbeit kennengelernt.“

Offensichtlich reichte das Alex nicht. „Ja, ich weiß“, erwiderte er ablehnend. „Aber was weißt du *wirklich* über sie?“

Das Vertrauen zu ihr, das aus seinen Augen leuchtete, und der offensichtliche innere Kampf ließen Harri ein wenig weich werden. Es hatte keinen Sinn, die Lüge noch größer zu machen, als sie sowieso schon war. „Al, ich will ganz ehrlich sein. Ich weiß nur, was ich dir erzählt habe. Erin ist Veranstaltungsmanagerin in Hillford Hall, und in ihrer Freizeit singt sie in der Band ihres Bruders. Sie isst gern mexikanisch und thailändisch, verabscheut Garnelen, und ihr Lieblingsfilm ist ‚Magnolia‘. Mehr weiß ich nicht. Warum fragst du?“

Alex rieb sich verunsichert den Nacken. „Oh, Harri, ich weiß nicht. Sie scheint nett zu sein – ich meine, wirklich nett –, aber ich werde das Gefühl nicht los, dass sie irgendetwas vor mir verbirgt.“

„Vielleicht bist du einfach nur ein bisschen paranoid?“

Er lachte. „Ja, vielleicht. Tut mir leid. Ich muss wirklich sehr undankbar auf dich wirken.“

„Wieso?"

„Na ja, du hast mir geholfen, zwei wirklich hübsche Frauen kennenzulernen, und ich habe nichts Besseres zu tun, als nach dem Haar in der Suppe zu suchen."

Trotz der Schuldgefühle, die sie durchzuckten, lächelte Harri und tätschelte ihm die Hand. „Aber geht es denn nicht genau darum, Al? Man verabredet sich und testet eine ganze Reihe verschiedener Leute aus, um den Menschen zu finden, der zu einem passt."

„Hm, bevor du mit Rob gegangen bist, hast du dich da oft mit Männern verabredet?"

Die Frage traf Harri völlig überraschend. „Ich – äh – ehrlich gesagt, nicht sehr oft. In meinem letzten Schuljahr bin ich etwa acht Monate mit einem Jungen gegangen, aber das führte zu nichts. Dann folgte mal hier, mal da eine Verabredung, aber bevor ich Rob kennengelernt habe, gab es nichts Ernstes."

Alex nickte und senkte den Blick auf seine Füße. „Genau."

Unsicher, wie seine Reaktion zu verstehen war, fügte Harri hinzu: „Nicht dass ich mich wegen meines Mangels an Erfahrung jemals benachteiligt gefühlt hätte. Jeder Mensch ist anders, Al. Triffst du dich wieder mit Erin?"

„Ich glaube nicht." Er hob den Blick und sah sie an. „Es tut mir leid, Harri. Ich verdiene nicht, was du für mich tust."

Harri rang sich ein Lächeln ab. *Oh Alex, wenn du wüsstest …*

12. KAPITEL

Komm mit mir

Als Harri zu den flackernden Leuchtstofflampen hochschaut, sieht sie an der Decke Flecken auf den schmuddeligen Fliesen. Sofort fällt ihr wieder ein, was Dad zu ihr gesagt hat, als sie noch klein war: „Wenn du nur genau genug hinschaust, kannst du in allem Formen und Gesichter erkennen."

Daraus entwickelte sich eines ihrer Lieblingsspiele: Gesichter finden – lächelnde Gesichter auf Baumstämmen, witzige Gesichter in den Betonplatten des Hofes, ein unheimlicher Geist in der Raufasertapete der Toilette im Erdgeschoss, Drachen, Burgen und Zeichentrickfiguren in den Wolken über ihnen, wenn sie in den Hügeln von Dartmoor hinter Grandma Langtons Haus umherwanderten. Dad liebte es, gemeinsam mit Harri „Spiegelbilder" zu produzieren: merkwürdige und wunderliche Formen, die entstanden, wenn man Papierblätter einmal über noch feuchten Farbklecksen faltete. Später erfuhr Harri, dass Psychologen diese Methode benutzten, um psychologische Gutachten zu erstellen. Sie musste jedes Mal lächeln, wenn sie daran dachte, und sie fragte sich, was ein Psychologe wohl aus Dads Bildern und Deutungen herausgelesen hätte.

Harri schaut zu den Flecken an der Decke hoch, schiebt die so vertraute Traurigkeit, die sie durchzuckt, beiseite und beginnt mit einer gedanklichen Bestandsaufnahme der Gestalten, die sie entdeckt: Schmetterling, Burg, alter Mann, Weinglas …

Am Freitag holte Stella ihre Freundin von der Arbeit ab und streckte ihr stolz zwei Karten für die Schönheitsfarm entgegen, die sie aus ihrer überraschend authentisch aussehenden Chanel-Tasche hervorgeholt hatte.

„Das, liebste Freundin, sind unsere Pässe für einen ganzen Tag absoluten Luxus."

Ein verwegener Nervenkitzel erfasste Harri. „Das wird ein tolles Wochenende. Das weiß ich ganz einfach!"

Stella hakte sich bei Harri unter, und gemeinsam gingen sie die High Street entlang. „Harri, stell dir nur vor: einen ganzen Tag lang fantastische Behandlungen und Entspannung, dann einen ganzen Tag lang Shoppen. Das ist pure Glückseligkeit – na ja, natürlich abgesehen von dem langweiligen Teil morgen Abend."

„Der zufälligerweise der Hauptgrund für diese Reise ist, weißt du noch?"

Stella schnaubte abfällig. „Ja, klar. Aber ich komme nur mit, weil dein Dan ein heißer Typ ist."

Mein Dan. Harri kicherte, spürte, wie sie rot wurde. *Wenn es nur so wäre.* Trotzdem war es eine tolle Vorstellung, einen ganzen Abend in der Nähe des Mannes zu verbringen, der den Schlüssel zu ihren Träumen in den Händen hielt. Und es reichte allemal, um ihr Gewissen zu beruhigen, weil Rob zu Hause war und sie das Wochenende trotzdem nicht mit ihm verbrachte. Natürlich war er einverstanden mit ihrem Wochenendausflug. Er hatte sogar ein längst überfälliges Spiel mit zwei Fünfer-Teams seiner ehemaligen Kameraden aus dem Fußballverein arrangiert, dem ein entspannter Nachmittag (und ganz sicher auch Abend) im *Star and Highwayman* folgen sollte.

„Fahr ruhig", hatte er sie gedrängt, amüsiert über ihr Zögern. „Es ist höchste Zeit, dass der Spieß mal umgedreht wird. Ich freue mich schon darauf, ausnahmsweise mal derjenige zu sein, der sich zu Hause nach dir sehnt."

„Also, hast du gepackt?", fragte Stella.

„Ja. Gestern Abend."

Stella blieb wie vom Donner gerührt stehen und riss damit Harri so heftig zurück, als hinge sie an einem Bungee-Seil.

„*Gestern Abend!* Du liebe Güte, Harri, ich glaube einfach nicht, dass du das so lange aufgeschoben hast. Mein Koffer ist schon seit einer Woche gepackt. Planung, Harri. Planung ist essenziell für so einen Ausflug!"

Eine Stunde später brausten sie in Stellas babyblauem Nissan Figaro die M40 hinunter. Aus der beeindruckenden Musikanlage dröhnte Christina Aguilera, und Stella sang laut mit. Harri ließ sich in die bequemen Sitze zurücksinken und entspannte sich. Das war mit Abstand ihre spontanste Aktion seit dem schicksalhaften Moment, in dem sie vor ein paar Monaten den Brief an *Juste Moi* abgeschickt hatte – und diesmal konnte nichts schiefgehen. Vielleicht, so ging es ihr durch den Kopf, konnte als nächster Schritt ein Wochenendtrip ins Ausland folgen. *Und dann … wer weiß, wozu ich dann den Mut aufbringe?* „Kleine Schritte", hatte ihre Mutter immer gesagt. „Mach kleine Schritte. Du wirst staunen, was du damit erreichen kannst."

Gerade versank die Sonne hinter dem Horizont, als vor ihnen die Lichter von Oxford auftauchten. Fast hätte Harri aufgejauchzt, als sie durch die unglaublich prachtvollen Straßen fuhren, und selbst Stella stellte die Musik leiser, um den Anblick zu genießen.

Stanton Lodge war ein traumhaft schönes Gebäude im Regency-Stil, erbaut aus gelbem Cotswold-Stein, umgeben von einem kleinen, von Hecken eingefassten Garten. Stella stellte den Wagen ab, und sie trugen ihre Koffer bis an die große dunkelblaue Eingangstür, die von einem blühenden Blauregen eingerahmt wurde. Harri drückte auf die Messingklingel, und eine kleine, tadellos gekleidete Frau öffnete ihnen die Tür.

„Hallo, die Damen. Kommen Sie rein, kommen Sie rein!" Sie geleitete sie einen hell erleuchteten Korridor entlang, der in beruhigenden Creme- und weichen Grasgrüntönen gestrichen war, bis zu einem Mahagonitisch, an dem sie ein junger Mann in einem dunkelblauen Anzug lächelnd begrüßte. „Leo, die beiden Damen bleiben über Nacht. Checkst du sie bitte ein und hilfst ihnen dann mit ihrem Gepäck?"

„Ja, Mrs. Hammond."

„Wunderbar. Richten Sie sich in aller Ruhe ein. Wenn Sie möchten, serviere ich Ihnen anschließend gern einen Tee. Sie finden mich im Salon, gleich dort drüben."

„Vielen Dank, das ist sehr nett", erwiderte Stella, der ganz offensichtlich die Aufmerksamkeit, die ihnen zuteilwurde, und die luxuriöse Umgebung gefielen.

Leo trug ihre Koffer zu ihrem Zimmer in der zweiten Etage hinauf. Harri stockte der Atem, als sie es betrat. Der Raum war mindestens genauso groß wie das gesamte Erdgeschoss in ihrem Cottage. Zwei Doppelbetten, mit luxuriöser Leinenbettwäsche bezogen, ein großes Panoramafenster, von passenden Vorhängen elegant umrahmt. Der cremefarbene Teppichboden war hochflorig und setzte sich bis in das großzügige Bad mit der frei stehenden Badewanne und einer übergroßen Duschkabine fort. Flauschige weiße Handtücher hingen dekorativ über dem beheizten Handtuchständer, und auf der Glasablage über dem Waschbecken stand ein Korb mit Toilettenartikeln von *Crabtree & Evelyn*.

Stella wartete, bis Leo das Zimmer verlassen hatte. Dann stieß sie einen lauten Jubelschrei aus und warf sich auf das nächste Bett. „Ist das nicht fantastisch?"

Harri setzte sich auf das andere Doppelbett und strich sanft über die Brokattagesdecke. „Es ist wunderschön, Stel. Das muss ein Vermögen gekostet haben."

„Falsch: Es *hat* Julian ein Vermögen gekostet!"

„Stel, ich habe deshalb ein schrecklich schlechtes Gewissen."

„Pah, völlig unnötig. Er kann es sich leisten. Außerdem hat er gesagt, ich sei jeden Penny wert", meinte Stella grinsend.

Harri wollte nicht darüber nachdenken, was diese knappe Aussage über ihre Freundin verriet.

Eine halbe Stunde später genossen beide ihren Tee und je ein großes Stück reichhaltigen, selbst gebackenen Kaffee-Walnuss-Kuchen im eleganten Salon von Stanton Lodge. Mrs. Hammond schenkte ihnen Tee nach und lächelte.

„Noch ein wenig Kuchen?"

Stella bejahte. Sie hatte ihr erstes Stück blitzschnell verschlungen. Aber Harri lehnte höflich ab. Sie aß langsam und genoss jeden Bissen, als wollte sie jeden Augenblick dieses Wochenendes einfangen und auskosten.

„Was haben Sie für Ihren Aufenthalt in der Stadt geplant, meine Damen?"

„Morgen besuchen wir das La Mer und am Abend eine Buchvorstellung."

Mrs. Hammond beugte sich interessiert vor. „Eine Buchvorstellung? Wie schön! Wer ist der Autor?"

„Dan Beagle – der Reiseschriftsteller. Ich verehre ihn ein bisschen", erwiderte Harri.

Ein strahlendes Lächeln überzog Mrs. Hammonds perfekt geschminktes Gesicht. „Daniel! Oh, das ist ja wunderbar!"

Harris Pulsschlag beschleunigte sich. „Sie kennen ihn?"

„Ja, sogar sehr gut. Wissen Sie, in meinem früheren Leben war ich Lehrerin, und Daniel Beagle war einer meiner besten Schüler."

„Das ist ja eine Überraschung. Welches Fach haben Sie unterrichtet?", fragte Harri. Inzwischen war sie so aufgeregt, dass sie nur noch auf der Stuhlkante hockte.

Mrs. Hammonds Lachen war wie ein zwitschernder Sopran. „Alles, meine Liebe! Ich war seine erste Lehrerin an der Grundschule. Aber obwohl er noch so klein war, wusste ich schon, dass er Großes erreichen würde. Ich habe seinen Werdegang mit großem Interesse verfolgt."

„Sehen Sie sich manchmal?" Harris Frage ließ einen ganz leichten Hauch von Hoffnung erkennen.

„Nein, um Gottes willen. Ich habe ihn seit Jahren nicht mehr gesehen. Aber meine Freundin schickt seiner Mutter immer noch Weihnachtskarten."

„Oh."

„Na also, Harri", meinte Stella lachend, als sie wieder in ihrem Zimmer waren, „jetzt hast du einen tollen Vorwand, den Beaglemeister anzusprechen. ‚Ich kenne Ihre erste Lehrerin' – du musst doch zugeben, dass das eine originelle Art ist, mit jemandem ins Gespräch zu kommen."

Harri ignorierte die Belustigung ihrer Freundin und verschanzte sich hinter Dans neuestem Buch.

Spät an diesem Abend, nach einem üppigen Essen, kuschelte Harri sich in das unglaublich bequeme Bett und genoss das Gefühl von kühlem Leinen auf ihrer Haut. Den Kopf auf das weiche Entenfederkissen gebettet, das nach Pfirsich duftete, schloss sie die Augen und dämmerte in einen Traum hinein.

Gerade war sie auf einem Flughafen angekommen, irgendwo in weiter Ferne. Die heiße tropische Luft traf sie wie ein Faustschlag, als sie die Stufen vom Flugzeug auf den glutheißen Asphalt hinunterstieg. Mit der Hand schützte sie die Augen vor dem grellen Sonnenlicht. Eine überwältigende Euphorie erfasste sie: Jetzt war es so weit. Sie hatte endlich ihre Ängste bezwungen und war um die halbe Welt gereist, um hierher zu gelangen. Alles um sie herum war neu, unvertraut – Akzente, Sprachen, Gerüche, Aussichten und Geräusche starteten einen verwirrenden Angriff auf ihre Sinne. Nachdem sie ihren Koffer an der Gepäckausgabe abgeholt hatte, ging sie weiter bis zum Ankunftsbereich, sah zu, wie ihre Mitreisenden von wartenden Familien willkommen geheißen wurden, mit Freudentränen, mit glücklichem Lächeln. Plötzlich wurde sie von eisiger Panik erfasst. Sie ließ den Blick über die Gesichter der Fremden um sich herum streifen, und ihr wurde klar, dass niemand auf sie wartete. Auf einmal fühlte sie sich vollkommen alleingelassen.

Sie drängte sich zwischen den glücklichen Menschen hindurch, bis sie sie hinter sich gelassen hatte. Dann schaute sie mit schmerzenden Augen zurück auf ihre ungezügelte Freude. Warum nur war sie so weit gereist, um sich hier genauso einsam zu fühlen wie in ihrem kleinen Cottage in Stone Yardley? Resignation überkam sie, und alle Kräfte verließen sie. Sie wandte sich den Check-in-Schaltern zu, um sofort die Rückreise anzutreten. Im selben Moment tauchte eine Männergestalt zwischen den automatischen Türen auf, rannte auf sie zu. Seine Gesichtszüge lagen im Schatten, weil die Sonne ihn von hinten beschien.

„Warte!", rief er. „Bitte, Harri, warte auf mich!"

Die Augen gegen das grelle Sonnenlicht zusammengekniffen, beobachtete Harri, wie sich der Mann näherte, bis er sie erreichte. Während er sie in seine starken Arme zog, tobte ein Gefühlssturm in seinen Augen.

„Ich dachte schon, du kommst gar nicht. Ich dachte, ich wäre ganz allein hier", schluchzte Harri an seiner Brust, während seine Hände beruhigend ihre Schultern streichelten.

„Jetzt bin ich hier, Harri. Du bist bei mir, und du bist in Sicherheit – das ist das einzig Wichtige. Die Welt liegt uns zu Füßen. Du wirst nie wieder allein sein."

Harri hob den Kopf, starrte in die schimmernde Tiefe von Dans Augen, und seine weichen Lippen schlossen sich über ihren. Sie zitterte am ganzen Leib, als sie sich noch enger aneinanderdrängten. Dan löste seine Lippen von ihrem Mund, barg das Gesicht an ihrem Hals, sein Atem streifte heiß ihr Ohr.

„Harri … oh, Harri …"

„Mmmm … Dan …"

„Harri! Wach auf, du traurige Gestalt."

Der Traum löste sich auf wie ein Alka-Seltzer in einem Glas Wasser, und Harri wurde brutal in die Wirklichkeit zurückgerissen. Sie öffnete die Augen und erblickte Stellas belustigte Miene, nur Zentimeter über ihr. „Schöner Traum?"

„Ich … äh … ich …“, stammelte Harri, verzweifelt bemüht, sich zu fangen.

Stella warf den Kopf in den Nacken und lachte laut. „Du hast von Dan Beagle geträumt – und was für ein Traum!“

Brennende Röte schoss Harri in die Wangen. „Nein, habe ich nicht.“

„Lügnerin. Du hast im Schlaf gesprochen, Süße.“ Sie klatschte sich den Handrücken gegen die Stirn wie Sarah Bernhardt auf einer Bühne im Rampenlicht. „Oh, Dan, Dan, küss mich, Dan!“

Peinlichst berührt wandte Harri sich ab. „Verpiss dich.“

„Och, komm schon, Harri. Das war so cool.“

„Hör auf, dich über mich lustig zu machen, und tu was Nützliches. Stell den Wasserkocher an“, gab Harri zurück. Sie kämpfte noch mit der kuschligen Gemütlichkeit des Bettes und kam nur mit Mühe in die Senkrechte.

Stella hob die Hände und gab sich geschlagen. „In Ordnung, tut mir leid. Aber du musst zugeben, dass so ein Traum etwas ausgesprochen Schönes ist. Ich habe letzte Nacht nur von flauschigen Handtüchern und teuren Teppichen geträumt.“

Damit wandte sie ihr den Rücken zu und beschäftigte sich mit dem winzigen Reisewasserkocher in der Zimmerecke. Harri musste lächeln. Von noblen Möbeln in berühmten Häusern zu träumen konnte ihre Freundin wahrscheinlich am ehesten antörnen.

Stella kam mit zwei Tassen Tee zurück und setzte sich zu Harri aufs Bett. „Harri, ich wollte mich nicht über dich lustig machen. Ich fand das wirklich total cool.“

„Es war nur ein dummer Traum, nichts weiter“, gab Harri zurück und nippte an ihrem Tee.

„Hey, es ist cool, ganz ehrlich.“ Stella beugte sich zu ihr und drückte ihr die Hand. „Weißt du, du darfst Träume haben. Wir sind hier, um ein fantastisches Wochenende zu haben, und nichts kann das verderben, okay? Gleich genehmigen wir uns das opulenteste englische Frühstück, das man sich denken kann, und dann werden wir nach Strich und Faden verwöhnt, gepeelt, aufpoliert und massiert. Und danach, meine verrückte Freundin, machen wir uns auf den Weg und schmachten heute Abend stundenlang deinen stattlichen Entdeckungsreisenden an. Also, trink deinen Tee, beweg deinen verschlafenen Hintern aus dem Bett, und los geht's!"

Als Harri noch ein kleines Mädchen war, liebte sie die abendliche Badezeit mehr als jede andere Tageszeit. Die Magie dieser Momente lag nicht nur darin, dass sie mit der gelben Gummiente im Badewasser spielen konnte. Nein, viel wichtiger war, dass sie sich vollkommen geborgen fühlte und hinterher, während sie auf Mums Schoß saß und in ein riesiges gelbes Badetuch gewickelt war, die Haare abgetrocknet bekam.

Der behagliche Prunk, der sie jetzt umgab, ließ sie diese Erinnerung noch einmal durchleben, als sie sich rücklings auf die Buchenholzruheliege sinken ließ, eingehüllt in einen riesigen, weißen, flauschigen Frotteebademantel inmitten der luxuriösen Einrichtung des La Mer. Obwohl sie sich darüber amüsierte, wie ungeheuer fasziniert Stella von der Schönheitsfarm war, musste Harri zugeben, dass sie wirklich umwerfend war. Jede Einzelheit war sorgfältig durchdacht, und man hatte keine Kosten gescheut, um einen Zufluchtsort zu schaffen, der Frieden und Entspannung bot. Gedämpftes Licht, beheizte Fußböden, prachtvolle Schwimmbäder und sanfte Musik trugen zum exklusiven Ambiente bei, und die Behandlungen waren angenehmer, als Harri das je erlebt hatte.

Nach einem Meersalzpeeling entspannte sie sich mit einem Smoothie aus tropischen Früchten, genoss das leichte Prickeln ihrer geröteten Haut und wartete auf Stella, die eine Warmsteinmassage über sich ergehen ließ. Eine Frau Mitte vierzig durchquerte den Raum und blieb stehen, ein strahlendes Lächeln auf dem Gesicht.

„Himmlisch, nicht wahr?“, hauchte sie.

Harri nickte. „Es ist wirklich schön.“

Die Frau streckte ihr die frisch manikürte Hand hin. „Ich bin Sonia. Sind Sie zum ersten Mal hier?“

„Ja. Mit meiner Freundin.“

Sonia kicherte und setzte sich neben Harri auf die Liege. „Ich bin schon zum neunten Mal hier. Irgendwie zieht es mich immer wieder her. Ich bin mit meinem – äh – Freund da, aber er ist heute fast den ganzen Tag auf einer geschäftlichen Besprechung. Wirklich jammerschade, dass er nicht hier sein kann, um die Zeit zu genießen. Aber wirklich großzügig von ihm, dass ich es für ihn erleben darf. Finden Sie nicht auch?“

Höflich lächelnd nahm Harri einen langen Zug von ihrem Smoothie, um ihre Heiterkeit zu überspielen. Sonia glättete eine der Falten ihres Bademantels. Dabei wirkte sie wie eine übermäßig verwöhnte Katze, die unerwartet an eine ganze Schüssel Sahne herangekommen war.

„Ich schätze, dafür lohnt sich der ganze Aufwand …“ Die Pause war offensichtlich mit Bedacht eingelegt, damit Harri nachfragte, aber sie schlug die Einladung aus – ein seltener Moment von Egoismus. Nach ein paar peinlichen Sekunden beschloss Sonia, trotzdem fortzufahren. „Wissen Sie, er ist verheiratet. Nimmt mich mit auf seine … nennen wir es *Geschäftsreisen*? Die Frau hat natürlich keine Ahnung. Sie ist so damit beschäftigt, seinen Kindern eine Mutter zu sein, dass sie gar nicht sieht, wie *unerfüllt* er ist, der Arme …“

Der ganze Nachglanz der Massage, den Harri bis eben genossen hatte, löste sich in nichts auf, und Unbehagen machte sich in ihr breit. Das war das Letzte, was sie heute wollte: die unverfrorene Offenheit einer Frau ertragen zu müssen, die sie nicht einmal kannte. „Gut, nun, ich …“

„Sehen Sie, es ist so“, sprudelte Sonia hervor und beugte sich dabei so weit vor, dass Harri ungewollt Einblick in ihr sonnengegerbtes Dekolleté bekam, „wenn der Trieb so stark ist wie bei ihm, kann er nur von jemandem befriedigt werden, der nicht durch familiäre Verpflichtungen abgelenkt ist, wenn Sie verstehen, was ich meine. Und eins sage ich Ihnen: Was man über Frauen in den Vierzigern erzählt, ist ja so *zutreffend* ...“

Ein merkwürdig gepresster Schrei durchschnitt die friedliche Atmosphäre der Schönheitsfarm, und plötzlich wurde Harri klar, dass sie selbst ihn ausgestoßen hatte. Sie wollte sich gerade entschuldigen und hastig den Rückzug antreten, als, zu ihrer grenzenlosen Erleichterung, Stella neben ihr auftauchte.

„Da bin ich wieder, und ich muss sagen: Meine Therapeutin hat Wunder bewirkt!“

„Nun denn, ich sollte jetzt wohl weiter.“ Sonia erhob sich und lächelte Stella heuchlerisch an, als sie an ihr vorbeiging. „Ich muss doch dafür sorgen, dass jeder Quadratzentimeter makellos strahlt – für *nachher* ...“

Harri ignorierte die leichte Übelkeit in ihrem Magen und lächelte schwach. „Ja, dann, äh, viel Glück damit.“

Amüsiert ließ Stella sich auf der Ruheliege neben ihr nieder. „Wer in aller Welt war das denn?“

Harri verzog das Gesicht. „Die Geliebte von irgendjemandem, wie's scheint. Ehrlich, Stel, sie hat das so unverfroren erzählt.“

„Willkommen in der Welt der Reichen und Verantwortungslosen“, meinte Stella grinsend. „Meine Masseurin hat mir gerade ein paar von den Geschichten erzählt, die sie hier so zu hören kriegt. Scheußlich!“

„Hm, na schön, ich habe jedenfalls mehr als genug für mein ganzes Leben gehört.“ Harri schauderte.

„Merk dir, wo wir stehen geblieben sind.“ Mit den Augen folgte Stella einem großgewachsenen dunkelhaarigen Mann in der Uniform des La Mer, der an ihnen vorbeiging und in einem der Behandlungsräume verschwand. „Ich glaube, er verabreicht mir meine nächste Behandlung – was für ein Bild von einem Mann! Ich wusste, dass es mir hier gefallen würde!"

Um halb sechs verließen Harri und Stella zögernd das La Mer und nahmen ein Taxi zurück ins Hotel, um sich auf ihren literarischen Abend in der Lady Margaret Hall vorzubereiten.

Die Lady Margaret Hall war ein wirklich prunkvoller Veranstaltungsort für Dans Buchvorstellung. Schon wenn ein Besucher sich diesem College näherte, das zu den schönsten der Universität von Oxford zählte, schlug es ihn in seinen Bann: Perfekt gepflegte Außenanlagen rahmten die klassischen Gebäude ein, in denen seit über hundertdreißig Jahren dem Wissen und Lernen gehuldigt wurde. Als Harri und Stella auf den Eingang zusteuerten, schien von dem eindrucksvollen Gebäude aus Ziegeln und Yorkstein ein Gefühl von Hoffnung und Chance auszugehen.

Aus irgendeinem Grund hatte Stella sich an diesem Abend für ihre gefälschten Jimmy Choos mit unglaublich hohen Absätzen entschieden. Die waren eindrucksvoll, wenn man auf einer Party nur rumsitzen und toll aussehen musste, aber völlig nutzlos, sobald man auch nur ein paar Schritte damit zu gehen hatte. Obwohl sie auf den hohen Absätzen wie ein kleines Kind in Mummys Schuhen daherwankte, schaffte Stella es natürlich trotzdem auszusehen, als sei sie gerade einem Nobelmodemagazin entstiegen: die blonden Haare zu einem glatten, hoch angesetzten Pferdeschwanz zurückgebunden, ein schlichtes schwarzes Etuikleid, das ihrer beneidenswerten Figur schmeichelte, und jedes Detail ihrer Aufmachung sorgfältig geplant, um Eindruck zu machen.

„Würdest du bitte etwas langsamer gehen?"

Harri blieb stehen, bis Stella sie eingeholt hatte. „Welcher Teufel ist nur in dich gefahren, diese Schuhe anzuziehen?"

„Ganz einfach, ich wollte mir unbedingt Mühe für dich geben. Schließlich soll das hier unser Mädelswochenendtrip sein. Außerdem liebe ich meine Choos."

„Obwohl sie nicht echt sind?"

Stella wirkte beleidigt. „Für mich sind sie echt. Außerdem, wenn Julian sich als der Mann auf Dauer erweist, für den ich ihn halte, wird das nächste Paar echt sein."

„Na, dann wollen wir mal die Daumen drücken."

„Du machst dich nur über mich lustig, weil du neidisch bist."

„Bin ich nicht. Anders als du erwarte ich von einer Beziehung vor allem Verlässlichkeit und eine langfristige Bindung, nicht ein unerschöpfliches Bankkonto."

„Oh, entschuldige bitte, dass ich in Bezug auf mein Liebesleben so kleinliche Hoffnungen hege", meinte Stella spöttisch. „Vielleicht sollte ich Julian dazu überreden, mit mir zelten zu gehen."

„Ha-ha!" Harri beschloss, ihrer Freundin die Frage zu stellen, die ihr auf der Zunge lag, schon seit sie das Hotel verlassen hatten. „Aber jetzt mal im Ernst: Sehe ich brauchbar aus?"

„Ja, du siehst toll aus. Wie immer. Das ist das Ärgerliche an dir: Ich muss sorgfältig planen, um so gut auszusehen, aber du kommst einfach vorbei und siehst umwerfend aus – und merkst es nicht mal."

Was Stella allerdings nicht wusste: Insgeheim hatte Harri ihre Aufmachung für heute Abend schon seit drei Wochen geplant. Und doch war sie, als sie sich früher am Abend fertig gemacht hatten, immer noch unsicher, ob sie mit dem auberginefarbenen ärmellosen Kleid und dem kurzen schwarzen Jäckchen die richtige Wahl getroffen hatte. „Ich fürchte nur, dass ich ein bisschen – du weißt schon – zu aufgedonnert wirke."

Stellas Lachen hallte zwischen den eleganten Gebäuden wider. „Nur du kannst auf solche Ideen kommen: siehst umwerfend aus und machst dir deswegen Sorgen."

Harri starrte auf die Paillettenverzierung ihrer schwarzen Ballerinas. „Ich dachte nur … ach, egal."

„Süße, du siehst fantastisch aus, okay? Dan wird es gefallen."

„Ich habe das nicht für Dan getan."

Stella legte ihren Arm um Harris Schulter, und sie wandten sich wieder der hell erleuchteten Hall zu. „Doch, das hast du. Und das ist auch völlig in Ordnung. Komm schon, gehen wir rein. Ich habe das Gefühl, inzwischen auf blutigen Stümpfen zu laufen."

Drinnen war es schon voll, und überall unterhielten sich Leute angeregt, als Harri und Stella den eichenholzgetäfelten Raum betraten. Erhellt wurde er von feinen Glaslampen, die in Dreiergruppen von der Stuckdecke hingen. Kostbare Wandteppiche und schöne Porträts der Collegegründer zierten die Wände, und im glänzend gebohnerten Parkett spiegelten sich die Deckenleuchten. Auf einer kleinen Plattform an einem Ende des Raumes war ein Rednerpult aufgestellt, und davor standen etwa siebzig rote, samtbezogene Stühle. Die ersten paar Reihen mit dem besten Blick waren schon fast vollständig besetzt und wurden von den Sitzplatzinhabern eifersüchtig bewacht.

Stella drängelte sich durch eine Gruppe von Mittfünfzigern, die schon saß, um zwei Plätze im hinteren Teil des vorderen Drittels zu ergattern. Harri folgte ihrer besten Freundin, so puterrot im Gesicht, wie niemand von Rechts wegen erröten sollte, und entschuldigte sich übermäßig bei den Leuten, an denen sie sich vorbeigedrängt hatten.

„Wir hätten auch außenrum gehen können, um an diese Plätze zu kommen", knurrte sie Stella an, als sie sich setzte und versuchte, Tasche und Jacke unterzubringen.

„Nein, hätten wir nicht. Die wandelnde Botoxreklame da hinten hatte es auf diese Plätze abgesehen", gab Stella zurück und deutete dabei alles andere als diskret auf eine stark geschminkte Frau mit unbeweglichem Gesicht zwei Sitzreihen hinter ihnen. „Das konnte ich nicht riskieren."

„Stel, du bist unmöglich."

„Nein, bin ich nicht. Ich habe dabei vor allem an dich gedacht."

Harri zog eine Augenbraue hoch. „Tatsächlich?"

Stella nickte, klappte ihren Taschenspiegel auf und erneuerte ihr Lipgloss. „Selbstverständlich. Schau dorthin." Mit ihrem Lipgloss-Stift deutete sie zur Bühne hinüber.

Harri wandte den Blick und sah, keine sechs Meter entfernt, Dan Beagle lässig durch die Tür kommen und auf die Plattform schlendern, zusammen mit der Organisatorin der Veranstaltung und einem Tontechniker. Die drei lachten.

„Oh … mein … Gott …", hauchte sie, und ihr Puls beschleunigte sich auf das Doppelte.

„Eben. Deshalb sind diese Plätze so gut. Nicht so weit weg, dass man nicht mehr erkennen kann, wie gut der Mann aussieht, und doch nicht so nah, dass man das Gefühl hat, er sitze einem auf dem Schoß. Obwohl …" Ein raubtierhaftes Glitzern trat in ihre Augen, und sie grinste. „… vielleicht wäre das gar nicht so schlecht gewesen. Der Mann sieht ja umwerfend aus."

„Oh ja." Harri hatte im Vorfeld beschlossen, sich nicht vom Anblick ihres Helden beeindrucken zu lassen. Aber jetzt musste sie feststellen, dass sie sich in einen errötenden, atemlosen Teenager verwandelte, der keinen klaren Gedanken fassen und kein Wort herausbringen konnte. Was um alles in der Welt stimmte mit ihr nicht? Dan Beagle ließ sie ein Prickeln spüren, das sie mit Leib und Seele erfasste – ein Gefühl, das sie schon sehr lange nicht mehr kannte.

„Du wirst ja so *rot*", neckte Stella sie. Ihr Lachen hallte von den ehrwürdigen Wänden wider. „Au! Deswegen musst du mich doch nicht treten!"

„Halt einfach den Mund", zischte Harri ihr zu. „Mir ist

durchaus bewusst, welche Farbe ich angenommen habe. Vielen Dank aber auch."

Stella verschränkte ihre Arme und musterte Harri mit unverhohlener Belustigung.

Eine hochgewachsene Frau mit rabenschwarzem Haar, das sie zu einer erstaunlichen Frisur hochgesteckt hatte, trat vor die Bühne und lächelte erwartungsvoll. Im Publikum wurde es sofort still. Alle wollten, dass es endlich losging. Harri lehnte sich zurück und holte tief Luft.

„Guten Abend, Ladies und Gentlemen. Mein Name ist Gabriella Rovira. Ich bin die Veranstaltungsmanagerin, und es ist mir ein großes Vergnügen, Sie alle hier in den atemberaubenden Räumen der Lady Margaret Hall willkommen zu heißen. Vor Ihnen liegt ein Abend, der verspricht, faszinierend zu werden. Ich weiß, dass viele von Ihnen von weit her gekommen sind, um heute Abend hier zu sein, und ich danke Ihnen dafür; allerdings glaube ich, mit Sicherheit sagen zu können, dass niemand hier ganz so weit gereist ist wie unser Gastredner." Höfliches Lachen hallte durch den Raum. „Unser Gastredner am heutigen Abend wurde bereits im zarten Alter von fünfzehn ein Abenteurer, als er seinen Vater auf einer Reise durch den bolivianischen Regenwald begleitete. Seither hat er mehr als zweihundert Reisen in alle Welt gemacht und seine langen und abenteuerlichen Exkursionen in einer Reihe preisgekrönter Bücher festgehalten sowie natürlich in seinen Fernsehsendungen. Ich bitte um herzlichen Applaus und Bühne frei für den Mann, der mit zahlreichen Preisen ausgezeichnet wurde und auf der Bestsellerliste der *Sunday Times* steht: der Autor, Fernsehpräsentator, Fotograf und – vor allem – Weltreisende Dan Beagle!"

„Sie ist unglaublich scharf auf ihn, wetten?", flüsterte Stella kichernd.

„Pst! Es geht los!"

„Oh Mann ..."

Harri ignorierte Stellas Sarkasmus, während Dan auf die Bühne trat und die Hände hob, um den Applaus zum Schweigen zu bringen. „Vielen Dank, Gabriella. Ich muss gestehen: Mitten in deiner Ankündigung habe ich mich gefragt, wer der höher qualifizierte Typ eigentlich ist, der heute Abend offenbar an meiner Stelle sprechen sollte!“

Das Publikum lachte viel lauter, als es der Witz eigentlich hergab, und Harri fiel sofort wieder ein, wie Stella sich in ihrem ersten Jahr auf der Sekundarschule verhalten hatte, als sie Jason Harding anhimmelte – den beliebten Rugbyspieler und ihre erste Liebe –, wenn sie am Rand des Schulspielfeldes stand und über jeden seiner noch so lahmen Witze peinlich laut lachte. Reiß dich zusammen, Harri, mahnte sie sich selbst. Du bist nicht hier, um ihn anzuschmachten wie ein liebeskranker Teenager. Du bist hier, um dich inspirieren zu lassen …

Während Dan sprach, wurden auf dem großen Bildschirm hinter ihm Bilder aus aller Welt eingeblendet. Jedes einzelne ließ Harri vor Entzücken erschauern, während sie mit den Augen jedes Detail aufnahm. Sonnenlicht, das durch das Blätterdach des brasilianischen Regenwalds fiel und kleine reingoldene Lichtpunkte auf den zig Meter tiefer liegenden Waldboden zauberte; das freundliche Lächeln und die fragenden Blicke der Dorfkinder in Patagonien, die in die Kamera schauten; Frauen eines Nomadenvolkes, zum Schutz vor dem beißend kalten Wind auf der mongolischen Hochebene in dicke Webdecken gehüllt; die karge, trostlose Landschaft eines ausgetrockneten Sees im Outback von Australien, die Erde in sonnenverbrannten Schollen aufgeworfen, die vom Wind zerzausten Bäume nur noch verdorrte Skelette; ein gut besuchter Straßenmarkt irgendwo in Afrika südlich der Sahara, voller Bewegung und Farben und so lebendig, dass Harri fast zu hören meinte, wie hier lautstark gefeilscht und gehandelt wurde. Dass sie jetzt unmittelbar hören konnte, was der Mann sagte, stellte ihr die Orte lebendiger vor Augen als jedes seiner Bücher. Seine Leidenschaft, seine Gefühle und seine Ehrfurcht vor der Welt, die er so viele Jahre bereist und erkundet hatte, schienen aus jeder Pore seines Wesens zu strömen, und er zog das gesamte Publikum komplett in seinen Bann, während er eines seiner Abenteuer nach dem anderen zum Besten gab.

Nur kurz löste Harri ihren Blick von Dan, um Stellas Reaktion zu sehen. Eigentlich erwartete sie, dass ihre beste Freundin gelangweilt ihre Fingernägel betrachtete, aber stattdessen stellte sie überrascht fest, dass Stella dem Mann auf der Bühne vollkommen gebannt lauschte. Noch nie hatte sie ihre Freundin jemals so von irgendetwas gefesselt erlebt.

Nach etwa einer halben Stunde leuchtete auf dem Bildschirm eine Frage auf, die für Gemurmel im Publikum sorgte: „Haben Sie das goldene Ticket?"

Harri spürte, wie ihr Puls sich beschleunigte, und die Zuhörerschaft um sie herum beugte sich wie ein Mann gespannt vor.

„Nun, mir ist schon klar, dass das, was jetzt kommt, in dieser eleganten Umgebung ein wenig fehl am Platz ist", meinte Dan lächelnd. „Aber ich dachte mir, ein bisschen Spaß kann heute Abend nicht schaden. Unter einem Ihrer Stühle habe ich in einem Umschlag ein goldenes Ticket versteckt. Derjenige, der es findet, gewinnt damit eine besondere ledergebundene und von mir signierte Ausgabe meines neuen Buches ‚Straßen der Wildnis'. Auf der ganzen Welt gibt es nur zwei solche Exemplare, und das andere gehört mir. Also, nur zu, schauen Sie nach!"

In der Halle brach fast so etwas wie ein Tumult aus: Siebzig Stühle wurden zurückgeschoben, und hundertvierzig Knie trafen das gebohnerte Parkett, als die Zuhörer angestrengt unter ihre Stühle spähten. Harri und Stella taten es den anderen gleich und gingen zwischen den Reihen kichernder Menschen auf die Knie.

„Ah, hier ist es nicht", sagte Stella grinsend, setzte sich wieder auf ihren Stuhl und fasste erneut Dan ins Auge.

Bitte lass es mich sein, nur dieses eine Mal, flehte Harri im Stillen und tastete unter dem Sitz ihres Stuhles herum. Zu ihrer Verwunderung berührten ihre Finger Papier. Schnell und vorsichtig fasste sie zu, zog und hielt im nächsten Moment einen Umschlag in der Hand.

Stella schaute sie an, und ihr Gesichtsausdruck verwandelte sich schlagartig. Sie sprang auf und rief: „Hier, es ist hier!"

Taumelnd kam Harri wieder auf die Beine. Der Raum begann, sich um sie zu drehen, und sie hielt den Umschlag hoch – sehr zur Enttäuschung der meisten Zuhörer und unter freundlichen Glückwünschen derjenigen, die unmittelbar um sie herum saßen. Dan schaute zu ihnen herüber, und ein seltsamer Ausdruck legte sich auf sein Gesicht. Fast wie in Zeitlupe verließ er die Bühne mit dem Buch in der Hand und machte sich auf den Weg durch den Raum. Plötzlich schien es, als würden sich der Saal, die Leute und die Welt um sie herum auflösen. Auf einmal waren da nur noch Harri und Dan, der mit starrem Blick auf sie zukam. *Genau wie in meinem Traum.* Harri nahm nur noch seine Augen wahr, grün wie die Wellen des Indischen Ozeans im Bild hinter ihr, sein Erstaunen und das heftige Klopfen ihres eigenen Herzens. Endlich erreichte er ihren Platz, und sie hielt ihm den Umschlag hin. Als er ihn entgegennahm, streiften seine Finger ganz leicht die ihren.

Aber etwas stimmte ganz und gar nicht. Dans Gesichtsausdruck war real, seine Berührung fühlte sich seidenweich an, aber sein Blick war nicht auf sie gerichtet. Harri folgte seinem Blick, und ihr Magen verkrampfte sich, als sie sah, dass Stella ihn anstarrte, den gleichen Ausdruck auf dem Gesicht wie er. Eine gefühlte Ewigkeit lang standen alle drei wie gelähmt da – ein grausames Dreieck aus Faszination, Hingerissenheit und vernichtendem Verlustgefühl. Dan reichte Harri das Buch, ohne den Blick von Stella abzuwenden, und murmelte: „Kommen Sie nachher zu mir, damit ich es für Sie signieren kann."

Stella nickte, und Dan trat langsam einen Schritt zurück. Eine unausgesprochene Erkenntnis verband sie beide und schloss Harri komplett aus. Dann fing er sich wieder und kehrte auf die Bühne zurück.

Harri ließ sich auf ihren Stuhl sinken. Sie hatte das Gefühl, als hätte ihr der einzige Mensch, von dem sie glaubte, er wüsste es zu schätzen, das Herz aus der Brust gerissen, auf den Boden geworfen und zertreten. Die Tränen zurückdrängend, hielt sie den Blick auf ihre Oberschenkel gesenkt, während Dan seinen Vortrag fortsetzte. Sie schaute Stella nicht an. Konnte es nicht. Nicht nach dem Blickwechsel zwischen ihr und Dan, dessen Zeuge sie geworden war. Das war zu viel für sie.

Der Rest des Abends lag unter schmerzerfülltem Nebel. Harri war verzweifelt bemüht, die Fassung zu wahren und sich auf die schönen Fotos zu konzentrieren, die hinter Dan auf dem Bildschirm erschienen. Schließlich, als das Publikum sich spontan von den Plätzen erhob, um zu applaudieren, schnappte Harri sich ihre Jacke und ihre Tasche und eilte aus dem Saal in die Kühle des Foyers mit seinen Alabastersäulen. Inzwischen liefen ihr die Tränen übers Gesicht. Sie stürzte aus dem Gebäude, rannte auf das dunkle Gelände hinaus. Die Nacht war klar, und Sterne glitzerten wie winzige Lichtpunkte im himmlischen Dunkel Meilen über ihr. Harri schaute hinauf und wünschte sich, sie könnte einfach verschwinden. Das war alles so unfair. So hätte es nicht laufen dürfen. Natürlich wusste sie, dass es verrückt gewesen war, sich auszumalen, dass sie mit Dan ins Abenteuer aufbrechen würde, aber sie konnte sich dennoch nicht dagegen wehren, sich verletzt und hintergangen zu fühlen.

Wütend über ihre eigene Reaktion, lehnte sie sich an eine steinerne Sonnenuhr und versuchte, ihre Gefühle unter Kontrolle zu bringen. Das Einzige, das sie ganz und gar für sich behalten hatte – die ungeschminkte Schönheit von Dans Welt und ihren Traum, in diese Welt eingeladen zu werden –, war ihr an diesem Abend entrissen worden. Stella bedeutete er nichts – nicht mehr als jeder andere gut aussehende Mann mit einem kleinen Vermögen –, also warum war dieser unbezahlbare Schatz ausgerechnet ihr einfach vor die Füße gefallen? Sosehr Harri ihre beste Freundin auch liebte, im Moment war sie sich nicht einmal sicher, ob sie mit ihr in derselben Stadt sein, geschweige denn das Zimmer mit ihr teilen konnte.

Sie war nicht einmal wütend auf Dan, weil er von Stella hingerissen war. Schließlich sah sie toll aus, und ein Mann, der das nicht bemerkte, musste schon blind sein. Und es war ja auch nicht so, dass Harri sich wünschte, Dan würde sich in sie verlieben. Das wäre schlicht lächerlich – sie liebte Rob und konnte sich nicht vorstellen, ihn zugunsten eines anderen fallen zu lassen. Was am meisten wehtat, war die Tatsache, dass Dan den selbstbewussten Reisenden repräsentierte, der sie selbst gern gewesen wäre. Sein Desinteresse an ihr raubte ihr eine weitere Entschuldigung aus ihrem auswendig gelernten Arsenal, auf das sie sich stützte, um vor sich selbst zu rechtfertigen, warum sie nicht allein reiste. Immer wenn die nur zu vertraute Einsamkeit aus den Schatten ihres Lebens hervorkroch, waren es Dans Worte, Dans Stimme und die Bilder, die er eingefangen hatte, die ihr an langen leeren Abenden Gesellschaft leisteten. Dan gehörte ihr – als jemand, zu dem sie aufschaute, dem sie gern nachgeeifert hätte und dessen Arbeit sie schätzte.

Harri schluckte hart und kramte in ihrer Handtasche nach einem Taschentuch. Sie wischte sich die Tränen ab, atmete tief ein und füllte ihre schmerzenden Lungen mit frischer Luft. Allmählich glätteten sich die tosenden Wogen in ihrem Inneren. Sie konzentrierte sich darauf, ihren Puls zu beruhigen, und schaffte es so, sich wieder auf das zu besinnen, was von ihrer Vernunft noch übrig war.

Gerade fühlte sie sich etwas ruhiger, als sie sah, wie Stella vorsichtig auf ihren lächerlich hohen Absätzen über den dunklen, betauten Rasen stakste, Dans Buch in den Händen. Harri holte tief Luft und richtete sich auf, um ihrer Freundin gefasst gegenüberzutreten.

„Hey."

„Selber hey. Alles in Ordnung mit dir? Ich habe mich umgesehen, und du warst weg."

„Ich … äh … ich brauchte nur etwas frische Luft. Das ist alles."

Stellas blaue Augen verengten sich. „Ah, verstehe. Nur dass es in Wirklichkeit um etwas anderes geht, oder?"

Harri zwang sich zu einem Lächeln und versuchte, ihr wild hämmerndes Herz zu ignorieren. „Doch, das ist wirklich alles. Ganz ehrlich. Es war einfach ein bisschen viel für mich. Der Buchgewinn, verstehst du?"

„Du meinst dieses Buch, das du völlig vergessen hast?" Sie reichte es Harri, die es an sich drückte.

„Wie gesagt, es hat mich ein bisschen umgehauen."

Stellas Miene hellte sich auf. „Oh, dann ist ja alles in Ordnung. Ich hatte schon befürchtet, du wärst sauer über Dan und mich. Ich meine, du musst doch bemerkt haben, wie er mich angeschaut hat, oder? Harri, ich bin immer noch ganz zittrig. Noch nie habe ich auf einen Typen so reagiert wie auf ihn. Schau, ich habe sogar eine Gänsehaut! Wenn er mich fragen würde, ob ich auf der Stelle mit ihm gehe, würde ich mir einfach nur meine Tasche schnappen und ihm folgen."

Ihr war, als hätte man ihr eine Faust in den Magen gerammt, und Harri hoffte, dass der unfreiwillige Laut, der ihr entschlüpfte, einem Lachen ähnlich genug klang, um Stella zu täuschen. „Scheint ja insgesamt ein aufregender Abend gewesen zu sein."

„Wohl wahr." Stellas Augen funkelten voller Lebensfreude,

so hell wie die Sterne über ihren Köpfen. „Also, äh, ich schlage vor, wir gehen wieder rein und lassen das hier für dich signieren, hm?"

Harri nickte, sich innerlich wappnend.

Harri war nicht eifersüchtig darauf, dass Dan ihre beste Freundin nicht aus den Augen ließ, als er an diesem Abend ihr Buch signierte. Auch nicht darauf, wie seine Hand ganz leicht auf Stellas Arm lag, als sie gefühlt stundenlang miteinander plauderten und dabei keinen Blick mehr für andere hatten. Aber sie ärgerte sich immer noch über den Umstand, dass Stella sich bis zu diesem Abend nur über Dan amüsiert, ihn spöttisch als „deinen stattlichen Reisetypen" bezeichnet und sich über Harris „Schulmädchenschwarm" lustig gemacht hatte.

In der Nacht wartete sie in ihrem Hotelbett, bis Stellas Atemrhythmus ihr verriet, dass ihre Freundin eingeschlafen war, bevor sie ihren Tränen freien Lauf ließ. Den ganzen Abend hatte sie dagegen ankämpfen müssen. Jetzt flossen sie ihr ungehindert über die Wangen, schwemmten ihre geplatzten Träume fort und durchnässten den Leinenbezug des Kopfkissens.

Auf der Fahrt nach Hause am nächsten Tag war Stella ungewöhnlich still. Schon seit dem Frühstück am Morgen hatte sie sich so verhalten, ja, sogar während ihrer Shoppingtour. Das war ganz besonders merkwürdig, zählte doch Geldausgeben zu Stellas wichtigstem Lebensinhalt. Harri saß auf dem Beifahrersitz und wünschte sich nur eins: dass die Meilen schneller vorüberzogen.

„War unser verbotenes Wochenende nicht umwerfend?" Stellas Frage riss Harri schlagartig in die Realität zurück.

„Ja. Toll."

„Ich meine, wer hätte je gedacht, dass ein langweiliger Vortrag über Expeditionen in einem verstaubten alten Gebäude sich als so faszinierend erweisen würde?"

„Hm."

„Und Dan hat dein Buch signiert! Wie cool war das denn! Siehst du, ich habe dir doch gesagt: Es lohnt sich hinzufahren."

Nein, hast du nicht, dachte Harri und schaute aus dem Fenster, wo Felder, Bäume und der Asphalt der Autobahn an ihnen vorbeizogen.

Eine Weile blieb es still, während Stella am Radio herumfummelte, bis sie einen Sender gefunden hatte, der rhythmisch dröhnende Tanzmusik brachte. Harri schloss die Augen und wünschte sich, ihre Spannungskopfschmerzen würden endlich nachlassen.

„Also, mach schon. Frag mich."

„Fragen? Was?"

„Jetzt tu doch nicht so. Ich weiß, dass du unbedingt wissen willst, worüber Dan und ich gestern Abend geredet haben."

Harri schluckte und versuchte verzweifelt, sich etwas einfallen zu lassen, womit sie das Thema wechseln konnte. Frustrierenderweise wollte ihr das nicht gelingen.

Aber es spielte sowieso keine Rolle. Stella redete unbeirrt weiter. „Er ist umwerfend, Harri! Ich meine, du kennst mich ja. Ich habe schon eine ganze Menge Männer kennengelernt, aber er ... er ist anders. Und diese Augen! Ganz ehrlich, es ist Jahre her, dass ein Typ mich so aus dem Konzept gebracht hat, aber heute ... Ich bin völlig durch den Wind. Und er schickt mir schon den ganzen Morgen eine SMS nach der anderen. Ganz ehrlich, Harri, er ist so süß!"

Hör auf, bitte. Hör bitte einfach auf, flehte Harri innerlich. Flüchtig kam ihr der Gedanke, sie könnte die Wagentür aufreißen und sich wie ein Stuntman bei hoher Geschwindigkeit auf den Seitenstreifen der M40 abrollen lassen, nur um zu entkommen. „Wann, schätzt du, sind wir wieder zu Hause?"

„Was? Oh – äh – ich weiß nicht. Gegen vier?"

„Gut. Ich schicke Rob besser eine SMS, damit er Bescheid weiß.“ Harri griff in ihre Handtasche und beschäftigte sich mit ihrem Handy.

Stella fuhr noch ein paar Minuten mit ihrer Lobeshymne fort, bis ihr endlich doch auffiel, dass Harri ihr eine Abfuhr erteilt hatte. „Okay, was ist los?“

„Nichts“, gab Harri kurz zurück, ohne von ihrem Handy aufzublicken.

„Red kein Blech. Du bist schon den ganzen Morgen so pampig zu mir.“

„Erstaunlich, dass es dir aufgefallen ist.“

„Was soll das denn jetzt heißen?“

„Nichts.“

Stella nahm ein wenig Tempo zurück. „Nun komm schon, Harri. Wenn du mir etwas zu sagen hast, dann sag's einfach.“

Harri schaute auf, ihr Blut kam in Wallung. „Na schön, dann tue ich es. Du hättest dich nicht in Dan verlieben sollen, klar? Dir ist doch nur wichtig, wie viel Geld er hat. Dabei ist er so viel mehr als ein dickes Bankkonto! Du kannst zwischen so vielen Männern wählen – wie zum Beispiel Julian. Erinnerst du dich noch an ihn? Der Typ, der für dieses ganze Wochenende bezahlt hat? Warum musst du dir ausgerechnet den Mann aussuchen, den ich mag?“

Der Figaro geriet leicht ins Schlingern, als Stella sich umwandte und Harri mit offenem Mund anstarrte. Sie packte das Lenkrad fester, konzentrierte sich wieder auf die Straße und schüttelte langsam den Kopf. „Ich kann einfach nicht glauben, dass du das gerade gesagt hast.“

Harri erging es genauso, aber jetzt gab es kein Zurück mehr. „Es ist einfach so: Du hast alles, was du willst, Stella. Du siehst toll aus, dir liegen die Männer zu Füßen, du kannst Urlaub machen, wann immer du willst … Und ich, ich hatte immer nur eines: Dan.“

„In deinem Kopf", gab Stella zurück, „und von ihm auch nur das Bild, das du dir selbst gemacht hast. Vor gestern Abend bist du ihm nie begegnet. Wie kannst du dich also aufführen, als hätte ich ihn dir ausgespannt?"

„Dan bedeutet dir nichts. Du hast dich immer nur über ihn lustig gemacht."

„Nein, das habe ich nicht! Ich habe immer gesagt, dass er sexy ist …"

„Oh ja, als wäre das alles – noch ein Stück Fleisch, nach dem du gieren kannst, bis du das nächste findest? Du hast ihn so oft zur Zielscheibe deiner Witze gemacht, Stella! Selbst gestern Abend im Saal hast du dich noch über mich lustig gemacht, weil ich ihn so mag."

Stella schlug mit der Faust aufs Lenkrad. „Du solltest dich selbst mal hören! Du führst dich wegen dieser Sache auf wie ein verzogenes Gör – und gibst mir die Schuld an etwas, das ich gar nicht getan habe. Er gehört nicht dir, Harri! Du hast nicht das alleinige Recht an Dan Beagle. Und gestern Abend haben noch etwa siebzig andere nach ihm gegiert. Soll ich die etwa auch um Entschuldigung bitten?"

„Es geht nicht um ihn, sondern um das, wofür er steht", erwiderte Harri. „Ich habe Bilder, Gedanken, Träume von der Welt – *hier oben*." Damit tippte sie sich leicht an die Stirn. „Und ich weiß, dass ich klinge wie ein liebeskrankes Groupie, aber ich habe mir gewünscht, dass er mich bitten würde, mit ihm zu reisen. Das war *mein* Traum."

„Harri, mach dich nicht lächerlich! Als ob das jemals geschehen würde."

„Aber es *geschieht*. Für *dich* …" Harris Stimme brach, und sie verstummte.

Schweigen machte sich im Wageninneren breit, während die beiden Freundinnen darüber nachdachten, was ihr Streit ans Licht gebracht hatte. Nach einer Weile meldete Stella sich wieder zu Wort. Ihr Verhalten hatte sich deutlich geändert. „Es tut mir leid. Ich wusste nicht, dass du so empfindest."

Harri ließ den Kopf gegen die Kopfstütze sinken und schloss die Augen. „Nun, jetzt weißt du es."

Das helle Klicken des Blinkers durchbrach das lastende Schweigen im Wagen, als sie von der Autobahn abfuhren und sich über Landstraßen, an Feldern und Wäldern vorbei Richtung Stone Yardley wandten. Obwohl sie ihren Gefühlsausbruch für gerechtfertigt hielt, meldete sich Harris Gewissen umso lauter, je näher sie ihrer Heimatstadt kamen. Das Ganze war nicht Stellas Schuld und genauso wenig Dans. Offensichtlich fühlten sie sich voneinander angezogen, und wer konnte es ihnen verübeln? Harri jedenfalls nicht, obgleich die Ereignisse des Vorabends sie immer noch bedrückten.

Gerade wollte sie den Mund aufmachen, da kam Stella ihr zuvor. „Hör mal, Harri, ich wollte dich wirklich nicht ärgern. Du bist meine beste Freundin, verdammt noch mal. Tatsache ist: Ich habe keine Ahnung, was gestern Abend passiert ist. Ich weiß nur, dass es sich diesmal ganz anders anfühlt als bei all den anderen Typen. Und so leid es mir tut, ich kann mir diese Gelegenheit nicht entgehen lassen. Ich will nicht, dass wir uns verkrachen, aber ich muss dieser Sache eine Chance geben."

Harri nickte. „Ich weiß. Und das solltest du auch. Dan ist umwerfend. Er könnte dir wirklich guttun."

Stellas Blick huschte zu ihr hinüber. „Glaubst du?"

„Ich weiß es."

„Danke, Harri. Das bedeutet mir viel." Erleichterung machte sich auf ihrem Gesicht breit. „Übrigens, was du gesagt hast – von wegen, ich könnte haben, was immer ich will? So ist es gar nicht. Ich habe flüchtige Beziehungen, die in Wirklichkeit anscheinend nie irgendwohin führen. Und die Reisen? Das klappt auch nur, wenn jemand für mich bezahlt. Ich habe nicht alles.

Du dagegen schon. Du hast einen tollen Freund, der auch nach sieben Jahren immer noch für dich da ist. Ich hatte noch nie jemanden, der mich so lange lieben und bei mir bleiben wollte. Ihr beiden werdet heiraten, Kinder haben, zusammen alt werden – mit allem Drum und Dran. Ich kann von Glück sagen, wenn ich einen Freund länger als einen Monat halten kann. Genau deshalb muss ich es mit Dan versuchen. Ich glaube nämlich, dass er *mein* Rob sein könnte."

Inzwischen waren sie in die Waterfall Lane eingebogen und schon fast bei Harri zu Hause. Sie wartete, bis Stella den Wagen vor ihrem Cottage angehalten hatte. Dann wandte sie sich ihr zu und nahm sie in die Arme. „Es tut mir leid, Stel. Meinen Segen hast du. Dan gehört dir. Nichts wie ran an den Mann!"

Stella erwiderte ihre Umarmung. „Danke. Und danke für das fantastische Wochenende."

Harri sah ihrer Freundin hinterher, als sie in einer Staubwolke davonfuhr. Stellas Worte klangen noch in ihr nach:

Ich habe nicht alles. Du dagegen schon … Du hast Rob …

Plötzlich erfüllte sie innerer Friede, und noch auf dem Gartenweg zum Two Trees Cottage tippte sie auf ihrem Handy eine Nummer ein. „Hey, mein fantastischer Freund – ich bin wieder zu Hause!"

An diesem Abend dachte Harri sehr viel über die Ereignisse des Wochenendes nach. Dans Reaktion auf ihre beste Freundin hatte sie verletzt, das stand außer Frage. Aber während es immer noch wehtat, wie unfair das Ganze war, nahm die Erfahrung doch allmählich eine tiefere Bedeutung an. Dans Welt war von unwiderstehlicher Schönheit und würde für alle Zeiten etwas sein, wo Harri Zuflucht suchte – aber letztlich war sie unerreichbar für sie. Stella hatte mit dem, was sie gesagt hatte, voll ins Schwarze getroffen: Was zählte, war das, was

Harri hatte – hier in Stone Yardley. Rob, ihren Job im Reisebüro, Stella, Tante Rosemary, Alex und Viv. Menschen, die sie liebte und von denen sie geliebt wurde. Was ihre Reiseträume anging, lag es nicht in Dan Beagles Verantwortung, Harri die Welt zu zeigen. Es lag an ihr selbst, sich aufzumachen und sie zu sehen.

Am nächsten Morgen bei SLIT hatte George offenbar beschlossen, dass er für seine wöchentliche Motivationsansprache auf visuelle Hilfsmittel zurückgreifen wollte: Er mühte sich ab, ein funkelnagelneues Whiteboard aufzustellen.

„Äh, brauchen Sie dabei Hilfe?", fragte Tom.

„Nein, Thomas, vielen Dank", wehrte George ab, aber seine Stimme verriet, wie aufgeregt er tatsächlich war. „Ich habe alles im Griff."

Tom schaute auf seine Uhr, dann zu Harri, und zuckte hilflos die Achseln. Also eilte sie George zu Hilfe. Dieser, schon sehr rot im Gesicht und schweißgebadet, erlaubte seiner Assistenzmanagerin, die Arbeit für ihn zu Ende zu bringen.

„Hier", sagte Harri und reichte George das Päckchen Whiteboard-Stifte vom Schreibtisch neben ihr.

„Danke, Harri. Also, heute möchte ich mit euch über STD reden." Er ignorierte Nusrins Kichern und fuhr fort. „Somers Travel Direct versorgt SLIT schon seit Jahren zuverlässig mit Angeboten, und wir haben uns immer bemüht, eng mit ihnen zusammenzuarbeiten. Wie ihr alle bestens wisst, machen wir mit Luxusbusreisen mit großem Abstand unser bestes Geschäft, und diese Tradition wollen wir aufrechterhalten."

Nus stöhnte auf, nahm eine Tube teurer Handcreme von ihrem Tisch und stürzte sich in die wichtige Aufgabe, ihre eleganten Finger mit Feuchtigkeit zu versorgen.

George stemmte die Hände in die Hüften und reckte das Kinn vor. „Was dagegen, Nusrin?"

Nus schaute aus unschuldigen Hundebabyaugen zu ihm auf. „Nein, Chef."

„Gut. Also, diese Woche setzen wir alles daran, diese tollen Busreisen zu verkaufen, in Ordnung?"

„Warum?", fragte Tom.

„Wie bitte?"

„Warum müssen wir uns besonders um den Verkauf von Busreisen bemühen? Das ist doch sowieso schon unser Verkaufsschlager."

Harri unterdrückte den Drang zu lächeln. Dass sie sich über diesen Vulkan kurz vor dem Ausbruch amüsieren konnte, dem ihr Chef glich, als er versuchte, seine positive Einstellung zu bewahren, obwohl er sich immer mehr der Lächerlichkeit preisgab, hob ihre schlechte Laune beträchtlich.

„Thomas, weil STD uns großzügigerweise eine Anhebung unserer Kommission für jede gebuchte Reise angeboten hat, und zwar auf dreißig Prozent – unter der Voraussetzung, dass wir pro Woche vier Busreisen zusätzlich verkaufen. Das ist die Gelegenheit für uns alle, uns hinter unsere brandneue Initiative zu stellen ..." Damit drehte er sich um und schrieb mit quietschendem Stift große, steil nach rechts abfallende Buchstaben auf das Whiteboard. Dann drehte er sich wieder zu seinen Angestellten um und deutete mit wichtiger Geste auf die beiden krummen und schiefen Wörter auf der Tafel: „OPARATION VERKAUFSSTEIGERUNG!"

„Sie haben es falsch geschrieben", meinte Nus und warf Harri einen spöttischen Blick zu. „Operation schreibt man mit E nach dem P, nicht mit A."

George lief im Nacken rot an, und er zog sein Taschentuch hervor, um sich den Schweiß von der Stirn zu wischen. „Und gut gemacht, Nusrin. Du hast meinen versteckten Rechtschreibtest bestanden. Damit, dass ich so etwas tue, habt ihr nicht gerechnet, stimmt's? Seht ihr, das ist der Grund, warum ich der Inhaber des erfolgreichsten Reisebüros von Stone Yardley bin und erst letzte Woche vom Bürgermeister von Brindley persönlich darum gebeten wurde, den Posten des Schriftführers der örtlichen Handelskammer zu übernehmen." Er hielt einen Moment inne, damit seine Belegschaft die Neuigkeit von seiner glanzvollen Berufung verdauen konnte.

„Müssen Schriftführer nicht die Rechtschreibung beherrschen?", fragte Tom.

Georges Lächeln erlosch. „Mach dich nur lustig, Thomas. Aber ich sehe nicht, dass du dich bemühst, dich weiterzubilden."

„Du willst also sagen, dass wir ein neues Verkaufsziel für Busreisen haben?", warf Harri ein. In dem Moment wurde die Tür geöffnet, und Tante Rosemary trat ein, einen riesigen Blumenstrauß in der Hand und einen sehr seltsamen Ausdruck im Gesicht. „Entschuldigst du mich bitte?"

„Natürlich", erwiderte George und wandte sich schnell wieder Tom und Nus zu. „Seht ihr, das ist der Enthusiasmus, der hier den entscheidenden Unterschied macht …"

Tante Rosemary wartete geduldig am Prospektständer, während Harri zu ihr ging. „Entschuldige die Störung mitten in einer Besprechung", flüsterte Rosemary, „aber ich dachte, die möchtest du lieber sofort haben." Damit reichte sie Harri den Strauß.

„Wow, die sind wunderschön, Tante R! Vielen, vielen Dank."

Tante Rosemary lächelte strahlend. „Ich glaube, du solltest das Kärtchen lesen, Harriet."

Harri suchte zwischen bronzefarbenen Callas, rotbräunlichen Chrysanthemen, dunkelgrünem Laubschmuck und goldfarbenen Gerbera nach der Karte, die mit einer herzförmigen Klammer an einem Holzstab befestigt war. Sie öffnete den winzigen Umschlag und las die Botschaft, die in der schwungvollen Handschrift ihrer Tante verfasst war:

Habe dich an diesem Wochenende vermisst, Rotschopf. Dachte, die gefallen dir vielleicht. Kann heute Abend nicht – wieder mal Arbeit (buh), verspreche aber, es am Freitag wiedergutzumachen.
Rob. Küsschen.

Harri spürte, wie Freude sie durchzuckte und durchschüttelte wie der Fahrtwind eines vorbeibrausenden Lastwagens, während sie Robs Nachricht las. „Wow, ich fasse es nicht. Wann hat er sie bestellt?"

„Seine Sekretärin hat heute Morgen angerufen. Offenbar war ihm der genaue Wortlaut sehr wichtig."

„Vielen lieben Dank, dass du sie mir extra vorbeigebracht hast", sagte Harri und drückte ihrer Tante den Arm. „Sie haben mich wirklich aufgeheitert."

„Gern geschehen, mein Liebling. Nun, ich wünsche dir einen schönen Tag. Ich ruf dich diese Woche irgendwann an."

Als Rosemary fort war, kamen Tom und Nus herüber, um den Überraschungsstrauß gemeinsam mit Harri zu bewundern, während George hilflos neben dem wackeligen Whiteboard ausharrte und gestikulierte.

In der Mittagspause ging Harri ins *Wātea* hinüber, um sich ein Sandwich zu gönnen. Alex war damit beschäftigt, dick geschnittene, klebrige Schokoladenbrownies auf den Kuchenplatten zu stapeln. Als sie eintrat, winkte er ihr mit der silbernen Gebäckzange zu.

„Hallo, Harri. Wie war's in Oxford?"

„Fantastisch. Die Schönheitsfarm war umwerfend."

Alex verzog das Gesicht. „Igitt, das ist so gar nicht mein Fall: mit teurem Dreck beschmiert und durchgewalkt werden. Aber jeder, wie er mag."

„Nun, mir hat es gefallen." Harri lächelte kleinlaut.

„Und allein darauf kommt es an. Was kann ich für dich tun?"

Harri schaute zu der großen Schiefertafel hinter Alex hoch, um zu lesen, welche verlockenden Möglichkeiten sich ihr boten. „Ach herrje, ich weiß nicht recht. Mir schwirrt heute der Kopf. Was würdest du mir empfehlen?“

Alex musterte sie aufmerksam. „Brie und Pancetta sind schwer zu schlagen, wenn es dir nichts ausmacht zu warten, während ich das Sandwich für dich toaste. Schwere Nacht?“

„Könnte man so sagen.“

„Hm. Wie sieht’s aus: Ich mache Kaffee für uns beide, und du erzählst mir, was los ist?“

„Würde ich liebend gern annehmen, aber ich fürchte, ich muss zurück. George hat eine Charmeoffensive mit STD gestartet, und Tom und Nus drohen mit Kündigung. Ich trau mich nicht, sie allzu lange miteinander allein zu lassen.“

„Tja, dann. Es liegt aber nicht an deinem Freund, oder? Hast du dich über ihn geärgert?“

„Nein, ganz und gar nicht.“ Stolz erfüllte sie. „Im Gegenteil. Er hat mir gerade einen umwerfend schönen Blumenstrauß geschickt.“

„Großartig, das höre ich doch gern. In deinem Liebesleben stimmt also alles. Aber was ist mit meinem? Wann lerne ich deine nächste Freundin kennen?“

„Du hast drei zur Auswahl“, gab Harri zurück. Die Überraschung vom Vormittag verlieh ihr eine Kühnheit, die sie vielleicht besser gezügelt hätte, bevor sie ihm diese Antwort gab.

Alex lachte in sich hinein, und seine braunen Augen funkelten. „Warum machst du nicht Treffen mit allen dreien aus, und ich entscheide mich dann?“

Harri nickte. „Gute Idee. Überlass alles mir.“

13. KAPITEL

So viele Mädchen, so wenig Zeit …

Harri spürt, wie ihre Zehen allmählich gefühllos werden, während die Kälte in der Damentoilette immer mehr in sie hineinkriecht. Sie stampft mit den Füßen auf, hört das Klacken ihrer Absätze durch den Raum hallen. Es klingt so hohl und leer wie das gähnende Loch in ihrem eigenen Herzen.

Ich hätte etwas sagen sollen. Seit etwa einer Stunde gibt sie sich allergrößte Mühe, das beharrliche Flüstern ihres Gewissens zu ignorieren, aber jetzt drängt es sich mit Macht in den Vordergrund. *Ich hätte nicht einfach weglaufen sollen.*

Schließlich war das Problem genau deshalb – weil sie weggelaufen war – überhaupt erst entstanden …

Organisationstalent hat eine Menge für sich, und Harris Organisationskünste waren absolut nicht zu bemängeln. Schon ab der ersten Grundschulklasse hatte fast jeder Lehrer ihr diesbezügliches Talent bemerkt und gern genutzt. Oft hatte Harri sich gewünscht, sie hätte eine aufregendere Begabung: zum Beispiel wie Angela Hartley, die ab ungefähr zwölf Jahren für ihre schöne Singstimme in Schulproduktionen und bei kirchlichen Aufführungen bekannt wurde; oder Liam Richardson, dessen rasiermesserscharfer Verstand und Humor ihn schnell zu einem beliebten Komiker machten und ihm schließlich eine mittelmäßig erfolgreiche Karriere als Stand-up-Comedian bescherten; oder Fiona Dart, die schon als Teenager reihenweise die Herzen der Jungs von Stone Yardley brach mit ihren veilchenblauen Augen, ihrer porzellanweißen Haut und den dichten, glänzend schwarzen Haaren. Immerhin würde Harris Begabung immer *nützlich* sein.

Aber selbst ihr beachtliches Organisationstalent kam jetzt an seine Grenzen. Ihre Bemühungen, ihre eigene Arbeit, Rob (dessen Arbeitszeit in dieser Woche ganz besonders unberechenbar war) und die Vorbereitungen von drei weiteren Rendezvous für Alex unter einen Hut zu bringen, erwiesen sich als viel komplizierter als erwartet. Nicht zuletzt deshalb, weil es nicht ganz einfach war, sich plausible Geschichten auszudenken, woher sie die drei Kandidatinnen kannte.

„Ich bin also die Freundin einer Freundin?", fragte die große Blondine, die ihr gegenübersaß.

„Ja."

„Welcher Freundin?"

Harri lächelte, so gut sie konnte. „Völlig egal. Denk dir einen Namen aus – Alex wird dich sowieso nicht fragen."

„Aber was, wenn doch? Harri, ich muss schon sagen: Die ganze Sache behagt mir nicht. Ich meine, wenn Alex sich als die Liebe meines Lebens erweist, wie soll ich dann damit fertigwerden, dass ich ihn schon zu Beginn unserer Beziehung belogen habe?"

Verdammt, dachte Harri, und ich dachte, ich würde alles bis in alle Einzelheiten vorausplanen. „Na schön, Becky, denken wir uns was anderes aus. Wie wäre es damit: Wir sind letztes Jahr ins Gespräch gekommen, als du im Reisebüro deinen Urlaub buchen wolltest?"

Becky dachte einen Moment nach und drehte dabei den Stiel ihres Weinglases in der Hand. „Ich schätze, das wäre einfacher. Wann lerne ich ihn also kennen?"

Harri zog ein kleines Notizbuch aus ihrer Tasche und blätterte darin herum, bis sie die Liste fand, die in dieser Woche ihr Leben anscheinend komplett bestimmte. „Heute ist Dienstag. Du triffst ihn also morgen Abend, wenn du das einrichten kannst?"

„Ginge vielleicht auch heute Abend?" Beckys Eifer war nicht zu übersehen.

„Nein, nicht heute Abend“, erwiderte Harri rasch. „Heute Abend hat er schon etwas anderes vor.“

„Alex, darf ich dir Lucy vorstellen? Lucy, das ist Alex.“

Alex schaute auf die zierliche Brünette herab, die vor ihm stand, und lächelte strahlend. „Schön, dich kennenzulernen, Lucy.“

Lucy schüttelte ihm die Hand. „Ich habe schon so viel von dir gehört“, sprudelte sie hervor und ließ ein Lachen hören, das klang, als stammte es von einem Esel, der Helium eingeatmet hatte.

Verdutzt starrte Alex Harri an. Die lächelte beruhigend und zuckte die Achseln. Dann überließ sie die beiden ihrem Gespräch, verließ hastig das *Star and Highwayman* und überprüfte auf dem Parkplatz noch einmal ihre Liste: 19:15 Uhr Charlotte Manning, Asda Café, Lornal.

Ihr schwirrte der Kopf von all den Dingen, die sie zu erledigen hatte, während sie die sieben Meilen von Stone Yardley zur größeren Stadt Lornal zurücklegte. Die Landschaft veränderte sich, Felder wichen Häusern und schließlich Industrieanlagen. Hier befand sie sich im industriellen Herzen des Black Country, von dem einst die industrielle Revolution ausgegangen war. Die Straße führte aufwärts, umkurvte die Ausläufer eines Berges, von dem Harri in der Schule gelernt hatte, dass er in prähistorischer Zeit ein Vulkan gewesen sei, und führte an Wohnhäusern, dem großen neuen Krankenhaus und den glänzenden neuen Bürokomplexen vorbei, die aus der Asche der alten Stahlwerke erstanden waren. Sie ließ die beeindruckenden Konstruktionen aus Stahl und Glas hinter sich und fuhr zu dem 24-Stunden-Supermarkt, der mitten zwischen Bürogebäuden, Fabrik-Outlets und Restaurants verschiedener Ketten stand.

Nachdem sie den Wagen auf dem riesigen Parkplatz abgestellt hatte, eilte sie in Richtung Café. Drinnen herrschte Hochbetrieb. Sie zog ein Foto aus ihrer Handtasche und suchte zwischen den Gästen nach dem eleganten Gesicht, das ihr aus dem Foto entgegenlächelte. Ein bunt gemischtes Publikum hatte sich hier versammelt: Mütter, die sich abmühten, dick gepolsterte Kinderwagen in dem engen Raum zwischen cremefarbenen Vinyltischen und weißen Kunststoffdrehstühlen, die an den Boden geschraubt waren, unterzubringen; ältere Paare, die sich an Fisch, Pommes frites und Erbsen gütlich taten, eingemummelt in Mantel und Hut, obwohl es ein warmer Sommerabend war; zwei Sicherheitsmänner, die offenbar dienstfrei hatten und in ihre zerfledderten Exemplare der *Sun* und des *Mirror* vertieft waren, während sich die Reste ihres umfangreichen Frühstücks noch auf dem Tisch befanden; eine Gruppe kichernder Mädchen, die mit den Fingern auf einen überaus peinlich berührten Jungen am Nebentisch zeigten – der Ärmste sah aus, als wünschte er, der Boden würde sich unter ihm auftun und ihn verschlingen; ein junges Paar in Bürokleidung, das Händchen hielt und langsam seinen Cappuccino aus übergroßen weißen Bechern trank.

Endlich entdeckte sie auch die Dame vom Foto. Sie saß am Fenster und brachte das Kunststück fertig, in ihrem Designer-Anzug einerseits völlig fehl am Platz zu wirken und dennoch, dank ihres gelassenen Lächelns, so, als fühlte sie sich hier zu Hause. Sie löste ihre langen Finger von ihrem Latte-Glas und winkte Harri zu. Eins stand fest: Ihr Foto wurde ihr absolut nicht gerecht. Sie war umwerfend schön. Die langen ebenholzschwarzen Haare hatte sie zu einem praktischen Pferdeschwanz zurückgebunden, und die einreihige Perlenkette, die sie trug, betonte ihre kaffeebraune Haut. Wenn Alex bei ihrem Anblick der Unterkiefer runterfiel, würde der elegante Schieferboden des *Wātea* ernstlich Schaden nehmen …

„Hallo, Charlotte. Tut mir leid, dass ich zu spät komme."

„Kein Problem. Im Büro war heute der Teufel los. Ich bin

deshalb selbst erst eben angekommen. Ich war so frei, dir einen Kaffee zu bestellen. Ist dir das recht?"

Harri setzte sich und nahm den angebotenen Becher dankbar entgegen. „Vielen Dank. Du ahnst ja nicht, wie nett das ist. Ich glaube, ich hatte heute noch keinen einzigen ruhigen Augenblick."

„Du bist Reisekauffrau, stimmt's?"

„Ja. Obwohl ich mich heute gefragt habe, ob sich auch nur einer unserer Kunden dessen bewusst ist, dass man weiter reisen kann als nur ein paar Hundert Meilen."

Charlottes schokoladenbraune Augen funkelten. „Klingt nach einer Menge Spaß. Allerdings würde ich selbst im Moment für einen Urlaub morden. Aber so, wie mein Terminplan aussieht, kann ich von Glück reden, wenn ich dieses Jahr auch nur einen Skiurlaub machen kann. Vielleicht sollte ich mal bei dir vorbeischauen, um etwas für nächstes Jahr zu buchen?"

„Jederzeit gern. Entschuldigung, was genau bist du noch mal?"

Charlotte lächelte sie über den Rand ihres Latte-Glases hinweg an. „Rechtsanwältin. Frisch von der Uni."

„Wow. Beeindruckend."

„Danke. Es hat mich viel Zeit gekostet, dieses Ziel zu erreichen, aber ich bin froh, dass ich mir die Mühe gemacht habe. Und jetzt – erzähl mir von Alex."

Charlotte hörte aufmerksam zu, als Harri die Einzelheiten zu ihrem besten Freund wiederholte – in einer Rede, die sich inzwischen wie ein uraltes Manuskript in ihrem Kopf anfühlte.

„Toll. Und ich lerne ihn Donnerstag kennen?"

Harri nickte. „Ja. Jetzt muss ich nur noch eine Sache erwähnen: Es geht darum, woher wir beide uns kennen …"

Als Harri später am Abend nach Hause kam, war sie erschöpft. Charlotte davon zu überzeugen, sich auf die Geschichte ihrer Bekanntschaft einzulassen, die sie sich hastig auf der Fahrt nach

Lornal ausgedacht hatte, hatte länger gedauert als erwartet. Auch jetzt noch war sie sich nicht wirklich sicher, ob sie sich darauf verlassen konnte, dass die schöne Rechtsanwältin sich an die Geschichte halten würde. Dennoch konnte sie damit zumindest einen weiteren Punkt auf der Liste des Verderbens abhaken – eine Sache weniger, um die sie sich in dieser Woche kümmern musste.

Sie ließ sich aufs Sofa fallen und schaute wütend zu den Stapeln von Briefen hinüber, die sich immer noch auf ihrem Couchtisch breitmachten.

Nie wieder. Beim nächsten Mal sage ich Nein und kaufe mir stattdessen ein neues Reisebuch. Das reicht, um meine Abenteuerlust zu stillen.

Sie nahm eins ihrer sträflich vernachlässigten Nigella-Kochbücher zur Hand, spielte kurz mit dem Gedanken, in die Küche zu gehen und sich ein himmlisches kleines Essen zu bereiten, gab die Idee aber ganz schnell wieder auf und rief stattdessen Stone Yardleys einzigen chinesischen Take-away an.

Zwanzig Minuten später rief ein Klopfen Harri an die Haustür. Mit dem Portemonnaie aus ihrer Handtasche in der Hand manövrierte sie sich geschickt um Ron Howards rot-weiß geringelten Schwanz herum, der ihr alles andere als hilfreich im Weg lag, und öffnete die Tür.

„Hi", sagte sie, ohne aufzublicken, und klaubte in ihrem Portemonnaie die benötigten Münzen zusammen.

„Weißt du, du musst mir kein Geld geben."

Verdutzt hob Harri den Kopf. „Stella?"

„Hast du jemand anderen erwartet?"

„Einen Lieferdienst. Entschuldige, komm rein."

Stella folgte ihr ins Cottage, einen seltsamen Ausdruck im Gesicht. Harri ging in die Küche, um den Wasserkocher einzuschalten. Erst als sie wieder zurückkam, fiel ihr auf, dass Stella einen riesigen Rucksack geschultert hatte.

„Tut mir leid, ich kann nicht bleiben“, sagte sie, und Harri bemerkte, dass ihre Freundin langsam die Hände rang – eines der wenigen Zeichen von Verletzlichkeit, das sie äußerst selten an den Tag legte.

„Alles in Ordnung mit dir?“

Stellas Lachen klang nervös und aufgeregt zugleich. „Es passiert, Harri. Ich kann es kaum glauben!“

„Was? Was passiert?“

Stella holte tief Luft und ließ sich rasch auf der Sofakante nieder.

„Harri, ich habe meinen Job gekündigt! Heute Morgen habe ich es getan: Bin direkt ins Büro gegangen und habe Greasy Garner mein Kündigungsschreiben in die Hand gedrückt. Ehrlich, du hättest sein Gesicht sehen sollen. Ich dachte schon, er kriegt gleich einen Herzinfarkt!“

Harri ließ sich langsam neben ihr aufs Sofa sinken. „Stel, bist du dir deiner Sache auch wirklich sicher? Was wirst du jetzt tun? Ich meine, wovon wirst du jetzt deine Miete bezahlen?“

Stellas Augen zeigten, wie aufgewühlt sie war. „Gar nicht. Ich bin heute Nachmittag ausgezogen. Natürlich habe ich meine Kaution nicht zurückbekommen, aber das spielt keine Rolle.“

Harri schüttelte den Kopf. Was ihre Freundin ihr da eröffnete, ergab keinen Sinn. „Aber natürlich spielt es eine Rolle! Was willst du tun, um Geld zu verdienen? Wo willst du wohnen …?“ Ihre Stimme verklang, als ihr Blick noch einmal den mächtigen Rucksack streifte.

Stella bemerkte ihren Gesichtsausdruck und warf lachend den Kopf in den Nacken. „Nur keine Panik, Dummerchen, ich will nicht bei dir einziehen! Ich meine, versteh mich nicht falsch. Ich liebe dich wirklich über alles, aber es würde keine Woche dauern, und wir würden uns gegenseitig an die Gurgel gehen.“

Insgeheim sehr erleichtert, fragte Harri: „Und jetzt? Wohin willst du?“

„Ich folge meinem Herzen. Kannst du dir vorstellen, dass ich das jetzt gerade gesagt habe? Ich meine, so etwas würde Alex von sich geben, und jetzt erzähle ich genau den gleichen Müll. Verrückt, oder?“

Harri legte ihrer Freundin besorgt eine Hand auf den Arm. „Jetzt mal im Ernst, Stel, du machst mir Sorgen. Hast du dir das wirklich gut und gründlich überlegt?“

„Nein, nicht wirklich. Ich lasse mich einfach treiben – und zum ersten Mal in meinem Leben weiß ich tatsächlich, was ich will. Nicht etwa Schuhe oder Kleider oder die neueste Designer-Handtasche.“ Sie packte Harris Hand. „Ich will Dan!“

„Ich – ich verstehe nicht …“

„Dan hat mich gestern Abend angerufen und mich gebeten, mit ihm zu kommen. Wir reisen nach Tibet – kannst du dir das vorstellen?“

Harri öffnete den Mund, aber ihr fehlten die Worte.

„Er sagte: ‚Komm mit mir mit, Stella. Ich zeige dir die Welt.‘ So süß! Also habe ich einfach Ja gesagt. Ich meine, wer kann so ein Angebot schon ausschlagen?“

Ich nicht, gab Harri schweigend zu und schluckte den Kloß, der sich in ihrer Kehle gebildet hatte, hinunter. Stella würde den Traum ausleben, den Harri seit Jahren hegte. Ihm so nah zu sein und doch so unendlich weit davon entfernt, je wahr zu werden, brach ihr das Herz. „Wann reist du ab?“

Stella klopfte auf den Rucksack. „Jetzt. Das Taxi wartet draußen. Ich habe all meine Ersparnisse dabei, der Flug ist gebucht. In zwei Stunden treffe ich mich mit Dan am Flughafen von Birmingham. Es geschieht, Harri. Jetzt, in diesem Augenblick!“

Fragen über Fragen – sie überschlugen sich in Harris Kopf. „Aber wie lange wirst du …? Wann kommst du wieder?“

„Keine Ahnung. Ich weiß nicht mal, ob ich überhaupt je wiederkommen werde. Aber ich bleibe in Kontakt – versprochen. Ich werde versuchen, dich anzurufen, wenn wir gelandet sind, in Ordnung?“

Tränen schossen Harri in die Augen, als Stella sie fest in die Arme zog. „Pass gut auf dich auf“, stieß sie mühsam hervor, und dann überwältigten ihre Gefühle sie so sehr, dass sie keinen Ton mehr herausbrachte.

„Das werde ich. Harri, er liebt mich. Er sagt, seine Welt sei unvollständig, solange ich nicht dazugehöre. Und ich glaube, ich liebe ihn auch. Pass auch du gut auf dich auf, ja?“

Harri nickte. Draußen erklang ungeduldig eine Autohupe. „Du solltest jetzt wohl besser gehen.“

Stella wischte sich die Augen und stand auf, schwang sich den schweren Rucksack über die Schulter, drehte sich um und ging langsam auf die Haustür zu. Dieser Anblick – wie sie den gewaltigen Rucksack schleppte – hätte vielleicht komisch gewirkt, wenn nicht in diesem Augenblick Harris Herz in Millionen Scherben zersprungen wäre.

Stella öffnete die Tür und stand Auge in Auge mit einem verdutzten Chinesen, der gerade hatte anklopfen wollen.

„Einmal für Langton?“, stammelte er.

Harri riss sich blitzschnell zusammen und nickte. „Ja, hier, danke.“

Stella holte eine Handvoll Scheine und Münzen aus ihrer Jeanstasche und reichte sie dem Mann vom Lieferservice. „Das geht auf mich, Harri. Behalten Sie das Wechselgeld“, sagte sie lächelnd. Der Mann drückte ihr die weiße Plastiktüte mit dem Essen in die Hand und eilte rasch den Pfad hinunter davon. Der Taxifahrer hupte erneut.

„Gut. Jetzt muss ich aber – wünsch mir Glück, ja?“

Harri umarmte sie ein letztes Mal. „Mit Dan wirst du das nicht brauchen. Ich wünsche dir eine ganz tolle Zeit.“

Stella drückte ihr die Schulter und begann, sich zu entfernen. Am Gartentor angelangt, drehte sie sich noch einmal um. Das Licht der Straßenlaterne über ihr tauchte sie in ein weiches weißes Licht. „Werde glücklich, Harri!"

Harri rang sich ein Lächeln ab. „Das werde ich."

Sie sah den roten Rücklichtern des Taxis nach, während es die Waterfall Lane hinunterfuhr, bis es ihren Blicken entschwand. Als sie schließlich allein war, gestattete sie endlich der erdrückenden Last des Schmerzes, über sie hereinzubrechen, und sie ließ sich in der offenen Tür auf die kühlen Steine der Türschwelle sinken. Ron Howard tauchte neben ihr auf, rieb sich an ihr, stieß ihr den Kopf gegen die Schulter und legte seine Vorderpfoten auf ihren Arm. Harri streichelte das weiche Fell an seinem Kopf, und sein rot-weißes Gesicht verschwamm hinter einem Schleier aus Tränen.

Wie kann das nur sein? Harri fühlte sich einsamer als seit Jahren. Unausweichlich überfiel sie die Erinnerung an die Monate nach dem Tod ihrer Mutter, und sie war plötzlich wieder da, wo sie damals angefangen hatte – als verlorene Seele auf den Stufen des Two Trees Cottage, auf denen ihr nur ein aufdringliches rot-weißes Kätzchen Gesellschaft leistete.

Harri hätte nicht sagen können, wie lange sie so verweilte und zu den orange verfärbten Wolken aufschaute, die sich in der tintigen Schwärze des Himmels zusammenballten. Aber nach einer Weile merkte sie, dass die Tränen versiegten, und sie stand zittrig auf. Sie griff nach der Tüte des Lieferdienstes, die sie achtlos hatte stehen lassen, als sie zusammenbrach, schloss langsam die Tür und damit die ruhige Nacht aus und ging ebenso langsam in die Küche, ohne das aufgeregte Maunzen von Ron Howard wahrzunehmen, der ihr liebevoll um die Beine strich.

Auf dem Couchtisch schaffte sie zwischen den grässlichen Briefen Platz, um die Aluschalen abzustellen, suchte ihre Lieblings-DVD aus dem Stapel neben dem Fernseher und legte sie ein. Jetzt musste sie den Gedanken entfliehen, die ihr unablässig durch den Kopf gingen. Also machte sie es sich mit einer Schale und Essstäbchen auf dem Sofa bequem, und tatsächlich begann sich willkommene Ruhe über ihre gequälte Seele zu legen, während der Vorspann über den Bildschirm lief: *Die Schönheit Venedigs – ein venezianischer Reiseführer zu La Serenissima.*

„Hi, äh, kann ich bitte Harri sprechen?"

Harri runzelte die Stirn und versuchte, die Stimme am anderen Ende der Leitung einzuordnen. Schlafmangel, zusammen mit der geistigen Anstrengung, die diese Woche sie gekostet hatte, machte es ihr schwer, auch nur einen einigermaßen klaren Gedanken zu fassen. Jetzt eine spontane Runde „Heiteres Stimmenraten" zu spielen war das Letzte, was sie heute brauchen konnte – zumal George offenbar auf dem Kriegspfad war. Es war zehn Uhr am Donnerstagvormittag, und er hatte die versammelte Belegschaft des Reisebüros schon mit nicht weniger als drei Schimpftiraden belegt.

„... und glaubt ja nicht, ich hätte nicht bemerkt, wie viele SMS hier geschrieben werden", donnerte seine Stimme aus seinem Büro heraus. Tom versteckte sein Lachen hinter seinem Becher, und Nus verdrehte nur die Augen. „Vielleicht ist es euch nicht aufgefallen, aber wir sind hier nicht in einem Telefonladen!"

Harri verdrehte die schmerzenden Augen und versuchte, sich auf den Anruf zu konzentrieren. „Entschuldigung. Ja, hier ist Harri."

„Oh, gut. Hallo, hier ist Becks. Tut mir leid, dass ich dich auf Arbeit anrufe, aber es ist sozusagen ein Notfall."

Becks? Becks wer? Harri hatte insgeheim gehofft, dass die Anruferin ihr irgendeinen Hinweis auf ihre Identität geben würde, aber jetzt fiel ihr nur die äußerst unwahrscheinliche Erklärung ein, dass Victoria Beckham zufällig im Reisebüro anrief.

Sie schüttelte den Kopf. Ihr blieb keine andere Wahl. „Hören Sie, tut mir leid, aber ich komm einfach nicht drauf. Wer ist da, bitte?"

„Becks? Becky Yarnell – ich habe gestern Abend Alex kennengelernt."

Jetzt fiel der Groschen, Wellen der Erleichterung und der Panik überliefen sie abwechselnd. „Oh, natürlich. Tut mir leid. Ich bin heute irgendwie nicht ganz da …"

„Es kann sein, dass wir ein Problem haben", fiel Becky ihr ins Wort.

„Tatsächlich?" Harri konnte nicht umhin, plötzlich ihr Herz hämmern zu hören.

„Mir ist vielleicht – ganz ohne es zu wollen – äh, letzte Nacht etwas rausgerutscht."

Oh nein. „Und das wäre?"

„Harri, es war nicht meine Schuld. Das musst du mir glauben. Es ist einfach so, dass er so … lieb war, verstehst du? Ja, natürlich verstehst du. Schließlich hast du ihn nominiert …"

Harri erschauderte. *Erinnere mich nicht daran.*

„… Er hat mich gebeten, ihm zu erzählen, woher ich dich kenne. Ich habe es versucht. Ehrlich. Aber da saß ich, schaute in diese wundervollen braunen Augen und – ich weiß nicht – ich bin irgendwie durcheinandergekommen und …"

„Harriet, hängst du noch lange am *Firmentelefon*?", zischte ein zornglühender George direkt neben ihrem Ohr, sodass sie zusammenzuckte. „Ich weiß ja nicht, wie es dir geht, aber ich würde es gern sehen, wenn hier heute auch noch ein bisschen gearbeitet würde."

Harri legte die Hand über den Hörer und funkelte ihn wütend an. „George, dies ist ein Notfall. Ich wurde angerufen, klar? Und ich weiß nicht, ob es dir aufgefallen ist, aber dieses

Reisebüro ist heute so leer, dass dagegen das Geisterschiff *Marie Celeste* wie das Westfield-Shoppingcenter am letzten Samstag vor Weihnachten aussieht."

George öffnete den Mund, schloss ihn aber schnell wieder. Offenbar hatte er sich eines Besseren besonnen und die scharfe Antwort, die ihm schon auf der Zunge lag, noch einmal heruntergeschluckt. „Na schön, solange es anderer Leute Geld kostet …" Damit flüchtete er sich in die Sicherheit seines Büros.

„Entschuldige, Becky. Was hast du gerade gesagt?"

„Ich bin durcheinandergekommen. Ich konnte mich nicht mehr erinnern, ob ich eine Freundin einer Freundin war oder eine Kundin, mit der du ins Gespräch gekommen bist … Jedenfalls habe ich beides behauptet. Und dann hat er mich gefragt, welche Freundin, und dazu fiel mir absolut nichts ein. Also habe ich Justine gesagt. Und er hat nach ihrem Nachnamen gefragt. Da geriet ich in Panik. Mir fiel nur ein Nachname ein und …"

Harri schloss die Augen. „Moore?"

Becky schnappte nach Luft. „Ja! Woher weißt du das?"

„Ich bin ein Genie", stöhnte Harri und betete innerlich, der Bürostuhl, auf dem sie gerade saß, würde plötzlich Flügel bekommen und mit ihr davonfliegen. „Und was hat Alex dazu gesagt?"

„Nichts. Aber ich habe gemerkt, dass er mir nicht geglaubt hat. Ich glaube auch nicht, dass er mich wiedersehen möchte, weil er zum Schluss die ganze ‚War jedenfalls nett, dich kennenzulernen'-Rede abgespult und mir nicht angeboten hat, mich nach Hause zu begleiten."

„Ah."

„Ich dachte nur, du solltest das wissen. Es tut mir wirklich leid."

Harri stieß einen langen Seufzer aus. „Schon gut. Danke, dass du es mir gesagt hast."

„Darf ich noch etwas sagen?"

„Nur zu.“

„Alex scheint mir nicht der Typ zu sein, der Hilfe braucht, um jemanden zu finden.“

„Hm. Nun, ob du es glaubst oder nicht, er hat mich gebeten, ihm zu helfen. Also …“

„Wenn du mich fragst: Es ist ein Fehler, ihn zu belügen. Er scheint großes Vertrauen zu dir zu haben.“

Harri spürte, wie ihr das Herz in die Hose rutschte „Verstehe. Äh, danke.“

„Okay. Tschüs.“

Als Harri das Gespräch beendete und ihre Stirn auf die Tischplatte sinken ließ, klopfte Nus ihr auf die Schulter und stellte ihr einen Becher heißen Kaffee hin. „Lass dich nicht von George nerven“, meinte sie grinsend. „Komm schon, Tom und ich brauchen deine Hilfe, um mit den Tausenden von Kunden fertigzuwerden.“

Harri hob den Kopf und brachte ein schwaches Lächeln zustande. „Recht hast du. Also, los geht's.“

Der Morgen zog sich endlos hin. Da die Kundschaft ausblieb und im Reisebüro ungewohnt effizient gearbeitet wurde, blieb Harri nur sehr wenig, womit sie sich ablenken konnte, und so machte sich immer mehr Unruhe in ihr breit. Um die Mittagszeit hielt sie es nicht länger aus. Es wurde Zeit, die Suppe auszulöffeln, die sie sich eingebrockt hatte. Wenn Alex ihre Pläne durchkreuzt hatte, gab es nur einen sinnvollen Weg: sich der Situation direkt zu stellen.

Als Harri eintrat, war das Mittagsgeschäft im *Wātea* in vollem Gang. Ein großer Querschnitt der Einwohner von Stone Yardley genoss lärmend das Mittagessen – Teenager, ältere Paare, Frauen mittleren Alters aus Vivs Bridgeclub und etliche Geschäftsleute, die das freie WiFi im Café nutzten und sich mit ihren Netbooks und Papieren an der Bar, von der aus man die High Street überblicken konnte, breitgemacht hatten.

Alex schlängelte sich durch die dicht gedrängten Gäste durch, hielt dabei zwei Teller mit Bruschetta und Salat hoch über seinen Kopf, hatte sich hastig ein weißes Geschirrtuch über eine Schulter geworfen, und zwei Sets aus Messer und Gabel, fest in eine Serviette gerollt, steckten in der Gesäßtasche seiner Jeans. Harri sah zu, wie er sich geschickt an Stühlen, Kinderwagen und Taschen vorbeidrückte, die ihm gedankenlos in den Weg gestellt worden waren, und dachte, dass er sich wohl auch mit geschlossenen Augen zurechtfinden würde.

Langsam näherte sich Harri dem Tresen, behielt aber Alex im Auge, der gerade sein Ziel erreichte – eine perfekt gekleidete ältere Dame und ihre sehr viel jüngere Begleiterin am anderen Ende des Cafés. Die Gesichter der beiden leuchteten auf, als er sie ansprach. Alex hatte die Fähigkeit, dafür zu sorgen, dass sich hier jeder heimisch fühlte, und dafür bewunderte Harri ihn. Ganz egal, wie abgehetzt er war, er fand immer die Zeit, seinen Gästen das Gefühl zu geben, die einzigen Gäste im *Wātea* zu sein. Der perfekte Gastgeber.

In diesem Augenblick schaute er herüber, und ihre Blicke trafen sich. Harri spürte, wie sich ihr Magen vor Angst zusammenzog, als er die beiden Damen allein ließ und sich ihr näherte. War er gestresst? Oder einfach nur angespannt, weil um die Mittagszeit so viel zu tun war? Oder lag Zorn in seinem Gesichtsausdruck? Sie konnte es nicht erkennen. Am Tresen angekommen, wandte er sich an die rundliche Mittvierzigerin mit den schockierend weiß blondierten Haaren, die sich am Espressoautomaten zu schaffen machte.

„Bren, kannst du die Stellung für fünf Minuten allein halten?"

Brenda nickte, das runde Gesicht vom Dampf der Maschine gerötet. „Aber bleib nicht ewig weg, ja? Die Typen von der Bank werden jeden Augenblick aufschlagen."

„Cool, danke." Alex wandte sich an Harri. „Lass uns nach oben in die Wohnung gehen."

Harri folgte ihm durch die Küche hinterm Tresen und die Treppe hinauf in die Kühle seines Wohnzimmers. Helles Sonnenlicht fiel durch die großen Fenster, und die langen hauchdünnen Gardinen bauschten sich in der leichten Brise wie Segel.

Nervös schaute sie auf ihre Uhr. „Ich … ich habe nicht viel Zeit, Al. George hat einen seiner schlechten Tage, und ich muss dafür sorgen, dass er die anderen nicht zu sehr beleidigt."

„Okay …" Alex wirkte zerstreut, bewegte sich geistesabwesend durch die Küche, räumte Geschirr vom Abtropfgestell in die Schränke, schaltete den Wasserkocher ein, dann wieder aus.

Harri holte tief Luft. „Hör mal, Al, ich muss dir etwas …"

„Hältst du mich für paranoid?", stieß Alex plötzlich hervor.

„Was?"

Als er sie anschaute, lag in seinen Augen tiefe Sorge. „Im Ernst. Hältst du mich für paranoid?"

„Paranoid weshalb?"

„Irgendwas stört mich, seitdem ich gestern die Freundin deiner Freundin Justine getroffen habe. Und ich fange an zu glauben, dass irgendetwas mit mir nicht stimmt."

Plötzlich war Harris Mund staubtrocken. Sie schluckte hart. „Sei nicht albern."

„Ich meine es ernst, Harri. Du hast mich mit all diesen netten, völlig normalen Frauen bekannt gemacht, und ich sollte das eigentlich nur genießen. Aber ich kann nur an eins denken – und das war bisher bei allen so –, nämlich, dass sie mir irgendetwas verheimlichen."

„Was zum Beispiel?"

Alex lehnte sich schwer gegen die Arbeitsplatte und hob den Blick zur Decke. „Keine Ahnung. Es kommt mir einfach so vor, als – ich weiß auch nicht – gäbe es Löcher in ihren Geschichten. Ich meine, das Mädchen von gestern …"

„Becky."

„Ja, genau die. Wir kamen wunderbar miteinander aus, und

dann habe ich sie gefragt, woher sie dich kennt, und sie reagierte irgendwie total seltsam. Ich habe mir endlos den Kopf darüber zerbrochen, und mir ist keine vernünftige Erklärung eingefallen. Es kam mir fast so vor, als würde sie sich wegen irgendetwas schuldig fühlen, verstehst du? Aber sie hatte doch keinen Grund, sich schuldig zu fühlen. Und dann, vor etwa einer Stunde, ergab plötzlich alles einen Sinn."

„Ah. Okay, ich glaube, ich muss dir erklären, warum ..."

Alex schüttelte ungläubig den Kopf, zuckte die Achseln und fuhr unbeirrt fort. „Ich projiziere meine Erinnerungen an Nina auf sie."

„Wie bitte?"

„Harri, ich bin dahintergekommen. Ich gehe von vornherein davon aus, dass sie etwas vor mir verbergen. Vielleicht liegt es daran, dass ich das Desaster mit Nina nicht habe kommen sehen. Vielleicht bin ich deshalb so misstrauisch und abwehrend."

Ihre Erleichterung darüber, dass er nicht herausgefunden hatte, was sie getan hatte, wurde von einer plötzlichen Woge des Mitgefühls für Alex gedämpft. „Al, mein Freund, daran liegt es doch gar nicht. Du lernst im Moment eine Menge neuer Leute auf einmal kennen. Da ist es doch ganz natürlich, dass du vorsichtig bist."

„Findest du? Ehrlich, Harri, das beschäftigt mich schon den ganzen Morgen. Ich will nicht als einsamer alter Gefühlskrüppel enden."

Darüber musste Harri lachen. „Jetzt redest du aber wirklich Unsinn. Du bist völlig in Ordnung, Al. Aber vielleicht war es keine so gute Idee, gleich drei Dates in einer Woche durchzuziehen."

Der ganz leichte Anflug eines Lächelns zeigte sich auf seinem Gesicht. „Hm, vielleicht wollte ich wirklich ein bisschen zu viel. Egal, nur noch eine Verabredung heute Abend. Das Wochenende hast du mir ja dankenswerterweise frei gelassen."

„Richtig. Und Charlotte ist wirklich toll. Was sie angeht, habe ich ein gutes Gefühl." Sie warf einen Blick auf die Küchenuhr über der Arbeitsplatte. „Ach herrje, ich muss zurück. Geht's dir jetzt wieder ein bisschen besser?"

„Viel besser. Danke."

Sie gingen wieder ins Café hinunter, und Harri umarmte Alex noch einmal, bevor sie sich von Brenda verabschiedete und sich zur Tür wandte. Gerade wollte sie sie aufstoßen, als sie nach innen aufschwang und eine Frau mittleren Alters mit einer leuchtend rosa Baskenmütze überrascht aufschrie.

„Oh. Entschuldige, Harri, ich habe dich nicht gesehen!"

„Schon in Ordnung, Ivy. Wie läuft das Geschäft?"

„Viel zu tun, schätze ich. Aber ich habe heute frei, also lasse ich Sid und seinen dämlichen Lehrling allein die Stellung halten. Heute sind fünf Inspektionen fällig, aber das ist nicht mein Problem. Also …" Sie stieß spielerisch mit dem Ellenbogen gegen Harris Arm. „… bin ich hier, um Stone Yardleys *berühmten* Alex zu sehen, verstehst du?"

Verwirrt nickte Harri, ohne zu verstehen. Offenbar hatte sich jetzt auch Ivy Evans in die lange Schlange weiblicher Bewohner von Stone Yardley eingereiht, die dem inoffiziellen Alex-Brannan-Fanklub beitreten wollten. „Und ich komme zu spät zur Arbeit. Ich sollte mich besser beeilen."

„Oh, dann lass dich nicht von mir aufhalten", meinte Ivy grinsend.

„Harri! Entschuldige, wolltest du nicht etwas von mir?", rief Alex ihr nach.

Einen winzigen Moment lang meldete sich Harris Gewissen, und ihr schossen wieder Beckys Worte durch den Kopf: *Es ist ein Fehler, ihn zu belügen. Er scheint großes Vertrauen zu dir zu haben.* Hastig schüttelte sie den Gedanken ab. „Nein", rief sie zurück. „Ich wollte nur mal vorbeischauen."

Alex hob dankend die Hand, und Harri wandte sich zum

Gehen. „Dann ist es ja gut. Hallo, Ivy. Schön, dich zu sehen, an diesem warmen Donnerstag."

„Nein, Alex, es ist schön, *dich* zu sehen …"

Der Nachmittag verlief ereignislos. George war verschwunden. Schon um zwei hatte er sich davongemacht, um „einen potenziellen Kunden zu besuchen", und war nicht zurückgekommen.

Um halb sechs, als Harri sich von ihren Kollegen verabschiedete, meldete sich ihr Handy aus der Handtasche.

Am anderen Ende war Alex. „Kannst du auf dem Heimweg im *Wātea* vorbeischauen?", fragte er.

„Natürlich, aber ich kann nicht lange bleiben. Heute Abend koche ich für Rob."

„Kein Problem. Es dauert nur eine Minute. Komm einfach rein – ich räume die Küche auf."

Fünf Minuten später stieß Harri die Tür zum *Wātea* auf. „Hi", rief sie und ging an den Tischen mit den hochgestellten Stühlen vorbei. Vom frisch gewischten Fußboden stieg ihr der Geruch von Desinfektionsmittel in die Nase. Doch in der Küchentür erstarrte sie.

Anders als erwartet war Alex nicht damit beschäftigt, die Edelstahlarbeitsflächen zu putzen. Stattdessen lehnte er an der Spüle, ein Exemplar von *Juste Moi* aufgeschlagen in den Händen.

„‚Alex ist dreiunddreißig, einen Meter achtzig groß, hat hellbraune Haare und dunkelbraune Augen. Er liebt Reisen, lange Unterhaltungen und alte Filme. Seine eigentliche Leidenschaft aber ist das Essen, was in dem erfolgreichen Café offensichtlich wird, das ihm gehört. Nachdem er zehn Jahre seines Lebens die Welt bereist hat, ist er mehr als bereit, sich mit der richtigen jungen Dame niederzulassen …'"

„Alex, ich …"

„Moment, ich bin noch nicht fertig. ‚Seine beste Freundin Harri Langton war nur zu froh, dass sie ihn den Leserinnen von *Juste Moi* empfehlen konnte: *Alex sieht großartig aus, er ist begabt und liebevoll. Jedes Mädchen darf sich glücklich schätzen, wenn es ihn erobert. Ich halte mich für unglaublich privilegiert, seine Freundin zu sein.* Könnten Sie das Traummädchen unseres Globetrotters sein? Nehmen Sie Kontakt auf!‘ Faszinierender Artikel, findest du nicht?“

Anklagend schaute Alex sie an. Er hielt die Zeitschrift hoch und deutete auf die vordere Umschlagseite. „Und ich nehme an, dass das die Zeitschrift deiner Freundin *Justine Moore* ist, richtig? Justine Moore, du liebe Güte … Ehrlich, Harri, ich weiß nicht, was ich schlimmer finden soll – dass du mich belogen hast oder dass es dir kläglich an Fantasie mangelt, wenn du dir Hintergrundgeschichten für diese Frauen ausdenkst.“

„In Ordnung. Schau, lass mich erklären …“

Alex warf die Zeitschrift zur Seite und verschränkte die Arme. „Nur zu. Ich freu mich drauf.“

„Das war nicht meine Idee. Ich bin nur … dazu überredet worden. Ich wollte es dir noch erzählen …“

„*Was genau* wolltest du mir erzählen? Dass du zu dem Schluss gekommen bist, ganz England informieren zu müssen, wie kläglich ich bei der Suche nach einer Frau scheitere? Dass du es für eine tolle Idee gehalten hast, mich auf einer öffentlichen Versteigerung feilzubieten? Einer Versteigerung in einer verrückten Fleischbeschau, erdacht von einem dämlichen Magazin für Leute, die Alan Titchmarsh für ausgefallen halten? Oder hast du geglaubt, ich bräuchte nur eine landesweite Demütigung, um mein Liebesleben wieder in den Griff zu bekommen?“

„Aber du hast mich um Hilfe gebeten“, protestierte Harri.

Alex warf die Hände hoch. „Ja, Harri, ich habe dich gebeten, mir zu helfen, Frauen kennenzulernen. Aber dabei dachte ich eigentlich eher an Frauen, die du auch wirklich kennst, nicht an Mädchen, die du zufällig aus einer Liste herausgesucht hast."

„Ich ... so war es aber nicht, Alex."

„Ach ja? Dann sag mir doch, wie es war, Harri. Mach schon, ich bin neugierig: An welchem Punkt hast du diesen lächerlichen Plan für eine gute Idee gehalten?"

Es wurde Zeit, die Wahrheit zu sagen. Becky hatte recht gehabt – er verdiente es, die Wahrheit zu wissen. „Es war die Idee deiner Mutter", sagte sie leise. Wenn sie doch nur nicht seinem Gesicht hätte ansehen können, dass er sich verraten und verkauft fühlte. „Sie hat mich gebeten, ihr dabei zu helfen, weil sie meinte, ich könnte die richtigen Mädchen für dich aussuchen. Du musst mir einfach glauben: Ich wollte das nicht, und ich habe diesen Augenblick gefürchtet, seitdem dieses verdammte Magazin erschienen ist. Ein ganzes Wochenende habe ich damit verbracht, all die Zuschriften durchzugehen, und ich habe jeden einzelnen Moment gehasst, okay? Ich habe es wirklich bereut, dass ich Viv meine Hilfe zugesagt habe."

„Ich hätte wissen müssen, dass Mum irgendwas mit der Sache zu tun hat", meinte er und schrubbte mit der Spitze eines seiner roten Sportschuhe auf den schwarz-weißen Fußbodenfliesen herum. „Verrücktes Weib. Bei ihr kann ich mir gut vorstellen, dass sie sich so etwas ausdenkt, aber bei dir ..." Er schüttelte den Kopf. „Das ist alles ein bisschen viel für mich. Ich dachte, wir wären Freunde."

„Alex, wir *sind* Freunde."

„Harri, Freunde belügen einander nicht. Freunde tun so etwas ... Bescheuertes einfach nicht. Ich dachte, du verstehst mich, und jetzt stellt sich heraus, dass du mich überhaupt nicht kennst."

„Oh, Alex, sag doch nicht so etwas." Hilflos sah Harri ihm nach, als er an ihr vorbeiging und langsam die Treppe hinaufstieg, sie allein und verzweifelt in der Küche des *Wātea* zurückließ. Mit klopfendem Herzen überlegte sie, was sie jetzt tun sollte. Ihm hinterherlaufen oder ihn allein lassen? Wie er sie eben angeschaut hatte, das hatte sie noch nie zuvor gesehen: Schmerz, Enttäuschung, Ungläubigkeit. Tief in ihrem Inneren war ihr klar, dass sie irgendwie die Kuh vom Eis kriegen musste. Es ging nicht an, dass sie Alex wegen dieser Sache verlor. Er war ein viel zu guter Freund, als dass sie ihn einfach gehen lassen würde.

Entschlossen stieg sie die Stufen zu seiner Wohnung hinauf. Sie fand ihn im Wohnzimmer, wo er auf dem Sofa saß und ausdruckslos auf den Fernseher starrte, das Gesicht vom flackernden blauen Licht des Bildschirms beleuchtet.

Harri wischte sich über die Augen und holte tief Luft. „Ich weiß, dass du es wahrscheinlich nicht hören willst, aber ich möchte dich um Entschuldigung bitten. Es tut mir leid, dass ich dir nichts gesagt habe, und es tut mir leid, dass ich mich jemals auf diese Sache eingelassen habe. Aber bitte geh mit deiner Mum nicht zu streng ins Gericht, ja? Ich weiß, dass sie's gern übertreibt, aber im Grunde liebt sie dich einfach nur über alles. Sie will nicht, dass dir jemand wehtut."

Alex seufzte matt und sah sie an. „Eine Zeitschrift, Harri …"

„Ja. Eine, die hier wahrscheinlich niemand außer deiner Mum und Ivy Evans liest."

„Hast du eine Ahnung, was für eine Klatschtante Ivy Evans ist? Ich meine, wenn die Jungs davon erfahren, werde ich zum Gespött von allen."

„Das glaube ich nicht. Vor allem weil du eine Unmenge Zuschriften bekommen hast – und mindestens fünfzig Schreiberinnen scheinen mir halbwegs akzeptabel zu sein."

Ein leichtes Lächeln schlich sich um seine Lippen. „Wie viele Zuschriften insgesamt?"

„Über achthundert. Ich habe Stunden gebraucht, um sie alle zu lesen."

„Du hast sie alle gelesen?“

„Ja. Nein. Tante Rosemary hat mir geholfen.“

Er lachte. „Und was hat meine Mutter dazu beigetragen?“

Harri spürte, wie sich die Spannung zwischen ihnen löste, und sie trat einen Schritt näher. „Äh, sie war … weißt du, ihr ist etwas dazwischengekommen.“

„Typisch.“ Sein Blick suchte den ihren. „Für wen hast du das denn eigentlich getan? Für meine Mum? Für die Zeitschrift? Oder für mich?“

„Ich wollte nur sichergehen, dass die Frauen, die du kennenlernst, deiner auch würdig sind. Das war alles.“

Er starrte sie eine ganze Weile an, mit einem sehr seltsamen Gesichtsausdruck. Gerade als Harri sich zu fragen begann, ob sie etwas sagen sollte, um der unbehaglichen Musterung ein Ende zu setzen, kam er ihr zuvor. „Weißt du, was du bist, hm? Komm her.“ Er klopfte neben sich auf das Sofa, und Harri setzte sich. Dann stupste er sie an, und in seinen Augen blitzte der Schalk auf. „Du bist verrückt, Harri Langton.“

„Ich weiß.“

Alex lachte in sich hinein und umarmte sie fest. „Meine durchgeknallte Freundin“, flüsterte er lächelnd in ihr Haar. „Es tut mir leid, dass ich ausgerastet bin. Das war ein ziemlicher Schock für mich.“

Harri erwiderte seine Umarmung, unendlich erleichtert über das, was er sagte. „Ist schon in Ordnung. Du hattest alles Recht, dich aufzuregen.“ Sie löste sich aus der Umarmung und schaute ihn an. Sein strahlendes Lächeln war ihr nur zu willkommen. „Wir sind immer noch Freunde, oder?“

„Na ja, weißt du, es stand ein wenig auf der Kippe. Und ich habe jetzt enorm viel gut bei dir.“

„Oh, jetzt kommt es also doch noch dicke.“

„Ja – weil Justine Moore und ihre Freundinnen mir Seelenqualen bereitet haben.“

„Obwohl sie alle, wie du selbst gesagt hast, wirklich reizend waren.“

„Ja, schon, aber …“

„Also, den Verschwörungscharakter des Planes mal außer Acht gelassen – und natürlich die Sache mit der landesweiten Erniedrigung –, war das Ganze für dich nicht gerade eine unangenehme Erfahrung, stimmt's?“

Alex lächelte reumütig. „Ich fasse es einfach nicht: Nach allem, was du getan hast, versuchst du noch, diese Auseinandersetzung zu gewinnen, Langton?“

„Gib's zu, Brannan: Was Frauen angeht, habe ich einen guten Geschmack.“

Alex lachte – ein lautes Lachen, das Harri sehr willkommen war. „Weißt du, ich sollte dir wirklich ein T-Shirt mit diesem Aufdruck besorgen. Fein, ja, deine Wahl war nicht übel.“

„Ich danke dir.“

„Aber auch wenn ich das zugebe, glaube ich immer noch, dass mir ein Ausgleich für die psychische Grausamkeit zusteht, die ich deinetwegen durchleiden musste.“

Oh-oh, diesen Ausdruck in seinen Augen hatte Harri schon öfter gesehen. Er bedeutete immer Ärger. Bei genauerer Betrachtung entsprach er fast hundertprozentig dem Ausdruck, der in Vivs Augen gelegen hatte, bevor sie ihre tolle Idee aus dem Hut gezaubert hatte. „An was dachtest du dabei?“

„Mach weiter.“

Harri traute ihren Ohren kaum. „Wie bitte?“

„Nun, jetzt wo ich weiß, warum die Frauen, die ich bisher kennengelernt habe, sich so seltsam verhalten haben, habe ich keine Probleme damit, auch die anderen kennenzulernen. Außerdem muss ich zugeben, dass du da ein paar tolle Schönheiten ausgesucht hast.“

Empört schüttelte Harri heftig den Kopf. „Nein, auf gar keinen Fall.“

Alex lachte. „Ich glaube nicht, dass du das Recht hast, dich zu weigern – angesichts der Lügen, die du mir aufgetischt hast."

„Oh doch, das habe ich. Ich habe schon mehr als genug getan, um deinem Liebesleben auf die Sprünge zu helfen."

„Äh, darüber ließe sich trefflich streiten, Harri. Ich denke, das ist das Mindeste, was du zur Wiedergutmachung tun kannst."

„Kommt überhaupt nicht infrage, Al! Weißt du eigentlich, wie viel Zeit und Mühe es mich gekostet hat, auch nur diese paar Rendezvous für dich zu arrangieren? Mach dir keine Illusionen, dass du mich überreden kannst, das noch einmal zu tun."

Er beugte sich vor und griff nach ihrer Hand. „Ich bitte dich ja nicht darum, dich vorher mit ihnen zu treffen und alles zu arrangieren. Ruf sie einfach an, und wenn sie einen halbwegs vernünftigen Eindruck machen, gib ihnen meine Nummer. Betrachte das Ganze als ausgezeichnete Gelegenheit, Erfahrung in Sachen Veranstaltungsmanagement zu sammeln." Seine Augen nahmen einen sehr eindringlichen Ausdruck an. „Ich würde deine Hilfe wirklich sehr zu schätzen wissen, Harri. Bitte?"

Harri starrte ihn an. „Na schön, das könnte ich tatsächlich tun", gab sie schließlich nach.

„Großartig. Dann ist dir hiermit vergeben. Und jetzt machst du dich besser auf die Socken, damit dein Freund nicht auf dich warten muss. Und ich muss zusehen, dass ich unwiderstehlich aussehe für … äh … wie hieß sie noch gleich?"

„Charlotte."

„Richtig. Siehst du, Harri? Wir sind ein tolles Team. Ich glaube, das könnte tatsächlich funktionieren."

Harri nickte. „Ich glaube, da könntest du recht haben."

14. KAPITEL

Alles wie gehabt

Die Tür zur Damentoilette geht auf, und ein Paar Absätze klackert herein. Harri atmet bewusst flach, als könnte sie dadurch irgendwie Teil der Toilettenkabine werden und sich in Luft auflösen.

„Harriet, bist du noch da drin?“, ruft Viv leise.

Harri antwortet nicht.

Viv wartet einen Moment. Ein Quietschen, ein dumpfer Schlag, als die Tür automatisch ins Schloss fällt. Harri lauscht angespannt. Ist Viv nun fort oder nicht?

Ein leichtes Klopfen an der Kabinentür bestätigt ihre schlimmsten Befürchtungen: Viv wird sich nicht durch Schweigen abschrecken lassen. „Oh Harri, was für ein Fiasko. Deine Freundin hätte heute Abend nicht kommen sollen. Ich weiß wirklich nicht, warum Alex sie eingeladen hat. All dieser Unsinn über Wahrheit und Gerechtigkeit. Ich meine, was in aller Welt weiß diese junge Frau schon von solchen Dingen? Aber ich schätze, das willst du jetzt gar nicht hören. Geht es dir gut? Harriet?“

Es ist offensichtlich, dass Viv keine Ruhe geben wird, bis sie eine Antwort bekommt. Harri fröstelt. „Mir geht es gut.“ Ihre Stimme klingt schwach und resigniert – fast, als wäre es nicht ihre eigene.

Ein kratzendes Geräusch verrät, dass Viv den alten orangen Plastikstuhl von den Waschbecken vor die Kabinentür zieht. Sie setzt sich darauf. „Na schön, wenn du nicht rauskommst, bleibe ich eine Weile bei dir. Du solltest nicht allein sein nach … na ja, nach so einer Erfahrung.“

Harri stöhnt innerlich auf. In der Toilettenkabine ist das Stöhnen nicht zu hören, aber in ihrem Kopf dröhnt es ohrenbetäubend laut.

Stella rief nicht an, als ihr Flugzeug landete. Auch nicht in den nächsten paar Wochen. Als der Juli verging, dann auch der August und es schließlich September wurde, legte sich Harris Enttäuschung allmählich ein wenig. Immerhin machte das Ganze Sinn: Stella war mit dem Mann, den sie liebte, irgendwo am Ende der Welt unterwegs. Warum also sollte sie daran denken, Kontakt zu halten? Trotzdem tat es weh, dass Stella sich ohne Harri zu deren Traumabenteuer aufgemacht hatte.

Erst in der letzten Septemberwoche brachte Harri es über sich, wieder mal in eins von Dans Büchern hineinzuschauen.

„Es wundert mich, dass du das immer noch liest", sagte Rob, als er mit einer großen Pizzaschachtel und einer Flasche Dr. Pepper aus der Küche kam. „Immerhin hat der Kerl dir deine beste Freundin gestohlen."

„Ich denke, er könnte einfach genau der Mann sein, den Stella braucht", erwiderte Harri. „Und ich bewundere seine Arbeit immer noch."

Rob küsste sie auf den Scheitel. „Siehst du, das liebe ich so an dir: Du bist so nachsichtig."

Harri verzog das Gesicht. „Ich habe nicht gesagt, dass ich ihm schon vergeben habe. Ich mag einfach seine Bücher."

„Auch gut." Rob öffnete die Schachtel. Sie nahmen sich beide große Stücke heiße Pizza, und der zerlaufene Käse zog Fäden, die sich fettig um ihre Finger wickelten.

„Ich habe nachgedacht", meinte Rob, nachdem er einen Bissen geschluckt hatte. „Was hältst du davon, wenn ich Weihnachten mit dir irgendwohin verreise?"

Die Frage traf Harri völlig überraschend. Sie starrte ihn an. „Im Ernst?"

Er lachte. „Ja, im Ernst. Nun guck nicht so schockiert, Rotschopf. Weißt du, ich dachte einfach nur: Ich war dieses Jahr so oft weg, und du hast eine Belohnung dafür verdient, dass du das alles so ertragen hast."

Harri knuffte ihn. „Nun, dagegen kann ich schlecht was sagen!"

„Also, was meinst du?"

„Ich halte das für eine tolle Idee. Das würde ich gern machen. An welches Ziel dachtest du denn?"

In seine Augen trat ein Funkeln. „Komisch, dass du das fragst, denn …" Er zog einen zusammengefalteten Prospekt aus seiner Gesäßtasche und legte ihn Harri auf den Schoß.

Harri griff nach einem Stück Küchenpapier, um sich die Finger abzuwischen. Staunend betrachtete sie die betürmte, rosig angehauchte Granitburg mitten in einer perfekt gepflegten Gartenanlage, die sich in einem dekorativen See spiegelte. „Inverguthrie Castle", las sie, und ihr Puls begann zu rasen. „Schottland?"

„Ja. Ein Freund hat mir davon erzählt, und er meinte, das sei etwas Besonderes. Die Burg liegt in der Nähe von Oban, und die Landschaft dort oben ist einfach bezaubernd. Das ist ganz in der Nähe eines Campingplatzes, den Nick und ich als Kinder mehrmals mit Dad besucht haben."

Harri blätterte genüsslich in dem Prospekt und nahm die Einzelheiten in sich auf. Von allen Geschenken, die sie in diesem Jahr von ihm bekommen hatte, gefiel ihr dieses am besten. Inverguthrie Castle war mehr als eine Belohnung. Das war ein Ort, an dem sich Unvergessliches abspielte … Mit klopfendem Herzen wagte sie, sich vorzustellen, womit Rob sie womöglich noch überraschen mochte, während sie dort waren … „Schatz, das ist umwerfend. Vielen, vielen Dank!"

„Es geht also in Ordnung, wenn ich buche?"

Harri umarmte ihn stürmisch. „Ja! Auf jeden Fall, ja!"

Rob verstrubbelte ihr das Haar. „Dann ist es ja gut, dass ich schon gebucht habe, hm?"

An seine Brust geschmiegt, von Euphorie erfüllt, als funkelten Milliarden von Sternen in ihrem Inneren, vernahm Harri begeistert, dass sein Herz genauso heftig klopfte wie ihres. Es war so weit: Endlich geschah das, worauf sie so lange gewartet hatte.

„Schottland? Zu Weihnachten?" Vivs Miene verriet staunende Ungläubigkeit.

„Ja", erwiderte Harri lächelnd und zupfte einen Grashalm vom überwucherten Wegrand ab. Sie waren unterwegs zu Stone Yardleys Kleingärten, der Montagabend war überraschend warm, und vor ihnen tanzte ein Schwarm Mücken über der Straße.

„Ich fass es nicht. Und du bist sicher, dass er die Reise schon gebucht hat?"

„Das hat er gesagt." Harri genoss diese Unterhaltung. Sie hatte die Neuigkeit schon mit Alex, Tom, Nus und Tante Rosemary geteilt, aber am meisten hatte sie sich darauf gefreut, Viv davon zu erzählen. Ihre Überraschung über Robs Offenbarung erfüllte Harri mit reiner, unverfälschter Freude.

Viv schlug verärgert nach den Mücken, wobei ihr Zorn sich womöglich nicht nur gegen die Insekten richtete. „Mistviecher", knurrte sie. „Warum tauchen sie auf, kaum dass das Wetter angenehm wird, und ruinieren alles? Du wirst schon sehen: Sie werden in Schwärmen über die Gärten herfallen. Wenn welche in den Schlehenschnaps geraten, wird Merv den ganzen Abend nicht zu gebrauchen sein."

„Viv, reg dich ab", meinte Harri kichernd. „Merv ist eine ganze Ecke größer als sie. Er wird schon mit ihnen fertigwerden."

„Ja, vielleicht. Aber trotzdem stören sie", murrte Viv und wedelte melodramatisch mit der Hand vor dem Gesicht herum.

Der Weg wandte sich scharf nach links, und ein heller goldener Strahl der schon tief stehenden Abendsonne blendete sie. Als sie um die Ecke bogen, musste sie ihre Augen beschatten.

Harri warf einen flüchtigen Blick auf ihre Freundin und klopfte ihr auf die Schulter. „Alles in Ordnung mit dir?"

Vivs Miene verfinsterte sich. „Das wäre es, wenn mein Sohn sich endlich dazu herablassen würde, mir zu verzeihen."

„Ah."

„Ich meine, die meiste Zeit ist er freundlich zu mir, aber immer wenn ich eine Bemerkung über sein Leben mache, wird er richtig gemein."

„Na ja, du musst zugeben, dass er das Recht hat, es dir ein wenig heimzuzahlen."

Viv stöhnte verärgert auf und verschränkte die Arme vor der Brust. „Ja, schon, sich ein bisschen zu rächen ist natürlich gerechtfertigt, aber *zwei Monate*? Außerdem kann er ja nicht behaupten, dass es die Sache nicht wert war, oder? Schau dir doch all die schönen Frauen an, die er in letzter Zeit dadurch kennengelernt hat."

Das entsprach der Wahrheit. Seit Ivy Evans ihn, ohne es zu wissen, von Vivs toller Idee in Kenntnis gesetzt hatte, hatte Harri mit sage und schreibe zwanzig Frauen gesprochen und die Telefonnummern von fünfzehn dieser Frauen an Alex weitergegeben. Zu den fünf, die durchs Raster fielen, gehörten eine, die zugab, dass sie ein im Internet gefundenes Foto mitgeschickt hatte, drei, die ganz offensichtlich falsche Angaben zu ihrem Alter gemacht hatten, und eine, die eine so monotone Stimme hatte, dass sie wie ein depressiver Roboter klang.

Was Alex anging, so wirkte er völlig zufrieden mit dem aktuellen Stand der Dinge. Ein paar Verabredungen pro Woche mit Frauen, die ganz offensichtlich Interesse an ihm hatten, waren ganz sicher gut für sein Ego, auch wenn nicht viel dafür sprach, dass er dadurch letztlich seinem Ziel, die Frau fürs Leben zu finden, näher kommen würde.

„Jedenfalls arbeitet er sich fleißig durch die Liste der Kandidatinnen durch", sagte Harri und schaute einem Tagpfauenauge nach, das vor ihr aufflog. „Wenn er so weitermacht, sind wir bald bei denen angelangt, die womöglich brauchbar sind.“ Harri musste sich eingestehen, dass es sie ziemlich befremdete, welche Frauen er aussortierte. Bei der schönen Rechtsanwältin aus Lornal – Harri hätte darauf gewettet, dass sie perfekt zu ihm passte – dauerte es keine Woche, bis er ihr den Laufpass gab. Seine einzige, ziemlich lahme Begründung lautete, sie habe ihm „ein bisschen Angst gemacht“.

„Unter all diesen Zuschriften *muss* doch eine sein, die zu ihm passt“, stöhnte Viv. „Er ist viel wählerischer, als gut für ihn ist. Ich wünschte nur, er würde endlich aufhören, ständig darauf herumzureiten, dass seine eigene Mutter ihn hintergangen habe – und dabei auch noch so spöttisch zu grinsen. In der Hinsicht ist er genau wie sein Vater. Glücklicherweise *nur* in der Hinsicht, nicht auch in anderer.“

Sie kletterten über einen verwitterten Zauntritt und überquerten den Grasstreifen, der die Kleingartenkolonie von der Straße trennte. Fedrige, goldgesäumte Wolken zogen langsam über den blauen Himmel, als Viv und Harri sich Stangenbohnen, blühenden Chrysanthemen und schon fast abgestorbenen Edelwicken an zeltförmig aufgestellten Rankgerüsten aus Bambus näherten. Viv schloss das große Eisentor auf – sie war sehr stolz darauf, dass sie einen Schlüssel zu den Kleingärten hatte, zumal angesichts der Länge der Warteliste auf die begehrten Parzellen –, und sie folgten dem schmalen Kiesweg, an liebevoll angelegten und gepflegten Beeten vorbei, bis sie die Parzelle erreicht hatten, die in der Mitte lag.

Im hinteren Bereich saßen ein paar Leute auf wahllos zusammengewürfelten Stühlen vor einem großen, grün und blau gestrichenen Gartenhaus. Die Sitzgelegenheiten reichten von abgewetzten Holzstühlen über grellbunte, leinenbespannte Liegestühle bis hin zu ein paar Sonnenliegen, die etwas schäbig wirkten. Mittendrin befand sich Merv, der in einem mottenzerfressenen Sessel thronte wie ein Lumpenkönig von Mitte fünfzig, der in seinem grünen Königreich Hof hielt.

„Ah, und da nähern sich die edlen Damen!“, rief er, sodass die versammelten Kleingärtner sich alle zu ihnen umdrehten und sie lautstark begrüßten.

„Mervyn, habt ihr etwa ohne uns angefangen?“, fragte Viv und tat dabei beleidigt.

„Er hat uns verführt“, meinte ein großer, breitschultriger Mann mit einem Bart, in dem sich lässig eine ganze Sammlung verschiedenster Tierarten hätte verstecken können. „Natürlich wollten wir auf euch warten.“

„Daran hege ich keinen Zweifel, Bill“, erwiderte Viv und umarmte ihn.

Eine Dame mittleren Alters mit einer wilden, krausen Mähne, die schon grau wurde, lächelte. „Seine Überredungskünste sind bemerkenswert!“

„Bemerkenswerter, als gut für ihn ist, Elsie, das kannst du mir glauben. Also, was genehmigen wir uns heute Abend?“

„Holunderwein!“, schallte es im Chor zurück. Alle hoben ihre Gläser, prosteten ihr lautstark zu und lachten schallend.

Viv warf Harri einen gequälten Blick zu. „Tja, sieht so aus, als wären wir gerade noch rechtzeitig gekommen. Ich schätze, die Bar ist schon geöffnet?“

Merv sprang mit einer Beweglichkeit, die man nur beobachten konnte, wenn Alkohol im Spiel war, von seinem Sessel auf, öffnete die Tür des Gartenhäuschens und verschwand darin. Über der Tür stand in grellgelben Buchstaben auf schwarzem Grund *Rose & Schnecke*.

„Na, mit welchem Trunk kann ich dich heute Abend verführen, meine Liebste?“, rief er aus dem beleuchteten Inneren der „Bar“ zurück.

„Haben wir Schlehenschnaps?“

Mervs Mehrfachkinn lugte aus der Tür: „Haben wir Schlehenschnaps? Was für eine absurde Frage! Selbstverständlich haben wir Schlehenschnaps, Weib! Alf hat erst heute Nachmittag die Vorräte aufgestockt.“

Ein kleiner, drahtiger Mann in Khaki-Poloshirt und Jeans, die aussahen, als hätten sie seit Jahren keine Waschmaschine mehr gesehen, hob eine dunkel gegerbte Hand. „Ich bekenne mich schuldig, Mylord.“

„Schlehenschnaps für meine Liebste!“ Damit reichte Merv ein White-Horse-Whiskyglas an Viv weiter, das mit einer funkelnd roten Flüssigkeit gefüllt war. „Und was darf es für die edle Dame Harriet sein?“

Harri schlängelte sich vorsichtig zwischen den Stühlen hindurch und spähte durch die Tür, die nach Kiefernholz duftete. Das hier war Vivs und Mervyns ganzer Stolz und ihre größte Freude, der wahre Grund, warum sie an den meisten Abenden und Wochenenden „mal eben im Garten vorbeischauten“. Anders als der erste Blick erwarten ließ, war die *Rose & Schnecke* nicht etwa ein bescheidenes Gartenhäuschen, sondern ein komplett eingerichteter Pub im Miniformat – mit Bierzapfanlage, Beleuchtung, Stoffbieruntersetzern und sogar einer Bar aus polierter Eiche. Die war aus einem Abbruchbalken erbaut worden, den Merv in einem Holzlager für historisches Baumaterial in Ellingsgate aufgetrieben hatte. Im Laufe der Jahre hatte das Wirtshaus sich oft gewandelt – zuerst ein Unterstand der Andersons, der noch aus dem Krieg stammte und auf der Parzelle vor sich hin rostete, als Viv in den späten Siebzigerjahren den Kleingarten übernahm. Dann eine wacklige, aber heiß geliebte Töpferscheune, die von 1986 bis 2002 treue Dienste leistete, bis sie schließlich aufgegeben wurde. Der jetzige Bau, eine Weihnachtsüberraschung von Merv, war, verglichen mit seinen Vorgängern, geradezu luxuriös. Auch das Angebot an alkoholischen Getränken hatte sich beachtlich vergrößert: Im Anderson-Unterstand gab es noch selbst gekelterten Wein von

Elsie und Norm; in der Töpferscheune Bills tödliches selbst gebrautes Bier; und jetzt Alfs Schlehenschnaps, natürlich Wein, Whisky in allen möglichen Sorten und Bier aus der lokalen Kleinbrauerei Latham (Bills berüchtigte Braukünste kamen glücklicherweise nicht mehr zum Zuge).

Harri entschied sich sicherheitshalber für ein Glas von Vivs selbst gemachter Limonade und ließ sich auf einem staubigen Regiestuhl nieder, der mit blauem Canvas bespannt war. Die lockere Unterhaltung plätscherte an ihr vorbei, während sie tief die Abendluft einatmete, die von Blumendüften erfüllt war. Hier gefiel es ihr. Wie so vieles in Stone Yardley barg auch dieser Ort schöne Erinnerungen aus ihrer Kindheit.

Als Viv die Parzelle übernahm, hatten Harris Eltern ihr geholfen, das ungepflegte Stückchen Erde von Unkraut und Schutt zu befreien – was sich trotz der geringen Größe der Parzelle als Mammutaufgabe erwies, für die sie mehrere Wochen benötigten. In jenem ersten Sommer verbrachte Harri viele Ferienabende hier und spielte mit Tante Rosemarys Kindern James und Rosie, während deren Mutter, ihre eigene Mum, ihr Dad und Viv miteinander plauderten, Unkraut jäteten und den Boden auflockerten. Damals empfand sie das als nichts Besonderes, aber heute waren ihr die Erinnerungen an diese Augenblicke kostbar. Waren es doch endlose, sorgenfreie Stunden ihrer Kindheit gewesen, die nur zu kurze Zeit später von der Krankheit ihrer Eltern überschattet wurden.

Während sie an ihrer Limonade nippte, erinnerte sie sich wieder, wie aufregend die Abendessen im Freien immer gewesen waren: Ofenkartoffeln in Alufolie, in der Glut gegart, die in einem rostigen Metalleimer bewahrt wurde, Schweinefleischpastete und klebrige Haferkekse, die Viv in alten Konfektdosen von Quality Street und Roses mitbrachte. Die kleine Harri, die auf einem rot-blau karierten Faltstuhl saß, die Beine baumeln ließ und durch zwei grün gestreifte Strohhalme Limonade trank. Dabei fiel ihr ein, dass auch Alex dabei gewesen sein musste. Aber da er ein paar Jahre älter war als sie (ein Altersunterschied, der damals gewaltig schien), war er ihr in der Bande „großer Jungs“ gar nicht aufgefallen. Deren raue Spiele endeten immer damit, dass sie von seiner genervten Mutter auf das nahe gelegene Feld außerhalb der Kleingartenanlage verbannt wurden.

„Nimmst du wieder am Wettbewerb zum Gartenhaus des Jahres teil, Merv?“, fragte Elsie. Da sie schon ein Glas zu viel von ihrem Holunderwein getrunken hatte, war ihr Gesicht ziemlich gerötet.

Merv zog eine finstere Miene. „Nee. Um ehrlich zu sein, habe ich keine Lust, diesen Zirkus noch mal mitzumachen. Letztes Mal war das ein einziger Albtraum.“

„Schade“, meldete sich Bill zu Wort. „Ich hatte eigentlich auf eine Neuaufführung von Councillor Pollocks Umbenennungszeremonie gehofft!“ Er prustete los, sodass sein mächtiger Bierbauch anfing zu wackeln.

„Das war ganz ehrlich ein Versehen“, widersprach Merv. Als sich die versammelte Runde vor Lachen kringelte, glitzerten seine Augen verräterisch.

Es gab bestimmte Augenblicke in der Geschichte von Stone Yardley, die den Status einer Legende hatten. Mervs stolze Präsentation der Plakette und der Urkunde, die ihm als Gewinner des regionalen Wettbewerbes zum Gartenhaus des Jahres überreicht worden waren, war sehr schnell in diesen hohen Rang aufgestiegen. Etwa hundert Leute hatten sich zu dieser Gelegenheit in den Schrebergärten versammelt. Die *Rose & Schnecke* war mit bunten Wimpeln aus Laura-Ashley-Stoffen dekoriert, die Viv hergestellt hatte. Stone Yardleys Stadtrat Bert Pollock, Angehöriger der Konservativen, war mit der Aufgabe betraut worden, Merv den Preis zu überreichen – eine Aufgabe, die er ganz klar als Zumutung betrachtete, wie man seiner arroganten Miene entnehmen konnte. Aber da demnächst Stadtratswahlen anstanden und ein Fotograf und Journalist vom *Stone Yardley Chronicle* anwesend war, musste er sie leider wahrnehmen. Was der Politiker nicht wusste: Merv hatte sich fast die ganze letzte Nacht über einen Versprecher amüsiert, der ihm nach besonders reichhaltigem Konsum von Elsies Brombeerwein rausgerutscht war. Und zwar hatte er aus Versehen die Anfangsbuchstaben von Councillor Pollocks Namen vertauscht. Aus Bert Pollock wurde Pert Bollock (was so viel heißt wie unverschämter Blödsinn), und die ganze Kleingartenkolonie konnte sich vor Lachen fast nicht mehr einkriegen. An seinem großen Tag war er ein bisschen nervös, weil er vor einer unerwartet großen Menge von Zuschauern reden musste. Also verhaspelte er sich bei seiner wortgewandten Dankesrede an „Councillor Pert", die er mit seinem üblichen Shakespeare-Gehabe hielt. Natürlich bemerkte er seinen Fehler sofort und brach in unkontrollierbares Gelächter aus, als die versammelten Kleingärtner im Chor „Bollock!" schrien und damit zu Ende brachten, was er begonnen hatte.

„Ich glaube nicht, dass die hiesigen Tories geneigt sind, dich zum diesjährigen Wettbewerb einzuladen", meinte Alf mit zahnlosem Grinsen.

„Darauf trinke ich!" Bill hob sein Glas, und die anderen stimmten ein.

Viv zog einen alten Rattansessel neben Harris Platz. Ihr Glas war inzwischen deutlich voller als beim ersten Mal. „Also, hat Al dir irgendwas über seine Verabredungen erzählt?"

„Nein, hat er nicht. Er schickt mir immer nur eine SMS – die Nächste! –, wenn er eine neue Telefonnummer haben will."

„Oh, dieser Junge!", seufzte Viv. „Kein Wunder, dass ich so viele graue Haare habe."

„Pass auf: Am Mittwochabend bin ich zum Essen bei ihm. Mal sehen, ob ich etwas für dich in Erfahrung bringen kann."

Sofort hellte sich Vivs Miene auf. „Schatz, das wäre großartig."

„... Ganz ehrlich, Harri, die Märkte in Port Louis sind eine Sache für sich. Allein schon die Farben – einfach phänomenal: Berge von Gewürzen, frisch gepflücktem Obst wie Mangos, Papayas, Ananas und Ballen wunderbar handbedruckter Stoffe, bei denen jedes Muster eine ganze Geschichte erzählt. Und dann die Gerüche! Nicht nur Zimt, Ingwer und Kurkuma, nein. Rings um den Markt findet man überall kleine Stände, an denen Ciabattas, frittierte Garnelen und Nudeln verkauft werden."

Harri nahm einen Löffel voll von dem provenzalischen Rinderragout und kostete den Geschmack von Lorbeer, Rosmarin, Thymian und Knoblauch aus. Zugleich betrachtete sie das Foto, auf dem Alex mit einem lächelnden Standinhaber neben einem Stapel Flechtkörbe mitten auf einem belebten Markt stand. „Mauritius", sagte sie, Bilder von türkisfarbenen Wellen vor palmengesäumten weißen Sandstränden, Zuckerrohrfeldern und einem Vollmond, der über Vulkankegeln aufging, vor Augen.

„Weißt du, dort habe ich einige meiner glücklichsten Momente erlebt", meinte Alex wehmütig. „Drei Wochen bin ich dort geblieben und dann drei Wochen auf den Seychellen. Zwischen den beiden war schon ein gewaltiger Unterschied. Aber ich muss zugeben, dass mir Mauritius letztlich besser gefiel. Vor allem der Mix verschiedener Kulturen – Chinesen, Kreolen, Inder, und sie alle leben und arbeiten friedlich miteinander."

„Das klingt wunderschön." Harri entschied, dass jetzt der Augenblick gekommen war, das Thema anzuschneiden, das ihr auf der Seele brannte: seine letzten Verabredungen. „Also, wie läuft es denn mit den *Juste-Moi*-Damen?"

Alex griff nach seinem leeren Teller und brachte ihn in die Küche. „Gut. Glaube ich." Er schraubte den Espressokocher auf und füllte ihn mit Wasser. „Kaffee?"

„Danke, ja. Wie meinst du das: Glaube ich?“

„Na ja, weißt du, sie haben alle viel für sich. Alle schön, interessant – die Verabredungen sind nett, und ich habe meinen Spaß.“

„Aber keine davon ist es wert, sich intensiver auf sie einzulassen?“

Alex verengte die Augen. „Meine Mutter hat dich gebeten, mich auszufragen. Richtig?“

Harri wusste, dass ihre Unschuldsmiene so überzeugend war wie die Entschuldigung eines Politikers. „Ich war nur neugierig, das ist alles.“

„Hm. Schmeiß deinen Job nicht hin. Als Spionin bist du grauenvoll.“

„Wir machen also weiter?“

Alex nickte. „Auf jeden Fall. Alles wie gehabt, du weise Kupplerin.“

„Wohl eher keine Kupplerin, Al. Jedenfalls nicht, wenn man nach meiner jüngsten Erfolgsbilanz gehen kann.“

„Nun, vielleicht wird ja das nächste Date, das du empfiehlst, mein Leben verändern, hm? Und wenn wir schon von Ereignissen reden, die das Leben verändern“, fuhr er grinsend fort und nahm zwei Espressotassen aus dem Schrank. „Gibt’s was Neues zum romantischen Schottland?“

„Rob hat alles arrangiert.“

Der Espressokocher auf dem Herd begann zu dampfen und laut zu blubbern. „Dann ist es ja gut.“

„Das ist es“, bestätigte Harri fröhlich.

Alex trug die Kaffeetassen zur Sitzecke hinüber, und Harri gesellte sich zu ihm aufs Sofa. „Ich freue mich wirklich, dass er sich Mühe mit dir gibt, Harri. Das wurde aber auch Zeit.“

„Sehe ich auch so.“

„Und es stört dich nicht, dass er alles organisiert hat, ohne dich vorher zu fragen?“

Harri runzelte die Stirn. „Nein. Sollte es das?"

Plötzlich wirkte er verunsichert, rieb sich den Nacken. „Ich will dir wirklich nicht die Freude verderben, aber … Ich verstehe Rob einfach nicht. Wie kann es angehen, dass er ganz genau weiß, wie gern du reisen möchtest, aber trotzdem immer entscheidet, wohin ihr beiden fahrt? Schließlich bist doch du die Expertin!"

Das kam unerwartet, und willkommen war es ihr auch nicht, vor allem wenn sie bedachte, wie viel Rob für sie tat. Sie spürte, wie sich ihr die Stacheln aufstellten. „Aber so sollte es doch sein, oder etwa nicht? Es bedeutet mir so viel mehr, allein schon, weil nicht ich diejenige bin, die alles in unserer Beziehung organisiert."

„Aber warum?"

„Weil es bedeutet, dass er etwas tut, was er tun *will*, und nicht etwas, wozu er sich verpflichtet fühlt."

„Und was ist mit dem, was *du* willst?" Er senkte die Stimme und schaute ihr direkt in die Augen. „Was ist mit Venedig?"

Das ging zu weit, selbst für Alex. Harri versteifte sich abwehrend. „Was ist damit?"

„Du bist vernarrt in diese Stadt. Mum sagt, du hättest ein Foto davon als Bildschirmschoner auf dem Arbeitsrechner. Und Rosemary hat mir von der alten Ansichtskarte erzählt, die du hast …"

Aufgebracht erhob sich Harri – und empfand ihre Reaktion sofort als dumm. „Das ist etwas, wovon niemand wissen sollte!"

„Schau, Harri, entspann dich. In Ordnung? Sie hat mir nur davon erzählt, weil sie dachte, ich wäre vielleicht dort gewesen und könnte dir mehr davon erzählen."

„Und wann genau hast du mit meiner Tante gesprochen?"

„Gestern. Sie kam zum Essen ins *Wātea*. Kollegin, sie hat dich doch nur gern."

Harri verschränkte die Arme. „Schön, mir geht es gut. Uns geht es gut. Und Schottland ist wunderschön."

„Harri, setz dich wieder hin. Es tut mir leid."

Obwohl sie am liebsten auf der Stelle gegangen wäre, wusste Harri natürlich, dass sie überreagierte, und ihre Vernunft gebot ihr zu bleiben. Langsam ließ sie sich wieder auf ihren Platz sinken. „Entschuldige, aber du solltest ein bisschen nachsichtiger mit Rob sein. Er tut so viel für mich – für uns beide. Und ich bin stolz auf ihn."

Im selben Moment summte die Gegensprechanlage der Haustür. Alex stand auf und tätschelte dabei Harri das Knie. „Das ist das Wichtigste."

Harri sah zu, wie er zur Sprechanlage hinüberging, und hoffte, ihr Unbehagen würde sich auflösen. Warum sprachen Viv und Rosemary hinter ihrem Rücken über sie, und dann auch noch ausgerechnet mit Alex? Das ergab keinen Sinn.

„Hey, Jack. Ich komme runter." Alex wandte sich an Harri. „Jack ist an der Tür. Ein Notfall – er bereitet ein Essen für ein Mädchen vor, mit dem er geht, aber er hat das Dessert vergessen. Nur gut, dass ich unten im Kühlschrank noch eine Banoffee Pie stehen habe, was?"

Er entschwand die Treppe hinunter, und Harri trug die leeren Espressotassen in die Küche. Sie hatte gerade angefangen, das Geschirr in die Spülmaschine zu räumen, als Alex von unten rief: „Harri, bringst du mir bitte den Karton runter, der neben dem Couchtisch steht?"

„Mach ich!" Sie fand den großen Karton dort, wo er gesagt hatte, und eilte damit nach unten.

Jack und Alex standen in der Küche des Cafés. Harri mochte Jack Stevens sehr, obwohl er so ziemlich der Schlimmste von Alex' Kumpels war, wenn es darum ging, Robs Freunde aufzuziehen. Als Grafikdesigner mit einer verrückten Stachelfrisur und einem gemeinen Humor war Jack in jeder Hinsicht mühelos einzigartig – ob es nun um seinen ausgefallenen Geschmack in Sachen Mode ging, seine ständig wechselnde Haarfarbe (heute Abend war er weißblond) oder seinen heiß geliebten klassischen Mini Cooper mit dem Union Jack auf dem Dach, der ihm, wie seine Freunde oft behaupteten, viel mehr bedeutete als der nicht abreißende Strom von Frauen, mit denen er ging.

„Hey, Harri", meinte Jack lächelnd, wie immer blitzenden Schalk in den dunkelblauen Augen. „Ich habe nicht erwartet, dich hier zu treffen."

„Hi, Jack." Sie reichte ihm den Karton. „Ich komme nur wegen dem Essen und den Reisegeschichten."

„Recherche, hm?"

„So könnte man es nennen."

„Cool. He, danke, dass du das hier für mich angenommen hast, Mann. Ich weiß nicht, warum Parcelforce solche Probleme mit meiner Adresse hat. Anscheinend vertragen sich die beiden einfach nicht."

„Keine Ursache", meinte Alex lächelnd. „Ich kann doch nicht zulassen, dass Mabel ohne Rückbremszylinder und Sicherungsringe fährt, hm? Danke, Harri."

„Gern geschehen." Da sie spürte, dass es mit Männerthemen weitergehen würde, entschuldigte sich Harri und ging wieder nach oben. Nachdem sie die Spülmaschine fertig eingeräumt und angeschaltet hatte, schaute sie, ob irgendwelche SMS eingegangen waren. Tatsächlich leuchtete eine SMS von Rob auf dem Display ihres Handys auf:

Hoffe, das Reisedinner ist gut. Notfall in Preston. Muss morgen sehr früh los. Bin Samstag zurück, aber ohne Garantie. Tut mir leid, Rotschopf. R xx

Harri starrte auf die Wörter, und Enttäuschung schnürte ihr die Kehle zu. In den letzten Monaten waren sowohl Preston als auch Robs Arbeit viel seltener Thema zwischen ihnen gewesen, und sie hatte schon die Hoffnung gehegt, dass beides vielleicht ein wenig an Wichtigkeit verlor. Immer noch verletzlich nach der gerade erst überstandenen Auseinandersetzung mit Alex, konnte sie es jetzt gar nicht gebrauchen, dass Rob sich wieder in seine Arbeit vergrub. Alex war noch unten, wo er fröhlich mit seinem Freund plauderte. Also beschloss sie, ihren Besuch vorzeitig abzubrechen und nach Hause zu gehen. Ein ausgiebiges Wannenbad und danach ein klassischer alter Liebesfilm, das würde ihr helfen, sich zu entspannen.

Sie suchte ihre Sachen zusammen und war schon halb die Treppe hinunter, als unten ihr Name fiel. Sie blieb stehen.

„Harri sieht gut aus“, sagte Jack.

„Tut sie das?“

„Tut sie immer, Mann. Heute Abend saht ihr beiden wirklich sehr kuschlig aus.“

Harri drückte eine Hand auf den Mund, um ihr Kichern zu dämpfen. Typisch Jack, natürlich musste er sticheln. Er war eigentlich immer dazu aufgelegt, andere auf die Schippe zu nehmen, und Alex war sein Lieblingsopfer.

Sie hörte Alex lachen. „Stimmt gar nicht.“

„Ach, komm schon, Al. Erzähl mir nicht, du hättest sie noch nie angesehen und darüber nachgedacht. Diese roten Haare, und dann diese Augen … Amy Adams in deiner Wohnung …“

Harri verdrehte die Augen. *Nicht schon wieder dieser Vergleich.*

„Jack, sie ist einfach nur eine Freundin. Das weißt du.“

„Aha … Trotzdem begreife ich nicht, warum du dir die Mühe mit all diesen Dates machst, wenn du so eine zum Essen hier hast.“

„Hör auf, Freundchen.“

Jacks Lachen dröhnte zwischen den gekachelten Küchenwänden. „Du lässt dich viel zu leicht aufziehen, Mann! Du solltest dein Gesicht sehen!"

„Sehr witzig, Mr. Komödienkönig. Harri ist eine wirklich gute Freundin, und ja, sie ist hübsch. Aber so gar nicht mein Typ. Ich meine, schau sie dir doch an. Sie verbringt ihr ganzes Leben damit, Urlaubsreisen für andere Leute zu planen, aber soweit ich weiß, war sie noch nie außer Landes. Wer hat denn je von einer Reisebürokauffrau gehört, die noch nie irgendwohin gereist ist? Ich meine, sie kommt hierher, um etwas über die Welt zu erfahren, die selbst zu erleben sie zu feige ist. Glaub mir, ich habe einfach nur Mitleid mit ihr. Das ist alles."

Jack lachte erneut. „Hart. Du tust das also alles nur aus Barmherzigkeit, hm?"

„Ja – ja, genau."

Versteckt im Schatten des Treppenhauses, spürte Harri, wie ihr die Beine zu zittern begannen und ihr Puls in die Höhe schoss. Von allen Bewohnern Stone Yardleys, die solche Bemerkungen über ihr Leben hätten machen können, war Alex der Letzte, von dem sie das erwartet hätte. Ihn so über sie spotten zu hören – mit solcher Lässigkeit – war wie ein Dolchstoß mitten ins Herz. Wie konnte er so etwas sagen?

„Na schön, ich finde aber immer noch, dass du zu sehr protestierst. Gut, ich seh lieber zu, dass ich mich auf den Heimweg mache. Meine Verabredung wird schon glauben, ich hätte sie sitzen lassen. Danke für die Pie, Al. Womöglich hast du mir gerade das Leben gerettet."

Harri hörte, wie die Hintertür geöffnet wurde und Alex seinen Freund verabschiedete. In Panik rannte sie schnell wieder die Treppe hoch, schnappte sich eine Filmzeitschrift, die auf dem Sofa lag, und blätterte darin, als Alex das Wohnzimmer betrat.

„Tut mir leid wegen eben", sagte er, ein bisschen rot im Gesicht – wobei man nicht hätte sagen können, ob es daran lag, dass er die Treppe hochgesprintet war, oder an dem Wortwechsel mit Jack. „Du kennst ja Jack. Er muss einen immer veräppeln."

„Hm." Harri hatte Mühe, ihre Wut und ihren Schmerz im Zaum zu halten, wollte aber nicht, dass Alex irgendetwas bemerkte. Sie war sich ziemlich sicher, dass er leugnen würde, wenn sie ihn konfrontierte. Außerdem: Wenn er wirklich so über sie dachte, wollte sie nicht, dass er so tat, als wäre es anders, nur weil sie dahintergekommen war. Sie wollte jetzt nur noch weg, und zwar schnell. „Tja, ich habe zu Hause noch eine Menge zu tun und schätze, ich mache mich jetzt besser auf den Heimweg."

Alex war ein bisschen düpiert. „Tatsächlich? Bist du sicher? Ich dachte, wir könnten uns zusammen die neue Reiseshow ansehen, die ich letzte Woche aufgezeichnet habe."

„Verlockend, aber nein, danke." *Ich möchte keine Mühe machen, Alex.* „Aber lass mich wissen, ob es sich lohnt, sie anzusehen. In Ordnung?"

„Ja ... äh ... mach ich." Als sie aufstand und an ihm vorbei zur Treppe ging, beobachtete er sie genau. „Dann ... will ich dich mal rauslassen."

Sie gingen nach unten und durch die Küche ins dunkle Café. Harri konnte Alex' Atem hinter sich hören, und ihr Wunsch, möglichst schnell möglichst weit weg zu kommen, wurde immer mächtiger. Sie sah zu, wie er die Tür entriegelte, und lächelte ihn an: „Danke fürs Abendessen."

Zögernd trat er einen Schritt näher, und sie nahmen sich kurz und ein wenig unbehaglich in die Arme. „Du gibst mir also morgen die nächste Nummer? Alles wie gehabt und so?"

Harri nickte, während ihr ein Gedanke durch den Kopf schoss, funkelnd und gefährlich. „Klar, mach ich. Gute Nacht."

Endlich erlöst, entfernte sie sich raschen Schrittes vom *Wātea*. Ihr war bewusst, dass Alex ihr nachsah. Als sie um die

Ecke auf Stone Yardleys kleinen Parkplatz bog, in ihr Auto einstieg und die Tür zuschlug, schossen ihr schon die Tränen in die Augen. Gerade noch rechtzeitig, denn jetzt brach die Tränenflut mit Macht los. Sie stützte die Arme aufs Lenkrad, legte die Stirn darauf und spürte, wie der Wagen leicht schwankte, als heftiges Schluchzen ihren Körper schüttelte. Wie konnte er es wagen, so etwas zu sagen? Und die Lässigkeit, mit der er sie einfach abtat! Sie hatte ihn nie für einen Menschen mit zwei Gesichtern gehalten, aber was sie mit angehört hatte, hatte ihr einen Alex offenbart, den sie nicht kannte. Plötzlich schienen alle Menschen, an denen ihr am meisten lag, sie auf die eine oder andere Weise im Stich zu lassen: erst Stella, dann Rob und jetzt Alex. Entsprach es der Wahrheit, dass er sie nur für einen bedauernswerten Fall hielt, der sein Mitleid weckte? Das war zu viel für sie, vor allem wenn sie bedachte, was sie alles für ihn getan hatte. Das war einfach nicht fair. Sie trocknete sich das Gesicht mit dem Jackenärmel, startete den Motor und verließ den Parkplatz. Während der Fahrt durch die dunklen Straßen begann ihr Schmerz sich in etwas ganz anderes zu verwandeln: in eine Wut, die heißer brannte als jeder Zorn, den sie jemals empfunden hatte, und die in ihr ein völlig neues Verlangen weckte: das Verlangen nach Rache. Der finstere Gedanke nahm Formen an und wuchs sich mit erschreckender Geschwindigkeit zu einem Plan aus. Auf dem ganzen Weg nach Hause gewann er an Macht, nahm immer mehr Gestalt an, je näher sie ihrem Cottage kam, und als sie schließlich ihre Haustür erreichte, stand dieser Plan in allen Einzelheiten.

Sie blieb kurz stehen, um einen sehr angenehm überraschten Ron Howard zu streicheln, der ihr um die Beine streifte. Dann kniete sie vor dem Couchtisch nieder und holte eine Ablagebox darunter hervor. Sie las das weiße Etikett, öffnete den Ordner und lächelte, als sie einen heftig parfümierten Brief herausnahm.

„Na dann, hallo, ihr Aussortierten“, sagte sie. „Mein Freund Alex braucht ein denkwürdiges Date. Deshalb ist dies euer Glücksabend. Und die Gewinnerin ist …“ Sie streckte den Brief vor sich in die Höhe wie einen der goldenen Umschläge bei der Oscarverleihung, und die Aussicht auf Rache wirkte wie ein Rauschmittel. „… Miss Chelsea Buckden.“

15. KAPITEL

Das Date aus der Hölle

„Harri, du musst aufhören, dich selbst zu geißeln. Das ist alles nicht deine Schuld."

„Ganz offensichtlich sieht dein Sohn das anders."

Viv seufzt. Das Echo hallt kalt und metallisch in der Toilette wider. „Verständlicherweise ist er bestürzt über das, was heute Abend passiert ist. Er braucht nur ein bisschen Zeit, um sich zu beruhigen."

Entschuldige, wenn ich dir das nicht glaube, denkt Harri im Stillen. Ich habe gesehen, wie er mich angeschaut hat.

„Schuld ist nur diese Freundin von dir", fährt Viv fort. Sie weiß ja nicht, was Harri denkt. „Dieses dumme, dumme Ding. Natürlich hat sie wahrscheinlich nicht die leiseste Ahnung, was sie angerichtet hat. Sie ist nicht lange genug geblieben, um das mitzubekommen. Wahrscheinlich war das die vernünftigste Entscheidung, die sie heute Abend getroffen hat."

Harri schaut nach oben, wo sich an einem Ende des Dachfensters eine Pfütze gebildet hat. „Ist Stella gegangen?"

„Ja. Ja, das ist sie." Harri kann Vivs Gesicht nicht sehen. Doch sie kann sich vorstellen, was für eine Miene sie macht.

Aber was ist mit Alex? Harri lässt den Blick über die schmuddelige Decke schweifen. Wieder überwältigt sie der Schmerz, und ihr schnürt sich die Kehle zu.

Chelsea Buckden war absolut das Gegenteil von dem, was Alex suchte. Harri traf sich am nächsten Tag mit ihr in dem kleinen Caffè Nero hinter dem Busbahnhof von Lornal. Während sie alle anderen Kandidatinnen nur angerufen hatte, um herauszufinden, wer wirklich für eine Verabredung mit Alex infrage kam, wollte sie dieses Gespräch unbedingt von Angesicht zu Angesicht führen. Unter den gegebenen Umständen war das schließlich das Mindeste, was sie tun konnte.

Die nicht allzu subtilen Aussagen in Chelseas Zuschrift klangen Harri in den Ohren und versüßten ihr die Rache noch ein wenig mehr.

... Ich glaube, wir haben eine Menge gemeinsam. Du hast ein eigenes Unternehmen, und ich gebe gern Geld aus. Du bist sexy, und ich weiß, dass ich gut aussehe. Ich mag einen Mann, der mich anständig behandelt, und es klingt, als würdest du eine Frau suchen, die du versorgen kannst ...

Chelseas mit dem Glätteisen misshandelte messingblonde Haare waren zu einem mächtigen Bienenkorb aufgetürmt und mit Haarspray betoniert worden; dicke orange Foundation verkleisterte ihr Gesicht, fast schwarzer Lidschatten, falsche Wimpern und so viel Lidstrich, wie die meisten Frauen in einem ganzen Monat nicht verbrauchen können, ließen ihre Augen aussehen, als hätte sie entweder vierzehn Tage nicht mehr geschlafen oder wollte sich als Panda im Londoner Zoo bewerben. Ihre prallen, fast kugelrunden Brüste wirkten so losgelöst von ihrem Brustkorb, dass der Eindruck entstand, sie könne jederzeit weggehen und sie zurücklassen. Und ihr viel zu kurzes, knallenges Kleid überließ absolut nichts der Fantasie. Es ließ sich nicht leugnen: Wenn es darum ging, ihre Sexualität zur Schau zu stellen, wies Chelsea Buckden die Zurückhaltung einer Exocet-Rakete auf.

Als Harri näher kam, gähnte sie gelangweilt und betrachtete ihre viel zu langen künstlichen Nägel.

„Hi“, grüßte Harri lächelnd und streckte ihr die Hand entgegen. Es überraschte sie nicht, dass Chelsea nicht zugriff.

„Den Kaffee bestellst besser du“, sagte Chelsea statt einer Begrüßung. „Der zornige Typ hinterm Tresen bereitet mir Kummer.“

Ein bisschen verblüfft, nickte Harri. „Ja, klar, was hättest du gern?"

Chelsea kaute auf ihrem Kaugummi herum und musterte Harri abfällig. Sie griff nach ihrem babyrosa Handy und richtete den Blick aufs Display. „Soja Latte, extrastark, extraheiß, großes Glas."

„Gehört die zu Ihnen?", fragte der stämmige Typ hinterm Tresen, der Harris Bestellung aufnahm.

„Sozusagen. Ich treffe sie für einen Freund."

„Hat wohl zu viel Angst, um sich zu zeigen, wie? Mir ginge es so. Neben ihr wirkt Jodie Marsh geradezu unschuldig."

Harri lächelte und verschaffte sich einen Überblick über das Kleingeld in ihrem Portemonnaie. „Kann ich bitte noch zwei Schokoladen-Muffins haben?"

„Klar. Das macht dann fünf neunzig, bitte."

Harri reichte ihm das Geld. „Danke."

Der Stämmige grinste. „Gern geschehen. Aber versprechen Sie mir eins: Nehmen Sie von dem *Ding* da keine Schminktipps an, okay?"

„Ich glaube, da besteht keine Gefahr. Danke."

Als Harri zu ihr an den Tisch zurückkehrte, schrieb Chelsea eine SMS. Ihre Nägel klickten quietschend auf dem Display herum. Als sie fertig war, warf sie das Handy achtlos auf den Tisch, sodass es, sich drehend, über das glatte Holz schlitterte. „Dieser Alex – er ist sexy, ja?"

„Nun, du hast sein Foto gesehen, also …"

„Und stinkreich?"

Harri runzelte die Stirn. „Ich, äh, weiß nicht, ob ich das so ausdrücken würde."

Chelsea beugte sich vor, sodass ihre silikongeblähten Brüste vom Tisch abprallten und dabei fast ihren Muffin umwarfen. „Aber er hat ein eigenes Café, richtig? Demnach muss er doch ordentlich Kohle machen."

Der stämmige Typ, der dabei war, den Tisch neben ihrem abzuräumen, kicherte. „Oh ja, Puppe, wir Café-Inhaber sind alles heimliche Millionäre."

„Dich hat niemand gefragt", schoss Chelsea zurück und warf ihm dabei einen Blick zu, der Stahl hätte einknicken lassen. Dann wandte sie sich wieder an Harri, zog eine zu stark gezupfte und nachgezogene Braue hoch. „Also, wann treffe ich ihn?"

Harri holte ihren Terminkalender aus ihrer Handtasche. „Einen Moment. Passt dir morgen Abend?"

„Geht nicht. Ich mache nicht vor sechs Feierabend, und dann stürzen ich und die Mädels uns ins Nachtleben."

„Oh, natürlich. Birmingham?"

Chelsea bedachte sie mit einem verächtlichen Blick. *„Nein.* Wolverhampton."

„Ah, tut mir leid. Mein Fehler."

„Ja, nun, nichts für ungut, aber ich schätze, es ist schon eine Weile her, dass du ausgegangen bist. Nur Prolls und Desperados zieht es heute noch in die Broad Street."

Es kostete Harri große Mühe, nicht laut loszuprusten. Das Ganze ließ sich viel besser an, als sie gehofft hatte. Alex stand das Albtraum-Rendezvous seines Lebens bevor. „Schön. Wie wäre es dann mit Montagabend nächste Woche? Erst mal sowieso nur auf einen Drink."

Ein schmutziges Grinsen trat auf Chelseas aufgespritzte Lippen. „Ja, klar. Ich schätze, du wirst feststellen, dass es nicht bei einem Drink bleibt. Bei mir bekommen die Männer immer mehr, als sie erwarten. Verstehst du, was ich meine?"

Harri nahm einen großen Schluck Kaffee, um ihr Lächeln zu verbergen.

Als sie eine halbe Stunde später nach Hause fuhr, freute Harri sich darauf, dass Alex schon bald seine wohlverdiente Strafe ereilen würde, obwohl sich in ihr auch eine leise Stimme der Vernunft zu Wort meldete, die nicht so recht zu überzeugen war. Egal, sagte sie sich, als Rache war das Ganze noch relativ harmlos. Zwar würde das wahrscheinlich die quälendste Stunde seines Lebens werden, aber das war's dann auch schon. Und schließlich – was konnte schlimmstenfalls passieren?

Obwohl Rob durch frustrierende Abwesenheit glänzte und Alex' Unterhaltung mit Jack immer noch an ihr nagte, hatte Harri nicht viel Zeit zu grübeln, denn am Freitagnachmittag war im Reisebüro ungewöhnlich viel zu tun. An einem Punkt standen die Kunden sogar Schlange, was für die Belegschaft ähnlichen Seltenheitswert hatte, wie wenn ein Komet vorbeigeflogen wäre.

„Wenn das so weitergeht, brauchen wir mehr Stühle", rief George aufgeregt, als er mit einem Stapel Prospekte an Harris Tisch vorbeieilte.

Tom lehnte sich zurück und grinste Harri zu. „Wenn das so weitergeht, sollten wir um eine Gehaltserhöhung bitten."

„Ich schätze, deine Gehaltserhöhung geht für die neuen Stühle drauf", rief Nus. „Träum weiter, Junge."

Tom verzog das Gesicht und wandte sich wieder der Aufgabe zu, Mr. und Mrs. Talbot bei der Buchung einer Busreise zu helfen.

„Ich suche etwas Passendes für einen Familienurlaub, etwas Kinderfreundliches, für nächsten Juni", sagte die junge Frau mit dem kleinen Kind auf dem Schoß, die Harri gegenübersaß. „Ich habe gesehen, dass Sie ein paar Angebote im Fenster haben. Wir wollen Jacob hier mit auf seine erste Reise nehmen. Seit seiner Geburt sparen wir darauf und denken, jetzt ist die Zeit gekommen, um etwas zu buchen."

Harri lächelte und überflog im Geiste die Familienurlaube, die SLIT zurzeit im Angebot hatte. Dabei dachte sie vor allem an die Reiseziele, die üblicherweise gewünscht wurden: Cornwall, Devon, Pembrokeshire … „Großartig. Denken Sie an etwas Bestimmtes?“

„Irgendwohin, wo es warm ist – Spanien oder Griechenland?“

Das war für Harri so ein Schock, dass sie dachte, sie hätte sich verhört. „Entschuldigung. Sagten Sie gerade, Sie denken an eine Auslandsreise?“

Leichtes Befremden huschte über das Gesicht ihrer Kundin. „Ja – das ist doch hoffentlich kein Problem, oder?“

Als ihr bewusst wurde, dass sie die Frau anstarrte, als sähe sie eine Fata Morgana, riss Harri sich zusammen und griff nach einer Handvoll Prospekte. „Nein, nein, natürlich nicht, es ist nur … Egal. Gut, wir haben hier eine große Auswahl …“

Eine Stunde später waren die meisten Kunden gegangen, und Tom, Nus, Harri und George saßen mitten im Reisebüro zusammen und erholten sich von dem Ansturm, jeder einen wohlverdienten Becher Tee in den Händen.

„Un-glaub-lich.“ George schüttelte seinen Kopf, der vor Aufregung rot angelaufen war. „Soweit ich mich erinnern kann, hatten wir noch nie so einen Tag.“

„Dabei wissen Sie noch gar nicht das Beste“, sagte Tom. „Harri hat eine *Auslandsreise* verkauft.“

Diese Eröffnung stieß bei George und Nus auf absolute Ungläubigkeit. „Nein!“

„Doch, tatsächlich. Erzähl’s ihnen, Harri.“

Harri nickte. „Zwei Wochen. Kreta.“

George stieß einen Pfiff aus. „Ich werd nicht wieder. Was für ein außergewöhnlicher Tag!“

Das Telefon auf Harris Schreibtisch klingelte, und Harri ließ sich mit ihrem Stuhl hinüberrollen, um das Gespräch anzunehmen.

„Hallo, Harri? Ich bin’s, Emily. Entschuldige, dass ich bei der Arbeit störe, aber gerade ist etwas Unglaubliches passiert.“

„Scheint heute der Tag für so was zu sein", meinte Harri.

„Wie bitte?"

„Schon gut. Was ist los?"

„Ich habe gekündigt!"

Nach dem Schock über die Buchung einer Auslandsreise hatte Harri Mühe, diese Neuigkeit zu verarbeiten. „Was? Wann?"

„Gerade eben! Ich bin ins Büro meines Chefs gegangen und habe ihm mein Kündigungsschreiben überreicht. Kaum zu glauben, oder?"

„Na ja, ich ... nein, wirklich kaum zu glauben. Bist du ... Wie geht es dir damit?"

Emily kicherte nervös, und Harri konnte hören, wie hastig sie atmete. „Ich zittere! Ich schätze, das legt sich, und dann werde ich mich gut fühlen. Glaube ich. Ich wollte dir nur danken."

„Wofür?"

Harri konnte das Leuchten, das von Emilys überschäumender Freude ausging, förmlich spüren. „Für das, was du über Spontaneität gesagt hast."

„Ich habe gesagt, ich könnte das nicht ..."

„Nein, das meine ich nicht! Ich meine, was du über deinen Freund gesagt hast."

Jähe Erkenntnis traf Harri wie ein Schlag in den Magen. Sie schloss die Augen. „Alex." Ihr fiel wieder ein, dass sie im Sommer beim Abendessen auf der Farm von ihm erzählt hatte.

„Ja, Alex. Ich muss diesen Mann kennenlernen und ihm danken. Seine Geschichte war mir eine Inspiration. Wenn du uns das nächste Mal besuchst, musst du ihn mitbringen!"

„Äh, ja, ich bin mir nicht sicher, ob er ..."

„Wie auch immer, ich muss jetzt Schluss machen. Ich muss es Stu erzählen. Er schuldet mir nämlich einen Zehner. Gestern Abend hat er mit mir eine Wette abgeschlossen, dass ich die Sache nicht durchziehen würde! Ich rufe dich nächste Woche an, und dann machen wir einen Termin für ein Treffen aus, einverstanden? Bye!“

Harri legte bedächtig den Hörer auf die Gabel und starrte das Telefon eine Weile unverwandt an. Der Tag entwickelte sich wirklich äußerst seltsam …

Als sie am späten Nachmittag die nach frischem Grün duftende Kühle von *Eadern Blooms* betrat, fühlte sich das an, als erreichte sie eine Oase tiefster Ruhe. Die vertrauten gelben Bodenfliesen, die weiß gestrichenen Wände und die Fülle prächtiger Blumen taten ihren Augen wohl und erwärmten ihr in ihrer Schönheit das Herz wie ein warmer Pullover den Körper an einem Wintertag. In dieser Woche waren so viele Dinge geschehen, die versuchten, sie aus ihrer Kuschelecke aufzuscheuchen: Robs plötzlicher Wandel vom aufmerksamen Freund zum abgelenkten Arbeitswütigen wegen neuer Anforderungen durch den Preston-Vertrag; Stellas anhaltende Abwesenheit; Alex’ Unterhaltung mit Jack und ihr daraus erwachsener hinterhältiger Plan, den Albtraum namens Chelsea Buckden auf ihn loszulassen; ja, sogar Emilys plötzliche spontane Entscheidung an diesem Nachmittag. Und jetzt brauchte Harri, dringender als alles andere, jemanden, der ihr zuhörte.

Tante Rosemary legte letzte Hand an ein großes Korbarrangement, umwickelte den Griff mit rosa Geschenkband und befestigte eine aufwendige Schleife an der Vorderseite. Harri sah ihrer Tante gern bei der Arbeit zu. Sie bewunderte die Mühelosigkeit, mit der sie umwerfende Gestecke zusammenstellte, indem sie Blätter von den Stielen abstreifte, Geschenkband kräuselte und ihren Zauber an Blüten und Blattwerk wirken ließ. Harri fragte sich oft, ob es ihrer Tante wohl Trost spendete, dass sie so vielen Menschen Freude bereiten konnte. Jedenfalls schien Rosemary immer tiefen inneren Frieden zu empfinden, wenn sie bis über beide Ohren in Grünzeug und bunten Blüten steckte. Da sie um die Probleme wusste, mit denen ihre Tante im Laufe der Jahre hatte fertigwerden müssen – ihr Mann hatte sie mit den beiden kleinen Kindern sitzen lassen –, konnte Harri nur vermuten, dass der fröhliche Blumenladen für ihre Tante eine Quelle der Kraft und der Hoffnung darstellte.

„Harri, mein Schatz!", rief Tante Rosemary, als sie von ihrer Arbeit aufblickte. „Was für eine schöne Überraschung. Ich freue mich, dich zu sehen. Magst du schon mal Teewasser aufsetzen? Ich stelle nur noch dieses Arrangement hier fertig. Barnie kommt gleich, um es auszuliefern."

Wie der ganze Laden war auch die kleine Küche des *Eadern Blooms* hell, einladend und gemütlich: verblasste Kacheln mit Blumenmuster an der kleinen gelben Spüle; Tante Rosemarys selbst gebastelte Wimpelgirlande am winzigen Fenster (manchmal wanderte sie um die Osterzeit ins Schaufenster); die Sammlung bunt zusammengewürfelter Becher neben dem Wasserkocher; Teelöffel, in einer alten Teekanne ohne Deckel aufbewahrt; der Patchwork-Teewärmer, der schon so lange hier stand, wie Harri denken konnte. Als sie mit ihrer Cousine Prinzessin spielte, musste er auch schon mal als provisorisches Krönchen herhalten.

Harri schaute durch den Dampf, der vom Wasserkocher aufstieg, auf die kleine Korkpinnwand, die mit verschiedensten Fotos gepflastert war: ein Schwarz-Weiß-Bild von Rosemary als junge Frau. Sie sah darauf verblüffend gut aus mit ihren kurzen, fast schwarzen Haaren und den langen schlanken Gliedern, wie sie, mit einer Eistüte in der Hand und einem niedlichem Lächeln, für ein Urlaubsfoto in Bridlington posierte. Ein etwas zerknittertes Farbfoto, das eine hochschwangere Rosemary mit einem Kleinkind, das eher mürrisch wirkte, auf dem Schoß zeigte (erst viele Jahre später erkannte Harris Cousin James, dass man mit Charme sehr viel mehr erreichte). Und genau in der Mitte, zwischen Fotos von Hochzeiten, Taufen und Beerdigungen, Blumenausstellungen, Stadtfesten und Geburtstagen, hing ein Foto, das Harris Herz schneller klopfen ließ: Mum und Dad – sie wirkten fröhlich und gesund – mit Harri als kleinem Mädchen mit rotbraunen Locken und sorglosem Lächeln. Die Geborgenheit in einer Familie, die sie so vermisste, in Farbe und unübersehbar. Dieses Foto war ein bleibendes Zeugnis für etwas, das einmal so wesentlich, lebendig und real gewesen war.

Fortgerissen von einer Woge der Nostalgie und der Sehnsucht, streckte Harri sich und strich sanft über das verblassende Foto. Sie wischte das Kondenswasser fort, das sich im aufsteigenden Dampf des Wasserkochers auf dem Foto niederschlug, und heiße Tränen schossen ihr in die Augen. Der regenbogenfarbene Perlenvorhang, der den Laden von der kleinen Küche trennte, verriet mit seinem Rasseln, dass Tante Rosemary eingetreten war, und das Geräusch holte sie mit einem Ruck zurück in die Gegenwart.

„Wie weit bist du, Schatz?“

Rasch wischte sie sich über die Augen, goss kochendes Wasser aus dem Wasserkocher in die alte hellgelbe Teekanne und rührte um. „Fast fertig. Habe gerade die Teebeutel ersäuft.“

Rosemary drückte Harris Arm. „Es hat mich jedes Mal amüsiert, wenn deine Mum das sagte.“

„Ich weiß.“ Harris Blick wanderte zurück zu den Fotos, und ihrer Tante entging das natürlich nicht.

„Ich kann immer noch nicht ganz glauben, dass sie nicht mehr sind“, sagte sie leise. Ihre sanfte Stimme klang plötzlich traurig und verletzlich. „Weißt du, erst heute Nachmittag ging eine Frau am Schaufenster vorbei, und in dem Moment hätte ich schwören können, dass es deine Mum war. Inzwischen sind so viele Jahre vergangen, und ich rechne trotzdem immer noch damit, dass sie zur Tür hereinkommt …“ Sie schniefte, zog ein Taschentuch mit Häkelspitze aus dem Ärmel ihrer Strickjacke und putzte sich die Nase. „Na schön, im Schrank müsste noch das eine oder andere Lächeln rumliegen. Setzen wir sie einfach auf, ja? Zum Start ins Wochenende können wir doch nicht beide als Trauerklöße rumlaufen."

Zehn Minuten später saßen sie auf den hohen Kiefernholzstühlen hinter dem Tresen. Tante Rosemary öffnete ein Päckchen French Fancies und schob es Harri hin. „Siehst du? Eine gute Tante vergisst nie, was ihre Nichte am liebsten mag."

Ganz egal, wie weit sie sich von ihrer Kindheit entfernte, ein Blick auf die Küchlein mit dem braunen, rosa und gelben Zuckerguss in ihren weißen Plisseeförmchen aus Papier ließ Harri wieder zum Kind werden. Sie wählte ihr Lieblingsküchlein (natürlich mit rosa Zuckerguss), sog tief den süßen Duft ein und biss davon ab. „Danke", murmelte sie mit vollem Mund und musste über ihre eigene Reaktion auf die zuckrigen Biskuithäppchen lachen.

„Gern geschehen, mein Schatz." Tante Rosemarys Lächeln verblasste ein wenig. „Ich muss dir etwas gestehen, worauf ich … auf das ich nicht gerade stolz bin."

„Warte, lass mich raten: Du bist heimlich in Jeremy Clarkson verschossen?"

„Ganz bestimmt nicht. Ich kann den Kerl nicht ausstehen – arrogant und von sich selbst eingenommen. Eine Schande, wenn man bedenkt, dass seine Mutter diesen niedlichen Paddington-Bären erfunden hat."

„Tatsächlich? Wow. Äh, na schön. Dann also: Du hast in den Siebzigern verrückte Schlaghosen getragen?"

Rosemary verdrehte die Augen. „Darling, in den Siebzigern hat jeder verrückte Schlaghosen getragen."

Harri lachte. „Ich weiß. Ich habe Beweisfotos mit Mum und Dad gesehen. Oh, aber jetzt hab ich's! Du bist ganz neu in die Birmingham-Mafia eingetreten, von der mein Kollege Tom andauernd redet?"

„Schluss jetzt, Harriet Langton. Ich versuche, dir etwas zu gestehen."

„Entschuldige, Tante Ro. Schieß los."

Ihre Tante holte tief Luft. „Ich habe Alex von deiner Ansichtskarte von Venedig erzählt."

Über dem Wahnsinn der letzten paar Tage hatte Harri vergessen, dass Alex ihr von seinem Gespräch mit Tante Rosemary berichtet hatte. Zwar war sie zu dem Zeitpunkt über den so untypischen Tratsch ihrer Tante verärgert gewesen, aber heute konnte sie ihr das nicht mehr verübeln. Schon gar nicht angesichts ihrer zerknirschten Miene.

„Ich weiß. Keine Sorge, ich entbinde dich nicht von deinen Pflichten als Tante."

„Oh, Harri, es tut mir wirklich leid. Wir haben uns über all die Orte unterhalten, an denen er war. Und da dachte ich, wie schön es doch wäre, wenn er auch Venedig besucht hätte und dir davon erzählen könnte. Aber er war nie dort. Und seitdem fühle ich mich grauenhaft, weil ich dein Vertrauen so verraten habe."

Das Thema Alex ließ leichte Übelkeit in Harri aufsteigen. „Ist schon in Ordnung, ganz ehrlich."

„Da bin ich aber froh, Süße. Er ist wirklich ein hinreißender junger Mann. Ich hoffe nur, dass all diese jungen Damen, mit denen du ihn zusammenbringst, seiner auch würdig sind."

Harri stopfte sich den Rest ihres French Fancy in den Mund und kaute eifrig, bemüht, den mahnenden Zeigefinger ihres Gewissens zu ignorieren. „Und wie war deine Woche?"

Tante Rosemary griff nach der Teekanne, um nachzuschenken. „Geschäftig. Wie immer. Anscheinend finden diesen Monat ungewöhnlich viele Hochzeiten statt. Ich schätze, wir haben doppelt so viele Brautsträuße und Reversanstecker fabriziert wie im Juli. Und dabei gilt das doch als der Monat, in dem alle heiraten. Stell dir vor, dieses Wochenende ist seit sechs Wochen das erste, an dem die Mädels und ich keine Kirche schmücken müssen. Allerdings muss ich morgen früh noch sechs Tischgestecke ausliefern. Ich komme also auch diesmal nicht ganz ungeschoren davon. Na ja, Barnie und ich müssen sie ausliefern. Wo wir schon von ihm reden ...“ Sie schob den Ärmel ihrer Jacke hoch, um auf die Uhr zu sehen. „Er hätte schon vor einer halben Stunde hier sein sollen. Was um alles in der Welt hält ihn auf?“

„Vielleicht der Verkehr. George sagte, in Lidgate Hill hätten sie eine Baustellenampel aufgestellt.“

Tante Rosemary verzog gequält das Gesicht. „Oh, das ist fies. Na, wenn er da reingeraten ist, dann weiß der Himmel, wann er hier aufkreuzt ...“

Im selben Moment wurde die Tür aufgestoßen, und ein Mann in Jeans und dunkelblauem Poloshirt, der ziemlich gestresst aussah, eilte herein. Barnie Davies hatte die wohl schönsten, glänzendsten weißen Haare in ganz Stone Yardley. Seine Locken waren so dicht und voll, dass er von den Stammgästen im *Land Oak* mit dem Spitznamen L'Oréal belegt worden war und sie sich einen Spaß daraus machten, jedes Mal, wenn ihm ein Bier vor die Nase gestellt wurde, fröhlich „Weil du es uns wert bist“ zu rufen.

Als er sich dem Tresen näherte, hob er entschuldigend die Hände. „Ich weiß, ich weiß! Rosemary, der Verkehr war grauenvoll – eine einzige Schlange bis hinter Ellingsgate. Warum in aller Welt der Stadtrat beschlossen hat, ausgerechnet am Freitag im Berufsverkehr die Straße aufzureißen, begreife ich einfach nicht.“ Er unterbrach sich und lächelte, ein fröhliches Blitzen in den Augen. „Hallo, Harri, freut mich, dass du hier bist: Mit dir als Zeugin besteht weniger Gefahr, dass sie mich erwürgt.“

Tante Rosemary zwinkerte Harri zu. „Der Mann ist unmöglich“, meinte sie spöttelnd. „Ich fürchte, dieser Korb muss schnellstens auf den Weg gebracht werden, Barnie. Er ist für eine Geburtstagsfeier zum Achtzigsten heute Abend in der Village Hall bestimmt, und ich habe zugesagt, ihn vor sieben Uhr zu liefern."

Barnie tat frustriert und stemmte die Fäuste in die Hüften, sodass sein beachtlicher Bauch über dem Bund seiner Jeans wabbelte. „Du bist eine Sklaventreiberin, Rosemary Duncan."

„Und du kannst von Glück sagen, dass du diese Arbeit hast, vergiss das ja nicht!", gab Rosemary zurück. Sie errötete leicht, und ein unwiderstehliches Lächeln tanzte um ihre Lippen.

„Oh ja. Weißt du, die Konkurrenz war groß", meinte Barnie grinsend zu Harri. „Beim Vorstellungsgespräch konnte sie zwischen mir und einem pickeligen siebzehnjährigen Hänfling wählen. Ich persönlich bin der Meinung, dass letztlich meine charmante, liebenswürdige Art den Ausschlag gegeben hat."

„Ich habe immer noch seine Telefonnummer und könnte ihn sofort anrufen …"

„In Ordnung, ich habe verstanden!" Damit nahm er das Korbarrangement und wandte sich zur Tür. „Lass sie ja nicht telefonieren, Harri!"

„Du hast mein Wort. War nett, dich zu sehen, Barnie." Harri musterte ihre Tante aufmerksam, als Barnie den Laden verließ. „Er ist ein netter Mann, nicht wahr?"

„Hm? Oh, ja, ja, ich glaube schon."

„Du glaubst? Nicht doch! Er mag dich – und ich glaube, das beruht auf Gegenseitigkeit."

Entsetzt starrte Tante Rosemary sie an. „Ich … ich … aber ganz und gar nicht! Barnie ist mein Angestellter und ein guter Freund."

„Ach, komm schon, Tante Ro. Zwischen euch knistert es doch heftiger als in jedem elektrotechnischen Versuchslabor!"

Rosemarys Hand schoss zu ihrem Hinterkopf hoch und fummelte an ihren Haaren herum. Eine Übersprunghandlung, die zu durchschauen Harri im Laufe der Jahre gelernt hatte. „Er ist ein guter Mann. Aber da spielt sich nicht … *so was* ab."

„Ich glaube aber, es würde euch beiden gefallen, wenn es das täte. Er ist nicht verheiratet, oder?"

„Nein, aber …"

Harri griff nach einem French Fancy mit Schokoladenguss und löste langsam die weiße Papierhülle. „Ja, dann …"

Tante Rosemary, die inzwischen puterrot angelaufen war, verschränkte die Arme vor der Brust. „Ich werde jetzt das Thema wechseln, Harri. Ich gehe nämlich davon aus, dass du einen Grund hast, mich heute hier zu besuchen."

Harris Heiterkeit erlosch schneller als ein Streichholz in einem Eimer Wasser. Gerade wurde ihr bewusst, dass sie zwar das Bedürfnis hatte, mit ihrer Tante zu reden, aber doch nicht darüber nachgedacht hatte, worüber genau sie eigentlich sprechen wollte. Da sie absolut keinen Plan hatte, beschloss sie, einfach irgendwo mitten in dem Schlamassel anzufangen, und hoffte, dass der Rest sich schon irgendwie verständlich einfügen würde. Also begann sie mit dem Gespräch zwischen Alex und Jack, das sie belauscht hatte, und landete schließlich unweigerlich bei der Vision in Lycra namens Chelsea Buckden.

„… Ganz ehrlich, Tante Ro: Du hättest sie sehen müssen, um es zu glauben. Und der Duft, in dem sie ihren Brief erstickt hat? Sie stinkt regelrecht danach! Sie ist in jeder Hinsicht genauso grässlich, wie ihre Zuschrift vermuten lässt, ja, noch grässlicher."

Tante Rosemary tunkte einen Haferkeks in ihren Tee. Ihre Miene war ernst. „Ich muss schon sagen, meine Liebe, ich wundere mich über dich."

Harri machte ein langes Gesicht. „Warum?"

„Das ist so ganz und gar nicht deine Art, dich zu rächen. So bist du doch gar nicht."

„Aber ich habe dir doch erzählt, was Alex gesagt hat …"

Mit einer Handbewegung fegte Rosemary den Einwand beiseite und sah Harri streng an. „Das spielt keine Rolle. Tatsache ist, dass du ein Gespräch mit angehört hast, das nicht für deine Ohren bestimmt war …"

„Genau!"

„Warte. Lass mich ausreden, Harriet. Du hast einen Teil dieses Gesprächs gehört und keine Ahnung, in welchem Zusammenhang das gesagt wurde. Da ist es sehr wahrscheinlich, dass du missverstanden hast, was Alex meinte."

„Er hat mich feige genannt, gesagt, er habe Mitleid mit mir! Er hat sich darüber lustig gemacht, dass ich noch nie gereist bin. Wie, bitte schön, kann man das falsch verstehen?"

„Gut, ich gebe zu: Das klingt nicht besonders nett."

„Nett? Das ist das Gemeinste, Verletzendste, das jemals jemand über mich gesagt hat. Und dabei sollte er doch mein Freund sein, Tante Ro. Außerdem, dass ich ihn mit Chelsea zusammenbringe, wird ihm nur ein bisschen Unbehagen bereiten." Harri seufzte verärgert. „Egal, jetzt ist alles arrangiert. Ich kann sowieso nichts mehr ändern."

„Na gut. Meiner Meinung nach solltest du ihn einfach auf das ansprechen, was du gehört hast. Ihn zur Rede stellen."

„Er würde es doch nur leugnen. Wenn er wirklich so über mich denkt, will ich nicht, dass er sich verstellt."

Tante Rosemary schüttelte missbilligend den Kopf. „Oh, mach dich nicht lächerlich, Harriet. Der junge Mann hält gewaltige Stücke auf dich – das ist so etwas von offensichtlich. Ich nehme an, dass sein Freund ihn in Verlegenheit gebracht hat. Da hat er einfach eine klassische männliche Taktik gewählt und sich mit einem Witz aus der Affäre gezogen."

„Tante Ro, du hast nicht gehört, was er gesagt hat."

„Stimmt, das habe ich nicht." Damit nahm Tante Rosemary die leeren Becher an sich, um sie in die Küche zurückzubringen. „Trotzdem halte ich es für sehr dumm, wegen so etwas eine Freundschaft aufs Spiel zu setzen."

Als Rosemary hinter dem Perlenschnurvorhang verschwand,

ließ Harri den Blick durch die beschlagenen Fenster zum Abendhimmel schweifen, der rasch dunkler wurde. Mochte ihre Tante auch sagen, was sie wollte, Harri wusste: Alex mit Chelsea eine Falle zu stellen war eine harmlose Rache angesichts dessen, wie sehr er sie getroffen hatte. Außerdem würde sie nach seinem Date aus der Hölle wahrscheinlich eine nette Frau für ihn finden, um der Sache ein wenig die Spitze zu nehmen. Und dann würde mit den Verabredungen der Schreiberinnen an *Juste Moi* alles weiterlaufen wie gehabt. Zufrieden mit ihren Überlegungen, hüpfte Harri vom Stuhl und ging nach hinten zu ihrer Tante.

Um die hartnäckig missbilligende Stimme ihres Gewissens zum Schweigen zu bringen, stürzte Harri sich, kaum dass sie zu Hause war, auf die Aufgabe, die nächste Kandidatin nach Chelsea für Alex herauszusuchen. Nachdem sie eine Stunde lang die restlichen Zuschriften, die infrage kamen, durchforstet hatte, beschloss sie, eine Pause einzulegen, schnappte sich ihr neues Buch „Verborgenes Venedig" und vertiefte sich eine Weile in seine Seiten.

> *Venedig hat eine wundervolle, berauschende Jenseitigkeit an sich, die das Herz in eine andere Wirklichkeit entführt und nie wieder loslässt … Wenn man in den Gassen dieser Stadt wandelt, kommt man an Menschen vorbei, die ganz normal ihrem Alltag nachgehen: Kindern, die rennen und lachen, sicher vor der Bedrohung durch den Straßenverkehr in diesem autofreien Reich; Paare, die sich zu Kaffee und Zaletti in Straßencafés zusammendrängen oder Arm in Arm auf Steinbänken oberhalb der Kanäle sitzen. Dennoch gibt es in dieser Stadt heiterer Gelassenheit so etwas wie einen normalen Alltag nicht. Man dreht sich um und entdeckt einen kunstvoll gekleideten Straßenkünstler. Oder ein Schaufenster voll üppiger Pracht. Wo sonst in der*

Welt würde ein Konditor seine Waren zwischen Ballen feinsten Samtes, handgemalten venezianischen Masken und taufrischen Rosen präsentieren …

Das schrille Klingeln ihres Telefons riss sie zurück in den feuchten Herbstnachmittag in ihrem kleinen Cottage, und sie suchte es hastig unter den Briefen und Zeitschriften, die auf dem Sofa verstreut lagen.

„Hallo?"

„Hallo, Rotschopf. Wie geht es meiner Lieblingsreisebürofrau?"

Der Klang von Robs Stimme ließ sie freudig erschauern. „Hey, du. Ich war mir nicht sicher, ob ich heute von dir hören würde. Wie läuft es in Preston?"

„Ah. Nicht so gut, fürchte ich."

Harri konnte die Niedergeschlagenheit in seiner Stimme hören, und am liebsten hätte sie ihn in die Arme genommen. Im Hintergrund hörte sie Stimmengemurmel, und sie meinte, jemanden seinen Namen rufen zu hören. „Bei dir scheint einiges los zu sein."

Er lachte, und der Klang erwärmte ihr Herz. „Ja, wir waren vollauf beschäftigt. Jetzt legen wir gerade eine Verschnaufpause ein, bevor wir weitermachen."

„Du bleibst also wahrscheinlich das ganze Wochenende weg?"

„Ja. Es tut mir leid, Baby. Ich glaube nicht, dass ich vor Mittwoch wieder nach Hause komme."

Enttäuschung legte sich wie Blei auf ihre Seele. „Verstehe. Nun, versuch bitte, nicht zu hart zu arbeiten, in Ordnung?"

„Mach ich. Und hey, denk einfach an die schottische Burg zu Weihnachten, ja? Du weißt doch, dass du mein Lieblingsmädchen bist, oder?"

Harris starrte aus dem Fenster zu den feuchten Feldern hinaus, die im grauen Herbstnebel verschwammen. „Natürlich weiß ich das. Denk dran, mir eine SMS zu schicken, wenn du nach Hause kommst." Ein Gedanke durchzuckte sie. „Wieso hast du mich nicht auf dem Handy angerufen?"

Robs Antwort war in ihrer Schlichtheit niederschmetternd. „Ich wusste, dass du zu Hause sein würdest."

Als Harri auflegte, seufzte sie und schaute zu Ron Howard hinüber, der ihr zu verstehen gab, er könnte vielleicht zum Kuscheln aufgelegt sein, wenn sie ihm ein Leckerli zusteckte. „Na toll, Ron. Ich bin an diesem Wochenende also nicht nur auf mich allein gestellt, sondern obendrein auch noch absolut berechenbar."

Es würde ein langes Wochenende werden.

Am Montagmorgen rief Alex sie im Reisebüro an, um über die Details seiner Verabredung am Abend zu sprechen.

„Also, wie ist sie?", fragte er.

Harri unterdrückte ihr Grinsen. „Anders. Sie ist ganz anders als alle, die du bisher kennengelernt hast."

„Einzigartig, hm? Sehr gut. Und sie heißt?"

„Chelsea."

„Ah ja. Ich habe noch nie eine Chelsea kennengelernt. Das sollte also interessant werden."

Oh ja, dachte Harri, das wird definitiv interessant werden, Alex.

Am Abend stellte Harri überrascht fest, dass sie, was den Ausgang des Treffens im *Star and Highwayman* anging, furchtbar nervös war. Seltsam, dachte sie und beschloss, sich abzulenken. Das Letzte, was sie jetzt wollte, war, sich den Kopf darüber zu zerbrechen, was geschehen mochte. Als gründliches Aufräumen zu Hause nicht half, ihr die Nervosität zu nehmen, fuhr sie zu Robs Haus, um seinen Briefkasten zu leeren, und anschließend langsam wieder nach Hause.

Als sie sich der Kreuzung High Street und Market Street näherte, sprang die Ampel auf Rot, sodass sie halten musste – genau vorm *Wātea*. Sie warf einen Blick auf die dunklen Fenster des Cafés und der Wohnung darüber, und ihre Neugier wuchs. Alex hatte gesagt, er habe nur etwa eine Stunde Zeit für Chelsea, weil er am nächsten Morgen schon früh eine Lieferung erwartete. Warum also war er noch nicht zu Hause? Vielleicht war er nach seiner schrecklichen Verabredung zu Jack gefahren oder zu Steve oder zu einem seiner anderen Freunde … Oder vielleicht hatte Chelsea ihn so fest in ihrem Griff, dass er ihr nicht entkommen konnte … Oder schlimmer noch, vielleicht war das, was er erlebt hatte, so grauenvoll gewesen, dass er jetzt mit wildem Blick und unsinniges Zeug redend durch die Straßen von Stone Yardley irrte …

Hinter ihr hupte jemand, und Harri stellte fest, dass die Ampel inzwischen wieder auf Grün umgesprungen war. Sie fuhr schnell an, innerlich über ihre eigenen Spinnereien lächelnd.

Am nächsten Morgen ertrug Harri die Ungewissheit nicht länger. Sie beschloss, vor der Arbeit einen Abstecher ins *Wātea* zu machen und sich Alex zu stellen. Nach der grässlichen Verabredung hatte er ihr wahrscheinlich einiges zu sagen. So gesehen war es nur vernünftig, es schnell hinter sich zu bringen, entschied Harri, als das Café im dichten Regen, der seit den frühen Morgenstunden auf Stone Yardley herniederprasselte, vor ihr auftauchte.

Der rot-weiße Lieferwagen von Hickson & Butler fuhr gerade ab, als Harri ankam, und gab den Blick auf Alex frei, der hastig Kartons auf dem Bürgersteig aufstapelte. Er blickte auf, lächelte aber nicht, als er sie sah.

„Hi, Al."

„Hey, tu mir den Gefallen und pack bitte mit an. Die müssen dringend aus dem Regen raus."

Harri nahm drei Kartons aus seinen ausgestreckten Armen entgegen und folgte ihm ins Café. Sie spürte ihre Anspannung, als sie zusah, wie er die Kartons im Lager aufstapelte. Unter seinem durchnässten blassblauen T-Shirt spielten die Muskeln seines breiten Rückens. Sie wartete mit den Kartons in den Armen in der Tür zur Küche und versuchte, von seinem Anblick auf seine Laune zu schließen. Endlich drehte er sich um und nahm ihr die schwere Last ab.

„Ich bin froh, dass du gekommen bist", sagte Alex schließlich nach langem Schweigen. „Wir müssen reden."

Er ist sauer, dachte Harri. Sie schenkte ihm ein strahlendes Lächeln. „Die Verabredung war ein Fehler, nicht wahr?"

Er schloss die Tür zum Lagerraum und drehte sich zu Harri um. Und zum ersten Mal entdeckte sie eine Verletzlichkeit in seiner Miene, mit der sie nicht gerechnet hatte. „Was meinst du damit?"

„Na ja, zuerst dachte ich, Chelsea wäre mal etwas anderes für dich. Aber ich muss zugeben: Gestern Abend ist mir klar geworden, dass ich einen *schrecklichen* Fehler gemacht hatte. Es tut mir nur leid, dass mir das zu spät klar wurde, um noch etwas zu ändern." Befriedigung erfüllte sie, als sie die Verwirrung auf seinem Gesicht sah. *Und jetzt weißt du, wie du mich hast empfinden lassen, Alex …* „Aber für deine nächste Verabredung werde ich eine wirklich nette Frau aussuchen. Versprochen."

Er ließ den Kopf hängen. „Sinnlos …"

Das machte mehr Spaß, als sie sich vorgestellt hatte. „Ach, komm schon, Al. War die Verabredung wirklich so schlimm? Ich bin sicher, die nächste wird viel, viel besser."

Langsam hob er den Kopf, und der Blick seiner schokoladenbraunen Augen traf ihre. „Nein, Harri", sagte er leise. „Es ist wirklich sinnlos … weil ich mich verliebt habe."

„*Was?*"

Ein breites, strahlendes Lächeln trat auf sein Gesicht. „Komplett, ganz und gar, total verliebt!"

Der Schock machte sie sprachlos. Sie konnte ihn nur angaffen.

„Ich weiß! Verrückt, nicht wahr? Sie ist umwerfend, Harri – und es ist genau so, wie du sagst: Sie ist so ganz anders als alle, die ich je zuvor kennengelernt habe. Alles an ihr fasziniert mich. Ich konnte den ganzen Abend den Blick nicht von ihr wenden." Er schaute sie prüfend an. „Nun, komm schon – sag etwas!"

„Du – das kannst du nicht ernst meinen."

„Ich kann, und ich tu's. Ich liebe sie."

„Aber – aber sie ist überhaupt nicht dein Typ!"

„Na und? Völlig egal! Ich weiß, das ist nicht logisch. Aber seit wann hat Liebe etwas mit Logik zu tun? Ich sage dir, sie ist die Frau, nach der ich gesucht habe. Und dir habe ich dafür zu danken!" Damit zog er Harri in eine enthusiastische Umarmung und hielt sie viel länger fest, als sie erwartet hatte. Sie konnte sich nicht von ihm lösen, lag hilflos, ihr Gesicht an seine Brust gepresst, in seinen Armen und hörte das wilde Klopfen seines Herzens.

Ihre Gedanken überschlugen sich förmlich, während sie versuchte zu begreifen, was Alex sagte. Er konnte das doch nie und nimmer ernst meinen, oder? Alles an Chelsea war das Gegenteil der Qualitäten, von denen Alex gesagt hatte, er erwarte sie von einer Frau: Sie war nur an seinem Bankkonto interessiert und hatte nicht das geringste Interesse an dem Mann, dem es gehörte, an seinen Hoffnungen, seinen Träumen, seinem Charakter.

Oder vielleicht – Harris Gedankengang bremste abrupt ab und schlug die Gegenrichtung ein, als ihr eine andere Erklärung einfiel: Vielleicht hatte er ihren Plan, ihm mit der schlimmstmöglichen Verabredung eine Falle zu stellen, durchschaut, und das hier war nur ein ausgeklügelter Bluff, um es ihr heimzuzahlen. Alex, der Witzbold, der sich an ihr für das Rendezvous revanchierte, um allen Verabredungen ein Ende zu setzen.

„Na schön, das ist sehr witzig. Du hast gewonnen."

Alex löste sich von ihr und starrte sie an. „Gewonnen? Was?"

Harri schüttelte den Kopf. „Weißt du, für einen Moment habe ich dir wirklich geglaubt. Sehr schlau."

„Harri, wovon redest du eigentlich?"

„Du hast es mir heimgezahlt – weil ich dir diese grässliche Verabredung eingebrockt habe. Und ich bin fast darauf hereingefallen. Aber komm schon, ich meine, jetzt mal im Ernst: Du würdest dich doch nie in jemanden wie Chelsea verlieben, nicht wahr?"

Alex schaute sie an, als hätte sie ihn gerade des Mordes angeklagt. Sein Lächeln war wie weggeblasen, seine Miene in Ungläubigkeit erstarrt. Plötzlich zerfiel Harris nette neue Theorie in Millionen von Scherben.

„Ich mache keine Witze, Harri. Du hast mir keine grässliche Verabredung eingebrockt. Ich bin *verliebt*. Und das ist deine Schuld."

16. KAPITEL

Jede andere außer ihr

Allmählich gelangt Harri zu der erschreckenden Gewissheit, dass Viv nicht so schnell gehen wird. „Ist dir kalt da drin? Dir muss da drin kalt sein – es ist eisig hier."

Harri fröstelt. „Mir geht es gut."

„Nun ja, egal. Ich schätze, du kannst das hier gebrauchen."

Ein pflaumenblauer Pashminaschal fliegt über die Tür in Harris Toilettenkabine. Sie nimmt ihn dankbar und legt ihn sich um die Schultern. „Danke, Viv."

„Gern geschehen. Hast du etwas gegessen?"

„Ich habe keinen Hunger."

„Nein, hätte ich auch nicht, wenn ich in einer Toilettenkabine hocken würde. Möchtest du nicht doch lieber rauskommen, Schatz? Dass du da drinsitzt, hilft niemandem."

In Harris Kopf tobt ein hämmernder Schmerz. Sie stützt die Ellenbogen auf ihre Oberschenkel und massiert sich mit langsamen kreisenden Bewegungen die Schläfen. „Ich bin nicht so weit. Noch nicht."

„Aber die meisten sind inzwischen gegangen, Harriet. Und wer noch da ist, hat wahrscheinlich nicht mal bemerkt, dass du weggegangen bist."

„Viv, jeder hat gesehen, dass ich weggegangen bin – schon vergessen? Sie alle haben das erniedrigende Schauspiel beobachtet, bevor die Hölle losbrach."

„Das mag ja sein. Aber Tatsache ist, dass du nicht ewig da drin bleiben kannst."

Natürlich hat sie recht. Harri weiß, dass sie sich selbst, ohne es zu wollen, in eine Sackgasse manövriert hat, indem sie ausgerechnet hier Zuflucht gesucht hat. Sie wünschte, sie hätte stattdessen einfach die Village Hall verlassen. Aber sie hatte keinen klaren Gedanken fassen können, war nur von einem Wunsch beherrscht gewesen: den mitleidigen Blicken der Bürger von Stone Yardley zu entkommen. Hätte sie sich doch nur nie Stella anvertraut …

Von: stellababy@danbeagle.co.uk
An: armchairtraveller@gmail.com
Betrifft: Überraschung!

Hey, Süße,
ja, ich bin es. Ein bisschen später als geplant, aber du kennst mich ja: immer modisch zu spät für alles. Na ja, so war ich. Jetzt reise ich mit Dan und seiner Kamikaze-Kamera-Crew, und sie alle glauben, um sechs Uhr früh aufstehen sei ausschlafen. Ich kann mich nicht erinnern, wann ich das letzte Mal zu irgendetwas zu spät gekommen bin.

Egal. Wie geht es dir? Sortierst du immer noch Frauen für Alex vor? Ich hoffe wirklich, dass nicht. Um deinetwillen. Aber ich fürchte, so wie ich dich kenne, bist du noch dabei. Und nehme nicht an, dass seine Mum groß hilft.

Hier läuft alles einfach phänomenal! Dan ist fantastisch, aber ich schätze, das wusstest du schon. Wir reisen jetzt schon seit ein paar Monaten, drehen seine neue Serie. Deshalb habe ich so lange gebraucht, um eine halbwegs brauchbare Internetverbindung zu finden. Hier in Katmandu bleiben wir mindestens noch drei Wochen. Und haben Internet! Also erzähl mir alles, was es an Tratsch gibt, okay? Mir gefällt, was ich hier lerne, aber ein bisschen Ablenkung aus Stone Yardley könnte ich gebrauchen ☺
Maile mir!
Hab dich ganz doll lieb
Stel xxx

Harri las die E-Mail immer wieder. Inzwischen hatte sie sich selbst davon überzeugt, dass sie wahrscheinlich nichts von Stella hören würde. Und während sie immer noch daran zu knabbern hatte, dass ihre beste Freundin so plötzlich abgereist war – es tat nach wie vor weh –, stellte Harri doch fest, dass sie sich jemandem anvertrauen musste. Das Timing hätte, so untypisch es auch für Stella war, nicht besser sein können.

Es war Anfang November, und hatte Harri zunächst noch gehofft, dass Alex schon bald seiner Flamme überdrüssig würde, so hatte sie diese Hoffnung inzwischen aufgegeben. Es war viel schlimmer gekommen, als sie es je für möglich gehalten hätte: Aus ihrer spontanen Entscheidung hatte sich eine Beziehung entwickelt, die ihr den besten Freund für immer abspenstig zu machen drohte.

Chelsea war überall, drängte sich in alle Aspekte von Alex' Leben. Ihr geschmackloser Einfluss durchtränkte alles, berauschte ihn völlig lautlos und entfremdete ihn kaum spürbar allen anderen. Sehr zum Ärger seiner Freunde schien er jede freie Minute mit seiner neuen Freundin zu verbringen. Selbst seine einst regelmäßige Teilnahme am Sonntagabend-Pub-Quiz im *Star and Highwayman* begann zu leiden. Er fing an, sich anders zu kleiden: Seine verwaschenen Jeans und Kapuzenshirts machten eleganterer, aber weniger origineller Kleidung von GAP und French Connection Platz. Um Chelsea in sein Geschäft mit einzubeziehen, erlaubte er ihr, die Innenausstattung zu verändern. So verschwanden einige seiner Reisefotos von den Wänden und wurden durch billige „Kunst" von IKEA ersetzt. Er selbst merkte offenbar nichts – völlig verliebt und ganz offensichtlich sehr glücklich, wie er war. Aber Harri hatte den Eindruck, seine Identität würde nach und nach zerfressen.

Unglücklicherweise blieb Harri von der famosen Entfremdung des Paares von Alex' Freundeskreis unberührt. Ja, es geschah sogar genau das Gegenteil: Alex war ihr so dankbar, durch sie Chelsea kennengelernt zu haben, dass er ständig nach Gelegenheiten suchte, sie zu gemeinsamen Unternehmungen einzuladen. Am schlimmsten war dabei, dass er Harri voller Freude mitteilte, Chelsea möge sie, und daher versuchte, dafür zu sorgen, dass seine beiden „liebsten Damen“ Freundschaft schlossen.

Chelsea mochte sie. Wann immer Harri diese Aussage hörte, schüttelte es sie. Sie hatte nichts mit dieser Frau gemein und fand nur sehr wenig an ihr liebenswert, aber dennoch konnte sie sich nicht überwinden, ihr gegenüber unhöflich zu werden. Schließlich war Chelsea jetzt Alex' Freundin, und was immer Harri auch über sie dachte, sie wollte zu ihrem besten Freund halten.

Was Chelsea anging, war die Situation jedoch ein bisschen anders, als sie Alex gegenüber vorgab. Wann immer Harri mit im Zimmer war, betrachtete Chelsea das als Gelegenheit zum Konkurrenzkampf – als Gelegenheit, dafür zu sorgen, dass Alex erkannte, wie überlegen sie jeder anderen Frau war. Worüber Harri auch sprach, Chelsea konnte es toppen. Was Harri auch gemacht hatte, Chelsea hatte es besser gemacht. Was Harri auch erlebt hatte, Chelsea hatte es schon mindestens zehnmal so oft erlebt. Inzwischen hatte die Sache ein Stadium erreicht, in dem Harri immer willkürlicher Gesprächsthemen anschnitt, nur um zu sehen, womit Chelsea versuchen würde, sie zu übertrumpfen. Natürlich konnte Alex das nicht sehen. Alex konnte gar nichts sehen außer der Frau, die sein Herz gestohlen hatte.

Schließlich vertraute Harri sich Emily an, nachdem eine zufällige Bemerkung zu einer intensiven Unterhaltung führte.

Nachdem Emily ihre Kündigung ausgesprochen hatte, hatte sie ihr neues Ferienunternehmen in Angriff genommen und Harri gebeten, ihr bei dem Berg an Aufgaben zu helfen, die zu erledigen waren. Als Gegenleistung bot sie Essenseinladungen in ihrem schönen Farmhaus an – was Harri dankbar annahm, zumal die Mittwochabende bei Alex zu hochnotpeinlichen Chelsea-Anbetungsabenden geworden waren. Und so kam es, dass während eines Abendessens bei Emily das Thema Chelsea angeschnitten wurde, ein paar Wochen, bevor Stella sich meldete.

„Ich war gestern kurz im *Wātea*", sagte Emily und stellte eine Kanne frisch gebrühten Kaffee auf den großen Kieferntisch, während Fly ihr um die Füße schlich. „Da drin hat sich in letzter Zeit einiges geändert, nicht wahr?"

Harri verzog das Gesicht. „Ja, das hat es. Aber auch Alex hat sich verändert."

Emilys dunkelgrüne Augen sahen mehr, als Harri beabsichtigt hatte. „Tatsächlich? Wie kommt's?"

Normalerweise hätte Harri die Frage mit einem Lachen abgetan oder das Thema gewechselt, aber die Gelegenheit, über die Situation zu reden, kam ihr zu gelegen, um sie auszuschlagen. Emily hörte aufmerksam zu, streichelte Flys Kopf, den er auf ihr Knie gelegt hatte, und als Harri fertig war, beugte sie sich vor und legte die freie Hand auf Harris Arm.

„Du Ärmste. Das ist sicher hart für dich."

Harri nippte an ihrem Kaffee. „Am schlimmsten ist, dass ich mich wie eine Heuchlerin fühle. Ich mag Chelsea nicht, und ich mag erst recht nicht, wie Al sich verändert, aber er ist mir wichtig, und ich will ihm nicht das Gefühl geben, dass er diesen Bereich seines Lebens nicht mit mir teilen kann."

„Gibt es denn keine Möglichkeit, ihm zu sagen, wie du empfindest?", fragte Emily und schob Harri einen Teller mit selbst gebackenen Walnuss-Weiße-Schokolade-Cookies hin.

„Nein, denn dann müsste ich ihm sagen, warum ich ihn überhaupt erst mit Chelsea bekannt gemacht habe. Wenn er die Wahrheit wüsste, wäre es mit unserer Freundschaft endgültig vorbei."

„Nun, auch wenn es dir nichts nützt: Ich bewundere dich dafür, dass du so zu ihm hältst. Sie klingt einfach nur grässlich."

Es war schön, jemanden zu haben, der sie verstand, aber auch Emilys tröstende Worte konnten nicht viel gegen den Aufruhr der Gefühle ausrichten, der in Harri tobte. Als Stellas E-Mail eintrudelte, kam sie ihr deshalb wie ein Geschenk der Götter vor. In ihrer Mittagspause – sie vergewisserte sich vorher, dass George, Tom und Nus ihr nicht über die Schulter blickten – tippte sie schnell eine Antwort.

Von: armchairtraveller@gmail.com
An: stellababy@danbeagle.co.uk
Betrifft: RE: Überraschung!

Hi Stel,
ich bin ja so froh, von dir zu hören! Wie geht es dir? Kommst du zurecht ohne dein Glätteisen und deinen Haartrockner? Du kannst dir nicht vorstellen, wie neidisch ich bin, dass du tatsächlich diese große, weite Welt zu sehen bekommst.

Hier läuft alles seinen gewohnten Gang. Ein paar Überraschungen gibt es, aber überwiegend hat sich in Stone Yardley nichts verändert. Ach ja, doch, eine Sache: Wir haben jetzt einen Country-und-Western-Klub, kannst du dir das vorstellen? Das Cross Hotel ist vollkommen umgestylt worden und nennt sich jetzt Nashville Crossing! Natürlich treffen sich dort immer noch Sechzehnjährige, die sich als Achtzehnjährige ausgeben, und Mittvierziger, die versuchen, als Einundzwanzigjährige durchzugehen, aber jetzt tun sie das zu den Klängen von Billy Ray Cyrus und Rascal Flatts … Total bekloppt, aber so etwas kann nur in Stone Yardley passieren.

Ich bin wirklich froh, dass du dich gemeldet hast – ich brauche deinen Rat. Ich habe einen dummen Fehler gemacht, und jetzt sitze ich bis zum Hals im Schlamassel.

Alex hat eine neue Freundin, und das ist meine Schuld. Ich habe ihm mit ihr eine Falle gestellt, um mich an ihm zu rächen, nachdem ich mit anhören musste, was er seinem Freund Jack gesagt hat: dass er mich zum Essen zu sich einlädt, weil er Mitleid mit mir hat. Sie sollte eigentlich die schlimmstmögliche Verabredung sein, aber er hat sich doch tatsächlich in diese Frau verliebt!

Ganz ehrlich, Stel, sie gehört zu den Flittchen und B-Promi-Klonen, über die wir uns immer köstlich amüsiert haben, wenn wir einen Klub in Birmingham besucht haben. Ihr Idol ist Katie Price, und sie interessiert sich nur für geistig minderbemittelte Freunde mit dicken Bankkonten. Ich hasse das. Aber noch mehr hasse ich mich selbst dafür, dass ich diese Geschichte ins Rollen gebracht habe. Wenn ich ihn einfach nur zur Rede gestellt hätte, hätte ich mir so viel Kummer erspart.

Versteh mich nicht falsch: Mein Problem ist nicht, dass Al eine Freundin gefunden hat. Ich hätte mir doch nie die Mühe mit all diesen Zuschriften gemacht, wenn ich mir nicht eine Freundin für ihn gewünscht hätte. Ich wünschte nur, es wäre eine andere. Irgendeine, nur nicht sie. Was soll ich nur tun? Ich weiß nicht, ob du mir diese Frage beantworten kannst. Ja, ich weiß nicht einmal, ob es überhaupt eine Antwort auf diese Frage gibt. Ich brauche einfach nur deinen Rat.

Tut mir leid, dich damit zu belasten, aber du hast gefragt!
Melde dich bald
H xx

Erleichtert, weil sie ihr Herz ausgeschüttet hatte, klickte Harri auf Senden und ließ sich entspannt in ihren Stuhl zurücksinken. Stella würde Rat wissen – und selbst wenn nicht, so würde sie doch wenigstens eine Meinung äußern. Jetzt musste Harri nur noch warten.

Als Mrs. Bincham am nächsten Tag im Reisebüro eintraf, war sie vollkommen durch den Wind. Tom, Nus und Harri brauchten geschlagene fünf Minuten, um einen zusammenhängenden Satz aus ihr herauszubringen. Endlich, nach viel gutem Zureden und einem hastig zubereiteten starken Tee, schaffte sie es, wieder einigermaßen vernünftig zu reden.

„Mein Geoff hat mir einen Antrag gemacht!"

Tom, Nus und Harri schauten sich vielsagend an.

„Äh – aber seid ihr nicht schon verheiratet?", fragte Nus.

„Wofür um alles in der Welt hältst du mich, Nusrin? Ich bin eine anständige Frau!"

„Mrs. B, ich glaube nicht, dass Nus andeuten wollte, du und Geoff ..."

„Und auch du hältst gefälligst deine vorlaute Klappe, Thomas!"

„Ethel, beruhig dich", meinte Harri besänftigend. „Und jetzt erzähl uns, was passiert ist."

Mrs. B tupfte sich die schweißnasse Stirn mit einem gelben Staublappen ab. „Heute Morgen beim Frühstück schaut Geoff plötzlich von seinem *OK!*-Magazin auf und sagt: ‚Eth, ich glaube, es wird Zeit, dass wir unser Ehegelübde erneuern. Was diesen Promis recht ist, kann uns nur billig sein. Also, was hältst du davon?' Ich sage euch, als ich das gehört habe, hätte man mich nur anzupusten brauchen, und ich wäre umgekippt!"

„Und was hast du geantwortet?"

„Nichts, Nusrin. Ich habe nur zugesehen, dass ich rauskam, so schnell meine alten Beine das zulassen. Ich bin inzwischen eine alte Frau. Wie kann er mir in meinem Alter so einen Schock versetzen!"

„Ich halte das für ein wundervolle Idee, Mrs. B", meinte

Harri. „Das zeigt, dass er dich immer noch liebt und aller Welt davon erzählen will!"

Mrs. Bincham musterte Harri streng. „Mag ja sein, aber ich glaube trotzdem, das hat mehr damit zu tun, dass er immer diesen Promiklatsch liest. Meiner Meinung nach sind diese verdammten Zeitschriften schuld, die er kauft, jawohl. Als Nächstes bittet er mich womöglich noch darum, mir den Busen machen zu lassen!"

An diesem Punkt mussten sich alle abwenden, damit Ethel nicht mitbekam, dass sie lachten.

„Was ist hier los?" George stand in der offenen Eingangstür, den Regenmantel halb ausgezogen, als wollte er einen Striptease hinlegen.

„Alles in Ordnung, George. Ethel hatte heute Morgen nur einen kleinen Schock zu verdauen", antwortete Tom und tätschelte beschützend Mrs. Bs Hand.

Ausnahmsweise zeigte sich ganz kurz echte Anteilnahme auf Georges gerötetem Gesicht. „Oh, meine Liebe, hast du ... ist alles in Ordnung?"

Ethel wedelte wegwerfend mit der Hand. „Nichts, worüber Sie sich Sorgen machen müssten, Mr. Duffield. Gleich geht's mir wieder gut."

„Geoff hat ihr einen Heiratsantrag gemacht – noch einmal", sagte Nus, die das Drama dieses Mittwochmorgens ganz offensichtlich genoss.

„Hat er das? Was hast du gesagt?"

„Oh, um Himmels willen, ich habe noch gar nichts gesagt. Ich war viel zu verdattert."

George hängte seinen patschnassen Regenmantel an den Garderobenständer neben der Tür und näherte sich Ethel. Er kniete vor ihr nieder (nicht ganz einfach für jemanden mit seinem Leibesumfang) und nahm sanft ihre Hand in beide Hände. „Ethel. Wie lange kenne ich dich und Geoff nun schon?"

Ganz offensichtlich verwirrte seine Frage Mrs. B. „Jahre, schätze ich."

„Und in all diesen Jahren habe ich kaum einmal erlebt, dass ihr beiden euch gestritten habt – vielleicht ab und zu mal ein bisschen gezankt, aber alles nicht der Rede wert."

„Schon ..."

„Geoff ist ein guter Mann, Ethel. Er liebt dich, und er hat all die Jahre zu dir gehalten, nicht wahr?"

„Meistens. Natürlich ist er ins Wanken geraten, als er vierzig wurde, aber darüber reden wir heute gar nicht mehr."

„Ins Wanken geraten?", fragte Tom und wurde von Harri sofort zum Schweigen gebracht.

„Also, alles, was er möchte, ist: Er will jedem zeigen, wie stolz er darauf ist, dein Mann zu sein", fuhr George zur Überraschung seiner versammelten Belegschaft fort. „Eine kleine Chance, jedem zu sagen: ‚Das ist meine Frau, und ich liebe sie.' Du wirst ihm diese Gelegenheit doch nicht verweigern, oder?" Er schüttelte ermutigend den Kopf.

Verblüfft schüttelte auch Ethel langsam den Kopf. „Nein, aber ich ..."

„Ich schlage vor, du gehst nach Hause und sagst ihm, dass du seinen Antrag annimmst", sagte George lächelnd.

„Aber ich muss doch putzen ..."

George verdrehte die Augen, und sein Lächeln wurde ein wenig gezwungen. „Mach dir darüber keine Gedanken. Ich bin sicher, wir kommen einen Tag ohne dich zurecht."

„Wir kommen die meisten Tage ohne dich ... auuu!" Nusrins Ellenbogen traf hart auf Toms Rippen.

„Sie haben recht!" Mrs. B stand ein wenig zittrig auf, und Harri half ihr in ihren Mantel. „Danke, Mr. Duffield." Als sie das Reisebüro verließ, tätschelte sie ihm den Kopf.

Erstaunt über das Schauspiel, dessen Zeugen sie gerade geworden waren, starrten Nus, Tom und Harri mit offenen Mündern George an, der Mühe hatte, im Knien das Gleichgewicht zu halten.

„Wow, George, du bist ja ein Romantiker", meinte Harri grinsend. „Das war mir gar nicht klar."

„Bin ich auch nicht. Aber die Aussicht auf einen ganzen Vormittag, an dem sie nur den Kopf hängen lässt, statt zu putzen, schien mir unerträglich", raunzte George zurück. „Und jetzt hört auf, Maulaffen feilzuhalten, und helft mir wieder auf die Beine, ja? Mein Rücken …"

Rob zeigte sich unbeeindruckt von Geoff Binchams morgendlichem Heiratsantrag. Allerdings belustigte ihn die Vorstellung, dass der alte Mann ausgerechnet ein Promiklatschblatt wie die *OK!* las.

„Ich hätte den alten Bincham nie für jemanden gehalten, der an Promiklatsch interessiert ist", meinte er lachend und wickelte Spaghetti auf seine Gabel. „Wann immer ich ihm begegne, ist er kurz angebunden und mürrisch."

„Du hast ihm nie verziehen, dass er dich bei jenem Jugend-Fußballspiel vom Platz geschickt hat, stimmt's?"

„Na ja, ich schätze, er konnte schon damals schlecht sehen. Jedenfalls war er ein miserabler Schiedsrichter. Also, wann soll die Party steigen?"

„Kurz vor Weihnachten." Harri nahm einen Schluck Wein und schaute in die flackernde Flamme der Kerze, die zwischen ihnen auf dem Restauranttisch stand. „Ich finde es romantisch."

Sie ließ den Blick über die anderen Gäste in dem kleinen italienischen Restaurant schweifen. Es war ungewöhnlich für Rob, dass er mit ihr essen gehen wollte. Das galt schon fürs Wochenende, erst recht aber an einem Mittwochabend. Deshalb hatte sie sich sehr gefreut, als er ihr am Nachmittag eine SMS schickte, um ihr mitzuteilen, dass er für den Abend einen Tisch im *Violetta's* reserviert habe.

Sie schaute ihn an, und wieder fiel ihr auf, wie gut er doch aussah. Nach dem kurzen Rückfall in Sachen Preston-Vertrag im September schien er sich große Mühe zu geben – tatsächlich hatte er seine Arbeit seit fast einem Monat kaum noch erwähnt. Der Zeitpunkt hätte nicht günstiger gewählt sein können: Angesichts ihres Frusts über die Entwicklung zwischen Alex und Chelsea, die ihr sehr zu schaffen machte, war es einfach wichtig für sie, dass ihre Beziehung zu Rob in ruhigen Fahrwassern lief. Sie schaute ihm in die Augen, und die unerwartete Nähe erfüllte sie mit tiefem Glücksgefühl. „Außerdem: Tu nicht so, als wärst du in Sachen Liebe ein Zyniker, Rob Southwood. Schließlich bist du derjenige, der in einer unglaublich romantischen schottischen Burg einen Urlaub für uns gebucht hat."

Rob seufzte betont dramatisch und rollte mit den Augen. „Du hast mich durchschaut. Ich gebe es zu: Insgeheim bin ich ein Romantiker." Er senkte die Stimme. „Aber bewahre bitte Stillschweigen. Ich bin noch nicht so weit, das in aller Öffentlichkeit zuzugeben, in Ordnung?"

Harri kicherte. „Keine Angst. Bei mir ist dein Geheimnis gut aufgehoben."

Die Neuigkeit von der Erneuerung des Ehegelübdes bei den Binchams verbreitete sich in Stone Yardley wie ein Lauffeuer. Geoff Bincham hatte sehr genau zu verstehen gegeben, was ihm vorschwebte: „Wir wollen eine dieser Promihochzeiten mit allem Drum und Dran. Nur das Beste ist gut genug für mich und meine Eth." So herausgefordert, taten sich die Leute von Stone Yardley zusammen: Tante Rosemary bot an, die Blumen zu stellen, Viv setzte ihre ganze Überredungskunst (und Gerüchten zufolge einen ganz tollen dreistöckigen Schokoladenkuchen) ein, um kurzfristig die Stone Yardley Village Hall zu buchen, und Harri wurde dazu ausersehen, freiwillig Alex um Hilfe beim Catering zu bitten. Harri vermutete stark, dass

Viv damit vor allem ihren Sohn dazu bringen wollte, sich ebenfalls zu engagieren, aber sie erklärte sich trotzdem dazu bereit. Immerhin würde das ihr die seltene Gelegenheit geben, ein bisschen Zeit mit ihm zu verbringen, ohne dass Chelsea dabei war.

Am Freitag dieser Woche setzte echtes Winterwetter ein. Mit grafitgrauen Wolken zog feuchtkalte Luft in Stone Yardley ein, und nicht enden wollender Regen, begleitet von stürmischem Wind, peitschte durch die Straßen und durchnässte die Einwohner. George, der seiner erstaunten Belegschaft erklärt hatte, er leide an Winterdepression, und sich mit einer Tageslichtlampe in seinem Büro verschanzt hatte, beschloss, das Reisebüro schon um drei Uhr nachmittags zu schließen. Wenig überraschend versuchte niemand, ihn davon abzubringen. Noch bevor George auch nur ausgeredet hatte, hatten Tom und Nus ihre Computer ausgeschaltet und ihre Mäntel übergezogen. Harri vergewisserte sich, dass es ihrem Chef gut genug ging, um selbst abzuschließen. Dann ging sie und kämpfte sich die High Street hinunter – ihr Schirm vermochte kaum der Gewalt von Sturm und Regen standzuhalten –, bis sie das *Wātea* erreichte.

Alex war dabei, den Tresen sauber zu machen, und merkte gar nicht, wie sie eintrat. Sie näherte sich und klopfte mit der Faust auf die alte Holzplatte des Tresens.

„Klopf-klopf?"

Alex schaute überrascht auf. Und lächelte. „Hallo, Fremde. Was treibt dich so früh an einem Freitagnachmittag hierher?"

„Ach, weißt du, der Wind hat mich hereingeblasen."

Echte Freude leuchtete in Alex' Gesicht auf. „Schrecklich, wenn das Wetter einem so übel mitspielt, stimmt's?"

Erfreut, wieder einmal ein bisschen von dem Alex zu sehen zu bekommen, den sie so sehr vermisste, grinste Harri. „Grauenvoll. Also, besteht Aussicht auf einen Kaffee?"

Alex verschränkte die Arme und holte heftig Luft. „Ich

fürchte, damit kann ich nur dienen, wenn du noch ein sehr großes Stück Schokoladenfondantkuchen akzeptierst."

Harri zuckte die Achseln. „Dann bleibt mir wohl nichts anderes übrig."

„Fein. Such dir einen Tisch, und ich bringe dir beides."

Harri entschied sich für einen Tisch unter einem der wenigen verbliebenen Fotos von Alex' Reisen. Darauf stand er neben der größten amerikanischen Limousine, die Harri je gesehen hatte, und deutete auf ein Route-66-Schild. Sie schälte sich aus ihrem Mantel, nahm den Schal ab, den Tante Rosemary im letzten Jahr in ihrer Strick-und-Klön-Gruppe für sie gestrickt hatte, und hängte beides über die Rückenlehne ihres Stuhls. Dann versuchte sie, die roten Locken zu bändigen, die der Sturm auf dem Weg hierher aus ihrem Pferdeschwanz gelöst hatte, und sah sich im Café um. Sehr viel hatte sich geändert, seitdem Chelsea auf den Plan getreten war. Fort waren die Schätze, die von Alex' Abenteuern zeugten: die Massai-Decke, die afrikanischen Masken und die australische Traumzeitkunst. Die Stapel Reisezeitschriften in Weidenkörben neben den Sofas waren von monatealten Hochglanzfrauenzeitschriften und Promiklatschblättern verdrängt worden, wie Geoff Bincham sie über alles liebte. Es war, als wäre der draufgängerische freie Geist von *Wātea* eingesperrt worden, verbannt hinter die Gitterstäbe der Meinung einer Fremden. Traurig registrierte Harri diese unwillkommenen Fesseln.

„Hier kommt deine obszön kalorienreiche Bestellung, Madame", sagte Alex und stellte ein großes Stück saftigen dunklen Schokoladenkuchen mit dicker Schokoladenglasur und rosa Zuckerstreuseln vor Harri ab. „Die Streusel gibt's übrigens kostenlos dazu."

„Das sieht ja toll aus! Woher hast du die?"

Alex ließ sich ihr gegenüber am Tisch nieder, reichte ihr einen Becher Kaffee und nahm einen Schluck von seinem eigenen.

„Abigail Reece hat hier gestern nach Schulschluss ihren Geburtstag gefeiert."

„Echt? Du hast einen Kindergeburtstag ausgerichtet?"

„Na ja, sie kam mit ihrer Mum und ihrer besten Schulfreundin rein. Also habe ich Brenda zum Co-op geschickt, damit sie Kerzen und mädchentaugliche Kuchendeko besorgt."

„Al, das ist so süß von dir."

Er winkte ab und klaute mit seinem Teelöffel ein kleines Stück von ihrem Kuchen. „Ach was, ich weiß nun mal, dass es für die beiden sehr hart ist, seitdem Paul sie hat sitzen lassen. Außerdem wird man schließlich nicht jeden Tag acht Jahre alt."

„Du großer Softie. Ich finde das trotzdem wirklich lieb von dir."

„Na ja – danke."

Sie lächelten einander an, und Harri genoss, dass zwischen ihnen völlige Harmonie herrschte.

„Übrigens muss ich dir etwas gestehen."

Das weckte sein Interesse, und er beugte sich neugierig vor. „Tatsächlich? Na, hoffentlich ist es auch etwas Pikantes. Bis eben war mein Tag entsetzlich langweilig."

„Tut mir leid, ich muss dich enttäuschen. Ich bin hier, um dich anzuschnorren."

„Typisch. Lass mich raten: Meine Mutter schickt dich?"

„Nein. Das heißt, vielleicht hat sie inoffiziell ihre Finger im Spiel, aber das ist nur eine Vermutung von mir Mr. und Mrs. Bincham wollen im nächsten Monat ihr Ehegelübde erneuern, und wir haben uns zusammengetan, um in der Village Hall eine Party für sie steigen zu lassen."

„Ihr braucht also was zu essen?"

Harri lächelte kleinlaut. „Bingo."

Alex ließ sich in seinem Stuhl zurücksinken, verschränkte die Hände hinter dem Kopf und wurde sehr nachdenklich. Dabei erhaschte Harri einen Blick auf seine Maorikette aus geschnitzten Holzperlen, die gut versteckt unterm Kragen seines GP-T-Shirts lag, das seine Freundin abgesegnet hatte. Dieser Anblick machte sie unerklärlich froh – als hätte sie soeben den Beweis erhalten, dass er von Chelsea noch nicht vollständig umgemodelt worden war. „Hmmmm, ich weiß nicht recht. So kurz vor Weihnachten und alles …“

Harri sank der Mut. „Oh …“

Ein breites Grinsen war die Antwort. „Harri, du lässt dich so leicht ins Bockshorn jagen! Natürlich mache ich das. Ich finde es toll, was die beiden vorhaben. Allerdings gibt es eine Bedingung.“

„Na schön. Welche?“

„Du hilfst mir dabei. Es macht mir nichts aus, meine Zeit ohne Bezahlung zu investieren, aber ich kann Brenda und die anderen Mädchen nicht bitten, dasselbe zu tun. Abgemacht, Ms. Langton?“

Harri schüttelte ihm die Hand. „Ganz klarer Fall.“

An diesem Wochenende kam Stellas Antwort auf Harris E-Mail.

Von: stellababy@danbeagle.co.uk
An: armchairtraveller@gmail.com
Betrifft: Örks!

Du liebe Güte, als ich nach Tratsch gefragt habe, dachte ich dabei an nichts auch nur ansatzweise so Interessantes! Du Ärmste!

Zunächst mal lass mich sagen, was du zu schreiben zu nett bist: Als Freundin scheint sie mir ein richtiger Albtraum zu sein! Ich wette, du würdest ihr am liebsten die Augen auskratzen, wenn sie mit dir wetteifert. So was kann ich absolut nicht ab, aber glücklicherweise bin ich nicht du. An deiner Stelle hätte ich mich inzwischen wahr-

scheinlich einer schweren Körperverletzung schuldig gemacht … Und was er zu Jack gesagt hat! Wenn du mich fragst: Er hat es mehr als verdient, dass er mit so einer Albtraumfreundin geschlagen ist. (Ehrlich gesagt: Dan meint, ich müsste lernen, mitfühlender zu sein. Deshalb besuchen wir bald einen alten Mönch in Tibet, mit dem er befreundet ist. Wer weiß, vielleicht bin ich beim nächsten Mal, wenn wir uns sehen, völlig tiefenentspannt und Chi.) Eins muss ich allerdings trotzdem sagen (und das auch nur, weil ich Tausende von Meilen weit weg bin und du mir dafür keinen Kinnhaken verpassen kannst): Bist du sicher, dass du nur deshalb so heftig auf Chelsea reagierst, weil du dir Sorgen um Al machst? Mir fällt nämlich auf, dass er schon mit wer weiß wie vielen Frauen gegangen ist und du dich noch über keine so aufgeregt hast wie über diese … Ich will damit nichts andeuten. Das ist mir nur aufgefallen.

Hier läuft es richtig gut, obwohl ich schwöre: Falls und wenn ich in den Himmel komme, werde ich mir mal den Allmächtigen zur Brust nehmen und ihn fragen, warum er Moskitos erschaffen hat. Ich meine, wozu sind die gut? Diese miesen, grässlichen, sirrenden Stechviecher! Ehrlich, H, ich habe so viele Stiche, dass ich aussehe wie eine Peperonipizza! Nur gut, dass Dan so in mich vernarrt ist, denn einen hübschen Anblick biete ich zurzeit wirklich nicht!

Schreib mir bald zurück – das macht mehr Spaß, als ich erwartet hätte ☺

Stel xxx

Stellas E-Mail tröstete und beunruhigte Harri zugleich. Das ganze Wochenende über gingen ihre Worte ihr nicht aus dem Kopf, während sie Rob half, seine Wohnung auf Vordermann zu bringen – eine Arbeit, die unter keinen Umständen viel Spaß macht, aber immerhin erträglich wird, wenn man sie zu zweit anpackt. Als Belohnung für die staubige Plackerei schlug Rob vor, mal wieder das Sonntagabend-Pub-Quiz zu besuchen. Harri, froh über die Ablenkung, war einverstanden, und als es auf Sonntagabend zuging, stellte sie überrascht fest, dass sie sich wirklich darauf freute, sich ein paar Stunden nur mit Belanglosigkeiten befassen zu können.

Allerdings hatte sie beim besten Willen nicht damit gerechnet, im *Star and Highwayman* ausgerechnet auf Alex im Kreis seiner Freunde und mit Chelsea auf dem Schoß zu treffen. Wenn man von den Mienen seiner Freunde ausgehen durfte, dann hatten auch sie nicht damit gerechnet. Sie saßen in höflichem Schweigen um Alex und Chelsea herum, ein viel zu angespanntes Lächeln in den Gesichtern, und gaben sich die allergrößte Mühe, einen Eindruck von Normalität zu vermitteln. Als Rob Alex entdeckte, schlossen sich seine Finger reflexartig fester um Harris Hand. Das gab Harri ein Gefühl von Sicherheit. Sie war mit ihrem Freund hier, der stolz darauf war, den Pub Hand in Hand mit ihr zu betreten. Dem Freund, der in nur knapp einem Monat mit ihr zu einer unglaublich romantischen schottischen Burg reisen würde, wo ganz zufällig auch Hochzeiten stattfanden …

Robs Freunde hatten schon einen Tisch besetzt. Wenn man nur von der Anzahl der Leute ausging, die an diesem Tisch saßen, gab es zwei Möglichkeiten: Entweder sie versuchten sich an einem neuen Weltrekord zum größten Pub-Team, oder sie waren Anhänger der Theorie, je mehr Leute anwesend seien, desto größer seien ihre Chancen auf den Hauptgewinn von fünf Getränkegutscheinen. Cathy Simpkiss winkte Harri zu und bedeutete ihr, die letzten beiden freien Stühle im Gedränge zu besetzen, während Rob an die Bar ging, um Getränke zu bestellen.

„Harri! Wie schön, dich zu sehen!“ Die anderen lächelten und nickten ihr ein freundliches Hallo zu.

„Hi, Cathy. Hallo allerseits."

Cathy stupste sie an. „Du und Roberto, ihr wirkt heute Abend sehr traulich vereint. Gibt es etwas, was ich wissen sollte?"

Harri spürte, wie ihre Wangen sich alle Mühe gaben, ihrer Haarfarbe nachzueifern. „Nein, wir sind nur glücklich."

„Ich schätze, sie ist schwanger", warf ein breitschultriger Kerl in einem gut ausgefüllten Rugby-Shirt ein. Seine Bemerkung löste bei den übrigen Männern albernes Gelächter aus. „Heute Abend glüht sie ja!"

„Bin ich *nicht*, Trev, vielen Dank aber auch. Es ist nur sehr heiß hier drin."

„Redet ihr schon wieder über mich?", fragte Rob, setzte sich neben sie, stellte sein Bierglas und ihren Rotwein auf den Tisch und steckte sein Wechselgeld ein.

„Ich habe nur gesagt, dass ihr zwei heute Abend sehr verliebt ausseht, Rob", meinte Cathy.

Rob legte Harri den Arm um die Schultern, und sie lehnte sich an ihn, erfreut über seine Geste. „Nun, das sind wir auch." Er nahm einen Schluck von seinem Bier. „Und zu Weihnachten werde ich diese hübsche Lady auf eine Burg in Schottland entführen."

„Und sie dalassen, damit Nessie mit ihr spielen kann, richtig?", meinte Kevin lachend. Er war der Größte in der Gruppe und überragte die anderen um gut zwölf Zentimeter.

„Nein, nein. Wir gönnen uns einen romantischen Weihnachtsurlaub", erwiderte Rob und streichelte dabei mit den Fingern Harris Arm.

Dadurch noch mehr aufgemuntert, hörte Harri nur mit einem Ohr auf die Sticheleien und das fröhliche Gelächter, während sie sich im gedrängt vollen Pub umsah und die anderen Teams musterte. Ohne nachzudenken, landete ihr Blick auch auf Alex' Tisch. Es war keine Überraschung, dass Chelsea dort

Hof hielt. Sie war ganz in ihrem Element, wusste, dass aller Augen auf sie gerichtet waren, beugte sich provozierend auf Alex' Schoß vor und drehte geziert eine messingblonde Locke um ihre lackierten Fingernägel, während sie redete.

Harri spürte, wie Ärger in ihr aufstieg. Sie wandte ihre Aufmerksamkeit Alex zu und stellte überrascht fest, dass Chelseas Auftritt ihn keineswegs beeindruckte. Ein strahlendes Lächeln lag auf seinen Lippen, aber seine Körpersprache vermittelte ein ganz anderes Bild. Als Harri versuchte, seinen Gesichtsausdruck besser zu erkennen, trafen sich plötzlich ihre Blicke, und er grüßte lautlos „Hi", bevor Harri wegschauen konnte. Schon wieder war sie rot angelaufen.

Als sie ihn wieder anschaute, strich Rob ihr eine Haarsträhne aus dem Gesicht. „Alles in Ordnung, Rotschopf?"

Harri schüttelte die Fragen ab, die ihr durch den Kopf gingen, kuschelte sich an ihn und lächelte. „Ja, mir geht es bestens. Ich liebe dich."

Rob beugte sich vor und küsste sie auf die Stirn. „Ich weiß."

Ein schriller Rückkoppelungspfeifton kreischte durch den Pub, gefolgt von ein paarmal lautem Klopfen, als Colin, der überlebensgroße Ansager des Pub-Quiz, ans Mikrofon trat. Er wirkte wie ein Radiomoderator aus den Achtzigern mit seinem blond gesträhnten Nackenspoiler, dem dünnen Schnurrbart und dem in Beigetönen gemusterten Hemd. „Okay, Ladies und Gentlemen. Willkommen zum berühmt-berüchtigten *Star and Highwayman* Pub-Quiz des ultimativen Infotainment. Auf euren Tischen findet ihr Quizblätter, außerdem exklusive Kugelschreiber, die zu beachtlichen Kosten für euer Quizvergnügen heute Abend bereitgestellt wurden. Achtet bitte trotzdem darauf, dass ihr sie am Schluss wieder zurückgebt, denn wie ihr alle wisst, gibt es einen nationalen Engpass bei Kugelschreibern."

Die versammelten Mannschaften lachten höflich, obwohl

Colins Kugelschreiber-Engpass-Witz schon öfter recycelt worden war als die durchschnittliche Milchpfandflasche.

„Aufgepasst! Los geht's mit der ersten Runde …"

Während das Quiz lief, musste Harri gegen den Drang ankämpfen, ab und an zu Alex hinüberzuschielen. Ihres Wissens ließ er sich zum ersten Mal in der Öffentlichkeit mit Chelsea sehen, und wenn man aus seiner Miene zu Beginn des Abends irgendwelche Schlüsse ziehen durfte, dann erwies sich das Ganze als härtere Prüfung für ihn, als er erwartet hatte.

„Hauptstadt von Kolumbien?", fragte Trev leise, während sein Team sich um ihn drängte.

„Vielleicht Colombia City?", schlug Cathy vor.

„Nein, ich glaube nicht."

Kevin runzelte die Stirn. „Aus irgendeinem Grund fällt mir Caracas ein."

„Das ist die Hauptstadt von Venezuela. Die von Kolumbien heißt Bogotá", widersprach Harri und freute sich über Robs stolze Miene, während ihr der Rest des Teams gratulierte.

„Du bist meine Geheimwaffe, nicht wahr, Rotschopf?"

Mitten in der Anagrammrunde – darin war Harri überhaupt nicht gut – nutzte sie die Gelegenheit, die Toilette aufzusuchen, während Robs Team sich intensiv beriet. In der Kabine roch es nach kaltem Zigarettenrauch, und die verräterischen Überreste von Verstößen gegen das Rauchverbot trieben anklagend in der Toilettenschüssel. Als sie in der relativ frischen Luft des Waschraums vor dem Waschbecken stand, öffnete sich die Tür zur Damentoilette. Harri blickte auf und sah sich falschen Wimpern, falscher Bräune und einer wütenden orange getönten Fratze gegenüber. Chelsea war alles andere als belustigt.

„Oh, hi, Chelsea. Gefällt dir das Pub-Quiz?"

„Was zur Hölle treibst du eigentlich?"

Ich freue mich auch, dich zu sehen, Chelsea. „Wie bitte?"

„Du weißt genau, wovon ich rede."

Harri schüttelte sich das Wasser von den Händen, ging zum Handtuchspender und zog vielleicht etwas heftiger an der Tuchrolle als nötig. „Ich habe keine Ahnung, worauf du hinauswillst."

„Oh doch, das hast du. Turtelst mit deinem Freund, beantwortest alle Fragen und siehst dabei so selbstzufrieden aus, dass Alex dich die ganze Zeit anschaut, als wäre er am liebsten in deinem Team."

Harri musste über die Absurdität dieser Unterstellung lachen. „Entschuldige bitte? Offensichtlich kennst du deinen Freund längst nicht so gut, wie du glaubst. Er würde lieber über glühende Kohlen laufen, als auch nur eine Packung Erdnüsse mit Robs Kumpeln zu essen, geschweige denn sich im Pub-Quiz mit ihnen zusammenzutun. Sie verarschen ihn, Chelsea, deshalb starrt er sie an. Das ist ein Ritual zwischen ihnen."

Chelsea blieb stehen, wo sie stand, die Hände in die Hüften gestemmt, und kaute unablässig auf ihrem Kaugummi herum. „So, so, hm – so sah mir das aber nicht aus."

Obwohl Chelseas Einstellung sie immer mehr ärgerte, lächelte Harri stur weiter. „Keine Sorge, Alex hat nur Augen für dich." Damit wandte sie sich der Tür zu, wurde aber abrupt von Chelseas überraschend festem Griff um ihren Arm gestoppt.

„Und so wird es auch immer bleiben, klar? Alex gehört jetzt mir, und er weiß, dass ich die Beste bin, die er kriegen kann. Früher oder später werden ihn seine nerdigen Freunde langweilen – und früher oder später wird er auch von *dir* genug haben. Ich bin jetzt das Wichtigste in seinem Leben, oh ja, und du solltest dich einfach damit abfinden und verschwinden."

Harris Herzschlag dröhnte in ihren Ohren und übertönte alles. „Was hast du gesagt?"

„Du hast mich verstanden. Hau ab. Das Beste, was du für Alex tun kannst, ist, ihn in Ruhe zu lassen. Er kann es nicht brauchen, dass du ihm die Ohren volljammerst, wie tragisch dein Leben ist und dass du nie irgendwohin verreisen kannst. Oh ja, das hat er mir erzählt. Das ist ja *so* traurig, Harri: Du hältst ihn für freundlich, aber in Wirklichkeit hat er nur Mitleid mit dir."

„Und das hat er gesagt, ja?"

„Ja. Er sagt, du bist ein jämmerlicher Fall, und er hat nur Mitleid mit dir, weil deine Mum und dein Dad abgekratzt sind."

Das war der Tropfen, der das Fass zum Überlaufen brachte. Eine Mischung aus weiß glühender Wut und Schmerz brodelte wie geschmolzene Lava in ihr, und sie spürte, wie sich ihre Hände zu Fäusten ballten. Sie musste hier raus – schnellstens –, sonst ließ sie sich womöglich dazu hinreißen, etwas zu tun, was sie später bereute. Ohne ein weiteres Wort stieß sie die Tür zum Gastraum des Pubs auf und ließ eine grinsende Chelsea mitten in der Damentoilette stehen.

Den restlichen Abend saß sie stocksteif neben Rob, bemüht, sich auf keinen Fall anmerken zu lassen, wie verletzt und zornig sie war. Diese Gefühle wüteten in ihr wie ein verheerendes Buschfeuer. Wie konnte sie es wagen, so etwas zu sagen? Und viel wichtiger noch: Wie konnte Alex es wagen, so über sie zu reden? Zum zweiten Mal?

Auf der Heimfahrt, stumm auf dem Beifahrersitz von Robs Wagen, fasste Harri einen wichtigen Entschluss: Chelsea konnte Alex haben; sie selbst hatte ihm zum letzten Mal gestattet, ihr nahezukommen.

17. KAPITEL

Was ich mir zu Weihnachten wünsche …

Viv hustet, und Harri hört, wie die Stuhlbeine über die Bodenfliesen schrammen, als sie sich anders hinsetzt.

„Viv, ich berapple mich schon. Geh bitte – ich brauch noch ein bisschen Zeit."

„Dann bleibe ich, bis du so weit bist."

Harri verengt die Augen zu engen Schlitzen, ein Versuch, den dumpfen Schmerz zu lindern, der hinter ihren Augäpfeln pocht. Sie stöhnt auf – diesmal laut und wider besseres Wissen in der Hoffnung, dass Viv den Wink mit dem Zaunpfahl versteht. „Ganz ehrlich, Viv: Ich brauche keinen Babysitter. Ich weiß, dass du es gut meinst, und ich weiß das wirklich zu schätzen, aber ich muss allein mit dieser Sache fertigwerden."

„Du bist genau wie deine Mutter", murmelt Viv, gerade eben laut genug, dass Harri es hört und versteht.

„Was?"

„Ich sagte, du bist ganz genauso wie Niamh. Starrsinnig. Wie ein Esel."

„Du meinst nicht zufällig ein Maultier?"

„Nein, Harriet, ich meine einen Esel. Und tu nicht so oberschlau: Ich habe deine Mutter viele Jahre länger gekannt als du, und ich kenne mich mit Eseln aus, weil mein Vater welche hielt, als ich noch ein Kind war. Wenn sie sich das in den Kopf gesetzt haben, lassen sie sich absolut nicht bewegen …"

Harri verzieht das Gesicht. Die Kopfschmerzen werden immer stärker. „Viv, hast du zufällig Paracetamol bei dir?"

Mitten im Satz unterbrochen, gerät Viv völlig aus dem Konzept. „Nun, ich sagte gerade … äh … hast du Paracetamol gesagt?"

„Oder Aspirin. Oder was auch immer, solange es nicht Ibuprofen ist."

„Hast du Kopfschmerzen?"

„Nein, Viv, ich denke darüber nach, mich mit zwei Tabletten umzubringen. *Natürlich* habe ich Kopfschmerzen!"

Viv mokiert sich hörbar, aber Harri kann auch vernehmen, dass sie in ihrer Handtasche herumkramt. „Seit du wieder zurück bist, bist du so sarkastisch geworden. Hier."

Eine kleine Schachtel Panadol wird unter der Kabinentür hindurchgeschoben und bleibt vor Harris Füßen liegen. „Danke. Ich nehme an, du hast nicht auch noch eine Flasche Wasser für mich?"

„Wofür hältst du mich? Für eine Minibar? Natürlich habe ich keine … Ach, vergiss es." Der Stuhl wird zurückgeschoben. „Ich geh und schau, ob ich eine auftreiben kann. Du bleibst, wo du bist. Und mach keine Dummheiten."

Harri lässt den Kopf hängen. *Dafür ist es zu spät …*

Der Dezember fiel mit eisiger Kälte in Stone Yardley ein, heftiger, als es selbst die ältesten Bewohner des Ortes jemals erlebt hatten. Erst kamen scharfe Fröste, die jede Autofahrt um zwanzig Minuten Eiskratzen verlängerten und die Motoren zum Stottern brachten; eine Woche später lag die ganze Gegend unter eiskaltem Nebel, der den Verkehr wegen der schlechten Sichtverhältnisse auf Schneckentempo reduzierte; in der Woche vor Weihnachten kam Schnee dazu, bedeckte Straßen und Gehwege und brachte alles zum Stillstand: Autos fuhren nicht mehr, Fußgänger trauten sich nicht mehr auf die Straße, die Schulen wurden geschlossen.

Dennoch wurden die Vorbereitungen für Ethel und Geoff Binchams großen Tag weiter vorangetrieben, und man wappnete sich gegen alle Eventualitäten, solange die arktischen Wetterverhältnisse vorhielten. Nur gut, dass Harri ihre Freunde Emily und

Stu gebeten hatte, auszuhelfen. Stu war nämlich stolzer Eigentümer eines grellroten Massey-Ferguson-Traktors mit Schneepflug, den er vor vielen Jahren von seinem Vater geerbt hatte.

„Selbst wenn es zu drei Meter hohen Schneeverwehungen kommt, schaffen wir die Binchams zu ihrer Feier“, scherzte er und klopfte dabei liebevoll auf eins der Hinterräder seines Traktors.

Seit dem Pub-Quiz hatte Harri sich eine Menge plausibler Ausreden einfallen lassen, warum sie keine Zeit für Alex hatte: Der Aufbau von Emilys und Stus Unternehmen band immer mehr ihrer Kräfte; im Reisebüro hatte sie außergewöhnlich viel zu tun; sie verbrachte ihre Zeit mit Rob, der im Laufe der Wochen immer liebevoller zu werden schien. Alex stellte keine dieser Ausreden infrage, aber Harri hegte den Verdacht, dass er durchaus eine Meinung dazu hatte, die er nur nicht äußerte. Natürlich war ihr das egal. Zu wissen, dass er nicht nur ein, sondern gleich zwei Mal hinter ihrem Rücken über sie gespottet hatte, war schmerzlicher, als sie je irgendjemandem eingestehen würde.

Während die Feier näher rückte, wurde Harri immer stärker bewusst, dass sie die verfahrene Situation mit Alex irgendwie regeln musste – und sei es auch nur für kurze Zeit –, denn sie hatte versprochen, ihm beim Catering zu helfen. Ihr Dad hatte ihr gegenüber immer wieder betont, wie wichtig es war, seine Versprechen zu halten, komme, was da wolle, und so war diese Einstellung zu einem existenziellen Teil von Harris ständigem Gedenken an ihren Vater geworden. Das war der Grund gewesen, warum sie sich nicht darum gedrückt hatte, die Zuschriften auf den *Juste-Moi*-Artikel zu sichten. Das war auch der Grund, warum sie nicht mit Stella gebrochen hatte, als die sich mit Dan zusammentat. Ob es ihr gefiel oder nicht: Sie hatte Alex nun mal versprochen, dass sie helfen würde. Und so kam es, dass sie am letzten Freitag vor Weihnachten schwersten Herzens langsam über den schneebedeckten Fußballplatz und an der Kirche vorbei in Richtung Innenstadt stapfte. Es schneite, und zwar beeindruckend heftig: Große, federige Flocken, die aussahen, als „meinten sie es ernst“, wie Mum zu sagen pflegte, strichen über ihre kalten Wangen.

Da das Reisebüro wegen des schlechten Wetters geschlossen war, hatte Harri verabredet, sich gleich nach dem Mittagsansturm mit Alex im *Wātea* zu treffen, um mit der Vorbereitung der Speisen für die Feier am nächsten Tag zu beginnen. Ihr Telefonat war sehr geschäftsmäßig und knapp verlaufen, das übliche Geplänkel war entfallen. Worüber sollen wir uns unterhalten? fragte Harri sich, als sie die High Street erreichte. *Womit sollen wir all die Stunden überbrücken?*

Als Harri kam, saß nur ein tapferes Pärchen im Café und trank heiße Schokolade mit Schlagsahne und schmelzenden Marshmallows.

„Was für ein erfreulicher Anblick“, rief Brenda ihr vom Tresen entgegen, als Harri ihre Stiefel auszog und gegen ein Paar Sportschuhe tauschte. „Er war in den letzten Wochen wie ein übel gelaunter Bär mit Migräne. Wie kommt's, dass du dich gar nicht hast blicken lassen?“

Harri wollte gerade antworten, als Alex aus der Küche kam, eine Jeansschürze in der Hand. „Sie hatte viel zu tun“, meinte er missmutig. „Wegen Weihnachten und so.“

Brenda bemerkte die Spannung zwischen ihnen sofort. „Ah, so. Na dann, ich halte hier die Stellung, und ihr beide macht euch an die Arbeit für morgen. Ich glaube nicht, dass uns ein großer Gästeansturm droht, so wie es draußen schneit.“

Alex warf Harri die Schürze zu und ging zurück in die Küche. „Ja, ist gut. Ruf mich, wenn es zu hektisch wird.“

Brenda zog eine Braue hoch und schaute Harri fragend an. Diese zog rasch ihren Mantel aus und verstaute ihn, zusammen mit ihrer Tasche und den Stiefeln, hinterm Tresen. „Viel Glück mit Mr. Übellaunig!“

Harri band sich die Schürze um. „Danke. Ich schätze, das kann ich brauchen."

In all der Zeit, die sie mit Alex verbracht hatte, hatte Harri ihn noch nie so erlebt. Er sprach nur, um ihr knappe Anweisungen zu geben. „Hack dies", „Mach das", „Mixe das" – und den Rest der Zeit arbeitete er mit gesenktem Kopf, hochgezogenen Schultern und abgewandtem Blick. Da Harri sowieso keine Lust gehabt hatte, überhaupt zu kommen, war es ihr nur recht.

Brenda ging um vier, da keine Gäste mehr kamen und der Schnee sich draußen auf dem Bürgersteig immer höher auftürmte. Dadurch wurde Harri eine Erholungspause von ein paar Minuten gewährt, in der sie das eisige Schweigen nicht länger ertragen musste, denn Alex verließ die Küche, um seine Assistentin zu verabschieden. Allein zurückgelassen, starrte Harri zu den Leuchtstoffröhren an der Decke hinauf und holte tief Luft, um ihre flatternden Nerven zu beruhigen. Noch war sie wütend auf ihn. Noch schmerzte sein hinterhältiger Verrat. Aber im selben Raum mit ihm zu sein, ganz ohne die gewohnte Wärme zwischen ihnen, war schlimmer, als ihm permanent aus dem Weg zu gehen. Da sie die Stille nicht ertrug, setzte sie Wasser auf und holte zwei Becher und Teebeutel aus dem Lager.

„Was ist los, Harri?", fragte Alex, als er in die Küche zurückkam und ihr entgegentrat. Sein Blick durchbohrte sie.

Diesem Blick ausgesetzt, verschränkte Harri die Arme vor der Brust. „Ich weiß nicht, was du meinst."

„Das … uns", stammelte er. „Warum stößt du mich von dir?"

„Ich … das tue ich nicht …"

Er trat näher, streitlustig. „Oh doch, das tust du. Schon seit Wochen. Harri, ich komme damit nicht klar; ich verstehe es nicht. Ich begreife nicht, warum du nicht mehr anrufst, nicht mehr vorbeikommst … Es ist, als hättest du eine gewaltige Mauer um dich errichtet, und ich könnte sie nicht überwinden."

Im Grunde wollte sie ihm nur einen vernichtenden Schuss vor den Bug geben und verschwinden, aber in diesem Moment kamen ihr Tante Rosemarys Worte wieder in den Sinn: *Das ist so ganz und gar nicht deine Art … So bist du doch gar nicht.*

„Ich weiß im Moment einfach nicht, wie ich mit dir zusammen sein soll", antwortete sie langsam, jedes Wort sorgfältig abwägend, bevor sie es aussprach. „Ich weiß nicht, was ich sagen soll, was ich glauben soll …"

Alex runzelte die Stirn, und Harri fiel auf, wie müde seine Augen wirkten. „Was meinst du damit – was du glauben sollst? *Ich* habe mich doch nicht verändert. Ich bin immer noch derselbe."

Ein dicker Kloß bildete sich in ihrer Kehle, und ihr war, als wäre die Luft plötzlich zähflüssig geworden wie Sirup. Ihre Stimme brachte nur noch ein gepresstes Flüstern hervor. „Nein, das bist du nicht. Du bemitleidest mich."

„Was? Nein, Harri!"

Sie nickte langsam, konnte ihm nicht länger ins Gesicht sehen. „Doch, das tust du. Du hast nur deshalb Zeit mit mir verbracht, weil ich dir leidtat."

Alex schüttelte den Kopf, Ungläubigkeit in seiner Miene. „Woher kommt das alles auf einmal?"

Harri richtete sich auf, um auf Augenhöhe mit ihm zu sein. Entrüstung durchzuckte sie. Damit würde sie ihn nicht durchkommen lassen. Er konnte ihr nicht weismachen, dass sie sich das alles nur eingebildet habe. Jetzt nicht mehr. „Ich habe dich gehört, Alex. Ich habe gehört, wie du Jack gesagt hast, dass du nur Mitleid mit mir hast."

Sein Gesichtsausdruck wandelte sich von Unglauben zu jäher Erkenntnis und dann zu blankem Entsetzen. Seine Stimme brach, als er sprach: „Teufel noch mal, Harri, ich …"

„Sag nicht, du hättest es nicht so gemeint, in Ordnung? Sag, was immer du willst, aber leugne nicht, was du gesagt hast. Ich will nicht, dass du mich anlügst, weil dir das peinlich ist. Es ist besser, dass ich die Wahrheit weiß."

„Aber es ist nicht die Wahrheit."

Harris Lachen klang kalt und hohl. „Klar doch."

„Ist es nicht!

„Alex, du vergisst, dass ich gehört habe, wie du es gesagt hast."

„Ich weiß. Das weiß ich, aber ... es war dumm von mir. Wenn ich gewusst hätte, dass du zuhörst ..." Als er ihren Gesichtsausdruck sah, brach er ab und zerwühlte mit beiden Händen seine Haare. „Harri, das musst du mir glauben: Ich habe das nicht so gemeint. Ich bemitleide dich überhaupt nicht. Deine Freundschaft bedeutet mir alles. Ich ... ich würde nie etwas tun, was sie gefährden würde."

Sie holte tief Luft und sprach die zweite Anschuldigung aus. „Und warum hast du dann Chelsea dasselbe gesagt?"

Seine Miene verdüsterte sich. „Chelsea?"

„Sie hat es mir vor ein paar Wochen erzählt. Hat gesagt, du hättest Mitleid mit mir, weil meine Eltern gestorben seien und ich so ein jämmerliches, tragisches Leben hätte."

„Nein, nein, das hast du falsch verstanden, Harri. Chels würde nie so etwas sagen. Ich weiß, dass sie das nicht tun würde."

Harri begann rasch, sich die Schürze abzubinden. Schmerz und Verlegenheit ließen sie ungeschickt hantieren. „Egal. Ich kann einfach nicht mehr."

Alex trat einen Schritt vor und fasste sie an den Schultern. „Hör auf – hör einfach auf, bitte! Harri, das ist doch lächerlich. Ich will deine Freundschaft nicht wegen so etwas verlieren." Er hielt inne. Die blauen Augen forschend auf ihre gerichtet, suchte er nach Zeichen, dass sie ihm vergab. „Na schön. Wenn du sagst, dass sie das gesagt hat, dann glaube ich dir. Ich verstehe es nicht und kann mir nur vorstellen, dass sie irgendwas missverstanden hat. Aber ich glaube dir, Harri."

Lange Zeit blieben sie so stehen, Auge in Auge, schwer atmend wie Läufer nach einem Sprint, beide unsicher, was sie als Nächstes tun sollten. Ein Patt. Die Nähe war beunruhigend, aber Harri konnte sich nicht rühren.

Ein lautes Klicken vom Wasserkocher, der seinen Dienst getan hatte, ließ sie beide zusammenzucken und löste die Spannung zwischen ihnen. Alex ließ seine Hand sinken, Harri lockerte ihre Schultern.

„Ich wollte Tee für uns beide machen", sagte sie schwach.

„Gut", erwiderte er und schaute leeren Blickes auf den Wasserkocher, dann wieder sie an. „Warum hast du nichts gesagt? Wegen dem, was ich zu Jack gesagt habe?"

„Weil ich verletzt und wütend war. Und weil ich nicht wollte, dass du leugnest, was du empfindest."

„Ich habe es ehrlich nicht so gemeint. Ich kann mir ein Leben ohne dich nicht vorstellen. Du bist meine engste Freundin, und ich bin abhängiger von dir, als ich zeige."

„Warum hast du das dann gesagt? Zwei Mal?"

Er starrte sie an. „Jack hat mich aufgezogen, und ich ... ich schätze, ich habe einfach nur irgendwas gesagt, damit er den Mund hält. Und Chels – na ja, ich habe ihr von deinen Eltern erzählt, aber ich schwöre: Ich habe nie gesagt, dass ich Mitleid mit dir habe. Schau, Harri, ich kann es nicht entschuldigen, dass ich mich wie ein Volltrottel benommen habe, aber es tut mir wirklich entsetzlich leid, dich verletzt zu haben." Er warf wieder einen Blick auf den Wasserkocher. „Bleibst du noch auf eine Tasse Tee?"

Harri brachte ein winziges Lächeln zustande. „Ich schätze, ja."

Der Feuerpause zwischen ihnen war unsicher und weit von einem richtigen Waffenstillstand entfernt, aber es reichte, um die Spannung zwischen ihnen zu lockern. Langsam tranken sie ihren Tee. Dabei entging Harri nicht, dass Alex Tausende von

Gedanken durch den Kopf schossen. Als sie nach seinem leeren Becher griff, um ihn wegzustellen, fasste Alex nach ihrem Arm. Ohne auf eine Einladung zu warten, zog er sie an sich, und sie umarmten einander, unbequem, unbehaglich, linkisch, wobei Alex die Umarmung sehr viel stärker in die Länge zog, als es Harri behagte.

Als sie schließlich ging, war sie positiver gestimmt. Natürlich war klar, dass es mehr bedurfte als einer Tasse Tee und einer halbherzigen Umarmung, um den Schaden zu reparieren, der in den letzten Monaten entstanden war, aber immerhin fühlte es sich an wie ein Schritt in die richtige Richtung. Ihre Freundschaft hatte die schwerste Prüfung seit Jahren bestanden.

Doch ohne dass sie davon wussten, lag eine noch viel schwerere Feuerprobe vor ihnen.

Am nächsten Morgen begannen die Vorbereitungen für den großen Tag der Binchams früh. Als Harri in der schneebedeckten Kirche ankam, war Tante Rosemary schon da. Sie stand unsicher auf der obersten Stufe ihrer bewährten Trittleiter und versuchte, eine Girlande an der steinernen Einfassung der Kirchentür zu befestigen.

„Tante Rosemary, was in aller Welt tust du da?"

„Bin gleich fertig, Harri. Sei so lieb: Halte das bitte." Damit reichte sie ihr ein paar grüne Zweige und eine Gartenschere nach unten.

„Wie lange bist du schon hier?"

Rosemary schüttelte den Kopf und rückte eine rosa Schleife etwa in der Mitte der Girlande zurecht. „Ah, so ist es besser. Entschuldige, Schatz, was hast du gesagt?"

Harri lächelte. „Nichts. Also, wie kann ich helfen?"

Tante Rosemary stieg vorsichtig von der Leiter herunter und zog einen zerknitterten, zusammengefalteten Umschlag aus ihrer Jackentasche, auf dessen Rückseite sie etwas geschrieben hatte. „Schauen wir mal … hm … könntest du für mich den Blumenschmuck an den Stirnseiten der Kirchenbänke anbringen? Er muss nur aufgehängt werden."

„Kein Problem."

„Wunderbar." Sie zog einen zerkauten Kugelschreiber aus dem unordentlichen Knoten an ihrem Hinterkopf und hakte zwei Punkte von ihrer Liste ab. „Damit wäre fast alles erledigt. Nicht schlecht, wenn man bedenkt, dass ich heute früh erst um sechs hier war."

„Erst?"

Gemeinsam betraten sie die Kirche. „Glaub mir, Harriet, sechs Uhr früh – das bedeutet praktisch ausschlafen können. Ich habe im Laufe der Jahre schon ganz andere Hochzeiten vorbereitet. Und damit deinen Cousin und deine Cousine fast zum Wahnsinn getrieben, wenn ich sie in aller Herrgottsfrühe aus dem Bett geholt und mitgeschleift habe, weil ich Blumenschmuck für Trauungen anfertigen musste."

„Oh, ich wette, das hat James gefallen!" Harri lachte.

„Na ja, sagen wir einfach, im Sommer war ich nicht gerade sein Lieblingsmensch", meinte Rosemary, setzte sich in eine Kirchenbank und rieb sich den Rücken. „Kommt Rob heute Abend auch?"

„Ja. Aber ihn zu bitten, bei den Vorbereitungen zu helfen, hatte keinen Zweck. In praktischen Dingen hat er zwei linke Hände."

Tante Rosemary nickte, aber in ihren Augen lag ein befremdlicher Ausdruck. „Du bist glücklich. Oder, mein Schatz?"

Harri hasste diese Frage. Was sollte man schließlich darauf antworten? War es überhaupt möglich, mit jedem Aspekt seines Lebens glücklich zu sein, oder ging es eher darum, dass man über das meiste halbwegs glücklich war und den Rest ignorierte? In vieler Hinsicht liebte Harri ihr Leben – ihr kleines Cottage, ihren Job (trotz vielerlei Ärger und Frust war diese

Arbeit doch die beste auf Erden für sie), Rob, ihre Freunde, ihre Reisebücher ... In dieser Hinsicht war sie zufrieden. Aber die Einsamkeit, die sie umfing, wenn sie allein war, die lange Schlange von Träumen, die immer noch darauf wartete, in Erfüllung zu gehen – in diesen Bereichen war sie weit von dem entfernt, was sie sich wünschte. „Danke, mir geht es prima."

„Danach habe ich nicht gefragt." Rosemary stand abrupt auf und wandte den Blick ab. „Wenn du irgendwas brauchst: Ich bin am Altar. In Ordnung?"

Überrascht vom plötzlichen Umschwung im Verhalten ihrer Tante, machte Harri sich an die Arbeit.

Von der Kirche aus ging sie direkt zum Haus der Binchams, um dort eine kleine blaue Brosche, die ihrer Mutter gehört hatte, abzugeben, damit Ethel sie tragen konnte. Im Haus herrschte hektisches Treiben. Es sah fast so aus, als wäre die Hälfte der weiblichen Bevölkerung von Stone Yardley im Wohnzimmer des edwardianischen Reihenhauses aus blauen Ziegelsteinen versammelt, während Geoff und etliche seiner Freunde gerade von Ethels Schwester Flo die Treppe hinuntergescheucht wurden.

„... aber sollte ich nicht bei unserer Eth bleiben?", protestierte Geoff.

„Du siehst sie in der Kirche, Geoffrey, und dabei bleibt es. Jetzt beweg deinen Hintern aus der Tür!", befahl Flo und bugsierte ihren Schwager mitsamt seiner Gefolgschaft mit überraschendem Nachdruck für eine Dame ihres Alters hinaus auf die Veranda. „Das wird so ziemlich das erste und letzte Mal sein, dass wir euch bitten, in den Pub zu gehen. Also macht das Beste daraus!"

Mitten im Wohnzimmer stand Mrs. Bincham ein wenig zittrig auf einem kleinen Schemel, während die Frauen um sie herumwuselten. Der hintere Teil ihres cremefarbenen Kleides lag ausgebreitet auf einem Bügelbrett, und eine rotgesichtige Verwandte bügelte mit enormem Eifer den Saum. Das ganze Zimmer duftete nach Veilchen und Lavendel, und von den vergoldeten Bilderrahmen auf dem Kaminsims lächelten die Gesichter der Kinder und Enkel der Binchams auf das Chaos herunter.

„Halt still, Eth“, rief die bügelnde Dame. „Wir wollen doch nicht völlig zerknittert den Mittelgang hinuntergehen, oder?“

„Aber im Auto muss ich mich doch hinsetzen“, protestierte Ethel. Vergebens. Als sie Harri entdeckte, hellte sich ihre Miene auf. „Oh, Harriet, du bist hier.“

„Du siehst wunderschön aus, Mrs. B“, sagte diese lächelnd und reichte ihr die Brosche. „Hier hast du etwas Geborgtes und etwas Blaues. Alt ist es auch.“

Strahlend nahm Ethel das Schmuckstück entgegen. „Oh, ganz, wie es sich gehört, mein Kind … Ganz, wie es sich gehört …“ Sie schniefte und löste damit eine kleine Panik unter den aufgeregten weiblichen Gästen aus, die ihr sofort jede Menge Taschentücher reichten. Mrs. Bincham scheuchte sie davon und lächelte Harri an. „Was allerdings das Alte angeht, damit bin ich bestens bedient – unser Geoff reicht dafür völlig.“

Schnell wurde klar, dass heute nichts nach Plan verlaufen würde. Um zehn stellte Harri ihren Wagen auf dem kleinen Parkplatz der Village Hall ab, nachdem sie schon drei Umwege hatte in Kauf nehmen müssen: um zusätzliche Ballons aus dem Clownaround, dem Partyausstatter in Ellingsgate, zu holen; um einen Hochzeitskuchen abzuholen, der freundlicherweise von der Konditorei *Sugarbuds* gespendet worden war; und schließlich, schon auf halbem Weg zur Village Hall, erreichte sie ein Anruf von George, der sie zurück zum Reisebüro beorderte, damit sie eine Kiste Wein abholte, die er für die Feier am Abend zur Verfügung gestellt hatte.

Wenigstens schneite es nicht mehr. Stattdessen strahlte eine blasse Wintersonne vom Himmel und ließ die Schneedecke funkeln wie die Pfefferminzbonbons, die Grandma Langton immer zu Weihnachten verteilt hatte.

Als Harri ankam, war Alex dabei, Kisten aus dem Kofferraum seines Wagens zu holen.

„Hallo, du. Ich dachte, du wolltest schon vor einer Stunde hier sein."

Harri stapelte vorsichtig drei Tortenschachteln auf dem Dach ihres Wagens, bevor sie die Fahrertür zuschlug. „Frag lieber nicht. Irgendwie habe ich es geschafft, zehn Meilen auf den Tacho zu kriegen, obwohl die Strecke nur zwei Meilen lang ist."

„Interessante Fertigkeit. Brauchst du Hilfe damit?"

„Nein, das geht schon. Bitte nach Ihnen, Sir!"

Während sie auspackten, die Tische eindeckten, Luftballons und Papiergirlanden in der Halle aufhängten, floss die Unterhaltung zwischen ihnen leicht dahin – nach dem Chaos der letzten Monate sehr zu Harris Erleichterung. Es war einfach wunderschön, und Harri wagte zu hoffen, dass dies Gutes für die Zukunft versprach.

Um halb drei kam Viv hereingeschneit, entschuldigte sich lang und breit, dass sie zu spät kam, und bot ihre Hilfe an. Natürlich hatte sie es wieder einmal geschafft, genau in dem Moment aufzutauchen, als alles schon fertig war, aber – wie sie betonte – schließlich zählte der gute Wille, oder etwa nicht? Immerhin fand sie doch noch eine nützliche Beschäftigung, und fünf Minuten später standen sie alle drei mitten im Saal und tranken heißen Tee aus einer bunten Sammlung von Bechern.

„Ich hätte nie gedacht, dass du ein Fan der Stourbridge-Linie bist, Mum", sagte Alex und deutete auf ihren Becher.

„Oh, mir gefallen die Farben der Züge. Und ich denke ernstlich darüber nach, mir eine Saisonkarte zu kaufen, was meinst du? Im Übrigen, du hast gut reden: Offensichtlich ist dir heute nach Chicken-Tonight-Soße zumute."

„Warum in aller Welt hat jemand einen Becher mit diesem Motiv darauf?", meinte Harri kichernd.

Alex lachte. „Offenbar hat er ihn ja nicht mehr. Schließlich ist er jetzt hier."

„Hm, ich weiß wirklich nicht, was ich von meinem halten soll", sinnierte Harri und drehte ihren Hamlet-Zigarren-Becher, sodass die anderen den Spruch darauf lesen konnten: Für den Mann, der ein bisschen größer denkt.

„Darüber mag ich gar nicht nachdenken", sagte Viv schaudernd und schaute auf die Uhr. „Grundgütiger! Seht doch nur, wie spät es ist. Wir müssen nach Hause, uns umziehen. Um vier Uhr sollten wir schon in der Kirche sein!"

Hastig tranken sie ihren Tee aus, hüllten sich in Mäntel, Handschuhe und Mützen und eilten in den kalten Nachmittag hinaus.

Man sagt, für die Liebe sei man nie zu alt. Im Fall von Ethel und Geoff stimmte das ohne jeden Zweifel. Dreiundvierzig Jahre nachdem er ihr Komplimente für ihr Teegebäck gemacht hatte, wirkten sie immer noch so verliebt ineinander wie eh und je.

Als Etta James' sexy Stimme die Eröffnungszeile von „At Last" anstimmte, begleitet von schwungvoller Streichmusik, verstummte das aufgeregte Geschnatter in der gedrängt vollen Kirche. Unwillkürlich drückte Harri Robs warme Hand, ergriffen von der geballten Romantik dieses Liedes und des Anlasses. Vor der Zeremonie war Rob etwa eine Viertelstunde nach Harri eingetroffen und hatte sie damit überrumpelt, dass er ihre Hand ergriff, sie herumschwang, in die Arme zog und sie in aller Öffentlichkeit küsste. Sehr zur Überraschung von Alex und Viv, mit denen sie zu diesem Zeitpunkt zusammenstand. Viv lächelte höflich, aber Alex wandte den Blick ab, einen merkwürdigen Ausdruck im Gesicht.

Die ganze Kirche duftete nach Christrosen, Freesien und Lilien. Tante Rosemary hatte den beiden Ehre erwiesen und jede nur denkbare freie Fläche mit Blumen in zarten Gelb-, Weiß-,

Creme- und Violetttönen geschmückt. Geoff hatte entschieden, nicht nervös allein vorm Altar zu warten, sondern die Kirche gemeinsam mit Ethel zu betreten. Und als das Lied in den Bogengängen der roten Sandsteinkirche erscholl, kamen die beiden herein. Stolz in seinem besten Anzug, führte Geoff die Liebe seines Lebens den Mittelgang hinunter. Über ihrem cremefarbenen Kleid trug sie ein kurzes weißes Spitzenjäckchen, und eine blassgelbe Rose steckte in ihren frisch gelegten grauen Locken.

Langsam schritten sie an lächelnden Freunden und Angehörigen vorbei – in erster Linie, weil sie beide in den letzten achtzehn Monaten neue Hüftgelenke bekommen hatten –, und so erfolgte ihr Einzug in die Kirche wie in Zeitlupe. Während das Lied dem Ende entgegenging, blieben sie an der Stufe vor dem Altar stehen, und der Vikar Pete nahm seinen Platz vor ihnen ein.

„Liebe Gemeinde, willkommen zu diesem ganz besonderen Tag. Ich muss schon sagen, für einen Samstag habt ihr euch alle sehr ordentlich herausgeputzt – schön zu sehen, dass die Bewohner von Stone Yardley ihren Sonntagsstaat nicht nur an Sonntagen tragen."

Gelächter lief durch die Reihen.

„Aber kommen wir zum besten Teil: Ethel und Geoff wollen ihr Eheversprechen erneuern, das sie sich vor mehr als vierzig Jahren gegeben haben, um zu zeigen, dass ihre Bindung und ihre Liebe zueinander immer noch besteht und weiter bestehen wird. Erhebt euch bitte von euren Plätzen, wir wollen beten …"

Und so, umringt von Menschen, die sie gernhatten, standen die Binchams vor dem Altar und bekräftigten noch einmal ihr Versprechen, einander zu lieben, zu achten und zu ehren bis ans Ende ihrer Tage. In Geoffs Augen standen Tränen, als er seine Frau anschaute und ihr zuflüsterte: „Du bist und bleibst meine Liebste." Worauf Ethel zurückflüsterte: „Du bist aber auch nicht übel." Für die versammelte Gemeinde war dieser zärtliche Austausch von Gelübden dieses alten Paares aus dem Black Country eine Erfahrung, die Demut lehrte.

„Geoff, ich glaube, jetzt solltest du deine Braut küssen", meinte Pete lächelnd.

„Allerdings!", meinte Geoff und hob Ethel schwungvoll auf seine Arme, wie es Clark Gable nicht schöner hinbekommen hätte. Die versammelten Gäste brachen in Applaus aus.

„Geoffrey, lass mich runter!", wehrte Ethel lachend ab, aber während sie ihren Ehemann spielerisch zurechtwies, strahlten ihre Augen. Beim Anblick der beiden, so verliebt und so eng miteinander verbunden, war Harri sich sicher, dass sie beide keinen alten Menschen vor sich sahen, wenn sie einander anschauten. In ihren Augen waren sie immer noch dieselben jungen, schönen Träumer, deren Herzen sich vor dreiundvierzig Jahren über einem Teewagen berührt hatten.

„Das war wundervoll", sagte Harri, als sie und Rob auf winterlichen Straßen zurück zur Village Hall fuhren.

„Ja", meinte Rob und schaute aus dem Fenster. „Was meinst du: Kannst du dir vorstellen, dass wir in dreiundvierzig Jahren das Gleiche tun?"

Harri rechnete im Kopf nach, wie alt sie dann sein würde. Das Ergebnis war ernüchternd ... „Nur wenn wir den Mittelgang erweitern lassen können, damit wir mit Gehwagen durchkommen."

„Ich bin sicher, das wird kein Problem", lachte Rob. „Merk es am besten schon mal im Terminkalender vor."

Zu hören, wie Rob laut über ihre langfristige Zukunft nachdachte, darauf hatte Harri so sehr gehofft. Sofort wanderten ihre Gedanken zu Weihnachten. Es waren aufregende Aussichten, diese magische Zeit des Jahres mit dem Mann zu verbringen, den sie liebte. Und irgendwo in ihrem Inneren hegte sie einen Rest von Zweifel, dass dieser Traum schon in nicht einmal ganz einer Woche in Erfüllung gehen würde. Obwohl das Jahr nicht einfach gewesen war, waren sie stärker denn je aus den Schwierigkeiten hervorgegangen, und ihre Zukunft lag strahlender vor ihnen, als sie zu hoffen gewagt hatte. Er schien bereit zu sein, sich zu binden, wenn sie irgendwelche Schlüsse aus seinen wiederholten Andeutungen in den letzten Wochen ziehen konnte. Und falls das geschah, würde er ihr vielleicht schon im nächsten Jahr ihren sehnlichsten Herzenswunsch erfüllen, und sie würden in ihren Flitterwochen Hand in Hand durch die venezianische Pracht der Stadt ihrer Träume wandern.

Offenbar hatte Geoff es ernst gemeint, als er sagte: „Wir wollen eine dieser Promihochzeiten mit allem Drum und Dran." Zwei prächtige Throne, auf die wohl selbst die Beckhams neidisch gewesen wären, standen am Kopfende des Tisches – obwohl Enid Weatherington von der Kunstgilde der Kirche St. Mary Ethel und Geoff eindringlich davor gewarnt hatte, sich gegen die Rückenlehne zu lehnen, weil „das Pappmaché dem Gewicht nicht standhalten" würde. Der WI hatte kleine Satinbeutel, bestickt mit den ineinander verschlungenen Initialen E&G, beigesteuert, die mit vergoldeten Schokoladendragees gefüllt waren. Geoff hatte eigentlich Tauben fliegen lassen wollen, wenn sie beide zum Empfang erschienen, aber in ganz Stone Yardley waren dafür keine Tauben aufzutreiben gewesen. In letzter Minute sprang jedoch Geoffs Cousin Alf in die Bresche, und so kam es, dass Ethel und Geoff an diesem Abend um fünf auf dem Parkplatz der Village Hall standen, der von Sicherheitsleuchten erhellt war. Umgeben von ihren Gästen, öffneten sie zögernd vier lange Weidenkörbe. Heraus stoben zwanzig Brieftauben in einer Wolke von Federn, stiegen in den Himmel und machten sich auf den Heimflug.

Nach den Ansprachen und Glückwünschen halfen die Gäste, Tische und Stühle beiseitezuräumen, um Platz für eine Tanzfläche zu schaffen. Geoff und Ethel wussten es nicht (und hatten sich schon auf einen Abend mit zweifelhaften Stücken, präsentiert von Disco Dave, dem ortsansässigen DJ, eingestellt), aber Rod Norton von der Stone Yardley High School hatte dafür gesorgt, dass eine Swingband aus der Gegend kam und aufspielte. Jetzt erfüllte sie den kleinen Saal mit der unwiderstehlichen Musik von George Gershwin, Glenn Miller und Cole Porter.

Chelsea fiel vor allem durch ihre Abwesenheit auf – schon einen Monat vorher hatte sie eine Wochenendreise mit ihren Freundinnen gebucht –, also tanzte Alex mit seiner Mutter. Harri beobachtete die beiden von ihrem Platz hinter einem Tisch im mittleren Teil des Saales und verstand gleich ein bisschen besser, warum Viv so bestrebt war, ihren Sohn glücklich zu sehen. Wie sie so herumwirbelte und lachte, strahlte ihre Liebe zu ihrem Sohn hell wie ein Leuchtfeuer. Harri musste lächeln, obwohl es ihr zugleich in der Seele wehtat, diese enge elterliche Bindung zu sehen. Bei Ereignissen wie dem jetzigen fehlte sie ihr so sehr. Auch ihre Eltern hätten sofort die Tanzfläche gestürmt und wären sorglos zu den Klängen der Musik darauf herumgewirbelt.

Harri schaute sich um und stellte plötzlich fest, dass Rob nicht mehr neben ihr saß. Sie sah zur Bar hinüber, aber auch dort war er nicht; genauso wenig fand sie ihn draußen auf dem Parkplatz bei seinen Freunden, die dort herumstanden und rauchten. Gerade wollte Harri wieder reingehen, als Rob auftauchte. Er kam von der Rückseite des Gebäudes und stapfte durch den Schnee, das Handy am Ohr, den Jackenkragen gegen die Kälte hochgeschlagen. Als er sie sah, blieb er wie erstarrt stehen.

„Hey“, sagte er. Seine Stimme klang ein wenig gepresst.

„Ich habe mich gefragt, wo du steckst. Alles in Ordnung?“, fragte Harri, in ihrem inneren Frieden plötzlich durch ein ungutes Gefühl gestört.

Er schaute sie an, als sähe er direkt durch sie hindurch. „Mir geht es gut. Hör mal, macht es dir was aus, wenn wir jetzt gehen? Mir ist überhaupt nicht nach Tanzen zumute, und die Woche war ziemlich hart."

Verwirrt nickte Harri. „Äh, ja, gut. Ich hole nur meinen Mantel und verabschiede mich von Geoff und Ethel."

Rob wandte sich zum Gehen. „Ich warte im Auto."

Jetzt war es um ihre Entspannung geschehen. Schnell eilte sie in die Halle und nahm ihren Mantel und ihre Tasche an sich, bevor sie sich den Binchams näherte, die sich ruckartig zu den Klängen von „In the Mood" wiegten.

„Musst du schon los?", fragte Mrs. B bei der Umarmung zum Abschied. Sie war sichtlich enttäuscht. „Ich habe dich noch gar nicht tanzen sehen."

„Es tut mir leid. Ich fürchte, Rob geht es nicht besonders. Er hat in letzter Zeit wirklich hart arbeiten müssen." Vorsichtig schlängelte sie sich zwischen den tanzenden Gästen hindurch und ging zur Tür. Als sie jemanden ihren Namen rufen hörte, drehte sie sich noch einmal um.

Alex kam auf sie zugelaufen. „Du gehst schon?"

„Leider ja. Rob möchte nach Hause."

„Dieser Depp. Warum setzt du ihn nicht zu Hause ab und kommst zurück? Lass uns tanzen." Seine dunklen Augen glitzerten im Schein der Lichterketten.

„Tut mir leid, das kann ich nicht. Aber es war ein sehr schöner Tag."

„Das war es." Alex' Blick schien ihr ein wenig zu intensiv, und ihr war unbehaglich zumute. „Danke für deine Hilfe, Harri. Ohne dich hätte ich das nicht geschafft."

„Gern geschehen. Einen schönen Abend noch."

„Danke, werd ich haben. Hey, am Dienstagabend habe ich einen Essensstand auf dem Weihnachtsmarkt. Hast du Lust, mir wieder zur Hand zu gehen?"

„Gern, wenn ich bis dahin meine Koffer gepackt habe – Mittwoch früh reisen wir nach Schottland."

„Ach ja. Der große, unerwartete romantische Urlaub. Nun, schick mir eine SMS, falls du helfen kannst, ja?"

„Mach ich. Gute Nacht."

Er beugte sich vor und küsste sie auf die Wange. „Gute Nacht, Harri."

Während der ganzen Fahrt nach Hause schwieg Rob. Das verstärkte Harris dumpfe Vorahnungen kommenden Unheils noch mehr. Als sie seinen Flur betraten, blieb er stehen und drehte sich langsam zu ihr um.

„Du … äh … willst heute Nacht vielleicht nicht bleiben."

„Sei kein Narr, ich habe alles Nötige dabei und …"

„Ich kann nicht mit dir nach Schottland reisen."

„W-wie bitte?"

Offenbar konnte er ihr nicht in die Augen sehen. Er vergrub die Hände in den Taschen seiner Cordjacke und starrte auf den beigen Teppich hinunter. „Es ist etwas dazwischengekommen."

Völlig aus der Fassung geraten, stemmte Harri die Hände in die Hüften und starrte ihn ungläubig an. „Was um alles in der Welt kann über Weihnachten dazwischengekommen sein?"

„Es tut mir wirklich leid. Ich weiß, wie sehr du dich darauf gefreut hast, und so hatte ich es mir ganz und gar nicht gewünscht. Aber es ist wichtig, Rotschopf."

Der Abend entwickelte sich ganz und gar nicht so, wie sie sich das vorgestellt hatte. „Das will ich doch schwer hoffen. Ich wäre stinksauer, wenn du mich wegen einer Nichtigkeit hängen lässt."

„Siehst du, ich habe gewusst, dass du so reagieren würdest."

Für Schadensbegrenzung war es zu spät. Harris niederschmetternde Enttäuschung und der Schmerz darüber fachten ihren Zorn immer heftiger an. „Was genau meinst du mit ‚so reagieren'? Wie jemand, der sich seit Wochen auf etwas gefreut hat und jetzt hören muss, dass es nicht geschehen wird? Wie lange weißt du schon davon?“

„Baby, ich habe den Anruf erst vor einer halben Stunde erhalten.“

„Von wem?“

Er stöhnte. „Das ist doch egal.“

„Nun, für mich ist es das nicht. Ich bin neugierig, wer so wichtig ist, dass er dich dazu verdonnern kann, an den Weihnachtsfeiertagen etwas zu tun.“

„Es geht um die Arbeit, okay?“

Das war die falsche Antwort und ließ ihre Wut nur noch stärker aufflammen. „Rob, es ist Weihnachten. Und du hast es versprochen.“

Endlich trafen sich ihre Blicke, und seiner schuldbewussten Miene war zu entnehmen, dass er ganz genau wusste, wie sehr er sie enttäuschte. „Bitte, Rotschopf, du musst mir glauben. Wenn es um einen anderen Auftrag ginge, würde ich ablehnen.“

Harri schloss die Augen. Inzwischen zitterte sie am ganzen Körper. „Preston.“

Er senkte die Stimme. „Ja, Preston. Ich dachte, wir hätten die Sache unter Dach und Fach, aber … es ist etwas passiert.“

„Was? Jemand gestorben? Der Dritte Weltkrieg ausgebrochen?“

„Mein direkter Vorgesetzter hat gekündigt. Für die nächsten zwei Wochen haben die Bosse für alle eine Urlaubssperre verhängt. Entweder ich erscheine zur Arbeit, oder ich habe im neuen Jahr keinen Arbeitsplatz mehr, an dem ich erscheinen könnte.“

Harri spürte, wie ihre Wut ganz langsam verrauchte. „Das können sie doch nicht machen, oder?“

Rob zuckte die Achseln. „Im Moment können sie tun, was immer sie wollen. Arbeitslose Vertriebler gibt es wie Sand am Meer, und alle rangeln sich um dieselben wenigen Arbeitsplätze. Wenn ich nicht spure, gibt es mindestens zwanzig andere, die schon in den Startlöchern stehen, um für mich einzuspringen. Du musst mir einfach glauben. Ich habe sehr heftig reagiert, als sie mich angerufen haben. Wenn ich es irgendwie umgehen könnte, täte ich es, aber mir sind die Hände gebunden. Was kann ich tun?"

„Es ist einfach nicht fair."

Er legte ihr eine Hand auf die Schulter. „Ich weiß, Baby. Ich mache es wieder gut. Versprochen."

Ihr Traum zerplatzte wie eine Seifenblase, und Harri wandte den Blick ab. Als sie endlich ihre Stimme wiederfand, klang sie wie die farblose, resignierte Version ihrer selbst, die sie hasste wie die Pest. „Wann musst du weg?"

Er seufzte. „Ich nehme den Zug morgen früh und fahre direkt hin."

„Aber was wird aus deinem Weihnachtsgeschenk?"

„Das muss Zeit haben, bis ich zurück bin."

Sie konnte einfach nicht fassen, wie schnell ihr die Zeit mit Rob entrissen worden war. Das war so ungerecht, dass sie es nicht ertrug. Alles, was sich in den letzten paar Monaten so verheißungsvoll entwickelt hatte, war mit einem Schlag grausam ausgelöscht worden. „In zwei Wochen?"

„Ja. Es tut mir leid, Rotschopf. Ich weiß, wie viel dieser Urlaub dir bedeutet hat."

„Uns beiden", schrie die selbstbewusste Version ihrer selbst in ihrem Kopf. „Oder etwa nicht?"

Für Harri verstrich der Rest des Wochenendes wie in einem seelenlosen Nebel; das furchtlose Schiff der Hoffnung, das sie bisher getragen hatte, gestrandet und unwiederbringlich verloren. Die SMS, die Rob ihr schickte, klangen entschuldigend, waren aber bedeutungslos. Die unausweichliche Realität seiner Abwesenheit sprach Bände. Und wieder, wie schon unzählige Male vorher, legte Harri ihre Enttäuschung sorgfältig zusammen und räumte sie fort, dorthin, wo die Überreste all ihrer längst begrabenen Träume lagen.

Am Dienstag schloss das Reisebüro früher, damit Tom, Nus, Harri und George Zeit hatten, sich auf einen der Höhepunkte im Kalender der Stadt vorzubereiten: den Weihnachtsmarkt.

Jedes Jahr schlossen sich Geschäfte und Unternehmen mit dem örtlichen Lions Club, dem Rotary Club und dem WI zusammen und richteten einen spätabendlichen Weihnachtsmarkt aus. Dieses Jahr war das Thema Dickens, und die Dorfbewohner kamen in authentischen Kostümen, mit grotesken Damenhüten und ausladenden Krinolinen. Stände mit gerösteten Maronen, viktorianische Spiele wie Halber Penny und Tischkegeln, ein Leierkasten und Sternsinger säumten die Straßen, während die Einkaufsbummler durcheinanderwuselten, die letzten Geschenke sowie Gebäck und Süßigkeiten für die kommenden Festtage kauften. Bunte Lichterketten beleuchteten die Straßen, und in jedem Schaufenster brannten Windlichtlaternen, sodass die ganze High Street in warmes vielfarbiges Licht getaucht war. Die Bäckerei *Lavender's* hatte sogar eine Schneemaschine aufgestellt, die vom Balkon der Wohnung über dem Laden aus nichts ahnende Passanten mit weißen Schaumflocken überschüttete. Die Band der Heilsarmee spielte mit Begeisterung Weihnachtslieder, und da der Schnee, der in der vorangegangenen Woche gefallen war, noch auf den Bürgersteigen lag, wirkte das gesamte Ortszentrum wunderbar weihnachtlich.

Das *Wātea* bot heiße Schokolade und geröstete Scheiben Früchtebrot mit Butter für die ausgekühlten Weihnachtsbummler feil. Der Erlös sollte dem örtlichen Kinderhospiz zugutekommen. Alex trug einen langen dunkelgrauen Frack und einen roten Schal, darunter eine grau gestreifte Weste und ein weißes Hemd. Vervollständigt wurde der Look durch einen Satinzylinder, der – typisch Alex – keck schräg auf seinem

Kopf thronte. Bei seinem Anblick lächelte Harri. Nach dem Trübsinn der letzten Tage tat es unglaublich gut, ein freundliches Gesicht zu sehen.

„Mistress Langton! Wie erfreulich, Euch an diesem festlichen Abend aller Abende zu erblicken!"

Harri gelang es, mit einem Lächeln zu reagieren, und sie zog das von Tante Rosemary geborgte Häkelschultertuch enger um ihren Körper.

„Zeigt uns Euer Kleid", meinte Alex grinsend.

Gehorsam drehte Harri sich einmal um sich selbst, äußerst dankbar, dass Toms Schwester für die Garderobe einer halb professionellen Operngesellschaft zuständig war und ihr am Nachmittag eine Auswahl viktorianischer Kleider mitgebracht hatte, damit sie sie anprobierte. Das lavendelblaue Kleid passte fantastisch zu ihren Augen, während das cremefarbene Schultertuch einen tollen Kontrast zu ihren roten Locken bildete, die sie am Hinterkopf hochgesteckt hatte. „Bin ich angemessen gekleidet?"

„Auf jeden Fall. Du siehst toll aus, Harri. Nein, ich meine das ernst. Die Farbe dieses Kleides und deine Haare – das steht dir fantastisch …" Er geriet ins Stocken, ein verlegenes Lächeln auf den Lippen.

„Danke", gab Harri, ein wenig peinlich berührt, lachend zurück, und die Stimmung kippte.

„Gut … äh … Du übernimmst hier, während ich nach hinten gehe und für Nachschub an heißer Schokolade sorge, einverstanden?"

Als er im Café verschwand, sah sie ihm nach, ein bisschen irritiert wegen seiner unerwarteten Reaktion. Rasch tat sie es ab, griff zum Buttermesser und nahm die Arbeit auf.

Der diesjährige Weihnachtsmarkt war besonders gut besucht. Das lag nicht zuletzt daran, dass sowohl Ladenbesitzer als auch Freiwillige sich bemüht hatten, Werbung dafür zu machen. Die Veranstaltung hatte sogar eine eigene Facebook-Seite, die von einem Highschool-Schüler im Rahmen eines Medienprojekts eingerichtet worden war. Und eine Gruppe von Schülern und Studenten hatte Videos gedreht, um sie auf YouTube hochzuladen. Die Verschmelzung von Dickens'scher Nostalgie und modernen Social Media war auf seltsame Weise belustigend, und obwohl Harri weh ums Herz war, musste sie lächeln.

Alex kam mit einer riesigen Thermosflasche voller heißer Schokolade zurück, und gemeinsam machten sie sich daran, die Schlange an Kunden zu bedienen, die schnell länger wurde. Etwa zwei Stunden lang hatten sie keine Gelegenheit, sich zu unterhalten, bis auf wenige kurze Bemerkungen oder beiläufige Scherze. Als die Menge sich allmählich zu lichten begann und die ersten Stände geschlossen wurden, stupste Alex Harri an.

„*Aaalso* – schon voller Vorfreude auf ein bisschen Liebeskuscheln in den Highlands morgen, hm?"

Ganz ohne Vorwarnung brach Harri in Tränen aus. Erschrocken griff Alex nach der Geldkassette und schob Harri in die Wärme des Cafés.

„Hey, hey, was ist denn los?"

Selbst überrascht von der Plötzlichkeit ihres Gefühlsausbruchs, brachte Harri kein Wort hervor, so heftig schluchzte sie. Alex, vom Anblick seiner aufgelösten Freundin so abrupt aus seiner gemütlichen Stimmung gerissen, sah hilflos zu und streichelte ihr zögernd den Arm. Da standen sie nun etliche unbehagliche Minuten, und das einzige Geräusch war das Sirren der UV-Lampe gegen Insekten. Als ihre Tränen versiegten, wischte Harri sich die Augen ab und stieß heftig den Atem aus. „Oh Mann, es tut mir leid. Frag bitte nicht, woher das kam."

„Irgendwas muss es ausgelöst haben", meinte Alex vorsichtig mit leiser und ernster Stimme.

Natürlich hätte sie ausweichen können, die Sache herunterspielen oder ins Lächerliche ziehen, aber … welchen Sinn hatte das schon? Früher oder später würde Alex es ja doch erfahren. Warum sollte sie es also verheimlichen? Harri seufzte. „Rob hat unsere Schottlandreise abgeblasen."

„Er hat *was* getan? Wann?"

„Samstagabend. Deshalb sind wir so früh gegangen. Sein Chef hat ihn angerufen und ihm mitgeteilt, dass sein Weihnachtsurlaub gestrichen ist, weil es Probleme mit dem Vertrag gibt, an dem er arbeitet."

Es war klar, was Alex davon hielt. „Und du hast ihm geglaubt?"

„Ich habe keinen Grund, ihm nicht zu glauben. Das heißt aber nicht, dass ich ihm verziehen habe. Er hat mich enttäuscht – schon wieder –, gerade, als ich geglaubt habe, zwischen uns laufe alles gut." Sie wandte den Blick ab und schaute auf die beleuchtete Straße hinaus. „Wenn es an der Arbeit liegt, kann ich wohl nicht böse auf ihn sein … Aber die Sache ist die: Allmählich bin ich es leid, dieses ewige Schwanken zwischen Hungersnot und Schwelgerei mit ihm. In der einen Minute spricht er darüber, gemeinsam alt zu werden, und in der nächsten lässt er mich fallen wie eine heiße Kartoffel, weil seine dämliche Arbeit sein Leben beherrscht." Sie wandte sich wieder Alex zu. Seine Miene war unergründlich. Konnte sie etwa Mitleid darin sehen? Schock? Gleichgültigkeit? „Ich würde nur gern wenigstens ein Mal für ihn an erster Stelle stehen, verstehst du?"

„Kollegin, es tut mir leid. Du fühlst dich bestimmt schrecklich."

„Es geht mir gut."

„Nein, das tut es nicht. Wie lange kenne ich dich jetzt schon, hm? Ich habe dich noch nie so über Rob reden hören. Sonst nimmst du ihn immer in Schutz."

„Nun, heute Abend ist mir einfach nicht danach. Er hat es nicht verdient."

Alex klatschte in die Hände. „Na endlich! Endlich kommt dein wahres Ich zum Vorschein!"

„Das war schon immer so."

„Nein, nicht wenn es um Rob geht."

Harri lehnte sich an einen Tisch. „Du hast recht. Ich werde nicht zulassen, dass er mir das antut. Den ganzen Tag denke ich schon darüber nach und komme immer wieder zum selben Schluss: Womöglich wird diese Beziehung nie zu dem werden, was ich mir erhoffe."

„Du verdienst etwas Besseres."

„Ja, ich weiß." Mit der Hand strich sie über die lavendelblauen Satinfalten ihres Kleides. „Ich schätze, ich sollte jetzt besser gehen, wenn es dir nichts ausmacht. Es ist schon spät, und ich bin im Moment wirklich keine gute Gesellschafterin."

„Du bist immer eine gute Gesellschafterin", widersprach Alex. „Bist du sicher, dass ich dich nicht zum Bleiben überreden kann?"

Aus Angst, dass sie wieder in Tränen ausbrechen würde, schüttelte Harri den Kopf. „Danke, aber ich glaube, ich sollte lieber nach Hause gehen."

„Warte – ich fahre dich."

Langsam ging sie zur Tür, zog sie auf und warf einen Blick auf die hochgewachsene, viktorianisch gekleidete Gestalt, die vom Licht hinterm Tresen von hinten angestrahlt wurde, sodass seine Züge im Schatten lagen – wie der Held in einem historischen Film. „Ich komme schon klar. Tut mir leid, dass ich dir das alles aufgebürdet habe."

In seinem Lächeln lag tiefes Mitgefühl, als er sie mit einer leichten Verbeugung grüßte. „Stets zu Diensten. Pass auf dich auf."

Sie trat auf die Straße hinaus, die inzwischen fast leer war, sog tief die kalte Dezemberluft in ihre Lungen und schaute hoch zum tintenschwarzen Himmel. Ein einsamer Stern funkelte hell direkt über ihr, als hielte er Wache.

„Danke, Mum", flüsterte sie.

Langsam wanderte sie an den erschöpften Ladenbesitzern vorbei, die ihre Stände abbauten und die Lichterketten abnahmen, und machte sich auf den Weg nach Hause, während in ihrem Kopf ein Wirbelsturm widersprüchlichster Gedanken tobte, die sich unablässig wie tanzende Derwische im Kreis drehten.

Da Rob fort war, Tante Rosemary sicher im Zug nach Newcastle saß, um Weihnachten bei Grandma Dillon zu verbringen, und alle anderen ihre eigenen Pläne für die Festtage hatten, blieb Harri nichts anderes übrig, als ihr eigenes Weihnachten selbst zu gestalten. Für sie war das Neuland. Bis jetzt war sie am ersten Feiertag immer zu Tante Rosemary gegangen und hatte am zweiten Feiertag Robs Mum Clarice besucht. Als Rosemary erfuhr, dass Harri allein bleiben würde, wollte sie ihre Reise absagen, aber Harri bestand darauf, dass sie, wie geplant, Grandma Dillon besuchte. Es reichte, dass Rob ihr das Weihnachtsfest versaut hatte. Sie würde nicht zulassen, dass er es auch noch ihrer Tante und ihrer Großmutter verdarb.

Viv und Merv hatten, sehr zu Vivs Leidwesen, eine Kreuzfahrt in der Karibik gebucht: „Drei Wochen in einem schwimmenden Hotel in der Gesellschaft von Leuten, denen wir nicht entkommen können, entspricht nicht meiner Vorstellung von einem entspannenden Urlaub, Mervyn!" Und Alex verbrachte den ersten Feiertag mit Chelsea, bevor er ein paar Tage nach Somerset fuhr, um seine Freunde Sandie und Brendan zu besuchen. Obwohl die Vorstellung, ein Weihnachtsfest für sich allein zu organisieren, alles andere als verlockend war, fasste Harri den festen Entschluss, sich Mühe zu geben.

Am Tag vor Heiligabend fuhr sie in die Stadt, um Lebensmittel einzukaufen und das Geschenk für Alex abzugeben. Als sie ihren Wagen auf dem überfüllten Parkplatz des Supermarkts abstellte, entdeckte sie, dass ihr jemand von einem ziemlich zerbeulten Land Rover aus zuwinkte.

„Hi, Harri! Frohe Weihnachten!"

„Schön, dich zu sehen, Emily. Ich bin froh, dass ich nicht als Einzige so verrückt bin, ausgerechnet heute in den Supermarkt zu gehen."

Im Land Rover erklang ein Bellen. Fly richtete sich am Beifahrerfenster auf und leckte begeistert an der Scheibe. Harri legte die flache Hand auf das kalte Glas. „Hallo, Fly."

„Ich könnte schwören, dass dieser Hund sich mehr über Weihnachten freut als ein Kind", meinte Emily lachend.

„Mein Kater wird sich höchstens wundern, dass er mich zwei Wochen ganz für sich allein hat."

Emily runzelte die Stirn. „Aber ich dachte, du und Rob …"

„Er muss über Weihnachten arbeiten", fiel Harri ihr rasch ins Wort, weil sie nicht mitten auf dem Parkplatz des Supermarkts eine Analyse ihrer Situation abliefern wollte. „Für mich werden es also ruhige Feiertage."

„Ach Süße, das geht doch nicht. Du solltest nicht allein bleiben – komm über Weihnachten zu uns."

Verblüfft hob Harri abwehrend beide Hände. „Nein – nein, das musst du nicht tun, Em. Es ist alles in bester Ordnung. Ich habe Nigella und Delia, die mir helfen werden, ein perfektes Weihnachtsessen auf den Tisch zu bringen."

Emily ließ das nicht gelten. „Unsinn. Ich bestehe darauf. Stu hat ein bisschen übertrieben, was die Essensvorbereitungen angeht. Soll heißen, wir haben genug Lebensmittel, um ganz Stone Yardley und halb Ellingsgate zu verköstigen. Glaub mir, du tust mir einen Gefallen, wenn du mir hilfst, die Essensberge, die mein Mann angehäuft hat, zu vernichten."

Ihr Vorschlag kam gerade zur rechten Zeit. Harri hatte diese Aufmunterung dringend nötig gehabt, und sie erklärte sich einverstanden. „Nun ja, wenn das so ist, wie könnte ich da Nein sagen?“

Der Weihnachtsmorgen dämmerte kalt und klar herauf. Ein scharfer Frost in der vorangegangenen Nacht hatte jeden Baum und jeden Strauch mit einer fein glitzernden Deko aus weißen Eiskristallen überzogen. Harri wappnete sich mit ihrem dicken Wollmantel, einem langen Schal und einer gestreiften Beanie-Mütze gegen die Kälte, vergewisserte sich ein letztes Mal, dass Ron Howard genug Futter im Napf hatte und selig zusammengerollt mitten auf einer Kunstpelzdecke auf dem Sofa döste. Sie griff nach ihrem Handy, das auf dem Couchtisch lag, überlegte sich's dann aber anders. Seit dem Abend des Weihnachtsmarktes war sie viel weniger bereit, auf Robs SMS zu antworten. Inzwischen warteten schon mindestens fünf ungelesen im SMS-Eingang ihres Handys. Wenn sie heute etwas gar nicht gebrauchen konnte, dann ein Bombardement mit immer unterwürfigeren Textnachrichten. Also griff sie nach der Tasche mit den Geschenken für ihre Gastgeber, trat hinaus in die stille, klare Dezemberluft und ging zu ihrem Auto. Als sie auf fast leeren Straßen ihrem Ziel entgegenfuhr, lief Elbows „One Day Like This“ im Autoradio.

Auf ihrem Weg durch die kleinen Dörfer am Rande des Black Country gewährten ihr die geschmückten Fenster flüchtige Einblicke in das Weihnachten anderer Leute: Familien, die sich zu einem Festtag versammelten, der ruhig und entspannt oder nervig und gestresst verlaufen konnte; Geschenke, Festessen, zu viele Wiederholungen im Fernsehen … all das spielte sich hinter geschlossenen Türen ab. In ihrem Auto war sie nur eine Zuschauerin, die einen Blick darauf werfen durfte, was Weihnachten für andere bedeutete. Dieses Gefühl war für Harri nichts Neues. Jeder erste Weihnachtstag fühlte sich für sie so an. Dies war der eine Tag im Jahr, an dem es ihr besonders grausam schien, keine Familie zu haben – nicht zuletzt, weil jede Sendung, jede Werbeeinblendung und jeder Film im Fernsehen das gleiche Klischee der heilen Familie zeigte: Mum, Dad, zwei Kinder ... Seltsamerweise empfand Harri Werbung für Möbel am schlimmsten. Ein Blick auf lächelnde Familien, deren Mitglieder sich aneinanderkuschelten (mochte das beworbene Sofa, auf dem sie saßen, auch noch so scheußlich aussehen), reichte, um sie in ein schluchzendes Wrack zu verwandeln, und das ging jedes Jahr so von Anfang Dezember bis zum Neujahrstag. Infolgedessen hatte sie ein sehr zwiespältiges Verhältnis zu Weihnachten, und ihr wurde erst jetzt, auf der langen steilen Anfahrt zu Emilys und Stus Farm bewusst, wie sehr sie davor zurückscheute, sich in die Feier anderer Leute einzupassen.

Im Farmhaus roch es umwerfend, als sie eintrat – nach Braten, frischen Kräutern, nach Gewürzen wie Zimt und Ingwer. Das Haus sah aus, als hätte das Ehepaar Williams den gesamten Lagerbestand einer Lichterkettenfabrik aufgekauft und diese überall aufgehängt, egal, ob es Geländer, Türrahmen, Bilderrahmen oder Regale waren. Harri machte sich im Geiste eine Notiz, ja nicht zu lange an einem Fleck stillzustehen, damit nicht auch sie noch mit bunten Lichtern behängt wurde.

Emily und Stu veranstalteten einen ziemlichen Wirbel um ihren Gast, gaben ihr einen Platz auf einem in Shabby-Chic gehaltenen Sessel am Holzofen, boten ihr Hagebuttentee sowie selbst gebackene Zimtsterne an und entschuldigten sich wortreich für Flys gar zu begeisterte Zuneigung. Vom Radio in der Küche klangen klassische Weihnachtslieder herüber, während im Wohnzimmer „It's a Wonderful Life“ im Fernsehen lief. Harri ließ all das auf sich wirken und vergaß darüber die Bedenken, die sie vorher gehegt hatte. Schließlich gelang es ihr zu ihrer großen Erleichterung sogar, Rob aus ihren Gedanken zu verbannen.

Der Tag wurde viel schöner, als sie zu träumen gewagt hätte, und Emily und Stu waren die perfekten Gastgeber. Das Weihnachtsessen um drei – natürlich zur Ansprache ihrer Majestät; selbst gebackener Christmas Cake, dazu Red-Leicester-Scheiben in der behaglichen Wärme des Wohnzimmers; gutmütiges Wetteifern über Brett- und Ratespielen und am Ende ein entspannter Ausklang bei Geplauder und Kaffee, während Fly und die drei Katzen es sich abwechselnd auf Schößen und Füßen bequem machten.

Als Harri gegen Morgen zu Hause ankam, war sie glücklich und zufrieden. Müde und entspannt holte sie ihre geheime Venedig-Schatzkiste aus ihrem Versteck, kroch ins Bett und kuschelte sich in ihre Decken. Dann holte sie einen ihrer Schätze nach dem anderen aus der Schachtel, und obwohl sie sich alle schon Tausende von Malen angeschaut hatte, vermochte jeder einzelne sie immer noch zu begeistern. Schließlich schlummerte sie selig ein.

Hey Rotschopf ☺ Ich weiß, du bist sauer auf mich, aber ich hatte keine Wahl, weißt du? Die Arbeit ist ein Albtraum. Keiner will hier sein, meine Leute sind schlecht. Kann nur mit wenigen reden, die anderen kann man vergessen. BTW, wo kann man gut in Spanien Urlaub machen? Mel aus meinem Team wollte das wissen. Hab versprochen zu fragen. Bitte ruf an, Rotschopf. Langsam wird's albern. R xx

Bis Silvester hatte Harri fünfzehn solcher SMS von Rob erhalten, und jede klang verzweifelter als die vorige. Da sie ihre Verstimmung nicht mit ins neue Jahr nehmen wollte, rief sie ihn schließlich um die Mittagszeit an. Am anderen Ende klingelte es etliche Male, bevor er sich ziemlich außer Atem meldete.

„Tut mir leid, Baby, ich war im Bad … Hi."

„Hi."

„Hast du mir endlich verziehen? Weißt du, es tut mir wirklich leid."

Harri seufzte. „Ja, aber nur gerade eben so."

Rob war seine Erleichterung anzuhören. „Danke – ich hatte schon Angst, du würdest mir nie verzeihen."

„Na ja, ich habe es, also … Versprich mir einfach nur, dass du mir nie wieder so etwas antust, in Ordnung? Erst wochenlang Vorfreude schüren und mich dann aus großer Höhe einfach fallen lassen – tu das nie wieder. Du weißt, wie sehr ich mich auf diesen Urlaub gefreut habe. Wir hätten ihn so dringend gebraucht."

„Baby, du weißt, dass ich keine Wahl hatte …"

Harri spürte, dass sie schon wieder sauer wurde. „Sind alle aus deinem Team da?"

Er zögerte. „Nun, nein, aber …"

„Fein. Wer nicht?"

„Nur ein paar." Rob klang abwehrend. „John Marshall konnte nicht, weil seine Frau gerade ein Kind zur Welt gebracht hat. Sue Gerard hatte schon alles geregelt, damit ihre Mutter aus dem Pflegeheim kommen und sie über Weihnachten besuchen konnte."

„Wer noch?"

„Ein oder zwei haben sich geweigert … aber …"

Harri starrte aus ihrem Küchenfenster. „Das Entscheidende ist, dass du hättest Nein sagen können, nicht wahr?"

„Nun, ich …"

„Beim nächsten Mal kannst du also genau das tun. Mehr verlange ich nicht." Damit beschloss sie, das Thema zu wechseln, um einem weiteren Streit aus dem Weg zu gehen. „Egal, was hast du für Mitternacht vor?"

„Wahrscheinlich werde ich in die Bar gehen. Rechne nicht damit, dass ich nachher anrufe. Ich habe nämlich vor, mich richtig volllaufen zu lassen."

Großartig, dachte Harri, erst Weihnachten und jetzt auch noch der Jahreswechsel ohne ihn. „Na schön. Dann wünschen wir uns am besten jetzt gleich ein gutes neues Jahr."

Sie hörte, wie er langsam die Luft aus seinen Lungen entweichen ließ. „Gutes neues Jahr, Baby. Das nächste Jahr wird besser, versprochen. Ich rufe dich morgen Abend an, ja?"

Sie beendete das Gespräch und kraulte Ron Howard. Er schnurrte genießerisch, rollte sich auf den Rücken und streckte alle vier Pfoten von sich wie in einer sehr langsamen Yoga-Übung. „Bleiben also nur wir beide, hm, Ron? Also, was nehmen wir uns vor? Eine wilde Nacht in der Stadt? Ein Feuerwerk im Garten?"

Ron öffnete die Augen und gab einen Laut von sich, der halb Schnurren, halb Miauen war, als wollte er sagen: „Was fragst du mich? Ich bin eine Katze." Harri verzog das Gesicht, stand auf und ging in die Küche, um Teewasser aufzusetzen.

Genau in dem Augenblick erklang ein lautes Klopfen an der Haustür. Sie öffnete und sah sich zu ihrer Überraschung Alex gegenüber.

Froh über die unerwartete Gesellschaft, umarmte sie ihn. „Wow, mit dir habe ich heute gar nicht gerechnet! Komm rein, Teewasser kocht gleich."

„Ah, eine Frau ganz nach meinem Herzen", zwitscherte Alex und folgte ihr ins Wohnzimmer. „Ich gehe nachher mit Chels auf eine obszön kostspielige Party. Deshalb dachte ich, ich schau noch mal bei dir vorbei, um in diesem Jahr wenigstens noch ein Mal in den Genuss von ein bisschen Vernunft zu kommen."

Harri schnitt den selbst gebackenen Rosinen-Mandel-Kuchen an (ein Geschenk von Viv vor ihrer Abreise zu ihrer „Albtraum-Kreuzfahrt") und holte ein Stück Double-Gloucester-Käse aus dem Kühlschrank.

„Ich dachte, du hättest vielleicht gern ein Stück Kuchen zum Tee."

Alex lachte in sich hinein. „Aber ja doch. Ist ja nicht so, als hätte ich nicht in den letzten Tagen schon so viel in mich hineingestopft, wie ich wiege. Ist der von meiner Mutter?"

„Genau."

„Und wofür ist der Käse gedacht?"

Harri starrte ihn ungläubig an. „Zum Essen natürlich, zum Kuchen. Jetzt sag nicht, dass du das nicht kennst."

„Du nimmst mich auf den Arm."

„Willst du damit sagen, dass du trotz all deiner Reisen in den letzten Jahren noch nie Rosinen-Mandel-Kuchen mit Käse gegessen hast?"

„Nie."

Harri schüttelte missbilligend den Kopf und warf ihm einen gespielt verzweifelten Blick zu. „Also ehrlich, du hast ja von nichts eine Ahnung. In Yorkshire steht das praktisch in der Verfassung."

„Ich war noch nie in Yorkshire."

„Ah, das erklärt natürlich, warum du das nicht weißt. Soll das jetzt allen Ernstes heißen, dass es einen Ort auf der Welt gibt, den ich besucht habe, du aber nicht?"

„Sieht ganz so aus."

Lächelnd reichte sie ihm ein Stück Kuchen und eine Ecke Käse. „Vertrau mir, es lohnt sich."

Nachdem Alex die Kombination gekostet hatte, stimmte er ihr zu – und Harri amüsierte sich darüber, wie sich das Blatt gewendet hatte. Jetzt war sie diejenige mit den Reiseberichten, diejenige, die ihm exotische neue Genüsse vorstellte …

Nach etwa einer Stunde lockerer Unterhaltung hielt Alex inne und schaute sie an. „Harri, ich sollte dir etwas sagen, und ich habe die ganzen Weihnachtstage darüber nachgedacht."

Unbewusst wappnete Harri sich. „Schieß los."

Er drehte sich leicht auf dem Sofa, damit er sie direkt ansehen konnte. „Es tut mir einfach entsetzlich leid, dass du mit anhören musstest, wie ich mich gegenüber Jack zum Idioten gemacht habe. An deiner Stelle hätte ich ganz genauso reagiert – nein, wahrscheinlich schlimmer. Und Chelsea … Sie hat im Pub einfach überreagiert. Weißt du, sie wird nervös, wenn sie mit Leuten zusammen ist, die sie nicht kennt. Es ist ihr Verteidigungsmechanismus, die ganze Zeit nur über sich selbst zu reden. Harri, die Sache ist die: Ich will nicht, dass du dich ausgeschlossen fühlst, nur weil ich mit ihr zusammen bin. Ich weiß, dass ich in letzter Zeit das Neue-Beziehung-Syndrom entwickelt habe – meine Kumpels haben mir dafür ordentlich die Leviten gelesen, das kannst du mir glauben –, also lautet einer meiner Neujahrsvorsätze: Ich will mehr Zeit mit meinen Freunden verbringen und mich nicht mehr so absondern." Er legte eine Pause ein, und sein Blick wurde intensiver. „Aber eines wird sich nicht ändern: Chelsea. Ich liebe sie, Harri. Noch nie habe ich so für eine Frau empfunden, nicht einmal bei Nina. Und ich würde mich freuen, wenn du dich über mein Glück freuen kannst. Ich weiß, dass du zunächst große Vorbehalte hattest, aber weißt du, sie hat sich sehr zu ihrem Guten verändert. Allmählich wird sie wirklich weicher, und ich weiß, dass sie mich liebt. Ich glaube – ach was, ich bin mir absolut sicher –, dass sie die eine für mich ist."

Etwas legte sich bleischwer auf Harris Gemüt. „Tatsächlich? Wow … Schau, Al, ich habe diese ganze *Juste-Moi*-Geschichte nur in Gang gebracht, weil ich dich glücklich sehen wollte. Wenn Chelsea das geschafft hat, dann soll es mir recht sein."

Alex schloss sie in die Arme. „Danke. Du ahnst nicht, was mir das bedeutet."

An seine Brust gedrückt, widersprach Harri schweigend. *Und ob ich das weiß: Es bedeutet, dass Chelsea bleibt.* Mit klopfendem Herzen schloss sie die Augen.

18. KAPITEL

Fragen und Antworten

Eine Wasserflasche rollt unter der Tür hindurch. Harri hebt sie auf und nimmt einen großen Schluck, um die Kopfschmerztabletten hinunterzuspülen. Draußen ist es still, während sie trinkt, aber ihr ist bewusst, dass Viv geduldig auf der anderen Seite der Tür wartet.

„Danke."

„Gern geschehen. Oh, warum kommst du nicht mit zu mir nach Hause, Schatz? Ich richte dir das Bett im Gästezimmer, du kannst eine Nacht über dem Ganzen schlafen, und morgen früh sieht die Welt schon wieder viel heller aus."

„Das glaube ich nicht. Und ich glaube auch nicht, dass ich dir eine gute Gesellschafterin wäre."

„Um Himmels willen, Harriet, ich habe dich nicht um deine Gesellschaft gebeten", erwidert Viv spöttisch. „Ich versuche, dir zu helfen. Irgendwann musst du da rauskommen."

Ihre Worte hallen sehr viel stärker nach, als sie wollte.

Mitten in der ersten Januarwoche ließ Preston Rob endlich aus seinen Klauen. Ganz offensichtlich war er sehr darum bemüht, sich bei Harri lieb Kind zu machen: Mindestens zweimal pro Woche schickte er riesige Blumensträuße ins Reisebüro, sehr zur Freude von Nus (und zur heillosen Empörung von Tom, der die Geste als absolut nicht überzeugend abtat); er führte sie jeden Freitagabend aus, ja, er machte sogar Andeutungen, sie könnten in diesem Jahr im Ausland Urlaub machen, obwohl er leider nicht von Venedig sprach. Zunächst blieb Harri hochgradig misstrauisch. Das Ganze war einfach zu schön, um vorzuhalten. Aber als der Januar in den Februar überging, begann seine Hartnäckigkeit doch ihr Herz zu erweichen.

„Tja, eines muss man deinem jungen Mann zugutehalten", sagte Tante Rosemary eines Samstags während Harris Mittagspause, als sie beide im *Eadern Blooms* saßen und sich die gigantischen Baguettes von *Lavender's* schmecken ließen. „Er gibt meinem Geschäft ordentlich Aufschwung. All diese Sträuße haben wirklich geholfen, die übliche Januarflaute zu überbrücken."

Harri lächelte und ließ auf ihrem Hochstuhl die Beine baumeln, wie sie es als Kind getan hatte. „Er ist immer noch nicht dahintergekommen, dass die Blumenbestellungen, die er online aufgibt, letztlich bei dir landen."

„Aber abgesehen von seinen großen Gesten, wie verhält er sich dir gegenüber?"

Der Tonfall, in dem diese Frage gestellt wurde, überraschte Harri. „Äh, er ist … anständig. Großartig, um genau zu sein. Anscheinend bemüht er sich wirklich sehr um mich."

Tante Rosemarys Miene blieb unbewegt. „Nun, solange du glücklich bist, ist es ja gut."

Harri musterte ihre Tante, verwirrt darüber, dass ihre Reaktion auf Robs Verhalten so zurückhaltend war. War nicht sie diejenige gewesen, die immer gesagt hatte, Rob solle überzeugender agieren, sie öfter ausführen, mit ihr über die gemeinsame Zukunft reden? Wieso war das jetzt auf einmal nicht mehr gut genug?

Die Frage ging ihr den ganzen Tag im Kopf herum, bis sie um halb sechs, als sie das Reisebüro abschloss, vom schrillen Klingeln ihres Handys aus ihrer Grübelei gerissen wurde.

„Hallo?"

„Harri! Dies ist ein Notfall. Ich brauche deine Hilfe!"

„Emily? Was ist denn los? Geht es dir gut?"

„Mir geht es prima, aber womöglich habe ich gerade den größten Fehler meines Lebens begangen! Kannst du kommen?"

Harri war bereits auf dem Weg zum Parkplatz. „Bin schon unterwegs …"

„Warte! Da ist noch was: Kannst du dir alte Klamotten zum Überziehen mitbringen? Und – ich weiß wirklich nicht, wie ich diese Bitte vorbringen soll, aber – könntest du noch *irgendjemanden auftreiben*, der mitkommt?"

Harri blieb wie angewurzelt stehen und starrte auf ihr Handy. „Wie bitte?"

Eine Stunde später brauste Harris silbergrauer Punto aus Stone Yardley hinaus. Hastig zusammengeraffte Feudel, Besen, zwei Eimer und eine Tasche voller Reinigungsmittel klapperten und schepperten im Kofferraum herum.

„Das ist doch völlig durchgeknallt. Was um alles in der Welt hat sie sich dabei gedacht?", fragte Alex und griff, möglichst unauffällig, Halt suchend nach dem Griff der Beifahrertür.

Harri lächelte in sich hinein. Es amüsierte sie immer wieder, dass ein sonst so überaus entspannter Mensch so nervös und ängstlich werden konnte, wenn er als Beifahrer im Auto eines anderen saß. Noch waren sie keine zehn Minuten unterwegs, da hatte Harri ihn schon mehrmals dabei ertappt, dass er mit dem Fuß auf das nicht vorhandene Bremspedal auf der Beifahrerseite trat. Das Problem war nicht Harris Fahrweise. Er reagierte immer so, in jedem Auto, bei jedem Fahrer.

„Ich glaube, Emily hat sich einfach nur nicht bremsen können."

„Das ist bisher wahrscheinlich die Untertreibung des Jahres! Wer macht Werbung für ein Kunstwochenende, ohne dass er im Vorwege irgendetwas vorbereitet hat?"

„Emily. Ganz offensichtlich."

Alex legte seine rechte Hand flach auf sein Knie, als wollte er Harri davon überzeugen, dass er ganz ruhig war. Dummerweise klammerte er sich mit der anderen Hand immer noch an den Türgriff. „Und wie viele Gäste haben sich angemeldet?"

„Fünfzehn." Harri blinkte an einer Einmündung links und

bog auf die schmalere Landstraße ab. „Da das Ganze am Valentinswochenende stattfindet, hätte es, was die Unterbringung der Gäste angeht, eine totale Katastrophe werden können. Aber ich habe Barbara im Little Swinford Country Club angerufen, und dort hatten Gott sei Dank Gäste abgesagt. Wenn es anders gewesen wäre, hätte ich nicht gewusst, was tun."

„Und was werden wir jetzt ausräumen?"

„Eins der Wirtschaftsgebäude, die Stu renoviert, um sie als Kunstwerkstatt zu nutzen. Es hat Heizung, Beleuchtung und Strom, aber darin liegt noch eine Menge Schrott, der rausmuss, und dann muss gründlich gereinigt werden."

Alex rieb sich den Nacken. „Und ich dachte, ich könnte mir ein entspanntes Wochenende mit meinen Kumpels gönnen, weil Chelsea nicht da ist. Das war's dann wohl damit."

Harri lächelte und legte ihm eine Hand aufs Knie. „Danke, dass du dich dazu bereit erklärt hast."

„Ja, klar doch. Schreib's auf meinen Grabstein."

Eine Idee in letzter Minute war schuld, dass Alex jetzt in Harris Auto saß und im dämmerigen Februarlicht zu Emily und Stu gefahren wurde. Etwas früher, während sie die Geschäfte in der High Street nach Reinigungsgeräten abklapperte und keine Besen auftreiben konnte, war Harri plötzlich eingefallen, dass Alex gleich zwei im Schrank seines Lagerraums im *Wātea* stehen hatte.

„Ich brauche deine Besen! Es handelt sich um einen Notfall." Angesichts Alex' besorgter Miene fügte sie hastig hinzu: „Nein, es ist niemand gestorben oder so. Es ist einfach nur so, dass meine Freundin eine große Dummheit gemacht hat und ich zu ihr muss, um ihr zu helfen."

Das belustigte Alex. „Na schön, erzähl mir mehr."

„Dafür habe ich keine Zeit. Ich muss noch ein paar alte Klamotten von zu Hause holen und so schnell wie möglich zu ihr."

„Was ist mit Rob? Kommt er nicht mit?"

Harri unterdrückte ein höhnisches Kichern. „Al, Rob reagiert allergisch auf Putzarbeiten. Er würde sich niemals freiwillig bereit erklären, seinen Samstagabend dafür zu opfern. Ich muss jetzt wirklich los. Tut mir leid."

Alex reichte ihr die Besen und erstarrte, als ihn ein Gedanke durchfuhr. „Warte hier."

„Al, das geht nicht …", setzte sie zum Protest an, aber es war schon zu spät. Er war schon die Treppe hinaufgerannt. Oben wurden Schranktüren aufgerissen und zugeknallt, er rannte offenbar hektisch hin und her, und dann tauchte er in einem alten T-Shirt, das Harri nicht mehr an ihm gesehen hatte, seit er Chelsea kannte, einer alten zerrissenen Jeans plus seinen heiß geliebten roten Sportschuhen wieder auf, die er in den letzten Monaten in den hintersten Winkel seines Kleiderschranks verbannt hatte.

„Gut, ich bin so weit", keuchte er, schnappte sich seine Jacke und seine Schlüssel und schubste Harri förmlich aus der Tür. „Auf, lass uns putzen fahren!"

Der Punto bog unmittelbar vor der Abzweigung nach Greenhill und Little Swinford scharf links ab und holperte den steilen Landwirtschaftsweg hinunter. „Warum bist du eigentlich mitgekommen?", fragte Harri, während Alex sich verzweifelt am Armaturenbrett abstützte.

„Ich hatte nichts Besseres vor. Und ich dachte, das könnte Spaß machen."

„Du liebe Güte, du kommst im Moment nicht gerade viel raus, oder? Okay, Mr. Brannan, wir sind da. Du kannst dich entspannen und deine Augen wieder aufmachen."

Ziemlich blass um die Nase, stieg Alex so schnell wie möglich aus – und wurde sofort von Fly an der Wagentür festgenagelt. „Hoppla – äh, hallo, Hund."

Harri lächelte beim Anblick des schwarz-weiß bepelzten

Tieres, das seinen Kopf immer wieder fröhlich gegen Alex' Knie rammte. „Alex, das ist Fly."

Hastige Schritte knirschten über den Kies, als Emily auf sie zurannte und Harri überglücklich in die Arme schloss. „Da bist du ja! Du bist einfach wunderbar! Und du hast jemanden mitgebracht." Sie streckte Alex die Hand entgegen. „Hi, ich bin die verrückte Frau, von der Harri dir wahrscheinlich erzählt hat. Vielen Dank, dass du gekommen bist, äh, Rob, nehme ich an?"

Hastig stellte Harri das richtig. „Nein, Em, tut mir leid. Das ist mein Freund Alex – aus dem Café in Stone Yardley."

Der Name sagte Emily etwas, und sie wurde rot. „Oh, entschuldigt bitte! Hi, Alex. Du bist also der durch und durch Spontane? Nett, dich endlich mal kennenzulernen. Gut. Wenn ihr erst mal mit reinkommt, mache ich euch eine Tasse Tee, bevor wir richtig loslegen."

Es stellte sich heraus, dass Emily und Stu an einem Abend, an dem es besonders spät wurde (und bei dem womöglich mehrere Flaschen Merlot eine nicht unbeträchtliche Rolle spielten), angeregt über ihr im Werden begriffenes neues Unternehmen gesprochen hatten. An irgendeinem Punkt dieses Gesprächs wurde die Idee eines Hobbykünstler-Wochenendes zum Valentinstag geboren, und diese war ihnen so brillant und originell vorgekommen, dass Emily und Stu sich vor ihren Mac setzten und eine fröhliche Stunde damit verbrachten, eine Anzeige für die imaginäre Veranstaltung zu entwerfen. Erst am nächsten Morgen, mit hämmernden Kopfschmerzen und rebellierendem Magen, wurde ihnen der wahre Schrecken ihrer Lage bewusst: Offenbar hatten sie die Anzeige nicht nur fertiggestellt, sondern auch per E-Mail an den Werbe-Manager eines Online-Forums für Kunsthandwerker geschickt, und – schlimmer noch – die ersten Buchungen waren schon eingegangen.

„Wie kommt's, dass die Leute so schnell gebucht haben?", fragte Alex.

„Anscheinend haben wir für begrenzte Zeit zwanzig Prozent Rabatt angeboten“, entgegnete Emily mit gequälter Miene angesichts der Konsequenzen ihrer durchzechten Nacht. „Ich bin seit Jahren Mitglied in diesem Forum und hätte wissen müssen, wie schnell die Leute dort auf solche Angebote reagieren. Hobbykünstler nehmen ihr Hobby verflixt ernst.“

„Ohne Flachs“, meinte Harri. „Nun ja, du hast gesagt, du wolltest spontan sein und die Gunst der Stunde nutzen.“

Emily zog eine Grimasse. „Erinnere mich nicht daran. Ich hatte einen guten Job in der Bank. Was um alles in der Welt habe ich mir dabei gedacht?“

Alex lachte. „Hey, hör mal: Ich weiß genau, wie du dich fühlst. Als ich meinen Job hingeschmissen habe, hatte ich fürchterliche Angst vor dem, was vor mir lag. Aber dieser Nervenkitzel gehört einfach dazu, Emily. Nimm die Dinge so, wie sie kommen. Ich weiß gar nicht mehr, wie oft ich auf meinen Reisen in knifflige Situationen geraten bin. Zum Beispiel einmal in Puerto Rico. Ich nahm mir in der Stadt ein Taxi zum Flughafen von Vieques, aber dank meinem dürftigen Spanisch habe ich das falsche Ziel angegeben. Der Taxifahrer deutete meine immer panischer werdenden Bitten, dass er umdrehen möge, als Drohung. Also hielt er an und setzte mich raus – in einem Dorf, in dem niemand Englisch sprach.“

Emily schnappte nach Luft. „Großer Gott, was hast du getan?“

„Ich fand eine Bar und schaffte es, einem alten Mann klarzumachen, dass ich nur aus Versehen in dem Dorf gelandet war. Er fand das lustig. Also bot er mir ein Bett für die Nacht an, und seine Frau kochte mir einen herrlich würzigen *Maulwurf*-Eintopf. Am nächsten Morgen kam sein Cousin und nahm mich mit in die nächste Stadt. Dort lernte ich einen Englischlehrer der örtlichen Schule kennen, der dafür sorgte, dass sein Onkel mich nach Vieques fuhr. Ich musste dort zwölf Stunden auf den nächsten Flug warten, aber immerhin war ich endlich am richtigen Ort gelandet. Normalerweise findet sich immer ein Weg – so ist es jedenfalls mir gegangen."

„Wow, Harri hat die Wahrheit über dich gesagt", meinte Emily mit großen Augen.

Fasziniert sah Alex zu Harri hinüber, die schnell vom Küchentisch aufstand. „Ich glaube, wir sollten an die Arbeit gehen, was meint ihr? Ich lade schon mal den Wagen aus."

Als sie mit eigenen Augen sah, welche Aufgabe sie erwartete, kam sie ihr noch beängstigender vor als befürchtet. Stu zeigte ihnen das Innere der zukünftigen Hobbykunstwerkstatt. Dabei führte er sie um die Schrotthaufen herum, die, ein Stück weit von den frisch gestrichenen Wänden abgerückt, aufgetürmt worden waren.

„Hier soll die größte Werkbank stehen. Ich habe einen Freund, der auf dem Bergehof von Innersley im Holzlager arbeitet. Der baut sie mir gerade zusammen. Und dann werden wir dort drüben eine Art Teepausenraum bzw. einen Aufenthaltsbereich einrichten … Em und ich haben einen Freund im Swinforder Hospiz-Wohlfahrtsladen angesprochen. Sie haben ein paar gespendete Sofas und Stühle für uns reserviert."

Alex wischte Spinnweben von seinem Bein, während sie sich vorsichtig um rostige Metallstücke, Drahtenden und Überbleibsel von Farmgerätschaften herumschlängelten. „Klingt, als würde das Ganze echt cool werden."

Stu wischte sich mit dem Ärmel seines Rugby-Shirts, das mit Farbspritzern verziert war, über die Stirn. „Das sollte es auch nach all diesem Aufwand. Ich bin nur froh, dass ich alles neu verputzt und neue Elektroleitungen verlegt habe, als Em ihre Stelle gekündigt hat. Wenn das nicht schon erledigt wäre, hätten wir nicht die geringste Chance, rechtzeitig fertig zu werden. Ich arbeite schon seit vierzehn Stunden ununterbrochen – seitdem wir diese verdammte E-Mail entdeckt haben … Also, wenn ihr euch daranmachen könntet, das alles rauszuschaffen, kümmere ich mich um das Team, das die Malerarbeiten übernimmt. Soll heißen, meine Eltern und ihre Freunde aus dem Bridgeclub. Sie haben extra für uns ihr regelmäßiges Samstagabendtreffen ausfallen lassen. Und ich werde das noch jahrelang immer wieder zu hören kriegen."

Alex und Harri streiften alte Gartenhandschuhe über und machten sich daran, den Kram, der sich im Laufe der Jahre landwirtschaftlicher Nutzung im ehemaligen Melkschuppen angesammelt hatte, nach draußen zu schaffen. Alte Traktorreifen, Stacheldrahtrollen, Getreidesäcke und jede Menge vor sich hin rottender Müll sollten dort in einem alten Container hinter der großen Scheune verschwinden, wo die Gäste sie nicht zu Gesicht bekommen würden.

„Wirklich köstlich, dass Emily mich für Rob gehalten hat, oder?", spottete Alex, während sie einen alten zersplitterten Balken in den Container wuchteten. „Offenbar geben wir ein nettes Paar ab."

Harri strich sich ein paar verirrte Locken aus dem Gesicht und lächelte. „Entweder das, oder sie meinte, dass du wie ein verweichlichter Vertriebler aussiehst, der körperliche Arbeit verabscheut."

„Also hör mal! Ich bin durch und durch leistungsfähig, vielen Dank aber auch", gab er zurück. „Wahrscheinlich war sie verblüfft, was für ein hinreißendes Exemplar von Mann ich bin."

„Und vor allem so bescheiden!" Lachend zog Harri eine Handvoll altes Heu aus dem Container und bewarf ihn damit.

„Na warte, das wirst du bereuen. Jetzt gibt es nur noch einen Platz für dich", rief er, packte sie um die Taille und hob sie über den Rand des Containers.

Sie strampelte mit Armen und Beinen. „Hör auf, Al! Wag es ja nicht!"

Er lenkte ein, stellte sie wieder auf dem Boden ab und lehnte sich an den Container, versuchte, wieder zu Atem zu kommen. „Jedenfalls hat Emily sich geirrt – Rob würde nie versuchen, dich in einen Container zu werfen."

„Gott sei Dank!"

Alex lächelte ihr zu und ging an ihr vorbei. „Andererseits, vielleicht wäre so ein Rumgealber genau das, was ihr beiden braucht."

Harri sah ihm nach, und ein merkwürdiges Gefühl machte sich in ihr breit. Einen Moment blieb sie stehen, verunsichert durch seine spitze Bemerkung. Dann klopfte sie sich den Staub von ihrem Shirt und eilte zurück zum Melkschuppen.

Eine Stunde später, nachdem sie die Werkbank und ein paar der Sofas aus dem Wohlfahrtsladen angenommen hatte, die Freunde vorbeigebracht hatten, gesellte sich Emily zu ihnen.

„Ich kann euch gar nicht genug danken", ächzte sie, während sie und Harri einen riesigen Reifen zum Container schleppten.

„Ist schon okay. Wir helfen gern."

Emily strahlte und senkte ein wenig die Stimme. „Alex macht einen netten Eindruck."

Harri warf einen Blick zurück zum Schuppen, wo Alex und Stu Farbeimer aus dem Kofferraum irgendeines Autos ausluden. „Er *ist* nett."

„Ich verstehe gut, warum du ihm gegenüber so fürsorglich bist", meinte Emily lächelnd, ein spitzbübisches Funkeln in den Augen.

„Ich glaube nicht, dass ich das bin."

„Oh, und ob du das bist! Du machst dir solche Sorgen um ihn, weil er mit dieser Plastikfreundin zusammen ist. Nicht dass ich dir daraus einen Vorwurf machen würde. Und wo wir schon von spontan reden – wenn ich nicht mit Stu zusammen wäre, hätte ich absolut nichts dagegen, ein bisschen spontan mit *ihm* zu sein."

Harri starrte sie an. „Em! Ich traue meinen Ohren nicht!"

Emily zuckte die Achseln und grinste fies. „Ich sag ja nur. Ihr beiden scheint euch jedenfalls sehr nahezustehen."

„Nun, Al ist wirklich ein toller Kumpel. Und es ist schön, mal Zeit zu haben, mit ihm abzuhängen. Seit Chelsea auf den Plan getreten ist, hatten wir nicht mehr viel Gelegenheit dazu." Anschließend versuchte Harri, schnell das Thema zu wechseln. Sie wollte nicht mehr über Alex reden, da seine Bemerkung von vorhin ihr immer noch im Kopf herumspukte.

Um Mitternacht hatten Stu und die Freiwilligen vom Bridgeclub Wände und Decken gestrichen, Schränke zusammengebaut, um Materialien und Werkzeug darin zu verstauen, und die neue Werkbank sowie Stühle aufgestellt. Währenddessen fegten, wischten und putzten Harri, Emily und Alex jede Oberfläche, bis um genau ein Uhr morgens die Arbeit geschafft war. Zur Feier des Tages traten alle ein Stück zurück, genossen je nach Vorliebe einen wohlverdienten Becher Tee oder ein Bier und bewunderten die Früchte ihrer Arbeit.

„Nun, Leute, ich glaube, unsere Arbeit hier ist getan", meinte Stu grinsend und hob seinen Becher. „Auf den Erfolg des Greenwell-Hill-Farm-Eröffnungswochenendes für Hobbykünstler!"

Jubelnd stimmten alle in den Trinkspruch ein.

„Emily und Stu sind spitze", meinte Alex, als sie nach Hause fuhren. „Verrückt, aber spitze."

„Du bereust es also nicht, dass du dich als freiwilliger Helfer gemeldet hast?", fragte Harri.

„Nein, es hat mir Spaß gemacht."

„Mir auch." Harri verlangsamte die Fahrt, um eine scharfe Rechtskurve zu nehmen, die – nur vom Scheinwerferlicht beleuchtet – viel furchterregender aussah als bei Tag. Ihr war bewusst, dass Alex sie im Dunkeln beobachtete, während der Widerschein der Armaturenbeleuchtung seine Züge nur schwach erhellte. „Was ist?"

„Ich frage mich nur, was Emily gemeint hat, als sie sagte, du hättest die Wahrheit über mich gesagt."

Wieso um alles in der Welt hat er sich ausgerechnet das gemerkt? Harri war dankbar, dass er nicht sehen konnte, wie ihr im dunklen Wagen das Blut in die Wangen schoss. „Das war nur ein Spruch."

Das konnte Alex' Neugier beim besten Willen nicht befriedigen. „Nein, ich glaube nicht, dass es das war. Du hast also mit ihr über mich gesprochen?"

„Al, ich spreche über viele Leute. Über dich, Stella, Viv …"

„Das meine ich nicht, und das weißt du genau."

Inzwischen hatten sie den Kreisverkehr am unteren Ortseingang von Stone Yardley erreicht, und Harri wandte sich in Richtung High Street. Als sie sich dem *Wātea* näherten, holte sie tief Luft. „Ich habe ihr nur gesagt, dass du mein bester Freund bist und dass ich dich beneide."

„Du beneidest mich? Um was denn um Himmels willen?"

„Um die Leichtigkeit, mit der du dein Leben lebst, und dass du dich von nichts ins Bockshorn jagen lässt."

Alex schwieg, als sie den Wagen vor dem Café zum Stehen brachte. Dann wandte er sich lächelnd Harri zu. „Es war ein toller Abend. Hör mal: Es gibt da etwas, wobei ich deine Hilfe brauche."

„Klar, das ist doch das Mindeste, was ich nach dem heutigen Abend tun kann."

„Großartig. Kommst du am Mittwoch zum Essen?"

„Fein", sagte Harri, und dann kam ihr eine Idee. „Aber ich habe einen anderen Vorschlag. Warum kommst du zur Abwechslung nicht mal zu mir? Natürlich ist auch Chelsea eingeladen", fügte sie rasch hinzu.

„Oh, Chels ist mit ihren Freundinnen auf Tour." Er verzog das Gesicht. „Ich würde also allein kommen."

Ihren guten Vorsätzen zum Trotz regte sich in ihr schuldbewusste Vorfreude bei der Aussicht auf Alex ohne Chelsea. „Dann also um acht bei mir?"

Er nickte. „Danke, Harri." Einen Augenblick schaute er sie noch an, dann stieg er aus.

Am Montagabend war Harri nach der Arbeit mit Rob verabredet. Sie wollten sich am Showcase-Kino in Lornal treffen. Rob hatte sich dort für einen Nachmittagsfilm entschieden, da er wahrscheinlich den Rest der Woche bis spätabends würde arbeiten müssen. Als Harri ihren Wagen auf dem Parkplatz des Kinos neben seinem VW Passat abstellte, saß er, gemütlich zurückgelehnt, auf dem Fahrersitz und plauderte angeregt mit jemandem auf seinem Handy. Sie nahm die Gelegenheit wahr, ihn in aller Ruhe anzuschauen, solange er sie noch nicht bemerkt hatte. Toll sah er aus in seinem makellos weißen Arbeitshemd. Die Krawatte hatte er schon abgenommen und die oberen drei Hemdenknöpfe geöffnet. Er trug Stachelfrisur, und ein leichter Bartschatten zierte seine Wangen. Auch ohne ihm nahe zu sein, wusste Harri, dass er außerdem gut roch. In seiner Geschäftskleidung übte Rob eine ganz besondere Anziehungskraft auf sie aus. Wenn er sie trug, wirkte er so souverän, entspannt, selbstbewusst und stolz, dass es ihr den Atem verschlug.

Im selben Moment drehte er sich um, und seine Augen blitzten auf, als sich ihre Blicke trafen. Rasch beendete er sein Telefonat und stieg aus, um sie zu begrüßen.

„Hey, Prachtkerl", sagte sie lächelnd.

„Selber hey, Schönste. Bereit für den Film?"

„Nur, wenn du uns Popcorn kaufst."

Im Multiplex herrschte schon reges Treiben, und haufenweise Teenager drängten sich vor den Kassen im Foyer, das mit dickem Teppichboden ausgelegt war. Harri und Rob stellten sich in der Schlange an.

„Alex kommt Mittwochabend zum Essen. Ist das okay?"

Rob wich zur Seite aus. Ein kreischendes Kind duckte sich unter dem Absperrband hindurch und versuchte, in die Freiheit zu entkommen, ihm auf den Fersen ein älteres Geschwisterkind. „Klar, kein Problem. Bringt er diese Missgeburt von Jordan mit?"

„Nein, die geht an dem Abend aus."

„Wahrscheinlich das Highlight der Woche für den armen Kerl. Ich sag dir: Mit der könnte ich es nicht aushalten. Lass sie zu dicht an einer Heizung stehen, und sie schmilzt."

„Rob, du bist gemein", tadelte Harri ihn, konnte ihre Belustigung aber nicht verbergen. „Ich glaube, er liebt sie wirklich."

Rob verzog das Gesicht. „Jeder, wie er mag."

„Genau. Wie war dein Arbeitstag?"

„Stressig. Uns winkt ein neuer Auftrag, den wir wahrscheinlich zu ergattern versuchen, wenn der Job in Preston gelaufen ist."

Harri starrte ihn an. „Wo?"

Rob spielte mit seinem Handy herum. „Verdammtes Ding. Hier drin bekomme ich kein Signal."

Verärgert registrierte Harri seinen glanzlosen Versuch, ihr auszuweichen, und sie senkte ihre Stimme. „Wo, Rob?"

Er sah sie nicht an, sondern schaute trotzig geradeaus. „Edinburgh."

„Erwarten sie von dir, dass du genauso oft dorthin fährst wie nach Preston?"

„Schon möglich, ja."

Die Schlange rückte vor, und Rob kaufte die Eintrittskarten, während Harri neben ihm schweigend vor sich hin kochte. Sie hatte nicht damit gerechnet, dass es nach Preston noch mehr solcher Verträge geben könnte, und war naiv davon ausgegangen, dass ein erfolgreicher Abschluss dieses schwer fassbaren

Geschäfts ihn irgendwie davor bewahren würde, weiterhin auswärts zu arbeiten.

Rob war sich ihrer wachsenden Verärgerung durchaus bewusst, aber er ignorierte sie, bis sie auf ihren Sitzen saßen. „Hör mal, Rotschopf, als wir uns kennenlernten, hast du gewusst, dass mein Job mir wichtig ist. Daran hat sich nichts geändert."

„Aber es war nie die Rede davon, dass dieser Job dein Leben vollständig beherrscht", zischte sie leise zurück.

„Vielleicht will ich es ja so. Ist dir der Gedanke schon mal gekommen?"

Sie starrte ihn an. „Ist das dein Ernst?"

Sein Blick wandte sich wieder der Leinwand zu. „Natürlich nicht. Da vorn läuft der Film."

Als sie am Mittwochabend das Essen vorbereitete, beschäftigte sie Robs Enthüllung immer noch. Warum tat er so etwas immer dann, wenn sie gerade begann, sich in ihrer Beziehung wohlzufühlen? Irgendwie schien alles, was er in letzter Zeit an Nettem getan hatte, dadurch geschmälert, sodass sie jede liebevolle Geste, jedes zärtliche Wort infrage stellte. Hatte Tante Rosemary am Wochenende etwa auf so etwas angespielt? Harri musste sich eingestehen, dass sie eine undefinierbare Traurigkeit in den Augen ihrer Tante bemerkt hatte, wann immer sie Rob erwähnte, und das machte sie nervös. Andererseits war es nur zu verständlich, dass Tante Rosemary Männern gegenüber misstrauisch war, wenn man ihre eigenen Erfahrungen bedachte. Ihre Ehe war mit einem großen Knall auseinandergeflogen, als sie herausfand, dass Onkel Nick nicht nur schon seit zwölf Jahren eine Geliebte hatte, sondern die Frau obendrein ein Kind von ihm erwartete. Mit seiner Auswanderung nach Australien versetzte er ihr einen letzten Schlag ins Gesicht, brach den Kontakt zu ihr und – womöglich noch schlimmer – zu James und Rosie ab. Zwar hatte sie nie Aufhebens um ihr

Schicksal gemacht, aber Harri wusste dennoch, dass es ihr das Herz gebrochen hatte, ihre Kinder ohne Vater aufwachsen zu sehen. So betrachtet, war es nur natürlich, dass sie ihre Erfahrung auf Harri projizierte. Aber Harri war nicht Tante Rosemary, und – viel wichtiger noch – Rob war nicht Onkel Nick. Trotzdem erfüllte Robs schon fast pathologischer Arbeitseifer Harri mit bösen Vorahnungen für ihre Zukunft. Wie sollte das werden, wenn sie erst verheiratet waren und Kinder hatten? Würde Harri allein zu Hause die Stellung halten müssen, wann immer ein glänzender neuer Vertrag Rob den Kopf verdrehte?

Plötzlich wurde ihr bewusst, dass sie ihren Ärger an den Möhren ausgelassen hatte, die jetzt in ungleichmäßigen, groben Stücken vor ihr lagen statt in perfekt gleichmäßig geschnittenen Scheiben wie in Nigellas Version. Also beschloss sie, die Möhrenstückchen als rustikal zu bezeichnen, und hoffte, dass Alex sich davon überzeugen ließ.

Um acht trudelte er ein, mit einer Flasche Wein und geistesabwesender Miene. Er weigerte sich, vor dem Essen darüber zu reden, wobei er Harris Hilfe brauchte. Also aßen sie Harris provenzalisches Hühnchen mit gedünstetem Gemüse, und während er oberflächlich so gut aufgelegt und witzig wie immer wirkte, bemerkte Harri sehr wohl, dass er trotz seines Lächelns etwas Schwerwiegendes auf dem Herzen hatte. Nach dem Essen, dem Abräumen und dem Abwasch brühte Harri Kaffee auf und brachte ihn ins Wohnzimmer.

Alex war gerade dabei, ihre Reise-DVD-Sammlung zu durchstöbern, die neben dem Fernseher lag. „Du hast hier die halbe Welt drin, stimmt's?", fragte er grinsend, als sie sich setzte. „Sieht aus wie Dan Beagle World."

Harri zuckte die Achseln. „Er ist ein toller Autor und Fernsehmoderator, das ist alles."

„Schon verrückt, dass ausgerechnet deine beste Freundin jetzt mit ihm reist. Ich kann mir Stella Smith einfach nicht vorstellen, wie sie in ihren gefälschten Jimmy Choos tibetanische Höhen erklimmt. Hättest nicht du an ihrer Stelle sein sollen?"

Harri spürte, wie sich ihr Magen verkrampfte, und sie drückte den Stempel der Cafetière nach unten. „Stella amüsiert sich prächtig. Ich glaube, sie könnte aus dieser Erfahrung als neuer Mensch hervorgehen."

„Vielleicht." Er ließ den Blick über die DVD-Rücken wandern. „Weißt du, mit dem Geld, das du dafür ausgegeben hast, hättest du einige dieser Orte tatsächlich besuchen können." Er schaute sie an. „Ich meine, warum für anderer Leute Erlebnisse bezahlen, wenn du dir das mit eigenen Augen anschauen könntest?"

Im Geiste staubte Harri die Liste der möglichen Ausflüchte ab und breitete sie vor ihm aus: „Du weißt doch, warum. Bisher hat es sich für mich einfach nicht ergeben. Irgendetwas hat mich immer daran gehindert: niemand, der mitkommen mag; Robs Wunsch, seinen Urlaub in England zu verbringen; die Wirtschaftsflaute ..."

Alex stand auf und setzte sich zu ihr aufs Sofa – und zog sich damit die katzenhafte Missbilligung von Ron Howard zu, der davonstakste, um sich unter den Couchtisch zu hocken und ihn empört anzustarren. „Komm schon, Harri, sei ehrlich dir selbst gegenüber. All die schönen Gründe, die du so oft anführst, haben keine Bedeutung. Gib's zu: Du hast Angst, es zu tun."

Wie konnte er es wagen? „Das ist nicht wahr ... Es ist ..."

Sein Lächeln war freundlich, obwohl Siegesgewissheit in seinem Blick lag. „Du musst einfach nur daran glauben, dass es möglich ist. Mehr braucht es nicht." Damit legte er seine warme Hand auf ihre, die auf dem Sofakissen lag. „*Ich* glaube an dich."

Die Wirkung, die diese vier Worte auf sie ausübten, war gewaltig – und kam für sie völlig überraschend. Sie rührten etwas tief in ihrem Innersten an und entzündeten dort winzige Sterne, die sich wie kleine Glitzerkugeln in der Finsternis drehten. Erst in diesem Moment erkannte sie, wie sehr sie es gebraucht hatte, das zu hören – nicht nur von ihm, sondern von allen. Natürlich wusste sie, dass Tante Rosemary, Viv und Stella wahrscheinlich genauso dachten, aber ausgesprochen hatte es noch keiner von ihnen. Und was Rob anging … nun, selbst in seinen aufmerksamsten Augenblicken käme ihm nie in den Sinn, dass so eine Bestätigung nötig sein könnte.

„Danke. Das bedeutet mir viel."

„Gut." Seine Finger blieben noch einen Moment auf ihrer Hand liegen, dann zog er sie zurück.

Plötzlich war Harri die Situation unangenehm, und sie wechselte das Thema. „Und jetzt komm schon. Wobei brauchst du meine Hilfe?"

„Oh ja, das …" Plötzlich wirkte er wie ein schüchterner Fünfjähriger. Alex zog ein zerknittertes Blatt Papier aus seiner Gesäßtasche und holte tief Luft.

„Weißt du, ich brauche einfach nur deinen Rat – weil du doch eine *Frau* bist und so."

Harri zog die Brauen hoch. „Danke, dass dir das aufgefallen ist."

„Ich bin halt sehr aufmerksam." Nervös spielte er am Reißverschluss eines Sofakissens herum. „Es ist einfach so, dass – nun ja – ich habe endlos darüber nachgedacht, und ich glaube, die Zeit ist reif … Das heißt, ich bin mir nicht ganz sicher, aber …"

„Al! Spuck's endlich aus!"

„Ich werde Chelsea am Valentinstag einen Heiratsantrag machen."

Das Schweigen, das dieser Ankündigung folgte, war so lang anhaltend und gewichtig, dass man ihm eine ganze Serie auf BBC4 hätte widmen können. Harri wusste, dass sie sich für ihn freuen sollte. Dass sie seine Träume so unterstützen sollte wie er ihre, aber irgendwie brachte sie kein anderes Gefühl auf als das eines eisigen Verlustes. Ihr war, als wäre irgendwo eine schwere Tür endgültig ins Schloss gefallen. Seit sieben Jahren wartete sie darauf, dass Rob diese Entscheidung traf, während Alex offenbar innerhalb weniger Monate dazu fähig war. Zornig über diese Reaktion, die für sie so uncharakteristisch war, zwang sie sich zu einem gekünstelten Lächeln.

„Wow."

Er wirkte verunsichert. „Ja."

Sie nickte langsam, oberflächlich die Ruhe selbst, aber in ihr tobte ein Sturm der Gefühle. „Und wie kann ich dir dabei helfen?"

Als er antwortete, lag eine seltsame Traurigkeit in seinen Augen, die in scharfem Kontrast zu seiner positiven Miene lag. „Würdest du dir anhören, was ich vorhabe zu sagen? Ich suche schon eine Weile nach den richtigen Worten, und ich kann einfach nicht entscheiden, ob sie aufrichtig klingen oder schlicht pathetisch."

Nein! schrie die selbstbewusste Harri in ihrem Inneren. Such dir einen anderen Trottel, den du fragen kannst. Das geht weit über das hinaus, was ich dir geben kann … Aber als sie ihn anschaute, so unsicher, so verloren in unvertrautem Gelände, da wurde ihr klar, dass sie ihm seine Bitte nicht abschlagen konnte. „Na schön, leg los."

Seine Miene hellte sich auf, seine Erleichterung war nicht zu übersehen. „Wirklich? Vielen, vielen Dank, Harri! Ganz ehrlich, was mich das schon an Nerven gekostet hat … In Ordnung, entschuldige, ich … äh …" Er nickte auf das Stück Papier hinunter, das er in seinen Händen hielt, die jetzt leicht zitterten. „Gut. Na ja, ich dachte, ich fange damit an, dass die letzten paar Monate meines Lebens einfach unglaublich waren und so. Dann, weißt du, will ich sagen, dass ich das alles ihr zu verdanken habe. Bla, bla, bla … Werde sagen, wie lebendig ich mich fühle, weil ich mit ihr zusammen bin, und, ich weiß nicht recht, vielleicht irgendwas wie: Ich möchte den Rest meines Lebens mit ihr verbringen? Ich bin mir da nicht sicher – schon fast ein bisschen kitschig, oder? Egal, dann sollte das große Finale kommen – Niederknien, der Ring –, und dann, dachte ich, die ganz klassische Frage: Willst du mich heiraten? Also nichts von wegen: Würdest du mir die Ehre erweisen? und so'n Kram ... Okay. *Was?*"

Trotz ihrer inneren Kämpfe konnte Harri ihre Heiterkeit nicht verbergen. „Al, das ist *grauenvoll!* So klingst du wie jemand, der eine Geschäftspräsentation macht, nicht wie jemand, der die Frau seiner Träume bittet, den Rest ihres Lebens mit ihm zu verbringen! Ich hoffe wirklich, dass du es am Montagabend nicht so machst."

Er schaute sie fassungslos an. „Wie soll ich das sonst machen? Ich meine, sie weiß das alles schon, und letzte Woche haben wir sogar schon darüber gesprochen, was für einen Ring sie gern hätte. Also kommt das kaum überraschend für sie, oder?"

„Alex, hör zu. Jedes Mädchen träumt von dem Tag, an dem jemand ihr einen Heiratsantrag macht. Du hoffst, das geschieht nur ein einziges Mal in deinem Leben, also muss es etwas Unvergessliches sein. Es muss von Herzen kommen."

Hilflos betrachtete er seine Notizen, dann wieder Harri. „Das tut es aber doch. Mann, dieser ganze lyrisch-romantische Zinnober ist so gar nicht mein Ding. Ich kann das einfach nicht."

„Das musst du auch nicht. Sei einfach du selbst." Seine verdutzte Miene sprach Bände. Ganz offensichtlich konnte er mit diesem Rat nichts anfangen. „Okay, hör zu. Als ich am College war, um mich darauf vorzubereiten, Reisen zu verkaufen, lernten wir am besten, wie wir uns verhalten mussten, indem wir uns paarweise zusammengetan und miteinander geübt haben. Also, warum tue ich nicht einfach so, als wäre ich Chelsea, und du kannst mir sagen, was du ihr sagen willst."

„Uh. Dabei werde ich mir total seltsam vorkommen."

Harri seufzte. „Ja, schon. Ich habe mir meinen Mittwochabend auch etwas anders vorgestellt, aber ich denke, dass du dich so am ehesten beruhigen kannst."

Er verschränkte die Arme vor der Brust und schaute sich ziellos im Zimmer um. Dabei dachte er über den Vorschlag nach und wippte nervös mit dem Fuß. Dann stieß er einen tiefen Seufzer aus und schlug sich mit beiden Händen entschlossen auf die Knie. „Ach, was soll's, ich tu's – aber du musst mir versprechen, keiner Menschenseele je davon zu erzählen, ja?"

Sie nickte und zeichnete mit den Fingern ein Kreuz auf ihre linke Brust. „Großes Indianerehrenwort! Und jetzt mach schon, bevor ich's mir anders überlege."

„In Ordnung."

„Gut. Also, ich bin Chelsea – oh, warte …" Sie schnappte sich ein Kissen und schob es unter ihr Top, sodass es auf Chelsea-Proportionen aufgepolstert wurde. „Jetzt bin ich Chelsea."

„Das ist nicht witzig."

„Tut mir leid." Sie packte das Kissen wieder weg und wandte sich Alex zu. „So, fertig."

Er rieb sich die Hände, griff dann zögernd nach ihrer Hand und warf einen Blick auf seinen Zettel. „Na gut … Chelsea, ich …"

„Moment."

„Was denn jetzt noch? Komm schon, Harri, das ist die reinste Tortur."

„Weg mit dem Zettel."

„Wie bitte?"

Sanft nahm sie ihm seinen Text ab, und er sah hilflos zu, wie sie das Blatt Papier außerhalb seiner Reichweite deponierte. „Das brauchst du nicht. Schluss mit der Panik. Beruhig dich und sprich einfach von Herzen. Jetzt …" Sie hielt ihm ihre Hand hin.

Er nahm sie, holte tief Luft und versenkte den Blick seiner braunen Augen in ihre. „Chelsea“, begann er, als versuchte er, sich im Geiste seine Freundin vorzustellen. „Du weißt, was ich für dich empfinde. Ich … Mann, ist das schwer … Äh, okay, tut mir leid. Chelsea … die letzten Monate waren fantastisch, und das liegt nur an dir. Mit dir zusammen fühle ich mich lebendig.“ Er stockte, schaute ihr tief in die Augen, und die unerwartete Intensität dieses Blickes warf Harri fast um. „Du verstehst mich wie kein anderer. Wenn ich deine Hand halte, so wie jetzt, fühle ich mich erst wie ein ganzer Mensch. Und gerade jetzt möchte ich nirgendwo anders sein als hier mit dir.“

Harri konnte sehen, wie sich sein Brustkorb hob und senkte, während sein Atem schneller ging. Sie spürte, wie heiß seine Hand die ihre umschloss und wie er begann, mit seinem Daumen federleichte Kreise auf ihren Handrücken zu zeichnen. Die Veränderung, die in ihm vorging, war phänomenal: Wie weggeblasen waren die verlegenen, geschraubten Worte, und an ihre Stelle traten schlichte Sätze, die tief aus seinem Herzen kamen und sie mit einem berauschenden Zauber belegten.

„Deshalb möchte ich dich fragen … ich muss es wissen …“, geschickt ließ er sich vom Sofa auf ein Knie gleiten, „… kann das für immer halten? Denn ich kann mir meine Welt nicht mehr ohne dich vorstellen.“ Ein tapferes Lächeln drängte sich auf sein Gesicht, und Harri wurde bewusst, dass sie genauso lächelte. „Willst du mich heiraten?“

Ohne Warnung, ohne nachzudenken, ganz instinktiv … vergaß Harri alles um sich herum, folgte zum ersten Mal wirklich ihrem Herzen, beugte sich zu ihm hinunter und küsste ihn. Seine weichen Lippen auf ihren jagten Schockwellen durch ihren Körper, und als er ihren Kuss erwiderte, trat jeder Anflug rationalen Denkens in den Hintergrund. Es war, als wären sie zwei magnetische Pole, die gar nicht anders konnten, als einander anzuziehen – die Dringlichkeit und Intensität des Geschehens war mehr als erstaunlich. Fest verbunden, seine Finger in ihren Haaren, ihre Arme um seine Schultern, erhoben sie sich ganz langsam, als ob die Euphorie, die sich in ihnen aufbaute, ihre Körper schweben lassen könnte. Jetzt und hier trat alles hinter diesem schönen, entsetzlichen, weltverändernden Augenblick zurück ...

Und dann, in einem Herzschlag, kehrten sich die Pole um und zwangen sie auseinander. Als Harri bemerkte, dass Alex sie von sich schob, öffnete sie verwirrt die Augen. Das Gesicht in schierem Entsetzen verzogen, stolperte er zurück und schaute sie an – und plötzlich sah sie wieder klar, entsetzlich klar. Die Realität der Situation traf sie tonnenschwer.

„Nein! Ich kann nicht ... was zum Teufel haben wir gerade ...“, stammelte er, und die Worte wollten sich einfach nicht zu Sätzen fügen.

„Al, ich ...“

„Nein, sag es nicht, Harri! Denke es nicht einmal ...“ Er blickte sich hastig um, griff nach seiner Jacke und bewegte sich rückwärts zur Tür. „Ich kann nicht ... das ist alles falsch – wir hätten nie zulassen dürfen, dass das passiert ...“ Damit riss er die Tür auf und rannte hinaus. Harri erreichte die Tür gerade noch rechtzeitig, um zu sehen, wie er mit seinem Wagen davonpreschte.

Allein in der eisigen Nacht, stieß Harri einen Schrei aus, der nicht aus ihrem Inneren zu kommen schien, und ließ sich gegen den Türrahmen fallen. Dann brach alles mit voller Wucht über sie herein. Was geschehen war, hatte sie völlig unvorbereitet getroffen. Bohrende Fragen bestürmten ihr Gewissen, stachen mit verheerender Treffsicherheit zu. Was war gerade passiert? Wie konnte ein gekünsteltes Rollenspiel zu diesem Kuss führen? Schlimmer noch, wie hatte sie sich erlauben können, so unverantwortlich zu handeln? Wie sollte sie Rob jetzt gegenübertreten? Wie sollte sie Alex jemals wieder in die Augen schauen?

Dumme, dumme, *dumme* Spontaneität! Schon lange hatte sie den Verdacht gehegt, dass es nur in Tränen enden konnte, wenn sie ihrem Herzen folgte. Das, was soeben geschehen war, war der Beweis für ihre Theorie. Während sie blind in die kalte Nacht hinausstarrte, ging Harri plötzlich die welterschütternde Wahrheit auf: Sie hatte den letzten Zug nach Hause verpasst, stand auf dem Bahnsteig ihres Lebens und sah, wie Alex genau in dem Moment ihren Blicken entschwand, in dem sie begriff, was er ihr bedeutete. Sie war in ihn verliebt – aber das fühlte sich schlimmer an als der Tod.

Im Widerstreit der Gefühle, die von allen Seiten auf sie einstürmten, schob Harri die Tür zu und lehnte sich mit ihrem ganzen Körpergewicht dagegen, als wollte sie die neuen und unwillkommenen Fragen aussperren – nur um festzustellen, dass sie sich schon hinter ihrem Rücken ins Haus geschlichen hatten und sich in ihrem Flur anklagend vor ihr aufreihten.

Das kann nicht geschehen, schrie sie sich innerlich an, als sie allein im Flur stand. Reiß dich zusammen, denk nach …

Was immer sie glaubte empfunden zu haben, durfte nie wieder ans Tageslicht kommen. Sie liebte Rob, nicht Alex. Rob, der trotz all seiner Unzuverlässigkeit und dem Frust, den er ihr immer wieder bereitete, schon seit sieben Jahren mit ihr zusammen war und ganz aktuell darüber redete, den Rest seines Lebens an ihrer Seite zu verbringen. Alex war ein guter Freund. Nicht mehr. Und so, wie er gerade die Flucht ergriffen hatte, konnte er auch nie mehr für sie sein, weder jetzt noch jemals in Zukunft … Sie strich sich mit der Hand durchs Haar, während ihr Tränen der Wut übers Gesicht strömten. Sie packte die Erinnerung an Alex' Kuss und stopfte sie gewaltsam in die dunkelste Ecke ihres Bewusstseins.

Eins war jedenfalls sicher: Sie musste vergessen, dass es diesen Abend jemals gegeben hatte. Und sie musste Alex vergessen.

19. KAPITEL

Wahrheit und Pflicht

„Harri, es wird spät. Ich schätze, wir sind inzwischen die Letzten hier. Also lass uns diesen Unfug beenden und hier verschwinden, ja?"

Vielleicht hat Viv recht, denkt Harri. Vielleicht wird es wirklich Zeit. Langsam steht sie auf, die Fußgelenke steif vom langen Stillsitzen, und greift nach dem Türschloss …

Im selben Moment wird die Tür zur Damentoilette aufgerissen, sodass das automatische Schließscharnier überrascht quietscht. „Vivienne, was in aller Welt treibst du hier?"

„Mervyn Riley, mach, dass du rauskommst! Harri, ich bin gleich zur …"

Harri hält inne und den Atem an. Vivs Stuhl schrammt über den Boden, ihre Absätze klackern rasch nach draußen, während sie Merv aus der Tür hinaus auf den Gang drängt. Man kann hören, wie sie den Mann mit zorniger Stimme für seine rüde Unterbrechung tadelt.

„… kommst einfach in die Damentoilette, um Himmels willen? Was hast du dir nur dabei gedacht?"

Harri setzt sich wieder hin, froh über die kurze Gnadenfrist, die ihr gewährt wird, bevor sie diesen Ort unweigerlich verlassen muss.

Von: armchairtraveller@gmail.com
An: stellababy@danbeagle.co.uk
Betrifft: Ich bin eine Idiotin

Hi Stella,
ich weiß nicht, wie wahrscheinlich es ist, dass du diese Mail bekommst. Ich drehe allmählich durch, und ich

fürchte, wenn ich nicht darüber rede, werden sie mich an einen gut gepolsterten Ort verfrachten und mir eine nette weiße Jacke verpassen müssen, die im Rücken geschlossen wird …

Vor drei Wochen habe ich Alex geküsst. Ich meine, richtig geküsst – und er hat meinen Kuss erwidert, wodurch alles noch eine Million Mal schlimmer wird. Es war verrückt. Wie eine Szene aus einer Seifenoper. In der einen Minute übt er seinen Heiratsantrag für Chelsea (lange Geschichte, und ich weiß, was für ein Gesicht du ziehst, wenn du dies liest), und in der nächsten liegen wir einander in den Armen. Aber dann ist er rausgerannt, und seitdem hat er nicht mehr mit mir gesprochen. Das Allerschlimmste an der Sache aber ist: Es war wunderbar. Ehrlich, Stel, in meinem ganzen Leben bin ich noch nie so geküsst worden, nicht einmal von Rob – und ich habe immer geglaubt, seine Küsse seien die besten. Erst nach diesem Vorfall wurde mir die schreckliche Wahrheit bewusst: Ich liebe ihn! Aber das darf nicht sein, das kann einfach nicht sein. Schlimmer noch, ich kann es nicht fassen, dass ich Rob betrogen habe. Jetzt, wo ich das geschrieben habe, kommt es mir noch schrecklicher vor. Ich habe meinen Freund betrogen, der all die Jahre zu mir gehalten hat und mir immer treu gewesen ist. Wie konnte ich nur? Ich meine, ich plane, ihn zu heiraten – und, wie schon erwähnt, Alex plant, Chelsea zu heiraten. Na ja, eigentlich kann von Planen keine Rede mehr sein. Heute erst hat Viv mir erzählt, dass er ihr seinen Antrag gemacht und sie ihn angenommen hat. Sogar das Hochzeitsdatum steht schon fest – am 10. September dieses Jahres.

Es ist alles ein einziges Tohuwabohu, Stel. Mir fehlt Al als Freund so sehr, aber wie kann ich ihm nach diesem Vorfall jemals wieder unter die Augen treten? Ich habe ganz offiziell eine der besten Freundschaften meines Lebens fortgeworfen, und wofür? Für einen dummen, gestohlenen Augenblick, aus dem sowieso niemals etwas hätte werden können … Ich gehe immer noch an seinem Café vorbei und kann nicht einmal durchs Fenster hineinschauen, um zu sehen, ob er da ist. Kannst du dir vorstellen, dass ich inzwischen auf die andere Straßenseite wechsele, nur um solchen Momenten aus dem Weg zu gehen? Natürlich hegt Rob keinen Verdacht, aber das macht es nicht besser, denn ich komme mir vor wie eine elende Heuchlerin. Wie kann ich mit ihm zusammen sein, wenn ich so für einen anderen empfinde? Das will sich einfach nicht geben, aber ich weiß, dass ich dafür sorgen muss, dass ich nichts mehr für Alex empfinde.

Ich glaube nicht, dass ich dich hiermit um Rat bitte. Ich wollte mir das alles nur von der Seele schreiben, und du bist buchstäblich die Einzige, der ich es sagen kann. Tante Rosemary war in letzter Zeit so beschäftigt, dass ich sie kaum gesehen habe, und Viv ist, wie du dir sicher vorstellen kannst, glücklich, dass Al sich endlich häuslich niederlässt.

Ich hoffe, du bist mir nicht böse, dass ich dir eine so lange E-Mail schicke.

Ich muss Schluss machen. Pass auf dich auf.

Harri xx

Stella antwortete nicht. Und Harri hatte es auch nicht erwartet. Soweit sie wusste, konnte Stella sich zurzeit in einem tibetanischen Kloster aufhalten, das irgendwo hoch oben im Nebel der Berge über einem Abgrund thronte – und sie war sich ziemlich sicher, dass es dort kein Internetcafé gab. Die Wochen vergingen, Ostern kam und ging, und immer noch blieb Alex für sie absolut tabu.

Anfang April, als eine untypische, aber willkommene Wärmeperiode die Stammgäste des *Rose & Schnecke* wieder auf ihre Stühle im Kleingarten lockte, überredete Viv sie, sich zu ihnen zu gesellen, damit sie „ein bisschen mehr rauskam".

Viv, die sich Sorgen machte, weil Alex und Harri ihre Freundschaft nicht wieder aufnehmen wollten, gab Harri ein Glas extrastarken Holunderblütenwein und setzte sich mit ihr ein bisschen abseits des lauten Geplänkels zwischen Merv und der Gang.

„Süße, ich weiß nicht, was zwischen dir und Al vorgefallen ist, aber er vermisst dich. Ich weiß, dass er das tut. Er plant seine Hochzeit, aber er ist nicht mit dem Herzen dabei. Er braucht deine Freundschaft – du könntest ihm jetzt so sehr helfen."

Harri schüttelte trotzig den Kopf. „Ich kann nicht. Und bitte frag mich nicht, warum. Ich glaube auch nicht, dass einer von uns unsere Freundschaft noch retten könnte, selbst wenn wir es versuchen würden. Dafür ist es zu spät."

„Seltsam. Alex sieht das anders."

„Na ja, vielleicht war er nicht im selben Zimmer wie ich. Schau, ich weiß, was du versuchst, und glaub mir, ich halte es für bewundernswert. Trotzdem musst du einfach akzeptieren, dass meine Freundschaft mit Al vorbei ist."

Der Mai hielt mit Regen Einzug und spülte die Erinnerungen an die Aprilsonne rasch fort. An einem besonders trüben Dienstagnachmittag im Reisebüro erhielt Harri einen Anruf von Robs Mutter.

„Hi, Clarice, wie geht es dir?"

„Gut, gut", erwiderte Clarice. In Gedanken war sie offenbar längst woanders. Rob hatte schon oft scherzhaft gemeint, dass seine Mum so hyperaktiv sei, dass sie selbst in einer Zeitlupenaufnahme wirken würde, als liefe der Film im Zeitraffer. „Ich möchte dich um einen Gefallen bitten."

„Was kann ich für dich tun?"

„Nun, ich war heute Morgen in Robs Haus, um Wäsche abzuholen und für ihn zu bügeln, während er fort ist. Im Briefkasten lag eine dieser dämlichen Benachrichtigungskarten der Royal Mail. Sie haben versucht, ein Paket auszuliefern, für das eine Empfangsbestätigung unterschrieben werden muss. Die Sache ist die: Seine Oma hat am Freitag Geburtstag, und Rob hat einen alten Film von ihr und meinem Dad auf DVD brennen lassen – als Überraschungsgeschenk. Ich glaube, in dem Paket ist diese DVD. Aber wenn Rob nicht vor nächstem Montag wiederkommt, muss ich sie im Paketamt in Little Swinford abholen. Sonst bekommt Mum sie nicht rechtzeitig zum Geburtstag. Ich wusste, dass er Führerschein und Kreditkarten bei sich hat, also habe ich nach seinem Reisepass gesucht, konnte ihn aber nicht finden. Hast du eine Ahnung, wo er sein könnte?"

„Ich wusste nicht einmal, dass Rob einen Reisepass hat", erwiderte Harri ein wenig verdattert.

„Mir war das auch neu, als er es erwähnte. Anscheinend hat er ihn vor einiger Zeit verlängern lassen. Soweit ich weiß, hing das irgendwie mit seinem Job zusammen."

Harri dachte einen Augenblick nach. „Die meisten wichtigen Papiere bewahrt er in einem alten Schreibtisch neben dem Schrank in seinem Abstellraum auf. Wenn er irgendwo ist, dann wahrscheinlich am ehesten dort."

„Das Zimmer ist so eine Rumpelkammer, dass ich nicht einmal einen Fuß hineinzusetzen wage. Gute Idee, Harriet. Das einzige Problem ist jetzt noch, dass ich heute nicht mehr zu seinem Haus fahren kann. Ich habe gerade meinen Wagen in die Werkstatt gebracht, damit endlich die Beule ausgebessert wird, die ich ihm in Sainsbury an jenem Poller verpasst habe."

„Keine Sorge. Ich fahre gleich nach der Arbeit zu seinem Haus. Dann kann ich den Pass auf meinem Heimweg bei dir vorbeibringen."

„Du bist eine Lebensretterin, Harriet. Bis später. Danke!"

Um sechs öffnete Harri Robs Haustür, nahm rasch seine Post aus dem Briefkasten und eilte dann die Treppe hinauf zu dem kleinen dritten Schlafzimmer, das von Rob manchmal als Arbeitszimmer genutzt wurde. Überwiegend diente es aber anscheinend als Abstellraum für alles Mögliche, das es noch nicht ganz auf den Speicher geschafft hatte. Vorsichtig schlängelte sie sich zwischen alten Fitnessgeräten, verstaubten Reisetaschen und Stapeln von Survival-Zeitschriften hindurch, um zum Schreibtisch zu gelangen. Es war ein potthässliches Möbelstück, dem misslungenen Versuch irgendeines Designers in den Achtzigerjahren entsprungen, einen klassischen viktorianischen Schreibtisch „nachzuempfinden". Furniert mit einer Lage zu rotem Vinyl im Mahagoni-Look, mit einer Lamellenrolltür, die sich nur hakelig öffnen ließ und eine Reihe winziger Ablagefächer freigab, hatte der Schreibtisch mehr Ähnlichkeit mit einem Brotkasten auf Stelzen als mit dem Schreibtisch eines Gentleman des neunzehnten Jahrhunderts.

Wie der Rest des Zimmers auch diente der Schreibtisch als Ablage für Papierstapel – Robs halbherziger Versuch, seine wichtigen Dokumente an einem „sicheren Ort" zu verwahren. Zerknitterte, kaffeefleckige Kontoauszüge, alte Gasrechnungen, verbrauchte Scheckbücher, alte Handys, Fotos der Mannschaft von Dynamo Stone Yardley, unzählige Briefe und gebrauchte leere Umschläge lagen bunt durcheinander. Harri stöhnte, als ihr bewusst wurde, welche Herausforderung es war, in diesem Tohuwabohu Robs Reisepass zu finden.

Sie krempelte die Ärmel hoch und begann, die Stapel durchzuschauen. Jedes Mal, wenn sie etwas Rotes entdeckte, schlug ihr Herz höher, und jedes Mal war es nur ein alter Blutspenderausweis, ein Taschenkalender oder – ganz merkwürdig – ein Nähset aus einem Hotel. Gerade als sie aufgeben wollte, entdeckte sie den Pass, der halb in einem braunen Umschlag steckte. Erleichtert nahm sie ihn an sich, kämpfte sich zwischen dem Gerümpel am Boden hindurch zur Tür und rannte die Treppe hinunter.

An der Haustür angelangt, rutschte der Umschlag ihr fast aus der Hand, und ein kleines Stückchen dünne Pappe flatterte zu Boden. Sie bückte sich, um es aufzuheben, und erkannte sofort, worum es sich handelte.

Der Abriss von einer Bordkarte. Für einen Flug mit British Airways von Birmingham International Airport nach Paris Roissy/Charles de Gaulle Airport. Ungläubig las Harri das Datum: 22. Dezember. Sie schlug die Hand vor den Mund, und ein Schmerzensschrei entfuhr ihr, als die Erkenntnis wie eine Bombe an ihrem Kopf traf: *Das war der Tag, an dem Rob angeblich in Preston war, nachdem er unseren Weihnachtsurlaub abgesagt hatte.*

Sie leerte den Umschlag, ließ den Inhalt auf den beigen Teppichboden gleiten, und ihre schlimmsten Befürchtungen wurden wahr. Da waren noch mehr: Wien, Prag, Mailand, Rom, zwei weitere nach Paris … Doch die vernichtendste Entdeckung stand ihr noch bevor: Sicher versteckt zwischen den hinteren Seiten des Passes lag der letzte Bordkartenabriss, der Harris Herz in eine Billion winziger Scherben zerschlug: Venedig Marco Polo Airport.

„N-nein …“, stammelte sie. „Das kann nicht sein … er … Nein!“

Ihr war, als würde die ganze Welt in ein schwarzes Loch unter ihr fallen, als der Name der Stadt auf der letzten Bordkarte lauter und immer lauter in ihrem Kopf widerhallte. Venedig … der Ort ihrer Träume, das Reiseziel, nach dem sie sich am allermeisten sehnte. Und doch war Rob nur zwei Tage nach ihrem Geburtstag im April letzten Jahres dorthin geflogen. Wahrscheinlich nicht allein.

Sie ließ sich auf die unterste Treppenstufe fallen, und das Zittern in ihren Händen verstärkte sich immer mehr, während Tränen ihr den Blick verschleierten. Wie konnte er es wagen? Wie konnte er es wagen, sie in England zu halten, während er zu genau den Orten reiste, die zu besuchen sie sich am meisten wünschte?

Jetzt machten all seine eindrucksvollen Gesten Sinn: Ganz und gar nicht die von Herzen kommenden Liebesbeweise, als die Harri sie verstanden hatte, waren sie nur die äußeren Zeichen eines schlechten Gewissens. Robs Absolution für die Lügen, mit denen er sie abspeiste.

Die ganze Zeit hatte Harri sich für ihren gestohlenen Kuss mit Alex kasteit, hatte sich Rob als den treuen, betrogenen Partner ausgemalt. Sie hatte wegen dieser Sache schlaflose Nächte durchlitten, hatte geglaubt, seiner Liebe nicht würdig zu sein. Aber nichts, was sie je getan hatte, konnte auch nur ansatzweise den kontinuierlichen Verrat aufwiegen, den Rob an ihr begangen hatte.

Die Wahrheit war so ungeheuerlich, dass ihr Verstand sie beinahe nicht fassen konnte, während sie auf dem grässlichen Teppichboden in seinem grässlichen Haus hockte und auf die zerknitterte Bordkarte in ihrer Hand starrte. Jetzt zeigte sich, dass Robs offensichtliche Begeisterung für billige Campingwochenenden nichts weiter war als eine Kostensenkungsmaßnahme. Es war so logisch: Wenn er so viele Europareisen bezahlen musste, blieb ihm für Harri nur noch Kleingeld. Mehr bedeutete sie ihm nicht. Sie war für ihn nur die Frau, der er die übrig gebliebenen Brocken seiner Zuneigung hinwarf. Ein weiterer heftiger Schluchzer schüttelte sie. Die ganze Zeit – während sie ihm beistand, seinen Mangel an Reisefantasie verteidigte und die viele Zeit, die er für den mythischen Vertrag in Preston opferte, ihm großzügig für jedes seiner gebrochenen Versprechen vergab – bestieg Rob mit einer anderen Flugzeuge, reiste ins Abenteuer, während Harri zu Hause hockte. Die ganze Zeit – verschwendet an jemanden, der ihre Liebe nie wert gewesen war …

Mit wem er gereist war, spielte keine Rolle. Sein schlimmster Verrat an ihr war seine unverfrorene Missachtung der Dinge, die sie am meisten liebte.

Für wie dumm und naiv musste er sie gehalten haben! Als ihr in vollem Umfang aufging, was geschehen war, wich Harris verheerende Enttäuschung loderndem Zorn. Als sie das belastende Beweismaterial an sich nahm, die Tür öffnete und in ihren Wagen stieg, flammte weiß glühende Wut in ihr auf. Sie warf den Umschlag auf den Beifahrersitz, griff nach ihrem Handy und feuerte eine SMS ab:

Hey du. Hoffe, Preston läuft gut. Habe gerade deinen Pass für deine Mum geholt. Und die Bordkarten. Ich weiß, du hast gerade sicher viel Wichtigeres zu tun, als mich zu belügen. Tschüs. H

Auf der ganzen Fahrt zum Haus seiner Mutter ignorierte sie das unablässige Klingeln ihres Handys. Es war nicht schwer zu erraten, wer da versuchte, sie zu erreichen. Clarices fröhliches Lächeln schwand sofort, als Harri ihr den Umschlag reichte, und Harri erschrak zutiefst: Offenbar wusste Robs Mutter schon, was darin lag.

„Rob hat mich angerufen", sagte Clarice leise. „Ehrlich, Harri, du musst mir glauben, dass ich nicht gewusst habe, dass er mit *dieser Frau* ins Ausland gereist ist. Er hat mir schon letztes Jahr versprochen, mit ihr Schluss zu machen, aber … Wenn du mich fragst: Mein Sohn ist ein Idiot."

„Allerdings. Du hast es also gewusst?"

„Oh ja, er erzählt mir alles", lautete die stolze Antwort.

Harri lachte bittersüß. „Zu schade, dass du es mir nicht gesagt hast. Wie heißt sie?"

Clarice verschränkte die Arme und wandte den Blick ab. „Melissa. Eine Arbeitskollegin. Natürlich ist sie verheiratet: Ihr Mann ist viel beruflich unterwegs. Nur damit du Bescheid weißt: Den Preston-Vertrag gibt es wirklich, aber die Sache war schon im letzten Juli unter Dach und Fach. Es tut mir so leid, Harri."

Harri seufzte. „Es ist nicht deine Schuld. Aber du kannst mir einen Gefallen tun."

Clarice nickte. „Was immer du willst."

„Sag deinem Sohn, er soll mich nicht mehr anrufen. Ich habe ihm nichts mehr zu sagen."

Als sie davonfuhr, fiel ihr plötzlich wieder ein, was Alex gesagt hatte, vor dem Kuss, an jenem Abend, an dem sie sich das letzte Mal gesehen hatten:

Du musst einfach nur daran glauben, dass es möglich ist.

Er hatte recht. In ihrem ganzen Leben hatte sie immer anderen Dingen die Schuld gegeben, wenn sie einfach nur Angst hatte. Aber Tatsache war: Wenn sie wirklich so unglaublich gern reiste, wie sie immer behauptete, sollte nichts sie davon abhalten, ein Flugzeug zu besteigen. Schon gar nicht Rob …

Auf dem Heimweg keimte eine Idee, winzig noch, aber hell leuchtend, und als sie ihr Cottage betrat, war die Entscheidung gefallen. Während Ron Howard ihr eifrig um die Beine strich, griff sie nach dem Telefon und rief George an.

„*Harriet?* Bist das wirklich du?"

„Allerdings. Tut mir leid, dass ich so spät noch anrufe, George, aber es ist sozusagen ein Notfall."

„Was zum Teufel ist passiert? Es muss doch hoffentlich niemand ins Krankenhaus?"

Harri lächelte. Georges Abneigung gegen alles, was mit Blut, gebrochenen Knochen oder Infektionen zu tun hatte, war geradezu legendär.

„Nein. Ich muss mir ein paar Tage Urlaub nehmen, und zwar kurzfristig." Das Herz klopfte ihr bis zum Hals, und ihre Handflächen waren feucht, während Adrenalin durch ihre Adern schoss.

„Wann?"

„Morgen. Für zwei Wochen. Ich weiß, es ist sehr kurzfristig, aber ich muss wirklich sofort weg."

George schwieg einen Moment, und sie konnte fast hören, wie sich die Rädchen in seinem Kopf drehten. „Das passt so gar nicht zu dir."

Ihre Aufregung begann zu verebben. „Ich weiß."

„Also muss es sehr wichtig sein, wenn du darum bittest. Ach, was soll's, es wird Nusrin und Thomas ganz guttun, mal ein bisschen Verantwortung zu übernehmen. Wir sehen uns dann in zwei Wochen."

„Danke, George!"

„Warte. Wohin soll's denn gehen?"

Harri lächelte. Ihr fiel wieder die Unterhaltung ein, die sie am Nachmittag im Büro geführt hatten. George war mit neuen Angeboten fürs Schaufenster gekommen, und wie jede Woche hatten Tom, Nus und Harri ihn umringt, um zu sehen, welche Ziele dabei waren. Eins davon war ihr ins Auge gefallen, nicht zuletzt, weil sie sich erst eine Woche vorher einen Reiseführer dazu gekauft hatte.

„Wow, Kefalonia", hauchte Tom und nahm das Angebot in die Hand. „Zwei Wochen, Selbstversorgung im Luxusapartment, Abflug von Birmingham International."

„Junge, das wäre vielleicht was!", seufzte Nus wehmütig. „Kefalonia im Mai – perfekt! Bevor in den Sommerferien die ganzen grässlichen Gören dort aufkreuzen, und zu heiß ist es auch noch nicht."

„Es soll dort wunderschön sein", nickte Harri und rief sich die Bilder von tiefblauem und türkisem Wasser, malerischen

Stränden und versteckten kleinen Buchten in Erinnerung, die sie in ihrem Buch gesehen hatte.

„Du solltest dorthin fliegen", meinte Tom strahlend. „Ein bisschen Sonne, ein nettes Apartment, all die freundlichen Städtchen ... Ich wäre in null Komma nix dort, wenn meine Mum nicht meine Kreditkarte konfisziert hätte."

„Kefalonia", sagte Harri jetzt.

„Die Reise aus den Angeboten? Sehr gute Wahl. Soll ich es über meine drahtlose Verbindung zum Büro-Netzwerk für dich buchen?"

„Das würdest du tun?"

„Dein Wunsch ist mir Befehl, Mademoiselle."

„Und die Bezahlung?"

„Kannst du mit mir regeln, wenn du zurückkommst. Wann willst du abreisen? Wie wäre es mit einem etwas späteren Abflugtermin morgen? Dann hättest du noch eine Chance zu packen und so."

Harri wurde klar, dass sie die Sache nicht gründlich durchdacht hatte. Sie besaß nicht einmal einen anständigen Koffer für ihr Gepäck, geschweige denn passende Kleidung. „Das wäre wahrscheinlich eine gute Idee. Ich muss sowieso morgen früh erst nach Berryhall, um ein paar Sachen zu besorgen. Oh, und natürlich Geld abzuheben."

Sie hörte George lachen. „Seit wann bist du so impulsiv, hm? Wenn du nach Berryhall fährst, geh zu Best Choice Travel und frag nach Holly. Sag mir, wie viel Geld du brauchst, und ich rufe sie noch heute Abend an und sorge dafür, dass ein paar Euro für dich bereitgelegt werden. Die bezahlst du dann an Ort und Stelle, in Ordnung?"

„Danke. Äh, George?"

„Ja?"

„Warum bist du so nett zu mir?"

Er seufzte. „Weil ich weiß, dass etwas Größeres passiert sein muss, und weil du klingst, als bräuchtest du eine Auszeit. Und außerdem, weil ich anders, als gemeinhin angenommen wird, kein herzloser Oger aus Codsall bin."

„Nun, gerade jetzt halte ich dich für einfach großartig", sagte Harri.

George hüstelte nervös. „Komm, spar dir die Süßholzraspelei. Sieh zu, dass du wegkommst, und genieß deinen Urlaub, okay?"

Der nächste Anruf, den Harri machte, würde schwieriger werden. Ron Howard brauchte jemanden, der sich um ihn kümmerte, und es war zu spät, ihn noch in einer Katzenpension unterzubringen. Also blieb ihr nur eine Option ...

Eine halbe Stunde später erreichte Harri Vivs Haus. Sie schleppte einen sehr verwirrten rot-weißen Kater in seinem Transportkorb.

Kaum dass sie auf der Türschwelle stand, wurde die Haustür aufgerissen. Viv schlang ihre Arme um Harri und drückte sie fest an sich.

„Oh, mein Liebling! Mein armes, armes Mädchen! Was für eine grässliche Sache dir da zugestoßen ist!"

Harri hatte nach ihrem Anruf genau diese Art Willkommen erwartet und sagte nichts, bis Viv sie wieder losließ. „Ja, es ist schrecklich. Aber jetzt ist es passiert, und ich verschwende keinen Gedanken mehr an ihn. Also ..." Sie streckte Viv den Katzenkorb entgegen. „Hier ist Ron. Bist du sicher, dass es dir nichts ausmacht, dich um ihn zu kümmern?"

„Ganz und gar nicht." Viv schob ein Katzenleckerli zwischen den Gitterstäben der Transportkorbtür hindurch und eroberte Ron Howard damit im Sturm. „Mach dir keine Sorgen, er wird hier bestens betreut werden." Sie schaute Harri wieder an. „Und wie fühlst du dich?"

Harri holte tief Luft. „Ehrlich gesagt: gut. Ich tue das Richtige."

Viv lächelte. Tiefes Mitgefühl für die Tochter ihrer verstorbenen Freundin leuchtete aus ihren Augen. „Ja, mein Liebling. Das tust du."

Als Harri an diesem Abend ins Bett kroch, war sie von den Ereignissen des Tages völlig erschöpft. Die Verheißungen dessen, was vor ihr lag, begeisterten und erschreckten sie gleichermaßen, und der Schmerz, den Robs Affäre ihr bereitet hatte, war noch sehr frisch. Ihr fiel die verblasste Ansichtskarte in Grandma Langtons vergoldetem Rahmen auf ihrem Nachttisch ins Auge, und wieder kamen ihr die Tränen. Den Blick auf die Kuppel von Santa Maria della Salute gerichtet, flüsterte sie: „Ich habe dich nicht vergessen."

Der Traum von Venedig war in ihr immer noch lebendig – aber ebenso hegte sie immer noch die Hoffnung, die Stadt Hand in Hand mit einem Mann zu durchstreifen, den sie liebte. Kefalonia war ein Test: Wenn sie den bestand, dann war alles möglich. Kleine Schritte, wie ihre Mutter immer gesagt hatte. Jetzt wusste sie immerhin, dass nicht Rob sie dorthin entführen würde, aber trotz des schmerzlichen Verrats stellte sie überrascht fest, dass in ihr immer noch die ewige Flamme des Glaubens brannte. Der richtige Mann war irgendwo da draußen in der Welt, und wenn sie ihn fand, dann gehörte Venedig ihr. Aber jetzt lockte erst einmal ihr erstes Abenteuer …

20. KAPITEL

Inselleben

Von ihrer Kabine aus kann Harri hören, wie sich Viv – die immer noch mit Merv schimpft – allmählich weiter entfernt, und sie seufzt erleichtert. Nur noch ein Weilchen, sagt sie sich, und dann gehe ich. Sie schaut in ihrem Portemonnaie nach, ob sie noch Britische Pfund hat, und findet einen Fünfer. Nach zwei Wochen Euro sieht der Schein fremdartig aus. Sie lächelt, als ihr Blick auf eine Visitenkarte im Kartenfach fällt, zieht sie heraus und liest den goldgeprägten Namen darauf: *Blanche Gilmour-Olsen.*

Der Flughafen von Athen – ein frenetisches Drehkreuz voller Lärm, Farben und Bewegung, die unablässig alle Sinne bestürmten. Laute, angeregte Unterhaltungen in unzähligen verschiedenen Sprachen ertönten links und rechts im Terminal, während Passagiere ihre quietschenden, voll beladenen Gepäckkarren durch die glänzende Halle schoben, als lenkten sie Autoscooter auf einem Jahrmarkt.

Der Flug war fantastisch gewesen. Harri genoss jeden Augenblick, schoss im Geiste Fotos vom Start bis zur Landung. Ein wenig desorientiert folgte sie nach ihrer Ankunft langsam den Hinweisschildern für Anschlussflüge und zog dabei ihre Reiseinformationen zu Rate. Schließlich fand sie den richtigen Wartebereich und ließ sich dankbar in einen Sitz fallen.

„Sie sehen so aus, wie ich mich fühle, Missy“, meldete sich eine tiefe, raue Frauenstimme mit amerikanischem Akzent hinter einer amerikanischen Ausgabe der *Vogue* zu Wort. „Nur dass Ihnen der verwirrte Ausdruck viel besser steht als mir.“ Die Zeitschrift wurde gesenkt, und dahinter kam eine rundliche, elegant aussehende Rothaarige in einem weißen Leinen-

Hosenanzug zum Vorschein. Sie streckte ihr eine perfekt manikürte Hand entgegen, an deren Handgelenk goldene Armreifen klirrten. „Hey. Ich heiße Blanche. Blanche Gilmour-Olsen."

„Harriet Langton. Einfach Harri genügt." Sie schüttelten einander die Hand.

„Ich sehe: Was die Haarfarbe angeht, haben wir die gleiche Vorliebe", meinte Blanche strahlend und tätschelte ihre luxuriös aufgebauschte Frisur. „Ist Ihre echt?"

„Ja. Und Ihre?"

Blanche warf den Kopf zurück und ließ ein kratziges, kehliges Lachen ertönen, das bei den nichts ahnenden Mitreisenden gemischte Reaktionen hervorrief. „Himmel, nein, Süße! Aber danke, dass Sie meinem Ego schmeicheln."

„Warten Sie auch auf den Anschlussflug nach Kefalonia?"

„In der Tat. Wo sind Sie untergebracht?"

„Fiskardo – in einem Apartmentkomplex am Rand der Stadt."

„Machen Sie Witze? Ich auch! Wie heißt es?"

Harri griff nach ihrem Rucksack und holte die Reiseinformation heraus. „Emplissi Beach."

Blanche klatschte in die Hände und jauchzte. „Sieht ganz so aus, als würden wir zusammen reisen, Harri."

Da ihr die laute Amerikanerin auf Anhieb sympathisch war, freute sich Harri, Gesellschaft zu haben.

Der Anschlussflug nach Kefalonia dauerte fünfundvierzig Minuten und führte sie über das atemberaubend schöne türkisblaue Meer, als die Sonne dem Horizont entgegensank (und Blanche während des ganzen Fluges kaum einen Moment den Mund hielt, um Luft zu holen). Am Kefalonia Airport angekommen, traten sie aus dem geschäftigen Terminal hinaus in die warme Abendsonne. Draußen parkten Taxis, und die Fahrer grinsten breit und freundlich in der Hoffnung, Fahrgäste zu gewinnen. Sie gingen an den Wagenreihen entlang, bis sie einen groß gewachsenen, schlanken jungen Mann entdeckten, der ein Schild mit der Aufschrift „Emplissi Beach Apts“ hochhielt. Als sie sich näherten, lächelte er.

„Yásas, Ladies. Sie wollen nach Emplissi Beach, ja? Harriet Langton und Blanche … äh …“ Er starrte auf den Namen, der auf der Rückseite seines Schildes stand.

„Gilmour-Olsen“, vollendete Blanche. „Keine Bange, ich bin sicher, dass er Ihnen bald glatt über die Lippen geht.“ Zugleich klimperte sie verführerisch mit ihren Wimpern. Obwohl er ihr Sohn hätte sein können, hatte Blanche eindeutig nicht die Absicht, sich die Gelegenheit für einen unverschämten Flirt mit ihrem gut aussehenden Fahrer entgehen zu lassen.

„Ich heiße Milos Voukouris. Lassen Sie mich bitte Ihr Gepäck tragen. Der Minibus steht ganz in der Nähe.“

Die Fahrt in den Norden der Insel war atemberaubend. Die tief stehende Abendsonne tauchte alles in einen sanften goldenen Schein, während der Minibus an der Küste entlang nach Fiskardo brauste. Harri erinnerte sich daran, dass Alex ihr diese Fahrt im letzten Jahr geschildert hatte, aber sie selbst zu erleben war unendlich viel schöner. Rasch schob sie den Gedanken an ihn wieder fort und schaute nach draußen, um die kefalonische Landschaft zu bewundern.

„Die Apartments gehören meinem Vater“, erläuterte Milos. „Wir besitzen auch eine kleine Taverne. Sie müssen also zum Essen kommen. Sind Sie zum ersten Mal hier?“

„Ich bin zum ersten Mal überhaupt irgendwo“, meinte Harri lachend. „Ich habe noch nie Urlaub im Ausland gemacht.“

Blanche schaute sie so entsetzt an, als hätte sie gerade eine üble Gotteslästerung begangen. „Wie um Himmels willen kann das sein?“

„Lange Geschichte. Und Sie?“

„Oh, Schätzchen, ich bin schon überall gewesen, glauben Sie

mir. Aber ich bin zum ersten Mal auf deiner wunderschönen Insel, Milos."

Wieder strahlte er breit, sodass seine perfekt weißen Zähne zu sehen waren. „Nun, vielleicht sollten wir Ihnen ein bisschen von der Insel zeigen. Aber ich muss Sie warnen: Sie werden ein Stück Ihres Herzens hier zurücklassen."

Die Emplissi Beach Apartments lagen am Ende einer Piste, die von der Hauptstraße in die Hügel abzweigte. Der Minibus schaukelte darauf entlang und bescherte ihnen eine Erfahrung, die im schwindenden Licht des Abends nur noch haarsträubender wirkte. Schließlich bog er um eine Kurve, und plötzlich kamen die Apartments in Sicht. Jedes einzelne Fenster des traditionellen, gedeckt rosa gestrichenen dreistöckigen Gebäudes war sanft erleuchtet.

Milos half ihnen aus dem Wagen und öffnete die Hecktüren, um ihr Gepäck auszuladen. Sie folgten dem grau gepflasterten Pfad, der von kleinen Gartenleuchten gesäumt war. Er führte um das Erdgeschoss des Gebäudes herum bis zum Poolbereich. Dabei eröffnete sich ein überwältigender Blick auf die Landschaft unter ihnen. Winzige Lichter von weit entfernten Dörfern am anderen Ende der Bucht glitzerten am Rand des tintenschwarzen Ozeans, und Sterne, die heller erstrahlten, als Harri es jemals gesehen hatte, hingen über ihnen am Nachthimmel. Die warme Luft war erfüllt vom Duft nach wildem Thymian und Hibiskus und dem rhythmischen Zirpen der Zikaden. All das nahm ihre Sinne gefangen, wiegte sie in einem langsamen Tanz wie die Wellen des Meeres tief unter ihnen.

„Ist das nicht wunderschön?", hauchte Harri. Blanche hakte sich bei ihr unter und drückte leicht ihren Arm.

„Fantastisch. Einfach fantastisch."

„Kommen Sie, meine Damen. Hier entlang bitte."

Milos öffnete eine große Holztür, und sie traten ein. „Dies war ursprünglich mal ein Bauernhaus", informierte er sie. Während sie die weiß getünchte steinerne Treppe zum ersten Stock hinaufstiegen, übernahm er die Rolle eines inoffiziellen Reiseführers. „Es ist über zweihundert Jahre alt und seit vier Generationen im Besitz meiner Familie. Vor drei Jahren haben mein Vater und mein Bruder es in Apartments umgewandelt." Er blieb vor einer Tür stehen und stieß sie auf. Dahinter lag ein großes Zimmer mit einer Küche am einen Ende, einem Balkon am anderen sowie einem Bad und einem getrennten Schlafzimmer. „Miss Langton, das ist Ihr Apartment", meinte er lächelnd. „Miss Blanche, Ihres liegt gleich gegenüber. Wenn Sie sich eine Weile ausruhen möchten, komme ich um acht zurück. Mein Vater lädt Sie zum Essen in unsere Taverne ein."

Allein in ihrem Zimmer, trat Harri auf den cremefarben gefliesten Balkon hinaus und atmete tief ein. Kein Buch konnte einem je den Geruch, den Klang und den Geschmack eines Ortes zeigen – aber dieser eine Atemzug gab ihr das Gefühl, Kefalonia eingeatmet zu haben. Einen kurzen Moment lang wünschte sie sich, sie könnte Alex davon erzählen – ein Reflex, den sie noch nicht hatte abschütteln können. Sie kehrte zurück in ihr Zimmer, schob den Gedanken beiseite und machte es sich gemütlich.

To Kardiva war eine kleine einstöckige Taverne. Ihre Terrasse war von Wein überrankt, und sie lag oberhalb einer kleinen verschwiegenen Bucht, gleich hinter der Straße nach Fiskardo. Nachdem sie aus dem Minibus gestiegen waren, kam Milos' Vater Thaddeus heraus, um sie zu begrüßen.

„Kalí spéra, meine geehrten Gäste!", rief er und küsste Harri und Blanche auf beide Wangen. „Heute Abend werden Sie Teil meiner Familie. Kommen Sie, kommen Sie …"

Harri hatte schon öfter griechisch gegessen, aber das hatte nichts mit den Speisen gemein, die ihnen von Thaddeus und seiner zierlichen Frau Eleni serviert wurden. Der lange Tisch bog sich unter knusprig gebratenem Schafskäse mit Zitrone und selbst gebackenem Brot, fangfrisch gegrillten Sardinen, zarten Lamm-Souvlaki und dem allgegenwärtigen griechischen Salat. Milos saß neben Harri, und Thaddeus ließ sich neben Blanche nieder, die sichtlich begeistert war, den breitschultrigen Griechen an ihrer Seite zu haben. Eleni schien sich nie länger als für fünf Minuten hinzusetzen. Sie huschte ständig zwischen Tisch und Küche hin und her und kommandierte ihre Söhne Galen und Zeno, die das Essen zubereiteten.

Nachbarn kamen vorbei und wurden in die Taverne gezerrt, um Harri und Blanche kennenzulernen. Etliche Katzen und Hunde strichen ihnen fröhlich um die Beine. Chaotisch ging es zu und gleichzeitig entspannt, und das, so sollte Harri lernen, brachte den griechischen Lebensstil auf den Punkt.

Nachdem sie sich ein paar Tage eingelebt und das hübsche Städtchen Fiskardo mit seiner schönen Architektur, den rosa Häusern mit den grünen Fensterläden, den Jachten im Hafen und den Restaurants am Kai erkundet hatten, machten Harri und Blanche sich daran, sich weiter ins Innere der Insel zu wagen. Dazu nahmen sie sich entweder ein Taxi, oder sie ließen sich gelegentlich von Milos oder einem seiner Brüder ein Stück mitnehmen, wenn sie gerade vorbeikamen. Und so entdeckten sie nach und nach die Schätze von Kefalonia: wunderschöne entlegene Buchten, die nur vom Meer aus erreichbar waren; belebte Städte wie Sami und Agostoli; alte Ruinen wie die Burg von Agios Georgios; und überall einzigartige griechische Bilder, Töne und Gerüche – ganze Familien, die sich auf einem Motorroller drängten und abends durch die Straßen kurvten, der Duft nach Pinien, Bougainvilleas und reifen Zitronen, der einem das Wasser im Mund zusammenlaufen ließ, der allgegenwärtige Klang der Ziegenglocken (dabei bekam Harri in den ganzen zwei Wochen ihres Aufenthalts auf der Insel nicht eine einzige Ziege zu Gesicht).

Zu ihrer großen Überraschung erfuhr Harri, dass Kefalonia

eine venezianische Vergangenheit hatte: Überall standen Zeugnisse venezianischer Architektur wie zum Beispiel die venezianische Festung von Assos. Auch der Karneval von Kefalonia hatte venezianische Wurzeln, nämlich die opulente Maskerade, für die Venedig so berühmt war. Das Wissen darum, dass diese Insel – die sie aus einer Laune heraus für ihren Urlaub gewählt hatte – so unentwirrbar mit der Stadt ihrer Träume verbunden war, schenkte Harri tiefen inneren Frieden, als hätte ihre Welt sich gerade geöffnet, um sie in ihrem Herzen willkommen zu heißen.

Jeden Morgen folgte Harri in aller Frühe dem steilen gewundenen Pfad, der hinter den Apartments zu einer kleinen Bucht hinunterführte. Sie hatte sie nur per Zufall entdeckt, weil sie an ihrem ersten Morgen früh aufgestanden war und sich in die üppigen Gärten rings um den Pool gewagt hatte. Wie die Bucht hieß, erfuhr sie nie. Aber da sie anscheinend die Einzige war, die sie besuchte, nannte sie sie kurzerhand La Serenissima Beach, zu Ehren der Verbindung der Insel mit dem Ort, den zu bereisen sie sich am meisten wünschte. Hier, wo die Dämmerung den Himmel mit pastelligen Rosa- und Blautönen überzog, ging sie langsam am Strand entlang, spürte, wie der Sand ihr zwischen die Zehen drang und warme Wellen ihre Füße benetzten. Zum ersten Mal seit Jahren war sie innerlich ruhig – als würde sie zum allerersten Mal frische Luft atmen. Sie dachte über die Ereignisse der letzten Monate nach, über Rob, Alex und Chelsea, und es war, als würde ihr die kleine Bucht einen objektiveren Blick auf alles ermöglichen. Sie hatte zwar keine Ahnung, was vor ihr lag, wusste aber, dass ihre Entscheidung, endlich ein Flugzeug zu besteigen, der erste entscheidende Schritt zu dem war, was auch immer kommen mochte. Auf diesen frühmorgendlichen Spaziergängen am stillen Strand, im Schatten der Klippe, die hinter ihr aufragte, begann Harri, ihre Gefühle zu analysieren, lockte sie nach und nach aus ihrem Versteck tief in ihrem Herzen. Auf dem winzigen Strand hatte sie unendlich viel Zeit und Raum, um über alles nachzudenken, und jeden Morgen fühlte sie sich stärker, entschlossener in ihrem Wunsch, der Harri ähnlicher zu werden, die sie im Sinn hatte.

Am meisten freute sie sich aber über Blanches Gesellschaft. Die dicke, ausgelassene mehrfach Geschiedene, die aus Kentucky stammte, inzwischen aber in einer Villa in New Jersey lebte, kannte keine Angst. Sie stürzte sich frohgemut Hals über Kopf in jede neue Erfahrung oder Herausforderung, die ihren Weg kreuzte. Während sie tagsüber die Insel erkundeten, zogen sie sich abends in die Kühle auf ihrem Balkon zurück, schauten über den Steno hinweg, den Meeresarm, der Kefalonia von Ithaka trennt, beobachteten den prachtvollen Sonnenuntergang und redeten stundenlang, meistens bei einer Flasche des hier angebauten Robola.

Eins stellte Harri ziemlich schnell fest: Es hatte keinen Sinn, Blanche mit ausweichenden Antworten abzuspeisen. Sie hatte ihre Art, schließlich doch die Wahrheit aus jemandem herauszuholen, und so war es einfacher, ihr gleich alles zu erzählen, was sie wissen wollte. Vielleicht lag es daran, dass Harri so weit von Stone Yardley entfernt war, vielleicht auch daran, dass die positive Lebenseinstellung der Bewohner von Kefalonia auf sie abfärbte, jedenfalls fand sie es hier leichter, über sich selbst zu reden.

„Warte, hab ich das richtig verstanden: Du hast deinen besten Freund geküsst und dann nie wieder mit ihm gesprochen?", fragte Blanche eines Abends im *To Kardiva*.

Harri nickte und nahm sich von dem griechischen Salat. Thaddeus und Eleni haben sich an diesem Abend selbst übertroffen, ging es ihr durch den Kopf, als sie den Blick über die blau-weiß karierte Tischdecke schweifen ließ, unter der der Tisch unter der Last der Speisen ächzte. Stifado, dicke Rinds-Souvlaki, Platten mit Scheiben frischer Tomaten und Gurken,

Tsatsiki, würziger gegrillter Fisch – vor ihnen stand ein griechisches Festmahl, einer Königin würdig.

Blanche pfiff durch die Zähne. „Oha, da hast du mir etwas voraus, Missy. Ich habe schon viele Männer geküsst, aber noch nie meinen besten Freund. War es denn wirklich ein so missratener Kuss, dass du ihn mit Schweigen strafen musstest?"

Harri lachte. Und das tat gut. „Genau da lag das Problem: Es war ein toller Kuss."

„Ach ja?" Blanche schob sich eine Gabel mit Stifado in den Mund und sprach mit vollen Backen. „Na schön. Lass hören, Schwester. Das muss ich genauer wissen."

„Das könnte ich nicht. Außerdem spielt es sowieso keine Rolle mehr. Er heiratet eine andere, und ich muss mir darüber klar werden, wohin mein Weg mich führen soll."

„Hey, Mädchen, komm nach New Jersey! Du weißt, dass du dort mehr als willkommen bist. Ich suche dir einen gut aussehenden Jungen aus, der diesen Kuss mit Sicherheit toppen wird." Ihr Lächeln wirkte aufrichtig und ehrlich. „Ich weiß, dass du deinen Weg machen wirst, Harri Langton. Du bist eine mutige Frau."

Harri nippte von ihrem Wein, spürte, wie sich die würzige Wärme bis in ihre Zehen ausbreitete. „Ich fühle mich nicht besonders mutig."

Blanche ließ ihre Gabel fallen und starrte sie an. „Aber das bist du! Hierherzukommen, ganz allein, wo du so etwas noch nie getan hast? Das nenne ich mutig! Und wenn du das kannst, dann bin ich mir absolut sicher, dass du alles schaffen kannst. Du musst nur daran glauben. Und jetzt erzähl mir von dem Typen, den du geküsst hast …"

Also erzählte Harri von Alex, Chelsea, Stella, Dan und Rob – Geschichten, die sich wie eine Patchworkdecke zusammenfügten, während die Tage vergingen. Am meisten begeisterte Blanche, was am Abend des Weihnachtsmarktes geschehen war, nachdem Harri nach Hause zurückgekehrt war.

Two Trees Cottage empfing sie mit dem einladenden warmgelben Licht der Verandabeleuchtung, deren Strahl auf den überfrorenen Gartenweg fiel, als sie die Pforte öffnete. Sobald sie die vertrauten eigenen vier Wände betrat, fiel ihr überrascht auf, wie erschöpft sie war. Sie zog das viktorianische Kostüm aus, dafür Schlafanzug, Bademantel und Hausschuhe an, machte sich einen Milchkaffee und kuschelte sich mit einer warmen Decke auf das Sofa, wo Ron Howard sich sofort mit seinem warmen Körper auf ihre Füße legte. Dann zappte sie sich durch das Fernsehprogramm, auf der Suche nach etwas, das den Lärm ihrer Gedanken in ihrem Kopf übertönen konnte. Gerade war sie dabei wegzudämmern, als ihr Handy klingelte und sie mit einem Ruck wieder in die Gegenwart riss.

„Hey, Kollegin, wie läuft's denn so?"

„Al, ich habe dich erst vor einer Stunde verlassen." Hoffentlich begriff er den Wink mit dem Zaunpfahl: *Lass mich bitte in Ruhe.*

Natürlich begriff er nicht. „Was machst du gerade?"

Harri schloss die schmerzenden Augen. „Ich telefoniere mit dir."

„Witzbold – soll ich bei der Künstleragentur anrufen und dich als Jobsuchende melden?" Harri antwortete nicht. Unbeeindruckt machte Alex weiter. „Na schön, dann sage ich dir, was du tust: Du wirst mit mir Eis essen."

„Al, ich habe keinen Hunger."

„Seit wann braucht man Hunger, um Eis zu essen? Wusstest du noch nicht, dass alle Menschen einen zweiten Magen haben, der nur dafür geschaffen ist, mitten in der Nacht Notrationen von Ben & Jerry aufzunehmen?"

„Hör mal, Kollege, ich weiß dein Angebot zu schätzen, aber es ist schon spät, und bis du hier bist, ist es noch später."

„Nicht viel", antwortete er, und im gleichen Moment klopfte es an der Haustür.

Harri stöhnte. „Du machst doch Witze, oder?“

Es klopfte erneut; ein fröhliches Bumm-bumm-tock-bumm-bumm, das an den Ton erinnerte, der in zuckersüßen Sitcoms der Sechzigerjahre die Ankunft amüsanter Nachbarn ankündigte. „Nichts da. Lass mich rein – sonst schmilzt das Eis.“

Es war ihr ein wenig peinlich, ihm im Schlafanzug gegenüberzutreten, aber sie ging trotzdem an die Tür. Als sie öffnete, erhellte Alex' Grinsen den ganzen Flur. „Lockspeise, siehst du? Niemand kann so kurz vor Weihnachten einer Lockspeise widerstehen.“

Obwohl ihr innerlich zum Heulen zumute war, konnte Harri nicht anders: Sie lächelte ihren Freund an. „Du bist vollkommen verrückt, Al. Also komm rein.“

Alex folgte ihr in die Küche und handelte sich auf dem Weg dorthin einen missbilligenden Blick von Ron Howard ein, der alles andere als begeistert war, dass man ihn einfach so von Harris Schoß geschubst hatte.

„Bist du sicher, dass es dir gut geht? Du siehst schrecklich aus.“

„Danke“, gab Harri zurück, zog die Besteckschublade auf und kramte darin nach Löffeln.

„So habe ich das nicht gemeint. Ich mache mir Sorgen, das ist alles.“

Harri drängte sich an ihm vorbei, um an den Geschirrschrank über dem Wasserkocher zu kommen. „Nun, das brauchst du nicht. Mir geht es gut, ehrlich. Es war einfach nur ein langer Tag.“

„Ich weiß“, erwiderte er und musterte sie aufmerksam. „Ich konnte dich einfach nicht allein lassen. Nicht nachdem Rob schon wieder die Fliege gemacht hat.“

Harri rutschte eine Schale aus der Hand, und dass sie nicht zu Bruch ging, war nur Alex' blitzschneller Reaktion zu verdanken.

„Warum verzichten wir nicht einfach auf Schalen und essen gemeinsam aus dem Becher?", fragte er sanft, griff nach Harris Hand, zog sie vom Schrank weg und schloss die Tür. „Ich glaube, unsere Freundschaft hat einen Punkt erreicht, an dem das möglich ist, findest du nicht auch?"

Sie nickte, lächelte schwach und folgte Alex zurück ins Wohnzimmer. „Tut mir leid, Kollege. Wenn ich übermüdet bin, fällt mir alles aus den Händen."

„Ja, ja, schon gut", meinte er grinsend, ließ sich aufs Sofa fallen und klopfte einladend mit der Hand auf das Kissen neben ihm. „Also setz dich, und dann zeigen wir dieser Eiscreme, dass wir es ernst meinen. Einverstanden?"

An jenem Abend, an dem Harri und Alex dort saßen, fiel kein Wort mehr über Rob oder die abgesagte Reise nach Schottland. Ein unausgesprochenes Einverständnis zwischen ihnen machte jede weitere Diskussion überflüssig. Stattdessen angelte Alex die Fernbedienung unter Ron Howards ausladendem Hintern hervor – sehr zum Missfallen des Katers – und fand einen alten Spielfilm mit Katharine Hepburn und Spencer Tracy im Fernsehen. Er lief schon etwa eine Stunde, aber das spielte keine Rolle. Entscheidend war, dass es keiner Worte bedurfte, während sie in der Dunkelheit den Film anschauten. Harri gestattete sich endlich, sich zu entspannen und ihre Sorgen wegen ihrem unzuverlässigen Freund für eine Weile aus ihrem Kopf zu verbannen. Wenigstens heute Abend war alles gut: Spencer und Katharine waren immer noch hoffnungslos verliebt, und ein noch halb voller Becher Eiscreme wartete darauf, genossen zu werden. Harri schloss die Augen und überließ sich der seligen Weichheit des Sofas …

Als sie aufwachte, fiel Sonnenlicht durch den Spalt zwischen ihren Wohnzimmervorhängen, und Alex war nirgends zu sehen. Sie blinzelte den Schlaf aus den Augen, setzte sich langsam auf und erkannte, dass sie unter der Daunendecke aus ihrem

Bett geschlafen hatte. Ein Kissen lag auf der Armlehne des Sofas, wo eben noch ihr Kopf geruht hatte. Sie lächelte kopfschüttelnd. Alex musste sie zugedeckt haben, bevor er gegangen war. Als ihr Blick sich allmählich klärte, entdeckte sie eine hastig hingekritzelte Notiz, die gegen den leeren Eiscremebecher auf dem Couchtisch vor ihr gelehnt war:

Morgen, Schneewittchen!
Frühstück in der Küche (erstaunlich, was für kulinarische Genüsse eine Tankstelle um drei Uhr morgens zu bieten hat). Tut mir leid, dass ich wegmusste, aber ich habe Mum versprochen, an der alljährlichen Brannan-Familien-Geschenkerunde teilzunehmen, bevor sie geht. Ich habe dir ein paar Tiefkühlpizzen in den Gefrierschrank gepackt, falls dein anderer (nicht Eiscreme-) Magen hungrig wird.
Alex

PS: Danke für letzte Nacht. Spencer und Katharine lassen grüßen (obwohl du über ihrem Film eingeschlafen bist. Tsk).

Harri stand auf und ging steif in die Küche, wo Alex Eier, eine Packung Frühstücksschinken und zwei englische Muffins sowie einen großen Karton Orangensaft, eine Dose Katzenfutter und eine weitere Notiz hinterlassen hatte:

Willkommen zu deinem Frühstück.
Bitte mit Respekt behandeln und nicht auf dem Herd anbrennen lassen oder versuchen, mit Geschirr zu jonglieren (siehe gestern Abend). Außerdem beachte das ordnungsgemäß zur Verfügung gestellte Futter für RH – auch wenn er mich hasst.
Lasst es euch schmecken! X

„Mal sehen, ob ich das richtig verstanden habe: Der Typ kommt dir zu Hilfe, bringt dir Eiscreme, besorgt dir Frühstück, und du verstehst nicht, warum du ihn geküsst hast?", fragte Blanche ungläubig. „Ich hätte ihn auf der Stelle geheiratet!"

Im Gegenzug erzählte Blanche ihr alles über ihr eigenes Leben: Mit siebzehn hatte sie einen Ölschürfer geheiratet, der dann Millionär wurde. Als sie ihn mit seiner Sekretärin im Bett erwischte, ließ sie sich scheiden. Dann lernte sie Ehemann Nummer zwei – einen Filmregisseur – auf dem Ball eines Ölbarons kennen und zog mit ihm nach Los Angeles, wo sie drei Kinder miteinander hatten. Sie reichte die Scheidung ein, als eine Zeitschrift eine Reihe von Affären mit aufstrebenden Schauspielerinnen enthüllte. Ehemann Nummer drei und vier folgten innerhalb der nächsten fünf Jahre. Nummer drei, erheblich älter als sie, fiel eines Tages tot in der Küche um, während er Popcorn machte, und Nummer vier ließ sich von ihr scheiden, weil er mit einer achtzehnjährigen Kellnerin aus Tucson zusammenziehen wollte. Schließlich eröffnete ihr Ehemann Nummer fünf, ein Universitätsprofessor in Harvard, nach drei Jahren glücklicher Ehe seelenruhig, er wolle eine Geschlechtsumwandlung vornehmen lassen.

„Damit war auch das vorbei", meinte sie mit schiefem Lächeln. „Ich bekam die Villa in New Jersey, er meinen Kleiderschrank samt Inhalt, und alle waren's zufrieden."

„Ich wette, das hat dich für den Rest deines Lebens von Beziehungen kuriert?" Harri nippte von ihrem Wein und schloss die Augen, um die Nachtluft einzuatmen.

„Himmel, nein, Missy! Genauso wenig wie dieser Taugenichts von deinem Ex dich dazu bringen wird, den Männern abzuschwören. Schau, ich bin dafür geboren, geliebt zu werden. Genau wie du. Meine Mutter sagte immer, es gebe zwei Sorten von Menschen auf dieser Welt: diejenigen, die jemanden brauchen, und diejenigen, die sich selbst genug sind. Du und ich, wir müssen unser Leben mit jemandem teilen. Und deshalb wirst du zu neuen Ufern aufbrechen, wenn du so weit bist, und auch ich werde das tun."

„Aber willst du denn keine Auszeit? Nach all diesen zerbrochenen Beziehungen und hässlichen Scheidungen?"

Blanches Gelächter übertönte das Zirpen der Zikaden. „Darling, ich habe meine Auszeit, jetzt gerade. Zwei Wochen hier, ein Monat in London, und dann bin ich wieder auf der Pirsch und suche nach der nächsten großen Liebe meines Lebens."

Je mehr Zeit Harri mit Blanche verbrachte, desto positiver wurde ihre Sicht ihres eigenen Lebens. Sie spürte, wie sie sich im Laufe der Zeit veränderte, und dass sie sich vorwärtsbewegte, fühlte sich gut an. Es war ihr egal, was Rob als Nächstes tat; Melissa konnte ihn gern für sich behalten. Aber mit Alex sah die Sache anders aus. Was, wenn Viv recht hatte, als sie sagte, dass er Harri vermisste? Je mehr sie darüber nachdachte, bei Spaziergängen am Hafen von Fiskardo oder mit einem Buch am von Ölbäumen gesäumten Strand, desto klarer wurde ihr, dass sie ihren Frieden mit ihm machen musste.

Einen Tag vor ihrer Abreise erreichte sie eine SMS von Viv:

Hi, Süße. Hoffe, dein Urlaub ist schön und du fühlst dich besser. Rob bist du endlich los. Alex und Chelsea geben am Freitagabend in der Village Hall eine verspätete Verlobungsfeier. BITTE KOMM. Ich weiß, dass es Alex sehr viel bedeuten würde, wenn du da wärst. Denk wenigstens darüber nach. Alles Liebe, Viv xxx

„Wirst du hingehen?", fragte Blanche, als sie im Restaurant an der Promenade von Sami saßen, nachdem sie den Morgen damit verbracht hatten, Souvenirs zu kaufen.

Harri nahm einen Bissen von der süßen Baklava, während sie über die Frage nachdachte. „Ganz ehrlich: Ich weiß es nicht."

„Also, wenn du mich fragst: Ich glaube, du solltest hingehen."

„Wirklich?"

„Auf jeden Fall. Zeig ihnen allen, wer du wirklich bist – eine mutige Frau!" Sie hob ihre Kaffeetasse. „Auf das Leben, wohin es uns auch verschlagen mag!"

Harri grinste und stieß mit ihrer Tasse an. „Auf das Leben, was immer kommen mag!"

An diesem Abend verabschiedeten sie sich im *To Kardiva* von Thaddeus, Eleni, Galen und Zeno. Eleni brach in Tränen aus, als sie sie zum Abschied umarmte.

„Ihr kommt zurück nach Kefalonia", schluchzte sie. „Wir sind jetzt eine Familie!"

Milos holte Harri und Blanche früh am nächsten Morgen ab, um sie zum Flughafen zu fahren. Harri schaute wehmütig zurück, sah, wie Fiskardo auf der kurvenreichen Straße ihren Blicken entschwand, und Tränen drohten sie zu überwältigen. Die Fahrt nach Süden verlief still. Harri und Blanche waren beide tief in Gedanken versunken, während die Schönheit der Landschaft Kefalonias an ihnen vorüberzog. Viel zu schnell erreichte der Minibus den Flughafen. Milos umarmte sie ein letztes Mal und küsste sie auf beide Wangen.

„Efharistó, Milos", sagte Harri lächelnd, „für alles."

„Gern geschehen, Harriet. Ich glaube, Stücke deines Herzens liegen kreuz und quer verstreut auf unserer Insel", antwortete er grinsend. „Ich weiß, dass ihr wiederkommt."

Harri und Blanche nahmen den Zubringerflug von Kefalonia zum Flughafen Athen, und hier verabschiedeten sie sich voneinander.

„Und jetzt versprich mir, dass du nach Hause zurückkehrst, um dich auf die Suche nach der nächsten großen Liebe deines Lebens zu machen", sagte Blanche und schloss Harri so fest in die Arme, als hinge ihr Leben davon ab. „Mach mich stolz, Missy!"

„Ich werde es versuchen. Und dir viel Spaß bei der Suche nach Nummer sechs“, gab sie zurück und drückte Blanche.

„Oh, den werde ich haben!“ Blanche löste sich von ihr und berührte Harris Wange mit der Hand. „Geh zu der Feier, Darling. Was hast du schon zu verlieren?“

21. KAPITEL

Und nun: Erheben wir unsere Gläser

Die Tür zur Damentoilette wird geöffnet, und Viv ist zurück.

„Es tut mir leid, Schatz. Merv ist eine grässliche Nervensäge. Er hat zu viel Wein getrunken und gerade den Bestatter zum Duell herausgefordert. Ich musste ihn in den Wagen verfrachten, damit er sich beruhigt. Dieser Dummkopf. Ich glaube, ich bringe ihn zu seiner eigenen Sicherheit besser nach Hause. Deshalb … deshalb gehe ich jetzt. Kommst du mit?"

In ihrer Kabine ist Harri sich unsicherer denn je, ob sie gehen soll. Erst allmählich kommt der Schock der Ereignisse, die zu ihrer Flucht auf die Toilette geführt haben, in seiner vollen Tragweite in ihrem Hirn an. „Ich komme schon zurecht. Geh einfach."

Viv zögert, hin- und hergerissen zwischen dem Wunsch, Harri zu beschützen und Merv davor zu bewahren, sich noch mehr zu blamieren. „Na schön – wenn du dir sicher bist?"

„Mach dir keine Sorgen um mich. Danke für deine Gesellschaft. Ich ruf dich morgen an."

Der dumpfe Knall, mit dem die Tür hinter Viv ins Schloss fällt, klingt sehr endgültig. Jetzt weiß Harri, was sie zu tun hat …

Der Flug zurück nach Birmingham kam ihr deutlich kürzer vor als der Flug nach Kefalonia – aber da Harri versuchte, sich im Bezug auf die Verlobungsfeier zu einer Entscheidung durchzuringen, und sich dabei der Zeit bewusst war, die ihr enteilte wie die Wolken vorm Bullauge des Flugzeugs, war das vielleicht nicht wirklich überraschend.

Als sie ihr Gepäck abgeholt hatte und durch den Zoll war,

hatte sie die Antwort auf ihr Dilemma gefunden. Die winzige Möglichkeit, dass Viv mit lebenslangen Gewohnheiten gebrochen und *nicht* übertrieben hatte, ließ sich nicht wegdiskutieren. Wenn Alex wollte, dass sie dabei war, dann war er vielleicht auch bereit, wieder ihr „bester Freund" zu werden … Was immer sie darüber hinaus für ihn empfand, so musste sie doch zugeben, dass seine Freundschaft ihr entsetzlich fehlte. Wenn sie Frieden schließen konnten, dann wäre damit wenigstens der Anfang gemacht, um die Freundschaft wieder aufzubauen, die sie für gestorben gehalten hatte.

Sie winkte ein Taxi heran und ließ sich in die üppigen Polster sinken, während es sie um die Randbezirke von Birmingham herumfuhr und weiter durchs Black Country in Richtung Stone Yardley. Auf ihrem Weg durch Innersley fiel Harri plötzlich etwas ein, und sie bat den Taxifahrer, vor dem Impress zu halten, einer kleinen Boutique am Ende der Oak Street. Die violetten Schuhe im Regal gleich neben dem Eingang sprangen ihr sofort ins Auge – wundervoller violetter Satin, mit winzigem Glitzer versehen. Der Preis ließ sie zusammenzucken, aber heute Abend brauchte sie ein wenig Selbstsicherheit, und dafür waren diese Schuhe perfekt.

Als sie vor ihrem Cottage aus dem Taxi stieg, war die Entscheidung gefallen: Sie würde zur Verlobungsfeier gehen.

Also duschte sie, geriet plötzlich in Panik, dass sie vielleicht nichts Passendes anzuziehen hatte, was sie zu den neuen Schuhen tragen konnte, und durchwühlte ihren Kleiderschrank nach einem Kleid. Schließlich stieß sie dabei auf das smaragdgrüne Nackenträgerkleid, das Stella ihr geschenkt hatte, und stellte erfreut fest, dass es ihr wie angegossen passte. Die Farbe war gewagt, aber zusammen mit ihren gewellten roten Haaren und der ionischen Bräune leuchtete es wie ein Edelstein. Als ihr bewusst wurde, dass es schon fast sieben war, fuhr sie sich rasch mit der

Bürste durch die Haare, stellte vergnügt fest, dass die Sonne von Kefalonia ihr ein paar erdbeerblonde Strähnchen beschert hatte, legte ein wenig Lidschatten, etwas Mascara und einen Hauch Lippenstift auf, schlüpfte in ihre lächerlich teuren Schuhe, schnappte sich ihre Handtasche und das violette Jäckchen und rannte aus der Tür. Draußen wartete schon das Taxi.

An der Stone Yardley Village Hall angekommen, blieb Harri kurz auf dem Gehsteig stehen. Sie konnte die Diskolichter durch die Fenster der Halle flimmern sehen und hörte am hämmernden Rhythmus, dass Disco Daves Musikveranstaltung schon in vollem Gange war. Wie anders fühlte sie sich doch heute als beim letzten Mal, als sie hier gewesen war: bei ihrem verfrühten Aufbruch von der Feier der Binchams, bevor Rob ihr das Herz brach, indem er ihre Schottlandreise ins Wasser fallen ließ. Jetzt hatte sie sich anscheinend sogar einen aufrechteren Gang angewöhnt, und der optimistische Geist von Kefalonia hatte sie so durchdrungen, dass sie von innen heraus zu leuchten schien.

„Harri! Du bist tatsächlich gekommen!“ Noch bevor sie die Eingangsstufen erreicht hatte, hatte Viv sie entdeckt, rannte ihr entgegen und schlang ihre Arme um sie. „Du siehst *toll* aus! Hast du abgenommen? Oh, ich freue mich ja so, dich zu sehen.“

„Ich freue mich auch, dich zu sehen“, gab Harri lächelnd zurück. „Aber wenn Al mich hier nicht will, dann …“

Weiter kam sie nicht. „Er will“, meldete sich eine tiefe, samtweiche Stimme hinter ihrem Rücken. „Sehr sogar.“ Harri fuhr herum und sah sich den so vertrauten schokoladenbraunen Augen gegenüber, diesmal nicht erfüllt von panischem Schrecken wie bei ihrer letzten Begegnung, sondern erwartungsvoll und vielleicht ein wenig entschuldigend.

„Hi, Al.“

„Hey, Harri.“

„Na dann, also, ich gehe … dann … einfach mal wieder

rein …", zwitscherte Viv, klatschte in die Hände und verschwand eiligst nach drinnen.

Alex hielt den Blick unverwandt auf Harri gerichtet, als hätte er Angst, sie könnte verschwinden, wenn er fortsah. „Ich bitte um Entschuldigung für meine Mutter", meinte er schief lächelnd.

„Du solltest ihr lieber danken. Ich wäre nicht gekommen, wenn sie mich nicht darum gebeten hätte."

Das war Alex neu. „Ernstlich? Wow!" Seine Hand regte sich, und einen Moment glaubte Harri, er würde sie nach ihr ausstrecken, aber er überlegte es sich rasch anders und steckte sie in die Tasche. „Ich bin sehr froh, dass du's getan hast."

„Ich auch." Eine Myriade von Fragen umschwirrte sie, während sie da standen wie zwei nervöse Teenager bei der Schuldisko.

„Sieh mal, Harri, das ist einfach blöd. Ich habe mich im Februar wie ein kompletter Idiot benommen, und als ich erst mal draußen war, wusste ich nicht, was ich zu dir sagen sollte."

Erleichterung überrollte Harri wie eine schaumgekrönte Welle. „Auch mir tut es leid. Ich war so verlegen wegen … na ja, du weißt schon … und es war einfacher, sich zu verstecken, als dem ins Gesicht zu sehen, was geschehen war. Ich wollte dir nie Unannehmlichkeiten machen oder so."

„Nein, du hast nicht … ich habe nicht …" Er lachte nervös, trotz seiner Verlegenheit. „Äh, besonders gut bin ich in so etwas nicht, oder?"

„Nein, bist du nicht." Jetzt, wo die Spannung zwischen ihnen sich gelöst hatte, lachte Harri. „Um Himmels willen, jetzt halt endlich den Mund und nimm mich in die Arme, ja?"

„Mit Freuden." Er breitete seine Arme aus, und sie schlang ihre um seine Taille. Die plötzliche Nähe fühlte sich nach ihrer langen Trennung sehr seltsam an. Nach der Umarmung trat Alex einen Schritt zurück. „Ich möchte dir sagen, wie stolz ich auf dich bin, dass du einfach in ein Flugzeug gestiegen bist, Harri. Ich wusste immer, dass du es draufhast. Rob ist ein Idiot, dass er das nicht erkannt hat."

„Danke, Al, das bedeutet mir viel."

„*Harri?* Oh, ich fass es nicht – du siehst ja fantastisch aus!"

Harri drehte sich um und entdeckte ein weiteres vertrautes Gesicht.

„Stella? Seit wann bist du zurück?", quietschte sie, und schon fielen sie einander in die Arme. „Lass dich anschauen ..."

Stella drehte sich einmal fröhlich um sich selbst. Alex starrte sie mit offenem Mund an. „Meine Güte, Stel, was ist denn mit dir passiert?"

„Dan. Und Tibet. Und die Wahrheit", erwiderte sie. „Ich habe euch so viel über die Wahrheit zu sagen. Lama Rhabten hat mich so viel gelehrt – ich kann kaum glauben, dass ich mein Leben bisher ohne sie gelebt habe. Absolute Wahrheit, Harri, das ist die größte Gabe."

Wie das mit Verwandlungen so ist: Diese war wirklich beeindruckend. Fort war das einheitlich blond gefärbte Haar. Inzwischen war ihre naturbraune Haarfarbe deutlich zum Vorschein bekommen. Fort waren die falschen Designer-Klamotten und die hohen Absätze. Stattdessen trug Stella ein weites Hemd in Ethnodruck über einem schlichten weißen Top, dazu lose sitzende Jeans und blaue Schuhe mit niedrigen Absätzen. Um ihren Hals hing eine schlichte Holzperlenkette. Sie war dünner als früher, und ihre Haut wirkte taufrisch. Harri konnte selbst bei genauem Hinsehen kaum eine Spur von Make-up erkennen. Aber die bemerkenswerteste Auswirkung, die ihre Dan-Beagle-Erfahrung mit sich gebracht hatte, war die Änderung in ihrer Haltung: Sie war ruhiger, entspannter, vielleicht sogar reifer.

„Ich bin froh, dass du kommen konntest", sagte Alex lächelnd.

„Deine Mum hat mich am Nachmittag eingeladen, als Dan

und ich sie in ihrem Laden besuchten. Ich war auch im Reisebüro, Harri, aber dort hat man mir gesagt, du seist im Ausland?"

„Ich bin gerade erst zurückgekommen", erwiderte Harri strahlend. „Es war wunderbar, Al, du hättest das sehen sollen. Und der Geruch – niemand sagt einem, wie herrlich das ist! Ich werde die Insel auf jeden Fall wieder besuchen."

In seinen Augen glitzerte es. „Ich habe dich vermisst. Aber ich denke, jetzt sollte ich zu meiner Verlobten zurück ... Wo ist sie?"

Harri sah sich um. „Da", sagte sie und zeigte auf den Eingang der Halle, wo Chelsea sich angeregt mit Jack unterhielt.

Alex folgte ihrem ausgestreckten Arm mit den Augen, bis er sie entdeckte. „Oh, Mann, tratschen sie *schon* wieder?", stöhnte er. „Ehrlich, entweder hecken sie etwas ganz besonders Fieses für meinen Junggesellenabschied aus, oder ich verliere meinen Trauzeugen und bekomme stattdessen eine Brautjungfer. Harri, wir sehen uns nachher – in Ordnung?"

Die Village Hall war voll mit Gästen, die entweder um die Tische an den Wänden saßen oder sich an der Bar drängten. Ein paar ganz Mutige drehten schon ein paar verrückte Runden auf der Tanzfläche. Stella und Harri suchten sich einen freien Tisch und setzten sich. Sie hatten sich allerhand zu erzählen.

Es tat so gut, Stella nach so langer Zeit zu sehen, und Harri entspannte sich in ihrer leichten Unterhaltung, nachdem sie endlich inneren Frieden gefunden hatte in der Gewissheit, dass Alex sie nicht hasste. Es stellte sich heraus, dass Dan und Stella sich drei Monate Auszeit genommen hatten, nachdem sie die Filmarbeiten für seine große Himalaya-Odyssee abgeschlossen hatten. Im Moment schmiedeten sie Pläne für ihre eigene Hochzeit, nachdem ihre Reise unerwartete Folgen gezeitigt hatte.

„Du bist *schwanger*?", wiederholte Harri, während Dolly Partons „Nine to Five" die tanzenden Partygäste dazu animierte, mutig mitzusingen.

Stella nickte begeistert. „Ich weiß! Und ich habe Kinder gehasst! Wer hätte das gedacht, hm? Ich, Ehefrau und Mutter …“ Sie hob einen Fuß und deutete darauf. „In fast flachen Schuhen.“

Im Laufe des Abends erzählte Harri ihrer Freundin von Rob und ihrer anschließenden spontanen Entscheidung, in Urlaub zu fliegen. Stella hörte aufmerksam zu, nahm alles in sich auf. Das war, bevor sie Dan kennengelernt hatte, unvorstellbar gewesen. Vielleicht war er der Mann, auf den sie in all den Jahren, in denen sie mit unpassenden Männern ging, gewartet hatte.

„Also, sehe ich das richtig, dass die verfahrene Situation zwischen dir und Al überwunden ist?“, fragte sie, während sie die lange Schlange beobachteten, die sich über die Tanzfläche bis zum Buffet dahinzog.

„Ja, ich glaube schon. Mir hat seine Freundschaft gefehlt“, erwiderte Harri und sah dabei zu dem Tisch am anderen Ende des Saales hinüber, an dem Alex und Chelsea mit Freunden plauderten.

„Aber der Kuss war echt, oder?“

„Ich weiß ehrlich nicht, was passiert ist, Stel. Ich bin nur froh, dass wir es hinter uns haben.“

„Aha.“ Stellas Gesichtsausdruck verbarg mehr, als Harri ahnte.

„Ladies und Gentlemen“, donnerte Disco Daves Stimme durch den Saal, „kommen Sie bitte alle auf die Tanzfläche, und nun: Erheben wir unsere Gläser auf das glückliche Paar!“

Harri und Stella traten zu den anderen Gästen, die in der Mitte des Saales einen Kreis bildeten. Viv trat nach vorn und nahm Dave, der etwas besorgt wirkte, das Mikrofon ab.

„Danke, Dave, und euch allen ein herzliches Willkommen. Wie ihr ja alle wisst, sind wir heute hier zusammengekommen, um die Verlobung meines lieben Sohnes Alexander mit der Lady, die ihm das Herz gestohlen hat, zu feiern: Chelsea.“

Passende Aahs und andere Laute der Zustimmung hallten durch den Raum. Chelsea wirkte wie im siebten Himmel, stand sie doch im Mittelpunkt des Interesses.

„Wir finden es eine wundervolle Idee, einigen von euch Gelegenheit zu geben, Alex und Chelsea selbst viel Glück zu wünschen", fuhr Viv fort, während den Gästen Sekt serviert wurde. „Wenn also jemand etwas sagen möchte, bitte einfach die Hand heben, und ich übergebe das Mikrofon."

Anders als seine Verlobte sah Alex mitten auf der Tanzfläche gar nicht begeistert aus. Es gelang ihm, Harris Aufmerksamkeit zu erringen. Und während seine Mutter nach dem ersten Freiwilligen Ausschau hielt, schickte er ihr einen stummen Hilfeschrei.

Jack meldete sich, und Viv drückte ihm das Mikrofon in die Hand. „Hal-lo, Stone Yardley", sagte er mit seiner besten Rockstar-Stimme, sehr zur Belustigung der Gäste, die ihm zuschauten. „Okay, hört alle zu. Ich kenne Al schon sehr lange, und ich weiß, dass er der Typ Mann ist, der alles tun würde, um jede Frau glücklich zu machen", fuhr er mit fiesem Grinsen fort, „also freut euch schon auf meine Ansprache als Trauzeuge im September! Und was Chels angeht – was soll ich sagen? Was für eine Frau, Al. Sie ist das Beste, das dir je passiert ist." Er hob sein Glas: „Auf euch!"

„Auf euch!", stimmten die Gäste ein.

Chelsea gab sich verlegen und warf ihm eine Kusshand zu.

„Fein. Danke, Jack. Noch jemand?" Viv sah sich hoffnungsvoll im Saal um, während fast jeder Gast hastig seinen Blick senkte, um ihrem Blick auszuweichen. „Kommt schon – irgendwer muss doch noch was zu sagen haben!"

Zu Harris Überraschung schoss Stellas Hand in die Höhe. Freudestrahlend kam Viv herüber und reichte ihr das Mikrofon. Stella begab sich in die Mitte der Tanzfläche, drehte sich einmal um sich selbst und lächelte alle an.

„Hi, ihr alle. Lasst mich einfach sagen, welch große Ehre es für mich ist, heute Abend hier zu sein, um die Verlobung von Alex und Chelsea zu feiern. Geben sie nicht ein schönes Paar ab?“

Die Gäste stimmten zu, und überall im Saal wurde applaudiert. Harri war beeindruckt, wie selbstsicher Stella mit dem Mikrofon wirkte. Offensichtlich hatte sie viel gelernt, als sie Dan bei der Arbeit zugesehen hatte.

„Ich kenne Alex, seit er nach all den Jahren, die er durch unsere wunderschöne Welt gereist ist, nach Stone Yardley zurückgekehrt ist, um hier zu leben. Und ich muss sagen, dass ich – gerade erst aus dem Himalaya zurück – inzwischen verstehe, was der ganze Wirbel soll. Nun, ich gebe zu, dass Alex und ich nicht immer einer Meinung waren, aber ich weiß, was für ein Freund er meiner besten Freundin Harri Langton dort drüben ist ... komm schon, Harri, wink uns kurz zu!“

Harri fühlte, wie sie zurückscheute, sich nur wünschte, dass nicht alle sie ansehen würden.

„... und ich weiß, dass sie ihm wirklich viel bedeutet, und das genügt mir. Er ist ein toller Kerl. In manchen Dingen vielleicht ein bisschen unsensibel, aber im Allgemeinen ein wirklich netter Typ. Applaus für den künftigen Bräutigam, bitte.“

Zögernd kam die Menge der Aufforderung nach.

„Großartig, danke. Und was Chelsea angeht, nun, ich habe sie eben erst kennengelernt, obwohl ich das Gefühl habe, schon so viel über sie zu wissen ...“

Chelseas Lächeln erstarrte zu einer Grimasse. Offensichtlich wünschte sie sich nur eins: dass dieser Hippie, der sich ins Rampenlicht gedrängt hatte, den Platz endlich wieder für sie räumte.

Stella fuhr fort, ohne etwas anderes als ihren eigenen Gedankengang wahrzunehmen. „Und ich bin sicher, dass sie gut darauf vorbereitet ist, die Verantwortung einer Ehefrau zu übernehmen. Oh, Applaus für Chelsea!“

Diesmal war der lauwarme Beifall von verwirrten Blicken begleitet, die die Leute einander zuwarfen. Harri bemerkte, wie die Menge unruhig wurde, wie Einzelne unbehaglich das Standbein wechselten und zu tuscheln begannen. Sie versuchte, Stellas Aufmerksamkeit zu erringen, aber es hatte keinen Sinn: Ihre Freundin folgte einem Drehbuch, und jetzt konnte sie nichts mehr aufhalten.

„Also, zu meinem Trinkspruch …"

„Hast du den nicht schon gebracht, Süße?", rief ein Mann aus der Menge, und diejenigen, die um ihn herumstanden, stimmten lautstark zu, wie eine Schar Hinterbänkler, die einem Redner in die Parade fielen.

„Nicht ganz", meinte Stella, gleichmütig lächelnd. Sie hob ihr Glas. „Alex. Chelsea. Als ich im Himalaya war, traf ich dort einen alten tibetischen Mönch, der Lama Rhabten genannt wird. Wir verbrachten drei Wochen in seinem Haus, sprachen über die Geheimnisse des Lebens und der Liebe. Und er sagte Folgendes: ‚Das größte Geschenk, das ihr euch machen könnt, ist die Wahrheit. Die Wahrheit macht uns frei und verleiht uns Flügel. Die Wahrheit vertreibt Zweifel und Ängste.' Deshalb möchte ich euch das größtmögliche Geschenk für euer künftiges Leben machen: die Wahrheit."

Harris Herz schlug plötzlich schneller. Wovon redete sie?

„Alex, wenn du den Rest deines Lebens mit Chelsea verbringen willst, musst du sie voll und ganz verstehen – nicht nur die Äußerlichkeiten, die du sehen kannst, sondern die geheimen, verborgenen Aspekte ihres Lebens. Ein guter Ehemann weiß, wer seine Frau ist, und liebt sie trotzdem."

Harri wand sich innerlich und starrte Stella an. Woher in aller Welt hatte sie dieses kleine Juwel an Weisheit? Von einem Kühlschrankmagneten?

„Alex, und die Wahrheit ist, dass Chelsea sich mehr für deinen besten Freund interessiert als für dich."

Schweigen fiel über die erstaunten Gäste. Chelsea schaute zu Jack hinüber, Panik im Gesicht, und in seiner Miene lag derselbe Ausdruck.

Zornig trat Viv auf Stella zu und griff nach dem Mikrofon. „Ich glaube wirklich nicht, dass das angebracht ist für ..."

„Mum, warte einen Moment." Alex' Stimme klang leise und ernst. „Was willst du damit sagen, Stella?"

„Ich habe sie, früher am Abend, hinter der Halle gesehen. Sie haben sich geküsst."

Chelsea kreischte auf, und Jack sprang vor. „Kumpel, sie ist verrückt. Du glaubst ihr doch nicht etwa, oder?"

„Ich ... ich weiß nicht ..." Alex' Blick wanderte zwischen Chelsea und Jack hin und her, als wäre er Zuschauer bei einem Tennisturnier.

„Alex, gerade du solltest dich mit verborgenen Wahrheiten auskennen", fuhr Stella fort, und leiser Tadel lag in ihrer Stimme. „Ich meine, als du Harri geküsst hast, hast du ..."

„Du hast *sie* geküsst?", fauchte Chelsea, während Harri aufsprang.

„Stella, es reicht!"

„Aber es reichte nicht, oder, Harri? Gib's zu, du bist bis über beide Ohren in ihn verliebt, oder etwa nicht?"

„Hör auf, Stel. Hör einfach auf!"

Stella nahm das Mikrofon von ihrem Mund weg und rief so laut, dass jeder es hören konnte: „Aber ich sage doch nur die Wahrheit, Harri! Du selbst hast es mir in deiner E-Mail erzählt. Du hast gesagt, dass du allmählich durchdrehst. Und dass du ihn liebst!"

Harri hatte das Gefühl, den Boden unter den Füßen zu verlieren. Sie ließ sich in einen Stuhl sinken, und im Saal wurde es laut und hektisch.

Viv entriss Stella das Mikrofon. „Das ist jetzt genug der Einmischung von deiner Seite, junge Dame!"

Stella verschränkte kühl die Arme, unbeeindruckt von den Mordgelüsten in Vivs Augen. „Einmischung, hm? Nun, aus deinem Munde nehme ich das als Kompliment."

„Wie bitte?"

„Es war deine Idee, Alex für diese Zeitschriftenkolumne zu nominieren, die das alles ausgelöst hat, nicht wahr? Du hast es getan, weil du glaubtest, er sei so jämmerlich schlecht im Umgang mit Frauen, dass er Hilfe brauchte. Aber du musst auch lernen, jede Aufgabe, die du übernimmst, zu Ende zu bringen, Viv. Ich meine, Harri die ganze Arbeit mit dem Sichten der Briefe aufzubürden, ohne ihr auch nur ein einziges Mal zu helfen, war schon ein starkes Stück, oder?"

Viv öffnete den Mund, um etwas zu sagen, schloss ihn aber wieder, als sie die Miene ihres Sohnes bemerkte. „Liebling, ich … ich habe das nur für dich getan …"

„Und warum hast du Harri nicht geholfen?", fragte Alex.

„Ja, Viv, warum nicht? Vielleicht wäre Harri dann nicht in Versuchung geraten, Alex mit dem schlimmstmöglichen Date eine Falle zu stellen." Stella schaute vielsagend zu Chelsea hinüber, die von Jack getröstet wurde – wahrscheinlich keine seiner besten Ideen.

„Was meinst du damit?" Alex schaute Stella an, dann Harri, die inzwischen unkontrollierbar zitterte. „Harri?"

„Chelsea war als Rache gedacht", erklärte Stella, „für das, was du zu Jack gesagt hast."

„Wie kannst du es wagen?", jaulte Chelsea auf. „Das schlimmstmögliche Date? Ich bin die Beste, die er je abkriegen kann! Wenn ich nicht wäre, wäre er ein Niemand. Würde immer noch in seinem schäbigen Café hocken, ohne Ehrgeiz, ohne Geschmack in Bezug auf Kleidung … Ich habe ihn zu dem gemacht, was er ist. Seht ihn euch doch an!"

Gehorsam wandten sich aller Blicke Alex zu, der gefährlich kochte. „*So* denkst du also über mich, Chelsea?"

Trotzig schlang Chelsea ihren Arm um den verdutzten Jack. „Ja. Sie hat nämlich recht: Ich interessiere mich mehr für Jack, als ich mich jemals für dich interessiert habe. Jack geht mit mir nett und teuer aus. Jack investiert ordentlich Kohle, um mich glücklich zu machen. Er hat kein lausiges Geschäft, für das er ‚sparen' muss."

„Du hättest Harri wählen sollen, als du die Chance hattest", rief Stella, als Viv auf Chelsea losging. „Sie hat dich immer geliebt."

Im selben Augenblick brach die Hölle los. Alex stürzte sich auf Jack und verpasste ihm einen mächtigen rechten Haken, der ihn rücklings in die Bar schleuderte, sodass Gläser und Zuschauer nach allen Seiten auseinanderspritzten. Chelsea sprang ihm auf den Rücken, trat um sich und schrie wie eine Irre. Alex stieß einen Schmerzensschrei aus und warf sie auf das Buffet. Jack kam wieder auf die Beine, rammte Alex die Faust in den Magen, sodass er sich zusammenkrümmte, und Viv, darüber heftig erbost, rannte zu Jack hinüber und schlug ihn mit einem wirklich Furcht einflößenden Uppercut bewusstlos. Frauen kreischten, Männer schrien, während überall im Saal kleine Scharmützel ausbrachen, Blätterteigpastetchen und Sandwiches als Munition requiriert und auf Gegner abgefeuert wurden.

Inmitten dieses Chaos stolperte Al blutend durch die zerstörten Überbleibsel seiner Verlobungsfeier auf Harri zu. Der Blick seiner dunklen Augen – die vorhin noch so glücklich geleuchtet hatten, als er sie sah – erfüllte sie jetzt mit Furcht … Denn diesmal lag wirklich Mitleid darin.

Verletzt, verängstigt und zornig zugleich, wählte Harri den einzigen Ausweg, der ihr vernünftig erschien: Sie rannte aus dem Saal, den Gang entlang, stieß die graugrüne Tür zur Damentoilette auf und schloss sich in der mittleren Kabine ein, wo sie sich auf den wackeligen Toilettendeckel setzte, den Kopf in die Hände sinken ließ und in hilfloses Schluchzen verfiel.

22. KAPITEL

Aufbruch

Es wird Zeit.

Harri erhebt sich, nimmt ihre Handtasche vom Haken und greift nach dem Türriegel. Er öffnet sich mit einem lauten Klick. Harri zieht die Kabinentür auf und tritt in den Waschraum hinaus. Hier drin ist es kälter, als ihr bisher bewusst war, und sie ist froh, dass sie immer noch Vivs Pashminaschal um die Schultern trägt. Als sie an die Waschbecken herantritt, sieht sie sich im Spiegel. Herrje, sieht sie mitgenommen aus! Sie schaut auf ihre Armbanduhr, aber ihr Blick fällt nur auf den blassen Streifen an ihrem linken Handgelenk. Richtig, sie hat die Uhr zu Hause vergessen. Trotzdem ist ihr klar, dass es schon spät sein muss.

Vorsichtig lauscht sie an der Tür des Waschraums, ob draußen noch irgendwer zu hören ist. Aber alles ist still: Der Aufruhr, der sie hierher hat fliehen lassen, klingt ihr nur noch in ihrer Erinnerung in den Ohren. Zuversichtlich, dass sie allein ist, zieht sie die Tür auf und tritt auf den Gang hinaus.

Es brennt noch Licht, und Harri fragt sich, ob doch irgendwer dageblieben ist, um auf sie zu warten. Die Absätze ihrer zu teuren Schuhe klackern vernehmlich über das Parkett des Ganges, bis sie den Saal erreicht. Das Bild hat sich verändert. Von der Verwüstung, die zu dem Zeitpunkt herrschte, als sie davonlief, ist kaum noch etwas zu sehen. Die meisten Trümmer sind weggeräumt, der Saal ist leer. Kein Mensch weit und breit. Insgeheim hat Harri gehofft, dass vielleicht Alex auf sie warten würde – und sei es nur, um das letzte Wort zu haben, bevor er ihr für immer den Rücken kehrt. Aber die Leere im Saal bestätigt ihre schlimmsten Befürchtungen: Sie hat ihn verloren, diesmal für immer.

Gerade als sie gehen will, bemerkt sie aus dem Augenwinkel heraus eine Bewegung, und sie fährt herum. Am Eingang zur Küche steht jemand. Blinzelnd versucht sie, das Gesicht zu erkennen; das Herz schlägt ihr bis zum Hals.

„Hallo?"

„Du bist die Letzte hier, oder?" Ein kleiner, drahtiger Mann tritt einen Schritt vor.

Harris Hoffnungen zerstieben. „Oh! Hi, Ned. Ja, ich glaube schon."

„Das war vielleicht eine Keilerei hier drin", stellt er trocken fest. „Seit dem Silberjubiläum habe ich keine so gute mehr gesehen."

Harri lächelt höflich und flieht in die kalte Nacht hinaus.

Für ein Taxi ist es zu spät, und die Nummer des örtlichen Taxistandes hat sie sowieso nicht. Ihr bleibt also nichts anderes übrig, als zu Fuß zu ihrem Cottage zu gehen. Sonderlich weit ist es nicht – nur anderthalb Meilen –, ein Weg, den sie an schönen Sommerabenden schon unzählige Male zurückgelegt hat. Aber heute Abend kommt er ihr unendlich lang vor. Ihre Füße sind schwer wie Blei, ziehen sie nach unten, verlangen jedem Schritt eine mächtige Anstrengung ab …

Während sie geht, erinnert sie sich an den Hafen von Fiskardo bei Nacht: die warme Brise, die ihr über die Arme strich, während sie an den endlosen Tisch- und Stuhlreihen der Restaurants am Wasser vorbeiging; die Lichter der Stadt, die sich im dunklen Wasser des Hafens spiegelten; über ihr der Vollmond, den sie bei seinem raschen Aufstieg aus dem Meer beobachtet hatte – wie die Venus in einem Gemälde der alten Meister. Jetzt fühlt sich das alles für sie an, als hätte sie nur von Kefalonia geträumt. Der kalte Wind lässt das Gefühl aus ihren Fingern weichen, und sie zieht sich Vivs Pashminaschal noch enger um die Schultern.

Wenn sie sich doch nur nicht Stella anvertraut hätte. Sie hätte wissen müssen, dass solche Informationen nie lange verborgen blieben, wenn Stella sie erst einmal hatte. Und doch, zu dem Zeitpunkt hatte sie ihre Freundin Tausende von Meilen entfernt gewusst und eine Rückkehr für unwahrscheinlich gehalten. Nur darum hatte sie es gewagt, ihre Geheimnisse preiszugeben. Wie sehr sie sich doch geirrt hatte …

Als sie das Tor am Rand des Feldes öffnet und auf die Waterfall Lane hinaustritt, schweifen ihre Gedanken unweigerlich zu Alex ab, und ihr Herz zieht sich in langem, dumpfem Schmerz zusammen. Sie war so nahe dran gewesen, seine Freundschaft zurückzugewinnen. Wie konnte es nur sein, dass sie ihr so schnell wieder entrissen wurde?

„Liebst du ihn, Harri?“, hatte Blanche eines Abends gefragt, als sie unter den Weinranken im *To Kardiva* ein Dessert aus griechischem Joghurt mit Walnüssen und Honig aßen.

„Ich hoffe ehrlich, dass nicht“, hatte Harri wahrheitsgemäß geantwortet. Aber in ihrem Inneren wusste sie, dass ihre Hoffnung sie trog; und, so vermutete sie, Blanche wusste das auch.

Nicht, dass das jetzt noch eine Rolle spielt. Alex ist fort, und sie muss weiterleben, wie Blanche gesagt hat: Suche einfach immer weiter nach der nächsten großen Liebe deines Lebens …

Wenigstens kann sie sich jetzt, wo die Komplikationen ihres Herzens keine Rolle mehr spielen, daranmachen, sich das Leben aufzubauen, das sie selbst führen möchte. Auf jeden Fall wird sie noch öfter ins Ausland reisen: Blanche hat sie eingeladen, sie später im Jahr in New Jersey zu besuchen, „wenn meine Auszeit vor der Suche nach Nummer sechs vorüber ist …“ Harri plant, diese Reise mit einem Ausflug nach New York zu verbinden, um ihre Cousine Rosie wiederzusehen und sich die Sehenswürdigkeiten der Stadt anzuschauen. Bevor sie nach Kefalonia abgereist war, hatte Emily sie gebeten, ihr bei ihren

Hobbykünstlerveranstaltungen auf der Greenwell Hill Farm behilflich zu sein. Darauf freut Harri sich enorm. Dadurch, dass sie die letzten Monate überstanden und ihre ersten Schritte in die große weite Welt gewagt hat, die sie schon immer selbst erleben wollte, hat sich etwas Entscheidendes in ihr geändert: Sie hat keine Angst mehr vor dem Unbekannten.

Sie geht das letzte Stück Wegs auf der Waterfall Lane, vorbei an den Häusern der Nachbarn, und nähert sich ihrem eigenen. Als sie das Gartentor erreicht, öffnet sie den Riegel – und erstarrt …

Jemand wartet auf sie. Er lehnt an der Haustür, die Schultern gegen die Kühle der Nacht hochgezogen.

„Alex?"

Langsam nähert sie sich ihm auf dem Gartenweg. Er sagt nichts, mustert sie mit kaltem, gefühllosem Blick. Er ist hier, um das letzte Wort zu haben.

Harri hat für heute Abend genug Drama und Anspannung erlebt – das reicht ihr gleich für mehrere Leben. Müde bleibt sie vor ihm stehen. „Möchtest du reinkommen?"

Nichts. Keine Reaktion. Keine Bewegung.

„Na schön. Wenn es dir nichts ausmacht – ich hatte einen grässlichen Tag und will ins Bett." Sie wartet darauf, dass er sich rührt, aber er bleibt stoisch auf der Türschwelle stehen. Das ist zu viel für sie. „Al", fleht sie ihn an, und Gefühle überwältigen sie, sodass die Worte gepresst herauskommen, „sag einfach, was du sagen willst, und dann lass mich mein Leben weiterleben. Du kannst mir sowieso nichts sagen, was ich mir nicht selbst schon endlos vorgeworfen habe."

Er atmet aus. Sein Atem kondensiert in der kühlen Luft, die sie beide umgibt, zu einer warmen Dampfwolke. „Ist es wahr?"

„Ist was wahr?"

„Was Stella heute Abend gesagt hat. Liebst du mich?"

„Warum um Himmels willen spielt das eine Rolle?"

Sein Blick bohrt sich in ihre Augen. „Weil ich die Wahrheit wissen will."

Sie starrt zurück. „Ich hätte gedacht, dass du heute Abend schon mehr als genug ‚Wahrheit' zu hören bekommen hast."

„Ich will es wissen, Harri. Liebst du mich?"

Vielleicht ist Ehrlichkeit der schnellste Weg, ihn dazu zu bewegen, mich in Ruhe zu lassen, denkt Harri. „Ja, ich liebe dich. Und ich wünschte wirklich, ich täte es nicht, aber es ist nun mal so. Kann ich jetzt bitte mein Haus betreten?"

„Schau, Harri, die Sache ist die: Ich kann einfach nicht glauben, dass du das alles Stella erzählt hast. Sie hat mich gedemütigt – sie hat uns alle gedemütigt –, warum und wozu? Ich bin sicher, wir hätten alle glücklich bis an unser Lebensende überleben können, ohne all das zu wissen. Ich meine, warum hat sie all das ausgerechnet jetzt aufs Tapet gebracht?"

Harri reibt sich die Augen. „Weißt du was, Al? Ich kann das nicht brauchen. Ich habe gerade stundenlang darüber nachgegrübelt, um zu begreifen, und bin kläglich gescheitert. Auch du musst einfach damit fertigwerden und dein Leben weiterleben. Und es tut mir leid, dass ich dich so sehr in Verlegenheit gebracht habe, nur weil ich mich in dich verliebt habe. Glaub mir, das hatte ich nie vor. Aber du brauchst dir keine Sorgen zu machen: Ich werde dich nie wieder in Verlegenheit bringen. Danke, dass du mein Freund warst, aber ich schätze, du wirst mir zustimmen: Die Sache ist vorbei. Also geh bitte einfach nach Hause und lass mich mein Leben weiterleben."

Alex schüttelt den Kopf. „Ah. Aber das will ich nicht."

Mit einem frustrierten Aufschrei tritt Harri einen Schritt näher. „Na schön. Was willst du von mir, Alex?"

Er greift in seine Jackentasche und zieht einen langen weißen Umschlag heraus. „Ich möchte dir das geben."

Überraschung tritt an die Stelle ihres Zorns. „Was ist das?"

„Das wollte ich heute Abend Chelsea geben. Aber ich glaube wirklich nicht, dass das jetzt noch viel Sinn macht, nicht wahr? Wo sie doch eine Affäre mit meinem besten Freund hat. Wahrscheinlich hätte sie es sowieso nicht zu schätzen gewusst."

„Das tut mir sehr leid, Al", erwidert Harri leise. „Ich weiß, wie sich das anfühlt."

„Ja, mir tut es leid wegen der Sache mit Rob. Das hast du nicht verdient. Nun mach schon, öffne ihn."

Harri öffnet vorsichtig den Umschlag und holt ein Flugticket heraus. Sie dreht es um, liest, was als Zielflughafen darauf steht. Ihr Herz macht einen Sprung – und fällt wie ein Stein. Sorgfältig schiebt sie das Ticket wieder in den Umschlag und reicht diesen ruhig zurück. „Tut mir leid. Ich kann nicht."

Er runzelt die Stirn. „Natürlich kannst du. Es gehört dir."

Ungeduldig hält sie ihm den Umschlag hin. „Nein, ich kann nicht."

„Aber es ist Venedig", protestiert er und weigert sich, den Umschlag anzunehmen.

„Und genau deshalb kann ich nicht. Nicht allein."

Langes Schweigen folgt. Harris Augen schwimmen in Tränen, und der Schmerz lässt sie den Blick von dem Ticket in ihrer Hand abwenden.

Dann spricht Alex, ein Zittern in der Stimme. „Ich weiß. Deshalb habe ich auch eins."

Harri schaut auf, sieht ihm prüfend ins Gesicht. „Was meinst du damit?"

„Komm mit mir nach Venedig."

„Ich verstehe nicht … Ich …"

„Schau, ich habe versucht, dich mir aus dem Kopf zu schlagen, Harri. Ich habe die Dinge mit Chelsea vorangetrieben, habe ihr einen Antrag gemacht, die Hochzeit geplant. Ja, ich habe sogar Flugtickets zu ebenjenem Ort gekauft, den du am meisten liebst, in der Hoffnung, du würdest mir endlich für immer aus dem Kopf gehen, wenn ich ihn mit Chelsea erlebe. Aber nichts hat funktioniert. Ich kann nur noch daran denken, wie wir uns an jenem Abend geküsst haben. Das hat alles verändert. Nun schau nicht so entsetzt, Harri. Das kann dich doch nicht komplett überraschen?"

„Entschuldige, aber das tut es. Was du damals gesagt hast – wie du mich angeschaut hast –, du warst *entsetzt*. Dasselbe habe ich heute Abend wieder in deinen Augen gesehen. Wie kann das Liebe sein?"

„Du hast *Furcht* gesehen, Harri! Diese ganze Angelegenheit jagt mir Todesangst ein, weil du meine Freundin bist und ich auf dich angewiesen bin. Ich will nicht riskieren, dich zu verlieren. An jenem Abend war ich ein Volltrottel. Und ich bin weggerannt, weil ich nicht damit zurechtgekommen bin, wie ich empfunden habe." Er tritt einen Schritt näher, nimmt ihre Hände, die immer noch das Ticket nach Venedig halten, in seine. „Du hast mich umgehauen, als du mich geküsst hast. Nie zuvor habe ich so empfunden, mit keiner Frau, nicht einmal mit Chelsea, von der ich felsenfest glaubte, sie sei die Richtige. Und das hat alles verändert."

Fragen türmen sich in ihr auf wie Wolkenkratzer, eine Lage nach der anderen aus Problemen, Ängsten, Zweifeln, die sich aufeinandertürmen, felsenfest miteinander verbinden und ihr den Blick nach vorn versperren. Da sie nicht weiß, wie sie reagieren soll, zuckt sie die Achseln. „Und jetzt? Was machen wir jetzt?"

Wärme überflutet Alex' Miene. Ein Feuer, das sie noch nie gesehen hat, leuchtet in seinen Augen. „Venedig. Wir beide. Ich weiß, dass wir noch längst nicht die Antwort auf alle Fragen gefunden haben, aber ich bin bereit, sie zu suchen, wenn du mir dabei hilfst."

Das Herz klopft ihr wie wild. Harri senkt den Kopf und flüstert. „Also nimm mich mit nach Venedig …"

Dann streichelt er ihr Gesicht mit seinen Händen, versenkt seinen Blick in ihren, und als ihre Lippen sich finden, ist es, als würden eine Billion Sternschnuppen kollidieren und die Finsternis des Alls mit schimmerndem Licht erfüllen …

Venedig: La Serenissima – die heitere Stadt, wo Liebe und Träume durch die Straßen wandern, Hand in Hand. Auf einer steinernen Bank über dem Canal Grande küssen sich zwei Liebende. Jede Umarmung beantwortet eine weitere Frage in ihren Herzen.

Hier beschließen Harri und Alex, die größte Reise ihres Lebens anzutreten – gemeinsam. Und um sie herum lächelt die ganze Stadt.

– ENDE –

Band-Nr. 25937
9,99 € (D)
ISBN: 978-3-95649-575-5
eBook: 978-3-95649-560-1
352 Seiten

Kat French
Seit ich dich gefunden habe

Der Frühstücksspeck verbrannt und ein Feuermelder, der einen Höllenlärm veranstaltet. Wenn das kein gelungenes Katerfrühstück ist. Honey ist genervt und dann mischt sich auch noch ihr unausstehlicher Nachbar Hal ein und beschimpft sie. Er könnte ja zumindest anbieten ihr zu helfen. Stattdessen lässt er sie einfach stehen und verschwindet wieder in seiner Wohnung. Trotzdem, irgendwie hat Honey das Gefühl, dass sich mehr hinter seiner abweisenden Art verbirgt und beschließt nicht einfach aufzugeben und sich mit ihm anzufreunden. Schließlich ist er Koch, da kann er ihr bestimmt einiges beibringen. Doch dann erkennt Honey: Hal ist Blind. Ist es vielleicht eigentlich er, der ihre Hilfe braucht?